# 古詩海

顾问：马茂元　王运熙　程千帆　程俊英　霍松林
编委：王镇远　杨明　李梦生　赵昌平　黄宝华　蒋见元

# 宋辽金诗鉴赏

本社编

*1*

执行编委

黄宝华

图书在版编目（CIP）数据

宋辽金诗鉴赏／上海古籍出版社编. —上海：上海古籍出版社，2023.1
（古诗海）
ISBN 978-7-5732-0525-4

Ⅰ.①宋… Ⅱ.①上… Ⅲ.①古典诗歌－诗歌欣赏－中国－宋代②古典诗歌－诗歌欣赏－中国－辽金时代
Ⅳ.①I207.22

中国版本图书馆 CIP 数据核字（2022）第 211900 号

国家普及类古籍整理图书专项资助项目

古诗海
## 宋辽金诗鉴赏
（全三册）

上海古籍出版社　编
上海古籍出版社出版发行
（上海市闵行区号景路 159 弄 1－5 号 A 座 5F　邮政编码 201101）
（1）网址：www.guji.com.cn
（2）E-mail：guji1@guji.com.cn
（3）易文网网址：www.ewen.co
苏州市越洋印刷有限公司印刷
开本 787×1092　1/32　印张 33.875　插页 23　字数 723,000
2023 年 1 月第 1 版　2023 年 1 月第 1 次印刷
印数：1—3,100
ISBN 978-7-5732-0525-4
Ⅰ·3687　定价：148.00 元
如有质量问题，请与承印公司联系

**顾 问**（按姓氏笔画排列，下同）

马茂元　王运熙　程千帆　程俊英　霍松林

**执行编委**

黄宝华

**撰稿人**

| | | | | |
|---|---|---|---|---|
| 王水照 | 王立翔 | 仓阳卿 | 邓　南 | 卢晓梅 |
| 冯海荣 | 朱宏恢 | 朱野坪 | 朱嘉耀 | 任亚民 |
| 刘明今 | 刘斯翰 | 吴汝煜 | 吴曼青 | 李　娜 |
| 张仲谋 | 张宏生 | 张来芳 | 张国浩 | 张国强 |
| 张国萍 | 张家英 | 张清华 | 沈维藩 | 汤小沁 |
| 汤高才 | 陈建生 | 陈爱平 | 何满子 | 杨子坚 |
| 周启成 | 周细刚 | 邱鸣皋 | 房开江 | 郑方进 |
| 赵兴勤 | 胡乐平 | 柳丽玉 | 姚乃文 | 姜汉椿 |
| 贾顺忠 | 耿百鸣 | 聂世美 | 徐树仪 | 徐培均 |
| 徐嘉平 | 高克勤 | 郭　丹 | 郭建勋 | 康　萍 |
| 黄宝华 | 章　灿 | 程愚孙 | 曾石铃 | 虞卓娅 |
| 潘善祺 | 霍旭东 | 魏崇新 | | |

# 出版说明

　　中国素有"诗国"之称，古代诗歌源远流长、奇丽宏富，作家作品众多，风格流派纷呈，为世人叹服。古诗如浩渺的大海，奇珍异宝，触目皆是；蓬莱瀛洲，时或可见，畅游其中，令人流连忘返。

　　1992年，本社以《古诗海》为名，出版了一套集选本、注释、鉴赏及诗史研究于一体，全面介绍中国古代诗歌的大型工具书，深受欢迎。

　　两百多位专家、学者参与了诗歌的挑选和鉴赏。共选录历代诗歌两千余首，上起先秦，下讫清末，既有脍炙人口的名篇佳作，也有代表各个时期诗坛面貌和流派特征的优秀作品。诗歌按各朝代和诗人的生年先后排序，每位诗人的作品则以体裁（五古、七古、五律、七律、五绝、七绝）为序。每首诗均有精彩的赏析文章，对疑难词句、创作背景、主题思想、艺术技巧进行说明和阐释；从中，不仅可见古诗之美、之精、之妙，亦可见各位鉴赏者的学识与风采。此外，每个时代前均设概述，提纲挈领，总览诗歌创作的特色和价值；每位诗人均有简介，介绍其生平和诗歌创作的特点和成就。

　　1998年，为了满足当时读者的阅读需要，本社将《古诗海》分为四册印行，分别为：《先秦汉魏六朝诗鉴赏》《唐五代诗鉴赏》《宋辽金诗鉴赏》《元明清诗鉴赏》。

时隔二十年，本社再版此套经典丛书，以"古诗海"为丛书名。仍分为四卷，每卷分册，小巧轻便。内文疏朗美观，并配以与诗意相符的古代绘画、书法作品，以添新意。畅游诗海，品赏书画，亦是人生快事。

上海古籍出版社

2022 年 10 月

# 目　录

宋辽金诗概述 ／ 黄宝华　1

**杜　常**　13
　华清宫　13

**徐　铉**　15
　寒食成判官垂访因赠　15
　题梁王旧园　17

**杨徽之**　20
　寒食寄郑起侍郎　20

**柳　开**　22
　塞上　22

**郑文宝**　24
　柳枝词　24

**王禹偁**　26
　对雪　26
　吴江县寺留题　30
　村行　32
　松江　34
　寒食　36
　春居杂兴
　（两株桃杏映篱斜）　38
　齐安郡作　40

**潘　阆**　42
　渭上秋夕闲望　42

**魏　野**　44
　题普济院　44
　书友人屋壁　47

晨兴　　　　　　　49

**惠　崇**　　　　　　51
　访杨云卿淮上别墅　51

**秘　演**　　　　　　54
　淮上　　　　　　　54

**希　昼**　　　　　　56
　寄题武当郡守吏隐亭　56

**宇　昭**　　　　　　58
　塞上赠王太尉　　　58

**寇　准**　　　　　　60
　春日登楼怀归　　　60
　书河上亭壁
　（岸阔樯稀波渺茫）　62
　江南春
　（杳杳烟波隔千里）　64

**林　逋**　　　　　　65
　宿洞霄宫　　　　　65

山园小梅　　　　　67
　书寿堂壁　　　　　70

**刘　筠**　　　　　　72
　偶作　　　　　　　72

**杨　亿**　　　　　　75
　汉武　　　　　　　75

**钱惟演**　　　　　　78
　南朝　　　　　　　78

**司马池**　　　　　　81
　行色　　　　　　　81

**范仲淹**　　　　　　83
　野色　　　　　　　83
　郡斋即事　　　　　85

**张　先**　　　　　　87
　题西溪无相院　　　87

晏 殊　　　　　　　　89

　寓意　　　　　　　　89

　示张寺丞王校勘　　　91


石延年　　　　　　　　93

　金乡张氏园亭　　　　93

　古松　　　　　　　　95


宋 祁　　　　　　　　98

　长安道中怅然作　　　98

　落花

　（坠素翻红各自伤）　101

　寒食假中作　　　　　103


梅尧臣　　　　　　　106

　田家语并序　　　　106

　汝坟贫女　　　　　110

　悼亡三首　　　　　113

　鲁山山行　　　　　116

　春寒　　　　　　　118

　小村　　　　　　　120

　东溪　　　　　　　122

石 介　　　　　　　124

　乙亥冬富春先生以

　　老儒醇师居我东

　　齐济北张洞明远

　　楚丘李缊仲渊皆

　　服道就义与介同

　　执弟子之礼北面

　　受其业因作百八

　　十二言相勉　　124

　蜀道自勉　　　　　128


欧阳修　　　　　　　131

　送唐生　　　　　　131

　哭曼卿　　　　　　134

　晋祠　　　　　　　138

　春日西湖寄谢法曹歌　141

　水谷夜行寄子美圣俞　144

　庐山高赠同年刘中允

　　归南康　　　　　148

　盘车图　　　　　　152

　秋怀　　　　　　　156

　夷陵岁暮书事呈元珍

　　表臣　　　　　　158

戏答元珍　　　　160

怀嵩楼新开南轩与

　群僚小饮　　　162

赠王介甫　　　　164

画眉鸟　　　　　166

丰乐亭游春三首　168


苏舜钦　　　　　171

庆州败　　　　　171

吴越大旱　　　　175

城南归值大风雪　178

晚出润州东门　　181

过苏州　　　　　183

望太湖　　　　　185

淮中晚泊犊头　　187

初晴游沧浪亭　　188

和淮上遇便风　　190


韩　琦　　　　　191

九日水阁　　　　191


赵　抃　　　　　194

次韵孔宪蓬莱阁　194


李　觏　　　　　196

哀老妇　　　　　196


苏　洵　　　　　200

九日和韩魏公　　200


邵　雍　　　　　202

小车吟　　　　　202


周敦颐　　　　　205

题濂溪书堂　　　205


黄　庶　　　　　208

怪石　　　　　　208


文　同　　　　　210

织妇怨　　　　　210

重过旧学山寺　　213

成都杨氏江亭　　215


曾　巩　　　　　217

一鹗　　　　　　217

汉阳泊舟　　　　220

侯荆　　　　　　　222

北渚亭　　　　　　224

韩魏公挽歌辞

（堂堂风骨气如春）226

西楼　　　　　　　229


**王安石**　　　　　231

明妃曲

（明妃初出汉宫时）231

纯甫出僧惠崇画要予

　作诗　　　　　　234

半山春晚即事　　　238

岁晚　　　　　　　240

葛溪驿　　　　　　241

示长安君　　　　　243

思王逢原

（蓬蒿今日想纷披）245

与舍弟华藏院此君亭

　咏竹　　　　　　247

梅花　　　　　　　249

题西太一宫壁二首　251

乌江亭　　　　　　253

泊船瓜洲　　　　　255

书湖阴先生壁

（茅檐长扫静无苔）257

北山　　　　　　　259

江上　　　　　　　260

北陂杏花　　　　　261


**郑　獬**　　　　　263

采凫茨　　　　　　263


**徐　积**　　　　　265

爱爱歌　　　　　　265


**郭祥正**　　　　　269

金山行　　　　　　269

凤凰台次李太白韵　273


**王　令**　　　　　276

赠慎东美伯筠　　　276

龙兴双树　　　　　280

金山寺　　　　　　282

感愤　　　　　　　285

暑旱苦热　　　　　287

孔平仲 289

　官松 289

　霁夜 294

张舜民 296

　打麦 296

　村居 299

苏　轼 301

　王维吴道子画 301

　泗州僧伽塔 305

　游金山寺 308

　戏子由 311

　法惠寺横翠阁 314

　李思训画长江绝岛图 317

　百步洪

　　（长洪斗落生跳波） 320

　寓居定惠院之东杂花

　　满山有海棠一株土

　　人不知贵也 324

　和秦太虚梅花 328

　登州海市 331

　书王定国所藏烟江叠

　嶂图 334

　荔支叹 338

　和子由渑池怀旧 342

　出颍口初见淮山是

　　日至寿州 344

　有美堂暴雨 346

　儋耳 348

　汲江煎茶 350

　六月二十日夜渡海 352

　饮湖上初晴后雨二首 354

　和孔密州五绝

　　东栏梨花 356

　题西林壁 358

　惠崇春江晓景 360

　书李世南所画秋景

　　（野水参差落涨痕） 362

　赠刘景文 364

　澄迈驿通潮阁二首 366

杨　蟠 368

　陪润州裴如晦学士

　　游金山回作 368

苏 辙　　　　　　　370

　次韵子瞻好头赤　　370

　神水馆寄子瞻兄

　　（夜雨从来相对眠）　372

　　（谁将家集过幽都）　372

道 潜　　　　　　　374

　夏日龙井书事

　　（雨过千岩爽气新）　374

　　（自怜多病畏炎曦）　376

　临平道中　　　　　378

　秋江　　　　　　　380

黄庭坚　　　　　　　381

　和答钱穆父咏猩猩

　　毛笔　　　　　　381

　子瞻诗句妙一世乃云

　　效庭坚体盖退之戏效

　　孟郊樊宗师之比以文

　　滑稽耳恐后生不解故

　　次韵道之子瞻送杨孟

　　客诗云我家峨眉阴与

　　子同一邦即此韵　384

题郑防画笶

　（惠崇烟雨归雁）　388

题竹石牧牛　　　　390

跋子瞻和陶诗　　　393

送王郎　　　　　　395

送范德孺知庆州　　399

戏呈孔毅父　　　　403

次韵子瞻题郭熙画

　秋山　　　　　　406

听宋宗儒摘阮歌　　410

寄题荣州祖元大师此

　君轩　　　　　　414

王充道送水仙花五十

　枝欣然会心为之

　作咏　　　　　　418

武昌松风阁　　　　421

书磨崖碑后　　　　425

次韵裴仲谋同年　　429

过平舆怀李子先时

　在并州　　　　　432

池口风雨留三日　　435

登快阁　　　　　　438

寄黄几复　　　　　441

次韵柳通叟寄王文通　444

和答元明黔南赠别　447

题胡逸老致虚庵　450

题落星寺　453

夜发分宁寄杜涧叟　456

病起荆江亭即事　458

雨中登岳阳楼望君山

　　二首　460

寄贺方回　463

鄂州南楼书事

　（四顾山光接水光）　465

秦　观　467

海康书事

　（卜居近流水）　467

次韵太守向公登楼

　眺望二首　469

秋日三首　472

春日

　（一夕轻雷落万丝）　475

米　芾　476

望海楼　476

贺　铸　478

病后登快哉亭　478

野步　481

陈师道　482

送内　482

寄外舅郭大夫

　（巴蜀通归使）　485

示三子　487

除夜对酒赠少章　489

雪后黄楼寄负山

　　居士　491

登快哉亭　493

后湖晚坐　495

九日寄秦觏　497

次韵李节推九日登

　南山　499

舟中

　（恶风横江江卷浪）　501

早起　503

春怀示邻里　505

晁补之　　　　　　507

　芳仪怨　　　　　　507

　自题画留春堂山水

　　大屏　　　　　　512


张 耒　　　　　　　514

　离黄州　　　　　　514

　题中兴颂碑后　　　517

　再和马图　　　　　521

　劳歌　　　　　　　524

　发长平　　　　　　526

　海州道中二首　　　528

　晚发寿春浮桥望寿阳

　　楼怀古　　　　　530

　自海至楚途次寄马全玉

　　（萧萧晚雨向风斜）532


晁冲之　　　　　　　534

　感梅忆王立之　　　534

　次二十一兄季此韵　536


李 彭　　　　　　　538

　春日怀秦髯　　　　538

邢居实　　　　　　　541

　李伯时画黄知命骑

　　驴图为赋长歌　　541

　寄陈履常　　　　　545


唐 庚　　　　　　　549

　次韵幼安留别韵　　549

　春日郊外　　　　　552


惠 洪　　　　　　　554

　谒狄梁公庙　　　　554

　登控鲤亭望孤山　　558


徐 俯　　　　　　　559

　滕王阁　　　　　　559

　春日游湖上　　　　562


汪 藻　　　　　　　564

　书宁川驿壁　　　　564


洪 炎　　　　　　　567

　次韵公实雷雨　　　567

| | | |
|---|---|---|
| **韩 驹** | 569 | |
| 夜泊宁陵 | 569 | |
| 和李上舍冬日书事 | 571 | |
| | | |
| **谢 逸** | 574 | |
| 送董元达 | 574 | |
| 寄隐居士 | 577 | |
| | | |
| **潘大临** | 580 | |
| 江间作 | | |
| （白鸟没飞烟） | 580 | |
| （西山连虎穴） | 580 | |
| | | |
| **江端友** | 584 | |
| 牛酥行 | 584 | |
| | | |
| **吕本中** | 587 | |
| 雨后至城外 | 587 | |
| 柳州开元寺夏雨 | 589 | |
| 辛酉立春 | 591 | |
| 呈甘露印老 | 594 | |

| | | |
|---|---|---|
| **李清照** | 595 | |
| 浯溪中兴颂诗和张文 | | |
| 潜二首 | 595 | |
| 乌江 | 601 | |
| | | |
| **曾 幾** | 603 | |
| 岭梅 | 603 | |
| 癸未八月十四日至 | | |
| 十六夜月色皆佳 | 605 | |
| 三衢道中 | 607 | |
| | | |
| **陈与义** | 609 | |
| 感事 | 609 | |
| 晚晴野望 | 612 | |
| 居夷行 | 615 | |
| 道中寒食二首 | 618 | |
| 夜赋 | 621 | |
| 除夜 | 623 | |
| 夜雨 | 625 | |
| 登岳阳楼 | | |
| （洞庭之东江水西） | 627 | |
| 巴丘书事 | 629 | |
| 次韵尹潜感怀 | 631 | |

伤春　633
观雨　635
雨中再赋海山楼　637
怀天经智老因访之　640
雨晴　642
和张规臣水墨梅五绝　644
春寒　648
牡丹　649

**朱　松**　651
送金确然归弋阳　651

**邓　肃**　654
花石诗　654

**刘子翚**　656
汴京纪事
（联翩漕舸入神州）　656
（空嗟覆鼎误前朝）　657
（辇毂繁华事可伤）　658

**岳　飞**　660
池州翠微亭　660

**萧德藻**　662
次韵傅惟肖　662
古梅二首　664

**陆　游**　667
入瞿塘登白帝庙　667
观大散关图有感　671
农家叹　675
稽山行　677
岳池农家　681
山南行　684
三月十七日夜醉中作　686
金错刀行　689
长歌行　692
浣花女　695
五月十一日夜且半梦
　从大驾亲征尽复汉
　唐故地见城邑人物
　繁丽云西凉府也喜
　甚马上作长句未终
　篇而觉乃足成之　697
九月一日夜读诗稿
　有感走笔作歌　700

送辛幼安殿撰造朝　703

江楼　706

黄州　709

病起书怀

（病骨支离纱帽宽）　711

夜泊水村　713

夜步　715

书愤　717

临安春雨初霁　719

西村　722

十一月四日风雨大作

（僵卧孤村不自哀）　724

小舟游近村舍舟步归

（斜阳古柳赵家庄）　726

沈园二首　727

梅花绝句二首　730

秋夜将晓出篱门迎凉有感

（三万里河东入海）　732

示儿　734

范成大　736

后催租行　736

春日田园杂兴十二绝

（土膏欲动雨频催）　739

晚春田园杂兴十二绝

（蝴蝶双双入菜花）　740

夏日田园杂兴十二绝

（梅子金黄杏子肥）　741

（采菱辛苦废犁锄）　741

秋日田园杂兴十二绝

（朱门巧夕沸欢声）　743

（中秋全景属潜夫）　744

（新筑场泥镜面平）　744

冬日田园杂兴十二绝

（放船闲看雪山晴）　746

（黄纸蠲租白纸催）　746

横塘　748

州桥　750

会同馆　752

尤　袤　754

淮民谣　754

杨万里　758

烛下和雪折梅　758

插秧歌　760

夜宿东渚放歌

　（天公要饱诗人眼）　762

过扬子江二首　　764

送丘宗卿帅蜀

　（渝蜀宣威百万兵）　767

过百家渡四绝句　769

悯农　　772

闲居初夏午睡起二

　绝句　　773

小池　　775

晓出净慈送林子方

　（毕竟西湖六月中）　776

初入淮河四绝句　778


朱　熹　　781

拜张魏公墓下　781

葺居　　786

次韵雪后书事　788

春日　　790

观书有感二首　792


赵　蕃　　794

菊　　794

叶　适　　796

无相寺道中　796

白纻词　　798


徐　照　　800

和翁灵舒冬日书事

　（石缝敲冰水）　800

题翁卷山居　802

三峡吟　　804


刘　过　　805

夜思中原　805


葛天民　　808

尝北梨　　808


姜　夔　　810

昔游诗

　（扬舲下大江）　810

送朝天续集归诚斋

　时在金陵　813

过垂虹　　816

除夜自石湖归苕溪

（细草穿沙雪半销） 818
（笠泽茫茫雁影微） 819

**韩 淲** 820
风雨中诵潘邠老诗 820

**徐 玑** 823
题李氏山亭 823
新凉 825

**赵师秀** 827
雁荡宝冠寺 827
薛氏瓜庐 830
岩居僧 832
呈蒋薛二友 834
秋夜偶书 836
玉清夜归 838
约客 840
数日 841

**翁 卷** 843
冬日登富览亭 843
野望 845

山雨 847

**戴复古** 849
乌盐角行 849
寄寻梅 852
题钓台 854
淮村兵后 856
盱眙北望 857

**叶绍翁** 858
游园不值 858

**乐雷发** 860
乌乌歌 860

**许 棐** 864
泥孩儿 864

**林希逸** 867
题江贯道山水四言 867

**刘克庄** 872
军中乐 872

北来人 875

冶城 877

落梅 879

戊辰即事 882

**赵希㯭** 884

诵月僧楼 884

**方 岳** 886

三虎行 886

泊歙浦 889

**严 羽** 891

游临江慧力寺 891

还山吟 894

江行 897

闻笛 899

**谢枋得** 901

荆棘中杏花 901

**文天祥** 904

金陵驿 904

过零丁洋 906

云端 908

**汪元量** 910

醉歌

（淮襄州郡尽归降） 910

（六宫宫女泪涟涟） 910

（乱点连声杀六更） 910

（涌金门外雨晴初） 910

**郑思肖** 915

德祐二年岁旦二首 915

伯牙绝弦图 918

**林景熙** 920

冬青花 920

**谢翱** 923

西台哭所思 923

过杭州故宫二首 926

**真山民** 929

杜鹃花得红字 929

**赵延寿** 932
　失题
　（黄沙风卷半空抛） 932

**刘三嘏** 934
　白陈诗 934

**耶律弘基** 937
　题李俨黄菊赋 937

**萧观音** 939
　怀古 939

**萧瑟瑟** 941
　咏史 941

**宇文虚中** 943
　在金日作三首 943

**吴激** 949
　秋兴 949
　题宗之家初序潇
　　湘图 951

**蔡松年** 952
　庚申闰月从师还自
　　颍上对新月独酌
　　（大块本何事） 952
　　（我家恒山阳） 952
　　（我本山泽人） 952
　　（出处士大节） 953
　小饮邢嵓夫家因次
　　其韵 957

**施宜生** 959
　题壁 959
　钱王战台 962

**王寂** 964
　挽姚仲纯 964

**刘迎** 970
　晚到八达岭下达旦
　　乃上 970

**党怀英** 973
　穆陵道中二首 973

昫山驿亭阻雨　　　977

赵秉文　　　979
　游华山寄元裕之　　979
　古瓶蜡梅　　　983
　涌云楼雨二首　　985
　草堂　　　987
　过咸阳
　（独立桥边望白云）　989

赵　元　　　991
　修城去　　　991
　邻妇哭　　　995

王若虚　　　997
　感秋　　　997

麻九畴　　　1000
　梁山宫图　　　1000

雷　渊　　　1003
　九日少室山　　1003

王元粹　　　1006
　西山避乱三首　　1006

辛　愿　　　1009
　乱后还三首　　1009

李　汾　　　1012
　汴梁杂诗四首　　1012

李献甫　　　1016
　秋风怨　　　1016

麻　革　　　1019
　置酒半山亭　　1019
　关中行送李显卿　1022
　浩浩　　　1025
　过陕　　　1027

元好问　　　1029
　颍亭留别　　　1029
　雁门道中书所见　1032
　寄答溪南诗老辛愿
　　敬之　　　1035

岐阳三首　　　　　1038

壬辰十二月车驾东

狩后即事

（惨淡龙蛇日斗争）1041

（郁郁围城度两年）1041

（万里荆襄入战尘）1041

癸巳四月二十九日

出京　　　　　1045

出都二首　　　　　1048

癸巳五月三日北渡

三首　　　　　1051

**段克己**　　　　　1053

癸卯仲秋之夕与

诸君会饮山中

感时怀旧情见

乎辞　　　　　1053

# 宋辽金诗概述

黄宝华

在源远流长的中国诗歌史上，宋诗是继唐诗之后的又一高峰。宋代虽然再次实现了统一，但已无复大唐帝国的雄风，内忧外患的交困终于使统一局面归于夭折；南宋的半壁江山虽然在风雨飘摇中支撑了一百五十余年，但最终也覆亡于蒙古的铁蹄之下。宋代士大夫为富国强兵、抵御外侮作过种种改革的探索，其间也伴随着激烈的党争。在宋代思想界，传统的章句之学逐渐让位于心性之学，儒学在吸收禅学等因素的基础上蜕变为理学，其消长隆替也与政治斗争声息相通。植根于这一时代土壤的宋诗，自然打上了思想文化的独特印记。就诗歌艺术而言，宋诗在唐诗之后面临盛极难继的局面，其辟蹊径，求新变，则势在必然。宋诗在题材的拓展、技巧的丰富、风格的多样等方面，都能于唐诗之外独成蔚然大观。在此，我们拟对其发展流变作一提纲挈领式的介绍。

宋初社会相对安定，诗坛也沿袭晚唐五代的余风，多流连光景之作。在太祖、太宗朝，有一批文学之臣如徐铉、徐锴、李昉等都学习白居易平易自然的风格。其后王禹偁标举"本与乐天为后进，敢期子美是前身"，学白之外还以学杜自勉，时有关心国事民生之作。稍后又有晚唐诗派的流行，其中大多是隐士或僧人，前者有潘阆、魏野、林逋等，后者有所谓"九僧"；此外，寇准虽位致通显，作诗也与他们同调。这一派追踪贾岛、姚合的诗风，多写清幽的隐居生涯，诗体以五律为主，刻意锤炼中间二联，尤重写景，无非风云月露、花鸟竹石之类。这两派的诗都失之浅薄琐碎，纤丽工巧有余，深厚浑成不足。有鉴于此，在真宗朝就有一批位居馆阁的文臣学士提倡学习李商隐，以典故与词藻装点律诗，作品雍容典雅，富丽精工，一反以往的平易率直，确有矫枉之力，但其雕琢模拟、浮华侈丽的流弊也颇受诉病。其代表人物为杨亿、刘筠、钱惟演。他们集于秘阁编书，相互唱和之诗编为《西昆酬唱集》，故这一诗派称为西昆派。当时西昆体诗风行一时，效尤者甚众，虽助长了形式主义，但它首开转变之风，为此后宋诗的成熟提供了技巧的借鉴和有益的艺术经验。

随着社会政治危机的日益严重，一批开明的士大夫提出了政治改革的要求，导致了仁宗朝的庆历新政。与此相联系，在文学上也发生了诗文革新运动，欧阳修是这场运动的领袖人物，在他的周围聚集了梅尧臣、苏舜钦、石延年等作家。在诗歌方面，欧阳修、梅尧臣并称"欧梅"。在他们的努力下，诗歌开始由雕章琢句转为以气格相尚。他们致力于恢复风雅比兴的传统，以诗歌反映国事民生，针砭时弊，从李白、杜甫、韩愈等人的创作中汲取滋养，着力于古体诗的创作，发展了散文化、议论化的倾向，风格趋于质朴刚健。梅尧臣诗清新淡雅、古硬老健；欧阳修诗雄肆奇逸、疏宕畅达；苏舜钦则以雄豪奔放见长。要之，他们的作风与晚唐的纤丽与西昆的浮艳大异其趣，但他们也服膺于西昆诸公的雄文博学，肯定其转变风气之功。他们在题材上也大为拓展，举凡政事民情、宦游羁旅、师友交往、山川风物，无一不可入于诗，"以文为诗"的手法更有助于诗体的解放，使诗能曲尽物态人情。他们的创作实绩扭转了宋初以来柔弱浮靡的诗风，初步确立了宋诗的特色，故刘克庄称梅尧臣为宋诗的"开山祖师"。

宋诗虽经欧、梅的开拓而呈现新貌，但其全面的成熟与繁荣，还有待于苏轼、黄庭坚在诗坛的崛起。继欧阳修之后主盟文坛的是苏轼。北宋中后期以苏门师友弟子为核心，形成了一个创作群体。他们的文学活动适与王安石的变法、新旧派的党争相终始。政治斗争的风云激荡、仕宦生涯的升沉荣辱，提供了诗歌创作的丰富材料，诗人们转益多师，自出手眼，遂形成北宋诗坛文质彬彬的极盛局面。苏轼以其天纵之才，发而为诗，夭矫变化，纵横开阖，不拘一格，其所师法亦不主一家，既有李白的飘逸豪迈，亦有杜甫的沉郁顿挫，复有韩愈的雄奇汗漫，它如刘禹锡之峻深、柳宗元之雅洁、白居易之浅易，乃至陶渊明之简淡，均为其熔铸一炉，形成他清雄豪健的总体风格。苏轼有一部分诗（尤其在早期）敢于揭露社会弊病，颇有干预生活的政治激情，大部分诗则写其仕宦升沉中的人生感慨。苏诗多以奔放的才情披露胸襟，给人以快意放笔、酣畅淋漓的美感享受。诗中参用散文笔法，铺陈排比，议论纵横，有时用典繁富，妙喻连珠，显出逞才使气的创作个性。他又能从平常的事物现象中顿悟哲理，故诗中时含机锋理趣。苏轼开出了宋诗的堂庑，由于才大学富，难免流于繁缛，词率意尽。

苏轼之门有"四学士"，即黄庭坚、秦观、张耒、晁补之，加上李廌与陈师道，是所谓"六君子"。苏门弟子在诗歌创作上并未步趋乃师，而是各擅胜场，就中以黄庭坚最为杰出。黄庭坚论诗谈艺独标"不俗"之境，故其诗重在表现一种清高脱俗的精神境界、兀傲不群的性格气质。为此他提出"以俗为雅，以故为新""点铁成金""夺胎换骨"等作诗主张，诗中博采成语典故，有时参以俚词俗语，目的都在造成一种迥异常格的诗风。其诗法多得力于杜甫、韩愈，诗风奇崛拗峭，部分佳作，主要是七律，独具清新瘦硬之风。

元祐以后的诗坛不是追踪东坡，即是步趋山谷，要之不出苏、黄二家。其中黄诗变古独造，貌新语奇，又标举句律，有途辙可寻，故最能吸引一批追随者。当时与黄庭坚有亲友关系或受其影响的一些诗人形成了一个风格大致接近的创作群体。北宋末吕本中作《江西诗社宗派图》，尊黄为诗派之祖，下列二十五人为法嗣，于是正式有了"江西诗派"这一名称。诗派成员并不都是江西人，具体名单各书记载也稍有出入。其中陈师道年辈最长，成就最高，时以"黄陈"并称。他自称"一见黄豫章，尽焚其稿而学焉"，但更上溯杜甫，尤重锻炼苦吟，笔意简练，风格苍秀老健、幽邃清劲，其瘦硬之风甚至超过黄庭坚。此外，如徐俯、洪朋、洪刍、洪炎是黄庭坚的外甥，韩驹、吕本中、曾幾、陈与义等都是南渡前后的重要诗人。江西派对宋诗的发展产生过深刻的影响，南渡诗人程度不同地受其沾溉，直至宋末元初还有其余波回荡。

北宋诗人中还应提到王安石，一空依傍，自成一家。王安石十分重视诗歌的社会政治功能，对李白颇多微词，而对杜甫则深致敬倾。他对唐诗揣摩用力甚勤，于学杜最有心得，故宋人多称其诗得老杜句法。王诗典雅精工，格律讲究，辞藻丰赡，音调优美，在当时主流派的枯淡粗硬、质木少文之外独标一格。

靖康之变埋葬了北宋王朝。中原的沦陷、民族的悲剧，使大多数爱国的士大夫感受到灵魂的剧烈震荡。这一巨变也反映到了诗歌领域。南宋前期，具体来说也就是自南渡至孝宗朝，宋诗处于力图突破江西派藩篱的蜕变期。南渡之初，诗坛还处于江西派的牢笼中，曾幾、吕本中、陈与义都是派中大家。但是神州陆沉、生民涂炭，已不允许他们闭门觅句，抗敌御侮的爱国主义主题使他们的诗歌闪耀出前所未有的光彩。其中成就之高首推陈与义。本来他并未列名宗派图中，但其诗确从黄、陈而出，又上祖老杜，特别是身经家国之难，所作更能得杜诗神髓。简斋诗音调高朗、苍劲雄浑、顿挫悲壮，尤以七律名家。

曾几也为江西耆宿，享寿八十有余，传授最盛，大诗人陆游即出其门，南渡后忧愤国事，时见于篇咏。其诗粗硬处不免江西习气，但也有清劲雅洁者。这一时期，江西派诗人已逐渐认识到生硬槎桠的弊病，开始转变风气。吕本中提出"活法"，要求"好诗流转圆美如弹丸"，即代表了这一倾向。方回称其诗"在江西派中最为流动而不滞者，故其诗多活"（《瀛奎律髓》）。其他诗人也有不同程度的求变倾向，如徐俯晚年力图摆脱雕琢之习而求平易自然，曾几也讲"慎勿参死句"，主活法与顿悟，他的一部分近体诗轻快活泼，已为杨万里的先声。要之，南宋前期江西派的作风已渐趋活动圆转，诗人们多在传统基础上融通变化，自成体格。

稍后，有所谓中兴四大家出，即尤袤、杨万里、范成大、陆游。其中陆游堪称南宋诗坛之巨擘，集中存诗九千三百多首，洋溢着抗敌复国的豪情壮志，也抒写了壮志未酬的忧愤。就爱国精神的高扬而言，南宋诗人无出其右。陆游作诗初私淑吕本中，继师事曾几，对江西派的一套诗法下过功夫；中年后经过军旅生活的磨炼，始悟"功夫在诗外"，对江西派的雕琢奇险、闭门觅句、讲究字句历来多有批评。作为一个才情勃发的大诗人，他在继承传统上也如苏轼一样转益多师，其雄放豪迈如李白，感慨沉郁似杜甫，尤致意于岑参，取法其边塞诗的雄奇激宕、近体诗的俊逸秀丽，晚年诗之平淡又趋于陶渊明。要之，陆游是突破江西藩篱又上溯唐人而形成自己的风格特色的，这一点尤表现于他的七律，属对工切，音调琅然，词华俊美，有"敷腴""俊逸"之称。这就和江西诗之枯淡僻涩异途，表明其诗有濡染晚唐之处。陆游在诗歌艺术上参酌唐宋诸家而自铸伟词，中兴之冠，当之无愧。

杨万里是与陆游并世的又一大家，也是初学江西而归趣晚唐者。据他自述，于绍兴壬午（1162）尽焚少作千余篇，多为江西体。但他并不以规模晚唐为满足，进而一空依傍，自出手眼，形成其独特的"诚斋体"。这种诗体可归结为"活法"二字，用灵活圆转的语言表现生活中瞬间的感兴印象，其七绝尤具这种轻灵活泼的特点。同时，诙谐幽默的情趣、俚俗新鲜的语言也为他所独擅。他的这种审美趣尚也规范了他诗歌的主题多为日常生活、眼前景物、一时感兴，虽有伤时感事之作，但质与量均不及陆游。平心而论，其诗之诙谐俚俗与江西派仍有一脉相承的渊源关系。

范成大以田园诗名世。最初出入于中晚唐，声调流美，情致缠绵，转而"追溯苏、黄遗法，而约以婉峭，自为一家"（《四库提要》）。一部分诗权枒拗折、奇险老硬，颇具江西作风，但由于浸润中晚唐甚深，性情又偏温和，故劲峭中不失雍容温润，"婉峭"二字最能概括其诗风。

除以上四家外，还有萧德藻，也是乾、淳间一大家，他卜居乌程，自号千岩老人，风格瘦硬苦涩，是典型的江西诗派作风，诗作大部亡佚。他是姜夔的老师，姜夔最初也学黄山谷诗，后悟学即病，力图摆脱依傍，追求妙悟自得，遂形成清妙秀远的诗风，尤以七绝为胜，简约含蓄，风神潇洒。这是他由江西诗出而上窥唐诗所达到的境界，故清初主神韵说的王士禛对他相当推许。但白石诗清远中有峭健之气，无软媚之态，这与山谷诗之气骨清高、脱尽腥腴都有胎息相通之处。

以上概述显示南渡以来诗坛的一个共同倾向：诗人们不同程度地通过吸收唐诗的滋养来补救江西诗派的流弊，各自形成其风格，但多未完全抛弃江西诗派，而是要体味江西与晚唐的声息相通，调和二者而成一体。

与江西诗派对垒的应推"永嘉四灵"。他们是活动于孝宗至宁宗朝的四位诗人：徐照、徐玑、翁卷、赵师秀，因为字号中都有一"灵"字，又都是永嘉人，故称"永嘉四灵"。他们打出恢复唐音的旗号，实步趋贾岛、姚合。赵师秀编的《二妙集》所选即姚、贾之诗。四灵得到当时永嘉学派大学者叶适的支持和揄扬，其诗风行一时，多写自然小景，表现日常生活中的闲情逸趣，形成清苦幽寂的意境，其诗风可用"清瘦野逸"一语概括。他们走的仍是宋初晚唐诗派的老路，如多写律诗、忌用典故、偏重写景等。为了反江西诗派纵恣雄博之道而行之，他们专务精巧，极尽雕镂，故产生了诗境狭窄、纤巧琐碎之病，其诗格浅陋尤甚于宋初的晚唐诗派。承四灵余绪的是所谓江湖派。他们大部分是隐士或布衣，或是中下层的官吏，用诗歌模山范水，交游唱和，或依附公卿，游食江湖。生活于宁宗、理宗二朝的书商兼诗人陈起搜集他们的作品，出版了《江湖集》等诗集，此派即得名于此。重要诗人有刘过、戴复古、高翥、赵汝鐩、许棐、利登、叶绍翁等，刘克庄为其领袖。江湖派是一个宽泛的名称，此中诗人流品不齐，风格也不尽相同，但基本上走的是四灵的路子，故钱锺书将二者统称为江湖派。

江湖派（或称唐体）绵延至宋末，使江西派（或叫派家）的势力大为削弱，但他们并未偃旗息鼓。当时有所谓"余杭二赵"及"上饶二泉"，尚能使江西派宗风不坠。二赵即赵汝谠、汝谈兄弟，为宋宗室；二泉为赵蕃（字昌父，号章泉）及韩淲（字仲止，号涧泉），主要活动于孝宗至宁宗朝。宋末之刘辰翁与方回则继其余脉。方回欲重振江西雄风，编集《瀛奎律髓》一书，专选唐、宋律诗，通过评点总结了江西派的诗学理论，提出"一祖（杜甫）三宗（黄庭坚、陈师道、陈与义）"之说。陈与义本不列名派中，方回将他拉来，是为了张大其阵容，以壮声势。由于他的惨淡经营，江西派总算爝火不熄，延至元朝。

以上仅是围绕唐体与江西两种风格流派的消长流变，为宋诗的发展勾勒出一个轮廓，当然无法囊括众多的作家作品。像理学家的诗就是独立于这条主线之外的别派。他们程度不同地都认为作诗害道，但又皆不废吟咏，早在北宋邵雍就编其诗为《伊川击壤集》，此后的理学家多作诗不绝。他们以雕章琢句为玩物丧志，因而强调作诗要肆口而成，好处是从容安雅，真朴自然，但往往流而为粗糙冗芜，甚而堆垛俚词俗语，了无诗味。

又因为要载道正心，故排斥抒写性情的"闲言语"，而代之以天道性理的内容，一似语录讲义，多迂腐之气。就诗的成就而言，当首推朱熹。他论诗主复古，推崇唐前之诗古法未变，故作诗上法汉、魏，专重古体，有冲融高古之意。此外，朱熹之师刘子翚的诗也较少道学气，风格明朗豪爽。正如钱锺书所评，朱熹是"道学家中间的大诗人"，刘子翚则是"诗人里的一位道学家"（《宋诗选注》）。随着理学的日趋盛行，南宋真德秀编《文章正宗》，金履祥编《濂洛风雅》，通过对作品的别裁倡导了理学的批评标准，使风从者日众。宋诗之好议论说理与理学诗的影响是分不开的。

随着国势的式微，无论是江湖诗派还是江西诗派，都不能挽回诗歌的颓势。但在反抗元人入侵的斗争中涌现出的一批诗人，却使宋诗放出最后的异彩。他们在易代之际身受亡国之痛，用诗笔记录了这一历史巨变，抒发了报国壮志和故国之思。代表人物有文天祥、谢翱、汪元量、林景熙、郑思肖等。文天祥为国捐躯，其诗忠肝义胆，震烁千古。谢翱在宋亡后登严子陵钓台哭祭文天祥，其诗词隐义深，有风人之旨。汪元量为宋宫廷乐师，他的七绝组诗为亡国痛史作了实录，入元后浪迹江湖，多登临抒怀之作，如杜鹃啼血，哀思宛转。林景熙、郑思肖之诗也多以幽宛清远之词抒孤臣孽子之情。遗民诗之清奇古淡，正是他们气节操守的写照。

宋代的诗人与作品之数量大大超过唐代，以上所述只能是挂一漏万式的介绍。宋诗之与唐诗分庭抗礼，引发了唐音宋调的不休纷争，宗唐祧宋，形成了元明以至清末民初的两大诗歌美学倾向。唐、宋诗之分野，与其说是时代先后，无宁说是风格之异。钱锺书《谈艺录》云："唐诗、宋诗亦非仅朝代之别，乃体格性分之殊"，"唐诗多以丰神情韵擅长，宋诗多以筋骨思理见胜"。前人谓宋诗以意胜，这主要植根于宋人的特殊文化心态：对宇宙人生多作理性的探究，对人格修养尤多重视，故其诗重在表现精神境界，由此对感情理念多作抉剔入微的描绘，或以巧思玄理见胜，不再局限于唐诗那种以景传情的蕴藉空灵，世间一切事物几乎都可入诗，相应地也就带来了散文化、议论化、哲理化等特点，句法音调也一变唐诗之浑远丰腴而为挺拔瘦劲或拗硬奇拙，难免深刻透辟有余，而含蓄浑厚不足。

辽和金虽是与两宋对峙的异族政权，但汉文化传统仍然保持了主导的地位。辽由于文献不足，留传下来的作品很少。辽代最早的作品当数东丹王耶律倍的《海上诗》，此外，道宗懿德皇后萧观音及天祚文妃萧瑟瑟则是两位不可多得的女诗人，她们的作品反映了宫廷内部的腐朽与矛盾，艺术上带有晚唐五代的风格特色。女真族自完颜阿骨打在1115年建立金国，先后灭辽与北宋，直至哀宗于1234年为元所灭，历九主凡一百二十年，其间与北宋对峙十一年，与南宋相持一百零九年。金代诗歌的发展历经三个阶段。自立国初至海陵朝，即完颜亮统治的时期（1115—1161），是所谓"借才异代"的阶段，重要作家多是由宋入金的人士，或奉使被留，如宇文虚中、吴激；或随父降金，如蔡松年；或原为宋臣而仕新朝，如高士谈、马定国。各人处境虽异，但都有程度不同的故国之思，进退出处的矛盾时时流露于诗中。自金世宗大定间至宣宗迁都南京（汴京）（1161—1214）为第二阶段。此时南北对峙的形势相对稳定，金代统治者苟安佚靡，诗歌的主题也转向状物写景，抒闲适之情，但一部分作品也触及民生的疾苦，主要作家有蔡珪、党怀英、赵沨、王庭筠、王寂等。自南迁至金亡为第三阶段。由于蒙古进犯，国势衰微，人民饱受流离丧乱之苦，忧时伤乱成为这个时期诗歌的主旋律。主盟文坛者先是赵秉文与杨云翼，其后元好问出，为金代诗歌奏出了最后的苍凉悲壮的乐章。他经历了金、元易代之变，他的"丧乱诗"记录了这一历史的变迁与人民的苦难。元氏是金代最伟大的诗人。金代的诗学也在这一阶段达于鼎盛。从总体上说，金诗受苏轼的影响较大，但也有受黄庭坚与江西派熏染者，要之，金诗的风格流变仍不出宋诗的范围。到金代晚期，诗家开始对此作出检讨与总结。元好问有《论诗绝句》三十首，王若虚也有《诗话》等论诗之作，对江西派批判较力，但对苏轼仍致崇敬。正是通过这种批判才实现了金末诗风的变革，元好问沉雄悲凉的诗作就是其杰出代表。他所辑录的《中州集》保存了金源一代的诗歌文献。元氏无愧为金代诗歌的集大成者。

# 杜 常

杜常，《全唐诗》称其唐末人，《宋诗纪事》作元丰时人。　　　　　（任亚民）

## 华 清 宫

行尽江南数十程，晓星残月入华清。
朝元阁上西风急，都入长杨作雨声。

　　西安临潼骊山北麓有温泉，汉代曾筑离宫。唐贞观年间扩建，称为"汤泉宫"。天宝六载（747）再次修建，周筑罗墙，飞檐画栋，金碧辉煌，更名"华清宫"。唐玄宗与杨贵妃常流连于此，如白居易《长恨歌》所说，"春宵苦短日高起，从此君王不早朝"。因此，华清宫就成为历代诗人讽喻唐玄宗和杨贵妃的重要题材，其间佳作当首推杜牧的《过华清宫》。杜常虽不以文艺名世，但他这首《华清宫》却亦因"诗语惊人"而代代相传，脍炙人口，与杜牧诗各有千秋。

　　"行尽"两句，交代诗人自江南北上，千里迢迢，拂晓时分正好到华清宫。江南，泛指长江以南，非专指苏南、江浙一带。朝元阁，是祀老子的道观。据记载，唐明皇曾登朝元阁赋诗，群臣属和。长杨，指汉代的长杨宫，位于今陕西盩厔东南，这里是诗人的联想。长杨宫多白杨，为汉代离宫。华清宫也是离宫，故诗人用长杨宫比喻华清宫。

　　整首诗用语浅显明白，但细细品味，不难发现诗人先用晓星、残月、西风构成一种典型环境，然后又撷取朝元阁当年祀祠神灵的神圣大殿如今一任西风摧颓为典型场景，烘托出华清宫残败后的凄凉萧瑟。前三句或叙事或写景，平起平接。第四句以"都"字领起，顿起波澜。一个"都"字，道出诗人平静地描述华清宫衰败凄凉的深层寓意，他正是在追忆当年那些金碧照耀的殿阁楼台，那些花繁叶茂的宫苑林园，还有昔日帝王迎降神灵的天威，与群臣吟诗唱和的风韵，而如今这一切"都"已荡然无存！面对这残垣断墙、瑟瑟西风，诗人不禁联想到长杨宫，联想到强盛一时的汉代，不由得感慨人世沧桑变化无端。随着诗的化实为虚，诗人蕴藏在平静下的情感顿时宣泄一尽，而这正是此诗得到历代诗人青睐的原因所在。

（任亚民）

# 徐 铉

*徐铉（916—991），字鼎臣，扬州广陵（今江苏扬州）人。初仕南唐，后随李煜归宋，官至散骑常侍。与弟锴俱有文名，并称"二徐"。精通文字学，校订《说文解字》，世称"大徐本"。诗真率自然。有《骑省集》。　　　　　（虞卓娅）*

## 寒食成判官垂访因赠

常年寒食在京华，今岁清明在海涯。
远巷蹋歌深夜月，隔墙吹管数枝花。
鸳鸾得路音尘阔，鸿雁分飞道里赊。
不是多情成二十，断无人解访贫家。

　　此诗是徐铉贬官泰州（今属江苏）时所作。徐铉早年在南唐朝中试知制诰，与宰相宋齐丘不合，贬官泰州。徐铉到泰州后的第一个寒食节，友人成判官（判官，官名。名不详）去拜望他，徐铉很受感动，因作诗相赠。

　　首联点题。京华，指南唐都城金陵（今江苏南京）。清明前一日为寒食，这里清明与寒食对举是为避免词面重复，而垂访与赠诗都在寒食那天。海涯，指泰州傍黄海而言。京华之变海涯，感伤之情自见。颔联写贬谪之人无游春兴致，白天草草，深夜在濛濛月色下，还听见从远处巷中传来一阵阵的踏歌（一种用脚踏地为节拍的歌舞形式）声；隔墙的人家也呜呜咽咽地吹起了箫管，隐约还看见墙头露出几枝花枝，意境颇为清远。此两句以歌、箫、花、月作反衬，蕴含对京华往昔绮丽岁月的追思，以热烈写凄清，益见其孤寂落寞。五、六两句中"鸳鸯"指同僚，"得路"指攀附权贵而得志。当日徐铉作京官时，虽鸳鸯伴飞，情融意洽，可是一朝沦落，便音讯疏远。此虽属常情，想起来却又不禁愤愤。自然，其中也有些志同道合的友好，因鸿雁分飞、道路远隔而无法再叙契阔。同僚友朋的疏远隔绝，更衬托出成判官（即成二十，指排行二十）此次垂访之情意殷切与出人意料，于是激起了诗人内心汹涌的波澜。

（虞卓娅）

徐　铉

# 题梁王旧园

梁王旧馆枕潮沟，共引垂藤系小舟。

树倚荒台风淅淅，草埋欹石雨修修。

门前不见邹枚醉，池上时闻雁鹜愁。

节士逢秋多感激，不须频向此中游。

汉代的梁孝王刘武雅好文学，他网罗了当时的一些名士，如枚乘、邹阳、司马相如等，常到他的园囿梁园（或称梁苑、兔园）游赏作赋，传为佳话。其地即在今河南开封东南，后世文人游其故址，常会追怀当年的盛事，油然而生今昔之慨，如李白《梁园吟》云："梁王宫阙今安在？枚马先归不相待！舞影歌声散渌池，空余汴水东流海。"徐铉为南唐旧臣，随后主李煜降宋，在归附新朝之后来游梁王旧苑，又别有一番滋味在心头。此诗即抒发了他哀悼故国的黍离麦秀之悲。

此诗章法，"以两联为主，起结辅之，浑然一气"（《四溟诗话》）。首联从交代梁园的地理形势写到乘舟来游，导入中二联的写景，尾联以感慨此行作结。重在中间二联，首尾辅之。颔联的写景只是选取了梁王旧园中的树与草加以描绘，却能因小见大，表现出故园的荒芜衰败，萧条冷落，极具概括力。荒台、欹石已给人以破败之感，再加上树倚、草埋，则更可令人想象出长年废置、人迹罕至的景象，再以"风淅淅""雨修修"加以点染，悲凉的氛围就愈加浓重了。此处的点染全得力于叠字的运用。淅淅、修修均为象声词，状风声与雨声，视觉的形象外又有听觉的感染，更丰富了诗的意境。颈联写门前与池上之景，但用笔较颔联为虚，由"不见"引出悬想之词，既追念昔日之盛，又见出今日之衰，"雁鹜愁"则在这种今昔之概上更蒙上了一层愁云哀雾。

前人论诗，区分所谓虚实、情景，有景联、意联之说，主唐音者，注重组织景联，以实景构成对偶，从景中见情，晚唐体就是走的这一路子。徐铉为宋初之承袭唐音的诗人，此诗正体现出这样的特点。诗人着力于中二联上熔铸锻炼，虽以实景相对，但又并非堆垛窒塞，颈联虽也写景，但情显而景虚，与颔联之实景相映，不致过于质实。晚唐诗多写小巧之景，本诗虽也从小处落笔，却能小中见大，寄慨深沉。本诗的对偶严整匀净，平稳妥帖，严整中又不落平板。仔细揣摩，可以发现二联还运用了"互文"的手法，如颔联之"风淅淅"与"雨修修"、颈联之"门前"与"池上"均上下兼容，以见出风雨之中台荒草蔓，园池之间寂寥冷落的景象。这样，平整之中又显出灵动变化，同时也增加了诗的容量，丰富了诗的意境。

诗人通过这种意境所传达出的今昔之感，曲折地表现出他的亡国之思，令人自然地联想起黍离麦秀之悲，但诗人所悲又非南唐的宗庙宫室，而是历史上的梁王旧馆。这种借他人之酒杯浇自己之块垒的方式，就使抒情显得曲折含蓄，但又处处联系着家国之思。荒

台、乱石、风雨、草树岂不是故宫颓败之象？宾主雅集，文士沉
醉，岂不就是诗人在故都生活的写照？"不须频向此中游"，也就是
李后主"故国不堪回首月明中"的意思。这种托物寄兴、以景传情
的手法，再加上平稳工切的对偶句法，使全诗显得情感深挚却又意
态雍容，这和诗人归宋后的地位处境有关。他是南唐故国的旧臣，
又是新朝的显要，和李煜之死于非命不同。他的亡国之思既不便
明言，也不至于刻骨铭心，愁肠欲断，故形成这首诗深沉含蓄的
风格。

（张家英）

## 杨徽之

*杨徽之（921—1000），字仲猷，浦城（今属福建）人。周显德二年（955）进士。入宋，除著作佐郎，知全州。太平兴国初，转库部员外郎，判南曹，参与编《文苑英华》。真宗时历官礼部侍郎、枢密直学士兼秘书监。咸平二年（999），任翰林侍读学士。卒赠兵部尚书。* （姜汉椿）

### 寒食寄郑起侍郎

清明时节出郊原，寂寂山城柳映门。

水隔淡烟修竹寺，路经疏雨落花村。

天寒酒薄难成醉，地迥楼高易断魂。

回首故山千里外，别离心绪向谁言？

　　古时清明时节，有外出踏青的习俗。首联即写其事。寒食节禁火寒食，在清明节前一天（一说两天），所以首句用"清明时节"来点题。正值春暖柳绿，诗人也外出郊游。山城寂寂，只见家家户户插柳枝于门楣，显得格外幽静。这两句渲染了清明节的环境气氛。

　　颔联写淡淡的烟雨中，隔水相望，隐约见到掩映在修竹之中的寺院；在稀疏的春雨中，信步而行，路经被雨水吹打得花枝零落的村庄。这一联，写得淡雅清新，自然流转。然而，寂寥的山城，烟雨濛濛中的寺庙、村落，都勾起了诗人心中落寞的愁绪。

颈联则抒发这种愁绪。清明时节，乍暖还寒，身处荒僻的山城，一杯薄酒，难浇心中块垒；登高望远，引发了怀乡之情。楼高地迥，愁肠欲断，诗人心中郁积着难以言表的苦闷。杨徽之由五代周入宋，被贬出京，政治上的失意，造成了他心灵上的痛苦。

面对此情此景，诗人发出了深沉的叹喟："回首故山千里外，别离心绪向谁言？"回望故乡，思念旧友，一腔"别离心绪"喷涌而出，末句以问作结，更见沉郁、痛切。

这是一首寄赠友人的诗。诗中，作者向友人倾诉了离愁别绪和落寞、孤寂的心境，写得感情真挚，而无矫揉造作之气，给人以平实、清新之感。

（姜汉椿）

## 柳 开

柳开（947—1000），字仲塗，号东郊野夫、补亡先生，大名（今属河北）人。
宋太祖开宝六年（973）进士。历任州军长官，殿中侍御史。契丹犯边，曾请真
宗往镇河朔，后卒于沧州道中。柳开能文能武，是宋代诗文革新运动先驱之一。
他仰慕韩愈、柳宗元，曾名肩愈，字绍先（一作绍元），散文意高气古，诗歌雄
健豪迈，今存仅五六首。有《河东集》十五卷。

（朱嘉耀）

# 塞 上

鸣骹直上一千尺，天静无风声更干。

碧眼胡儿三百骑，尽提金勒向云看。


　　塞上晴空，天静无风，一支响箭直窜云天，三百碧眼胡骑顿然
警起，个个勒紧坐骑，举首张望。这首诗犹如一组衔接自然的镜
头，出神入化地描绘了一幅边塞风情画。前两句写"鸣骹"（一种
响箭），首句先写其鸣声，以"直上"写箭的疾速，并牵动读者的
视线，一下子产生了强烈的动感。第二句又以静映动，以风静云
止、寂静无声的环境映衬鸣骹呼啸长空的嘹亮声，动感之后又加
上强烈的音响。这两句充分调动读者的视听去捕捉这支鸣骹，并由
此自然过渡到写人。后两句写三百名碧眼胡儿都拉住马缰，勒紧战
马，仰望云天，追踪响箭。诗人紧紧抓住这刹那间的神态，把胡骑

矫健机警、英气逼人的形象一下子推到读者眼前。在这两句里音响似乎戛然而止了，但奔驰中急停的战马杂沓的蹄声与嘶吼，读者是不难在画面之外、想象之中感觉到的。

　　这首绝句把北方塞上这动人的一瞬写得声情俱佳、极富美感。诗的语言简洁而有力度，意象明晰而又能激发读者的想象。所谓"诗中有画"，这首描写塞上风光的诗作也极富画意。据《倦游杂录》（《宋朝事实类苑》卷三十五引）记载："冯太傅（端）尝书（此诗）……顾坐客曰：'此可画于屏障。'"而后来也真有人把它画成图画，明代的杨慎在《升菴前集》卷七十八中就提及明时"犹有此图稿本"，可见人们对这首诗的喜爱。　　　　　　　（朱嘉耀）

## 郑文宝

郑文宝（953—1013），字仲贤，汀州宁化（今属福建）人。太平兴国进士。初师事徐铉，仕南唐为校书郎。入宋，受知于李昉，历官陕西转运使、兵部员外郎，多次参与抵御西夏及辽的战役。多才多艺，工篆书，善琴艺，诗风清丽柔婉，为司马光、欧阳修所称赏。有《江表志》《南唐近事》《谈苑》等。

（黄宝华）

# 柳枝词

亭亭画舸系春潭，直到行人酒半酣。

不管烟波与风雨，载将离恨过江南。

　　郑文宝，字仲贤，是宋初颇负声名的诗人，其诗追步唐人，深细委婉，情味隽永，风格轻盈柔软，胡仔《苕溪渔隐丛话》称"大抵仲贤情致深婉，比当时流辈，能不专使事，而尤长于绝句"。这首《柳枝词》可称其诗的代表。

　　抒写离情别绪是诗中常见的题材。此诗则能脱出前人窠臼，别开新境。首句写景，点明时地。春天的河潭边，停泊着一条小船。着一"系"字，使人自然联想到题中之"柳"，暗示船系于岸柳，因折柳惜别乃古人习俗，未言情而情自出，烦乱的离愁别绪深埋于平静的画面之中，为下文离恨的抒发作了铺垫。第二句则由远及近，由外入内，由景及人，写出船内为行人饯别的情景。酒仅"半酣"，酒未足而意未尽，却兰舟催发，促人远行，此情此境，人何以堪！

怨的对象不指向人，而是指向那不解人意的小船："不管烟波与风雨，载将离恨过江南。"无情画舸不管行人离别的伤感，只顾载人远行，作者将无知的小船拟人化，以无情作有情，愈见其怨情之深。"人自离别，却怨画舸"（吴乔《围炉诗话》），诗意侧出，曲折精妙。最后一句变无形作有形，化抽象为具体，使无形的离恨变为有形的可载之物，使人觉得离愁别恨像磐石一般沉重，以致负载它的小船也显得吃力难行。千里烟波风雨与行人缭乱无边的愁绪交织互映，构成一种混茫迷离的意境，预示着这难以排遣的离恨将伴随行人而去。末句因想象奇巧生动而深受后人的喜爱与赞赏，周邦彦将此诗意化入一首《尉迟杯》词："无情画舸，都不管，烟波隔前浦。等行人醉拥重衾，载得离恨归去。"李清照《武陵春》词云："只恐双溪舴艋舟，载不动、许多愁。"王实甫则改船为车，变愁为恼，其《西厢记》第四本第三折云："遍人间烦恼满胸臆，量这些大小车儿如何载得起！"足见此诗影响之深远。

此诗构思巧妙，意境新颖，形式短小而章法多变。首句以写景领起，以下三句，一波三折，情感跌宕，至末句一扫而空，使全诗在感伤凄怨的情绪中结束，低徊婉转，韵味隽永。

（魏崇新）

## 王禹偁

王禹偁（954—1001），字元之，济州钜野（今山东巨野）人。太平兴国进士。历任右拾遗、翰林学士、知制诰。刚直敢言，曾上《御戎十策》，陈说边防大计。数度受贬，先为徐铉雪诬，坐贬商州团练副使；复坐讪谤罢知滁州，改扬州；真宗时，预修《太祖实录》，因秉笔直书，降知黄州。诗学白居易，兼宗杜甫，清隽明秀，平易畅达；文师韩愈、柳宗元，为北宋诗文革新之先驱。有《小畜集》。

（黄宝华）

# 对　雪

帝乡岁云暮，衡门昼长闭。

五日免常参，三馆无公事。

读书夜卧迟，多成日高睡。

睡起毛骨寒，窗牖琼花坠。

披衣出户看，飘飘满天地。

岂敢患贫居，聊将贺丰岁。

月俸虽无余，晨炊且相继。

薪刍未缺供，酒肴亦能备。

数杯奉亲老，一酌均兄弟。

妻子不饥寒，相聚歌时瑞。

因思河朔民，输税供边鄙：

车重数十斛，路遥数百里，
羸蹄冻不行，死辙冰难曳；
夜来何处宿，阒寂荒陂里。
又思边塞兵，荷戈御胡骑，
城上卓旌旗，楼中望烽燧，
弓劲添气力，甲寒侵骨髓，
今日何处行，牢落穷沙际。
自念亦何人，偷安得如是！
深为苍生蠹，仍尸谏官位。
謇谔无一言，岂得为直士？
褒贬无一词，岂得为良史？
不耕一亩田，不持一只矢，
多惭富人术，且乏安边议，
空作对雪吟，勤勤谢知己。

王禹偁十分推崇杜甫和白居易。他曾说过："本与乐天为后进，敢期子美是前身。"（《前赋村居杂兴诗二首……聊以自贺》）从这首《对雪》诗中，我们可以看到杜甫和白居易关注人民疾苦的精神，看到白居易诗通俗浅切的风格，我们还为诗人勇于自责的精神所感动。

诗写下雪引起的感慨。988 年的冬天，诗人在京城任右拾遗、直史馆。天气寒冷，闭门不出，晚上读书，白日晏起，也无公事可办。当他看到漫天雪飘，首先想到的是，虽然自己官阶不高，生活清贫，可是下雪兆示着来年的丰收，还是值得庆贺的。"月俸岁无余"以下八句说自己的"贫"，仅仅是相对的清贫，生活还过得去，只不过"岁无余"而已。对生活的描绘，表现了诗人随遇而安、知足常乐的人生态度，也为下面抒发对"河朔民"和"边塞兵"的同情起了衬托、对比的作用。以上是诗的第一部分。

第二部分是中间十六句。诗人面对纷飞的大雪，由自己的安逸想到了河朔一带的人民。他们为了要将税粮输送到边疆，在冰天雪地中，驾着疲羸冻馁、不肯行走的牲口，拖着数十斛沉重的车身，要行走数百里之遥。夜里何处可以住宿驱寒呢？只能栖身于杳无人烟的荒山野地里。接着，诗人又想到了边塞上的戍卒，是他们"荷戈御胡骑"，保卫着边境的安全。在风雪严寒之中，"弓劲"而必须更"添气力"才能拉开，"甲寒"而觉得分外"侵骨髓"，他们行进在寥远空旷、人迹罕至的沙漠之中，诗人为他们的命运叹息。这和前段描写的诗人安逸闲适的生活形成了鲜明的对比。读完这十六句，使我们深切地体会到，诗人在第一部分里之所以要说自己"贫"，并不是对自己清贫生活的不满足，而恰恰是想起人间贫富悬殊、苦乐不均以后的一种满足。

但不仅仅是满足，诗人由满足进而变为内疚自责。这就是诗的第三部分、最后十四句写的内容。两种截然不同的生活引起诗人的深思：为什么我的生活如此安逸？我不劳而获，不正是"苍生"的

"蠹虫"吗？我居谏官之位而不能为老百姓呐喊，不正是尸位素餐吗？不能谔谔直言，我还能算是一个直士？不能褒善贬恶，我还能算是一个良史？"不耕一亩田，不持一只矢"，不能出谋划策，富国安民，而只能作这样一首自责的诗，这是多么惭愧啊！一连串发自内心的深省，说明诗人的内心正在受到遣责。这一层诗意正好回应首段，是对自己闲适安乐生活的否定，于此收拢全诗，恰好水到渠成。全诗由恬然自适到推己及人，再转为内疚自责，展现了诗人内心跌宕起伏的波澜。

这是一首实践了白居易"歌诗合为事而作"创作主张的好诗。虽然以叙事和抒发感慨为主，没有飘忽空灵、耐人寻味的景物描写，没有羚羊挂角、无迹可求的意境营造，只有平铺直叙、浅俗直露的语句，但同样耐人玩味，心潮激荡。此诗的强烈效果得力于诗人递进式的抒情方式。第一段由天寒下雪而为丰年庆贺，表达虽清贫而知足的思想感情。这是诗人善良心愿的初步流露。第二段由个人的安乐而想到人民的苦难，通过具体描绘，表现了对下层人民的由衷关切与同情。这就使一般的善良升华为博大的人道主义。第三段，由同情而转为自责，无情的自我剖析昭示了诗人崇高的精神境界。全诗就通过这种层层递进的抒情方式，使感情愈来愈加浓，思想愈来愈深刻，给人的感染也愈来愈强烈，最终给人以心灵的震撼。当然归根结底，这是因为诗人用自己的"心"在写诗，故而能使读者发生心灵的共鸣。

（朱宏恢）

# 吴江县寺留题

松江江寺对峰峦，槛外生池接野滩。
幽鹭静翘春草碧，病僧闲说夜涛寒。
晨斋施笋惟溪叟，国忌行香只县官。
尽日门前照流水，尘缨浑拟濯沧澜。

宋太宗雍熙元年（984），王禹偁以大理评事知苏州长洲县（今属苏州市），此诗即作于到任的第二年。吴江乃苏州属县，以太湖支流吴淞江得名。

全诗以寺景的清幽衬托吏事的凡俗，抒发对隐逸之趣的向往。首联从擒题入手，概括寺的全貌，寺与峰峦遥遥相对，栏干外的放生池连接着野外的河滩，一上来就交代了寺院颇得山水之胜。诗人在一联中组织了六种物象，以连贯而下的流走气势，历数其山水之佳。颔联承上两句，展开对僧寺幽景的描绘。幽静的鹭鸶在水中翘首而立，碧绿的春草掩映其旁，这样的意境不禁令人想起晚唐雍陶的《咏双白鹭》诗："双鹭应怜水满池，风飘不动顶丝垂。立当青草人先见，行傍白莲鱼未知。"此句显然应上句之"生池"，乃眼见之实景。而接下来却写从病僧的闲谈中得知夜晚江涛之寒，则是应"松江""野滩"，乃耳闻之虚景。而且以实笔写静景，以虚笔写动态，错互成文，摇曳生姿。诗家写僧人多喜写"病僧"，盖源于《维摩诘经》中"病维摩"的形象，其清瘦之态更使僧寺幽景增添了几分寒瘦。

颈联以人事作对。施笋的溪叟显然来自山中，遥应首句的"峰峦"，而行香的县官则是诗人自谓，点明了此行的目的。原来"国忌行香"是沿袭唐制，在皇帝皇后的忌日，在各州县的寺观，设斋焚香，诗人即为此而来。由这件事也就引出了他的一番感慨。在流水中映照自己的身影，见到的是一副风尘仆仆的形象，可叹奔走劳碌，不如归去江湖，在沧浪之水中濯尽冠缨上的尘土（汍澜，本为泪流貌，此形容流水），即古歌所谓"沧浪之水清兮，可以濯我缨"。结尾处回应首联之"水"，至此可以明了，前面写僧寺幽景的笔墨完全是为了跌出这归隐之叹而作铺垫的。幽鹭之静，病僧之闲，更衬托出自身之俗，于是向往之情油然而生。

细玩此诗，诗人在写景中安排了众多的物象，上下、内外、晨昏、水陆皆配置得当，组成一幅具体可见的僧寺图，其间上呼下应，针线之绵密，使全诗浑然成一整体。

（张家英）

# 村 行

马穿山径菊初黄，信马悠悠野兴长。

万壑有声含晚籁，数峰无语立斜阳。

棠梨叶落胭脂色，荞麦花开白雪香。

何事吟余忽惆怅？村桥原树似吾乡！

　　王禹偁为宋初名臣，向以刚直著称。太宗淳化二年（991），庐州尼姑道安诬陷徐铉与妻甥姜氏通奸，时禹偁任左司谏、知制诰，兼判大理寺事，抗疏论道安告奸不实，被贬为商州（治所在今陕西商县）团练副使。这个官，俸禄微薄，他只得典园十亩，种菜自给。此诗作于被贬的第二年，从中见出诗人不以迁谪萦怀，而以山水田园自娱的达观胸怀，但仍不能泯灭内心深处的失意之感。

　　商州地处商洛山中，深山穷谷。题为《村行》，故首联扣题，先写骑马穿行山村，一路上，但见黄菊点缀山野，秋色之美已初露端倪。他为秋景所吸引，故信马而行，叠词"悠悠"以曼声长语表现其随兴自适的心情。中间二联是对途中见闻的具体描述。颔联写山，重在绘声。出句写群山万壑中天籁齐鸣，而对句却写斜阳中山峰静立的景象。此联以动静相对，更显出暮色中峰峦的静穆悠远，犹如王维《青溪》所云："声喧乱石中，色静深松里。""数峰无语"

33333333333333333

四字，足以使人玩味无穷。所谓"无语"实际上正是人与山相对无言，忘情默契。借助这种拟人手法，这句诗才能让人反复讽咏而情味无穷。

颔联的绘声之后是颈联的绘色，不仅有色彩的鲜明对比，而且对寻常花果倾注了钟爱之情，表现出随遇而安的旷达胸襟。在诗人眼里，棠梨与荞麦不啻是娇艳的海棠与高洁的梅花，正如他另一首诗所表白的："而今寂寞山城里，鼓子花开亦喜欢。"尾联以问答形式剖露心曲，一问一答，顿挫转跌，揭出诗人细微复杂的感情活动。尽管他忘情于山水，但迁谪失意之感毕竟难忘，"村桥原树似吾乡"表面上是抒发乡思，实则流露了迁谪之意，但这种感慨在此表现得颇为蕴藉婉转，犹如水面泛过一层涟漪，无伤其平静，故全诗仍保持了一种清雅闲逸的格调。

王禹偁承五代绪余，诗宗白乐天。他自称谪居商州时"多看白公诗"；但同时他又研读杜甫诗，曾以"敢期子美是前身"自许。本诗就其平易自然而言，颇类白诗，但秀逸顿挫，又非白诗所能牢笼。讽诵此诗，会令人想起老杜卜居草堂时的诗篇，这就是他得杜律神髓之处。

（黄宝华）

# 松　江

三年为吏住江滨，重到江头照病身。
满眼碧波输野鸟，一蓑疏雨属渔人。
随船晓月孤轮白，入座晴山数点青。
张翰精灵应笑我，绿袍依旧惹埃尘。

　　宋太宗雍熙元年（984）秋末，诗人以大理评事知苏州长洲县（今属苏州），至雍熙四年秋冬间，应召赴阙，前后三年。

　　首联以叙事发端，笔势平直舒缓，句稳而意深。松江，即今吴淞江，距苏州甚近。诗人于政事之暇，常来江畔游赏，"重到"一词，便透露出这一消息。"照病身"透露出他的体弱多病、意不自得。看来他的"重到江头"，并不仅仅是为贪恋风物，还有借江湖野趣以自我排遣之意，"起句便见所咏之意"（沈义父《乐府指迷》）。

　　二、三两联，以精细的笔触描绘出江畔景色。"野鸟"和"渔人"，是那样来去自由，一无牵挂，使诗人艳羡不已，自愧不如，一"输"一"属"，其义互见，婉转道出对官场生活的厌倦，对自由生活的向往，同时流露出自己误落尘网、难以自拔的悲苦。接着继续描绘江面风光。"随船晓月"从自然物象给人们造成的错觉落笔。与李白的"月行却与人相随"(《把酒问月》)具有同样妙趣。而且，以"白"状"晓月"，又十分精当准确。至"入座"一句，写远处的数点青山像被邀的宾客进入座席，以形容山峰扑入眼帘，这就比一般写望山来得富有情趣。此联以"随""入"两个动词，将人望月、山，化为月、山随人，并用比拟的手法化静为动，将本来不动的月与山写得依依随人。后来王安石写"两山排闼送青来"，也是采用同样的视角与手法。

尾联将内心深蕴的感情径直道出，抒发仕途蹭蹬、落拓失意之感。诗人初至任所，颇欲有所作为，但因职位低微，左右掣肘，常力不从心。他在《为长洲令自叙》中慨叹："廉其身而浊者忌之，直其气而曲者恶之，悬无知音，动有变畏。"(钱谷《吴都文粹续集补遗》)徒有拯世济民之志，却无从施展，故借晋代张翰的故事以自嘲。《世说新语·识鉴》载："张季鹰（翰）辟齐王东曹掾，在洛，见秋风起，因思吴中菰菜羹、鲈鱼脍，曰：'人生贵得适意尔，何能羁宦数千里以要名爵！'遂命驾便归。"诗人借此曲折表达了归隐之思与沉沦下僚、壮志难酬的牢骚不平。全诗浑然一体，情味悠长。

（赵兴勤）

# 寒　食

今年寒食在商山，山里风光亦可怜：
稚子就花拈蛱蝶，人家依树系秋千。
郊原晓绿初经雨，巷陌春阴乍禁烟。
副使官闲莫惆怅，酒钱犹有撰碑钱。

诗人在任知制诰期间，以其刚直不阿，直言敢谏，为同僚忌恨。宋太宗淳化二年（991），庐州妖尼诬徐铉与妻甥有奸，诗人据实抗疏为铉辨枉，激怒太宗，被贬为商州（治所在今陕西商县）团练副使。本诗当写在次年的寒食节。

柳永，曾以"艳杏烧林，缃桃绣野，芳草如屏"、"风暖繁弦脆管，万家竞奏新声"（《木兰花慢》）来描绘清明的热闹景象，而"山里风光"若何？诗人以"可怜"一词作了概括。可怜，即可爱，可喜。谪居商地，无繁闹景象寓目，那么，宁静恬淡的"山里风光"，也可怡情悦目。这便是"可怜"的内在含义。

二、三两联，具体铺叙"可怜"之所在。诗人精心设置了四幅别具情趣的画面。颔联是近景的特写：蛱蝶纷飞，盘绕花丛，孩童潜近花枝，欲捕蝴蝶，洋溢着天真烂漫的情趣。一个"拈"字，妙语传神，描摹出小儿捕蝶时轻手轻脚、小心翼翼的情态，画面栩栩如生。秋千依树系挂，也是乡野特有的风光，虽是"无人之境"，却启人联想到绿杨红杏里，似有绰约多姿的女郎飘乎其间，静态的画面仿佛有了动意。至颈联，诗人荡开笔势，将郊野远景摄入毫楮，突出了画面的清新明净。"晓绿"一词，准确地传达出夜雨过后景色的细微变化。下句的"巷陌春阴"，紧扣节令特征。古时寒食禁火三日，村庄无缭绕炊烟遮蔽，故而，人家巷陌历历在目。画面显得宁静、明洁。

由"山里风光"，自然地引出尾联的抒情。正因为"官闲"，才有可能细细欣赏自然风光，而"官闲"又意味着徒有空名，有职无权。正如诗人所说："不得亲公事，如何望俸钱。荒城共谁语，除却冯同年。"(《岁暮感怀，贻冯同年中允》)有怀莫展，孤寂无聊，穷困落魄，甚至要靠撰写碑传的微薄润笔酤酒自酌，以遣闷怀，其处境实在可悲。对此，诗人似乎毫不介意，反而劝慰自己"莫惆怅"。其心中所埋藏的不便吐露的抑郁之情，却以平淡之语出之，自得自足的旷达情怀中流露出忧懑交织的复杂情感，自得深婉不迫之趣。

禹偁为诗，力造平淡之境。本诗无一处用典使事，亦无丽辞藻句，但却有蕴藉深婉之致。首联以"亦可怜"挈领全诗，继而腾挪笔势，逐一推出情态各异的寒食商山画图。景物远近、高下错落有致，层次井然，极力渲染画面的清静、恬淡。末二句的抒情藏针于绵，曲折道出诗人的一腔心事，令人玩味不已。

(赵兴勤)

# 春居杂兴

（二首选一）

两株桃杏映篱斜，妆点商州副使家。

何事春风容不得，和莺吹折数枝花。

　　此诗作于宋太宗淳化三年（992）三月。淳化二年秋，诗人缘抗疏直谏，落知制诰职，贬为商州团练副使。本诗便抒发了谪居商州时的感慨。

　　满目春色，究竟从何着笔？一开头诗人信手将"映篱斜"的桃杏摄入笔底。以"斜"字状桃杏，使桃杏枝桠倾欹、斜傍疏篱之态跃然纸上，同时，也暗暗交代了诗人谪居生活的清寒窘迫。当时诗人官微俸薄，尝称"谪宦门栏偏冷落，山城灯火苦萧疏"（《上元夜作》），逼仄简陋的住所只能以桃杏装点，其清苦可见，但也表现了诗人热爱生活的野兴与情趣，为桃杏的应时开放而欣喜，舍间篱旁的桃杏成了他孤寂生涯中的知己，它们似乎是特意为慰藉诗人来装点其家的。这里的写景，并不是纯客观的描述，而是带有很强的主观意识，物我交融，情蕴于景，为末二句的抒情作了铺垫。

　　正因为人与花相知默契，才有三、四句的惜花之意翻出。桃杏无意争春，却为蛮横的春风所不容。"和莺吹折数枝花"，诗人实以桃杏自况，抒发胸中的磊落不平。据史载，禹偁秉性刚直，不畏权贵，"颇为流俗所不容"（《宋史》本传），并缘此迭遭贬谪。他慨叹："众铄金须化，群排柱不支。"（《谪居感事》）在赴商州途中，"扶亲又抱子，迤逦过京索。弊车载书史，病马悬橐橐"（《酬种放征君一百韵》），备受艰辛，且屡遭趋炎附势者流谩污，往往携妻儿去古庙栖身，饱尝人情之冷暖。所谓春风不容，吹折花枝，正隐含了诗人的身世之慨，曲折表达了他身受诬陷的怨愤。而"和莺吹折"也许暗指因他触犯朝廷而累及妻子。

诗人反对五代、宋初的浮靡文风，主张文学韩、柳，诗学杜、白，于平易浅淡的诗格中寄寓深邃婉转的情致。本诗写桃杏，笔端含情，尽得其妙。后二句的抒情，因景而生，真率自然。浅浅道出，却寄寓了幽怀积愤，颇有含蓄隽永之致。

（赵兴勤）

# 齐安郡作

忆昔西都看牡丹，稍无颜色便心阑。

而今寂寞山城里，鼓子花开亦喜欢。

宋真宗咸平元年（998），王禹偁以知制诰预修《太祖实录》，因坐流言，被谪知黄州，直至咸平四年。本诗当写于谪居黄州期间，齐安郡即黄州。

诗由"忆昔"引出在西都洛阳观花的旧事。人称"洛阳牡丹甲天下"，花开时节，锦绣成堆，红紫纷披，人们争相观赏，车马塞途。但诗人并不从正面写洛阳花事之盛，而是选择另一个角度来加以咏叹："稍无颜色便心阑"，颇有"曾经沧海难为水，除却巫山不是云"之概。此句表面上是写目睹"稍无颜色"之花便兴味索然的心态，实则言在此而意在彼，借以暗示牡丹之盛。同时也为下面写山城看花之欣喜作了铺垫，形成情感的前后对比与跌宕起伏。三、四句以"而今"一转，由往事的回忆，转入现实的描述。"山城"与"西都"、"鼓子花"与"牡丹"、"喜欢"与"心阑"，两两对举，映照反衬，烘托出诗人谪居黄州的孤寂心境。鼓子花即旋花，以形似鼓而得名。诗人身处荒城，在百无聊赖之际，平淡无奇的鼓子花竟能唤起他的快感，其心境的寂寞可以想见。这里所说的"喜欢"，并不是舒心快意的愉悦，而是无可奈何的强笑，个中浸润着淡淡的悲苦。全诗只是将不同时期与地域的观花心态加以并列,平平叙来,却表现了丰富的感情意蕴,映照鲜明,跌宕生姿,正所谓"看似寻常最奇崛,成如容易却艰辛",确是一首寓曲于直、化深为浅、意在言外的佳作。

（赵兴勤）

## 潘 阆

潘阆（？—1009），字逍遥，大名（今属河北）人。狂放不羁，交游皆当代名士。太宗时赐进士及第。坐宦官王继恩事潜逃，后被捕。真宗释其罪，为滁州（今安徽滁县）参军。卒于泗州。其诗苦寒清奇，尤工五律。有《逍遥集》。

（虞卓娅）

## 渭上秋夕闲望

秋色满秦川，登临渭水边。

残阳初过雨，何地不鸣蝉。

极浦涵明月，孤帆没远烟。

渔人空老尽，谁似太公贤？

　　此诗作于潘阆早年落拓江湖时。诗题"渭上秋夕"，说明诗作于长安（今陕西西安）。身无公职，心无羁绊，自可登临骋目。秋风萧瑟，当楼残照，此情此景对于徘徊于进退、仕隐间的古代文人，最能触发其诗思。

　　贾岛的"秋风生渭水，落叶满长安"（《忆江上吴处士》）乃下第后所作，自然与孟郊"春风得意马蹄疾，一日看尽长安花"的意兴、境界不同。潘阆在渭水边选取一个登临角度，用重笔浓墨渲染秦川秋色。二、三联即写登临所见。毫无疑问，以咏杭州胜景扬名、为东坡所激赏的诗家潘阆，是写景的高手。残阳、轻雨、鸣蝉，明月、孤帆、远烟，这些意象组成了一幅静中有动，时空交融的清新画面。似乎是静谧的黄昏，因为一阵刚过的雨、一轮西沉的残日、一片唱和的蝉声，使得空间有几分流动。初升的月亮浸润在河中，天上的一个虽然静悬，而水中的一个却随波逐流，荡漾不息。"孤帆没远烟"，其中分明有一个时间的过程，却以空间的画面化出。

　　尾联则由写景转为抒情，并回应首联的"渭水"。渺茫悠远的景色最易触发内心的思绪，更何况秦川渭水与中国的人文历史有着千丝万缕的联系。故而诗人借太公吕尚发抒了自己的人生感慨。吕尚垂钓于渭水之滨，为周文王所擢拔，终成大业，而今渭水边垂钓的渔人一辈辈地老尽，有几个人能如当年的姜子牙那样才德焕彰与风云际遇呢！末句表面上是叹无人如太公之贤，实是自叹不受赏识，无太公之际遇，含蓄地表达了对统治者的怨望之意，而以反诘句出之，更显委婉。当年孟浩然过洞庭叹"欲渡无舟楫"，如今潘阆临渭水问"谁似太公贤"，可见潘逍遥的内心也并不逍遥。潘阆热爱自然、又不愿老死江湖的矛盾心情跃然纸上。

（虞卓娅）

## 魏　野

魏野（960—1019），字仲先，号草堂居士，陕州（今河南陕县）人。隐居不仕。真宗西祀时曾遣使召之，不赴。卒赠秘书省著作郎。写诗精思苦吟，多平淡闲远之作。原有《草堂集》，其子重编为《巨鹿东观集》。　　　　　（虞卓娅）

## 题普济院

河上似江边，寺临河掩关。

百年人自老，一阁意常闲。

野阔连天碧，苔多遍地斑。

数声离岸橹，几点别州山。

寒食花藏县，重阳菊绕湾。

悬崖分鸟道，隔水似尘寰。

雨急和僧语，云高共鹤攀。

磬声喧水槛，幡影落波澜。

雁去归汾曲，槎来犯斗间。

冷斋如有暇，到此屡开颜。

普济院又名普济寺，在当时的霍邑（今山西霍县），正处汾河边上。故此诗一作《题河上寺柱》。据《古今诗话》，魏野此诗中

"数声离岸橹，几点别州山"两句，为时人激赏，赞其"怪得名称野，元来性不群"。

此诗以"散点透视"的方法写景，极尽腾挪变化之能事。全诗从普济院临河掩门的庄重姿态写起。随后以"一阁意常闲"表露意绪，且作衔接、过渡用，以下尽情描绘寺院所处之山色水光。碧野、悬崖，云天、汾水，诗笔随意点染，著处皆妙；高、低、远、近，纵横挥洒，境界交互迭出。视点的快速跳跃，景象的落差对比，角度的灵活多变，使全诗起伏跌宕，摇曳多姿。通篇写景线索大体呈低—高—低，近—远—近的变化，而变中又自有不变。

此诗用墨溥彩亦臻佳妙。或一联之中，或一篇之间，皆浓淡相宜，前后掩映。"野阔连天碧，苔多遍地斑"一联，一片碧丽中，草色浅浅，苔痕深深。"数声离岸橹，几点别州山"两句最为空灵淡雅，"既雕既琢，复归于朴"（《庄子》）。紧接"寒食花藏县，重阳菊绕湾"，则浓墨重彩，着意渲染。对比既强烈又得当。其他如闲云孤鹤同为洁白，佛家旗幡色彩斑斓，也都相映成趣。

此诗洋洋二十句的五言排律，刻意绘景，惟有两联抒写情兴，但却起到了画龙点睛的作用。末联"冷斋如有暇，到此屡开颜"，表面看似以情结景，其实却与第二联"百年人自老，一阁意常闲"接通一条情感流动的线索。从"意常闲"到"屡开颜"，诗人的情感意绪已从稍许感喟人生、排遣烦恼的意味，转为与大自然气息相通，融和一体。这一物我相融境界，无形中又与水外尘寰构成对照。如此前后呼应，不但使这幅绚丽壮观的山水画卷形散神不散，而且使人感到诗中的"一切景语皆情语"（王国维《人间词话删稿》)。

魏野当年有"苦吟"之名，此诗颇能代表之。大处如上述，构思、布景、设色，皆苦心孤诣；小处如锤字炼句，惨淡经营。如"花藏县"之"藏"，"菊绕湾"之"绕"，使人似见繁花满县、黄菊夹岸之景。

又如"雁去归汾曲，槎来犯斗间"，化用成语典故而不露痕迹。汉武帝行幸河东，泛舟汾水，作《秋风辞》云："秋风起兮白云飞，草木黄落兮雁南归。"又张华《博物志》载海边有人乘槎经天河而达于牛、斗之间。诗人用此二典描写汾水上鸣雁翱翔，舟楫来去的景色，十分贴切。

（虞卓娅）

# 书友人屋壁

达人轻禄位，居处傍林泉。

洗砚鱼吞墨，烹茶鹤避烟。

闲惟歌圣代，老不恨流年。

静想闲来者，还应我最偏。

　　此诗一作《书俞逸人屋壁》。俞是一位名叫太中的隐士，所以后人读此诗，遂把诗中的达人当作俞太中。然而据方回《瀛奎律髓》说："真宗祀汾阴，遣使召之。题此诗壁间，遁去。使还，以诗奏。上曰：'野不来矣。'先是，上尝图种放所居；野居亦有幽致，又令图之。"若是这样，魏野此诗写的就是他自己的幽居之处（居所的房产主人可能是俞太中），诗中的达人则明指俞太中，亦暗指魏野自己。

　　开首标"达人"两字，看轻禄位、徜徉山水，则是极自然的事。既然以"达人"总领全篇，就要把其生活态度与隐居情趣写透彻。旷达者向以疏朗自然为高情雅致，又以山水林泉为栖息处所，这就要选最具特色的景物来进行刻画。洗砚、烹茶虽是高人逸士情趣，汲汲名利者又何尝不可为？颔联两句奇兀处在"鱼吞墨""鹤避烟"，借鱼、鹤隐括山水逸兴，犹如林逋的妻梅子鹤，"达人"与鱼、鹤也到了无比亲近熟稔的境地。鱼的书卷气，鹤的雅洁癖，此中性灵都由"达人"感染所致，岂足为凡夫俗子道哉！颈联一"闲"一"老"，亦蕴蓄达人意趣。人生最烦心的事，不过忧贫嗟老，所以求富贵，觅长生。如果把这两点都看透，不追求闻达于圣代（圣代，当代。此为敷衍语）也不畏老死于天年，还有什么不能超脱呢？最后两句笔锋一转，写闲中来访友人者，当数"我"性情最偏。所谓"偏"，指不合世俗常情的脾性，即与世乖合，不求名利，避世隐逸等行为特征。

魏野此诗不仅把幽居生活写得令人神往，更写出了诗人的真性情、真品格，是那些沽名钓誉的隐士诗所无法比拟的。此诗是宋初典型的晚唐体诗，这派诗人多以五律写景，以疏淡之语写野逸之景，意境清幽，但诗境过于狭窄，不离竹石茶酒琴棋僧鹤等诗料。

（虞卓娅）

# 晨　兴

夜长已待得晨兴，耽枕僮犹唤不应。

烧叶炉中无宿火，读书窗下有残灯。

临阶短发梳和月，傍岸衰容洗带冰。

料得巢禽翻怪讶，寻常日午起慵能。


　　此诗摄取了幽居生活中的一个侧面、一件小事，是瞬间佳境的随意记录。

　　诗题《晨兴》，写的正是清晨早起的兴致。然而却从半夜写起：冬夜虽长，忽然醒来的诗人却已觉天明。"待"与"得"都有自然之致。想唤醒身边的僮儿，可僮儿却睡得烂熟，诗人也任其自然。炉子里早已没有隔夜的火星，窗下的残灯却还亮着，昨夜未曾吹灭。此中情趣也因自然而得。诗的第三联意境最美。诗人站在月光下的台阶上，月色柔和，无处不是，他梳着头发，也好像梳着月光；古人云"濯清泉以自洁"，而诗人洗脸的小溪，水中还带有薄冰。"梳和月"，"洗带冰"，句奇，味也奇。最后两句是说，自己的举止惊动了树上的宿鸟，它们一定会惊讶地瞪大眼睛：这个人往日要到中午才懒洋洋地起来，今天怎么起得这样早呀？鸟儿哪里知道，"起居无时，惟适自安"，正是逸人独有的快乐！读者似乎能看到诗人在得意地嘲笑鸟儿。

　　此诗矛盾对比多：半夜里想着晨兴；早起的主人和熟睡的僮仆；冬夜里熄灭的火炉和闪亮的油灯；晨间的梳洗和未落的月亮。但种种不和谐都反衬出诗人自我欣赏的意味。清高脱俗，野趣盎然，这才是真正隐者的写照。

（虞卓娅）

## 惠 崇

惠崇（生卒年不详），僧人。建阳（今属福建）人，或说长沙人、淮南人。主要生活在北宋前期。工诗善画，其诗为"九僧"之冠，时有警句，尝自撰句图，录平生得意之句凡一百联。与寇准有交往。画以小景著称，善画寒汀远渚、烟雨芦雁等景色。

（黄宝华）

## 访杨云卿淮上别墅

地近得频到，相携向野亭。

河分冈势断，春入烧痕青。

望久人收钓，吟余鹤振翎。

不愁归路晚，明月上前汀。

惠崇是宋初诗画兼善的僧人，为晚唐诗派"九僧"中之最负盛名者，清人贺裳称其诗"不惟语工，兼多画意"（《载酒园诗话》）。此诗据题目所示，是写他造访友人杨云卿在淮水附近的别墅的情景。

全诗的笔致悠闲自然，开头从造访写起，一切似乎都在不经意中道来。由于住得近，所以能时常到友人那里走走，那么这一次的造访也和往常一样，全凭兴之所至，接着他与友人相携步上了野亭。纵目四望，但见淮水奔流而至，切断了绵延的山冈；野火烧过的草地泛出了青色，令人感到春天已经来临。时光在不知不觉中流逝而去，连渔人都收起钓具回家了，显然时辰已经不早；吟罢诗句，那水边的白鹤也振翅高飞而去。日之夕矣，人归鸟飞，那么诗人是否要急切地回去呢？且慢，他还兴犹未尽，再晚一点回去也不妨，月光洒在前汀之上，无须担心归途昏暗，而且这一幅寒汀月色图正可供归时的欣赏。

晚唐诗派擅长作五律，尤重写景的一联，称为"景联"。此诗之出名全在颔联，诗人也颇以此联自负，但时人有讥其袭用古人成句者，嘲曰："'河分冈势'司空曙，'春入烧痕'刘长卿。不是师兄多犯古，古人诗句犯师兄。"（司马光《温公续诗话》）刘攽《中山诗话》也载此事，但字句上略有出入，后二句作："不是师偷古人句，古人诗句似师兄。"尽管如此，惠崇的创造之功仍不可没，两句诗经他的配置展现出一种全新的意境。"河分"句境界阔大，笔势豪健，虽未点春景，此景却与春水之涨有关，惟水势之大方有此断山分冈的气势。"春入"句则从细微处落笔，由烧痕之泛青见出节候的变化，"入"字炼得精彩，它将无形的春天具象化，后来辛弃疾词云："春入平原荠菜花"（《鹧鸪天·游鹅湖，醉书酒家壁》）；"春在溪头荠菜花"（《鹧鸪天·代人赋》），也是用的这种修辞法。此联从巨细、远近、虚实等不同方面加以搭配，遂成全诗之警策。

批评家一般不满晚唐诗派之有句无篇，而此诗却能浑然一体。它写了一次访友的全过程，而笔墨却极简省。首联交代游踪，颔联描写景色，颈联在叙述中带出"望久"和"吟余"，就顺势交代了此前的活动内容，构成了一个时间的流程，扩大了诗的容量，"久"和"余"又通过时光的流逝展现其游兴的浓厚。尾联写归去却以"不愁"带出，其流连不舍之意自在不言之中；以写景作结，又转出月夜的新境，令人感到清景无限，并不因夜幕的降临而消失，游兴也并不因此而稍减，使此行更具悠悠不尽之意。全诗的情致虽是一派悠闲，却无一不经过诗人的匠心安排。

（柳丽玉）

## 秘 演

秘演，僧人。山东人。与石延年相善。欧阳修云："秘演与曼卿（石延年字）交
最久，曼卿隐于酒，秘演隐于浮屠，皆奇男子也。"有诗集，欧阳修为之作序，
今不传。　　　　　　　　　　　　　　　　　　　　　　　　　　（姜汉椿）


# 淮　上


危桥当古寺，闲倚喜同僧。

极浦霁秋雨，扁舟明夜灯。

风沉人语远，湖涨月华升。

万事空凝念，其如总不能。


首联叙述秋夜在寺前下临深涧的石桥上，与同寺僧人倚桥闲
聊。"危"指高，"喜"则写出了作者闲适的心情。

"极浦霁秋雨，扁舟明夜灯"，连绵秋雨已止，天气放晴，诗人
沉闷的心绪为之一扫。从桥上极目远望，停泊在渡口的小舟已是灯
火点点，闪烁在水面上。这两句诗，以倒装语序来写，显得活泼、
轻松，语气中洋溢着欢愉的情绪。

颈联承上联而来。"风沉人语远"，诗人并没有写人，却能让读
者想象出那暮色苍茫中行色匆匆的行人的说话声，随着瑟瑟晚风渐

渐远去。一个"沉"字，用得十分贴切，让人似乎感觉到久雨初晴后风中仍带着沉沉水气。"湖涨月华升"，因为久雨，湖面的水位上涨了许多，水面上映照出一轮清澈的明月，更增添了几分秋夜的宁静。这句和李商隐《夜雨寄北》中的"巴山夜雨涨秋池"相比，可说别有一番情趣。

诗的前三联写了寺前石桥上闲聊的僧人、远处渡口小舟的灯火、路上的行人、水上的明月，造成了极富韵味的动感。然而，动中有静。清朗的秋夜，一轮明月映照水面，水天一色，又造成了宁静、幽远的氛围，使人觉得犹如置身其中。

但尾联作者掉转笔锋写道："万事空凝念，其如总不能。"不管你对世事百般思虑，但却不能事事如愿。这两句诗，写得淡泊、超脱，在前三联的映衬下，表达了作者久绝尘念的襟怀。

这首诗，写得清空、灵秀，语言平实、自然，表现出诗人闲适、超脱的心绪，其中也含有佛家的"出世"思想。　　（姜汉椿）

## 希 昼

希昼，僧人。剑南人。与保暹，文兆、惠崇、宇昭等合称"九诗僧"。作品入《九僧诗集》，已佚。

(姜汉椿)

## 寄题武当郡守吏隐亭

郡亭传吏隐，闲自使君心。
卷幕知来客，悬灯见宿禽。
茶烟逢石断，棋响入花深。
会逐南帆便，乘秋寄此吟。

这是一首寄赠之作。

"郡亭传吏隐，闲自使君心"，首联两句，点出了当年武当郡守为郡城驿亭命名为吏隐亭，表明了郡守闲适淡泊、不求闻达的处世态度。"闲自使君心"，可以看出，作者对郡守是相当赞赏的。

二、三两联，写吏隐亭环境的清静、幽雅。

"卷幕知来客，悬灯见宿禽。"吏隐亭是武当郡的驿亭，时有过往的官员留宿，作者也曾住在那里。"卷幕知来客"，就是明证。"悬灯见宿禽"，在吏隐亭见此景象，作为僧人的希昼自然是格外为之高兴的。

　　"茶烟逢石断，棋响入花深。"这一联不仅写出了作者当时在武当郡时的情趣，更突出了吏隐亭环境的优美：袅袅炊烟，四处飘逸，消失在亭园的山石之间；花丛深处，不时传出弈棋的落子之声。这一联写得自然、洒脱，让人有置身物外之感。

　　"会逐南帆便，乘秋寄此吟。"前一句告诉读者，作者其时正在北方，且时值金秋，恰逢有人前往武当，作者赋此诗寄赠郡守，并以此扣题。

　　这首五律以朴素、自然的语言，描绘出幽雅、静谧的意境。从诗中，读者还能体会到作者超然物外的情怀。

　　　　　　　　　　　　　　　　　　　　　　　　（姜汉椿）

## 宇　昭

宇昭，僧人。江南人，与希昼、保暹、文兆、惠崇等合称"九诗僧"，作品入《九僧诗集》，已佚。

（姜汉椿）

## 塞上赠王太尉

嫖姚立大勋，万里绝妖氛。
马放降来地，雕闲战后云。
月侵孤垒没，烧彻远芜分。
不惯为边客，宵笳懒欲闻。

北宋时，辽一直是北方的大患。王太尉攻辽大捷，令作者欢欣鼓舞，作此诗赠王太尉。

首联劈空而来，将王太尉比作西汉时抗击匈奴的著名将领嫖姚校尉霍去病，而"万里绝妖氛"的形象描绘，更突出了胜利的辉煌。这两句，虽未直接写战争，但征辽大捷却表现得淋漓尽致，并且让人感受到胜利的喜悦。

二、三两联写景。战争是残酷、激烈的，作者并不在此着墨，而是以轻松的笔调写战场的宁静：三五成群的战马放牧在收降之地，大雕在澄碧的云天悠闲地盘旋。但从"降来地""战后云"中，读者还是能透过这宁静的氛围，体会到两军激烈的搏击、厮杀。战场的夜晚，月光如水。废弃的孤垒，笼罩在清冷的月色中。榛莽烧尽，边地的原野，一望无际，月色下显得格外清晰。在这两联中，作者以战马、大雕、孤垒、远芜等景物描绘出了大战后战场的特有景象，寥寥数笔，境界全出。

在诗的结末处，作者突然笔锋一转，写道："不惯为边客，宵笳懒欲闻。"作为僧人的宇昭，不习惯边地的军旅生活。虽然对宋军的大捷感到鼓舞，但他毕竟是方外之人，所以，他对雄壮而略带悲凉的笳角之声"懒欲闻"的感受，读者也就能够理解了。

这首诗写战争而不直接描写战事，但又让人体味到战争，可谓匠心独运。诗的起笔豪壮，别具一格；景色描写境界阔大，气韵沉雄，在诗中巧妙地点出自己的身份又藏而不露，足见作者的功力。

（姜汉椿）

## 寇 准

寇准（961—1023），字平仲。华州下邽（今陕西渭南）人。太平兴国五年（980）进士。淳化五年（994）除参知政事。景德元年（1004）辽（契丹）兵入侵中原，他任宰相，力排众议，极力主张抵抗，促使真宗亲往澶州（今河南濮阳）督战，与辽订立澶渊之盟。后为王钦若等排挤罢相。天禧三年（1019）再起为相；次年即又被丁谓排挤去相，封莱国公。后贬逐雷州（今广东海康），客死南方。仁宗时追赠中书令，谥忠愍。能诗，七绝尤明丽婉雅。有《寇莱公集》。

（李娜）

# 春日登楼怀归

高楼聊引望，杳杳一川平。
野水无人渡，孤舟尽日横。
荒村生断霭，古寺语流莺。
旧业遥清渭，沉思忽自惊。

司马光《温公续诗话》载寇准"年十九进士及第，初知巴东县，有诗云：'野水无人渡，孤舟尽日横。'"清王士禛《带经堂诗话》卷十二引《蜀道驿程记》亦云："公在巴东有'野水''孤舟'之句，为人传诵。"由此可知，此诗当是寇准二十岁左右时所作。

此诗开篇扣题，点明诗人于春日闲暇时登临危楼，极目远眺。

首先映入眼帘的是杳远而平静的一江春水。收目俯瞰，但见河流中一只孤零零的小船横卧着，无人摆渡。此二句点化了唐代韦应物《滁州西涧》诗中"野渡无人舟自横"句，意境更见丰厚。接着，诗人的目光移向村落，见荒凉的小村飘浮着断断续续的烟霭；侧耳聆听古老的寺院中传出黄莺的啼啭声。此时，初登仕途、远别故乡亲人的年轻诗人顿生一股思乡怀归之情。"野水""孤舟"触发了孤身之人的孤独之感，村烟、莺啼使异地之客忆起了与家人生活时的温馨。他一时沉浸于沉思遐想之中，仿佛回到了家乡清澈的渭水河旁，见到了家园与亲人。最后他从遐思中蓦然惊醒，方觉仍在异乡巴东。

此诗是宋初晚唐派诗的代表作品。这派诗人大部分是隐士或僧人，独有寇准位致清显，无形中成为此派的盟主。晚唐派诗重在写景，偏好五律，常刻意锻炼中间二联，写出一种清幽野逸的意境。此诗的颔联历来受人推崇，虽化自韦应物诗句，但其对仗工稳、自然天成、境界幽僻，格调萧疏，尤令人击节叹赏，以致诗话、句图多加采择，甚至翰林图画院还以它作为画题来考学生，足见其影响之大。

（李娜）

# 书河上亭壁

## （四首选一）

岸阔樯稀波渺茫，独凭危槛思何长。

萧萧远树疏林外，一半秋山带夕阳。

　　诗共四首，分咏四季景物。这一首描写的是秋色，是一幅北方秋晚图。

　　首二句由水落笔。诗人独自登上高亭，倚着长廊上的栏杆放眼望去，只见河岸宽阔，帆船稀疏，水波苍茫渺远。这景物引起他无限的思绪。诗人何所思、何所忆呢？或许他在怀念自己的故乡，或许他在为自己政治上的不幸遭遇而怅惘？寇准家在陕西渭南，为宰相时在京城。而此时却先后被贬谪到河阳、陕州一带。因为他与奸臣庸君异志，力主抗辽，又在参知政事任上破格提拔了几个贤才，因而遭群小攻击，被排挤出朝廷。功业彪炳的诗人怎能不悲愤盈怀、心事浩茫呢！

　　然而，诗人毕竟是位胸襟开阔的政治家，他并没有任愁思缠绕心扉，而是更抬望眼向远看，在秋风萧萧、叶落枝疏的一片树林外，看到了一幅奇美的景色：黄昏已至，山之一面已在昧暗之中，而山之另一面却披着落日的余晖明丽可观。北方的"秋山"是铺着红叶的山，置身夕阳之下必是灿若云霞。一个"带"字，给山以动感和主体感。在描写了秋之萧疏落寞之后，宕出了这样一个色泽鲜明的结尾，传达出诗人心志的坚毅和旷达。这"一半秋山带夕阳"句，令人不禁想起白居易《暮江吟》中的佳句："一道残阳铺水中，半江瑟瑟半江红。"一为绘山，一为画水，真可谓有异曲同工之妙。

（李　娜）

# 江 南 春

（二首选一）

杳杳烟波隔千里，白蘋香散东风起。
日落汀洲一望时，柔情不断如春水。

　　寇准为北宋著名的政治家，位至宰相。他正直刚毅，力主抗辽，可谓堂堂伟丈夫；但同时，他又是一个情感丰富的诗人。这首七绝即描写了江南的春景和诗人的柔情。

　　此诗并没有直接描绘春之斑斓色彩，只有"白蘋"一语点出了花之白色。然细细品味，却可以从言外之意中、从诗人的目光里，看到绚丽的黄昏春色。首句一个"隔"字，见出诗人是在眺望远江的烟波，但见茫茫一片，水天相接。次句写和暖的春风吹来阵阵花香，那是长于水中、春日开白花的蘋花的芬芳。至此，所写景物尚是一片白色——白茫茫的烟波，洁白的蘋花。下面一句"日落汀洲"，便使画面著上了一片橘红。面对这明丽的景色，伴以习习熏风的温馨抚爱，诗人心中怎能不涌起春水般的柔情蜜意呢？春水温柔而富于生命力，是绿色的。因而这幅江南春景中便又有了绿色。结句以春水喻柔情，既切合眼前实景，又极自然贴切，形象鲜明。古人以水喻情的例子很多，前此李煜以"一江春水向东流"（《虞美人》）喻愁，即是有名的一例。后此的欧阳修在《踏莎行》中有句云"离愁渐远渐无穷，迢迢不断如春水"，显然脱胎于寇准此诗。　　　　（李　娜）

## 林　逋

林逋（967—1028），字君复，杭州钱塘（今浙江杭州）人。早岁放游江淮间，后归隐杭州西湖孤山二十年，植梅养鹤，终身不娶，人称"梅妻鹤子"。受真宗礼遇，赐粟帛，地方官岁时劳问。卒谥"和靖先生"。诗多写隐逸生活及湖山风光，清淡隽秀，兼善书法，尤工行书。有《林和靖先生诗集》。　　　　（黄宝华）

## 宿洞霄宫

秋山不可尽，秋思亦无垠。

碧涧流红叶，青林点白云。

凉阴一鸟下，落日乱蝉分。

此夜芭蕉雨，何人枕上闻？

　　诗共二首，此录第二首。洞霄宫在大涤山，山在今浙江余杭县西南。唐代于此建天柱观，宋大中祥符间改名洞霄宫，其地岩壑深秀，为道教三十六洞天、七十二福地之一。宋代大臣退休，例以"提举洞霄宫"系衔。诗写其地清幽野逸的景致，表现一种超尘出世之概。

　　首联先作一鸟瞰式的写景，引出自己的情思。秋日的群山连绵不尽，登高望远，自己的情思也顿显高远，高天远山令人遐想无垠。诗人在此有意运用"秋"字的重叠复杳,句式的雷同,造成一种唱叹的语气,表现出陶醉于秋景、沉湎于秋思的心境。

中二联写景。颔联之妙全在色彩的巧妙配置。碧绿的涧水中漂流着秋山的红叶,苍翠的丛林间点缀着朵朵的白云,那色彩的绚丽,红绿青白的对比映衬,确实给人以极大的视觉的愉悦。颈联境界为之一变,上联的景物明丽,此联的色彩暗淡,"凉阴""落日"明点时辰,上下二联之间时光的流逝转换不言自明。上联只写山水林云,自有一股清幽之气;下联则写飞鸟投林、秋蝉鸣噪,一派活跃景象。虽然境界各异,但所写景物无一不透出盎然的生意,令人感受到秋之生命的跃动。

尾联乃揣度之词:山中夜雨,雨打芭蕉,谁人能消受这一分清福?诗人为能夜宿洞霄而感欣喜的心情都表露在这一问之中了。这尾联乃有"含不尽之意见于言外"之妙。由诗人的这一揣度,我们可以明白,前面的色彩由明转暗,氛围的由静变动,实是暗示着山雨欲来的征候。而尾联的悬想之词又为这一幅秋山图补上了夜景的一笔,夜景之妙又不在视觉,而是在听觉;而这听觉之妙借助于雨打芭蕉更具清韵幽趣。诗人针线的细密,运笔的宛曲令人击节。

此诗带有宋初晚唐诗派的典型特点,以五律写清幽野逸之景,笔致淡雅疏朗,尤重中间二联的锤炼。方回在《瀛奎律髓》中指出:"每首必有一联工,又多在景联,晚唐之定例也。"本诗的颔联就是诗人着力锻炼的警句。这一派诗人常摘出自己诗中的警句,撰为"句图",林逋一生苦吟,自摘五言十三联,七言十七联,由此也可见出他们的习尚。

(柳丽玉)

## 山园小梅

众芳摇落独暄妍，占尽风情向小园。

疏影横斜水清浅，暗香浮动月黄昏。

霜禽欲下先偷眼，粉蝶如知合断魂。

幸有微吟可相狎，不须檀板共金樽。

 

  林逋隐居西湖孤山，居处植梅养鹤，人称"梅妻鹤子"，他的咏梅诗也传诵一时，这是其中最著名的一首。梅花向以高雅脱俗的品格受到人们的钟爱，咏梅诗的上品就应该传达出这种清雅的神韵。此诗之妙就在于脱略花之形迹，着意于写意传神，用侧面烘染的笔法，从各个角度渲染梅花清绝高洁的风骨。

  梅花开在万花纷谢的春寒料峭之时，独得春气之先，是报春的使者。首联即写出梅花凌寒开放的独特秉性。在众芳摇落之时，梅花却以其秀姿妍态独放于一派孤寂寥落之中；在这荒寒的小园内，它"占尽风情"，可说是集众美于一身。这一联是用众花之凋谢衬出梅花之清操。

  "疏影"一联是全诗的名句，传诵众口，历久不衰。诗人为了传梅花之神，避开对它的正面描写，而出之以水中倒影、幽香飘逸。"疏影"写出梅花花朵稀疏的特点，"横斜"状其枝条的错落有致，而这一切又都是在清浅的水中映出的倒影，从而平添了几分朦胧摇曳的美，较之正面写花更具魅力。梅花又以其清幽淡雅的香味在众花中独标一格，故诗人接着写月色迷茫中梅香的飘散。以"暗"状香，而且是"浮动"，不是弥漫、四溢之类，其幽独之神韵几可触摸，真所谓"状难写之景如在目前"。"暗"与"浮"乃是诗人着意锻炼的字眼，通过视觉的意象令人感受梅的幽香，使无形之香有形化，此法用现代修辞术语来说就是"通感"。这一联中水边林下、月色黄昏的环境烘托，更为梅花蒙上了一层梦幻般的轻纱。

"霜禽"一联又转换角度，以禽蝶的神情姿态衬出梅花的风神远韵。霜禽为梅花的清姿所吸引，想飞下来与之亲近，但在欲下未下时，却先偷眼暗觑，表现出想接近而又不敢靠近的特殊心理神态。大凡人们面对某一美妙绝伦的人或物，往往会产生一种"可远观而不可亵玩"的心理，诗人正是用拟人法将人的这一心理特点赋予了霜禽，从而衬托出梅花的高洁。如果说"霜禽"句用的是直陈语气的话，那么"粉蝶"句则是用的虚拟语气，"如"与"合"均是推度之词，意谓粉蝶如有意识，见到梅花也是会销魂的。虫鸟尚且如此，则人之爱怜也就不言而喻了。

尾联通过一层对比进一步烘托梅花之清绝，也将诗人的爱梅之情和盘托出。所谓"相狎"即是指赏梅，这种清雅之举只能伴以浅吟诗句，奏乐宴饮只是俗客所为。"幸有"二字极可玩味。诗人是在为梅花庆幸，因为檀板金樽只会搅扰梅花的清梦；同时也是为自己庆幸，清赏雅兴还不至于落得个大煞风景。至此梅花的神韵完全被描绘出来了，这种神韵其实就是诗人幽独清高、自甘淡泊的人格写照。

　　此诗一出，后人奉之为咏梅的绝唱，尤其激赏颔联，姜夔还以"暗香""疏影"为其自创的咏梅词调的调名。但是见仁见智，也有看法相异者，如黄庭坚以为林逋另有一联"雪后园林才半树，水边篱落忽横枝"，更胜此联；王直方举出"池水倒窥疏影动，屋檐斜入一枝低"，认为可与此联伯仲。《蔡宽夫诗话》认为颔联警绝，颈联则气格全不相类，若出两人；《陈辅之诗话》甚至称颔联"近似野蔷薇"。可见文学批评的眼光因人而异。

（黄宝华）

# 书寿堂壁

湖上青山对结庐，坟前修竹亦萧疏。
茂陵他日求遗稿，犹喜曾无封禅书。

西方诗人往往有在生前自作墓志铭者，其实中国古代诗人中也不乏类似的举动。林逋此诗即是概括自己一生的立身行事，待盖棺事定，好贻诸后人，明其心迹。诗题一作《自作寿堂，因书一绝以志之》。

诗人结庐西湖孤山，徜徉林泉，高蹈遗世。首句正是对其隐逸生涯的概括。据载诗人之墓亦在孤山，他在生前已预为身后之计，所以在孤山准备了圹穴，死后可长与湖山相伴。次句即写其墓地修竹萧疏的清幽之景。首二句纯为写景，但景中却有人在，诗人的志洁行芳，高风亮节正从这景物中透露出来。而且这两句将他一生的志行概括无遗，"庐"象征其生时，"坟"预想其死后，生时长与湖山相对，死后也只求宁静安息，两句诗可谓写尽了他不求闻达，自甘淡泊的隐士本色。

三、四句由写景转为自抒胸臆，述怀明志。据《史记·司马相如列传》所载，司马相如临终前，汉武帝派使臣到他家去取所著之书，使臣至时，相如已死，其妻回答："长卿未死时，为一卷书，曰有使者来求书，奏之。"司马相如是西汉的辞赋家，常为汉武帝作歌功颂德之辞，临死还不忘为皇帝效忠，"其遗札书言封禅事"。"茂陵"即指汉武帝。诗人在这里是说，如果以后我死后皇帝派人来求我的遗稿，其中绝不会有《封禅书》之类的文字，这是我聊以庆幸和自慰的。诗人在这里反用典故，表现其一反流俗的清操傲骨。联系当时的情况，诗人此言实是有为而发。史载真宗朝大搞神道设教，皇帝深以澶渊之盟为耻辱，王钦若就进言以封禅夸示外国，并伪造天书祥瑞，一时间朝野上下闹得乌烟瘴气。大中祥符元年（1008），真宗封禅泰山，后又祀汾阴后土，劳民伤财，遗患深重。同时，诗人此言也是为自别于那些沽名钓誉的假隐士而发。宋初的几个皇帝为粉饰承平之风，常征召隐士，对他们优礼有加。像种放就曾应真宗之召而入宫，杨亿讥讽他"不把一言裨万乘"，真宗就对杨说种放早已有书上奏，并从囊中拿出种放所奏的《十议》（事载《湘山野录》）。诗人在此正是表明自己与种放之流不是同道，别说生前无一字奏上皇帝，就是死后也不会留下任何谄谀之文。种放后来"侈饰过度，营产满雍镐间，门人戚属，以怙势强骈，岁入益厚，遂丧清节"（《玉壶清话》卷八）。相比之下，尤能显出林逋的高风清操，因而他的这两句诗在当时与后世一再受到称颂。

（柳丽玉）

## 刘 筠

刘筠（971—1031），字子仪，大名（今属河北）人。咸平进士。以杨亿荐，擢为大理评事、秘阁校理，预修《图经》及《册府元龟》。真宗、仁宗两朝，屡知制诰及知贡举，并修国史，官至翰林学士承旨兼龙图阁直学士，卒于知庐州任。为人耿介，丁谓与内侍勾结，谋复相位，他拒不草制。诗风典丽精工，为西昆体代表作家之一，与杨亿合称为"杨刘"，诗作存于《西昆酬唱集》。（黄宝华）

## 偶 作

杀青和墨度流年，饱食无功鬓飒然。
却忆侯封安邑枣，不肯兄事鲁褒钱。
千峰月白猿啼树，六幕风高鹗在天。
招隐诗成谁击节，愿倾家酿载渔船。

在雕金镂彩的西昆体诗中，本诗称得上是颇具气骨的一首佳作。全诗在抒怀述志中表现了诗人不愿尸位素餐、聚敛财富而向往归隐生活的清操高风。

此诗收于《西昆酬唱集》，当时刘筠是在秘阁编书的文学之臣，因其卓有文采，所作每被"推为精敏"，真宗"召筠崇和殿赋歌诗，帝数称善"（《宋史》本传）。但诗人自己却说，在笔墨中虚度流年，饱食无功，不知不觉中两鬓已斑白。古代以竹简书写，预先要将竹简在火上炙烤，去其水分，以防朽蛀，这一处理过程谓之"杀青"，然后可以用墨在上面书写，"杀青和墨"正是指其文学之臣的笔墨生涯。

《史记·货殖列传》载："安邑千树枣，燕秦千树栗，蜀汉江陵千树橘……此其人皆与千户侯等。"意谓家资富给等于有封侯之爵。又《晋书·鲁褒传》载鲁褒有感于世风之贪鄙，乃著《钱神论》以讽刺之，文云："为世神宝，亲爱如兄，字曰孔方。"后世以"孔方兄"称钱即出此。诗人在颔联中借这两个典故表达了自己的志趣：想到古人有千树之枣就如同有封侯之贵，而自己却不肯向钱神膜拜，像对待兄长一样侍奉他。诗人甘于清贫的操守气骨从中得到了生动的体现。

颈联转为写景：皎洁的月色笼罩着群山，山间的猿猴在林中啼啭；天地四方（六幕，即六合）强风劲吹，雄鸷的鹗鸟在高天翱翔。寥廓高远的景色正传达出诗人渴望自由驰骋的心志。鹗是一种猛禽，《汉书·邹阳传》云："臣闻鸷鸟累百，不如一鹗。"后常以"一鹗"形容卓然不群的杰出之士。这里"鹗在天"也有自况的意味，高飞戾天之鹗羞与那些为稻粱谋的燕雀之类为伍，它向往的是一个自由的天地。

这一天地也就是诗人在尾联中所道出的归隐之境。古代诗人如左思、陆机等均有《招隐诗》，描绘隐逸之趣，表现清高脱俗之志。这里诗人说：《招隐》之诗写成后谁来击节叹赏呢？言外有知音甚稀之慨。他愿意在渔船中载着家酿之酒，泛舟江湖，过一种自由自在的生活。

当时诗人位居清要，而诗中却流露出不平与归思。联系真宗朝的史实不难理解这一矛盾。当时参知政事王钦若与权三司使的丁谓怂恿真宗大搞神道设教，伪造天书，封禅泰山，又大兴土木，建造宫观，朝野上下搅得乌烟瘴气，诗人不屑与这些谄谀奸佞之徒为伍，由不满而萌生归志也就很自然了。后来刘筠在丁谓专权时请求外任，即实践了诗中所表露的操守气节。

此诗刊落华藻，自述怀抱，用典妥帖而无冗芜僻涩之病，词气疏朗，格调高昂，以气骨胜。这和后来黄庭坚的七律有某种相近之处。

（柳丽玉）

## 杨 亿

杨亿（974—1020），字大年，建州浦城（今属福建）人。幼聪颖，十一岁时太宗召试，授秘书省正字。淳化中赐进士及第，直集贤院。真宗即位，拜左正言，参预修《太宗实录》与《册府元龟》，官至翰林学士兼史馆修撰。立朝耿介刚直，不满真宗封禅祠祀等迷信之举，真宗得风疾，他与寇准谋请太子监国，事败以忧卒。仁宗时追谥"文"。工词章，主编《西昆酬唱集》，诗风规模李商隐，华丽典缛，才高学博，为西昆诸家之冠，又与刘筠并称"杨刘"。著作多佚，今存《武夷新集》《杨文公谈苑》。

（黄宝华）

## 汉 武

蓬莱银阙浪漫漫，弱水回风欲到难。

光照竹宫劳夜拜，露漙金掌费朝餐。

力通青海求龙种，死讳文成食马肝。

待诏先生齿编贝，那教索米向长安。

　　此诗载于《西昆酬唱集》，以此题唱和者共七人，人各一首，这是第一首。诗咏汉武帝故事，是一篇借古讽今的咏史诗。汉武帝虽然是一位雄才大略的英主，但他崇信方士，一心追求长生成仙，演出了一幕幕迷信的闹剧。而杨亿生活的真宗朝也在为天降符瑞而忙得不亦乐乎。当时宋与辽订立了屈辱的澶渊之盟，王钦若向真宗进言以神道设教、封禅泰山来夸示外国，并伪造天书降临的祥瑞，朝臣纷纷撰文歌功颂德，并为封禅而兴师动众，劳民伤财，大中祥符元年（1008），真宗登泰山而封禅，后又于四年祀汾阴后土，一时间闹得乌烟瘴气。诗人正是利用了历史的这种惊人相似之处，写出了这一讽谕深刻的咏史诗。

首联写武帝求仙海上之虚妄。据《史记·封禅书》，武帝听信方士李少君之言，派人入海寻找蓬莱仙山以及山中的仙人，以求长生之术。传说渤海中有蓬莱、方丈、瀛洲三神山，上有金银宫阙，但永远是可望而不可即，"未至，望之如云；及到，三神山反居水下；临之，风辄引去，终莫能至云"。又《十洲记》云："凤麟洲在西海之中央，洲四面有弱水绕之，鹅毛不浮，不可越也。"此借以形容三神山四周环水，难以到达。

颔联写武帝祈求长生之徒劳。"竹宫"是甘泉宫的祠宫，武帝曾命人于甘泉作通天台以候天神，夜有神光如流星集于祠坛，乃举火望竹宫而拜，事具《汉书·礼乐志》《三辅旧事》。又武帝于建章宫中建承露盘，高三十丈，上有铜仙人捧铜盘以承云表之露，和玉屑饮之可得长生，事载《汉武故事》《三辅黄图》等书。一个"劳"与一个"费"字暗寓讥讽，点明这些举动均属徒劳无补，确有一字寓褒贬的春秋笔法。

颈联写武帝开边求马，迷信方士而不知醒悟。汉武帝曾得神马于渥洼水中，又伐大宛而得千里马。诗中所言乃用《北史·吐谷浑传》中青海有骏马号为"龙种"事，与武帝无涉，此处用典仅为借用，《周礼》中早有"马八尺以上为龙"之说，故可移植。一个

"力"字写出他为个人私欲而不惜擅开边衅的独断专行。此句述马，遂联类而及下句的"食马肝"。《史记·封禅书》载武帝迷信方士少翁，封他为文成将军，然其术久不验，少翁乃为帛书以饭牛，诈言牛腹中有奇，杀牛得书，武帝识其为少翁手书，知其诈，乃杀少翁。后武帝又宠信栾大，栾惟恐如少翁之下场，武帝就托言"文成食马肝死耳"，以让栾大放心，尽言其方术。这一典故活现出统治者明知受骗却不思悔改、自欺而又欺人的心态，一个"讳"字将此揭露得入木三分。而且真宗伪造的黄帛天书恰与少翁行骗的帛书相巧合，更具讽刺意味。

尾联诗人自叹清贫，倾吐怨尤。东方朔是汉武帝时的才智之士，滑稽善辩，自称"目若悬珠，齿若编贝"，武帝令其"待诏公车"（《汉书·东方朔传》）。这里是以东方朔自比。东方朔还曾向武帝抱怨自己竟与侏儒同等待遇，"朱儒饱欲死，臣朔饥欲死。臣言可用，幸异其礼；不可用，罢之，无令但索长安米"（同上）。诗人感叹像东方朔这样的才士，怎能教他乞米糊口！身为馆阁之臣的杨亿虽位居清要，却俸禄微薄，曾因家贫请求外任，其上表中有"方朔之饥欲死"语，足证此为自况。尾联是用才士待遇之菲薄反衬统治者为满足一己私欲的侈靡荒唐，衬跌十分有力。

此诗句句用典，组织绵密，纯用叙事，不着议论，而讽意自见，还通过若干字眼暗寓褒贬，婉曲而不失严正之意，加之对仗工稳，音调铿锵，故刘攽称此诗"义山不能过也"（《中山诗话》）。

（柳丽玉）

## 钱惟演

钱惟演（977—1034），字希圣，杭州临安（今属浙江）人。吴越王钱俶之子，从父归宋，官保大军节度使，加同中书门下平章事。真宗时为太仆少卿，直秘阁，预修《册府元龟》，与杨亿、刘筠等相唱和，诗作合为《西昆酬唱集》。仁宗时拜枢密使，官终崇信军节度使。卒谥"思"，改谥"文僖"。著作今存《家王故事》《金坡遗事》。　　　　　　　　　　　　　　　　　　　（黄宝华）

# 南　朝

结绮临春映夕霏，景阳钟动曙星稀。

潘妃宝钏光如昼，江令花笺落似飞。

舴艋凌波朱火度，舳舻拂汉紫烟微。

自从饮马秦淮水，蜀柳无因对殿帏。


　　《西昆酬唱集》中，以《南朝》为题的唱和诗共有四首，钱诗是第二首。公元四世纪到六世纪，中国历史上有东晋、宋、齐、梁、陈五个朝代建都在建康（今南京），史称南朝。金粉东南，繁华竞逐，齐梁以后，愈益侈靡，终于葬送了三百年来的偏安之局。生当晚唐的李商隐对这一段历史感慨尤深，因而集中有好几首以它为主题的咏史诗。西昆派诗人步趋李义山，也以此赓相唱和。

　　诗一开头就以写景将人们带到了南朝的历史氛围中。结绮、临春是陈后主宫中的阁名，这位末代君王穷极侈丽，尽以金玉珠翠、沉檀香木装饰这些楼阁，内有宝床宝帐，服玩珍奇，微风过处，香闻数里，后主自居临春，张贵妃居结绮，其间有阁道相通。景阳钟指宫中报时的钟声。齐武帝行幸后宫，因不闻端门鼓漏声，遂于景阳楼上置钟。首联从夕阳的余晖笼罩宫殿写到晨钟敲动，曙色熹微。诗人选择这一时间过程加以表现，实是暗寓君臣之彻夜寻欢，荒淫无度。

诗的中间二联就承此而写宫中的游乐之盛。潘妃乃齐废帝东昏侯之妃子，服饰极尽奢华，库中之物尚不能满足其需求，还高价向民间搜罗珍宝，她有琥珀钏一只，值一百七十万。诗句写其宝钏光彩夺目，"如昼"二字实暗示出这是夜间所见，呼应上文，点明其为宫中的夜生活，这正是诗人用笔的深细含蓄之处。江令指江总，在陈朝官至尚书令，故称。他虽善文辞，但不理政务，日与后主游宴后庭，制作艳诗，同时游嬉者有孔范等十余人，时号"狎客"。此句写江总才思敏捷，联系到他所写多淫词艳调，那么"落似飞"之外的讽意也就不言而喻了。接着写舴艋小舟，凌波飘荡；殿阁嵯峨，上拂霄汉。"朱火度""紫烟微"再次点出彻夜游宴。朱火，即烛火，古乐府有："朱火飏烟雾，博山吐微香。"度，通"渡"，越过。这里是写船行水上，船上烛火移动的景象。舸棱，是殿阁的屋角瓦脊；紫烟，乃是博山炉中吐出的袅袅青烟，烟气渐微，说明炉香快要燃尽，正暗示着夜阑更尽，宫中一夜的作乐也将收场了。这一联由低及高，由水及陆，由夜及晓，概尽宫中的游乐盛况。其中写水上之游确具南朝特色，玄武湖就是南朝君王的游乐场所，刘宋时就在湖北设上林苑，湖南又有乐游、华林二苑，湖中叠三山以像蓬莱、方丈、瀛洲，可见"舴艋凌波"并非虚拟。

乐极生悲，盛极变衰，尾联转跌出强烈的兴亡之慨。589年隋军南渡入建康，生擒陈后主，南朝告亡，"饮马秦淮"即指此。刘宋武帝时，益州牧刘悛"献蜀柳数株，枝条甚长，状若丝缕"，武帝植之于太昌灵和殿前，"常赏玩咨嗟"（《南史·张绪传》）。如今"无因对殿帏"，也就暗示着故宫荒凉，甚至是殿倾楼圮。诗人借"蜀柳"传达出一种黍离麦秀之慨，它与上面的荒淫侈靡形成强烈对照，揭示出亡国破家正是其必然结果，历史的教训也就寓于这层转跌之中，这也是诗的题旨所在。

昆体诗的特点之一是堆垛金玉绮绣等华丽的词藻，句中多以名词充之，但此诗相对来说还较疏朗，不至于充塞得密不透风。而其对仗的工稳、节奏的谐和、词句的妥帖，使诗带有一种雍容安雅的气度。诗中虽有讽意，但表现得含蓄婉曲，需从言外味之。这就和李商隐咏史诗中忧国伤时的激切顿挫、回肠荡气有所不同，也许这是时代使然，西昆诗更多地表现为一种"盛世雅音"。　　（柳丽玉）

## 司马池

司马池（980—1041），字和中，陕州夏县（今山西闻喜）人。司马光之父。大中祥符进士。知凤翔府，加直史馆，累迁至天章阁待制，知河中府，徙知同州、杭州、虢州，卒于晋州任。为人平直谦容，有"长者"之称。 　（黄宝华）


# 行　色

冷于陂水淡于秋，远陌初穷到渡头。

赖是丹青不能画，画成应遣一生愁。


　　司马池曾在安丰（今安徽寿县南）任监酒税之职，其地有芍陂，据《水经注·肥水》："陂水上承淠水……又东北径白芍亭东，积而为湖，谓之芍陂，陂周百二十里许，在寿春县南八十里，言楚相孙叔敖所造。"诗人在此见到过往行人，奔走道途，心有所感，遂作此诗。

　　诗题《行色》，语出《庄子·盗跖》"车马有行色"，原指车马有走过路的痕迹，后转指行人神情。

　　诗人首先从眼前景物取喻，谓行色比陂水冷而比秋色淡。这是通过比较表达出来的，在比喻中是一种变格。它留给人们以较大的想象余地，能将程度不同的萧瑟凄凉的行色包容在内，从而更蕴含了人生内容。首句七字可谓概尽人世间行旅的辛酸凄凉，是诗人触景生情之神来之笔。

接着是一个极普通的画面：远方的道路伸展到这里，终于到了尽头，前面就是陂塘边的渡口。这一句看似平常，却包含了行人无穷的感慨。"渡口"在传统文化中实具有特殊的人生意蕴，从楚国隐者嘲笑孔子"知津"，到孟浩然的"欲济无舟楫"之叹，都是将之作为到达理想境界的必由之路的象征。行人至此，不免会生出渴望有力者汲引的感慨，但前路茫茫，又如何到达彼岸？这一笔又使"行色"增添了凄然迷茫的人生内涵。

诗的后半又翻出新意，转为议论。但诗人不是感慨丹青之难以描画"行色"，而是对此表示庆幸，因为如果能画出这种"行色"，将会令人悲愁一生。通过这种别出心裁的议论，更让人感受到行人沉重的心理负荷。较之以景传情的含蓄渺远更显斩截，给人以强烈的感情冲击，全诗终以一"愁"字概尽"行色"。诗中吐露的未始不是诗人游宦生涯中的感慨。

后来司马池之孙司马宏知安丰县，将此诗刻于石。张耒赞许此诗曰："梅圣俞尝言：'诗之工者，写难状之景，如在目前；含不尽之意，见于言外。'此诗有焉。"（《宋诗纪事》卷八引）　　　　（程愚孙）

## 范仲淹

范仲淹（989—1052），字希文，苏州吴县（今属江苏）人，祖籍邠州（今陕西彬县）。二岁丧父，母改嫁朱氏。大中祥符进士。后恢复范姓，改名仲淹。晏殊荐为秘阁校理。仁宗亲政，以谏阻废郭后，出知睦州、苏州；还朝后判国子监，权知开封府，又因"朋党"事出知饶、润、越三州。后与韩琦同任陕西经略安抚副使，兼知延州，抗御西夏。庆历三年（1043）入为枢密副使，寻拜参知政事，推行"庆历新政"，复被指为"朋党"而罢政，出知邠州，兼陕西四路安抚使。卒谥文正。工诗文，有《范文正公集》。

（黄宝华）

# 野　色

非烟亦非雾，幂幂映楼台。

白鸟忽点破，残阳还照开。

肯随芳草歇，疑逐远帆来。

谁会山公意，登高醉始回。


陆机《文赋》讲到文学创作要"笼天地于形内，挫万物于笔端"，"期穷形而尽相"。诗人的笔往往会伸向那些难于描摹的领域，将那些飘渺虚幻的对象形诸笔端。读范仲淹这首《野色》就会令人赞叹诗人的这种表现技巧。

"野色"顾名思义是指郊野的景色，但又不尽于此，诗中所写的

"野色"是春日郊原的一种总体氛围，一种不可捉摸的氤氲气息，它无处不在，又莫可名状。古代哲人庄周在《庄子》的第一篇《逍遥游》中曾写到："野马也，尘埃也，生物之以息相吹也。"在春天的原野上，那飘游的氛围像奔腾的野马，还有那浮动的尘埃，都是生物呼出的气息在互相吹拂所致。庄子所写与本诗的"野色"差可近之。

面对这种虚无飘渺的"野色"，诗人采用了以实衬虚的手法对它加以表现。诗中描绘了一系列的实景，通过这些实景，让人感受到这种"野色"的存在。它既非烟，又非雾，但它却浓密地（幂幂，深浓貌）笼罩着楼台。白鸟从远处飞来，鸟的身影将它点破；夕阳沉落西山，余晖将它照开。它不愿停下脚步，却随着芳草，"更行更远还生"，又好像追逐着船帆，从远处渐渐逼近。诗人巧妙地运用了一连串的动词，如"映""点""照""随""歇""逐""来"等，将虚幻之物坐实，使人确实感到野色的存在。尾联变换写法，以醉酒登高之所见，来渲染野色之美。山公是指晋代的山简，曾镇守襄阳，耽于饮酒，当地有园林之胜习家池，他常去游赏，每每酒醉而归。此处诗人是以山简自比。如果说前面衬托野色的景物还较实，那末尾联的笔意则更显空灵，它只是点到登高醉酒，读者需要用想象中的意境来补充这幅画面。诗人通过他的醉眼朦胧所要传达的是野色的迷离恍惚之神。综观全诗，楼台、白鸟、残阳、芳草、远帆等意象虽为衬托野色而设置，但本身也组合成一个非常优美的意境，对这幅野色图来说，是不可或缺的。

前人评此诗可与司马池之《行色》媲美，二诗都能"写难状之景，如在目前"，有异曲同工之妙。

（程愚孙）

# 郡斋即事

三出专城鬓似丝，斋中潇洒胜禅师。

近疏歌酒缘多病，不负云山赖有诗。

半雨黄花秋赏健，一江明月夜归迟。

世间荣辱何须道，塞上衰翁也自知。

此诗作于宋仁宗景祐三年（1036）范仲淹知饶州（今江西波阳）时。孤立地看这首诗，无非抒发了地方官的"吏隐"之佳趣，流连山水，闲适自娱。只有结合作者的立身行事、仕途生涯，才能领会诗中所表露的博大胸襟与人品风范。

范仲淹立朝忠正不阿，直言极谏，对邪恶势力始终敢于进行不屈不挠的斗争。宋仁宗欲废郭皇后，宰相吕夷简与内侍阎文应从中撺掇，范仲淹因极力谏阻而在景祐元年（1034）正月被贬知睦州，六月徙苏州，次年召还汴京，判国子监，权知开封府。还朝后，刚直之性，一仍其旧，向仁宗上《百官图》，指斥吕夷简任人不当，将吕比为东汉佞臣张禹。吕夷简遂指控仲淹"越职言事，荐引朋党，离间君臣"，仲淹又被谪知饶州。同时因"朋党"罪名被贬者有余靖、尹洙、欧阳修。欧阳修当时曾写信指责谏官高若讷不能主持正义。蔡襄为此作《四贤一不肖诗》，"一不肖"即指高。仲淹出京，一般官员怕受牵连都不敢与他来往，独有李纮、王质携酒送行，可见形势的严重。

在这样的情势下，仲淹却丝毫没有迁谪的失意，这首诗就是其磊落襟怀的表露。"三出专城"就是指历知睦、苏、饶三州。专城，谓出任州郡地方长官，语出古乐府《艳歌罗敷行》："四十专城居。"仲淹此时年已四十有八，故曰"如丝"，但他的兴致却不因年事的增高而稍减，优游郡斋，潇洒自在甚至胜过了放舍身心的禅僧。中间二联展开对"潇洒"情怀的具体描述。因多病而疏于歌舞宴饮，见出诗人的淡泊；作诗不辍，方能不辜负云山的一片美意，诗人之雅兴不浅。饶州之西是鄱阳湖，烟波浩渺中能望见庐山，云山殷勤献状，故令他诗兴大发。颈联写赏菊、对月，"健"与"迟"二字下得警练。"健"字表现其兴之高、气之豪、情之浓，意蕴丰富，笔力健举。"迟"则展现其徜徉山水、流连忘返的情态，有悠然远韵。尾联以议论作结，道出他不以升沉荣辱萦怀的旷达胸襟，他以失马的塞翁自比，此次的贬谪却让他得享山水之乐，焉知不是非福呢？仲淹的诗中曾反复吟咏过这一主题，如同在饶州所作的《游庐山作》："客爱往来何所得，僧言荣辱此间无。从今愈识逍遥旨，一听升沉造化炉。"晚年所作《依韵答蒋密学见寄》："此日共君方偃息，是非荣辱任循环。"可以见出他一贯的高尚人品。仲淹之诗风格清隽秀雅，自然妥帖，于此诗也可见一斑。

（程愚孙）

## 张　先

张先（990—1078），字子野。北宋湖州乌程（今浙江吴兴）人。天圣八年（1030）进士。曾任吴江令。晏殊知永兴军时辟其为通判。官至尚书都官郎中。晚年退居湖州、杭州一带，曾与梅尧臣、欧阳修、赵抃、苏轼等交游。擅作慢词，对词的形式发展起过一定的作用。先诗笔苍老，然为其词名所掩。有《张子野词》（一名《安陆词》）。

（李　娜）

## 题西溪无相院

积水涵虚上下清，几家门静岸痕平。

浮萍破处见山影，小艇归时闻草声。

入郭僧寻尘里去，过桥人似鉴中行。

已凭暂雨添秋色，莫放修芦碍月生。


　　张先曾因他的词中有"云破月来花弄影"、"帘幕卷花影"、"柳径无人，坠絮飞无影"的名句被称为"三影郎中"。他善于捕捉和描写景物的影像，使作品具有一种微茫幽美的情致。

　　皇祐二年（1050），晏殊知永兴军，辟张先为通判。三年后张先重游长安，已年过六旬，路过华州（治所在今陕西华县）时作此诗，故诗题又作《华州西溪》。

　　首二句如一个广角镜头，摄取了一场秋雨过后的乡野全景：远望涨满的溪水，觉秋水共长天一色，清濛浩渺、浑然一体，令人联想起孟浩然笔下的洞庭湖："八月湖水平，涵虚混太清。"（《望洞庭湖赠张丞相》）李商隐笔下的巴山蜀水："巴山夜雨涨秋池。"（《夜雨寄北》）溪边屋舍悠然宁静，水漫到了岸边，正是积雨所致的景象。

下面的图景由"面"而入"点"，镜头由全景移到了水面上那"浮萍破处"的一点。一个"破"字，生动传神，捕捉到密密的浮萍骤然绽开的一瞬，这绽开的空隙处恰好映出山峦的倒影，自这"点"中又见到了"面"。诗人的体察入微不仅在于观物之细，还在于听物之微，归舟过处，时时能听到苇草的飒飒声。此二句的描写表现出诗人怡情山水，寻幽探微的审美心理。

接着，大自然的画面上出现了人。"入郭"句谓僧人不耐此处的枯静而到城郭中去寻找红尘之境，反衬出无相院之远离尘嚣。"过桥"句表现水面如镜，清晰地映出过桥人的倒影。中二联用以动写静之法，更显出境界的虚寂幽静。"萍破""艇归""入郭""过桥"，无一不动，但通过这些动态所表现的是万古如斯的虚静。可以说诗人已把这种静境升华为一种禅悟的境界。

末二句似是对大自然的嘱托：既然您已用一场雨使溪乡平添了秋色，那么就不要让芦苇长得太高而遮蔽了月影吧。诗人至此才交代开头的"积水"乃秋雨所致，使人豁然开朗，顿觉妙趣横生，诗家称此为逆挽法。

诗人不愧为"三影郎中"，诗中三处写影："浮萍"句乃明写，"过桥"句乃暗写，"莫放"句则是虚写。

（李　娜）

## 晏 殊

晏殊（991—1055），字同叔，抚州临川（今江西抚州）人。景德中以神童召试，赐同进士出身。真宗朝官至翰林学士，仁宗庆历间拜宰相兼枢密使，以提拔后进、汲引贤才而有贤相之誉。谥"元献"。文章赡丽，诗歌闲雅有情思，以典雅华美见长。其词最富成就，擅长小令，内容多表现官僚士大夫的诗酒生活和悠闲情致，用笔清新婉丽，风格颇近南唐冯延巳。原有集已散佚，仅存《珠玉词》及清人所辑《晏元献遗文》。

（李　娜）

## 寓　意

油壁香车不再逢，峡云无迹任西东。

梨花院落溶溶月，柳絮池塘淡淡风。

几日寂寥伤酒后，一番萧索禁烟中。

鱼书欲寄何由达？水远山长处处同。

晏殊诗绮丽华赡，可谓西昆派之余响，但也有一些清新淡雅、感情真挚的诗篇，此诗便是这类佳作。

开篇两句即道出了一桩美妙而忧怨的爱情。油壁香车，乃古代女子乘坐的涂以彩饰的小车，代指妍丽的女子；峡云，用巫山神女朝行云、暮行雨，与楚怀王梦中幽会的传说，借喻男女欢情。那精美香车载来的女郎难以重逢了，那甜蜜销魂的欢会已时过境迁。字里行间透出无限惋惜和惆怅。接着，诗人描绘出一幅清幽的暮春月夜图：在皎洁的月光下，院落中白色的梨花盛开着，池塘旁白色的柳絮在微风中飘飞着。月朦胧，花朦胧，风轻拂，絮轻飏，一种洁白澹泊的色调与柔和恬静的气氛，构成既美妙而又忧伤的意境。这意境似真似幻，似回忆，又似现实。下面二句抒发了相思中的诗人的寂寥和苦闷。"何以解忧？唯有杜康"，然而"借酒浇愁愁更愁"，"为伊消得人憔悴"。加以又逢寒食禁火，诗人本已萧索颓唐的心境愈感凄苦悲凉。诗尾的最后两句更把诗人的悲哀推向了极致。欲将一腔情思用书信寄给对方，但信又如何寄达呢？"水远山长处处同"，说明路途遥远，无由寄达。诗人有《蝶恋花》词云"欲寄彩鸾无尺素，山长水阔知何处"，表达了同样的意蕴，而"处处同"，则更含蓄地表露出相见不能，音信难通的苦衷。

这首诗，令人联想起李商隐的《无题》诗，其情愫的幽怨迷茫，风格的蕴藉婉转，都有异曲同工之妙，这与西昆派之宗尚李义山有关，但晏殊此诗淡雅疏宕，洗去铅华，叠词的运用更增添了声情摇曳之致，又非西昆体所能牢笼。 　　　　　　　　（李　娜）

# 示张寺丞王校勘

元巳清明假未开，小园幽径独徘徊。

春寒不定斑斑雨，宿醉难禁滟滟杯。

无可奈何花落去，似曾相识燕归来。

游梁赋客多风味，莫惜青钱万选才。

　　晏殊这首诗为其宾客张先、王琪而作，表达了一种春愁，一种理趣，一种情怀。

　　元巳，指农历三月第一个巳日，也称"上巳"，后专指三月初三，古人于此日修禊于水滨。元巳与清明都是暮春佳节，官员可以休假出游。但此处却以"假未开"顿住。这似乎是"小园幽径独徘徊"的原因，但似乎又不尽然，而流露出诗人心中的孤寂之感和淡淡的哀愁。诗人对于春的感受不是姹紫嫣红、风和日丽，而是"春寒不定斑斑雨"。在绵绵春雨中，诗人借酒自遣，却又禁不住那斟满的酒杯（"滟滟"，状酒之满溢）。春雨和宿酒似乎都浸渍着诗人的伤春意绪，这便自然引出了下面的诗句："无可奈何花落去，似曾相识燕归来。"诗人慨叹存在者终必消逝，又以消逝中具有周而复始的存在而自慰，在花鸟的生息中找到了自己的慰藉。此联乃全诗之警策，既有优美的意象，又有耐人寻味的理趣，可谓情、景、理三者兼胜，读之令人既获得美的体验，又悟得理的启迪。诗人将此二句也填入他的《浣溪沙》词中，可见对它的偏爱。

最后二句表露了诗人爱惜人才的心意。这是在对人生、宇宙的思索之后产生的心理升华。好花凋谢、韶华逝去是无可奈何的事，但江山代有才人出，就如年年有美丽的燕子自远方归来。晏殊一生仕途平坦，富贵闲适。他性格豪俊旷达，雅好宾客，喜欢扶掖后进。汉代梁孝王广招宾客，一时梁园（梁孝王之园囿，故址在今河南开封）中，才士济济。晏殊显然以此自喻，并将张先、王琪等比作当年的词赋家司马相如、枚乘之辈。末句用唐代张鷟的故事，他文才出众，"文辞犹青铜钱，万选万中，时号鷟青钱学士"（《新唐书·张荐传》）。此犹言诸位才士不要吝惜才华，要尽情施展。

此诗从写淡淡春愁落笔，以抒宏阔情怀作结。可以说，其所言之愁乃一种"闲愁"，是一个位致清显、生活闲适的达官贵人被春寒花谢、日斜燕归引发的时光不再的感叹，但他又通过体悟人生宇宙的哲理而从伤春意绪中振起。诗写得那么温雅、明净，正体现出升平时代中那种身分地位的人的基本情调。

（李　娜）

## 石延年

石延年（994—1041），宋城（今河南商丘）人，字曼卿，旧字安仁。累举进士不第，尝上书章献太后，请归政于仁宗；又力主加强对辽、西夏的防务，曾赴河东征练乡兵。官至秘阁校理，太子中允。以诗名世，诗文风格劲健，宗法韩、柳；其书笔画遒劲，为世所珍。喜剧饮，世疑为酒仙。有《石曼卿诗集》。

（徐嘉平）

## 金乡张氏园亭

亭馆连城敌谢家，四时园色斗明霞。
窗迎西渭封侯竹，地接东陵隐士瓜。
乐意相关禽对语，生香不断树交花。
纵游会约无留事，醉待参横月落斜。

宋天圣、宝元年间，石延年曾以诗歌豪于一时，颇受欧阳修的推崇。《宋史》称其"为文劲健，于诗最工而善书"，又说他曾"知金乡县，有治名"。这首七律，就是作者在金乡任上，应张氏游宴之邀而作的。

首联以亭园点题，总写概貌。"亭馆连城"而能同东晋显贵谢安匹敌，足见气势之宏；花团锦簇，如云似霞，四季灿然，争奇斗艳，可见园色之美。

　　颔联由面到点，再由点向外延伸。自室内向外眺望，窗外万竿翠竹，梢耸百寻；门外瓜瓞蔓延，绿原平野，高仰低俯，一派蓊葱郁勃、绿意盎然的美好景象。"西渭封侯竹"，从《史记·货殖列传》化出，犹言张氏园竹，如渭川千亩竹林，财比封侯之家。刘禹锡曾咏赞绿竹"依依似君子，无地不相宜"（《庭竹》）的风姿，这里作者写出园主的富有，又关合了主人的君子风度。"东陵隐士瓜"，典出《史记·萧相国世家》：秦代召平，封东陵侯，秦亡后隐居东陵以种瓜闻名。后世即以东陵指代隐士。这里，作者赞美张氏有隐士般的高雅之气。

　　颈联是备受各家称赏的名句。作者从听觉、嗅觉和视觉三个角度，描绘出一幅鸟语花香图。清人黄图珌云："景中生情，情中生景，情景相生，自成声律。"（《看山阁集闲笔》）诗人以侧笔写出了宾客赏心悦目的欢娱之情，又同篇首"明霞"般的园色相照应。作者匠心，可见一斑。

　　尾联想象夜宴之乐。作者摆脱冗务，约同友好，纵情游赏，想象在今晚的良辰美景，畅怀痛饮，定要到月落西山，参星横斜的深夜，方能尽此豪兴。这里，作者在畅想酒酣之乐的同时，也暗衬出主人的盛情好客。

　　欧阳修《六一诗话》，曾评作者"以诗酒豪放自得，诗格奇峭"；朱熹亦称其诗"极雄豪而缜密方严"（《诗人玉屑》引）。这首诗堪称石曼卿的佳作之一。

（徐嘉平）

# 古　松

直气森森耻屈盘，铁衣生涩紫鳞干。

影摇千尺龙蛇动，声撼半天风雨寒。

苍藓静缘离石上，丝萝高附入云端。

报言帝室抡才者，便作明堂一柱看。


在中国的传统文化中，松树和柏树历来是一种崇高的气节与人品的象征。孔子曾赞叹："岁寒，然后知松柏之后凋也。"他所颂扬的正是坚贞不二的品格、独立不移的节操。历代诗人之咏松的篇什不胜枚举，石延年此诗在当时也是传诵众口之作。它曾由宋代赵师旻刻石，立于四明府治。

诗人首先以拟人的手法写出松树挺拔劲直、苍老古硬的形象气质。它参天而立，不作屈曲媚人之态，自有一股凛然正气，俨然一堂堂伟丈夫的形象。叠词"森森"传达出它的刚正不阿的气概，正如晋代袁宏所咏："森森千丈松，磊砢非一节。""耻"字赋予松以人情，以拟人之笔写其不愿屈身事人的刚直之性，颇能传松树之神。次句着意描绘松皮的苍老，将松皮喻为"铁衣"，自然令人联想到久经沙场的将士的形象。《木兰词》云："朔气传金柝，寒光照铁衣。"唐代岑参《白雪歌送武判官归京》云："将军角弓不得控，都护铁衣冷难着。"铁衣"即指铠甲。由于年代久远，历经风雨，松皮已干涩老硬，诗人以"紫鳞干"加以形容，形象毕肖。三字承"铁衣"而来，故以鳞片形的铁甲状松皮，它泛出紫色，历久而变得干枯。次句活画出松树历经风雨剥蚀后的苍老之态。

在首联的正面描绘之后，中间二联宕开笔墨，对古松作侧面的烘染与衬托，笔致别具神韵。颔联分别从视觉与听觉上写古松之影与声。诗人有意避开古松的正面形象，先写风中摇动的树影如龙蛇飞舞。古人常以龙蛇喻松柏之类的树木，如李商隐《武侯庙古柏》："蜀相阶前柏，龙蛇捧閟宫。"此处以龙蛇状松，显出其飞腾夭矫之态，再辅以震撼天宇的声响，更增添了不凡的气势。颔联向被推为警句。颈联写苔藓由岩石蔓延到松树，悄无声息地缘木而上；菟丝与女萝，也攀附松枝，平步青云，扶摇直上。通过这些攀缘于古松的寄生植物的衬托，进一步凸现出松树的独立不倚、刚直伟岸。

在前三联绘出松树的形象后，诗人终于通过尾联的议论揭出题旨。他吁请朝廷将此松选为明堂的栋梁之材。抡材，即选材；明堂，是古代天子宣明政教、举行大典的殿堂。古人常以廊庙之材喻国家朝廷的重臣，这两句诗正是表达了诗人希望在政治上施展宏图的迫切愿望，他是为自身，也是为普天下的怀才不遇之士发出呼吁。

比兴手法的运用使此诗包涵了丰富的意蕴，名为咏松，实际是歌颂刚直不阿的人品气节，寄寓人才际遇的感叹。欧阳修称石曼卿"状貌伟然，喜酒自豪"（《墓志》），"廓然有大志，时人不能用其材，曼卿亦不屈以求合"（《释祕演诗集序》），遂诗酒颓放，遗外世俗。他屡举不第，后以恩补奉职，历官州县，始终未登高位。他曾上书章献太后，请求还政天子，仁宗亲政后却不愿藉此而得显官；又尝进备边之策，却不受重视。一生孤高自重，难与世合。古松的形象未始不是他历经风霜而独立特异、高才奇节而风骨凛然的写照，也是所有负才持节之士的象征；相形之下，苍藓、丝萝之类的形象则体现了对夤缘攀附之徒的藐视。石曼卿诗风雄豪劲健，宋代何汶《竹庄诗话》称："昔范文正公谈石学士云：'曼卿之诗，气雄而奇，大爱杜甫，酷能似之。'"此诗确能得杜律之神，并脱化于杜甫的七古《古柏行》。其诗之雄奇的气概源于他的人品气节。（徐嘉平）

## 宋 祁

宋祁（998—1061），字子京，安州安陆（今属湖北）人，后迁居开封雍丘（今河南杞县）。天圣二年（1024）进士，官翰林学士、史馆修撰。与欧阳修等合修《新唐书》。后升工部尚书，拜翰林学士承旨，谥景文。宋祁与兄庠并有文名，时称"二宋"。因词有"红杏枝头春意闹"之句，世称"红杏尚书"。其诗多秾丽之作。有《宋景文集》。

（张国浩）

# 长安道中怅然作

三辅古风烟，征骖怅未前。
山园蓬颗外，宫室黍离边。
树老经唐日，碑残刻汉年。
便须真陨涕，不待雍门弦。

宋仁宗嘉祐元年（1056），宋祁自知定州移知益州（今四川成都）。此诗为赴任途中经过长安（今陕西西安）时所作。诗共三首，这是第一首。长安是秦汉隋唐之故都，历史的见证，在它的舞台上曾演出过一幕幕威武雄壮的活剧。唐以后政治重心东移，长安也日见冷落萧条。诗人睹物兴怀，发思古之幽情，百感交集，都概括于"怅然"二字之中。

首联扣题，总写长安风物与怅然之情。汉武帝曾将治理京畿地区的三个职官分别称为京兆尹、左冯翊、右扶风，总称"三辅"，分治长安东、北、西三个地区，故三辅亦指京都地区。"三辅"一词将人们的思绪自然引向了古代，而迷茫的"风烟"则更逗起悠然神伤的怀古之情，复以一"古"字状之，则有山川风物终古如斯，而人世沧桑迭经变迁之意。在这样的一种氛围中，诗人怅然感怀，车驾也为之徘徊不前了。

中二联纯为写景。颔联写宫室陵园，诗人在此自注云："贾山议始皇侈葬，言后世不得蓬颗蔽冢。"贾山为汉代人。蓬颗是生有蓬草的土块。《汉书》本传载贾山言秦始皇陵墓奢侈，以致其后代死无葬身之地。此采其字面。"山园"谓帝王的陵园，此言"蓬颗外"乃形容其荒凉，至于蓬草不生。接着写宫室园囿一片破败景象。《诗经·王风》有《黍离》篇，云："彼黍离离，彼稷之苗。"旧说以为周大夫过故宗庙宫室，见尽为禾黍，伤西周之亡而作此诗。长安有众多的帝王陵园，也有前代的故宫别馆。诗人选择此二者入诗，颇能传达世代兴亡之感。颈联写唐树、汉碑，更增沧桑之慨，组织对偶，尤见工力。

尾联揭示满怀悲感，用不着雍门周弹琴，就要潸然泪下了。据刘向《说苑》载，雍门周为战国齐人，善鼓琴，孟尝君听其弹琴，涕泣增哀。诗人过长安至于泣下，可见伤感之深，并非一般的怀古神伤。宋祁虽处于北宋的"承平之世"，但遥想汉唐雄风，反观当世之局促羸弱，西夏即虎视于长安之北，其悲从中来也就不难理解了。

此诗慷慨感怀，情蕴丰厚，深得好评。方回收于《瀛奎律髓》，称其"工妙逼唐人"此诗确有唐律遗风，重在以景传情，其情只在首尾略加点明，余均蕴含景中，读者自能从中二联的意境中体味，颇有含蓄蕴藉之致。其沉郁苍凉又逼近老杜，故陆贻典评为"尤似义山学杜"，纪昀称"俱有杜意"（《瀛奎律髓汇评》卷三）。

（黄宝华）

# 落　花

（二首选一）

坠素翻红各自伤，青楼烟雨忍相忘。

将飞更作回风舞，已落犹成半面妆。

沧海客归珠迸泪，章台人去骨遗香。

可能无意传双蝶，尽付芳心与蜜房。

　　怜花伤春是古典诗歌中常见的题材，名篇佳作如林。宋祁此诗写得别具一格，不仅描写细致，传花神韵，并寓身世之慨，至被前人推为宋人落花诗"第一"（贺裳《载酒园诗话》卷一）。

　　诗写落花，并不单纯刻画它的外貌形态，而是抓住特征加以渲染。首联即从落花飘然下坠的瞬间入手，运用借代手法，以"素""红"指花，给人以鲜明的色彩感，又以"坠""翻"二字状落花之翻飞坠落。"各自伤"以人拟花，表现娇艳的花朵也为自己的夭折飘零而哀伤。花本无情，是人以情眼观花，故花亦有情。此处写落花各自伤感，未始不是诗人的情感流露。继以青楼烟雨中人不忍忘情于花，进一步渲染对落花的悲悼。花是她们情感的寄托，她们的生命也像这花一样容易凋残，因而睹落花而不能忘情。两句暗用晋代豪富石崇家乐妓绿珠坠楼之典（《晋书·石崇传》），使人联想到杜牧

"落花犹似坠楼人"(《金谷园》)的诗句。

领联是名句,从时空角度切入落花的具体过程,写得细腻传神。出句本李贺《残丝曲》"落花起作回风舞,榆荚相摧不知数",对句取法李商隐诗"落花犹自舞,扫后更闻香"(《和张秀才落花诗》)。虽取法前人,但不单纯模拟,而是翻陈出新,体尽物性,并融入作者的主观之情。特别是"更作""犹成"写落花心理,前者用"回风舞"形容落花对春天的痴情,飘零之际仍不息追求;后者用"半面妆"借梁元帝徐妃典故(《南史·后妃传》)刻画落花的执着,虽已凋零,芳香犹存。这一联既是写花,更是写人。

颈联用比兴抒情,"沧海"句与李商隐"沧海月明珠有泪"(《锦瑟》)同一机杼,以沧海客归、章台人去比喻落花虽已飘落残败,其执着的追求仍矢志不变。尾联进一步写落花高洁品格,生命将息仍不忘奉献芳心一片。杜甫有"穿花蛱蝶深深见"(《曲江》),李商隐有"芳心向春尽,所得是沾衣"(《落花》),可资参读。这是一种哀怨而又壮美的情怀。

清代王士禛说:"咏物之作,须如禅家所谓不粘不脱,不即不离,乃为上乘。"(《带经堂诗话》)此诗即是一例。

(张国浩)

# 寒食假中作

九门烟树蔽春廛，小雨初晴泼火前。

草色引开盘马地，箫声催暖卖饧天。

縈丝早絮轻无着，弄袖和风细可怜。

鳌署侍臣贪出沐，珉縻珠馅愧颁宣。


　　宋祁是仁宗朝的达官贵人，其诗安雅妍丽，多写承平气象。本诗作于寒食节的休假期中。据方回《瀛奎律髓·升平类》所录此诗的评注："景文宋公尝知寿州，再入翰苑，又诏知杭州，才出国门，迫还本职，此所谓'鳌署侍臣贪出沐'者，殆庆历五年乙酉（1045）、六年丙戌间事。"

　　古时的寒食节在清明前一天或前两天。梁代宗懔《荆楚岁时记》云："去冬节一百五日，即有疾风甚雨，谓之寒食，禁火三日，造饧大麦粥。"诗的首联即总写寒食节中京师的景象。"九门"指代皇宫，亦作京城之代称。古制天子所居有九门，王维《同崔员外秋宵寓直》诗云"九门寒漏彻，万井曙钟多"，即写禁城之象。此诗写京城烟霭氤氲，笼罩着千家万户，缭绕于草木之间，春意盎然，气象高华。接着写禁火期间小雨初晴，诗人一反寒食诗中凄风苦雨的传统意境，特意写其雨霁放晴，诗情也随之昂扬振起。这就为下面对春景的描绘作了铺垫。

雨后初晴，最引人注目的是原野上的春草吸足了水分之后苗壮成长。卖饧（xíng，饴糖，即麦芽糖）者也趁着天晴出来吹箫招徕买主了。如前所引，古人于寒食节要吃加饧之粥，而卖饧者吹箫也是由来已久之事，在《诗经·周颂·有瞽》的郑玄《笺》中即已提及，说明汉代已有此习俗。沈佺期《岭表寒食》诗曰：“岭外逢寒食，春来不见饧。”可见这是寒食节的一个明显特征。这一联被历代诗家赞为警句，确有造语新警之妙。盘马地上春草生长，本是极普通之景，而用“引开”二字将二者加以关联，遂生出无穷妙趣，那春草向远方蔓生，似乎使盘马地的范围越来越开阔，碧绿的草色似乎在带领着它扩展地盘。诗人通过拟物手法赋予静景以动态，令人感受到春天活跃的生命。诗人在此特意选择“盘马地”为描写对象，正可令人联想到弯弓盘马的跃跃欲试之态，使诗平添了几分豪情逸兴。吹箫卖饧一事经诗人的匠心安排，也显得别具情趣了。“催暖”一词可谓别出心裁，它将天气的变暖与卖饧的箫声联系起来，实是将主观的心理感受赋予了箫声。因为箫声本无催暖之功效，但寒食的箫声却令人感到春寒已逝，接踵而至的是万紫千红的暮春时节，人们的心中荡漾着融融的暖意，因而会觉得这一切都是箫声的功劳。这正是诗家惯用的移情之法。“卖饧天”造语也颇新奇，它不仅补足了前面的“箫声”，而且渲染了叫卖四起、远播空中的节令特征。要之，诗人在这一联中通过动词的妙用，造成特殊的拟物效果，写出了寒食节中的独特心理感受，故受到人们的激赏。

相比之下，颈联就不如颔联生动。它写春日的游丝柳絮在空中轻扬，拂袖的和风细微温存，令人爱怜。方回评曰："五、六尤润。"情调虽较前温润婉约，但毕竟比不上颔联之气格挺拔。尾联归结到寒食休假，接受皇帝颁赐的美食，表示受之有愧。鳌署，指翰林院，旧以鳌山为神仙所居，因以喻翰苑，此时宋祁为翰林学士，故云。此联意思平平，且堆垛词藻，实不能与前数联匹敌。但是全诗瑕不掩瑜，正如纪昀所评："二诗皆昆体，而不碍气骨之雄浑，诗亦安可以一格拘？"

（柳丽玉）

## 梅尧臣

梅尧臣（1002—1060），字圣俞，宣城（今属安徽）人。宣城古名宛陵，故世称梅宛陵。少时应试不第，以恩荫而历任主簿、县官、监税之职。仁宗皇祐三年赐同进士出身，授国子监直讲，官至尚书都官员外郎。毕生致力诗歌创作，主张继承《诗》《骚》传统，反对西昆体的浮艳诗风，故诗作多反映社会现实和人民疾苦。风格古淡含蓄。与欧阳修同为诗文革新的领袖，世称"欧梅"。有《宛陵先生文集》。

（吴曼青）

# 田家语并序

　　庚辰诏书：凡民三丁籍一，立校与长，号弓箭手，用备不虞。主司欲以多媚上，急责郡吏。郡吏畏，不敢辩，遂以属县令。互搜民口，虽老幼不得免，上下愁怨，天雨淫淫，岂助圣上抚育之意耶？因录田家之言，次为文，以俟采诗者云。

<br>

　　　　谁道田家乐，春税秋未足。

　　　　里胥扣我门，日夕苦煎促。

　　　　盛夏流潦多，白水高于屋。

　　　　水既害我菽，蝗又食我粟。

　　　　前月诏书来，生齿复板录。

　　　　三丁籍一壮，恶使操弓觷。

州符今又严，老吏持鞭朴。

搜索稚与艾，唯存跛无目。

田间敢怨嗟，父子各悲哭。

南亩焉可事，买箭卖牛犊。

愁气变久雨，铛缶空无粥。

盲跛不能耕，死亡在迟速。

我闻诚所惭，徒尔叨君禄。

却咏归去来，刈薪向深谷。

 

这是一首直接反映人民疾苦的五言古诗。该诗的写作背景和意旨，已在诗序中交代清楚。宋仁宗康定元年（1040），西夏屡屡侵扰，宋王朝为了稳定内地，御敌于外，遂发布诏书，令人民习武，以便自卫。这也就是《续资治通鉴长编》卷一二八中富弼所说的"朝廷悉发京东西、淮南、江南、荆南、湖北、两浙、福建、广南东西凡十一道兵以屯关中。十一道兵素寡弱，又遭此调发，故关中得之未足以充，而十一道之兵尽。朝廷独念京东邻河朔，京西接关陕，此二道不可以无备，遂遣使阅乡民，俾习武以代官兵"。此诏一出，从高级长官到郡守县令便层层加码，邀功请赏，以致出现了万姓涂炭、民不聊生的景象。作者在诗中为我们绘制了一幅北宋社会生活的画卷。全诗虽仅有二十八句，但却在广阔的画面上，多角度、多方位地描绘了当时人民的境遇、活动和命运，并熔铸了作者的感慨和愤懑，因而，被誉为是继承杜甫"三吏""三别"的现实主义传统的一首社会史诗。

序文说该诗是"录田家之言"，这自然是诗人的"文学语言"。但从全诗的叙述看，除了结末四句明显以诗人口吻直接抒写外，前面的二十四句倒真像一位老农的摧肝拉肺的倾吐。这种看上去似乎是客观地记录他人语言的写法，其实正体现了作者构思的精巧，使在阅读效果上更给人以真实的感受，因而也就有动人心弦的力量。

这"田家之言"每四句构成一个层次，实际上是筛选了一系列最能反映人民疾苦的典型画面。第一组画面是里胥逼租图，写春天的税收到秋天还未交足，里正（宋时乡役名，管催租、户籍等事务）敲门来勒索，衣衫褴褛的人为此而日夜担忧。第二组画面是水涝蝗灾、菽粟俱损图，展现在我们面前的是房屋被淹、田地颗粒未收的场面。第三组画面是诏书下达图，三丁抽一，恶吏驱遣，强拉壮丁的场面宛然在目。第四组画面是州县的鞭朴图，反映了地方官吏如何持了鞭朴来拉夫，连老汉和小孩也不放过，留下的只是瞎子和跛子。第五组画面是悲哭卖牛图，人们忍痛卖掉了牛犊去交租税，最后落得田野荒芜。第六组画面是乡民冻馁图，使我们看到人们困苦不堪，连粥也没有，只能绝望地等待死亡。通过这六组画面，事件发生、发展的时、地、空有机地组合成了一个整体。从而对本诗开头提出的："谁道田家乐？"作出了形象的彻底的否定。忠实地勾勒出天灾人祸给人民带来的灾难，记录了真实的生活画面。

全诗浅切通俗、古茂朴拙，在前二十四句诗人通过老农之口，已将自己的感情、观点和盘托出，而最后四句"我闻诚所惭……刘薪向深谷"。诗人改变了他旁观者的立场而直接现身说法，对自己的惭食君禄而又无能为力表示悔恨，唯一的出路只有辞官退隐，不甘心再做压迫人民的工具。对作为封建官吏的尧臣来说，这是极难能可贵的，表现了对人民的同情，真如梁启超说的，这些"诉人生苦痛，写人生黑暗"的作品，是诗人"三板一眼的哭出来的"（《饮冰室文集》卷三十八《情圣杜甫》），诗人继承了汉乐府"缘事而发"和白居易"歌诗合为事而作"的传统，在此诗中体现了他主张诗歌必须写实，要有兴寄的艺术理想，这种祈向为扭转北宋西昆体诗风起了积极作用。

（吴曼青）

# 汝坟贫女

时再点弓手，老幼俱集，大雨甚寒，道死者百余人，白壤河至昆阳老牛陂，僵尸相继。

汝坟贫家女，行哭音凄怆。
自言有老父，孤独无丁壮。
郡吏来何暴，县官不敢抗。
督遣勿稽留，龙钟去携杖。
勤勤嘱四邻，幸愿相依傍。
适闻闾里归，问讯疑犹强。
果然寒雨中，僵死壤河上。
弱质无以托，横尸无以葬。
生女不如男，虽存何所当。
拊膺呼苍天，生死将奈向。

这首诗与《田家语》写于同一时间，用同一手法，表现同一题材，故可谓名副其实的姊妹篇。前者通过"田家"的叙述，反映了天灾人祸给人民造成的巨大痛苦，本诗则通过一个贫家女子的哭诉，深刻地反映了广大人民的悲惨遭遇，二者紧相关联，为我们提供了又一幅宋代人民悲惨生活的图画，所不同的是，前者是广取多种场面的组画，而本诗是笔墨集中的特写。《诗经·周南》中有《汝坟》一篇，毛传："汝，水名也。坟，大防也。"就是指汝河的堤岸。本诗以一个贫家女的口吻，讲述了她和老父亲的生离死别，表达了悲愤欲绝的怨恨。这是一幕足以催人泪下的社会悲剧。可是作者平平写来，从容不迫，说的是口头语，抒的却是肺腑情。

"汝坟贫家女，行哭音凄怆"，点明了事情发生在汝河岸边，主人公是一位贫家女子。她边走边哭，声音凄怆。接下去就是这贫女自述的一段可悲可怜的经历了：家无丁壮，仅有老父与弱女相依为命，在征集点弓手时，这个家庭仍然逃不掉暴吏与县官的"督遣"，老父拄着拐杖去服役，临走时还没有忘记殷勤地嘱托四邻照顾好在家的孤女。不久，贫女听说有同去服役的邻居回来了，就去打听老父的消息，满以为老父还健在，哪里晓得老父竟然经不住寒雨的折磨，早已僵死在壤河边上。贫女无所依托，无力埋葬死去的老父，从而生出了"生女不如男，虽存何所当"的愤慨呼叫。在这里，贫女所感受到并提出的不平似乎仅仅停留在"生女不如男"的性别上的差异，但是，如果与全诗的内容联系起来思考，读者不难理解，即使生男的话，这户人家也不会有更幸运的遭遇的，说不定还会更加悲惨。试想，在暴吏的督遣之下，年已衰迈的老翁尚且不能幸免，那么，要是有一位壮年男子在家，那不是更要首当其冲地去当差吗？所以，与其说贫女的不平是对作为"弱质"女性的无用而发，毋宁说是对于黑暗、腐朽的不合理社会的强烈控诉了。结尾两句："拊膺呼苍天，生死将奈向。"跳出了贫女的诉说，转写贫女的行动，在结构上，与开头两句相呼应，起到总结全诗的作用；而在意义上则把贫女既悲惨又无可奈何、毫无出路的遭遇更加推进了一步，从而造成了诗作的强烈感染力。

（吴曼青）

# 悼亡三首

结发为夫妇，于今十七年。
相看犹不足，何况是长捐。
我鬓已多白，此身宁久全？
终当与同穴，未死泪涟涟。

每出身如梦，逢人强意多。
归来仍寂寞，欲语向谁何？
窗冷孤萤入，宵长一雁过。
世间无最苦，精爽此销磨。

从来有修短，岂敢问苍天。
见尽人间妇，无如美且贤。
譬令愚者寿，何不假其年？
忍此连城宝，沉埋向九泉。

以善写哀诔文字著称的魏晋诗人潘岳，曾写过三首《悼亡诗》，由于感情真挚，影响很大，后人遂以悼亡为题，专写对亡妻的悼

念。梅尧臣的《悼亡》三首是悼念其亡妻谢氏的。宋仁宗庆历四年
(1044)，作者乘船返回汴京，七月七日至高邮三沟，其妻谢氏死于
船中。尧臣不胜悲痛，就写下这三首悼亡诗，把自己对谢氏的感
情，尽情地倾泻了出来。组诗情真意切，悲思缠绵，恻恻动人，因
而也成了悼亡的名篇。

这三首诗合成一组，内容各有侧重而又互有联系，总主题则紧
紧地围绕着对亡妻的深切思念。

第一首可以看作总写，开首就单刀直入地叙述了诗人与其妻子
的融洽关系。"结发为夫妇，于今十七年"，既无华丽辞藻，也没有
新奇引人的非常事件，而且袭用了苏武"结发为夫妻，恩爱两不
疑"的诗句，但正是这样普普通通的两句诗，却让读者感到十分真
实和亲切。十七年来夫妇之间的纯洁忠贞之情化成了这平淡无奇的
十个字，紧接着的一句更妙，"相看犹不足，何况是长捐"，诗人也
并没有花费很多的笔墨去渲染夫妻间的缠绵恩爱，而只是写了"相
看"这样一个动作，却包涵了多么丰富广阔的内容！有了这十七年
来的"相看犹不足"，当她一旦捐弃人世之时，诗人所遭受的感情
打击就可想而知了。诗人虽然没有直接去写哀痛号呼，读来却感人
至深。由她的去世，诗人自然联想到自己，所以说，我的两鬓已经
斑白，大概也不会长久于人世，终将同穴共寝，但在滞留人间的时
刻，我岂能抑制住如泉的泪水。在这里，似乎主要是叙事，然而却
时时不离抒情，借事达情，将诗人失妻后痛不欲生的感情曲曲
传出。

第二首写妻子谢氏去世后诗人的寂寞和悲痛的心情，以衬托谢

氏在世时的相互关怀爱慕之情。诗人出门时每每恍如置身于梦中，在外时，强打着精神与别人应酬，回到家中，就感到冷清无聊，被寂寞所包围，有话也找不到知心人倾吐。"窗冷孤萤入，宵长一雁过"一联，不但对偶工整，而且意境真切。诗人由于丧妻的悲痛，竟致长夜难眠，在那辗转反侧中，一萤的撞入、一雁的飞过，都进入了诗人的眼底。同时，诗人所见到的流萤、孤雁，正与他自己的处境吻合，也可说是诗人寂寞心态的流露。由此导出结句："世间无最苦，精爽此销磨。"诗人感叹自己将一生的精力都消磨在这无比的痛苦之中了。

第三首则转向了对亡妻的直接悼念。人生本来就有长有短，其中的原因怎敢去问上天？这是诗人无可奈何的自我排遣。死生有命，本来没有什么可抱怨的，然而，如此一位贤惠而美貌的妻子溘然长逝，他怎能抑制得住内心的悲痛，"见尽人间妇，无如美且贤"二句虽然用了夸张的说法，却也可见妻子在诗人心目中的崇高地位。"譬令愚者寿，何不假其年"两句与"从来"两句相呼应，对愚者有寿、贤者早丧这种不可思议的现象提出了疑问。最后以"连城宝"譬亡妇，还扣"无如美且贤"句，把诗人的悲痛推向了高潮。

欧阳修《六一诗话》中评梅氏诗云："圣俞覃思精微，以深远闲淡为意。"这首诗就是用了十分简淡的语言，表现了最深沉的感情。

（吴曼青）

# 鲁山山行

　　适与野情惬，千山高复低。

　　好峰随处改，幽径独行迷。

　　霜落熊升树，林空鹿饮溪。

　　人家在何许？云外一声鸡。

　　宋仁宗康定元年（1040），梅尧臣被派到河南的叶县和鲁山，会同地方官察看农业生产的情况，这首五言律诗就是在此行途中所作。这是首著名的写景诗，细致入微地叙述了晚秋山间的幽静景色。

　　"适与野情惬"一句不仅表达了野外风光令人心旷神怡的情趣，同时体现了诗人自己散淡的怀抱。"千山高复低"则从大处落墨，点明了"山行"的主题，然而在山的高与低之间用了一个"复"字，就引起了人们无穷的联想，仿佛使我们置身于层峦叠嶂的万山丛中了。"好峰随处改"对"幽径独行迷"，自然、舒畅，给人以峰回路转、韵致无穷的感觉。而峰"好"、径"幽"，恰到好处地写出了山深路曲的特色。诗人走在这样的山间小路上并不觉得苦、累，相反地引起了他寻幽探胜的兴致，并与首句"适与野情惬"相呼应。

　　接下去的"霜落熊升树，林空鹿饮溪"，用"霜落""林空"点明山行的时间是深秋，以"熊升树""鹿饮溪"写山行中所见的动景，由于霜落一望无际，而能远远地见到熊在爬树；又由于深秋树叶都脱落了，因而看到了悠闲自在的鹿在饮水。这两句极真切地描绘了深秋山中的情状，通过客观景物的野逸而表现诗人心中的淡宕，因而受到后人普遍的称赞。陆游的"霜郊熊扑树，雪路马蒙氈"（《感旧》），分明是从尧臣的诗句脱化来的。

最后，全诗以"人家在何许，云外一声鸡"作结，诗人在这萧瑟的山区中行走，何处是尽头呢？于是，极其自然地提出了"人家在何许"的疑问，紧接着又以"云外一声鸡"作答，仿佛告诉你前面就是人家了，同时也写出了望云闻鸡的神态及喜悦心情。这首诗不仅继承了王维、孟浩然的传统，同时又有自己的特色，所以方回在《瀛奎律髓》中给予很高的评价："圣俞此诗尾句自然，熊、鹿一联人皆称其工，然前联尤工而有味。"

(吴曼青)

# 春　寒

春昼自阴阴，云容薄更深。

蝶寒方敛翅，花冷不开心。

亚树青帘动，依山片雨临。

未尝辜景物，多病不能寻。


　　这首诗作于庆历六年（1046）。当时的政治形势是旧派的王拱辰等重新得势，而新派的范仲淹、富弼等则纷纷受到排挤，离开汴京。梅尧臣是同情和站在革新派一边的，所以他此时的心情也很黯淡。虽然已是春回大地的时分，但诗人感到的却是阵阵寒意。梅尧臣作诗强调"因事所激，因物兴以通"。正是在这样的心境与氛围中，他写出了《春寒》。

　　全诗的中心在一个"寒"字。首联说虽是白昼却天色阴沉，没有和煦的春风，也没有明媚的阳光，云层也由薄变厚，说明阴霾蔽空、寒气凛冽。两句开门见山地承题，点出"春寒"的主旨。接着笔锋一转，诗人捕捉住了春天常见的蝶和花。本来，春天应是"鸟语花香""蜂飞蝶舞"的季节，但诗人笔下蝴蝶冷得张不开翅膀，百花也似乎由于怕寒而不能开放，一片春寒料峭的景象于此可见。五、六两句更从物象的变化进一步写出"春寒"的袭人：挂在树枝上的酒旗不时飘动，说明寒风不止；山间的阵雨霎时降下，更增添了阵阵寒意。而那摆动酒帘的寒风、那催降冷雨的云层，不正是政治形势冷峻逼人的象征吗？最后诗人发出了"未尝辜景物，多病不能寻"的叹息。诗人是从不辜负良辰美景的，但这次却因体弱多病而有负春光了。其实，"多病"也只是一种托辞，在这样的气候下，诗人哪有心思去寻春呢？

欧阳修《六一诗话》中引梅尧臣语云："必能状难写之景，如在目前，含不尽之意，见于言外，然后为至矣。"这首诗能于寻常景物中表现出料峭的春寒，同时寄寓了诗人对时事的感慨，可说是他上述理论的极好实践，所以清代纪昀在评价该诗时曾说："三、四托意深微，妙无痕迹，真诗人之笔。"(《瀛奎律髓汇评》)　　(吴曼青)

# 小 村

淮阔洲多忽有村，棘篱疏败漫为门。

寒鸡得食自呼伴，老叟无衣犹抱孙。

野艇鸟翘唯断缆，枯桑水啮只危根。

嗟哉生计一如此，谬入王民版籍论。


　　这首诗作于庆历八年（1048），反映了当时的时代面貌，写出了水灾以后农村的荒凉景象和农民的困苦生活。

　　首句"淮阔洲多"指的是大水泛滥后淮河河身便显得宽阔，地势高处便形成了一个个沙洲，这是将水灾情景形象化了。正在这时，忽然看见一个小小的村落，"忽"字说明这是一片汪洋之中的一个孤村，诗人出乎意料地发现了它，因为大水过后，幸存下来的村庄实在寥寥无几。接下去"棘篱疏败漫为门"一句则从远景推到了近景，以荆棘扎成的篱已稀疏破败，中间草草开了一道门楣，一片灾后余生、荒凉破败的悲惨景象。"寒鸡得食自呼伴"点明季节已进入深秋，寒鸡觅食的困难，逗露出当时粮食的匮乏。以鸡的得食呼伴，暗寓人们相濡以沫，共渡难关的凄凉景象。"老叟无衣犹抱孙"说村中老者无衣遮体，只能抱着孙儿，以自己的体温为孙儿取暖，进一步说明天渐转寒，而衣食无着。

接下"野艇鸟翘唯断缆，枯桑水啮只危根"二句，虽然只是客观的景物描写，然大水过后的荒凉凄败情景于此可见：被人弃置的小船如鸟尾之翘起，漂浮水面，唯余断缆；枯萎的桑树，久被河水侵蚀，只剩下一些残根破枝。总之，一切都被水破坏了。结句"嗟哉生计一如此，谬入王民版籍论"从描写过渡到慨叹，表达了诗人对人民的无限同情。人民经受灾害以后，贫寒如此，但还是逃脱不了被编入交纳租税的"王民"之列的命运。这两句写得很委婉，却含有严厉的谴责之意。所以陈衍说："写贫苦小村，有画所不到者，末句婉而多风。"

（吴曼青）

# 东 溪

行到东溪看水时，坐临孤屿发船迟。

野凫眠岸有闲意，老树著花无丑枝。

短短蒲茸齐似剪，平平沙石净于筛。

情虽不厌住不得，薄暮归来车马疲。


这首诗写于宋仁宗至和二年（1055），那年诗人已经五十四岁了。东溪，即宛溪，在作者家乡宣城县。此诗格调恬淡自然，幽雅安闲，描绘出家乡优美的自然风光和平静闲适的生活情趣。

首联破题，说到东溪去看水，可见此时诗人闲淡的心境，"坐临孤屿发船迟"接"看水"而来，诗人面对美好的风景竟然流连忘返、不忍离去了。这两句是概写，然已将东溪的迷人风光暗示出来，于是自然地过渡到中二联的写景。野凫和老树都是自然中的寻常之物，然正契合诗人所寻求的恬淡幽静之美。眠宿沙岸的野鸭更显出周遭的宁静，甚得天然悠闲之趣；而点缀着花朵的老树，也显得妩媚可爱。颔联勾勒出一种特别的闲淡苍老的野趣，不同于泛泛写景，这与诗人此时的心境相合。由于野凫安眠在寂静的岸边才显示了它的闲意，老树绽开才无丑枝，所以方回评为"当世名句，众所脍炙"（《瀛奎律髓》）。颈联则由点到面，诗人的视线从野凫、老树移向远处的溪岸：短短的蒲茸整齐得像修剪过一样，平平的沙石则干净得像筛洗过一般。在这里，诗人着力刻画出一幅幽静的画面，甚得古代画论中所谓的"平远"之美，借此寄托了他的闲逸情趣。结语以自己的意犹不尽暗示景色的迷人，用"车马疲"表明一路上流连光景之久，而以"薄暮"作时间方面的提示，不仅说明了"归来"的时间，也与第二句的"发船迟"遥相照应。

通过这首诗，我们体味到梅尧臣诗风格平淡、状物鲜明、含意深远的特点。宋人龚啸说他"去浮靡之习，超然于昆体极弊之际；存古淡之道，卓然于诸大家未起之先"，信然。

（吴曼青）

# 石 介

石介（1005—1045），字守道，一字公操，衮州奉符（今山东泰安）人。尝讲学于家乡徂徕山下，世称徂徕先生。天圣进士。历任郓州观察推官、南京留守推官、嘉州军事判官；庆历二年（1042）入为国子监直讲，支持庆历新政，作《庆历圣德颂》。后擢直集贤院，出判濮州，未赴任卒。一生以排斥佛老、恢复儒家道统为己任，批判西昆体，力倡古文。有《徂徕石先生文集》。 （黄宝华）

## 乙亥冬富春先生以老儒醇师居我
## 东齐济北张洞明远楚丘李缊仲渊
## 皆服道就义与介同执弟子之礼北面
## 受其业因作百八十二言相勉

凤凰飞来众鸟随，神龙游处群鱼嬉。

先生道德如韩孟，四方学者争奔驰。

济北张洞壮且勇，楚丘李缊少而奇。

二子磊落颇惊俗，泰山石介更过之。

三人堂堂负英气，胸中拳挛蟠蛟螭。

道可服兮身可屈，北面受业尊为师。

先生晨起坐堂上，口讽大《易》《春秋》辞。

洪音琅琅响齿牙，鼓簧孔子兴宓羲。

先生居前三子后，恂恂如在汾河湄。

续作六经岂必让，焉无房杜廊庙资。

吁嗟斯文敝已久，天生吾辈同扶持。

二子勉旃吾不惰，先生大用终有时。

当以斯文施天下，岂徒玩书心神疲。


据题中所示，这是一首拜师求学的诗。乙亥年是宋仁宗景祐二年（1035）。是年冬，石介为孙复筑室泰山之麓，请他讲学传道，并亲率任城张洞、邝州李缊同拜孙复为师。"富春先生"是石介对孙复的尊称。孙复字明复，晋州平阳（今山西临汾）人，举进士不第，研治《春秋》，著有《春秋尊王发微》。

诗以比兴开头，将孙复比为凤凰与神龙。古人向以龙凤比人中之英杰，如汉末以诸葛亮为"卧龙"，以庞统为"凤雏"，又如东汉荀淑八子，时人称为"八龙"。这里以众鸟随凤、群鱼从龙的景象赞颂了孙复的人品学问、大儒风范所具有的巨大吸引力，以致后学翕然风从。如此开头显出诗人出手即已不凡。接着写诗人对孙复直以韩（愈）、孟（郊）相许，四方学子争相投其门下。然后转入对张、李及自己的描绘。诗人概括二人是"壮且勇""少而奇"，嵚崎磊落、惊世骇俗，如此卓荦超群的人中之杰，诗人自称"更过之"，则其才具更是不凡。他们三人都是身负异才的人杰，但空有文韬武略而无施展的机遇，故胸中之气抑塞不平，如蛟螭盘屈。如此英才却愿意屈身师事孙先生，面北而拜，受其教诲。这样就更衬托出孙复的品节师范，收到了"高山仰止"的赞颂效果。诗人用的是层层衬托的办法，以张、李衬己，又以三人衬乃师，若众星之拱北辰，突出了孙复的高大形象。

诗的第二部分正面描写孙复的举止神态，活画出一位宿儒醇师的形象。他黎明即起，高坐堂上，讽诵经典，声宏音朗；他齿牙作响，摇唇鼓舌，讲论孔子、伏羲的微言大义。宓羲即伏羲氏，相传他仰观天象，俯察地文，始作八卦，是为《易》之始，此即指《周易》之义。接着写三位学子小心翼翼地师事先生，尾随于先生之后；而先生也谦谦有君子之风。恂恂，恭顺貌。《论语·乡党》云："孔子于乡党，恂恂如也，似不能言者。"孙复的故乡在汾河之滨，故云"汾河湄"，这里是说，孙复居于东齐，如同在乡党间，依然保持着温良恭俭让的儒者风范。

最后一部分抒发雄心抱负，表达用世之态。诗人表示要当仁不让，续作六经，并自许有房杜（唐代的房玄龄与杜如晦，太宗时宰相）之才，足以担当国家的重任。尤其是当今文风衰弊，天生我辈，就是要起而矫正，力挽狂澜，故要师生共勉，使天下恢复儒道的正统，不能白首穷经，老死牖卜，徒然做一个书蛀虫。诗人此言实是有为而发。赵宋建国之初尚想恢复大唐帝国的疆域，但真宗澶渊之盟以后，宋王朝已显出非辽与西夏的对手，积贫积弱使一般士大夫深感痛心。加之西昆体华靡文风的流行更使人痛感革除积弊的迫切。石介的负才逞气，攘斥佛老，向西昆发难，慨然以天下为己任，以志节忠义自许，都是出于这一富国强兵、匡扶朝廷的目的，其积极意义是值得肯定的。但从此诗也不难看出他那高自称许、大言不惭的缺点，施之实际的政务，必然迂阔难通。证诸石介的言行，这一弊端也是显而易见的。就在写此诗的同一年，欧阳修写信给石介，说在京师读到他写的文章，即反杨亿、斥佛老的《怪说》、《中国论》等文，坦率地指出他有"自许太高，诋时太过"的缺点。后来果然如欧阳修所言，他的锋芒太露常召致挫折甚至灾祸，最严重的当是赋《庆历圣德颂》一事。宋仁宗起用范仲淹等实行庆历新政，石介马上赋此颂，措辞激烈，以至授人以柄，引起反对派的群起围攻，新政的失败，石介此颂难辞其咎。此颂甫成，孙复就对他说："子祸始于此矣。"（《徂徕石先生墓志铭》)据传范仲淹也流露过不满："为此怪鬼辈坏事也。"（袁褧《枫窗小牍》卷上）可见这是石介的一个致命弱点，也是某些迂阔儒者的通病。

石介尊崇韩愈，其诗也模拟韩诗。此诗深得韩愈以文为诗的衣钵之传，在铺叙中展现人物的性格气质，儒者的逞才使气，以节义自任，涵泳六经，传道授业，以期经世致用的种种品格气度，经诗人的描绘，都跃然纸上。韩愈之诗有生动的人物描写，在一些赠答唱酬之作中，他友人的形象往往有传神写照之妙。石介继承韩愈的这一传统，扭转了当时诗歌吟风弄月、流连光景的倾向，转向以气格相尚，反映人物的精神风貌。但石介诗之描摹人物尚嫌粗糙，这一方面要等苏轼、黄庭坚出才臻于化境。

（柳丽玉）

# 蜀道自勉

潮阳瘴烟黑，去京路八千。
吏部有大功，得罪斥守藩。
朝冲江雾行，夜枕江涛眠。
蛟蜃作怪变，时时攀船舷。
鱼龙吐火焰，往往出波间。
故为相恐怖，倏忽千万端。
道在安可劫，处之自晏然。
我乏尺寸效，月食二万钱。
自请西南来，此行非窜迁。
蜀山险可升，蜀道高可缘。
上无岚气蒸，下无波涛翻。
步觉阁道稳，身履剑门安。
惟怀吏部节，不知蜀道难。

宋仁宗宝元元年（1038），石介在南京应天府的任期已满，遂请于吏部，代父移任边远地区，得任嘉州军事判官。是夏入蜀，途中写了大量即景抒怀的作品。此诗即是他行于蜀道之上的感怀自励之作。

　　诗以韩愈的遭遇与自身对比，重在展现自己的胸襟抱负、品节气概。石介是反对浮靡文风、力倡恢复道统的健将，对韩愈力挽狂澜、振兴儒学的功绩尤为钦佩，故时时以韩愈为自己师法的前贤。全诗可分两部分，第一部分写韩愈贬谪潮阳的遭遇；"我乏尺寸效"之后为第二部分，写自己入蜀的感受，表示要以韩愈的节操自勉。

　　唐宪宗元和十四年（819），韩愈因上《论佛骨表》，谏阻皇帝迎佛骨入宫，获罪被贬潮州（今广东潮安）。在唐代，这是濒海的边远瘴疠之地，迁谪者视为畏途。韩愈在《左迁至蓝关示侄孙湘》诗中云："一封朝奏九重天，夕贬潮州路八千。欲为圣明除弊事，肯将衰朽惜残年？云横秦岭家何在，雪拥蓝关马不前。知汝远来应有意，好收吾骨瘴江边。"本诗的第一部分即根据韩愈此诗敷衍铺陈，想象韩愈一路上所经历的艰难险阻。诗中称韩愈为"吏部"，则是将后事前移，因为韩愈升为吏部侍郎是穆宗朝的事。这一部分集中笔力写其江行的情景：早上破雾而行，夜眠江上舟中。水中的蛟龙鱼蛤纷纷呈险作怪，出没于船旁波间，光怪陆离，千奇百态。诗人的这一想象实从韩愈的《曲江祭龙文》《祭鳄鱼文》等作生发而出。在铺叙之后，诗人结以"道在安可劫，处之自晏然"，韩愈的坦然自若、守节不移就完全表现出来了。前面的铺叙全为跌出这二句而作衬垫，有这一长段道途艰险的铺陈，方能显出韩愈的品格气节。

　　第二部分转为自述，处处与韩愈的处境作对比。诗人说他无尺寸之功，却依然月食俸禄，而且这一次的西南之行也不是放逐贬谪，而是他自己请求代父而行的举动。言外之意是他比韩愈要幸运得多，这中间也有着歌颂本朝的意思在内。接着写跋涉于巴山蜀水间的感受：蜀山虽险却可攀登，蜀道虽高却可扳缘，上无雾气之蒸腾，下无波涛之翻滚。行栈道、越剑门，只觉履险如夷。最后揭出：正因为有韩吏部的节操为效法的榜样，故能忘却蜀道之难。

作为诗文革新的闯将、理学的先驱，石介之诗与流行的晚唐、西昆二体的诗确实迥乎不同，其根本之点就在于从缀风月、弄花草转向表现人的精神境界。诗人所着力表现的是一种处变不惊、坦荡从容的人格修养，它的核心是所谓"至大至刚"的"浩然之气"。但是诗人并未直接阐述这种人品，而只是对两次行程作了铺叙，崇高的人格力量自然从中流露出来。石介诗从学韩愈入手，时见奇险拗硬之笔，此诗虽也有蛟蜃鱼龙等怪异之象，但却写得从容不迫，流利中有豪健之气。前人称："徂徕诗……豪健伉爽，实足与王黄州、苏沧浪分据一席"（清丁咏淇《徂徕石先生全集跋》）；"温厚之意，存于激直，得见风人之遗"（吕留良、吴之振《宋诗钞·徂徕诗钞序》），可谓能得其要。

（柳丽玉）

## 欧阳修

欧阳修（1007—1072），字永叔，号醉翁，晚号六一居士，庐陵（今江西吉安）人。四岁丧父，家境清寒。天圣八年（1030）中进士，官至枢密副使，参知政事。曾赞助范仲淹的"庆历新政"，后因与王安石政见不合，退居颍州。

生平喜奖掖后进，倡导诗文革新，为当时文坛领袖，后人尊为"唐宋八大家"之一。散文风格平易委婉。诗学韩愈、李白，发展了以文为诗的倾向。词风婉丽，承袭南唐余风。有《新五代史》《欧阳文忠公集》《六一词》等，并与宋祁合撰《新唐书》。他的《六一诗话》是我国第一部以"诗话"命名的诗论专著。

（杨子坚）

# 送 唐 生

京师英豪域，车马日纷纷。

唐生万里客，一影随一身。

出无车与马，但踏车马尘。

日食不自饱，读书依主人。

夜夜客枕梦，北风吹孤云。

翩然动归思，旦夕来扣门。

终年少人识，逆旅惟我亲。

来学愧道菁，赠归惭橐贫。

勉之期不止，多获由力耘。

指家大岭北，重湖浩无垠。

飞雁不可到，书来安得频？

　　此诗，《欧阳文忠公集》题下注云"一本作《送唐秀才归永州》"。唐生可能是来京应试的落第者，曾向欧阳修请教，后辞别回永州（治所在今湖南零陵）。欧阳修写此诗与他道别，表达对贫困好学青年的同情和勉励。

　　诗分三段。前十句为第一段，写唐生在京城困苦的情形。中八句为第二段，写唐生南归及临别时对他的勉励。最后四句为第三段，写作者对唐生的深切系念。

　　此诗的特点首先在于：寓勉励之意于叙事描写之中。全诗表面上只有一句对唐生勉励的话，其他都是叙写，但从中显示出同情、安慰和劝勉之意。第一段所写唐生的情况，着意渲染他生活的清寒与读书的刻苦，字里行间透露出作者对唐生的深切同情。第二段叙述他们的分别。作者的临别赠言是"勉之期不止，多获由力耘"，意思是不要停止追求，丰硕的收获总是来自努力的耕耘。这是全诗的主旨所在，放在叙述唐生清苦读书的情况以后，显得格外突出。诗人仿佛在告诉唐生：千万不要气馁，成大气候，有大学问，正是由你这样的清寒苦读而来的。在这两句勉励的话之前，作者还有两句谦词："来学愧道薄，赠归惭囊贫。"意谓唐生跟我学习，我自愧修养不深；现今归去，又惭囊中羞涩，对他帮助不大。这两句也是为了突出"勉之期不止，多获由力耘"的中心，因为在诗人看来，这种劝勉才是对唐生的真正馈赠。第三段跳跃到别情。大岭，指五岭，即南方的大庾、越城、都庞、萌渚、骑田五岭。重湖，深而大的湖，此指洞庭湖。前两句是唐生自叙家乡遥远，后两句是诗人自忖日后音讯难通，表现出对唐生的深切系念和诚挚关怀，同时也更加重了临别赠言的分量。

其次，这首诗语言平易畅达而有深味。欧阳修诗清新生动、自然流畅，这首诗充分地体现了这一特点。其首四句即明白晓畅，含有深意。"京师英豪域，车马日纷纷"写京城的繁华、车马扰攘；"唐生万里客，一影随一身"写唐生的孤苦。两相对照，突出了唐生的清寒可怜。仔细体会，这里还包含着正是由于环境和个人的不协调，才迫使唐生归去以及唐生不屑奔走于豪门富家而专心力学这两层意思。

（杨子坚）

# 哭 曼 卿

嗟我识君晚，君时犹壮夫。
信哉天下奇，落落不可拘。
轩昂惧惊俗，自隐酒之徒，
一饮不计斗，倾河竭昆墟。
作诗几百篇，锦组联琼琚，
时时出险语，意外研精粗。
穷奇变云烟，搜怪蟠蛟鱼。
诗成多自写，笔法颜与虞。
旋弃不复惜，所存今几余？
往往落人间，藏之比明珠。
又好题屋壁，虹霓随卷舒，
遗踪处处在，余墨润不枯。
胸山顷岁出，我亦斥江湖，
乖离四五载，人事忽焉殊。
归来见京师，心老貌已癯，
但惊何其衰，岂意今也无。
才高不少下，阔若与世疏。
骅骝当少时，其志万里途，

一旦老伏枥，犹思玉山刍。

天兵宿西北，狂儿尚稽诛，

而今壮士死，痛惜无贤愚。

归魂涡上田，露草荒春芜。

这首诗写于康定二年（1041），是岁十一月改元庆历，欧阳修三十五岁。

石曼卿，名延年，宋城（今河南商丘）人，累举进士不第，后以武臣叙迁得官，仕至太子中允、秘阁校理。曾建议选将练兵，以备辽、夏侵扰，后西夏扰边，奉命征练河北、河东、陕西乡兵数十万，深得仁宗称赞。他的诗文风格劲健，"于诗最工而善书"（《宋史·石延年传》）。他与苏舜钦原是好朋友，景祐元年（1034）和欧阳修同官馆阁校勘，开始结识，过从甚密。

欧阳修第一次贬官以后，于康定元年（1040）回到京师。从此他又有机会与京师旧友苏舜钦、石曼卿等会晤，不料第二年二月石曼卿就病死了。欧阳修深感悲痛，写了《石曼卿墓表》《祭石曼卿文》和这首《哭曼卿》诗。这些作品都写得感情深挚，凄清悲抑，表现了对好友的深切惋惜和思念。

此诗可分为两大段。第一段到"遗踪处处在，余墨润不枯"，概述石曼卿乃天下奇才。《石曼卿墓表》称："曼卿少亦以气自豪，读书不治章句，独慕古人奇节伟行、非常之功，视世俗屑屑，无足动其意者。自顾不合于时，乃一混以酒，然好剧饮大醉，颓然自放。由是益与时不合，而人之从其游者，皆知爱曼卿落落可奇，而不知其才之有以用也。"诗中"信哉天下奇"六句，正是写他的嵚崎磊落、与世乖合的性格。"倾河竭昆墟"是形容他酒量大，能饮干黄河，枯竭其源，用的是《山海经》注"河源出昆仑之墟"的典故。"作诗几百篇"六句，赞美石曼卿诗作华美多姿。"锦组""琼琚"形容其诗之华丽，语出梁明山宾《荐朱异表》"珪璋新琢，锦组初构"、唐韩愈《祭柳子厚文》"玉佩琼琚，大放厥辞"。"云烟""蛟鱼"形容其诗的变幻多姿，用唐杜牧《李长吉歌诗叙》"云烟绵联，不足为其态也"和《南史·陈武帝受禅文》"蛟鱼并见，讴歌攸属"语。下面"诗成多自写"十句，写石曼卿书法之精妙，墨迹很多。颜与虞，指唐代著名书法家颜真卿与虞世南。虹霓，即霓虹，形容书法的明丽飞动。

第二段从"胸（qú）山顷岁出"到结尾，抒发作者失去石曼卿后的悲痛。前八句叙述石曼卿于景祐元年末因范讽事牵连出为海州通判（胸山在今东海县东南，宋时属海州）。欧阳修亦于景祐三年被贬夷陵令，直到康定元年才回到京师。这样，欧阳修在分别了四五年后才与石曼卿相见，当时就惊讶他衰老得厉害，哪里料到他竟会突然死去。"才高不少下"六句，是说曼卿才高而不为世所识，直到老年仍有千里之志。骅骝，骏马。玉山刍，玉山的草料，用《穆天子传》中周穆王驾八骏"至于群玉之山"的典故。"天兵宿西北"四句，意谓宋兵正在西北与西夏作战，曼卿之死是极大的损失，无论谁都感到痛惜。稽诛，有待诛戮的意思。这四句不是泛泛的惋惜之词，而有特定的背景，《墓表》说："内外弛武三十余年，曼卿上书言十事，不报。已而元昊反，西方用兵，始思其言，召见，稍用其说。……天子方思尽其才，而且病矣。"在事实证明他正确、国家需要他一展奇才的时候，他却溘然长逝了，怎么不令人痛上加痛！末尾二句写他归葬于河南永城太清乡，其地在涡水之北，坟上荒草滋蔓，使人倍感凄伤。

悲悼友人的诗作，没有描叙友情，而是历数友人的种种才能，突出其才能和命运的矛盾，造成反差，增强悲痛的情感。两段各有侧重，前段着重写曼卿的文才，后段着重写曼卿的武略；前段写被贬前的印象，后段写被贬后的遭遇。但是两段的中心没变，曼卿虽有文才武略，但不合于时俗、不合于当道，刚有转机，却又早逝，一种惋惜、郁愤之情充溢诗中，读来使人悲痛叹息、感慨系之。

（杨子坚）

# 晋　祠

古城南出十里间，鸣渠夹路何潺潺。

行人望祠下马谒，退即祠下窥水源。

地灵草木得余润，郁郁古柏含苍烟。

并儿自古事豪侠，战争五代几百年。

天开地辟真主出，犹须再驾方凯旋。

顽民尽迁高垒削，秋草自绿埋空垣。

并人昔游晋水上，清镜照耀涵朱颜。

晋水今入并州里，稻花漠漠浇平田。

废兴仿佛无旧老，气象寂寞余山川。

惟存祖宗圣功业，干戈象舞被管弦。

我来览登为叹息，暂照白发临清泉。

鸟啼人去庙门阒，还有山月来娟娟。

这首诗《欧阳文忠公集》定为庆历四年（1044）作，题下原注："一本作《过并州晋祠泉》。"

当时作者三十八岁，正处于庆历新政的高潮年代。前此，吕夷简、夏竦等人被免职，革新派范仲淹、韩琦、富弼等上台，欧阳修、余靖等出任谏官，范仲淹提出十大改革主张，富弼又提出四项

宋 惠崇 | **沙汀烟树图**
惠崇诗，见第 51 页

宋 马麟 | **林和靖图**

林逋诗，见第 65 页

宋 马远 | **林和靖图**

疏影横斜水清浅，暗香浮动月黄昏。

林逋《山园小梅》，见第 67 页

**明 沈周｜庐山高图**

欧阳修《庐山高赠同年刘中允归南康》，见第 148 页

宋 佚名 | **盘车图**
欧阳修《盘车图》，见第 152 页

明 唐寅 | **震泽烟树图**

风烟触目相招引，聊为停桡一楚吟。

苏舜钦《望太湖》，见第185页

（太湖旧称震泽）

元　佚名　**明妃出塞图**（局部）

君不见咫尺长门闭阿娇，人生失意无南北。
王安石《明妃曲》，见第231页

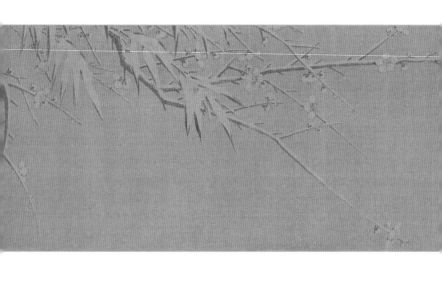

宋 杨无咎 | **雪梅图**（局部）

墙角数枝梅，凌寒独自开。

遥知不是雪，为有暗香来。

王安石《梅花》，见第 249 页

建议。欧阳修激情满怀，立志投身改革。吕、夏余党极力反对新政，攻击范仲淹私结朋党，欧阳修作《朋党论》予以还击。这一年，欧阳修曾被派往河东，诗当作于此时。

此诗的特点，首先在于记游、怀古和颂今的巧妙结合。晋祠在今山西太原悬瓮山下晋水发源处，始建于北魏，为纪念周武王次子、周成王之弟叔虞而建。北宋天圣年间（1023—1032）又追封叔虞为汾东王，并为其母邑姜修建了规模宏大的圣母殿，故此时晋祠正处于繁盛期。

诗开头一段到"郁郁古柏含苍烟"，写进谒晋祠，一路欣赏优美景致。以下到"秋草自绿埋空垣"为第二段，抒发怀古的幽思。并州为汾水中游一带，治所在太原，周以前称唐，传说乃尧之后裔所建，经唐、虞、夏、商、周五代数百年战乱到周成王时才平息，成王封其弟叔虞于唐。周武王虽是开天辟地的真主，但必须经过周公东征（"再驾"即指此）才得以建立一统大业。武王克殷后，封商纣之子武庚于殷，以管叔、蔡叔、霍叔为监。后武庚及三叔叛乱，周公东征，诛管叔，杀武庚，放蔡叔，降霍叔为庶人，东土遂定。据史载，东征后周公曾把殷贵族，即所谓"殷顽"，强迫迁徙于成周，集中监管。"顽民"一句即指此。诗人有感于此，以"秋草自绿埋空垣"，表达了他深沉的感叹：当年是那样艰辛，那样轰轰烈烈，如今却只剩下了绿草和空垣。此中包含着他对庆历新政艰巨性的认识和对守旧派的憎恨。

以下到"干戈象舞被管弦"八句为第三段，作者从怀古的幽思中苏醒过来，集记游、怀古、颂今为一炉。他赞美当年周王朝的功绩，遥想并人曾快乐地在晋水上遨游，"清镜照耀涵朱颜"；也歌颂目前的北宋王朝的太平景象，"稻花漠漠浇平田"。看来古今兴废仿佛，只有气象寂寥的山川永存。不过，如果从香火旺盛的晋祠来看，当年祖宗的神圣功业还是永垂不朽的，至今人们仍以歌舞来赞颂它，"干戈""象舞"都是周初的武舞，此指祭祀时的歌舞。这一段的感慨也透露出他改革时弊、为国建功立业的坚强信念。

末尾四句归结全诗，前两句承上抒怀，归拢收束，情中有景；后两句描写晋祠晚景，放开宕出，景中含情，给人以余韵悠悠之感。

全诗按游历次序安排，而记游又以泉水为线索，开头听泉声、沿渠行，中间游晋水、浇平田，结尾临清泉、照白发，可以说泉水贯穿了全篇，同时又是周朝圣功的象征。开头记游，中间承转两段，一是怀古，二是记游、怀古、慨今并作，结尾归结于记游，仿佛是一首交响乐，高潮在承转的第二段，急管繁弦，奏出了最强音。

（杨子坚）

# 春日西湖寄谢法曹歌

西湖春色归，春水绿于染。

群芳烂不收，东风落如糁。

参军春思乱如云，白发题诗愁送春。

遥知湖上一樽酒，能忆天涯万里人。

万里思春尚有情，忽逢春至客心惊。

雪消门外千山绿，花发江边二月晴。

少年把酒逢春色，今日逢春头已白。

异乡物态与人殊，惟有东风旧相识。

　　宋景祐四年（1037）二月，欧阳修被贬峡州夷陵（今湖北宜昌）县令，诗友谢伯初时任许州（今河南许昌）法曹参军（州之辅官），曾寄长诗安慰，欧阳修写了这首七古作答。诗篇感怀明丽春景和诗友深情，抒发遭贬异乡的落寞感慨。诗题中的西湖，是指许州西湖。诗人同年三月方去许州续娶，故诗中的西湖春色，均是想象之词。

　　诗的前四句写许州西湖春景：春来波绿，群芳烂漫，明媚旖旎，景致醉人。接下由景及人，转写诗友殷勤多情，特从这美丽的地方寄来美好情意，点明本诗是回赠之作。五、六句写诗友虽已白发苍苍，但仍多愁善感，春思如云。谢伯初赠诗中有"多情未老已白发，野思到春乱如云"之句，诗人特别欣赏，故化用其意，描摹诗人白发多情，寥寥数笔，却十分生动传神。七、八句想象诗友独酌湖上，默默思念远方被贬的作者。读诗至此，方知前面写景用意并不仅仅在于咏叹西湖的自然风光，更是以美景烘托诗友的美好情谊。句中"天涯万里人"是诗人的自称，暗寓自己被贬夷陵的遭遇，同时将内容巧妙引向自己胸臆的抒发。

"万里思春尚有情，忽逢春至客心惊"，许州、夷陵两地相距遥远，又有山川阻隔，故诗人对诗友"万里"寄诗，传递春的消息和真挚友情激动不已，但同时因身遭斥逐，心情凄惶，忽睹春景，不禁心头震颤。门外绵绵远山残雪融尽，绿装甫著；二月晴朗的阳光下，江边红花正争相吐艳，如此来去匆匆的春天，怎不让人感叹如驹如梭的光阴和稍纵即逝的美好年华！诗人触景伤怀，蓦然回首：昔日把酒对春、风流倜傥的少年，如今而立刚过（欧阳修时年三十一岁），却已是鬓发苍苍。显然，一个事业、生活正在蓬勃向上的得意之士，是不太可能如斯身心俱老的，只有历经磨难者才每每会回味过去的大好时光。"夜闻归雁生乡思，病入新年感物华"（《戏答元珍》）、"非乡况复惊残岁，慰客偏宜把酒杯"（《黄溪夜泊》），在这段时间里，诗人写下了多首有类似感慨的诗篇，虽然有的洋溢着乐观、洒脱的情调（如《黄溪夜泊》中"行见江山且吟咏，不因迁谪岂能来"之句），但仍不免时时袭上伤感落寞的情丝。"异乡物态与人殊，惟有东风旧相识"，在这贬谪之地，诗人眼中的一切都是那么陌生、冷淡，唯有岁岁年年按时相伴的春风仍是那么熟悉、亲切，似在安慰一颗孤寂的心。诗到此戛然而止，但意犹未尽，令读者回味无穷。

诗篇以春为线索，既有对景物的描绘，又有诗友形象的勾勒和对原诗的化用；既有感于诗友的真挚情怀，又低徊于自身的遭际，诗情沿这一线索逐层展开，前后承转不着痕迹，使诗篇情韵幽折，是一首酬唱诗的佳作。另外，诗人多处描摹明丽春景，虽有以明朗之景反衬其忧苦之心、今昔之感的用意，但那种或虚或实的反复咏叹，更多的是使诗篇交错洋溢着令人沉醉的气氛，一折一扬的处理，使诗之色彩也显得多变而迷人，诗之内涵也更加丰富，绝没有停留在一般的咏春主题上。

（王立翔）

## 水谷夜行寄子美圣俞

寒鸡号荒林，山壁月倒挂。
披衣起视夜，揽辔念行迈。
我来夏云初，素节今已届，
高河泻长空，势落九州外，
微风动凉襟，晓气请余睡。
缅怀京师友，文酒邀高会。
其间苏与梅，二子可畏爱，
篇章富纵横，声价相磨盖。
子美气尤雄，万窍号一噫，
有时肆颠狂，醉墨洒滂沛；
譬如千里马，已发不可杀，
盈前尽珠玑，一一难束汰。
梅翁事清切，石齿漱寒濑，
作诗三十年，视我犹后辈；
文词愈清新，心意虽老大，
譬如妖韶女，老自有余态；
近诗尤古硬，咀嚼苦难嘬，
初如食橄榄，真味久愈在。

苏豪以气轹，举世徒惊骇；

梅穷独我知，古货今难卖。

二子双凤凰，百鸟之嘉瑞，

云烟一翱翔，羽翮一摧铩。

安得相从游，终日鸣哕哕。

问胡苦思之，对酒把新蟹。


诗题中的圣俞、子美，分别是梅尧臣、苏舜钦的字，二人均是北宋著名诗人，与欧阳修交谊深厚。宋初雕章琢句的西昆诗风弥漫诗坛，苏、梅于开创宋诗新局面颇有贡献，欧阳修称苏、梅为"当世贤豪"，引为同道。同时，他对二人诗作也有深刻理解。这首寄赠之作，评论苏、梅诗风，常被后人作为了解、评价二人诗艺的重要依据。

全诗大致可分成五大段落。前十句为第一段，描写夜行的景色和感觉：诗人闻鸡而起，匆匆赶路，此时夜色尚深，月挂山崖，星河泻空；凉风习习，吹入衣襟，尽扫旅人的睡意，天色即将破晓。开篇的意境高旷荒寒，夹杂着寂寞冷落。诗作于庆历四年（1044）秋，正是欧阳修积极参与的"庆历新政"被撤销的前夕，诗人被借故调出京师，往河东路巡视。复杂而激烈的政治斗争，使他心情忧郁苦闷。这天夜里他从水谷（今河北完县西北）出发赴职，尚未破晓的景色，令他心绪黯淡，感慨万千。

"缅怀京师友"到"声价相磨盖"为第二段。寂寞冷落的景物和心境令诗人想起在京师的挚友，想起他们以前文酒高会的热闹场面，与前段气氛形成鲜明对比而又彼此映衬。然后顺势将镜头对准苏、梅二人，诗篇也就从"引子"过渡到"主题陈述部"。在简洁的总论之后，转入对二位主人公的"特写"。

第三段从"子美气尤雄"到"一一难柬汰"，专论苏舜钦。诗人抓住苏舜钦洒脱不羁、淋漓磅礴的书法风神，来衬托万窍怒号、奔腾雄放的诗歌风格，将抽象的艺术特色表现得如耳可闻，如目能见，极具感染力。接下以珠玑盈溢、难以拣择作譬，极言其创作之富，质量之高，可谓推崇备至。此段描摹苏诗豪俊超迈的诗风，诗的语言也奔涌雀跃，显得爽朗酣畅。

第四段从"梅翁事清切"到"真味久愈在"，转向梅尧臣，一变而为舒缓深沉，这一方面是要选用与梅诗风格相吻合的词句来表达其评价，另一方面，也因梅尧臣年长于己，字里行间蕴含尊崇之意。梅诗深远闲淡，诗人比之寒泉漱石，清人口齿，沁人心脾。"文词"四句，写梅翁年愈老大而文词愈加清新，犹如徐娘半老，风韵依然；近来诗篇日趋古朴瘦硬，读来如食橄榄，初若苦涩，而余味无穷。诗写至此，已将苏、梅诗风全盘展现在读者眼前。不同的取譬、语词、节奏，让人易于体会到他们各自的特色，并且言之凿凿，形象生动，使未知者心驰神往，使谙熟者欣然会心。

分写之后，很自然地归结到第五段的总结。这里虽仍采用并驾齐驱的叙述手法，但二者互相补充：诗风则称苏舜钦气势雄豪，境遇则叙梅尧臣穷困孤寂，诗作不被世人所重，其实正暗示苏舜钦同样的遭际。他们是人中凤凰，才华超群，但均被轻视，一旦想施展抱负，便遭摧抑排摈，八句语气激扬浩荡，内含对妒贤嫉能之风的无比愤慨，以及对苏、梅二人的无限同情。末四句一吐倾慕之情，相思之苦，想象何日能再与苏、梅二人"文酒高会"，对酒持螯，诵文论诗。诗人真挚的友情至此溢满诗篇。

在唐代杜甫已开以诗论诗的风气，至韩愈尤张大之，以长篇古体描摹不同诗人的风格特征，令人耳目一新。欧阳修的古风深受韩诗的影响，本诗的写法显然脱胎于韩愈的《孟生诗》《调张籍》《荐士》《醉赠张秘书》等诗。但欧诗的风格又不同于韩之雄豪奇硬，而是在简劲峭拔中显得酣畅淋漓。全诗结构紧凑而开合多变，在对苏、梅诗风准确而形象的描绘中又将彼此间的深挚情意，熔铸入诗，因而本诗绝不流于一般的评点，而显得意蕴丰富，情致深厚。

（王立翔）

## 庐山高赠同年刘中允归南康

庐山高哉几千仞兮，根盘几百里，
巀然屹立乎长江。长江西来走其下，
是为扬澜左蠡兮，洪涛巨浪日夕相舂撞。
云消风止水镜净，泊舟登岸而远望兮，
上摩青苍以晻霭，下压后土之鸿厐。
试往造乎其间兮，攀缘石磴窥空谾，
千岩万壑响松桧，悬崖巨石飞流淙，
水声聒聒乱人耳，六月飞雪洒石矼。
仙翁释子亦往往而逢兮，
吾尝恶其学幻而言哤。
但见丹霞翠壁远近映楼阁，
晨钟暮鼓杳霭罗幡幢。
幽花野草不知其名兮，风吹露湿香涧谷，
时有白鹤飞来双。
幽寻远去不可极，便欲绝世遗纷庞。
羡君买田筑室老其下，插秧盈畴兮酿酒盈缸。
欲令浮岚暖翠千万状，坐卧常对乎轩窗。
君怀磊砢有至宝，世俗不辨珉与玒，

策名为吏二十载，青衫白首困一邦。

宠荣声利不可以苟屈兮，自非青云白石有深趣，

其气兀硉何由降？丈夫壮节似君少，

嗟我欲说安得巨笔如长杠。


　　此诗作于宋皇祐三年（1051）。"庆历新政"失败后，欧阳修被贬，历知滁、扬、颍诸州。至皇祐二年，欧阳修迁知应天府兼南京留守司事，仕途逐渐亨通，但内心已潜生退隐之思。正在此刻，同年刘涣因刚直不阿，弃职退隐庐山。这一举动触发了欧阳修内心蓄积已久的情思，如潮诗情，终于奔涌笔端，写成了这首他颇感自负的抒情长诗。

　　刘涣字凝之，与欧阳修同年考中进士，曾任颍上县令，官太子中允，后致仕归隐南康（今江西星子，在庐山东南）。

　　全诗可分成两大段。首句至"时有白鹤飞来双"为第一段。开篇三句，诗人即以如椽大笔勾勒出庐山高耸的雄姿。以下三句忽然中断正面描述，而写山下奔腾而过的长江，洪涛巨浪反衬出庐山巍然屹立的气势。七至十句，写诗人于风平浪静时泊舟登岸，远望庐山峰巅直插云霄，巨大的山体则端居于大地之上。"试往"一句则引入山中，一改前面粗线条、大写意的笔触，转以精工细笔，描绘一路的见闻：千岩万壑，松涛阵阵；飞瀑流湍，水声聒噪，水沫喷溅于石桥之上，如六月飞雪，庐山特有的雄奇瑰丽之景有声有色地展

现在读者面前。

"仙翁"两句写路遇道士佛徒。山中道观佛寺林立，红瓦翠墙掩映其间，隐隐传来钟鼓之声。欧阳修攘斥佛、老，对佛教抨击尤力，称其学为虚幻杂乱之说。王辟之《渑水燕谈录》载：诗人"不喜释氏，士有谈佛书者必正色视之"。他更醉心于自然之美：山中有众多不知名的幽花野草，微风传来涧谷中湿润的清香，时见双双白鹤盘桓飞舞。这才是诗人认为最可摆脱尘世俗务的美的所在。

"幽寻"句以下为第二大段，诗人感叹这种幽美超尘的环境在庐山实在太多，无法穷极，因而萌发了退隐之思。但出世入世的矛盾一直困扰着诗人，"绝世遗纷痝"岂是那么容易实现？故而他对刘涣的买田筑室、终老庐山倾慕不已。他想象着刘涣的隐居生活：或插秧酿酒，或对窗坐卧，景色的千姿万态，尽在望中。刘涣性情刚直而不为世俗所容，二十多年来一直屈居下僚，但他未因声名利禄而苟且屈节；同样，如非庐山青云白石的奇奥景趣，又何能平息其胸中的波澜！他的壮伟气节，世所罕见，令诗人感叹不已，直欲索取如椽巨笔，方能写出心中的敬慕之情！

全篇以赞叹刘涣的品格为主题，但却处处显示出诗人醉心庐山、渴望归隐的情思。他与刘涣的情感有着强烈的共鸣，因而文思泉涌。此诗与其说是为刘涣的怀才不遇、退隐自然发出感叹，不如说是诗人在宣泄自己心中的不平，抒发他的归隐之思。

诗篇气势磅礴，雄奇豪迈。第一段描绘庐山景色，境界奇丽，气象万千。第二段赞叹刘涣的退隐，摹写其刚直不阿的人品，栩栩如生。全诗的意境笔法显然兼受李白与韩愈的影响，豪放超迈中兼有排奡奇硬。句式长短错落，多用楚辞体的格式，音节铿锵顿挫，有李白《蜀道难》《庐山谣》《梦游天姥吟留别》等佳作的神韵。而此诗之铺陈排比、多用险韵又兼具韩愈的作风。

全诗模拟韩愈《病中赠张十八》的用韵。欧公在《六一诗话》中评韩愈云："得韵窄，则不复傍出，而因难见巧，愈险愈奇，如《病中赠张十八》之类是也。"欧公即以此诗实践其论，在如此长篇巨作中，盘旋于险韵之间，"譬如善驭良马者……至于水曲蚁封，疾徐中节，而不少蹉跌，乃天下之至工也"《苕溪渔隐丛话》。前集引《王直方诗话》载：诗人之友郭正祥一日来见梅尧臣，为梅朗诵此诗。梅击节赞叹："使吾更作诗三十年，亦不能道其中一句。"二人取酒边饮边诵，凡十数遍，竟不交一言而罢。可见此诗在当时反响之大。

（王立翔）

# 盘 车 图

浅山嶙嶙，乱石矗矗，
山石硗磬车碌碌。
山势盘斜随涧谷，侧辙倾辕如欲覆。
出乎两崖之隘口，忽见百里之平陆。
坡长坂峻牛力疲，天寒日暮人心速。
杨褒忍饥官太学，得钱买此才盈幅。
爱其树老石硬，山回路转，
高下曲直，横斜隐见，
妍媸向背各有态，远近分毫皆可辨。
自言昔有数家笔，画古传多名姓失，
后来见者知谓谁，乞诗梅老聊称述。
古画画意不画形，梅诗咏物无隐情，
忘形得意知者寡，不若见诗如见画。
乃知杨生真好奇，此画此诗兼有之，
乐能自足乃为富，岂必金玉名高赀？
朝看画，暮读诗，杨生得此可不饥。

　　此诗《欧阳文忠公集》定为嘉祐元年（1056）作，作者时年五十。题下原注："一本上题'和圣俞'，下注'呈杨直讲'。"圣俞，北宋诗人梅尧臣字。杨直讲，即诗中的杨褒，字之美，官国子监直讲。

　　据诗意可推知，杨褒买了一幅《盘车图》的古画，没有题款，不知作者是谁，拿来请教梅尧臣并乞诗。梅尧臣写了一首《观杨之美盘车图》，诗中亦未有定说："古丝昏晦三尺绢，画此当是展子虔。坐中识别有公子，意思往往疑魏贤。"展子虔是隋代画家，擅长台阁、人物、车马。魏贤应为卫贤，五代南唐画家，擅长殿堂、楼阁和盘车。欧阳修看了画和梅的题诗，就和了这首诗，赠给杨褒。

　　"盘车图"是古代绘画中的一个题材，隋代展子虔画过，五代卫贤画过，唐宋时还有其他人画过。今故宫博物院藏有宋人《盘车图》，无款，图中表现乱山之中人推车、马拉车、牛车都在盘山路上艰难行进，大山麓下林木苍苍，有旅店，门前有吃草的骆驼，门内有打盹的客人，还有端饭的伙计，形象逼真。杨褒所买不像是宋人《盘车图》，欧诗和梅诗所描写的画意，与上述不同，很可能是唐人所画。《苕溪渔隐丛话》前集卷三十引《西清诗话》："丹青吟咏，妙处相资，昔人谓诗中有画、画中有诗者，盖画手能状，而诗人能言之。唐人有《盘车图》，画重冈复岭，一夫驰车山谷间。永叔赋诗：'坡长坂峻牛力疲，天寒日暮人心速。'……且画工意初未必然，而诗人广大之。乃知作诗者徒言其景，不若尽其情，此题品之津梁也。"从中可知画的内容和朝代。

这是一首很好的题画诗，诗中句句不离画，既叙述了杨褒买画、问画、乞诗的过程，又描写了画的内容，品评了画的好处，发表了关于画诗的议论。正如《西清诗话》所称赞的，这是深得品题奥秘的诗作。开头"浅山嶙嶙"到"天寒日暮人心速"是描写画意。硗聱（qiāo áo），形容山石嵯峨，山路崎岖。这段描写写尽了画上的景象，不仅写出了视觉印象，而且运用想象增加了听觉印象，甚至写出了画中人的感觉和心理状态。可以说，他把画写活了。下面从"杨褒忍饥官太学"到"远近分毫皆可辨"是补叙杨褒买画。这段既交代忍饥买画的因由，同时也品评了这幅画的妙处。从"自言昔有数家笔"到"乞诗梅老聊称述"点出请梅尧臣辨画。从"古画画意不画形"到"不若见诗如见画"，是就此发表关于题画诗的议论。《苕溪渔隐丛话》前集卷三十引《王直方诗话》云：欧公《盘车图》此四句和苏轼的一些关于画、诗的议论，"余以为若论诗画，于此尽矣。每诵数过，殆欲常以为法也"。结尾一段是从"乃知杨生真好奇"到末尾，总结一笔，赞叹杨褒既得好画又得好诗。

解析了全诗的段落，我们还可以看出这首题画诗写法上的妙处。作者一会儿描写，一会儿叙述，一会儿议论，似乎信笔而写，挥洒自如，但却做到有条不紊，层次清晰，丝丝入扣。例如，开头说杨褒忍饥买画，末尾则说杨褒"得此可不饥"，在一呼一应的玩笑话中包含着生活的真谛。再如，诗的后半提出画形画意、得意忘形的议论，未举例证，不过读者如果翻转来看开头，那段关于画意的描写，岂不正好是下述主张的例证？两者遥相应答，相得益彰。

从语气上看，这首诗是游戏笔墨，但从议论的精警方面看，又是一则好画论。所以，在文学方面，它是一首好诗；在画论方面，它又是一则妙论。

（杨子坚）

# 秋 怀

节物岂不好，秋怀何黯然！
西风酒旗市，细雨菊花天。
感事悲双鬓，包羞食万钱。
鹿车何日驾？归去颍东田。


这是一首对景抒怀的五言律诗，约作于治平初年。此时的欧阳修已官居参知政事，备尊于朝廷，但当权、高官的地位令他"既不能因时奋身，遇事发愤，有所建明，以为补益。又不能依阿取容，以徇世俗。使怨疾谤怒，丛于一身，以受侮于群小"（《归田录序》），一直陷于自疚和苦闷之中。此时的诗人已失去了壮年时的绰厉果断，忧逸畏讥、徘徊瞻顾、退身隐居的思想愈见强烈。这首诗所流露的正是这理想难就、迟暮归休的复杂感情。

首联以反问起篇：秋天的景物难道不好吗？可我的情绪为何这般黯淡？颔联并不作答，而是纵开一笔，上承首句，描绘秋之"节物"：西风中飘扬着酒肆的旗帜，细雨里菊花正在开放。意境清幽迷蒙，洋溢着浓郁的生活气息。这迷人的秋景又使首联的疑问加深了一层，突出了节物与情绪的矛盾，于是在颈联就水到渠成地作了回答：我悲慨世事，双鬓苍白，为自己碌碌无为、尸位素餐而羞愧。"感事"虽仅二字，但其中包含着诗人对理想、仕途等各方面的沧桑之感，与首联"黯然"二字相呼应。尾联紧承颈联，表明摆脱这种矛盾困境的唯一途径是归隐，渴望有一天驾起鹿车，回到颍州，去享受躬耕田亩的清静生活！颍州（今安徽阜阳），在颍水、淮水之间，诗人曾在此为官，并购置田宅，准备将来退隐于此。诗篇交织着忧世与超尘的矛盾之思与愁苦之情，联系《归田录序》我们确能更真切深刻地感受到这一点。

诗篇写事、摹景、叙情交错进行，诗情随着抑、扬、抑、再扬的轨迹发展，情韵丰富多姿，令人想见诗人感慨万千的神色和心态；同时章法条脉清晰，复杂之思得以层层倾吐，一丝不乱，引人入胜。《昭昧詹言》云："欧公情韵幽折，往反咏唱，令人低徊欲绝，一唱三叹而有遗言，如啖橄榄，时有余味。"读此诗可知不是妄言。

（王立翔）

## 夷陵岁暮书事呈元珍表臣

萧条鸡犬乱山中，时节峥嵘忽已穷。

游女髻鬟风俗古，野巫歌舞岁年丰。

平时都邑今为陋，故国江山昔最雄。

荆楚先贤多胜迹，不辞携酒问邻翁。

这首诗写于景祐三年（1036）岁末，作者三十岁，是贬官夷陵（今湖北宜昌）时期的作品。题下原注："一本作'元珍判官表臣推官'。"元珍姓丁，表臣姓朱，都是峡州（治所在今湖北宜昌西北）的官员。

景祐三年，范仲淹因要求改革被贬饶州（治所在今江西鄱阳），欧阳修为揭露左司谏高若讷的虚伪失职，也被贬峡州夷陵县令。当时的夷陵地处偏僻，习俗有异，使他初尝受挫的苦涩和处境的孤寂。但他没有消沉，不久就从中找到了寄托。这首诗正是他从逆境中振作起来的思想状态的曲折反映。

首联"萧条鸡犬乱山中，时节峥嵘忽已穷"，意思是在这荒山僻地里，超乎寻常的一年终于到了头。其中"峥嵘"两字，既指被贬夷陵后的生活非同寻常，又暗指一年来政治风云的急遽变化，呈现出诗人对此的复杂感受。颔联描写当地风俗，原注："夷陵俗朴陋，惟岁暮祭鬼，则男女数百，相从而乐饮，妇女竟为野服，以相游嬉。"颈联点出夷陵的今昔，敌国指三国吴、蜀，原注："三国时吴蜀战争于此。"这里的吴、蜀战争，指两国间的彝陵之战。末联"荆楚先贤多胜迹，不辞携酒问邻翁"，表现出诗人处荒僻而不愁戚，相反因地制宜地寻古访幽的生活情趣。邻翁据原注云，指"处士何参"，其"居县舍西，好学，多知荆楚故事"。

　　这首诗叙述描写夷陵岁末野巫歌舞庆丰收的情景和诗人携酒访邻之事，也就是标题上的所谓"岁暮书事"。无一句抒情，但又无处不浸透了诗人的思想情绪，充满了战胜自我的积极达观的精神。环境萧条，时节峥嵘，诗人却能随遇而安，泰然处之，诗也写得平实有味，富有生活情趣。

（杨子坚）

# 戏答元珍

春风疑不到天涯，二月山城未见花。

残雪压枝犹有橘，冻雷惊笋欲抽芽。

夜闻归雁生乡思，病入新年感物华。

曾是洛阳花下客，野芳虽晚不须嗟。


这首诗作于欧阳修被贬峡州夷陵（今湖北宜昌）的第二年（1037）。元珍系丁宝臣字，时任峡州军事判官，曾作《花时久雨》诗赠欧阳修，欧遂以此诗作答。

当时范仲淹等直言极谏，旨在革新朝政，被诬为朋党。欧阳修即是受牵连而遭贬谪的，但他并不因此悲观失望，将其居舍命名为"至喜堂"，并写下《夷陵县至喜堂记》，坚信暂时的挫折能使他经受磨炼。这一阶段是他政治和文学生涯的重要转折点，后人称"庐陵事业起夷陵，眼界原从阅历增"（《随园诗话》卷一）。《戏答元珍》即是表现他这一时期思想感情的代表作，他对此诗也颇感自负。

首联以一问一答、一虚一实的手法勾勒出诗人对早春山城的印象。实，是指交代了时间、地点和山城春景的特殊之处；虚，是指字里行间，流露出诗人被远贬后的迷惘寂寞的情怀，暗寓欲报效朝廷而不为君主理解的不幸。二句起得自然超妙，为以后的摹景抒怀提供了广阔天地，故方回《瀛奎律髓》称："以后句句有味。"欧阳修自己亦称："若无下句，则上句何堪？既见下句，则上句颇工。"（《笔说》领联顺势描绘山城独有的早春画面：残雪之下，历经一冬的橘实依然挂在枝头；春雷声中，冬眠已久的竹笋正悄然破土抽芽。在这荒僻边远的山城，鲜花虽迟迟未开，但毕竟春意难抑，惊雷依旧，万物待苏。此联前句赞美橘的坚韧，后句暗示万象更新，洋溢着不可按捺的欣喜之情。颈联从对自然界的观察返回对自身境况的思索，再次流露首联中的迷惘和感慨，在寂静的山城之夜，忽闻北归的雁阵鸣声不断，令诗人辗转难眠，勾起无尽乡思；回首往事，自己历经多少波折，抱病之身又将步入新的一年。然而这低回的谪居之慨毕竟难以滞留在诗人乐观的胸怀中，故尾联写道：像我这个曾在洛阳名园内饱赏过繁花的人，对迟开的山花，又何必嗟叹呢！虽不免有一丝今昔之感，但仍反映出他的顽强意志和豁达胸怀。

诗篇采用了虚与实、凝重与轻快、视觉与听觉、写景与议论等诸种对照呼应的手法，彼此交融贯通，并有意识地使诗情抑扬交错，显现诗人复杂的思绪。诗篇语言工整，平易流畅；风格清新自然，不事雕饰；内容贴近现实生活，情感发自肺腑，所有这些，都迥异于当时浮艳的西昆诗风，可看作是诗人力矫时弊的代表作。

（王立翔）

# 怀嵩楼新开南轩与群僚小饮

绕郭云烟匝几重，昔人曾此感怀嵩。

霜林落后山争出，野菊开时酒正浓。

解带西风飘画角，倚栏斜日照青松。

须会乘醉携嘉客，踏雪来看群玉峰。

这首诗作于庆历七年（1047）秋，时作者四十岁，是贬官滁州（治所在今安徽滁县）的第三年。怀嵩楼，又名赞皇楼，在滁州，唐朝李德裕建。王禹偁《北楼感事》诗序："唐朱崖李太尉卫公（德裕）为滁州刺史，作怀嵩楼，取怀归嵩洛之意也。"可知诗中"昔人曾此感怀嵩"一句，系指李德裕。

写秋景绝无萧索之感，而洋溢着一股傲岸乐观、在逆境中自得其乐的精神，是此诗的显著特色。首联写景叙事，透露出作者的深沉感慨。登上怀嵩楼，观看云烟缭绕的美景，想起两百年前建立此楼并产生"怀嵩"之意的李德裕。这里表面写李德裕，实际上一并写出自己的感叹。当时他与李德裕的境况颇为相似：其一，两人同样陷入了所谓"党争"的政治漩涡，都写过《朋党论》的文章；其二，他们又同被贬滁州，登临此楼。这就使人产生了与李德裕相似的怀归之感。另外李在贬谪滁州以后，又贬潮州，最后死于崖州司户任所而未能归嵩洛。联想起这种情况，更使诗人感慨万端。然而出现在下面诗句中的，已经不是单纯的怀归之感，而是一种昂扬的、不屈服于逆境的精神力量。第二、三联写景，就没有一点悲戚的痕迹。经霜的秋山，树叶凋零，就像是摆脱了累赘的装束，争相呈现出本来的丰采；盛开的野菊催发了浓郁的酒兴。西风飘来断续的画角声，使人产生了解带自适的快意；而倚栏眺望，正可欣赏斜阳映照下的苍松。作者信笔写来，没有一点颓丧，一分愁怨，相反使人仿佛看到了诗人独立于秋风之中的洒脱风貌。结联想象秋去冬来，更应携酒与宾客们一起来欣赏这里晶莹玉洁的冰雪世界，这就使诗情因此更加昂扬、乐观。

另外，这首律诗中间两联写景，每句都宛如一幅图画，而每幅图画的景致又或正或反地衬托了作者的情怀，景中含情，耐人寻味。

（杨子坚）

# 赠王介甫

翰林风月三千首，吏部文章二百年。

老去自怜心尚在，后来谁与子争先？

朱门歌舞争新态，绿绮尘埃试拂弦。

常恨闻名不相识，相逢樽酒盍流连？

这首七律写于嘉祐元年（1056）与王安石初次见面时。王安石字介甫，时年三十六岁，在东京（今开封市）任群牧判官。欧阳修这年五十岁，可以说是前辈。他对王安石十分赏识，称其"学问文章，知名当世，守道不苟，自重其身，议论通明，兼有时才之用，所谓无施不可者"（《再论水灾状》），并向朝廷大力举荐。

此诗非泛泛应酬之作，而是贯注了诗人对后辈的殷切期望。欧阳修是当时的文坛领袖，大力提倡诗文革新，但当时浮艳文风还有一定的市场，因而他寄希望于王安石这样的后辈，鼓励并期望他更高地举起诗文革新的旗帜，作出更大的成就——这就是此诗的旨意所在。

诗分前后两段，第一、二联为前段，意思是我曾立下雄心壮志，要使自己的诗文达到李白、韩愈的境地，但如今已冉冉老矣，心有余而力不足，后继者非你莫属。这里欧阳修表达了他诗文创作的宗尚和爱慕贤才、奖掖后进的态度。翰林风月,指李白诗篇,因为李白曾供奉翰林。吏部,指韩愈,韩愈曾为吏部侍郎。这本来是很明白的两句诗,宋代有些人却要曲为之说,硬指"吏部"为南齐谢朓,并引《南史》所载谢朓为吏部郎事及沈约"二百年来无此诗"之语为证,真可谓强作解人(参见《能改斋漫录》卷三)。

三、四联为后段,先以朱门歌舞之浮艳反衬绿绮琴声之古雅。抑扬之间不妨看作是对文学趋尚的隐喻。绿绮尘封,说明世俗之喜好浮文而厌弃古调;试拂弦,实际正是勉励安石以复古为革新。第四联表达相邀结识之意。盍,"何不"之意,末句谓我们何不流连于杯酒之间而尽兴呢?概言之诗人勉励安石在浮靡的贵族文学花样翻新时,能不徇流俗,追求古道古文。

这首诗的特色在于,把对王安石的称赞和自己的期望糅合起来,寓希望于赞美之中。在表达方面,两联一气,前用比拟,后用直说,两相结合,生动晓畅。

(杨子坚)

# 画 眉 鸟

百啭千声随意移，山花红紫树高低。

始知锁向金笼听，不及林间自在啼。

　　古人以养画眉为赏心乐事，画眉和诗便结下了不解之缘。在诸多画眉诗中，最负盛名的当数宋代欧阳修的这首七绝。

　　张潮《画眉笔谈题辞》称："鸟语之佳者，当以画眉为第一。"有人观察，画眉鸟在歌唱时低着头，一遍又一遍地唱出像沉思曲一样柔和的歌声，先来一段快板，唱完后似乎觉得不很满意，便从头再来一遍，直到自己满意为止。欧阳修用"百啭千声"来形容这种音调多变而富有节奏的鸟声，确实观察细致，描写准确。"随意移"点出它飞翔于花树之间。山中万花如绣，佳木葱茏，画眉鸟就载着歌声在其间上下翻飞，好不自在！

　　但是，诗人见到锁在金丝笼中的画眉，就觉得它们是那样没精打采，死气沉沉，叫声也大大逊色。同样的鸟儿，不同的环境，竟有如此天壤之别！

　　这首诗含有深邃的理趣，寄慨遥深，发人深思。它会使你联想到种种类似的社会现象：文学家置身在层层文网中不能自由放歌；思想家禁锢在传统的枷锁里，不敢冲决思想"禁区"；政治家更为种种清规戒律束缚，不敢越雷池一步而有所作为。总之，诗人笔下笼中画眉的形象，使人深深感受到禁锢思想、窒息性灵的社会现象的可怕，从而唤起对广开言路、施展才能的理想境界的憧憬。欧阳修看似在咏鸟，实际上是"醉翁之意不在酒"。

此诗之妙就在于通过具体形象揭示客观事理，意蕴丰富而深刻。诗中的形象饱含哲理，但又非这特定的哲理所能穷尽。这也就是说，它的形象是大于思想的，而思想的深广引申开来，又非形象本身所能局限。因此这种诗使人读后兴会神驰，触类旁通，理趣盎然，堪称真正的哲理诗。

（汤高才）

# 丰乐亭游春三首

绿树交加山鸟啼，晴风荡漾落花飞。
鸟歌花舞太守醉，明日酒醒春已归。

春云淡淡日辉辉，草惹行襟絮拂衣。
行到亭西逢太守，篮舆酩酊插花归。

红树青山日欲斜，长郊草色绿无涯。
游人不管春将老，来往亭前踏落花。

宋庆历五年（1045），"庆历新政"失败，欧阳修被诬为"朋党"而遭贬谪，任滁州（今安徽滁县）知州。这是欧阳修的第二次被贬。旷达的胸襟使诗人虽处逆境，仍乐观自得，尽情悠游于山水之间。滁州西南丰山之下有紫微泉，诗人慕名往游，"俯仰左右，顾而乐之"，并疏泉凿石，筑亭其上，名为"丰乐亭"。春风拂来，丰乐亭四周景色变得花光浓烂，美不胜收，诗人携酒游赏，归而再往，乐而忘返，绚烂春光濯去心中愁绪，洒脱不羁的豪性亦由之触发。这一组诗正是诗人对当时悠游情景的生动记录。

第一首流露了诗人醉心于春景而感叹于春日短暂的心情。绿树连荫，山鸟鸣啼，落花翻舞，在这明媚撩人的春景中，诗人不知是沉醉于酒醅还是春光，已酣然进入梦乡，次日醒来，一切已物换景移，春无踪迹。夸张的时间描述，加重了诗人对春去匆匆的惋惜之情，也是这首诗新颖生动的所在。

第二首写诗人于迷人的春景中放浪形骸、醉酒流连的逸兴。晴云浅淡，春光明媚，道旁茂盛的草树牵动着游人的衣襟，空中翻飞的柳絮也时时飘洒在春衣上。人们来到丰乐亭前，正碰上太守慵倚于竹轿上，遍插花卉，大醉而归。简炼而传神的笔墨，为我们勾勒出诗人潇洒无拘的生动形象。

第三首诗人从自我画像中摆脱出来，转写游人之乐。夕阳西斜，山色青苍，层林尽染，碧草无涯，色彩在耀目的对比中显出天然的和谐。游人们不顾春将归去，依然络绎不绝地往来于落花堆积的丰乐亭前，留连于暮春的恬静之中。诗以"落花"点出暮春时令，以"往来""踏"等字传写"恋春"之意，其中又蕴含着一丝春又归去的怅惘。

三首诗摹景写情，均以春为对象，但各首对春之感受的角度和内含俱不相同。前两首都写醉态，但一个是醒后春归，一个是陶醉忘形，各自寓意也就不同。第一首与第三首俱写匆匆春归，但一个是以夸张的手法抒写惜春之意，一个是以写实的笔墨透露恋春之情。又如同写对丰乐亭春景的爱恋，第一首独写诗人自己酣睡的画面，第二首则让众游人与诗人相继出场，第三首又全写其他游人，感受角度极尽变化之能事。而事实上诗人是或以点带面（虽仅写诗人自身，而众游人都有共同感受），或以面盖点（虽未写诗人，而众游人中自然包括诗人），不同的手法，反映出诗人驾驭组诗创作的能力。

　　诗篇画面绚丽多彩，意境恬静醉人，形象呼之欲出，语言轻快自然，格调清新明快，意蕴丰厚深远，是诗人即景抒情的名作。

（王立翔）

## 苏舜钦

苏舜钦（1008—1048），字子美，开封人，原籍梓州铜山（今四川中江）。景祐元年（1034）进士，授光禄寺主簿，曾任县令、大理评事。仁宗庆历间得范仲淹举荐，召为集贤校理，监进奏院。因岳父杜衍与范仲淹主新政，受诬除名，寓居苏州沧浪亭，后复官，为湖州长史，未久卒。与梅尧臣共倡诗文革新运动，被欧阳修誉为"左右骖"。工诗能文，兼善草书。其诗与梅尧臣齐名，时称"苏梅"，诗中表现远大抱负与爱国热忱，感情激昂，气势宏大，超迈横绝，笔力豪隽，但有时流于粗率，缺乏韵味。有《苏学士集》。　　　　　　（胡乐平）

# 庆 州 败

无战王者师，有备军之志，

天下承平数十年，此语虽存人所弃。

今岁西戎背世盟，直随秋风寇边城，

屠杀熟户烧障堡，十万驰骋山岳倾。

国家防塞今有谁？官为承制乳臭儿，

酣觞大嚼乃事业，何尝识会兵之机。

符移火急搜卒乘，意谓就戮如缚尸，

未成一军已出战，驱逐急使缘崄巇。

马肥甲重士饱喘，虽有弓剑何所施，

连颠自欲堕深谷，虏骑笑指声嘻嘻。

一麾发伏雁行出，山下掩截成重围。

我军免胄乞死所，承制面缚交涕洟。

逡巡下令艺者全，争献小技歌且吹，

其余剽馘放之去，东走矢液皆淋漓。

首无耳准若怪兽，不自愧耻犹生归！

守者沮气陷者苦，尽由主将之所为，

地机不见欲侥胜，羞辱中国堪伤悲！

　　宋仁宗景祐元年（1034）秋七月，西夏主赵元昊侵庆州。缘边都巡检杨遵、柔远砦监押卢训率兵七百与战，败绩。环庆路都监齐宗矩、走马承受赵德宣、宁州都监王文出兵增援，途中遇伏击，亦大败，齐宗矩及大批将士被俘，竟至演出"面缚乞降"的丑剧。本诗记录了这次战败的经过，揭露了宋军的腐败和统治者的昏庸，表达了对国事的忧念。

　　全诗共分五层。首四句为第一层，慨叹北宋开国未久即已呈现不祥征兆。《汉书·严助传》云："臣闻天子之兵有征而无战。"谓帝王之师出征，无人敢对抗，又《吴子》云："将之所慎者五……二曰备。"将帅应常备不懈才能稳操胜券。但诗人十分痛心地指出宋王朝武备不修，已抛弃了前人的至理名言。

　　"今岁"以下八句为第二层，以对照手法写西夏强敌入侵和北宋将帅昏昧无能。"西戎"指西夏，"熟户"是已被融合的少数民族，此指归化的羌人，前四句写西夏入侵，烧杀抢掠，势不可挡。后四句指责以承制身份出为环庆路都监的齐宗矩像小儿一样无知，一味食肉酗酒，毫不通晓用兵的机宜。

第三层十二句叙述出征交战的失败经过。前四句写齐宗矩仓促征兵，虚骄轻敌。"符"即军令，"搜卒乘"即征集军队。他满以为使敌人就戮如同捆绑尸首一样容易，故仓促出战。中四句写将士久不习战，怠惰无能，在崇山峻岭中跌跌撞撞，几乎掉入深谷，引得敌军骑兵也要发笑。后四句写我军中伏，全军摘除头盔，听凭处理，齐宗矩更是两手反缚，涕泪交流，乞求投降。

"逡巡"以下六句为第四层，进一步暴露投降者摇尾乞怜的丑态和放归时狼狈不堪的情状。他们争相献艺，唯求全身，无艺者则被割鼻（劓）、割耳（馘），归来时屎尿满身。"首无耳准（鼻）若怪兽，不自愧耻犹生归"二句表现出诗人的万分愤慨。

最后四句为第五层，指出庆州败的后果和责任所在。这次战败使戍边将士灰心丧气，被俘官兵痛苦不堪，而其咎则全在骄惰无能的主将齐宗矩。他战时不察地形，不识时机，而欲侥幸取胜，结果使宋王朝失地丧师，"羞辱中国堪伤悲"。

本诗作于庆州战败的同一年，作者时年 27 岁，登进士第。他年轻气盛，报国心切，败耗传来，不由得痛心疾首，悲愤填膺。对主将的痛恨，对敌人的仇恨，对投降者的恼恨，凝聚成本诗悲慨淋漓的风格。苏舜钦的歌行本以雄放见长，现加入悲愤之气，更使诗歌具有一种震撼人心的艺术力量。在结构上，围绕着战败，诗人从武备不修的背景、敌我双方的对比、上下将士的骄惰以及中伏以后的乞降逐层写来，着重揭示战败的根本原因在于主将的虚骄无能，故淋漓尽致地刻画了主将的丑态。本诗语言朴素平实，笔调直率流畅，传达出诗人激愤的心情。以诗歌形式抒发御侮抗敌的爱国思想，在宋代，苏舜钦是较早的。这种精神直接影响到南宋辛弃疾、陆游等人。

（胡乐平）

## 吴越大旱

吴越龙蛇年，大旱千里赤：
寻常秔稼地，烂漫长荆棘；
蛟龙久遁藏，鱼鳖尽枯腊；
炎暑发厉气，死者道路积，
城市接田野，恸哭去如织。
是时西羌贼，凶焰日炽剧，
军须出东南，暴敛不暂息，
复闻籍兵民，驱以教战力。
吴侬水为命，舟楫乃其职，
金革戈盾矛，生眼未尝识。
鞭笞血涂地，惶惑宇宙窄，
三丁二丁死，存者亦乏食。
冤怼结不宣，冲迫气候逆，
二年春及夏，不雨但赫日。
安得凉冷云，四散飞霹雳，
滂沱消褥疠，甘润起稻稷，
江波开旧涨，淮岭发新碧，
使我扬孤帆，浩荡入秋色。

> 胡为泥滓中，视此久戚戚，
>
> 长风卷云阴，倚柂泪横臆。

苏舜钦诗歌的一个显著特色是关心政治和社会现实，在揭露社会黑暗及统治者罪行方面，几乎无所顾忌，此诗可说是这方面的代表作。宋仁宗康定元年（1040）和庆历元年（1041），吴越（相当于今江苏、浙江一带）连续大旱，加之西夏入侵，统治者横征暴敛、抽丁入伍，广大人民深受兵、旱之苦。本诗即反映这一史实，堪称实录。

全诗长达四十句，前二十八句为第一部分，后十二句为第二部分。

自开头至"恸哭去如织"十句描写大旱给人民带来的深重灾难。公元 1040 年和 1041 年分别是庚辰年和辛巳年，故曰"龙蛇年"，连续二年的大旱，使吴越地区土地光赤，寸草不生，以致稻米之乡荆棘丛生。盛夏季节，更有无数人死于传染病，城市与乡村之间尽是来去如织的送丧者。这一层极言天灾之烈，为下文人祸作铺垫。

次六句写西夏入侵，统治者加紧敛财征兵，广大人民雪上加霜，倍受其害。吴越地区原本是供应宋军给养的重要基地，由于西羌凶焰日炽，官府不但不因吴越大旱而减轻征敛，相反还要征兵入伍。吴人称人为侬，吴侬即吴地人民。吴地人民习惯水上生活，根本不识金戈铁马，却被驱迫上战场，"吴侬"四句对此表示了同情。

"鞭笞"以下四句控诉官府施暴，百姓流血，令人怀疑天地竟如此狭小，容不得人们安身立命，壮丁们死了三分之二，活着的人也无以为生。"冤惄"以下四句是诗人的怨愤之辞，他认为民怨沸腾，致使天道反常，连续干旱，从而说明人祸之害更甚于天灾。诗歌至此为第一部分。

以下为第二部分。对吴越人民的深切同情和改变现状的急切要求使诗人发出强烈的祝愿和希望。他愿阴云霹雳能带来滂沱大雨，驱除瘟疫，滋润庄稼，那时江河重波，山岭再绿，诗人自己也可扬帆远航，逍遥在无边的秋色中。苏舜钦在这里寄希望于上天，而不是寄希望于统治者，表明统治者比上天更缺乏对人民的体恤和同情。但当诗人的思绪回到现实时，他悲戚地看到江河干涸，长风卷走了阴云，烈日炎炎，大旱正未有尽期，他倚着船舵，不由得热泪纵横。

整首诗真实地反映了吴越大旱期间人们遭受的苦难和悲惨，在质朴无华的语言中蕴藏着深厚的感情。那种对黑暗现实的强烈控诉，对苦难遭遇的感同身受，那种在字里行间流露出来的奔放激情和赤诚关注，十分容易使我们想起唐代的杜甫，想起"安得广厦千万间，大庇天下寒士俱欢颜，风雨不动安如山"这样充满人道主义、充满深沉同情和崇高理想的诗篇。

（胡乐平）

# 城南归值大风雪

一夜大雪风喧豗，未明跨马城南回。

四方迷惑共一色，挥鞭欲进还徘徊，

旧时崖谷不复见，纵有直道令人猜。

低头抢朔风，两眼不敢开，

时时偷看问南北，但见白羽之箭纷纷来。

既以脂粉傅我面，又以珠玉缀我题，

天公似怜我貌古，巧意装点使莫偕，

欲令学此儿女态，免使埋没随尘埃。

据鞍照水失旧恶，容质洁白如婴孩，

虽然外饰得暂好，自觉面目如刀裁。

又不知胸中肝胆挂铁石，安能柔软随良媒，

世人饰诈我尚笑，今乃复见天公乖。

应时降雪故大好，慎勿改易吾形骸。

这是一首描写生动、构思新颖的七言古诗。诗人从偶遇大风雪这件生活小事出发，通过真切的描摹和巧妙的联想，表现其耿介刚直的品格。

首二句紧扣题面，交代大风雪之肆虐和自己回城之时间、地点、方式，十分简明。接着具体描写这场风雪。诗人没有对风雪作一般性的客观摹写，而是通过自身的感受和动作来表现大风雪的威力。大千世界天地一色，诗人竟至"迷惑"而不辨方位，故"挥鞭欲进还徘徊"；由于不见"旧时崖谷"，故"纵有直道"却心存疑惧，活现出雪中寻路的真实心理。因自城南归，故迎面的西北风使他只能"低头"而行，"两眼不敢开"，但为了认路，又必须睁眼"问南北"。"时时偷看"一语十分生动地写出风雪中赶路人的神态，纷纷而来的"白羽之箭"又是对扑面大雪的形象比喻。

"既以脂粉傅我面"以下六句生发开奇思妙想。扑面而来的雪花似乎是天公装点诗人面容的脂粉和珠玉，老天爷可怜他古拙的相貌不合时宜，巧妙地降下这漫天大雪把他打扮成儿女之态。"据鞍照水失旧恶"以下四句，始借题发挥，直抒胸臆。那雪花的装点，表面上使诗人面容姣好，旧恶顿失，但他觉得自己棱角分明如刀切的面目却是无法改变的。"又不知"以下二句从面容写到心胸，面目尚且无法改变，那铮铮铁骨、金石肝胆，自然更不会婉曲随人。苏舜钦有《览照》诗云："铁面苍髯目有稜，世间儿女见须惊"，"一生肝胆如星斗，嗟尔顽铜岂见明"，可与此诗互相发明。"世人"二句进一步表现作者平素对虚伪饰诈、巧言令色者的蔑视和嘲讽，今日天公"巧意装点"的乖觉态度使诗人感到意外，也使诗人感到激愤。由此二句可以想见当时世风浇薄，刚正之士少而又少，诗人却一身正气、兀傲不群、耿介独立。

结末二句再次回到风雪上来，诗笔一纵一收，上句赞扬天公应时降雪，下句告诫天公不要改其形骸。作者在书信中曾多次说自己是"心膂血气人也"(《上集贤文相书》),"性本迂拙,不喜事人事,名虽在仕版,而未尝数当涂之门"(《应制科上省使叶道卿书》),与此诗印证,更见末二句事实上是诗人的一种自勉,再次强调自己的刚直精神。

(胡乐平)

苏舜钦

# 晚出润州东门

京口古雄处，昔年尝此过。

风流看石兽，人事共江波。

河转路疑尽，日斜山更多。

城楼郁天半，回首恣吟哦。

润州，古地名，隋开皇十五年（595）置，辖境相当今江苏省镇江市、丹阳、句容、金坛等地。本诗所指系其治所，今镇江市。京口，亦是镇江古称。这里是江南运河的入江口，南北交通枢纽，也是历史上吴国的旧都，著名的军事重镇。宋时以其气概之雄、形势之险，足以控制大江南北而名为镇江。本诗歌咏了京口的山川形胜，表现了诗人的怀古之思。

诗人此次旧地重游，他晚出东门，信笔抒怀，抓住一个"雄"字来描写京口。三、四句写诗人触景生情，缅怀京口的悠久历史。那年代久远的石兽标记着往昔的繁华，而人世间的几度兴亡盛衰犹如滚滚东流的江水，一去而不再复返。五、六句描述京口地形的雄险。小道迂回，水路曲折，大江东去，万山重叠，照应了首句的"雄"字。这里"日斜"点题"晚出"，在斜光的映照下，远山呈现出更为丰富的层次，故曰"山更多"。最后二句写诗人步出东门，就眼前所见之石兽、江波、道路、远山进行咏叹以后，回首东门，但见城楼高耸，气势雄伟，不禁纵情吟哦起来。

京口素有"天下第一江山"之称，历史曾经在这里演出过无数雄壮的故事。它以其山川形胜和悠久历史引动了古往今来诗人的思绪，特别是像苏舜钦这样一位有抱负、有才华、忧心国事而长才未展的诗人，更容易被激发起深沉的历史思考。诗人步出东门，凭吊往昔繁华，感叹人世沧桑，歌咏山川壮丽，感慨岁月不居和壮志未酬。诗中雄浑的大江、连绵的山岭、巍峨的城楼和阅尽人世沧桑的石兽，都在夕阳余晖的映照下呈现出悲壮的气象，再加上诗人沉思的神情、顿挫的语调，更使此诗具有一种深沉的历史感。　（胡乐平）

# 过 苏 州

东出盘门刮眼明，萧萧疏雨更阴晴。

绿杨白鹭俱自得，近水远山皆有情。

万物盛衰天意在，一身羁苦俗人轻。

无穷好景无缘住，旅棹区区暮亦行。

　　苏舜钦的一些抒情写景的七言律绝，写得达观通脱、清新俊爽，本诗即是这种风格的代表作。通过对苏州风光的赞美，生发出愤世嫉俗的感情和洒脱旷达的心怀。

　　苏州城南的盘门建于春秋吴王阖闾时代，原名蟠门，城门上刻着一条九曲蟠龙。它位于辰的方位，辰即龙，象征对处于蛇的方位的越国的征服，后来因水陆萦回曲折，改称盘门。首联写雨后初晴过苏州、出盘门所见景象。"刮眼明"三字用得生新别致，道出了大自然经过细雨滋润后给人耳目一新的感觉。那明媚清秀的山山水水在濛濛细雨中越发精神，令人刮目相看。

　　颔联承上具体描写"刮眼明"的景物。上句以动、植物相对，概指一切有生命的物体和谐相处，各得其所；下句以山、水相对，描写自然万物呈露风姿，似有情于人。这二句画面生动，色彩清丽，迎风飘拂的绿色杨柳、俯仰飞翔的白色鹭鸟与青山绿水组成一幅动静结合、远近分明的自然美景，山水有情，其实还是诗人有情，表现出诗人对自然风物的由衷喜爱。

颈联由写景过渡到抒情，"万物盛衰"总括上联各物的命运自有天意在冥冥中安排，其荣枯盛衰也不以人的意志为转移。"一身羁苦"则落实到自身，旅途漂泊，仕途偃蹇，被世俗之人看轻。诗人触景生情，见万物而慨自身之遭遇，在对世俗的蔑视和对自身的感慨中，似乎也隐含着对人间正道的坚定信念：世俗的荣华富贵不足为凭，盛衰转移，自有天意。

尾联照应题目，收拢全诗。诗人对首、颔两联描写的"无穷好景"表现了惜别和眷恋之情，用"旅棹"和"暮亦行"再次印证了"羁苦"。全诗所写虽然仅仅是过苏州途中一时的所见所感，却反映了作者平生洒脱不羁的胸怀。

（胡乐平）

# 望 太 湖

杳杳波涛阅古今，四无边际莫知深。

润通晓月为清露，气入霜天作瞑阴。

笠泽鲈肥人脍玉，洞庭柑熟客分金。

风烟触目相招引，聊为停桡一楚吟。


这首七言律诗描写秋天的太湖以及诗人的感慨，气势阔大，感情深沉。

本诗题为"望太湖"，首联即写太湖的湖面景象。"杳杳波涛"与"四无边际"表现太湖的浩瀚壮阔，是诗人所见；"阅古今""莫知深"，既言其年代久远，阅尽人间沧桑，又写其深不可测。这两句以宽广的视角从时空角度表现出太湖的永恒和宏阔，境界雄浑苍茫。

颔联继续以宏大的气魄写太湖丰厚的蓄积对气候的影响，浩阔汪洋的湖面上散发出大量水气在拂晓的残月下化作清晨的露水，在飞霜的天空中化作秋日的阴云。诗句以"清露"和"霜天"点出了天气节令，巧妙地把秋天的太湖和秋月、秋露、秋霜、秋阴联系在一起，使太湖显得更为恢宏、清朗、涵浑。

颈联写太湖富饶的物产。"笠泽"一说即今之太湖，一说系今之吴淞江，一说系太湖东岸的一个小湖，在吴江县境内。后人因此常用之作太湖或吴江或吴淞江的别称。"洞庭"则是指太湖中的洞庭西山和洞庭东山（元明后东山与陆地相连成半岛）。这一联以工整的对偶句描绘秋风起时太湖一带鲈鱼肥、柑橘熟的景象，在丰收的季节里，人们品味着洁白细嫩的鲈鱼肉和金黄甘甜的柑桔，洋溢着浓郁的生活气息。

以上三联从各个方面描绘了望太湖所见之景。太湖深邃宽广、气势磅礴，丰盈的湖水润泽大地、滋养万物，带来了秋天的丰收。尾联转入抒情。诗人面对"阅古今"的太湖，感慨万千，眼前浩渺的烟波似乎在召唤着诗人归去。在这万木摇落的秋天，诗人必定想到了悲秋的宋玉，想到了《楚辞》，想到了行吟泽畔的屈子。现实生活中，忧心国事与报国无门的矛盾使他想乘舟泛湖，潇洒出尘，但对人世的执着又使他不忍心遽然离去，于是他只能以"楚吟"来一抒怀抱。

刘克庄《后村诗话》称"其歌行雄放"，"及蟠屈为近体，则极平夷妥帖"。其实苏子美近体的平妥畅达中也流贯着雄健浩荡之气，于此诗即可见出。

（胡乐平）

# 淮中晚泊犊头

春阴垂野草青青，时有幽花一树明。

晚泊孤舟古祠下，满川风雨看潮生。

这是一首即兴小诗，描写了淮河春天的美景和晚泊犊头之所见，流露出作者难以平复的内心情思。

前二句描写泊舟地宁静幽深的环境和景物。春天的阴云笼罩原野，淮河两岸芳草萋萋，僻静处时见春花新鲜照眼。景色恬静幽美，鲜明如画。第三句点题，写诗人的行舟晚上孤零零停泊在河边古庙下，诗意微转，有一种古朴荒远的况味。结句动荡起伏，春风春雨使整条淮河春潮陡涨，其中一个"看"字，微露夜不能寐的诗人形象。

苏舜钦是一个关心国事、胸怀大志的诗人。政治理想不能实现，以及对自身遭遇的愤慨不平，使他在行旅之中心情无法平静，这满川春潮正是诗人心潮澎湃的写照。南宋诗人刘克庄说此诗"极似韦苏州"（《后村诗话前集》）。我们读韦应物《滁州西涧》诗，从"春潮带雨晚来急，野渡无人舟自横"中也能体会诗人那种寄托在动荡起伏的春潮中的怀抱和情趣，二诗确实有着某种相似。所以翁方纲说此诗"妙处不减唐人"（《石洲诗话》卷三）。 （胡乐平）

# 初晴游沧浪亭

夜雨连明春水生，娇云浓暖弄阴晴。

帘虚日薄花竹静，时有乳鸠相对鸣。

　　苏舜钦因事获罪，闲居苏州。他在自建的沧浪亭内"箕而浩歌，踞而仰啸，野老不至，鱼鸟共乐"，颇得其中之"真趣"（《沧浪亭记》）。此诗描绘沧浪亭春日雨霁时的景色，写得清新明丽，生意盎然。

　　前二句写沧浪亭远景。一夜春雨下到天明，池塘里涨起了新碧，天色趋晴以后，空中轻云飘浮，丽日隐现，给沧浪亭带来了暖意。这二句体物工巧，气韵生动。上句写春雨、春水，是地面之景；下句写春云、春日，是空中之象。"夜雨连明"暗点题中之"初"，具有时间上的连续感；"弄阴晴"则明点题中之"晴"，具有空间上的动态感。句中之"弄"字有拟人的特点，状物写景，神韵毕现，描绘出时而薄云遮日，时而云破日出的阴晴不定的景象。与苏舜钦同时代的词人张先《天仙子》词中有"云破月来花弄影"句，王国维道："着一'弄'字而境界全出。"本诗中之"弄"字实有异曲同工之妙。此外，"娇云""浓暖"等词也表现出雨后初晴的天气特征，精工新巧，是诗人悉心锤炼的结果。

　　后二句写园中近景。"日薄"承"阴晴"而来，上句写亭园里沐浴着淡淡的春阳，从室内透过稀疏的竹帘可以看到园中清幽平静的花草竹木。下句笔锋转向耳中所闻，写绿阴深处不时传来乳鸠相对鸣唱的声音，从而更使人感受到沧浪亭的清静安宁。

　　诗中句句写景，无一字言情，但字里行间仍流露出诗人的幽独闲逸之趣和对沧浪亭的由衷喜爱之情。　　　　　　　　（胡乐平）

# 和淮上遇便风

浩荡清淮天共流，长风万里送归舟。

应愁晚泊喧卑地，吹入沧溟始自由。

　　这是一首唱和之作。原诗题意不过是在淮河上航行遇到了顺风，和作好在能另辟新境，立意高远。首二句意境阔大，感情奔放。"浩荡"写水势盛大，"清淮"写水色澄碧，"天共流"写水天相接，因天色清明，故水天一色，舟中人视之，如水天共流。在这个雄浑的背景上，一叶扁舟正乘长风破万里浪，驰向远方的故乡。诗人按照唱和诗的习惯，非常巧妙地以"浩荡清淮"和"风送归舟"点了题，同时抒发了顺风乘舟的快感和豪放轩昂的胸怀。

　　这首诗的妙处在第三句，诗意陡然转折，不言喜而偏说愁："应愁晚泊喧卑地。"诗人从乘舟遇便风生发开联想，他不愿晚间在喧嚣卑湿之地停泊，希望淮上的便风能把他吹送到大海之中，这才能使他逍遥自由。三、四句明显具有寄托和象征意义。苏舜钦政治上倾向于范仲淹为首的改革派，多次上书言政，反遭保守派诬陷，而时发其愤闷于歌诗。这首诗在痛快淋漓地描述顺风乘舟情景的同时，一吐胸中的不平之气，表达了对保守派群小的蔑视和对高远理想的追求，显露出诗人高洁的人格和兀傲不群的个性。　　（胡乐平）

# 韩 琦

韩琦（1008—1075），字稚圭，自号赣叟，相州安阳（今属河南）人。天圣进士。西夏元昊反，任陕西安抚使，与范仲淹等指挥防御西夏的战事，朝廷倚以为重，世称"韩范"。支持"庆历新政"，新政失败，出知外州。嘉祐中拜相。英宗、神宗之立皆有其力，拜右仆射，封魏国公，又拜司空兼侍中。卒赠尚书令，谥忠献。善诗文，诗风质朴闲淡。有《安阳集》。 （徐嘉平）

## 九日水阁

池馆隳摧古榭荒，此延嘉客会重阳。

虽惭老圃秋容淡，且看黄花晚节香。

酒味已醇新过熟，蟹螯先实不须霜。

年来饮兴衰难强，漫有高吟力尚狂。

韩琦为三朝元老，北宋重臣。据《宋朝事实类苑》卷三十六载："韩魏公在北门（指宋代北京大名府，今河北大名），重阳宴诸曹于后园，有诗一联云：'不羞老圃秋容淡，且看闲花晚节香。'公居尝谓：'保初节易，保晚节难。'故晚节事尤著效，所立特完。"所赋即此诗，故有称此诗为《在北门九日宴诸曹诗》者。

标题点明时间和地点，"九日"，即重阳节。首联描绘了池馆坍塌、亭榭荒凉的景象。就在此地，诗人宴请嘉宾，共度重阳。

  颔联或作"莫羞老圃秋容淡，要看黄花晚节香"，也有作"虽惭老圃秋容淡，且看闲花晚节香"。后园秋色，因亭台馆榭的隳摧荒圮而黯然失色，更见名园的古老。"虽惭"二字，首肯水阁之不足，但园圃中的菊花，却竞相开放，蔚为大观。纵然节令已晚，菊花仍傲霜斗寒，幽香四溢，别具风神。这里诗人实是以淡泊自居，以晚节自励。"秋容淡""晚节香"巧妙地一语双关。此联由于对仗工切，含蕴丰富，体现出一种人格美与人生哲理，故历来传为名句。由前面所引诗人的自述，也可看出这一联的立意高远。韩琦出将入相，临事果断，处危不惊，品格高尚，识量英伟。晚年又常以保持晚节勉人律己，他的《喜雪》诗就有"危石盖深盐虎陷，老枝擎重玉龙寒"之句。然而，当时新、旧两派斗争激烈，韩琦罢相后，守北京，新进多有冒渎，未免心中怅然。这些经历，对我们探索作者在诗中的复杂感情，不无启迪。

  颈联写宴席的美酒佳肴。酒熟味醇，秋蟹已肥。重阳当在白露以后，霜降之前，故曰"不须霜"。诗中秋色、黄花、佳酿、蟹鲜，点出节令的特征，渲染了浓重的重阳氛围。尾联写自己毕竟年事已高，近年来，难胜酒力，不能再同后辈们一争高低了，唯有作诗吟咏，一任意气狂放。这里，前、后两句互成对比，"衰难强"与"秋容淡"暗相关合，"力尚狂"与"晚节香"两相照应。

  纵观重阳诗作，不乏悲秋伤时之感，诸如"凄凄霜月上高台，水国秋凉客思哀"（张继《九日巴丘扬公台上宴集》)、"登临老矣，问今古，清愁多少"（周密《征招·九日登高》)，而这首诗却高吟健举，一扫颓唐暗淡之气，高歌晚节慷慨之志。其实这正是韩琦晚年高风亮节的写照。诗言其志，文如其人，无怪这首诗能名传后世，备受人们的推崇和激赏了。

（徐嘉平）

## 赵 抃

赵抃（1008—1084），字阅道，号知非子。北宋衢州西安（今浙江衢县）人。少孤。景祐元年（1034）进士。官殿中侍御史，弹劾不避权贵，京师号称"铁面御史"。历知成都、杭州、青州、越州等。神宗时，擢参知政事，因与王安石议政不合、反对"青苗法"而去位。卒谥"清献"。其诗语言质朴自然，风格刚健雄直，"清苍郁律之气，出于肺肝"（《宋诗钞》）。有《清献集》。　　　　　（李娜）


## 次韵孔宪蓬莱阁


山颠危构傍蓬莱，水阁风长此快哉。

天地涵容百川入，晨昏浮动两潮来。

遥思坐上游观远，愈觉胸中度量开。

忆我去年曾望海，杭州东向亦楼台。


　　《宋诗钞》评赵抃诗："触口而成，工拙随意，而清苍郁律之气，出于肺肝。"这首为友人孔延之登越州蓬莱阁诗写的和作，即有此特色。

　　诗之前半是一幅蓬莱阁观潮图。首句写蓬莱阁建在高峻的山峰上，一个"傍"字，突出了蓬莱阁的主体形象，进而突现了阁上观潮人居高临下之势。次句以直率的感叹语气，道出了观潮人登上凌空的水阁、沐浴着海风而生的无限快意。接着，诗人以雄浑的笔调描绘了观潮人目之所见——浩瀚的大海汇入了江河百川之水，似将天地都包容于它的胸廓之间；清晨与黄昏，皆波涛涌动、大潮腾起。此二句写出了大海的辽阔、雄伟和动荡不息的风貌，字里行间展露出诗人心中的兴奋和豪气。如果说以上写的是"观"，那么下面二句则写了"感"。坐在蓬莱高阁之上所观甚远，所思也甚远，胸襟亦觉如海洋般宕然开朗。诗人写出了登高望海产生的一种神飞心旷的阔大之感。至此，读者或许要问：诗人不是在为他人的观潮诗唱和吗？诗中所写所抒怎么全然像出自一个亲临观潮者呢？诗之末尾恰恰作了回答。"忆我去年曾望海"，朋友的蓬莱观海诗使诗人想起去年自己在杭州也曾东望大海。原来，诗人之所以能将和观海诗写得如同自己亲临其境一般生动、形象、情感激扬，是因为一年前的确亲自观望过大海的风姿气派，领略过观海的无穷快感。

此诗造语质朴劲健，感情豪放雄直，具有大海般的阳刚之美。

（李　娜）

## 李 觏

李觏（1009—1059），字泰伯，建昌军南城（今属江西）人。世称盱江先生，又称直讲先生。庆历二年（1042）举"茂才异等"不第。倡立盱江书院，以教授养亲，从学者众。皇祐初，范仲淹荐试太学助教。嘉祐中，召为海门主簿、太学说书。拥护庆历新政，通经术，力排佛道，以文章知名，诗雄劲使气。有《直讲李先生文集》（亦称《盱江文集》）。

（胡乐平）

## 哀老妇

里中一老妇，行行啼路隅。

自悼未亡人，暮年从二夫。

寡时十八九，嫁时六十余。

昔日遗腹儿，今兹垂白须。

子岂不欲养，母岂不怀居？

徭役及下户，财尽无所输。

异籍幸可免，嫁母乃良图。

牵车送出门，急若盗贼驱。

儿孙孙有妇，小大攀且呼。

回顾与永诀，欲死无刑诛。

我时闻此言，为之长叹呜。

天民固有穷，鳏寡实其徒。

仁政先四者，著在孟轲书。

吾君务复古，旦旦师黄虞。

敕书求节妇，许与旌门闾。

繄尔愚妇人，岂曰礼所拘！

蓬茨四十年，不知形影孤。

州县莫能察，诏旨成徒虚。

而况赋役间，群小所同趋。

奸欺至骨髓，公利未锱铢。

良田岁岁卖，存者唯莱污。

兄弟欲离散，母子因变渝。

天地岂非大，曾不容尔躯！

嗟嗟孝治王，早晚能闻诸？

吾言又无位，反袂空涟如。

　　在关心社会现实、反映民生疾苦的诗歌中，杜甫的"三吏""三别"，白居易的《卖炭翁》《新丰折臂翁》等，都享有崇高的声誉。相比之下，李靚《哀老妇》的知名度就要低得多了。其实《哀老妇》在对沉重的赋税徭役的抗议、对人民苦难遭遇的同情，以及在题材的新颖与真实性方面，同样是十分可贵的，只是它未能做到通体完善，因而有不小缺憾。

　　这首五言古诗长达五十句，其中前二十句为第一部分，后三十句为第二部分。

首二句:"里中一老妇,行行啼路隅。"诗人一出手就十分形象地勾勒出一个在路边角落上踯躅哭泣的老妇人形象。接着诗歌描写老妇人的苦难遭遇:她十八九岁就开始守寡,几十年来独处空房,想不到现今六十多岁了却要再度出嫁,在垂暮之年去跟随第二个丈夫生活。当年前夫留下的遗腹子,现在也已经垂垂老矣。那么,究竟是什么原因迫使老妇再嫁呢?诗歌用问句来加强读者的悬念。难道是儿子不愿意抚养母亲吗?抑或是老妇人自己不安于室?原来是残酷的赋税和徭役使她的儿子不堪忍受,只有把母亲出嫁给异姓人,才可减轻一些过于沉重的负担。透过这奇异的社会现象,人们自不难想见当时差役和赋税之苛重!下层人民输尽财物,仍不得脱,万不得已才出此骨肉离散的下策,这真是一幕催人泪下的悲剧!作者嘲讽地把这个权宜之计称之为"良图",显示出诗人对官府逼迫下人们无路可走的黑暗现实的极大不满。

自"牵车送出门"以下六句,诗人用生动的文笔描写离别时的情景:那依依不舍的牵车相送和儿辈、孙辈的攀援呼喊,那急遽驰去的车辆和临去前哀伤的回顾,构成一幅撕心裂肺的生离死别图。此时的老妇真是哀痛欲绝,求死而不得。诗歌把这一幕场景描绘得有声有色,淋漓尽致,表现出诗人对老妇不幸命运的深刻同情。

第二部分首二句"我时闻此言,为之长叹呜"是诗人直抒胸臆,也是两个部分之间的过渡。遗憾的是诗人并没有继续其第一部分中现实主义的描写,而是转向迂腐的说教。他搬出儒家忠孝节义的一套理论,赞赏皇帝的"复古"和旌表节妇,对老妇被逼再嫁的哀伤转为对其四十年"贞节"生活未被表彰的遗憾，对官府横征暴敛的揭露也转为对其未能明察老妇"守节"、使皇帝"诏旨成徒虚"的恼恨，他感慨以孝治天下的皇帝多晚才能知道老妇是节妇，因此末二句"吾言又无位，反袂空涟如"所表示的思想感情，与其说是对老妇人受压迫命运的关注，还不如说是对老妇未能旌表为节妇的不平，其意义自然远逊于上文"我时闻此言，为之长叹呜"的真实同情。

　　钱锺书说《哀老妇》："前面二十句写一个六十多岁的老寡妇，迫于赋税差役，只好跟儿孙分别，重新嫁人，但是后面三十句发了许多感慨，说要'孝治'，该响应皇帝表扬'节妇'的号召。前面讲的是杜甫《石壕吏》《垂老别》所没写到的惨况，而后面讲的也许在北宋就是迂执之论，因为以前和当时对再醮或改嫁的一般意见虽然有如白居易的《妇人苦》所说：'及至生死际，何曾苦乐均？妇人一丧夫，终身守孤子'，却还不像后来的舆论那样苛刻。李觏说皇帝表扬'节妇'，可是事实上北宋皇帝也准许再醮，而且就像李觏所师法的韩愈就有个'从二夫'的女儿，李觏同时人范仲淹的母亲和媳妇、王安石的媳妇等也都是'从二夫'而不隐讳的。"(《宋诗选注》)诗歌第二部分对老妇的哀悯由于其出发点的偏斜，导致了全诗思想价值的降低。

（胡乐平）

## 苏　洵

苏洵（1009—1066），字明允，号老泉，眉州眉山（今四川眉山）人。受知于欧阳修，除秘书省校书郎，以霸州文安县主簿修《太常因革礼》，书成而卒。与其子轼、辙同为"唐宋八大家"，世称"三苏"。有《嘉祐集》。　　　　（虞卓娅）

# 九日和韩魏公

晚岁登门最不才，萧萧华发映金罍。

不堪丞相筵东阁，闲伴诸儒老曲台。

佳节已从愁里过，壮心偶傍醉中来。

暮归冲雨寒无睡，自把新诗百遍开。

此诗写于宋英宗治平二年（1065）的重阳节。此日苏洵是韩琦佳节宴请的宾客。大凡和诗，总和其意，况宰相魏国公韩琦是苏洵的座师，然而苏洵此诗，偏不落常套。

首句脱口而出，"晚岁登门最不才"，乃十年积愫之喷发。十年前，苏洵已四十八岁，他出蜀入京，满怀热望地拜谒了名臣韩琦、欧阳修，虽经韩、欧极力推举，终未获朝廷重用。十年弹指一挥间。自评"最不才"，自谦乎？自嘲乎？第二句"华发"、"金罍"（酒器），反差甚大。而在座的宾客，多年少英俊。顺此道出"不堪"两字，不堪受宰相如此盛情宴请，一是有牢骚，二是感知遇。《汉书·公孙弘传》"开东阁以延贤人"，诗正用此意。紧接着的"闲伴诸儒老曲台"，揭出了"不堪"的原因，自己位卑职微，故不堪丞相的礼遇。苏洵在嘉祐六年（1061）被任命于太常寺修撰礼书，太常寺又称曲台。苏洵深感投闲置散，虚度年华，因而流露出叹老嗟卑之意。半年后苏洵即病逝于曲台，良可歔欷。

　　全诗最佳处在第三联。上句"佳节"指重阳节，也可泛指以往一切节日良辰，"愁"字与"佳"字形成鲜明对比，且用"已"、"过"一笔带过，说明岁月蹉跎，常与愁为伴。下句言壮心只能偶尔借醉中表达出来，反衬出雄心壮志在平时已消磨殆尽，让人感到有一股被压抑的豪情潜流在心底涌动。这是全诗情感最激荡之处，抒发了深沉的人生感喟。尾联写夜寒无睡，反反复复吟读韩琦新诗，表明心情很不平静。韩琦原诗有"招贤敢并翘材馆"、"雁飞新阵拂云来"等语，使苏洵的知遇之感与垂老之叹一齐涌上心头。而此时一醒（"无睡"）与前一"醉"，又含蓄对比，耐人寻味。（虞卓娅）

## 邵 雍

邵雍（1011—1077），字尧夫，自号安乐先生、伊川翁等，范阳（今河北涿县）人。少随父徙卫州共城（今河南辉县），居城西北苏门山刻苦为学。后出游河、汾、淮、汉，从李之才学。晚居洛阳几三十年，与司马光、富弼、吕公著等过从甚密。嘉祐及熙宁中先后被召，不赴。卒谥康节。精象数之学。诗多叙闲居怡然之情。有《皇极经世》《伊川击壤集》等。　　　　　　　　　　　　　（王立翔）

## 小 车 吟

自从三度绝韦编，不读书来十二年。

大瞥子中消白昼，小车儿上看青天。

闲为水竹云山主，静得风花雪月权。

俯仰之间无所愧，任他人谤似神仙。

　　邵雍晚年卜居洛阳天津桥南，不复出仕，写下了许多安闲乐道、淡泊平和的诗作。这首七律就是表现这一闲居生活和心情的代表作。

　　首句"自从三度绝韦编"，先秦时期将竹简以皮绳编缀起来，称为韦编。《史记·孔子世家》载：孔子"读《易》，韦编三绝"。韦编被后人引用为古代典籍的泛称。邵雍以学术著名，引用这一典故带有自负的语气，但亦能让人信服，并不过分夸张。然而第二句

"不读书来十二年"却使人惊异不已。一个大学问家往往怀有孜孜不倦的精神，诗人何以会中断"读书"如此长时间？发端利用读者的疑问，牢牢捕捉住读者的注意力，显得精警而出人意外。

接下二联诗人并不正面回答读者的疑问，而是宕开一笔，径自描绘自己闲居的生活画面。甆，系用来盛茶、酒的陶制器皿。风花雪月，指四时景色。四句意为：诗人常常抱着大甆以茶酒消遣白昼，有时就坐上小车出神地仰望湛蓝湛蓝的天空。近旁有流水秀竹，远处有漂渺云山，可以随时静心安逸地尽情欣赏那四时变化的风花雪月，仿佛自己就是它们的主人。二联语句浅显流动，对仗自然天成，虽是简单的勾勒，却将诗人抱甆自斟、倚坐小车的陶然忘机之态和宁静空明的内心世界，生动地展现在读者面前。诗人表现类似心情的诗句很多，如"拥衾侧卧未欲起，帘外落花撩乱飞"（《安乐窝》）、"酒涵花影红光溜，争忍花前不醉归"（《插花吟》），均是诗人安闲悠然的得意之句。诗人在其《伊川击壤集序》中有"虽死生荣辱，转战于前，曾未入于胸中，则何异四时风光雪月一过乎眼也"之句，虽然两处援引"风花雪月"的用意不同，但不难窥得本诗所反映的忘情自然之心境的渊源。诗人还曾有司马光、富弼等送他的洛阳天津桥南宅题额曰"安乐窝"，并作有《安乐窝》诗，取"安闲乐道"之义，则更可作为本诗不忮不求、陶然自得的注脚。理解了诗人这层精神世界，诗篇发端的疑问，读者便会恍然若释了。原来所谓"不读书"之意不仅仅是指不读经史子集，更含有不再用心经世之学之意。诗人的内心完全归于安恬闲适、空明无挂的境界。在以形象揭示主题之后，诗人夹叙夹议的尾联，便水到渠成地流露而出。"俯仰之间"便是指颔、颈联中洒脱安逸的举止。诗人的处世哲学、人生观念必然与世俗之辈有天壤之别，但他却根本不予理会，而沉浸在自己得意忘情的天地里。诗人完全用形象来表现这一主题，显得蕴藉而生动，其陶然忘机之神态足以感染有类似心境的读者，倘若换成直叙直议，便会索然无味。

同诗人的精神世界相协调，邵雍的诗风也显得平易温和，有"安闲弘阔"（《颐山诗话》评邵雍之诗）之气，本诗尤其能体现这一特点。

（王立翔）

## 周敦颐

周敦颐（1017—1073），原名敦实，字茂叔，世称濂溪先生，道州营道（今湖南道县）人。历南安军司理参军、虔州通判等，熙宁中知郴州、南康军。精《易》学，为道学创始人。有《太极图说》《通书》及文集。　　　　　（虞卓娅）

## 题濂溪书堂

元子溪曰瀁，相传到于今。

此俗良易化，不欺顾相钦。

庐山我所爱，买田山之阴。

田间有清水，清泚出山心。

山心无尘土，白石照沉沉。

潺湲来数里，到此始澄深。

书堂构其上，隐几看云岑。

倚梧或敧枕，风月盈冲襟。

有时吟复默，酒罢鸣幽琴。

数十黄卷轴，贤圣谈无音。

窗前即畴圃，圃外桑麻林。

芋蔬可卒岁，绢布足衣衾。

吾乐盖易足，名濂以自箴。

谁为相朝暮，岸木寒萧森。

嘉祐六年（1061），周敦颐赴京任国子博士，途经庐山，为庐山清境所吸引，遂在庐山山麓构筑书堂。书堂前有一道源自莲花峰的溪水，诗人便以故乡营道的濂溪为书堂命名，晚年即定居此处。这首《题濂溪书堂》，就是对书堂风景及生活的描述。

开首四句，从唐代元结所居之瀼溪落笔，为写濂溪作陪衬。瀼溪在今江西瑞昌境内，乾元元年（758）元结携家避乱居此约一年，上元二年（761）元结镇九江，又作诗赠瀼溪乡亲，诗中描写瀼溪之民风俗淳朴，他还在《瀼溪佲》序中写道："瀼溪，可谓让矣；让，君子之道也。"元结取瀼与让之谐音而赞其民。周敦颐诗中写到瀼溪风俗敦厚易化，互不欺隐，反而互敬互让，即据于此。瀼溪距庐山不远，其溪名之寓意也有类濂溪，故诗人选择它作映衬颇为贴切。

"庐山我所爱"以下八句写庐山山水。"清"字为一篇立意所在。诗人因爱庐山山水清淑之气，故在山北买田筑屋。屋前溪水清泚，从幽静绝尘的山心潺湲来此。"白石照沉沉"，写源头清溪白石相映；"到此始澄深"，说溪水至此渊然停蓄，方显得清澄幽深。而诗人对之徘徊依恋之状，也隐含句中。

"书堂构其上"以下八句写书斋生活。诗人以"冲襟"（谦和淡泊之襟怀）观山览水，看云望月，物我相谐，自然是"相看两不厌"。或隐几，或倚梧（靠着支架），或敧枕，极写其身心两闲，而书堂又处山水形胜，正可以随意观望。此时诗人有所思而又无所思，意境轻灵空妙。而时或高吟低唱，默然沉思，饮酒助兴，鸣琴抒怀，也为山水所激，自然所致。"数十黄卷轴，贤圣谈无音"，圣贤之书，则是诗人除山水之外的良师益友。诗人本是宋代哲人，于山水之间而究天地之源，亦为赏心乐事。

接着诗人写其书堂周围的菜蔬桑麻，自给有余。以往隐退文人，只写林泉山水，不忧衣食生计，似成仙佛。此诗则将日常生活纳入诗歌内容，不但另开一新境界，而且使诗人冲淡宁静的心境更见真切。至此，诗人颇有得色地说：如得悟圣贤精神，虽布衣蔬食，亦堪满足。书堂题名"濂溪"，正取"濂"字平静淡泊之意。此两句与开头四句开合相应，回环往复。终篇则以寒木之孤高耿直自况，寄意深长。

黄庭坚曾赞诗人"人品甚高，胸怀洒落，如光风霁月"，《题濂溪书堂》正是诗人人生态度之写照。此诗语言不事藻饰，节奏舒缓有致，风格从容闲雅。它将叙事与议论融入写景之中，闲适的生活、冲淡的襟抱与清丽的景物融为一体，既富有理学家的情致理趣，又无论道说理的枯燥乏味，境界静而不寂，清而不枯。

（虞卓娅）

## 黄　庶

黄庶（1018—1058），字亚夫，分宁（今江西修水）人。黄庭坚之父。仁宗庆历二年（1042）进士，历官州府从事，摄知康州（今广东德庆）。文章古质简劲，不屑为骈偶秾纤之辞，颇具韩愈风格。其诗亦学杜甫、韩愈，反对西昆之体。诗风奇崛，生新矫拔，戛戛自造，下开"江西诗派"。有《伐檀集》。（张国浩）

# 怪　石

山鬼水怪着薜荔，天禄辟邪眠莓苔。
钩帘坐对心语口，曾见汉唐池馆来？

　　这是一首咏物诗，选自黄庶《和柳子玉官舍十首》之七。子玉，名瑾，庆历二年（1042）进士，工诗，擅行草。其官舍当在长安。

　　此诗颇享盛名，杨慎称"人士脍炙，以为奇作"，可与唐代张碧《池上怪石》媲美，"二诗殆未易甲乙也"（《升庵诗话》）。近人陈衍誉为"落想不凡，突过卢仝、李贺"（《宋诗精华录》）。

　　全诗用"怪"字立骨，首句化用楚辞《九歌·山鬼》："若有人兮山之阿，被薜荔兮带女罗。"给山石蒙上了神秘色彩。次句是起句的引申，"天禄""辟邪"，皆是传说中的神兽，两句取譬奇警，生动传神，又加一"着"字、"眠"字，逼真地描摹出怪石被藤蔓青苔缠缚的形象。三、四句生发议论，赋予怪石以历史见证人的身份：卷帘坐对怪石，暗自忖度，见其苍古而知久经沧桑。心语口，即心口相语，系从韩愈《郑群赠簟》"手磨袖拂心语口"句脱化而来。"汉唐池馆"，指前朝苑囿。

选材立意新颖奇特，用辞避熟求新，是此诗的两大特点。大凡咏物怀古之作，多以山水名胜古迹为对象，黄庶却独辟蹊径，对一块怪石抒发人世感慨，立意不凡。而诗中的语言词汇也力求出新，即使化用前人诗句，亦如从己出，不落俗套。黄庶诗的这种风格，对其子黄庭坚及"江西诗派"具有较深的影响。　　　　（张国浩）

## 文 同

文同（1018—1079），字与可，自号笑笑居士，人称石室先生，梓州永泰（今四川盐亭东）人。为苏轼表兄。历官邛州、洋州等知州。出知湖州，未到任而卒，人称"文湖州"。擅画墨竹。诗质朴浑厚。有《丹渊集》。　　　　　　（虞卓娅）

# 织 妇 怨

掷梭两手倦，踏茯双足跰。

三日不住织，一匹才可剪。

织处畏风日，剪时谨刀尺。

皆言边幅好，自爱经纬密。

昨朝持入库，何事监官怒？

大字雕印文，浓和油墨污。

父母抱归舍，抛向中门下。

相看各无语，泪迸若倾泻。

质钱解衣服，买丝添上轴。

不敢辄下机，连宵停火烛。

当须了租赋，岂暇恤襦裤。

前知寒切骨，甘心肩胛露。

里胥踞门限，叫骂嗔纳晚。

## 安得织妇心，变作监官眼！

　　世传文同任地方官时，所至皆有政绩，这与此诗抨击时弊、体恤民情的精神一脉相通。诗写蜀地百姓在绢品入官进贡前遭受监官刁难、催逼的痛苦，比之白居易《缭绫》讽刺皇家糟蹋越溪寒女千辛万苦织就的精美缭绫、张俞《蚕妇》刻画蚕妇领悟"遍身罗绮者，不是养蚕人"时的惊诧和悲愤，用意更深一层，悲怆更进一步。

　　全诗拟织妇声口，一气倾诉，又曲折尽意。开头八句写勤劳朴实的织妇连续三天不停苦织，掷梭的双手累得酸痛无力，踩笮（织机的踏板）的两脚磨起老茧，终于织就一匹精美的丝绢。她满怀爱惜，也甚感欣慰。七、八两句"皆言""自爱"宕开一笔，既为补充，又为下文铺垫，读来颇有兴味。

　　"昨朝持入库"以下是一大转折。满以为官差可交，殊不料所呈绢品竟被打上浓黑的"退"印！"父母抱归舍"，平淡之中寓沉痛；"抛向中门下"，则把他们的绝望与悲愤表露无遗。想到往昔付出的精神和物质代价，想到监官的恶毒和残酷，想到今后无衣无粮的凄凉景象，织妇一家相对无言，泪下如雨。"泪迸若倾泻"一句，实际上绾连全诗情绪，面对苛捐和酷吏的如此残害，织妇一家又何日不泪流？

　　"质钱解衣服"以下八句为第三层。也许织妇一家本就知道"种田郎，吃米糠；纺织娘，没衣裳"，劳者不获，获者不劳。也许他们还知道再好的丝绢到了统治者手里也是"曳土踏泥无惜心"（白居易《缭绫》），尽管入官以前已被百般挑剔，浪费无数。但是他们无暇怨恨，仍然去买丝，这次是典当了身上的衣服。小心翼翼，通宵秉烛赶织（"停"，点着的意思，即留着烛火不熄灭，如朱庆馀《闺意上张水部》："洞房昨夜停红烛。"），可怜的织妇只穿着裸露肩膀和小腿的破衣裤，默默忍受着冬日彻骨的寒气。"当须了租赋"，这就是他们无法反抗的现实。"当须"二字，下得沉痛。

最后四句，写乡里的公差又在上司的授意下上门催绢，叫骂不休。至此，诗人不禁发出深切的感慨：怎么才能够使监官的眼睛，看得到织妇的苦心呢？一直居身诗外的作者最后竟忍不住直发议论，深长的叹息与织妇的哀诉交织在一起，使这首叙事诗更为深挚感人。

此外，这首五言古诗，语言质朴自然而又声情毕现，情节大起大落又线索明晰，叙事层层递进且前后回环照应，尽曲折淋漓之妙。

（虞卓娅）

# 重过旧学山寺

当年读书处，古寺拥群峰。

不改岁寒色，可怜门外松。

有僧皆老大，待客转从容。

又下白云去，楼头敲暮钟。


诗中第一句就深情地点明，这是诗人早年读书的地方。旧地重访，诗人既有怀旧之深情，也有物是人非之感慨，因而诗篇空灵中含幽思，淡雅中见深沉。且语言省净浑然，文句善用倒置，又使此诗有独特风韵。

"古寺拥群峰"，首先展示了广阔而有立体感的背景，"拥"字真切地写出了寺院被层叠的远山近岭所围裹的景象。句中"古寺"与"群峰"倒位，是突出诗人一眼望见"当年读书处"时的急切心理。三、四两句，转为对寺门外老松的特写，有文句倒置、点染并用之妙。"岁寒，然后知松柏之后凋也"（《论语》），先写岁寒不改其色，然后再点出"可怜门外松"，赞美和怡悦之情溢于言表。而内中还有一层"老朋友啊，你依然如此"的轻叹。此联是纪实，是写景，也是心志的含蓄表露。五、六两句，以僧人待人接物方式的变化写岁月流逝，人事变迁。自己和当年相比，也已老了许多；身处劳碌纷扰的俗世，又怎能和这些长与青山苍松为伴的僧人相比？诗人不禁感慨系之。正遐思间，忽听寺前的钟鼓楼上敲起了暮钟，此一结境界深远，有悠然不尽之意。

此诗不假藻饰，笔意疏朗，自有一种从容闲雅之态，令人想起李白诗中有一类随意挥洒的五言律诗，像《听蜀僧濬弹琴》："客心洗流水，余响入霜钟。不觉碧山暮，秋云暗几重。"《夜泊牛渚怀古》："余亦能高咏，斯人不可闻。明朝挂帆席，枫叶落纷纷。"此诗之风神潇洒庶几近之。

（虞卓娅）

# 成都杨氏江亭

汀洲烟雨卷轻霏，遥望轩窗隐翠围。

万岭西来供晓色，一江南下载晴晖。

凫鸥惯入阑干宿，鱼蟹长随舴艋归。

我亦旧多沧海思，几时如此得苔矶？

　　"成都杨氏"，其名与事不详。此诗因歌咏江亭周围之奇美动人景色，不禁发出几时得归江湖的喟叹。写景如画，情景相生，艺术感染力极强。

　　诗的首句，绘成一幅极淡雅清幽的水边晨色图。烟雨迷蒙，水气轻柔，着一"卷"字，使画面意态流走。接着说江亭四周竹木掩映，诗人站在江亭的轩窗前，登高凭栏，纵目远眺。

　　第二联写雨过天晴，旭日初升，成都西边灌县连绵的雪山都反射着璀璨的阳光，锦江的流水也载着美丽的日色南去。"西来"而"供"，写出万岭殷勤的姿态，情味十足。"南下"而"载"，有气势，有力度，极富动态之美。江水奔流不息，日光涌动其中，起伏跳跃，潋潋而去。如此江山胜景，真令人欣喜莫名。

　　诗人的目光又从远处转向近处。他看到野鸭和鸥鸟惯在亭边的栏干上栖息，鱼蟹也随着归岸的小船，向人游来。这些自然界的小生灵，是那样毫无机心，无忧无虑，自由自在。这与人生、仕途那种小心设防乃至互相倾轧的情形，竟成天壤之别。于是，诗人便脱口咏出："我亦旧多沧海思，几时如此得苔矶？""沧海思"，即归隐之思，沧海指代无拘无束的自由天地，即杜甫《自京赴奉先县咏怀五百字》所云"辄拟偃溟渤"之意。"苔矶"，指长有青苔的江边平台，亦指代隐居，如东汉严光曾隐居富春江畔，有遗迹严子陵钓台。诗人表示早年就有归隐之志，如今半生仕宦，饱览人间沧桑，何时能实现此归隐之愿呢？此联直抒胸臆，又借问句表达夙愿，颇具跌宕顿挫之致。

这首七律，思与境谐，层次井然。前面描绘自然美景，暗寓心绪；中写物态人生，曲道衷肠；最后则直抒胸臆。景的变化与情的发展过程正好合拍，且浑成无迹。人称文同有孟襄阳、韦苏州之致，不为虚辞。

（虞卓娅）

# 曾 巩

曾巩（1019—1083），字子固，建昌军南丰（今属江西）人。嘉祐进士。曾为馆阁校勘、集贤校理，元丰间迁史馆修撰，典修五朝国史，擢中书舍人。整理过《战国策》《说苑》等典籍。以古文名家，文风平易雍容，为"唐宋八大家"之一。亦能诗，风格平实清健。有《元丰类稿》。 （黄宝华）

## 一 鹗

北风万里开蓬蒿，山木汹汹鸣波涛。

尝闻一鹗今始见，眼骏骨紧精神豪。

天昏雪密飞转疾，暮略东海朝临洮。

社中神狐倏闪内，脑尾分磔垂弓櫜。

巧兔狞鸡失草木，勇鸷一下崩其毛。

窟穴呦呦哭九子，帐前活送双青猱。

啁啾燕雀谁尔数，骇散亦自亡其曹。

势疑空山竭九泽，杀气已应太白高。

归来碨砬载俎豆，快饮百瓮行春醪。

酒酣始闻壮士叹，丈夫试用何时遭！

宋仁宗庆历初年，曾巩二十刚过，正在京师太学读书，献其文与文坛巨匠欧阳修，大受称赏。在《送杨寘秀才》诗中，欧阳修写道："吾奇曾生者，始得之太学。初谓独轩然，百鸟而一鹗。"鹗是一种猛禽，常用以比喻卓然不群的人才。孔融《荐祢衡表》云："鸷鸟累百，不如一鹗；使衡立朝，必有可观。"后世因称"鹗荐"。苏轼《次韵王定国谢韩子华过饮》诗中即有"亲嫌妨鹗荐"之句。可见欧阳修以"一鹗"相许，是一种难得的赞词。可能曾巩先有此诗，欧阳修拈出以相称许，也可能曾巩对欧阳修的赞词表示认可而赋诗明志。总之这首诗当属少年之作。翻开曾巩的《元丰类稿》，开卷第二首就是此诗。

　　这首诗可分两层。前面用绝大部分篇幅描绘鹗鸟的雄姿与捕杀狐兔的情景，结尾四句收笔点明题旨。

　　诗的开头，就为鹗的出场渲染了一种摧枯拉朽的气势。强劲的北风扫荡着腐朽的蓬蒿，呼啸的山林如同汹涌的波涛，这是脆弱的生物凋零萎缩的季节，却是强悍的鹗鸟显示生机的大好时光。"尝闻"句表现了诗人对鹗鸟的向往之情。"眼骏骨紧"四个字，写出了鹗鸟锐利的眼神与慓悍的身姿，堪称传神之笔。五、六两句，极写鹗鸟的飞动之势。天色昏暗，大雪纷飞，在这样阴沉重浊的背景上，鹗像闪电一样地万里翱翔。日暮还在东海，清晨已到了大西北的临洮，可见其飞行之速。以下数句，次第描述了鹗鸟击杀社狐狡兔等的壮观场面。"社中神狐"，即藏身土地庙的狐狸，指城狐社鼠，比喻窃叨国宠的奸邪之徒。它们躲闪不及，顷刻间被鹗鸟击中，身首异处，挂在了猎人盛放弓箭的皮袋上（即"櫜"，gāo）。狡诈的兔子、野鸡，如今失去了草木的庇护，也在鹗鸟的爪下丧生。躲在穴中幸免于难的狐兔们正在为丧生的同类嚎哭，鹗鸟却又活捉了两只青猱（náo，猿类）掷在猎人的帐前了。至于那些啁啾上下的蓬间燕雀，本够不上被鹗鸟捕猎的资格，见此情景，也各自作鸟兽散，亡其曹，犹云失去同伴。"势疑"句写鹗鸟的意态，"九泽"泛指国中的水域。意谓：看鹗鸟的那种气势，仿佛要把山间水中的鼠辈群小清洗一空。"杀气"句写鹗鸟的凶悍凛冽之气上干太白金星。"太白"，即金星，俗称启明星，传说此星主杀伐，故云。

结尾四句，写诗人观猎归来，兴奋异常，案上摆满了丰盛的酒菜，正好为之浮一大白。"酒酣始闻壮士叹，丈夫试用何时遭。"曲终奏雅，点明题旨。所谓壮士，正是以鹗鸟自比的诗人。他渴望能像鹗鸟翱翔云天，扫荡群丑，建不世之功，行兼济之志。然而环顾现实，前途渺茫，故不由慨叹。全诗到此，激昂奔放的格调一变而为沉郁悲凉，从理想的云天跌落到现实的土地上。然而嗟叹之声，不掩英雄本色。诗人那昂首天外、顾盼自雄的神色，那担当天下、舍我其谁的气概，已经渗透于字里行间，留在读者的印象中了。

和李白的《大鹏歌》、杜甫的《画鹰》、柳宗元的《笼鹰词》一样，这首诗也不是一般的咏物诗。诗中的鹗鸟既为诗人自况，其他的狐兔凡鸟也无不具有象征意义。曾巩在另一首《初夏有感》诗中云："我志素欲希轲卿（荆轲）"，"所慕少壮成功名"，或可作为此诗的注脚。

这首诗的风格豪放健爽，气势不凡。修辞上或不免有生硬排奡处，然而正于不圆润处见骨力，与曾巩的散文或其他诗歌相比，这首诗堪称变格别调。

（张仲谋）

# 汉阳泊舟

暂泊汉阳岸，不登黄鹤楼。

江含峨岷气，万里正东流。

惊风孤雁起，蔽日寒云浮。

祗役虽远道，放怀成薄游。

兴随沧洲发，事等渔樵幽。

烟波一尊酒，尽室载扁舟。

曾巩于嘉祐二年（1057）中进士，初为太平州司法参军，迁馆阁校勘，集贤校理，其出任地方官，历知齐、襄、洪诸州。此诗即写于移官襄州（今湖北襄樊）的途中。

首联点明此番泊舟汉阳，不是为了登临黄鹤楼，只是路过暂泊。然而，长江的浩荡景色却扑入了诗人的眼帘。"峨岷"，指四川的峨眉山和岷山。一个"含"字写出了长江源远流长的壮观景象。"万里正东流"的江水，本可激起诗人多少豪情，可他偏偏拈出了"惊风孤雁"，"蔽日寒云"等意象，委婉地传达出对沉沦下僚、疲于外任的厌倦。"蔽日"句，显然化用李白《登金陵凤凰台》中"总为浮云能蔽日，长安不见使人愁"的诗意，倾诉自己未得重用的郁闷。从这次移徙襄州开始，诗人就一再在诗文中表白倦于转徙、不愿"远仕"的心迹。移官洪州时，他写下了"忆昔江西别子时，我初折腰五斗粟。南北相望十八年，俯仰飞光如转烛"(《移守江西先寄潘延之节推》)的诗句。赴福州任后，又有《福州上执政书》，请求："或还之阙下，或处以闲曹，或引之近畿，属以一郡，使得谐其就养之心，慰其高年之母。"

但是，此刻的诗人却不能不服从朝廷的差遣，"祗役虽远道，放怀成薄游"。"祗(zhī)役"，是对朝廷任命的一种恭敬的称谓；"薄游"，谓以薄禄而游宦。诗人是说，尽管这次差遣远离京都，但为了一家人的生计，只能"心情舒畅"地前来赴任。可是，诗人内心向往的仍然是有朝一日功成身退，与山林为伴，和渔樵为伍："兴随沧洲发，事等渔樵幽。""沧洲"，犹言水滨，古代常以代隐居之地。谢朓《之宣城出新林浦向板桥》诗云："既欢怀禄情，复协沧洲趣。"可是作者却不能像这位前辈诗人那样两者兼顾。眼前的现实是烟波江上，杯酒独酌，全家老小都住在晚泊汉阳的客舟之中。

这首诗古朴典雅，"格调超逸"(符遂《曾南丰先生诗注序》)。诗人在纪行中将写景与抒情融合得自然熨帖，江上的景色既触发了倦于游宦的羁旅情怀，又兴起了他的江湖田园之思。进退出处的矛盾心理形成了诗情的跌宕，但又不流为激烈，而是有一种纡徐委婉之致。情思的抒发完全借助于旷远的景物，构成一种含蓄悠远的意境，不像一般宋人诗那样堕入"理障"。清人潘德舆称其诗"颇得陶谢家法"，"清深婉约，得诗人之风旨"(《养一斋诗话》卷四)，于此也可见一斑。

(陈建生)

# 侯 荆

侯嬴夷门白发翁，荆轲易水奇节士。

偶邀礼数车上足，暂饱腥膻馆中侈。

师回拔剑不顾生，酒酣拂衣亦送死。

磊落高贤勿笑今，豢养倾人久如此。


　　这是一首咏史诗，所咏的是战国时期的侯嬴和荆轲。其事迹均见于《史记》。

　　开头二句点明侯、荆二人的身份。侯嬴，本是魏都大梁东门的守门人，《史记》说他是个隐士，"家贫，年七十"，故诗中称其"白发翁"。荆轲，战国时卫国人，游于燕国，击剑任侠，以气节相尚，故称其"奇节士"。以下四句，分别用对仗的形式记述侯、荆二人被罗致的过程。"偶邀"句写侯嬴。"礼数车上足"即"车上足礼数"之倒文，是指侯嬴最初不肯受魏公子无忌之召，无忌就置酒高会，亲自驾车迎其赴宴。侯嬴毫不谦让，而"公子执辔愈恭"。侯嬴又故意要魏无忌绕道过市，自己下车找屠者朱亥闲聊，"微察公子，公子颜色愈和"（《史记·魏公子列传》）。于是，侯嬴才成为魏公子的座上客。"暂饱"句是指燕太子丹尊荆轲为上卿，每日亲临其住处，供奉山珍海味，"异物间进，车骑美女恣荆轲所欲"，让荆轲过着奢侈豪华的生活。这两句看似铺叙历史故事，实则暗含讥讽。"偶邀"，"暂饱"，就说明这种异乎寻常的"礼遇"，只是利用者别有用心的一时之举。侯、荆二人果然为这样的礼遇付出了生命的代价。侯嬴为魏公子出谋划策，"窃符救赵"，待魏公子大功告成，侯嬴终于拔剑自杀。荆轲为燕太子丹西去刺秦王，太子丹与众宾客白衣送别于易水之滨，荆轲酒酣高歌，"就车而去，终已不顾"，最后却功败垂成，死于非命。

　　侯、荆二人是古代"士为知己者死"的典范，但诗人并不想歌颂他们。最后二句就揭出了题旨。"磊落"一句是正话反说，意谓当今也不乏沽名钓誉的权贵，他们呼朋唤友，结为私党，利用门生故旧的关系沆瀣一气。虽然作者没有确指何人何事，但只要看一下北宋中期的党派斗争，就可知道这是有感而发的。"豢养倾人久如此"，更是一语双关，既说明侯、荆二人不过是被贵族豢养的爪牙，也说明现在仍然有人继续干着这种勾当。

　　曾巩学有根底，博古通今，善于运用历史故事说明现实问题。他的作品"言古今治乱得失，是非成败"（《曾巩行状》），往往能旁征博引，于平淡之中见透辟。这首咏史诗也颇得"《春秋》笔法"，用字精审而暗含褒贬，如"偶""暂"两字点出魏公子与燕太子的虚伪，"豢"字也暗含褒贬。由此再看开头的"白发翁""奇节士"，就愈见其嘲讽之意了。

（陈建生）

# 北 渚 亭

四楹虚彻地无邻，断送孤高与使君。

午夜坐临沧海日，半天吟看泰山云。

青徐气接川原秀，常碣风连草木薰。

莫笑一樽留恋久，下阶尘土便纷纷。

　　北渚亭，旧址当在今山东省济南市大明湖北岸，宋熙宁五年
(1072)，曾巩任齐州知州时所建，取杜甫《陪李北海宴历下亭》诗
句"东藩驻皂盖，北渚凌清河"而名亭。

　　诗一开头，就从北渚亭的形势着笔。"四楹虚彻地无邻"是说北
渚亭四周涵虚，所居独高，不与他物相接。"断送孤高与使君"，是
作者戏用大明湖的口吻说话，犹言：我大明湖失去了最高的地方，
把它送给了您齐州太守。"使君"，汉代对太守或刺史的称呼，这里
是作者自谓。三、四两句写登北渚亭所见景物：夜半时分，坐在亭
中可以居高临下，看到东海日出；登临亭上，好像站在半空，可以
观赏到泰山的云海。这是用夸张的手法极写北渚亭之高。二十年
后，晁补之往寻北渚亭旧址，也曾写到北渚亭地势的高峻："登所谓
北渚之址，则群峰屹然列于林上，城郭井间皆在其下，陂湖迤逦，
川原极望……"(《北渚亭赋序》)可见北渚亭旧址是大明湖北岸地势

最高处。

登上北渚亭，只见青徐之气势远达北渚川原之秀。"青徐"，指青州（今山东益都）、徐州（今属江苏）一带地。"常碣"，指常山（即恒山）和碣石山（今属河北省）。此句意谓常碣之风吹来，使北渚的草木承薰。登北渚亭观赏，不仅使人眼界开阔，也使人心旷神怡，因此也就水到渠成地引出结尾两句："莫笑一樽留恋久，下阶尘土便纷纷。"不要嘲笑我留恋此景，久久不返，实在是因为这北渚亭"旷然可喜，非特登东山小鲁而已"（《北渚亭赋序》）。登斯亭则可以暂时忘却人世间的种种烦恼，求得心灵的解脱与安宁。否则，只要一走下这北渚亭的台阶，就尘事纷扰，不得片刻安宁了。

曾巩的诗"格调超逸，字句清新"（符遂《曾南丰先生诗注序》），颇得李白遗风。这首诗气势磅礴，清新淡远，其中大胆的夸张、丰富的想象，使诗歌于尺幅之中有千里之势。

（陈建生）

# 韩魏公挽歌辞

### （二首选一）

堂堂风骨气如春，衮服貂冠社稷臣。

天上立谈迎白日，握中随物转洪钧。

忽骑箕尾精灵远，长誓山河宠数新。

万里耕桑无一事，三朝功德在生民。

　　韩魏公就是韩琦，字稚圭。他是仁宗、英宗两代皇帝的顾命大臣，又是策立英宗的主要决策者。三朝元老，十年为相，朝廷倚重，士林多誉。对于这样一个人物的去世，当时的文人多有挽辞。以其立身行事众所周知，所以挽辞内容往往大同小异。高下优劣，就看谁善于剪裁，措辞得体。在这一次同题诗的竞赛中，被人目为"短于韵语"的曾巩却占了上风。

　　首联先为韩琦作了一幅肖像画。《名臣言行录》称琦"姿貌英特，美须髯，骨骼清耸，眉目森秀，图绘传天下，人以为高山大岳，望之气象雄杰"。曾巩只用了"堂堂风骨气如春"七字，便囊括了上述内容，写出了韩琦伟岸的身躯、清朗的骨相，以及温润的气度。次句以其冠服点明韩琦朝廷重臣的身份。"衮服"，古代帝王及公侯的礼服。"貂冠"，又称貂蝉冠，上饰貂尾与蝉羽，显官所戴。

以韩琦的相貌再加上这一身服饰，更显得刚正威严，凛然不可犯。

颔联概括了韩琦一生的主要功绩。"天上"句指韩琦策立英宗。"天上"，指朝廷；"白日"，指新皇帝宋英宗。宋仁宗晚年，尚未有子嗣。储君未定，大臣们窃不自安。韩琦冒险进言，劝仁宗早定皇位继承人；后又从中斡旋，使仁宗立养子宗实为皇子，赐名曙，即后来的英宗，才使皇权的转移得以顺利进行。在旧时文人看来，这是韩琦一生的第一大功绩。英宗即位后，仁宗的曹皇后垂帘听政，大权独揽，英宗身边的宦官也是她安插的党羽。宋英宗对此非常愤慨，曾对韩琦言："太后待我无恩。"两宫关系一时非常紧张。韩琦一面劝英宗改善对皇太后的态度，一面劝曹太后还政于天子，避免了皇室内部矛盾的爆发。这是韩琦的又一大功绩。"握中"句即指此。"握中"，把握之中；"洪钧"，指天。此句犹言"只手回天"。

颈联写韩琦死后，极尽哀荣。"忽乘"句谓其去世。"箕尾"，星名。《庄子·大宗师》云：殷代贤臣傅说死后，"乘东维，骑箕尾，而比于列星"。后遂以骑箕尾指国家重臣的死亡。《宋史·韩琦传》载：琦逝"前一夕，大星陨于治所，枥马皆惊"。有此背景，用"箕尾"一词更觉贴切。下句"长誓山河"用《史记·高祖功臣侯者年表序》；"封爵之誓曰：'使河如带，泰山若厉（砺）。国以永宁，爰及苗裔'"。意谓功臣的封爵不废，传祚无穷。"宠数新"，谓神宗对韩琦丧葬所加的恩宠礼数，超越前人。《宋史》载，神宗为之辍朝三日，赐银三千两，绢三千匹，发两河卒为治冢，篆其碑曰"两朝顾命，定策元勋"，赠尚书令，谥忠献，配享英宗庙庭。宋朝旧制，三省长官，唯尚书令为尤重。凡死赠尚书令者，必兼太师太保等官。至韩琦乃单赠,时人以为尊贵之礼。这是前代未有的礼数。

尾联谓韩琦历仕仁宗、英宗、神宗三朝,功德长存,泽被生民,国家因得太平无事,百姓男耕女织,安居乐业。这是对韩琦一生功业的充分肯定,颇有盖棺论定意味。

此诗佳处,约有二端。一是明于体要,择事精当。突出了韩琦策立英宗,调和两宫的主要功绩,同时也兼顾到他历仕三朝的仁政。二是章法井然,措辞得体。四联写尽了韩琦生前的人品功业,死后的哀荣影响。遣词用典,既切合韩琦的身份个性,又显得骨力遒劲,气象恢宏。同时文人制作,皆莫能出其右。 (张仲谋)

# 西　楼

海浪如云去却回，北风吹起数声雷。
朱楼四面钩疏箔，卧看千山急雨来。


　　从这一首小诗，可以看出时代的阴影，北宋中期的国势，也可以看出诗人乃至当时士大夫的心态和人格风范。

　　首句突兀而起，有泼墨之势。以云比浪，见出海浪翻卷奔涌、铺天盖地的气势。次句写狂飙裹挟着惊雷，用笔健举，尤其"吹起"二字，将惊雷形容为风吹所致，更增加了风暴的威力。水天之间，风卷浪涌，雷声滚滚，正是一派"山雨欲来风满楼"的景象。三、四两句，推出诗人的主体形象。"朱楼"，即题中所称"西楼"，是诗人当时所处之地。"钩"，挂起。"疏箔"，细薄透明的竹帘。在这风起雷鸣之时，他不是关闭重门，以挡风雨，而是索性把四面的帘子都挂起来，卧着观赏那席卷千山的急雨。

　　当然，将这首七绝看作一首山水景物诗，也未尝不可。但是，如果把目光放大一点，拿约略同时代的几首绝句来作比照，我们就可揣摩出某种意义。如欧阳修《鹭鸶》："激石滩声如战鼓，翻天浪色似银山。滩惊浪打风兼雨，独立亭亭意愈闲。"苏舜钦《淮中晚泊犊头》："春阴垂野草青青，时有幽花一树明。晚泊孤舟古祠下，满川风雨看潮生。"苏轼《南堂》："扫地焚香闭阁眠，簟纹如水帐如烟。客来梦觉知何处？挂起西窗浪接天。"徐积《钓者》："有人口诵浮云曲，手把潇湘一竿竹。荻花洲上作茅庵，坐看江头浪如屋。"一面是千山急雨，翻天浪色，一面是卧览、静观，超然而闲散。前者是宋代积贫积弱、内忧外患迭起，党争倾轧不断的国势的写照，后者则显示了北宋士大夫的消极心态和人格风范。　　　　　（张仲谋）

# 王安石

王安石（1021—1086），字介甫，晚号半山，抚州临川（今江西抚州）人。庆历二年（1042）进士，由签书淮南判官而至执政。熙宁二年（1069）任参知政事，开始推行新法，进行改革。从熙宁三年到九年，两次拜相，两次罢相，最后退居江宁。晚封荆国公，卒谥文。平生以重道崇经、济世致用为要务，兼长诗文。其文语言简洁，笔力雄健，风格峭直刚劲，后人推其为唐宋古文八大家之一。其诗长于议论，风格峭直，有时则欠涵蓄；晚年渐趋深婉不迫，精于修辞，重用事、对偶和下字，有时却因求工而伤巧。其诗在宋代为一大家，古体和绝句尤为人称道，对确立宋诗风格具有重要贡献。有《王文公文集》和《临川先生文集》两种版本。 （高克勤）

## 明 妃 曲

（二首选一）

明妃初出汉宫时，泪湿春风鬓脚垂。

低徊顾影无颜色，尚得君王不自持。

归来却怪丹青手，入眼平生未曾有。

意态由来画不成，当时枉杀毛延寿。

一去心知更不归，可怜着尽汉宫衣。

寄声欲问塞南事，只有年年鸿雁飞。

家人万里传消息，好在毡城莫相忆。

君不见咫尺长门闭阿娇，人生失意无南北。

此诗咏王昭君出塞和亲的历史故事。事载《后汉书·南匈奴传》。晋时因避司马昭讳，昭君改称明君，即明妃。又，葛洪《西京杂记》载王昭君不愿贿赂画工，以求召幸，遂被远嫁匈奴，及元帝亲见昭君貌美，后悔无及，乃杀画工毛延寿。此事当系小说家言，而为后世文人所乐道。至于出塞时怀抱琵琶，入胡地止着汉装，以及白草青冢、环佩魂归之说，亦皆出于后人的踵事增华。然而对于后代歌咏昭君的作者来说，这些都成了无须稽考的"本事"了。

此诗是宋仁宗嘉祐四年（1059）安石提点江东刑狱时作，同时欧阳修、司马光都有和作，而以此诗为冠。

诗共十六句，大致四句一层。起四句描写昭君出宫时的情景。因为昭君是众所周知的美女，读者瞩望既高，要在刻画容貌上用笔墨总是徒劳。聪明的诗人既不像《诗经·硕人》那样逐一描绘美人的身体部位，也不像宋玉的《登徒子好色赋》写其东邻之子那样增之减之，施朱抹粉。他借一点清泪展示昭君心中的哀怨，用一缕鬓发表现昭君的风韵；低徊顾影，使人恍见昭君的窈窕体态；而她的哀怨之容，又适足以增加其性美。第四句"尚得"二字，下得极有分寸。昭君如此神色惨然，尚且使汉元帝魂荡心迷，那么当其容光焕发之时，足使"六宫粉黛无颜色"，则自不待言。这一句通过汉元帝的眼光来反照昭君之美，比之《陌上桑》写罗敷之美，机杼相同而又有发展。

"归来"四句，本《西京杂记》的记载，写汉元帝悔怒交加而杀毛延寿。"意态"二句，历来为人称赏，实际其好处，并非如有些人所说的为毛延寿翻案，而是写昭君独有的意态。美亦有品，意态之美为上，形貌之美为下，而意态之美原是画不出的。汉元帝让他去画本来不可能画出来的意态之美，造成了毛延寿的冤枉，这是作者的高明处。

接下来四句，写昭君在塞外的生活情景。昭君既知此去永无还乡之望，明智的做法应该是收拾身心，打叠精神，准备在异域度过她的一生。然而她却始终不能忘情汉室，不肯穿着胡地的装束。霜晨日夕，年复一年，只见鸿雁飞去飞来，没有一点故国的消息。在这里，作者摆脱了前人的思维定势，他没有去加意渲染胡地的风沙腥膻与昭君的痛苦悲怨，而是突出她对故乡（并非对元帝）的深切怀念。与前此之作相比，这就既新且深了。

最后四句，借昭君家人之口，表达了千载之下作者的感慨。他并没有说昭君出塞是值得欣幸的事，但这与留在掖庭冷宫里的非人生活相比，至少不能说更为不幸。"人生失意无南北"一句，力重千钧，掷地有声，足以收束全篇。这本来是非常合乎情理的一句话，但在身受北方少数民族威胁的宋人听来，就觉得非常刺耳。故安石身后直至南宋，众口喧阗，是非蜂起。有人甚至攻击安石"坏人心术，无父无君"，其实安石只是好强，不愿意蹈袭前人看法，而喜欢别出心裁罢了。

此诗不仅命意新警，其章法、句法、用韵、造语，也使人耳目一新。诗四句一层，韵随意转。音节抑扬变化，强化了情感的跌宕波折。开头四句由昭君出塞写起，中幅八句分写汉宫、胡地两面，结尾四句挽合南北，严整而富于变化，其句法又复峭折顿挫，故段落整齐而不呆板，用韵虽密而无滑脱之感。

（张仲谋）

# 纯甫出僧惠崇画要予作诗

画史纷纷何足数，惠崇晚出吾最许。

旱云六月涨林莽，移我倏然堕洲渚。

黄芦低摧雪翳土，凫雁静立将俦侣。

往时所历今在眼，沙平水淡西江浦。

暮气沉舟暗鱼罟，欹眠呕轧如鸣橹。

颇疑道人三昧力，异域山川能断取。

方诸承水调幻药，洒落生绡变寒暑。

金坡巨然山数堵，粉墨空多真漫与。

濠梁崔白亦善画，曾见桃花静初吐。

酒酣弄笔起春风，便恐漂零作红雨。

流莺探枝婉欲语，蜜蜂掇蕊随翅股。

一时二子皆绝艺，裘马穿羸久羁旅。

华堂岂惜万黄金，苦道今人不如古。

　　在中国绘画史上，北宋是一个重要的转折期。其画风的转变，概而言之，约有数端：题材由人物到山水，构图从繁密到萧疏，色彩由金碧到水墨，笔法从写形到写意；而从实质看是从世内到世外。转变的结果，便是文人画的崛起。从王安石的这首题画诗，可以窥知当时画坛乃至整个时代审美趣味的递嬗之迹。

　　纯甫是王安石的幼弟，名安上。惠崇是宋初九位诗僧中的翘楚，工诗而善画。他善画寒汀远渚、烟雨芦雁等萧疏虚旷的景色，世称"惠崇小景"。他的画在其身后声誉鹊起，尤其在熙宁、元丰间受到士大夫的激赏。这正标志着审美趣尚的转变，当时为惠崇画题咏者甚多，安石此诗是较早的一篇。题中之"要"，通"邀"，请求之意。

　　开头两句恺切直言，的确是安石的风格。他把前代画家（"画史"，即画家，语出《庄子·田子方》）一笔抹倒，正是为了突出惠崇，诗家称此为以扫为生之法。"旱云"以下四句，是对惠崇画的直接描述。观画时正当盛夏六月，火云弥漫，远望如同浩瀚的林莽。这时看到惠崇的画，好像倏忽之间降身到清旷的洲渚之上。翛（xiāo）然，迅疾飘忽貌。前两句写初次见画的感觉，还未作具体描绘，已见其笔夺造化之功。"黄芦"二句表现画面的主要景物。但见芦苇低垂，芦花如雪遮掩了土地，成群的水鸟静立在苇丛之中，一派萧疏的野趣。"往时"四句，以切身经历对画面作侧面渲染，避免了对画面景物的平铺直叙。作者在故乡，曾见过暮霭弥漫在水上，逐渐隐没渔船渔网，侧身而卧，如闻橹声呕轧，在夜气中回荡。这些少年时经历的山野情趣，如今都被惠崇的画唤醒了。这四句虽没有描述画面，却收到了遗形取神的效果。

　　"颇疑"四句，又于画外生发奇想。"道人"，指惠崇，早期僧徒亦称道人。"三昧"，佛家语，意为定，正定，即排除一切杂念，使心神平静；后亦指技艺的诀窍、奥妙。如唐李肇《国史补》云："长沙僧怀素好草书，自言得草圣三昧。""断取"，亦为佛家语。《维摩诘所说经·不可思议品》云："又舍利弗，住不可思议解说菩萨，断取三千大千世界，如陶家轮，著右掌中，掷过恒河沙世界之外。"此即诗语所本。"颇疑"二句谓惠崇画境如此高妙，使人疑心他是得力于"三昧"（此处实兼用其二义）之术，所以能截取异域山川，移之于画面。"方诸"二句，是想象惠崇作画的情景。"方诸"，古代于月下承露取水之器。《周礼·秋官》："以鉴取明水于月。"幻药，亦佛家语。《楞严经》云："诸大幻师求太阴精，用和幻药。是诸师等，于白月昼，手执方诸，承月中水。""生绡"，丝织品，似缣而疏。这两句想象惠崇作画，以方诸承露，调和了神奇的幻药，洒向生绡，变易了寒暑。王安石自称于诸书无所不读，洵非虚语。他能够如此恰切地选用佛家词语，达到融会贯通、出神入化之境，既见其无所不包的学问，又能看出他熔铸语言的功力。"金坡"二句，以巨然之画反衬惠崇。"金坡"，翰林院之别称。巨然是由南唐入宋的著名画僧，翰林院北壁有他画的山峦景色。在王安石看来，巨然此画空有粉墨藻绘，只是一时兴到的率意之作。所谓"漫与"，即随意，多指创作不刻意求工，杜诗有云："老去诗篇浑漫与。"抑扬之间，更突出了惠崇的画艺。

"濠梁"六句，则以崔白之画陪衬惠崇。由惠崇而及崔白，笔法如同史传的"搭桥体"。白字子西，濠梁（今安徽凤阳）人，以画败荷凫雁得名。熙宁初，神宗闻其名，补图画院艺学，是时崔白已六十余岁，以性情疏阔不能胜任固辞。神宗特许非圣旨可不作画。安石作此诗时，崔白大概还未进图画院，故下有"裹马穿羸久羁旅"之句。此段再现了崔白画中的意境：桃花初绽，尽态极妍，流莺探枝，娇啼欲语，蜜蜂忙碌，流连花丛。叙写生动逼真，呼之欲出。崔白画艺的遭遇与惠崇相同，也是当时风气转换的产物，故以他陪衬惠崇，十分相宜。

结尾四句，宾主双收。"二子"指惠崇与崔白他们的画尽管妙绝一时，却无人称赏，故羸马敝裘，流落乡野。华堂富贵之人，虽不惜万金求画，只是贵古贱今，以为二子的画不足收。安石此诗，作年虽未可确指，然当在熙宁之前，那时画坛风气，正当欲转未转之时。稍后几年，惠崇的画便有洛阳纸贵之势。故安石此诗，可谓开风气之先。

题画诗的写作，贵在因画构思，避开套话滥语，写出画的意趣神色。惠崇的画只是尺幅小景，着墨无多，故不能像题韩幹画马那样一一描述各匹马的姿态。安石此诗，正面赋惠崇画的只有三两句，然而如许长篇文字，无不因惠崇画而发。清人方东树《昭昧詹言》概括此诗章法为"四段：一点，一写，一衬，一双收"。起二句点题，即"一点"。以下十三句从正侧顺逆不同的方面再现了惠崇的高超画艺，是为一写。再下面六句写崔白，为"一衬"，最后四句即"双收"。此诗方氏誉为"千锤百炼，无一字一笔懈，如挽百钧之弩"，在题画诗一体中，确可为老杜后劲。

（张仲谋）

# 半山春晚即事

春风取花去，酬我以清阴。
翳翳陂路静，交交园屋深。
床敷每小息，杖屦亦幽寻。
惟有北山鸟，经过遗好音。

宋神宗熙宁九年（1076）十月，王安石第二次罢相后退居江宁，在这里度过了他生命中的最后十年。他回江宁后不久，便在住所营建庭园。该园地处由江宁府城东门去钟山的半道，王安石故名之为"半山园"，并因此自称"半山老人"。他在这里写下了大量优美的写景小诗，反映了他晚年的退隐生活和闲适心情。《半山春晚即事》就是其中著名的一首。

首联摹写春色的变化，紧扣题意，展现了晚春的景色。作者以拟人化的手法，赋春风以性格。一个"取"字，一个"酬"字，显示出作者与大自然谐和的心态。作者一反常人惜春诗叹息花落的情调，而以欣喜的心情赞美一片充满生机的"清阴"。颔联即具体描摹了"清阴"之景。"翳翳"，形容树木茂密的状态；"交交"，形容树木相互覆盖交加的样子。在这茂密的树林中，有一条小路伸向密林深处的"园屋"。颈联由"园屋"写到它的主人，也即作者自己。

"床敷"，即安置坐具；"杖屦"，即扶杖漫步。主人或居家凭几小息，或寻幽扶杖漫步。两者一静一动，刻画出作者的风神，同样表现了他恬淡安宁而又欣然自乐的心境。尾联更以极富韵味的描写，进一步深化了这宁静的氛围。"北山"，即钟山。诗人写道，在这半山园中，只有北山的鸟偶然飞过，留下阵阵清脆悦耳的好音。古诗有"鸟鸣山更幽"之句，王安石对此深有体会。以动写静，更见其静。

　　这首五律在句法上也很有特点。陈衍评此诗曰："首十字从唐人'绿阴清润似花时'来。"(《宋诗精华录》)这种化用前人诗句的方法给后来的江西派诗人以影响，黄庭坚就特别欣赏这两句，自言从中得古诗句法。

（高克勤）

# 岁　晚

月映林塘静，风含笑语凉。
俯窥怜绿净，小立伫幽香。
携幼寻新荻，扶衰上野航。
延缘久未已，岁晚惜流光。

　　"岁晚"指深秋时节。这首诗写于作者晚年退居钟山时，描写了他的一次赏秋夜游。

　　首联描绘了"月映林塘""风含笑语"的静谧、凉爽的秋夜景色，为下文赏玩作铺垫。中间两联即描述诗人的赏玩过程，颔联"俯窥"句赏水，"小立"句赏花。"绿净"代指水，"幽香"代指花。前人云"荆公爱看水中影"（许顗《彦周诗话》），此亦性之所好，一个"窥"字就传神地写出了诗人的个性。作者喜爱这一泓碧水，入迷地欣赏这静静的水中倒影；一会儿又小立片刻，等待微风送来秋花的幽香。"新荻（dì）"指初开的花。作者闻到花香，遂"携幼"相寻。"扶衰"，指虽衰老而强起。颈联承上联而来，进一层表现了作者的赏玩之兴。"延缘"，指徘徊流连。仅仅是这秋夜的美景使得作者流连忘返吗？不，是这"岁晚惜流光"的深沉的感情。尾联对此作了意味深长的回答，也是对全诗诗意画龙点睛的阐发。（高克勤）

# 葛溪驿

缺月昏昏漏未央，一灯明灭照秋床。

病身最觉风露早，归梦不知山水长。

坐感岁时歌慷慨，起看天地色凄凉。

鸣蝉更乱行人耳，正抱疏桐叶半黄。

 

 

本诗作于宋仁宗皇祐二年（1050）自临川赴钱塘（今浙江杭州）途中。首联一落笔就从情上布景。"缺月昏昏"是诗人仰视窗外之所见，行役之人每于独眠客舍之夜间最易萌生思乡之情。当此之时，人地两疏，四顾寂寥，唯天上的明月聊可与家人千里相共。而天公偏不作美，今夜悬挂于天庭的，竟是半轮"缺月"，且月色"昏昏"，这是多么令人扫兴！"漏未央"是诗人侧耳枕上之所闻。诗人于扫兴之余，希望早入梦乡，而此刻漏壶也仿佛故意作难，滴水声似乎越来越响。这不仅暗示入夜已深，且摹写诗人烦厌心情如见。更兼一灯如豆，忽明忽暗，使孤寂的旅况更加令人难以为怀，而独卧秋床的诗人辗转反侧的苦颜，也就可想而知了。

    颔联写旅夜的悲苦境遇有多重不堪。病中行役，体弱衣单，值此秋风萧瑟、玉露凋伤的凉夜，不仅肉体上有切肤透骨的寒意，而且连心灵也仿佛浸透在凄寒之中，一不堪；病中的乡思旅愁自当倍于常时，二不堪；大凡思家之人，总希望借梦境与家人团聚，但梦醒以后，更增怅惘空漠之感，三不堪。

颈联写忧国之思。王安石是个爱国主义者，他希望通过改革来解决社会危机。"歌慷慨"三字正是他"心忧天下"的具体写照。诗人壮怀激烈，郁愤难平，徘徊窗下，望着天地出神，但映入诗人眼帘的，也仅是一片凄凉景色而已。此句将浓郁的乡思、天涯倦怀、病中凄苦及深切的国事之忧融为一体，复借景色凄凉的天地包举团裹，勿使吐露，似达而郁，似直而曲，故有含蓄不尽之妙。

诗人捱到天明，重登征途。顾视四野，仍无可供娱心悦目之事。"乱"字形容蝉声的嘈杂烦乱。"乱"前着一"更"字，足见诗人夜来的种种新愁旧梦及凄苦慷慨之意仍萦绕心头，驱之不去，而耳际的蝉声重增其莫可名状的感慨。结句写秋蝉无知，以"叶半黄"的疏桐为乐国，自鸣得意，诗人以此作为象喻，寄托他对于麻木浑噩的世人的悲悯，并借以反衬出诗人内心的悲慨。　　　　　（吴汝煜）

# 示长安君

少年离别意非轻，老去相逢亦怆情。

草草杯盘供笑语，昏昏灯火话平生。

自怜湖海三年隔，又作尘沙万里行。

欲问后期何日是，寄书应见雁南征。

宋仁宗嘉祐五年（1060）正月，在京直集贤院的王安石奉命伴送辽国使臣回国，这首诗就是他使辽前写的。长安君是他的长妹，名文淑，为工部侍郎张奎之妻，封长安县君，"工诗善书，强记博闻"（王安石《长安县太君墓表》），在诸妹中与他唱和最多。

诗的首联点出告别题旨。离别是人生一大伤心事，少年时期重感情，易冲动，一旦分离就不免心情沉重；而人过中年，想到来日无多，即使短暂相逢也觉伤情。王安石时年四十岁，因早登仕途而壮志未酬，故诗中屡有叹老之语。颔联描绘送别情景，是为人传诵的名句。在"草草杯盘""昏昏灯火"的简单、随和的气氛中，作者和亲人在一起"供笑语""话平生"。作者在这里择取家庭生活中的典型细节，选用贴切传神的词语以工稳的对仗，再现了一个充满温暖亲切气氛的家庭环境。

颈联由相聚之乐折入将别之悲。"三年"言时间之长，"万里"言距离之远，一纵一横，相辅相成。此前，王安石与长妹分别已近三年。他自嘉祐二年（1057）五月离京出知常州后，次年二月提点江南东路刑狱，十月调为度支判官，于嘉祐四年（1059）春才返京。而今，才相逢又面临分别，诗人自然无限惆怅。"湖海"言阻隔之深，"尘沙"言远行之苦。两句以"自怜"和"又作"串成一气，使人更感"相见时难别亦难"（李商隐《无题》）。这两句既是写实，又紧切首联"老去相逢亦怆情"之意。在结构上，这两句用流水对，显得活泼自然，情韵相生。尾联又回到题旨，说到了大雁南飞的时节，便会寄信来告诉重逢的日期。以安慰亲人，再订重逢日期作结，正是别离诗的常见格局。

这首诗不事藻饰，不用典故，朴素自然而又真切感人，是王安石七律中的名作。

（高克勤）

# 思王逢原

（三首选一）

蓬蒿今日想纷披，冢上秋风又一吹。

妙质不为平世得，微言唯有故人知。

庐山南堕当书案，湓水东来入酒卮。

陈迹可怜随手尽，欲欢无复似当时。

王令，字逢原，是北宋中期一位才华横溢的青年诗人，生活贫困却不愿仕进。至和元年（1054）秋，王安石由舒州通判任满入京，路过高邮（今属江苏），当时在高邮等地讲学的王令献诗求见。王安石深为他的才华和品行所感动，遂与他结交。之后，王安石又将妻妹嫁与王令，并为他大力揄扬，使得王令的才华不致被埋没。然而，王令英年不永，嘉祐四年（1059）秋就以二十八岁的青春年华早逝。王安石为此深感悲痛和惋惜，先后写了挽辞和墓志铭，寄托自己的哀思。次年秋，他又写了三首怀念王令的诗，这是其中的第二首。

诗的首联用想象之笔描绘了凄凉的墓地场面。"蓬蒿"指墓地上的野草。《礼记·檀弓》云："朋友之墓，有宿草而不哭焉。"意谓一年以后对于亡友不必再哀伤哭泣了。"宿草"就是隔年的草，后世也就成为专指友人丧逝的用语。这二句诗由此脱胎而来，暗喻亡友虽死去一年，而自己犹不能忘情，点出思念故友的题旨。颔联由墓地联想到长眠地下的故友。"妙质"用《庄子·徐无鬼》中匠石运斤成风之典，以比喻投契的知己。"微言"用《汉书·艺文志》中"仲尼没而微言绝"之语，意指精辟深刻的思想言论。这两句是说，世人不能像匠石深知郢人那样理解王令，只有自己方是唯一理解他的人。这组诗第一首尾联"便恐世间无妙质，鼻端从此罢挥斤"，也表达了相同的意思。

颈联追忆当年与故友一起读书饮酒的岁月。嘉祐三年（1058），王安石在鄱阳任提点江东刑狱，曾邀王令前去聚会，这两句诗就描写了这次会晤。当年两人都充满了豪情逸兴，在他们的想象中，庐山从南而降，权当书案；湓水滔滔东来，犹如佳酿流进酒杯。王令大约是宋代气概最阔大的诗人，诗中常有手提江河、穿天作孔之类雄壮语。王安石的这两句诗，恰是当年王令豪迈气概的象征，这种昂扬的格调也正与上联凄凉悲慨的调子成鲜明的对照，由此引出尾联无限的今昔之感。作者感叹道：可怜一切往事都随故友的离世烟消云散，再也不会有像昔日那样的欢会了。全诗便在这深沉的悲哀中戛然而止。

这首诗表达了王安石对故友的深切思念，对人生知己难遇的怅恨，和对天不怜才的悲愤。全诗读来如对故友倾诉衷肠，显得真挚感人。短短八句中，熔写景、议论、回忆、感叹于一炉，运用想象、使事、对比等手法，显得意蕴丰富而又不枯燥板滞，体现了王安石高超的律诗技艺。

（高克勤）

# 与舍弟华藏院此君亭咏竹

一径森然四座凉，残阴余韵兴何长。

人怜直节生来瘦，自许高材老更刚。

曾与蒿藜同雨露，终随松柏到冰霜。

烦君惜此根株在，乞与伶伦学凤凰。

　　这是一首咏竹的七律。华藏院是金陵城中的一所佛寺，《建康志》称其在斗门桥西北街，可能是王安石在金陵时和朋友们常来留连的处所。他集中另有一首《华藏寺会故人》诗，其中有"百忧成阻阔，一笑得留连，城郭西风里，园林落照前"句。寺院中有一片茂密的竹林，竹林中建有亭子，供游人于此赏竹。所谓"园林"，当指此处的竹林和亭子，是院中具有特色的胜景。亭以"此君"为名，典出东晋名士王子猷的故事，王子猷爱竹，尝谓"不可一日无此君"。他把竹拟人，称之为"君"，后人遂以"此君"为竹之代名。此君亭，也就是竹亭的意思。这首诗就是作者和他的弟弟在此赏竹的题壁之作。

　　诗的开头二句纯写亭中所见竹景：四面都是森然高耸的青竹，只有一条幽径通向竹亭，笼盖一切的苍翠竹色使亭中的游客顿感清凉。整个竹林的景观优美无比，即使它们的残阴余韵，也使人感到兴会无穷。

接着二、三联重点写竹，并兼有以竹比人的意思：竹子的特点是直而有节，长而瘦，老则愈见其坚刚。它初生时与一般的蒿藜杂草同受雨露的滋润，可是到后来却能在冰霜酷烈的严冬和松柏比坚贞，这就与蒿藜杂草全然不同了。这四句诗极写竹的品格，隐然也是作者的"夫子自道"。

最后二句则从竹子品格的描写进一步联系到作者自己的人生理想，他说：啊，竹子，你应该珍惜你的根株，让竹子苗壮成长，好给伶伦制成律管，吹出凤鸣般的音乐。相传伶伦是黄帝的乐官，黄帝命他自大夏之西，昆仑之阴，取竹为乐器而吹奏之，其声似凤鸣，见《汉书·律历志》。"乞"读去声 qì，给予之意，和"与"同义联用。

从诗题看，这首诗是作者与弟弟咏竹述志，以互相勉励。而作者一生的立身行事，也确实无负于此诗，他为政治革新献出了全部的心力，那更是响彻云霄的凤鸣之曲。

《高斋诗话》云：荆公《题金陵此君亭》诗云："人怜直节生来瘦，自许高材老更刚。"宾客每对公咏此诗，公辄颦蹙不乐。晚年，与平甫（弟王安国）坐亭上视诗牌，曰："少时作此题榜，一传不可追改，大抵少年题诗，可以为戒。"这话也许不是虚构。尽管王安石在晚年悔其少作，对早年的锐意进取颇有追悔莫及之意，但这两句诗连同整首作品为我们留下了王安石奋发有为、充满自信的可贵形象，作者似乎大可不必为此而"颦蹙不乐"。

（徐树仪）

# 梅　花

墙角数枝梅，凌寒独自开。
遥知不是雪，为有暗香来。


这是一首咏梅绝句。咏物诗的创作要求，一在于摹写之工，二在于寄寓深远。本诗的特点则在于后者，从梅花的芳香特征着笔的。芳香不仅是一种官能上的美好感觉，并且是被当作一种高尚品德的象征。因此，本诗名为咏梅，实际上是在写人的品格。

诗歌如果从抒情走入说理，就有丧失它原有的魅力的危险。但作者毕竟是一个有才华的诗人，因此这首诗还是写得比较成功。他用"墙角""数枝""凌寒""独自"几个简单的字汇，描绘出一个困难和严峻的环境，以烘托末句诗中主角梅花的孤芳自赏的品格。而末句"暗香"二字，则是本诗的主题。为了点明香气来自人所不见的暗处，作者又用"遥知不是雪"来加以反衬。"暗香"的主题，即是契合为人要具有孔子提倡的"人不知而不愠"的君子之德的意思。由于这首诗构思精巧，主题突出，所以历来受到人们的称赏，成为作者的名作之一。

汉人乐府诗有云："庭前一树梅，寒多未觉开。只言花似雪，不悟有香来。"本诗全取其韵脚与意境，却反其意而用之。点改他人诗句，使之另出新意，也是本诗作者的一种癖好。到了后来的江西诗派，进一步鼓吹"点铁成金"之说，但点窜前人作品，如处理不好，也会弄巧成拙的。

（徐树仪）

# 题西太一宫壁二首

柳叶鸣蜩绿暗，荷花落日红酣。

三十六陂春水，白头想见江南。


三十年前此地，父兄持我东西。

今日重来白首，欲寻陈迹都迷。


据《宋史·礼志》、洪迈《容斋三笔》等记载，西太一宫在汴京西南八角镇。宋仁宗景祐三年（1036），王安石曾随父兄至京，游过西太一宫。宋英宗治平四年（1067）九月，即位不久的宋神宗诏王安石入京为翰林学士。这两首六绝当是次年王安石重游西太一宫时的题壁之作。

第一首前两句，描绘了夏日美景：知了在柳叶遮蔽中鸣叫，荷花在落日映照下开放。"绿"而曰"暗"，极写"柳叶"之密、柳色之浓。"鸣蜩"就是正在鸣叫的知了（蝉），插入诗中，使得视觉形象与听觉形象浑然一体，有声有色。"红"而曰"酣"，把"荷花"拟人化，好像喝醉了酒的美人脸上泛起了红晕。"落日"不仅点明了时间，而且使人想见夕阳西下时的景色。这两句的字面色彩极其秾丽，"红""绿"对照，使景物更加鲜明。这两句一作"草色浮云漠漠，树阴落日潭潭"，虽也写夏景，却嫌逊色。后两句由荷花写到流水，由眼前的流水想见江南故乡的春（一作"流"）水。据载，汴京附近有名叫"三十六陂"的陂塘，而江南扬州也有"三十六陂"，这里，地名的相同只是架起了回忆的桥梁，作者由此抒发了对故乡、对亲人的思念。作者当时已四十九岁，"白头"一词还含蓄地表现了抚今追昔的情感。

第二首紧承上首而来，作者回忆起初游西太一宫的情景。三十几年前，作者还是一个十几岁的少年，随着父兄游东走西。而今，父兄俱已去世，自己也已双鬓染霜，重游旧地，却已无从寻觅"陈迹"了。全诗从初游与重游的对照中表现了今昔变化，包括人事、家庭和个人心情的变化。当时作者得到宋神宗的重用，正值大展宏图、一伸壮志的时机，而心情却是相当复杂的。在朝而思江南故乡，体现了他身在魏阙、心恋江湖的犹豫和彷徨，这种心情颇值玩味。作者在短短的四句诗中注入了深广的意蕴，言浅而意深，言有尽而情无极。

王安石以绝句名世，最工于五七言绝句，而这两首少见的六言绝句也写得情景交融，浑然天成。一代诗宗苏轼、黄庭坚对此都叹服不已，写有和韵诗；近人陈衍的《宋诗精华录》更称"绝代销魂，荆公诗当以此二首压卷"，可见两诗艺术成就之高和传诵之广。

（高克勤）

# 乌 江 亭

百战疲劳壮士哀，中原一败势难回。

江东子弟今虽在，肯与君王卷土来！

  乌江亭坐落在和州（今安徽和县）东北，相传这里是西楚霸王项羽垓下（今安徽灵璧东南）兵败后自刎之处。千百年来，人们经过这里，即来凭吊遗迹，感慨这位叱咤风云的一代雄杰的悲壮遭遇。宋仁宗至和元年（1054）秋，舒州通判任满的王安石赴京途经和州，针对杜牧《题乌江亭》诗所谓"包羞忍耻""卷土重来"的议论，写了这首诗。

  首两句描述了项羽垓下兵败后的形势，指出这时项羽大势已去，再无回天之力。项羽自秦二世元年（前209）九月随叔父项梁率八千人的江东子弟起兵反秦后，身经百战，先与刘邦率领的起义军一起灭秦，随后自封"西楚霸王"，与刘邦逐鹿中原。由于他刚愎自用，渐失民心，最后于公元前202年十二月被刘邦围在垓下。他奋力突围，最后仅剩二十八人，因无颜回江东而自刎，年仅31岁。后两句即指出项羽兵败后的人心向背，认为江东子弟对项羽已经丧失了信心，不会再替他效力卖命了。项羽当时充满了绝望心理，并不是"包羞忍耻"所能解决的。王安石在这里以一个政治家的敏锐眼光，提出了一个民心向背的问题，与杜牧立论的角度不同，但却深刻多了。

王安石的咏史绝句往往通过对历史事件和人物的评述，总结历史经验，议论精警，独具只眼，可以作为"二十八字史论"来读，前人称其"咏史绝句，极有笔力"（《麓堂诗话》），此诗即是一例。

（高克勤）

# 泊船瓜洲

京口瓜洲一水间，钟山只隔数重山。
春风又绿江南岸，明月何时照我还？

宋神宗熙宁八年（1075）二月，王安石第二次拜相入京，舟次瓜洲，写下了这首诗。

"京口"位于长江南岸，即今江苏镇江；"瓜洲"位于长江北岸，在今江苏邗江县南。诗的首句以欢快的笔调，写他从京口渡江抵达瓜洲。"一水间"三字，形容舟行迅疾。"钟山"在江宁（今江苏南京），即紫金山，是王安石初次罢相后的寓居之地。次句以依恋的心情，写他对钟山的回望。"只隔"两字，极言钟山之近在咫尺。第三句描绘了江岸一片生机盎然的美丽景色，与作者回京复相的喜悦心情相谐合。这里"春风"一词，既是写实，又有政治寓意。古人有把皇恩比喻作"春风"的传统，如曹植《上责躬诗表》中云："伏惟陛下德象天地，恩隆父母，施畅春风，泽如时雨。"王安石在这里，也把神宗恢复他相位比成一股温暖的春风。"绿"字用如动词，极富表现力。在和煦的春风吹拂下，千里江岸，一片新绿。这样，诗人便把看不见的春风转换成鲜明的视觉形象，写出了春风的精神。据洪迈《容斋续笔》卷八载，王安石在草稿上改了十几次，才最后决定这个"绿"字。这是王安石作诗讲究修辞技巧的著名例子。其实，用"绿"字描写春风，唐诗中不乏其例，李白就有"春风已绿瀛洲草"（《侍从宜春苑奉诏赋龙池柳色初晴听新莺百啭歌》）之句。然而，从表现思想感情的深度来说，王安石的这句诗是青出于蓝而胜于蓝。尾句以设问句式，表达了作者希望早日功成身退、投老山林的心愿，这也是全诗的主旨。

功成身退的思想，在中国知识分子中是有传统的，但出现在王安石这样一个矢志改革的政治家身上却颇有意味。早在熙宁三年（1070）初拜相时，面对群僚的祝贺，王安石毫无欣喜之情，写下了"霜筠雪竹钟山寺，投老归欤寄此生"（载《临汉隐居诗话》）的诗句，以投老江湖为归宿。随着变法的深入进行，他受到了来自各方面的挑战，复杂尖锐的政治斗争使他感到了疲倦，因此复相进京不能不使他顾虑重重。从这首诗的结构来说，一、三两句反映了王安石对复相的喜悦之情，二、四两句则表现了他对江湖的依恋之情，两两相对，交互相承，正表现了作者这种在魏阙和江湖之间挣扎的心态。

（高克勤）

# 书湖阴先生壁

（二首选一）

> 茅檐长扫静无苔，花木成畦手自栽。
>
> 一水护田将绿绕，两山排闼送青来。

湖阴先生名杨德逢，是王安石退居金陵时的邻居。这首诗便是他题在杨德逢家屋壁上的。

前两句写杨家庭院内的环境。"茅檐"代指庭院，"静"通净；"成畦"，既表明花圃的整齐，也暗示出花木繁多，所以要分畦栽种。在作者的笔下，杨家的庭院由于常扫，干净得连一丝青苔也没有，主人自栽的花木也排列得整整齐齐。这清幽的环境，也正显示出主人的生活情趣。后两句由院内到院外，写院外的山水，是千古传诵的名句。在作者的笔下，山水都被转化为富于生命感情的形象，一汪溪水环绕着绿油油的农田，好像慈母用双手护卫着孩子；两座青山扑面而来，好像心急的客人顾不上敲门就闯进来送上礼物，写出了山势若奔的特征。闼（tà）是宫中小门，"排闼"就是推开门。这里，"护田""排闼"既是作者的奇特想象，又是巧妙的用典。"护田"出自《汉书·西域传序》所载"置使者校尉领护"田卒之事，"排闼"出自《汉书·樊哙传》所载樊哙"排闼直入"高帝禁中之事。两词是严格的史对史、汉人语对汉人语，同时，用事又不使人觉，贴切自然，可见作者之精于对偶和用典。这两句诗是王安石精于修辞的范例。

这首诗的成功，当然不仅在于三、四两句的妙绝。诗以"书湖阴先生壁"为题，不写人而写山水，写山水即是写人，处处关合，处处照应，将自然景物与具体的生活内容相融合，浑化无迹，体现出高超的艺术技巧。

（高克勤）

# 北　山

北山输绿涨横陂，直堑回塘滟滟时。
细数落花因坐久，缓寻芳草得归迟。


北山，即钟山。这首诗也是王安石晚年退居钟山后所作，描写了他当时的闲适生活。

诗的前两句写北山景色：山水涨满了陂堤，不管是直的堑沟，还是曲的塘岸，都呈现出一片滟滟的波光。王安石喜用"绿"代指水，一个"输"字把山拟人化了，显得十分亲切。后两句写自己的活动：坐了好久，无事可做，便一一细数树上落下的花瓣；等到坐倦了，便站起身来缓步回家，边走边注意着地上长的青草，这样回去就很迟了。这两句诗化用了王维"兴阑啼鸟缓，坐久落花多"（《从岐王过杨氏别业应教》），和刘长卿"芳草独寻人去后，寒林空见日斜时"（《长沙过贾谊宅》）的诗句，却形象地写出了王安石自己闲适的心情。

其实，有时化用前人诗句并非是有意而为，而是暗合，如叶梦得所说，"读古人诗，意所喜处，诵忆久之，往往误用为己语"（《石林诗话》）。即使有意沿袭，亦有袭而愈工若出己意者。王安石的这两句诗即景生情，见落花而"细数"，为芳草而"缓寻"，不仅形象生动，构思精细，而且写出了作者特有的闲适心情，远远胜过了他所暗合或化用的前人之作。

（高克勤）

# 江 上

江上秋阴一半开,晚云含雨却低徊。
青山缭绕疑无路,忽见千帆隐映来。

这是一首写景七绝,写舟行江上所见。舟行江上,只见秋云暖
靆,秋雨迷蒙,重重叠叠的青山四周缭绕,以为是无路可走了,啊
不,你看,江回峡转,忽然前面出现了摇曳多姿、明丽如画、千帆
隐映的一派开阔的江上新天地。诗虽写景,却隐含着较深的哲理意
趣。但这种哲理意趣被写得含浑自然,并无人工造作之感。后来南
宋陆游的《游山西村》诗:“山重水复疑无路,柳暗花明又一村。”
疑即祖此。

王安石的写景诗,尤其是那些写景绝句,大都观察细致,描绘
生动,风格清新脱俗,流丽雅绝,寄寓了作者独特的人生感受和情
趣,本诗即是其中最著名的一首。

(徐树仪)

# 北陂杏花

一陂春水绕花身，花影妖娆各占春。

纵被春风吹作雪，绝胜南陌碾成尘。

 

 

杏花鲜艳绚丽而不落凡俗，傍水的杏花，更是风姿绰约，神韵独绝。王安石的这首小诗便是选了这一特定环境中的杏花作为歌咏的对象。首句"一陂春水绕花身"，正描绘了这种逸致。"陂"，水池，这里指水中小洲。"绕"字则以其特有的轻柔圆转之美，赋予"春水"以爱花、惜花和着意护卫、滋润"花身"的人格力量。春水尚且如此钟情，足见此花确实非常可爱。次句"花影妖娆"，是说树上繁花似锦，妖娆美丽，水中倒影荡漾，同样妖娆美丽，树上水下，相映生辉。宋许顗《彦周诗话》云："荆公爱看水中影，此亦性所好。"花影倒映在明净清澈的春水之中，于原有的娇艳之外，复增其渊默虚静之美。有时风行水上，涟漪微生，水中的倒影也跟着摇曳荡漾，千姿百态；而风止以后，它又渊默自若，未始失其虚静的韵味。影之于形，似一实二，两者有着不同的审美特征。"各占春"，表面上是说各自包含着浓郁的春意，实际上亦即各有其美学价值之意。

如果说，前两句主要抒写了诗人闲淡的情志，那么后两句便带有几分悲壮色彩了。北陂杏花飘落在清澈的春水上，其纯洁的芳魂一无所玷，春水上涨，也许还会"暗随流水到天涯"，又不失其远大之志，而那开放于车水马龙的南陌上的杏花，最终将被车轮马蹄碾得粉身碎骨，变成尘土，这是多么可悲！"作雪"与"成尘"，分别为高尚与污浊的象喻。为坚持自己的理想而献身，这是诗人一贯的宗旨，故前人曾说："末二语恰是自己身分。"(《宋诗精华录》)

(吴汝煜)

## 郑 獬

郑獬（1022—1072），字毅夫，安州安陆（今属湖北）人。仁宗皇祐五年（1053）进士第一。曾为知制诰，神宗时官翰林学士，权知开封府，因与王安石政见不合，出知杭州，熙宁三年（1070）徙青州，不久引疾乞闲。獬为人正直，为官敢言。其诗一如其人，率直豪爽，不做作，少雕饰。有《郧溪集》五十卷。

（朱嘉耀）

## 采凫茨

朝携一筐出，暮携一筐归。
十指欲流血，且急眼前饥。
官仓岂无粟？粒粒藏珠玑。
一粒不出仓，仓中群鼠肥。

  这首诗描写采凫茨以充饥肠的艰辛生活，进而发抒感慨，抨击社会不公，指斥贪官污吏。

  "凫茨"即荸荠，生在南方水田塘边，古代饥馑时灾民多掘以充饥。《后汉书·刘玄传》载："王莽末，南方饥馑，人庶群入野泽，掘凫茨而食之。"苏舜卿也在《城南感怀呈永叔》中描写过"老稚满田野，斫掘寻凫茨"的情景。此诗起首即切入诗题，朝出与暮归对举，而所得仅一筐，采凫茨之难可见。"十指"句由采掘之难进而现采掘之苦，虽未正面描写采掘的场面，但人们可以想象出男女老幼，十指抠泥的艰苦情状。农民为何罹此苦难呢？"且急眼前饥"。"急"字不仅写出了农民面临的生存危机，而且也表明这只是救死于一时的方法，而非活人于饥馑的长久之计。

"官仓"两句一问一答，强有力地暴露了造成农民濒于死亡的社会原因。以"珠玑"状官仓中的粟米，不只形容了谷物的圆实与光泽，而且与前面带血的荸荠形成鲜明的对照，又与下句"一粒不出仓"呼应，明显地揭露出官家重聚敛，劳者不得食的社会现实。这些状如"珠玑"的粟米用于何处呢？结句不唯作了交代，而且进一层揭开了尖锐的社会矛盾：农民只能采凫茨以充饥肠，而谷物却养肥了仓中的老鼠。"群鼠"当不只指谷仓中的老鼠。以鼠喻指剥削者、统治者可追溯到《诗经》中的《硕鼠》，唐代曹邺也曾描写过"官仓老鼠大如斗，见人开仓亦不走"（《官仓鼠》）的鼠肥民馁的图景，鼠的喻指不言自明。郑獬以仓鼠收结全诗，用语未必十分新奇，但它虚实结合，对比鲜明，颇具匠心。肥了仓中老鼠是实写，而透过肥硕的群鼠，揭示的是民不如鼠的可悲现实；以群鼠暗喻吮吸民脂民膏的官场丑类，是虚写，揭露的是社会的不合理现象。

郑獬为官颇有直声，其为文"有豪气，峭整无长语"（《郡斋读书志》），其诗似其人，与其文风亦相近，爽辣明白，少加雕饰。《采凫茨》这首诗即体现了他体察民情、敢于为民执言的人品和率真豪爽、明白流畅的诗风。

（朱嘉耀）

## 徐 积

徐积（1028—1103），字仲车，楚州山阳（今江苏淮安）人。治平四年（1067）进士，授楚州教授。三岁父殁，与母相依为命，事母至孝。政和中赐谥节孝处士。有《节孝先生集》。　　　　　　　　　　　　　（张国浩）

## 爱 爱 歌

吴越佳人古云好，破国亡家可胜道。

昨夜闲观《爱爱歌》，坐中叹息无如何。

爱爱本是娼家女，浑金璞玉埋尘土。

歌舞吴中第一人，绿发双鬟才十五。

耳闻眼见是何事？不谓其人乃如许！

操心危兮虑患深，半夜灯前泪如雨。

假饶一笑得千金，不如嫁作良人妇。

桃李不为当路花，芙蓉开向秋风渚。

忽然一日逢张氏，便约终身不相弃。

山可磨兮海可枯，生唯一兮死无二。

有如樗栎丛中木，忽然化作潇湘竹；

又如黄鸟春风时，迁乔林兮出幽谷。

文君走马来成都，弄玉吹箫才几曲？

不闻马上琵琶声，忽作山头望夫哭！

去年春风还满房，昨夜明月还满床；

行人一去不复返，不是江山歧路长。

前年犹惜金缕衣，去年不画深胭脂，

今年今日万事已，鲛绡翡翠看如泥。

一女二夫兮妾之所羞，不忠于所事合其将何求？

蛾眉皓齿兮妾之仇，不如无生兮庶几无尤！

喓喓草虫兮趯趯阜螽，靡不有初兮鲜克有终！

鸳鸯于飞兮毕之罗之，人间此恨兮何时休？

深山人迹不到处，病鸢敛翅巢空枝！

 

这是一首长篇叙事诗，主人公爱爱的爱情悲剧发生于宋仁宗时期。据《宋诗纪事》所引《丽情集》的记载，爱爱原姓杨，为钱塘娼女，精于歌舞。七月七日泛舟西湖，与金陵少年张逞邂逅，一见钟情，遂私奔汴京共同生活。过了一年，张逞被父亲追回家中，爱爱孤身相守，虽追求者众，也不为所动，终因相思成疾而身亡。爱爱殉情一事，在北宋曾广为流传。当时著名诗人苏舜钦曾写过一首《爱爱歌》，专门记叙此事。徐积此诗描述爱爱的身世遭遇和对真挚爱情的执着追求，刻画了一个感人肺腑的悲剧女性的形象。

全诗可分为四个层次。

首起四句述作诗缘起。诗人先说自古以来吴越女子天生丽质，因为她们而破国亡家的也不少。直到昨晚看了苏氏的《爱爱歌》，方知此间也有钟情女子让人感动得难以自禁。这一层次虽未直接写爱爱，却以对比暗示了爱爱与众不同的纯情品质。

第二层次由"爱爱本是娼家女"到"芙蓉开向秋风渚"，写爱爱的身世遭遇和爱情理想。爱爱沦落娼门，好比精金美玉沉埋于尘土。她能歌善舞，在吴中可数第一，年方十五，即已美貌出众。尽管身为娼女，却不甘沦落。深夜她常对灯落泪，盼望能早日跳出火坑，哪怕只是做一个平常百姓的妻子。如果说，才华美貌是爱爱这一悲剧形象的客观基础，那么，她的爱情理想则是其主观基础。正是这二者的结合才使其形象更显得鲜明丰满。

第三层由"忽然一日逢张氏"到"不如无生兮庶几无尤"，正面写爱爱与张逞的爱情悲剧。和张逞的相遇，不仅使她找到了相约终身不弃的如意郎君，而且大大改变了她的身心状况，使她焕发了青春。诗人用卓文君和司马相如的故事来比喻他们的出奔汴京，用弄玉与萧史的传说来暗指他们琴瑟和谐的结合。但好景不长，这对情侣被活活拆散，琵琶的和弦竟化作山头的望夫之哭！"去年春风还满房，昨夜明月还满床"，写出了人去楼空、物是人非的悲痛。一别三年，从金缕犹惜到胭脂不画，直至今日的万念俱灰，写出了爱爱由希望走向绝望的心理过程。山盟海誓，言犹在耳，爱爱无意再去投靠另一异性；只有一死才能获得解脱。这一段女主人公的心理独白暗示了她香消玉殒的悲惨命运。

第四层次从"喓喓草虫"到结束，写诗人对这一爱情悲剧的感慨。"喓喓"句出自《诗经·召南·草虫》，"喓喓"状鸣声，"趯"

通"跃","阜螽"指蝗子。二句是说草虫在前鸣叫,蝗子在后跳跃相随,旧说以为比喻夫唱妇随。这里是用来形容爱爱与张逞形影相随的那段甜蜜生活。现在旧事重提,显然寓有无限的伤感。"靡不"句则化用《诗经·大雅·荡》中的句子,感叹美好的日子不幸半途夭折。"鸳鸯"句再用《诗经·小雅·鸳鸯》中的成句,感慨比翼的鸳鸯难逃家长专制的网罗,无法避免悲剧的命运。这就揭示出这一爱情悲剧的普遍性和典型性。最后,诗人写到深山中一只衰病的鸾鸟孤独地栖息在空枝上,这一凄苦的形象似是爱爱死后的灵魂所化,留给人深沉的叹息与感伤。

自《诗经》以后,除乐府民歌外,文人叙事诗颇为少见。即使有少量叙事诗,也都不以下层人民为主题。这首诗却自始至终体现了诗人对地位低下的娼家女子的深切同情,对扼杀自由爱情的封建势力的愤怒控诉,这是难能可贵的。在艺术上,此诗继承了乐府民歌《孔雀东南飞》的艺术表现方式,叙事生动感人,又充满强烈的抒情气息,但它没有《孔雀东南飞》那样浪漫的结尾,而是始终直面现实,展示事件的悲剧内涵,令人感喟无穷。

(周细刚)

## 郭祥正

郭祥正（生卒年不详），字功父，又称功甫，太平州当涂（今安徽当涂）人。举进士。熙宁中，知武冈县，签书保信军节度判官。后为王安石所不满，以殿中丞致仕。元丰中，复知端州；元祐初，阶至朝请大夫，又致仕。后隐于当涂青山。少有诗名，诗风豪壮，颇有类李白，先后为梅尧臣、王安石等所称赏。有《青山集》。

（张国浩）

## 金 山 行

金山杳在沧溟中，雪崖冰柱浮仙宫。
乾坤扶持自今古，日月仿佛悬西东。
我泛灵槎出尘世，搜索异境窥神功。
一朝登临重叹息，四时想象何其雄。
卷帘夜阁挂北斗，大鲸驾浪吹长空。
舟摧岸断岂足数，往往霹雳捶蛟龙。
寒蟾八月荡瑶海，秋光上下磨青铜。
鸟飞不尽暮天碧，渔歌忽断芦花风。
蓬莱久闻未曾往，壮观绝致遥应同。
潮生潮落夜还晓，物与数会谁能穷？
百年形影浪自苦，便欲此地安微躬。
白云南来入长望，又起归兴随征鸿。

金山是镇江的一大名胜。原名氏父山，又名金鳌岭，亦称浮玉山。其名金山，始于唐代。据《元丰九域志》引《金山寺记》曰："金山旧名浮玉山，唐时有头陀挂锡于此，因为头陀岩，后断手以建伽蓝，忽一日于江际获金数镒，寻以表闻，因赐名金山。"明代以前，金山本屹立于大江之中，唐张祜《题润州金山寺》诗云："树影中流见，钟声两岸闻。"明徐渭《金山寺》诗也曰："山寺全浮水，秋来落叶纷。"现在的金山，因江潮涨沙，已和南岸相接。

本诗显然作于严冬（"寒蟾八月"乃"四时想象"之辞）。诗的首四句正面落笔，叫醒题义，先给金山摄下一个远景。写得苍莽雄浑，颇具豪气英风。在这里，诗人未直言金山如何雄壮、怎么奇伟，而采取以彼显此的衬托手法，以"沧溟""雪崖""乾坤""日月"这些雄豪壮阔、具体可感的景观以及"杳""浮""悬"等形象生动的字眼，来突出这一名山的巍峨奇崛，表现其历史的源远流长，在总体上给人留下鲜明深刻的印象。为了突出所描绘的客观审美对象，诗人不仅给金山涂抹上了一层奇妙神异的色彩，而且还以夸张的手法，将山顶的江天古刹喻为一座飘"浮"在"雪崖冰柱"、九天之上的"仙宫"，使实际上高仅 60 米、周围亦只 520 米的金山笼罩于一朵五彩斑斓的祥云之中，字里行间一开始便渗透弥漫着迷人的浪漫主义气息。

以下四句承上启下，以"我浮灵槎出尘世，搜索异境窥神功"的奇思妙想，进一步增添全诗的神秘气氛和神话色彩。"槎"，木筏。据晋张华《博物志》卷十载："旧说云：天河与海通。近世有人居海渚者，年年八月，有浮槎去来，不失期。"显而易见，诗人借用

"灵槎"的典故，正为凭空架起一座桥梁，使审美主体得以深入审美客体之中，从而给自己以窥探大自然神奇造化之功的便利，及得以淋漓尽致描绘金山景色和最大限度发挥自己艺术才能的良机。

在这一过程中，诗人并未面面俱到地分别从"四时"去一一具体绘写金山的雄奇美妙，相反，经过精心剪裁，只以"卷帘夜阁挂北斗"以下八句，惜墨如金地选取其秋夜异景，通过合理想象，为我们作了典型概括。北斗高悬，大鲸吹浪，蛟龙出没，舟摧岸断，寒蟾临海（按，古代海与江通，故诗中以海代江），暮天飞鸟，渔歌晚唱，这一组组特写场景，或惊心动魄，或静穆悠闲，或陆离斑驳，或萧疏淡远，读来瑰奇绚丽，多彩多姿，无一不与秋风夜月下的金山、长江相联系。其中，"鸟飞"二句虽造语平易，却气象开阔，情韵疏宕悠远，最见才思功力，故"大为荆公（王安石）所赏"（《宋诗纪事》卷二十七引王直方语）。

"蓬莱久闻未曾往"四句，取移花接木、由此及彼手法，是对前八句的生发和小结。诗人既醉心倾倒于金山奇妙壮丽的景色，不由联想到虽未涉足却一直心向往之的被世人称之为海上三神山之一的蓬莱仙境。在诗人的心目中，江中神山与海中神山"壮观绝致遥应同"，所以，蓬莱仙境的提及，借以补足金山之壮观冠绝天下，应非人间所有。

诗的最后四句写诗人既想寄身金山仙境，却又不得不因思亲而返归人间，以欲驻还行，写对金山的无限留恋之情。诗中的"白云南来"用"白云亲舍"典。据《新唐书·狄仁杰传》："仁杰登太行山，反顾，见白云孤飞，谓左右曰：'吾亲舍其下。'"后因用以为思念父母之辞。

据《宋史》本传，诗人似与李太白颇有因缘，其"母梦李白而生，少有诗声。梅尧臣方擅名一时，见而叹曰：'天才如此，真太白后身也！'"诗人一生酷爱李白诗，不仅才气类似李白，诗歌风格特别是古风（虽时见粗厉），也追摹近于李白。就这首《金山行》而言，流转奔放，层次分明，恣睢汪洋，其想象之奇特、造语之豪壮、情感之丰富、音调之流畅，颇有太白遗风。 （聂世美）

郭祥正

# 凤凰台次李太白韵

高台不见凤凰游，浩浩长江入海流。

舞罢青蛾同去国，战残白骨尚盈丘。

风摇落日催行棹，湖拥新沙换故洲。

结绮临春无处觅，年年荒草向人愁。

《娱书堂诗话》载："郭功甫尝与王荆公（即王安石）登金陵凤凰台，追次李太白韵，援笔立成，一座尽倾。"即指此诗。依次韵惯例，此诗立意显受李白原诗启发，但又别有创意。诗人由凤凰台下的人间沧桑，写到对历史发展必然性的把握，从而使怀古诗达到饱含人生哲理的高度。

首联写实。看似由李白诗第二句"凤去台空江自流"变化而来，但所指不同。李诗意在使眼前江水长流与既往人事盛衰构成显著对比，郭诗则意在通过江水东流的壮观景象来确定历史发展的必然性。这里"高台""长江"既是二景，又自成因果。它既可以表现为诗人与友人登上凤凰台，先见空台，再见长江，又可理解为诗人登台以后，由高台独立、凤凰不来，进而思索往日盛景难再的原因，并在长江东流的自然景象中得到了答案。而诗人突出"浩浩长江入海流"的景观，并不单纯为壮大长江声势，更重要的是为了表达时间的流转，从而以自然规律折射江山代变的历史现实。

二联怀古。江山有意，历史无情。诗人凭栏远望，想起了凤凰台下六朝最后一位君主陈叔宝的盛衰兴亡。那场短暂的王朝演变的悲喜剧，何尝不是一部历史的缩影？曾经骄奢荒淫不可一世的陈后主，随即匆匆退下历史舞台，与一群青蛾粉黛被掳离故国。君不见，当时陈、隋两军激战残留的累累白骨，至今仍然长埋凤凰台下长江之畔，在漫漫的野草丛中堆起高高的土丘？显然，诗人凭吊陈后主，不仅是讽谕他在国势衰微、隋兵南下之际，不思强国，饮酒作乐，而且是在假借陈后主揭示福中有祸、兴中有衰、江山代代无穷已之理。诗人的深层思考，在下联中得到了更为充分的展现。

三联再写实。陈后主的兴亡史不过是历代王朝更替中的一幕，漫长历史的每一个潮汐变革又何尝不如此！这正像长江行船，随着夕阳西下，风声加紧，就不得不加快速度；也正如江水翻腾，潮水不断拥来新沙，换去故洲。"故洲"，当指李白诗中所指之"白鹭洲"。"行棹""故洲"均为诗人凤凰台上所见景物。此联以写景说理，正可见出诗人的艺术匠心。

尾联再怀古。"结绮""临春"为陈后主至德二年（584）所筑三阁（包括望仙阁）之二。它们同为陈后主与张丽华等妃嫔居住之处，当时大臣江总、孙范等经常在此陪帝游宴，称为"狎客"，并由琴师弹唱艳曲《玉树后庭花》《临春乐》等。因此，尾联不仅是对陈后主繁华极盛时期的缅怀，而且是触景生情，抒写时间流转、历史变迁留给人们的惆怅和遗憾。诗人毕竟不是历史学家，当他面对"风摇落日""湖拥新沙"的历史变迁时,苍凉悲愁之感自会油然而生。

郭祥正深受李白诗神韵的浸染,且于与义理情致中颇有创发,本诗即为一例。

(周细刚)

# 王 令

王令（1032—1059），字逢原，广陵（今江苏扬州）人。家贫苦学，不应科举，以气节自高。曾先后在淮安、天长、高邮、江阴等地课馆为生。在高邮时，王安石见之，爱其才，后以妻吴氏之妹妻之。王令诗风格近于韩愈，出入卢仝、李贺、孟郊之间，磅礴奥衍，苍劲峭拔，以才气胜，然亦不废锻炼。有《王广陵文集》。

（刘明今）

## 赠慎东美伯筠

世网挂士如蛛丝，大不及取小缀之。

宜乎倜傥不低敛，醉脚倒踏青云归。

前日才能始谁播，一口惊张万夸和。

雷公诉帝喘似吹，盛恐声名塞天破。

文章喜以怪自娱，不肯裁缩要有余。

多为峭句不姿媚，天骨老硬无皮肤。

人传书染莫对当，破卵惊出鸾凤翔。

间或老笔不肯屈，铁索缚急蛟龙僵。

少年倚气狂不羁，虎胁插翼赤日飞。

欲将独立跨万世，笑诮李白为痴儿。

四天无壁才可家，醉胆愤痒遣酒挐。

欲偷北斗酌竭海，力拔太华鏖鲸牙。

世儒口软声如蝇，好于壮士为忌憎。

我独久仰愿得见，浩歌不敢儿女声。

　　慎伯筠，字东美，宋仁宗朝以诗豪放雄肆见称于时。其为人亦不拘礼法，尝以诗贡至京师，见礼部贡院对待参加考试的士子非常严厉苛刻，叹道："此非所以待天下士也。"遂拂袖归。嘉祐间因韩琦之荐再至京师，仍落落寡合，日从道人学养生之术。后不知所终。慎伯筠的性格为人，甚至诗歌的风格，都与王令较接近。王令此诗盛赞其不为世俗所拘的人生态度，以及诗歌、书法的格调，既是颂美慎伯筠，亦是自己感情的发抒、胸中块垒的宣泄。

　　全诗二十八句，四句一组。首四句叙慎伯筠拒不参加礼部考试之事。宋仁宗朝前期礼部考试沿用旧制，重词赋，"声病偶切，立为考式，一字违忤，已在黜落，使博识之士，临文拘忌，俯就规检，美文善意，郁而不申"。当时规定赋不得超过八百字，策论不得超过一千二百字，内容也严加限制，不可"妄肆胸臆，条陈他事"（见《续资治通鉴》卷四十六、四十八）。慎伯筠生性豪迈，不愿受此拘束，遂拒不参加考试。王令对此十分欣赏，在诗中把这样的考试制度比作蜘蛛织的丝网，只能捕获小虫而不能拦阻大虫，意即当时的礼部考试只能网罗一些庸才俗学的戋戋小人，而不能选拔真正有雄才大略的豪杰之士。这就无怪乎慎伯筠要拂袖而去，"醉脚倒踏青云归"了。

　　接下四句写慎伯筠这一行动在当时所引起的强烈反响。慎伯筠因为诗写得好被推荐到京师参加考试,眼看功名唾手可得,却自动放弃了。这是多么惊世骇俗的行动!于是名声大振,"一口惊张万夸和"。聚蚊尚能成雷,何况万口夸和,慎伯筠声名之大几乎要将天地撑破,因此引起雷公的恐惧,急匆匆气喘如牛地跑到天帝面前去诉苦。

慎伯筠声名之得来并非偶然,以下两组八句分别称颂他的文章与书法的成就。古人"文章"一词往往泛指诗与文,这里主要指诗歌。王令赞扬慎伯筠诗风格奇诡雄畅,不受格律的"裁缩",不肯为世俗所喜好的柔媚妍丽的言词。宋仁宗一朝正是宋代诗文风尚发生急剧转变的时期。在这之前,晚唐体、西昆体以及对偶工丽的时文风靡文坛;在仁宗朝四十年间,以欧阳修为首的诗文革新运动兴起、发展,取得了可观的成绩;嘉祐前后,王安石、苏轼、黄庭坚等相继步上文坛,宋代新的诗文风尚便形成了。慎伯筠诗恣肆奇怪,"多为峭句","天骨老硬",正是当时新的诗风的代表,而王令以这些词语称赞慎伯筠,也正说明了他自己的新的诗歌审美观点。其实不仅是诗歌,王令谈论书法也同样主张奇峭、老硬。他形容慎伯筠的字"破卵惊出鸾凤翔",此为奇峭;"铁索缚急蛟龙僵",此为老硬。

艺术各门类的表现手法不同,其审美意识是相通的,有奇峭瘦硬的诗,自必有奇峭瘦硬的书法,而这二者又均来自慎伯筠傲然独立、不可或屈的人格。故自"少年倚气狂不羁"以下两组八句,作者便集中笔力从不同角度刻画其为人。他形容慎伯筠胆气之壮、之狂,如猛虎插翼在白日飞翔,如刘伶所描写的"大人先生":"日月为肩膊，八荒为庭衢，行无辙迹，居无室庐，幕天席地，纵意所如。"(《酒德颂》)他不耐烦居室墙壁的局限，口渴便从天上摘下北斗到大海里去舀水，愤怒便倒拔了太华山去与庞然大物的鲸鱼作战。这是何等的魄力，何等的气概! 有这样不可一世的人格精神才可能写出天骨老硬、卵破凤翔的文章呀! 可是这样的人才能得到世俗的推许吗? 显然是不能的。"世儒口软声如蝇，好于壮士为忌憎。"一般的儒生只知道甘言美语，随俗浮沉，他们只能称颂庸人，而恰恰容不下壮士。诗人对此想亦深有同感，故写下这首诗，独对被世儒忌憎的慎伯筠表达深切的仰慕之情。

　　王令的诗歌想象力非常丰富，用词造语亦不同于一般，往往出人意外。如这首诗以蜘蛛织网捕虫比喻科举考试选拔人才，"大不及取小缀之"；又以"塞天破""雷公诉帝喘似吹"形容慎伯筠声名之盛；以"酌竭海""鏖鲸牙"形容其狂放不羁的性格，奇思妙想，令人叫绝。所用的词语亦光怪陆离，眩人耳目，颇有些像李贺的诗歌；而全诗铺陈排比，气势酣畅，又有些像韩愈。这些当也是他和慎伯筠写诗的共同追求，故此诗特别加以强调，即所谓"浩歌不敢儿女声"。

(刘明今)

# 龙兴双树

春城花草穷朱殷，俗儿趁走脚欲穿。

闲来无惊喜自适，时到双树为奇观。

庄如天官植幢盖，毅若壮士苍衣冠。

老枝叉牙忽并出，似欲并力擎青天。

灵根深盘不可究，疑与地轴相拘挛。

不知培栽竟谁手，而又始植为何年。

行扪步绕不可问，但见茂色连云烟。

东风牵人少游此，佛屋日日重门关。

虽有大荫人不及，于此尤得志士怜。

束蒿为楹樗为柱，居者略不忧其颠。

乃令遗材抱美植，不得总载桷与椽。

高堂倾欹未支拄，匠者日亦经其边。

不思大干有强用，反以斧钝难其坚。

吁哉谁是爱材者，定知惜此双树篇。

　　全诗开头四句即写自己不同于流俗。春天到了，城中的花草深红浅绿，争妍斗艳，惹得一般世俗的人们都忙着赶去游赏；对此诗人全无心情，宁愿一个人到城外去观看龙兴寺中的双树。接下十二句描写此树的外貌、内质与生长的环境。其树冠庄严森伟，亭亭若盖，似有云烟缠绕；老干高耸，似擎天的巨柱；树围之大显然非一个人所可围抱，而必须"行打步绕"。从叶之茂，可想见其根之深，或许已与地轴相连。如此之参天古树不知已有几千百年，可惜不为世人所重，游人不至，龙兴寺内的和尚整日把门关着，似乎对它也不感兴趣；惟有作者偏偏钟情于它，"行打步绕"，不禁感慨系之。接下作者叹道："虽有大荫人不及，于此尤得志士怜。"志士不得志，与大木不得其用，可谓同病。龙兴双树有如此"美植"，不被采用；相反"束蒿为楹樗为柱"，质地柔软疏松的蒿草与樗木却被用作楹柱。眼看高堂华屋要因此而倾倒，选拔木材的大匠仍无动于衷，尽管天天从龙兴双树旁经过，依然熟视无睹。他们自己没有锋利的斧子，便不敢来采伐这坚挺高耸的大树。世事之可悲，莫过于此了。

以迟暮的美人、空谷的幽兰喻才士不获见用，这是中国古典诗歌中常用的手法，王令这首《龙兴双树》亦同。所不同者乃是此诗写得非常直率，并没有因使用比兴手法而隐约其词，相反，他直斥匠者"束蒿为楹樗为柱"，师心自用，忌才害能，"不思大干有强用，反以斧钝难其坚"，言词十分尖锐。

（刘明今）

# 金 山 寺

万顷清江浸碧山，乾坤都向此中宽。

楼台影落鱼龙骇，钟磬声来水石寒。

日暮海门飞白鸟，潮回瓜步见黄滩。

常时户外风波恶，只向高僧静处看。

这首诗是王令二十六岁时流寓镇江游金山寺所作。王令一生不得志，英年早逝，曾在《晚岁》诗中写道："晚岁意不适，新诗老无情。万古共一叹，百年行半生。"其实王令卒时才二十八岁，离半百尚早，但穷困窘迫的生活使他痛感人生之易逝、功业之无成。因此他的诗中总有一股强烈的抑郁不平之气。这首诗主要描写诗人为金山寺壮观的山川景物所陶醉，然陶醉之中又逗露出无限的隐忧。

金山寺现在镇江市西北角，原来却在大江之中。唐杜光庭《洞天记》云："金山，万川东注，一岛中立。丹辉碧映，揽数州之奇于俯仰之间。"张祜咏金山诗云："树影中流见，钟声两岸闻。"一直到宋代，与作者时代相近的沈括咏金山犹写道："楼台两岸水相连，江南江北镜里天。"

作者步出城中，渡江来到金山，登临纵目，顿时为四周壮观的景色所陶醉:“万顷清江浸碧山，乾坤都向此中宽。”原来跼处城市之中，到了这里，极目于青山碧水之间，心胸才得舒展。为什么王令到了金山会有特别强烈的天地“宽”的感觉呢？这或许因为他在城中的居室比较偪窄，然更重要的恐怕是世俗社会对他的压力。他于《古兴》中曾写道:“出门将何从？与物随纷纷。不得所欲为，还与俗人群。”他强调金山寺乾坤之宽，正反衬出尘世中天地之窄。

接下颔、颈二联具体地描绘作者登金山的所见、所闻。金山之胜不仅在山水，还在寺观。崇楼杰阁，依山而建，规模极其壮观，其中佛徒之众、香火之盛自不待言。对此，作者没有正面地加以描绘，而是用了虚写的手法。“楼台影落鱼龙骇，钟磬声来水石寒。”楼台之影落入水中，连鱼龙都惊骇了。为什么呢？想来是金山寺的楼阁比水中的龙宫还要壮丽吧！“钟磬声”一句则是作者心灵上的感受。暮鼓晨钟，发人深省，佛寺的钟声再怎么宏亮也是肃穆的、空寂的。作者凝听之下，似乎山水也都抹上了一层凄冷的色调。“日暮海门飞白鸟，潮回瓜步见黄滩。”天色晚了，远山相合处白鸟孤飞，这是空间的寥廓寂寞；江潮回流，瓜步山下露出一大片黄色的沙滩。宋蔡宽《夫诗话》云:“予在丹徒时闻金山之南有涨沙，安知异日金山不与润州为一耶?”沙滩的显露体现了时间的推移。天地浩渺，岁月流逝，那么何处才是诗人安身托命的一片清静之地呢？

“常时户外风波恶，只向高僧静处看。”在钟磬声的感召下，作者想起了金山寺中的高僧，或许只有遁入空门，如高僧那般静观默照，才能真正摆脱世俗的羁绊，人生的烦恼吧！

王令这首诗是游金山寺时写的，即景生情，故写下了“只向高僧静处看"的句子，但他并不是甘于寂寞的人，其《晚岁》诗的后四句写道："贫忧世累重，贱喜身责轻。义有不可嗟，非吾不能平。"胸中的拂郁之气终究是难以平静的。

（刘明今）

# 感　愤

二十男儿面似冰，出门嘘气玉霓横。

未甘身世成虚老，待见天心却太平。

狂去诗浑夸俗句，醉余歌有过人声。

燕然未勒胡雏在，不信吾无万古名。

王令被王安石称为"卓荦高才"，其诗也以逋峭雄直之气、踔厉奋发之情见长。这首七律直抒胸臆，却也意蕴深厚，用笔劲直。

首联以奇肆的笔触，勾勒了抑塞磊落、俊伟慷慨的自我形象。"二十男儿"，血气方刚，该是容光满面、青春焕发，而现在诗人却是形容枯槁，面色似冰。由此可以想见，贫困的处境给予诗人的折磨是多么无情！但他并没有被压倒，艰难的困境使他锻炼出一种浩乎沛然的堂堂正气；他也并未听从命运的摆布，胸中蓄积了一腔敢于抗争的愤激之气。次句化用曹植《七启》句意："慷慨则气成虹霓。"以见其抑郁之气有如贯日之白虹，横亘天际。

王令的志趣不在博取高官厚禄，而是为了修己及物，"正己以待天下"（《答刘公著微之书》）。北宋朝廷每年要给辽和西夏输送大批财物，形成了积贫积弱的局面，王令对此非常愤慨。颔联抒写了力图报国的壮怀。"天心"一词，最早见于《古文尚书·咸有一德》：

"克享天心，受天明命。"原指天的心意。后来也指君主的心意。"待见天心"即待见明主的意思。"却"作返回讲。全联是说，他不甘虚度此生，希望见用于明主，以自己的才干张大国威，返回到太平盛世去。颈联复写其自身秉性之不偶流俗。"过人声"不当理解为声音比别人动听，而是说他的一腔忧国忧民之情，较之一般人更为深广。

尾联以述志自励作收。"燕然"指燕然山，即今蒙古国杭爱山。据《后汉书·窦宪传》记载，窦宪曾追击单于，登燕然山，勒石纪功而还。"燕然未勒"是说功业未就。以"胡雏"代指辽国与西夏，带有轻蔑之意，与朝廷的畏之如虎适成对照。诗人渴望投笔从戎，一奋英雄之气，立功边塞之外，博取万古之名，从而沉着痛快地显示了敢作敢为的鲜明个性。

（吴汝煜）

# 暑旱苦热

清风无力屠得热，落日着翅飞上山。

人固已惧江海竭，天岂不惜河汉干？

昆仑之高有积雪，蓬莱之远常遗寒。

不能手提天下往，何忍身去游其间！

　　身经酷夏的人，皆知暑热之苦，如果酷暑再加上大旱，就更使人难忍。然而，虽身处苦热之中而能忧及天下人之苦热，以天下之忧为己忧，苦乐愿与天下人共之，此等胸襟在一般人诚为难得。读王令的这首《暑旱苦热》诗，我们不难发现诗人这种博大的抱负与执着的情怀。

　　此诗首两句写暑气之盛，天气之热。"清风无力"从反面写出暑热侵人，"屠"字新奇别致，使清风人格化，表现出作者对暑热的憎恶，与对清风无力消灭暑热的失望，烘托出暑热的强大。"落日"句从正面着笔，如火的骄阳烤炙着大地，本应早落西山，现在却如生了翅膀飞上山峰，迟迟不肯下落。"着翅"二字形象飞动，赋予本无生命与意志的太阳以生命与意志，表现出作者企盼日落的急切心情，渲染出天气的炎热难耐。三、四两句写干旱之严重与人心之焦灼。作者分别从天、人两方面着眼，目光由地上转到天上，由人间惧怕江海枯竭进而联想到天上银河的干涸，表现出天意的不可理解与作者的怨恨。"已惧"言人的畏旱苦热，"不惜"见天的无情无义，下字准确，对照鲜明，设想高妙。

诗意至此，题中"暑""旱""苦""热"四字已被写出，要继续深入诚非易事。而五、六两句却宕开一笔，顺势急转，想落天外，由对人间暑热的怨苦发展到对清凉世界的钦慕，由对现实的描摹过渡到对理想的追求。作者追寻的踪迹由名山到仙岛，由积雪的昆仑山到遗寒的蓬莱岛，有了如此美好的清凉世界，作者本可奋然前往了。然而他却作了大出意料外的选择："不能手提天下往，何忍身去游其间！"语出惊人，掷地有声。原来，他追寻清凉世界，并非是为了个人的舒适，而是为了天下人共同摆脱暑热干旱之苦。现在既然不能与天下人共往其间，自己也就不愿独自前行了。"何忍"二字情感充沛，反映了作者深厚的同情心与人道精神。全诗至此，豁然开朗，境界独出，戛然而止。这种思想境界与范仲淹"先天下之忧而忧，后天下之乐而乐"的精神相通，更与杜甫"安得广厦千万间，大庇天下寒士俱欢颜"的诗境相近，不同的是杜甫由己寒而忧及天下人之寒，王令则由己热而忧及天下人之热，虽是一寒一热，但两颗忧世济人之心是相同的。

王令年少志大，身虽贫寒而常有济世之心，大政治家王安石曾誉为"可以任世之重而有助于天下"。这种心忧天下的情操与抱负，在他的诗篇中多有表现，此诗即是一例。

此诗在艺术上以"奇"制胜，构思新奇，立意高远，刘克庄赞其"骨气老苍，识度高远"（《后村诗话》）。而语言奇异，精辟险绝，想象奇特，气格雄壮，也令人惊叹。

（魏崇新）

# 孔平仲

孔平仲（生卒年不详），字毅父，临江新淦（今江西新干）人。治平二年（1065）进士。为秘书丞、集贤校理。绍圣中，被劾以元祐时附会执政，出知衡州；又被劾以不推行常平法，徙韶州。徽宗立，召为户部员外郎，迁金部郎中，提举永兴路刑狱，帅郎延、环庆。坐党籍被罢。与兄文仲、武仲合称"清江三孔"，俱有文名，有《清江三孔集》。其才又优于二孔。有《续世说》《孔氏谈苑》《珩璜新论》等。

（王立翔）

# 官　松

我行九江南，旷野围空山。

道傍何所有，高松立巇屼。

藏标隐云雾，秀气凌冈峦。

横骞却与走，怪状千万端。

中有清风发，能令朱夏寒。

流金五六月，方苦行路难。

骑者欲颠沛，负者面如丹。

气息几断绝，至此方少宽。

消渴饮甘露，涸辙投长澜。

乃知古人意，为惠无穷年。

亦有被剪伐，行列颇不完。

　　　　岂非风雷变，或者盗贼繁？

　　　　土人对我叹，云有县长官，

　　　　为政猛于虎，下令如走丸。

　　　　取此为宫室，将以资晏欢。

　　　　良工操斧斤，睥睨长林间。

　　　　择其最高大，余者弃不观。

　　　　千夫拥一柱，九年力回旋。

　　　　至今空根悲，泣泪尚未干。

　　　　彼令诚何心，缓急迷后先？

　　　　毫末至合抱，忍以顷刻残。

　　　　万众所庇赖，易为一身安。

　　　　居上恬莫问，在下畏不言。

　　　　世事类若斯，呜呼一摧肝！

　　这是一首讽谕诗，叙述的是诗人在九江南岸耳闻目睹古松遭戮的事件。唐代大诗人白居易曾以新乐府体作有《观刈麦》《宿紫阁山北村》《卖炭翁》《买花》等著名讽谕诗，孔平仲的这首诗在风格体裁和现实主义批判意义方面都是白氏的有力继承者。

　　诗可分成两大部分。诗首至"或者盗贼繁"为第一部分。前四句写诗人路过九江南岸，举目四周尽是光秃秃的空山和旷野，唯道旁有一片形拟峻峭山峰的松树林。诗人以简炼的笔墨将本诗叙述的对象援引进来，并以旷野、空山作衬托，又用"巉岏"赋予松林一种与众不同的气质和形态。"藏标隐云雾"，写松树的身姿在云雾中时隐时现，以突出松树之高大；"秀气凌冈峦"，是称羡其质灵气逸，回应"高松立巉岏"的内在意蕴。这两句都是诗人远观的感觉，仅仅十个字便将松林描绘得气象非凡，景色宜人。"横骞"二句是近看。"骞"指仰而展翅的样子，"却"是顿折之意。二句是说：松树的枝杆纵横飞举，顿折流走如虬似龙，千姿万态，令人目不暇接。接下十句均是写酷夏之时林内林外的不同感觉，由远至近，由外到里，由观及感，线索清晰不乱。"朱夏"，即是夏天。《尔雅·释天》云："夏为朱明。"故称。"流金"语出《楚辞·招魂》："十日代出，流金铄石些。"意为天气酷热，金石为之销溶。诗人来到江南正是盛夏，道上尚是"流金"般的火辣，走入林内却顿觉清风抚面、遍体生爽。诗人环顾左右，赶路之人刚才还是挥汗如雨、满面通红、气息欲断，饱受颠沛、骄阳之苦，来到此间则如畅饮甘露，涸辙流波。此处采用对比手法，着意刻画"骑者""负者"等劳动者遭受盛夏之苦的情貌，一方面是欲竭力衬托树林给予人们的无私恩惠，另一方面还为下一部分内容制造强烈的跌宕反衬设下伏笔。诗人在目睹以上一切之后，顺势推掘出古人种树、造福千年的悟叹，显得言简意赅。

以下诗人忽换笔锋，描写他所看到的另外一幕："亦有被剪伐，行列颇不完。"诗人不禁生疑：这一景象，是风摧雷击之故，还是强盗贼寇所为？借助这一疑问，诗篇过渡到第二部分。

"土人"即当地人。一个"叹"字，预示着诗篇将出现令人痛心的一幕。虽然诗人确实未亲眼目睹事情的经过，但也完全可以用另一种方式叙述此事。然而他仍借助当事人的诉说，意欲取得一种更逼真和催动人心的效果。当地人起始就用"为政猛于虎，下令如走丸"来形容县官苛政之暴虐，又用"操斧斤""睥睨"等词语刻画其令人急砍伐的恶劣举止和残暴无知，并用"至今空根悲，泣泪尚未干"渲染树林遭砍伐后悲惨凄凉的景象。"为宫室""资晏欢"二句将笔锋直指只顾满足自己享受而不体恤劳苦大众的上层统治者，并回应第一部分那一线伏笔，从而形成强烈的反差和尖锐的矛盾对立。那树根尚且悲愤，稍有良心、懂得古人"为惠无穷年"之意的人更何以堪！

在听罢诉说之后，诗人不禁激愤满怀，感慨万端，他大声疾呼，猛烈抨击那位县官为阿谀上官而盗贼不如的行径，一个"诚"字，使人如见诗人痛心疾首、义愤填膺的神态。随着以上这番沉痛的叙述和议论，诗人的情绪经历了激剧的波荡，其中混含着对下层民众的同情，对遭伐松树的哀伤，以及对苛政酷吏的愤慨，它们膨胀着，推动着诗的高潮如浪激礁石，火山迸发，汹涌而出。如果说"万众所庇赖，易为一身安"尚局限于一树一木，仍是杜甫"大庇天下寒士俱欢颜"之类的感慨，那么"居上恬莫问，在下畏不言。世事类若斯，呜呼一摧肝"，则将矛头直指时事朝政，可谓无所畏避而切中时弊，具有深刻的现实批判意义，在诗歌中是发前人所未发的。虽然诗人的目的是"唯歌生民病，愿得天子知"，但这并不影响本诗卒章的新颖精警、发人深省和催人共鸣，也不能抹去其可贵的思想进步性。

诗篇语言通俗，叙写流畅，结构自然，层次清晰。描写、叙述、议论，以及旁白等多种手法的插入，使诗篇曲尽人情，富于变化，同时又不改其诗境平易、情真意厚的特点。这些都是白居易提倡的新乐府的基本要求。结尾的议论如奇峰突起，使全篇波澜迭起，令读者惊悟而感慨至深，这更是明显受了白氏新乐府诗"卒章显其志"的影响。

（王立翔）

# 霁　夜

寂历帘栊深夜明，睡回清梦戍墙铃。

狂风送雨已何处？淡月笼云犹未醒。

早有秋声随坠叶，独将凉意伴流萤。

明朝准拟南轩望，洗出庐山万丈青。

在一个雨后的秋夜，诗人从睡梦中醒来，耳边隐隐听到城墙角楼上传来的风铃叮当声。他微启惺忪的双眼，只见窗帘在朦胧的月色下，悄悄晃动着富有韵律的美妙身影。他忽然想起睡前曾有急风骤雨，而现在已不知飘向何处，只留下早就开始零落的秋叶，发出秋的声韵；眼前也似乎浮现出草坡上的萤火虫，在凉意渐浓的夜空中划出流动的光的轨迹。一切都是那么深幽静谧，这雨后的秋夜，仿佛能荡尽空气中的丝丝纤尘，也能滤去人之心灵深处的缕缕杂念。诗人想象着明日晨光初照，推窗凭轩南眺，那庐山巍峨的雄姿，一定被夜雨洗涤得一片青翠，更具一番秋日清爽的诱人魅力！

诗篇将以上那种意境和感受，以细腻清新的笔触生动地表现了出来，令人读罢，仿佛也经历了一场荡涤心肺的秋雨洗礼，置身于诗人所营造的那个清风明月之夜，令人宁静淡泊，神思遐举。而尾联诗人忽以豪迈之笔，又将读者推至到一个清旷爽朗的境界，令人不禁逸兴遄飞，精神焕发。诗篇的意境和内含由此升华到另一个高度，显得更加丰富、厚实。历代诗人咏秋之作十分繁多，然多抒发"悲九秋之为节，物凋悴而无荣"（晋湛方生《秋夜赋》）的伤怀之情，写秋夜更有"秋可哀兮，哀良夜之遥长。月翳翳以隐云，星胧胧而没光"（晋夏侯湛《秋可哀赋》）之名篇，直以"可哀"为题。反其意而用之者，孔平仲虽不是首家，但这首咏秋夜雨后之作，确有其独创之处。

在作诗手法上，诗人更是别出心裁，主要有两点。其一，时空转换起伏生姿。诗篇以"秋兴"为主题，但不作空泛议论，而是捕捉具体景物，以表现诗人的感受。诗中画面相对独立，而时空转换又颇为复杂。诗人将过去现在、室内室外的诸种景物融合一体，读者体会这种跳越而感受得更真切丰富，诗篇本身也随之扩大了容量，避免了板滞平直。其二，明暗线索贯穿全篇。诗人的景物安排由幽暗转向明朗，成功地捕捉住读者的注意力，明暗的起伏变化成为诗篇的诗脉。前三联以大量篇幅营造幽寂清冷的意境，而第四联诗人忽施奇笔，使境界鲜明开阔。这种前后强烈的明暗反差，使诗篇跌宕生姿，彼此映衬而又相互和谐，烘托出诗人感念于秋之清旷爽朗的主题，大大增强了艺术感染力。

（王立翔）

## 张舜民

张舜民，字芸叟，自号浮休居士，又号矴斋。邠州（今陕西彬县）人，生卒年月不详。宋英宗治平二年（1065）进士。与苏轼交往甚密。因反对王安石变法，被贬监郴州酒税。元祐初，除监察御史。徽宗时为吏部侍郎。后坐元祐党籍，贬商州，卒于贬所。诗歌风格接近白居易，率直平易，不多修饰，有《画墁集》。　　　　　　　　　　　　　　　　　　　　　　　　（朱嘉耀）

# 打　麦

打麦打麦，彭彭魄魄，声在山南应山北。

四月太阳出东北，才离海峤麦尚青，转到天心麦已熟。

鹎旦催人夜不眠，竹鸡叫雨云如墨。

大妇腰镰出，小妇具筐逐。

上垄先捋青，下垄已成束。

田家以苦乃为乐，敢惮头枯面焦黑。

贵人荐庙已尝新，酒醴雍容会所亲。

曲终厌饫劳僮仆，岂信田家未入唇。

尽将精好输公赋，次把升斗求市人。

麦秋正急又秧禾，丰岁自少凶岁多，

田家辛苦可奈何！

将此打麦词，兼作插禾歌。

张舜民是一位关心农民疾苦、敢于为民生呼喊的诗人。《打麦》就是一首描写麦收时节农民的辛劳困苦，抨击统治者的不劳而获，富有民歌风味的诗作。

全诗开头即以琅琅上口的语言、明快的节奏、变化的句式描写出打麦的一片声响和山南山北相互呼应的气氛，它以声代形，从侧面表现打麦的紧张与劳苦，入手颇具匠心。以下暂且抛开打麦场面，而由打麦回叙收麦，自"四月"以下十一句写收麦的艰辛。"四月"三句以夸张笔法写麦熟之快，表现出抢收的紧迫，由此进而写农人的彻夜难眠。鹖旦是一种夜间呼叫黎明的鸟，其鸣声声入耳，可以想见农夫"枕戈待旦"的心情；而竹鸡因风雨将至而发出的叫声，更使农人心焦，把抢收的急迫性又推进了一层。接下去切入收麦的正面描写，但未落入铺陈的窠臼，而是选择妇女作为描写对象。腰镰而出，活现大儿媳的麻利老练；具筐追逐，画出了小儿媳的不甘示弱。"上垅"二句以简练而夸张的笔触表现农妇收麦的熟练与快速，渲染出亢奋紧张的情绪。妇女尚且如此，丁壮自不待言。尽管艰苦若此，但"田家以苦乃为乐，敢惮头枯面焦黑"，其中的酸苦、凄楚已尽在不言之中了。这十一句笔墨十分俭省，从心理刻画到动作描写，把收麦的艰辛表现得非常充分。

"贵人"以下六句转写"贵人"们不唯祭祖时已遍尝由新麦制成的食物，而且还以甜酒美食款待亲朋，他们歌舞饮宴，吃饱喝足，甚至以余食赏赐童仆；而农人自己收割麦子却不得"入唇"，除了要把上好的粮食交纳赋税以外，剩下的还要求商人收购。前代描写耕者不得食的诗歌屡有所见，但从写法上看，此诗在描写收获的艰辛后转入对分配不公的对比，给人以更强烈的震撼。

"麦秋"句后又转写插秧，写出农夫的终年劳累，无有尽头，更有甚者，"丰岁自少凶岁多，田家辛苦可奈何！"无尽的苦难只有付诸深沉的感喟。诗的结尾十分巧妙，它将打麦与插田相连，一为夏熟之终，一为秋熟之始，农事的相承还只是表面的联系，而辛苦的相续与分配不公的相沿则是这种联系的底蕴，同时这一结句又与开头相应和，以打麦始，以打麦终，并由打麦延向插禾，既收首尾相接之妙，又有曲虽终而意无穷的余韵。

这首诗以"打麦"为题，却不拘泥于写打麦，而是立足于打麦场所，以"农家辛苦"为中心，写收麦，唱不平，章法似松实紧，似散实密。诗中环境气氛的烘托，侧面描写与正面描写的结合，实写与虚写的结合，笔法显得灵活多变，颇饶韵致。语言简洁明快，形象生动，富有农家生活气息。四言、五言、七言的灵活运用，显得活脱多变，充满乐府民歌风味。

（朱嘉耀）

# 村　居

水绕陂田竹绕篱，榆钱落尽槿花稀。
夕阳牛背无人卧，带得寒鸦两两归。

　　这是一幅淡雅落寞的水郭山村秋景图，张舜民雅好图画，能以画家的眼光取景，把握水乡田园与深秋季节的地理物候特点。

　　首句由村外流水写至村里翠竹，两两相绕，由外及里，既有曲线，又有层次。次句写榆槿花残使画面平添了几分萧瑟、清寂。如果说前两句所写可在一些诗中寻到相似的境界的话，那么后两句则开出了一个新的境界。夕阳西下，老牛信步，鸦栖牛背，悠然而归，简练的笔触构成新奇的画面。与前两句的连写相比，这两句恰似鲜明的剪影。在夕阳余晖的背景上，逆光望去，牛载鸦归的黑色侧影，给人以强烈的视觉效果。而更引人注意的是牛背上驮着暮鸦这一景象。牧童卧牛而归，是习见的农村景色，也屡见于诗人画家的笔下，但张舜民不仅点明"牛背无人卧"，并进而以极易惊飞的暮鸦伫立于牛背，牛暮鸦而归的新异景象，表现出一种平和宁静、物物相谐的境界。

　　绝句容量有限，写景必须精于选择。这首小诗不仅选取最富田园特点、最能体现季节的物候，最能反映宁静的暮色小景，而且十分注意景物色调的一致，搭配的和谐，所以全诗虽然画面有变换、动静有变化，但基调统一，浑然天成。落日迟迟，暮霭沉沉，牛行踯躅，发声钝钝，寒鸦不噪，深沉的色调，缓慢的节奏，给这幅水乡田园清秋暮色图平添了一种凄清的况味。至于牛背带寒鸦的画面，虽奇谲却非生造。宋代有些诗人也有类似的景观，但从形象组合的自然、描写的细致与情景相谐相生来看，此诗显然稍胜一筹。

（朱嘉耀）

# 古詩海

顾问：马茂元 王运熙 程千帆 程俊英 霍松林
编委：王镇远 杨明 李梦生 赵昌平 黄宝华 蒋见元

## 宋辽金诗鉴赏

本社编

2

执行编委

黄宝华

# 苏 轼

苏轼（1037—1101），字子瞻，号东坡居士，眉州眉山（今属四川）人。嘉祐进士。初受知于欧阳修。熙宁、元丰间，与王安石政见不合，通判杭州，历知密、徐、湖诸州，因作诗刺新法贬黄州。元祐初入为起居舍人、翰林学士，复因政争出知杭、颍、扬、定四州。哲宗亲政，改元"绍圣"，斥逐旧党，贬惠州，再贬儋州。徽宗即位，被赦北归，病卒于常州。追谥文忠。工于诗、词、文，兼善书画，为一代文宗。与父洵、弟辙合称"三苏"。其诗雄浑豪迈，语言奔放，想象丰富，善用比喻与夸张，题材广泛，不拘一格，与黄庭坚并称"苏黄"。其文纵横恣肆、自然畅达，为"唐宋八大家"之一。词开豪放一派，与辛弃疾并称"苏辛"。书法擅长行、楷，用笔丰腴跌宕，意趣真率，与蔡襄、黄庭坚、米芾合称"宋四家"。论画主神似，喜画枯木竹石，倡文人画作风。有《东坡七集》《东坡乐府》《东坡易传》等。

（黄宝华）

# 王维吴道子画


何处访吴画？普门与开元。

开元有东塔，摩诘留手痕。

吾观画品中，莫如二子尊。

道子实雄放，浩如海波翻。

当其下手风雨快，笔所未到气已吞。

亭亭双林间，彩晕扶桑暾。

中有至人谈寂灭，悟者悲涕迷者手自扪。

蛮军鬼伯千万万，相排竞进头如鼋。

摩诘本诗老，佩芷袭芳荪。

今观此壁画，亦若其诗清且敦。

祇园弟子尽鹤骨，心如死灰不复温。

门前两丛竹，雪节贯霜根。

交柯乱叶动无数，一一皆可寻其源。

吴生虽妙绝，犹以画工论。

摩诘得之于象外，有如仙翮谢笼樊。

吾观二子皆神俊，又于维也敛衽无间言。

中国士大夫历来珍重文人画，要求绘画有书卷气而摒除工匠气。唐代张彦远《历代名画记》中曾论道："自古善画者，莫非衣冠贵胄，逸士高人，非闾阎之所能为也。"这多少带有点精神贵族的偏见；但任何艺术，文学也好，音乐也好，造型艺术也好，作家如果没有丰富的人生经验、敏锐的感受、卓越的识见和深厚的素养，成就便大受限制。最好的技艺如果没有丰赡的文化素养为后盾，就不可能达到较高的美学品位，而文化素养这一点，文人确要占很大的便宜，这便是历来珍重文人画的主要原因。苏轼虽不是推崇文人画的首创者，然而却以他的大名、他的整套成体系的绘画理论为珍重文人画的传统建立了不拔之基。

苏轼明确地提出了画与诗一体的见解，在《与可画墨竹屏风赞》中说："诗不能尽，溢而为书，变而为画。"《韩幹马》一诗中又说："少陵翰墨无形画，韩幹丹青不语诗。"《书鄢陵王主簿所画折枝》中更明白地说:"诗画本一律。"本此观点,他极度倾倒于"诗中有画,画中有诗"的王维,后来董其昌尊之为南宋画的开山祖师。本诗并赞画圣吴道子和王维,咏吴画的句子倍于王维,对吴也是叹赏倍至,但结论还是"吴生虽妙绝,犹以画工论",独对王维则"敛衽无间言",不能更赞一词了。

诗是苏轼观赏了普门寺与开元寺中吴道子和王维所作的壁画后写下的。吴道子在这二寺都有画,王维则仅在开元寺的东塔画有墨竹,以吴、王对比而成此诗言,主要的依据对象当是开元寺两家的画。据邵博《邵氏闻见后录》载:

> 凤翔府开元寺大殿九间,后壁吴道玄画自佛始生、修行、说法至灭度。山林、宫室、人物、禽兽数千万种,极古今天下之妙。如佛灭度,比丘众蹿踊哭泣,皆若不自胜者;虽飞鸟走兽之属,亦作号顿之状。独菩萨淡然在旁如平时,略无哀戚之容。岂以其能尽死生之致者欤?曰"画圣",宜矣。

可见吴道子画的就是佛本生变相。诗中所描写的正是画中释迦佛说法寂灭的部分。苏轼另有《记所见开元寺吴道子画佛灭度以答子由题画文殊普贤》一诗。开元寺画当是苏轼在嘉祐六年至八年(1061—1063)间任凤翔府签判时所见,给他的印象至深,以至一再见于吟咏。苏轼曾说他深谙吴道子的作品,一看笔法可立辨真赝,其眼力也当从对吴画的仔细观察得来。

　　王维在开元寺画的是墨竹。苏轼也会画竹，他的画竹虽然师法于他表兄文同，是文与可画派亦即湖州画派的正宗，但就同是抒写性灵、吐泄胸中逸气的文人画的宗旨来说，实亦远绍王维。这种画要求凝神结想时的妙悟，若画竹，便要达到"其身与竹化，无穷出清新"（《书晁补之所藏与可画竹》）的境界，不屑屑于形似（如他在《书鄢陵王主簿所画折枝》诗中所说的"论画以形似，见与儿童邻"），要求有象外之景、言外之意，若手挥五弦而目送归鸿。所以诗中盛赞王维的画"摩诘得之于象外，有如仙翮谢笼樊"，其意境远非画面所能牢笼。要而言之，画就是画家人格的显现。本着他的"诗画本一律"的观点，他在评王维画时便将其人、其诗、其画作统一的观照。其人既是"佩芷袭芳荪"（语出《离骚》"扈江离与辟芷兮，纫秋兰以为佩"），形之于诗也就芳洁高远，变而为画，"亦若其诗清且敦"。这诗正是苏轼美学思想的生动表述。

　　此诗为前人所未尝注意的妙处，是在"祇园弟子尽鹤骨"以下四句。祇园是释迦讲道之所，前面评吴道子画描写了释迦的弟子和信徒"谈寂灭"之理，背景正是祇园；转入评王维画，又将"弟子尽鹤骨"与王维所画的瘦竹的雪节霜根相联系，以竹拟祇园弟子，不仅将吴画与王画交映为一，亦且过渡神妙，指点挥斥于不知不觉之中。前人只举出"将言吴不如王，乃先于道子极意形容，正是尊题法也"（汪师韩《苏诗选评笺释》）的表层现象，而没有发现写吴道子画中的祇园景象正是为后面写王维的竹作准备。赞吴道子时已赞王维于"象外"，正可谓"笔所未到气已吞"了。　　　　　　　　（何满子）

苏 轼

# 泗州僧伽塔

我昔南行舟系汴，逆风三日沙吹面。

舟人共劝祷灵塔，香火未收旗脚转。

回头顷刻失长桥，却到龟山未朝饭。

至人无心何厚薄，我自怀私欣所便。

耕田欲雨刈欲晴，去得顺风来者怨。

若使人人祷辄遂，造物应须日千变。

今我身世两悠悠，去无所逐来无恋。

得行固愿留不恶，每到有求神亦倦。

退之旧云三百尺，澄观所营今已换；

不嫌俗士污丹梯，一看云山绕淮甸。

　　僧伽塔是西域僧人僧伽圆寂之处。赞宁《宋高僧传唐泗州普光
王寺僧伽传》称他是葱岭以北何国人，故俗姓作何氏。唐高宗龙朔
（661—663）初年来华传教，死后留真身在塔，后经火灾，塔与真
身俱毁。宪宗时，洛阳名僧澄观重建，韩愈有《送僧澄观》一诗，
提到他建塔一事。本诗末尾所咏"退之旧云三百尺，澄观所营今已
换"，即指此事，但宋时之塔已非旧观，据刘攽《中山诗话》，塔为
著名建筑师喻皓（世称喻都料）重建。

苏轼此次是旧地重游。诗的首六句便是追忆第一次经过时的旧事，时为英宗治平三年（1066），苏轼护送父亲的灵柩，由汴水入泗水经淮水转长江西上回籍。经泗州时刮了三天倒霉的逆风，船上人劝他到僧伽塔去祝祷一番，也真巧，一经祝祷，风向陡转，转眼舟抵龟山（在原泗州城东北，城址今已陷入洪泽湖）。这是本诗的第一解（段）。

"至人"句以下三联是第二解，承上祝祷一事而来，以谐谑的笔调为神灵排遣。诗意有如一首江南民谣所咏："做天难做四月天，蚕要温和麦要寒，卖菜哥哥要落雨，看蚕娘子要晴天。"如果神要满足所有的心愿，顾了这个又顾那个，真是不胜其苦。陈衍《宋诗精华录》释此六句，谓系从"樵风泾"翻出。樵风泾是浙江绍兴地名，据南朝宋代孔灵符《会稽记》载：一个姓郑的樵夫拾到一支箭，是仙人所遗失的，他还了箭后，仙人问他有何愿望，他说在若耶溪里载薪常苦逆风，但愿早晨南风，傍晚北风，来回都是顺风，后来果然如愿。陈衍的解释未免穿凿，倒不如说苏诗是从上引的民谣化出更为接近。

"今我"以下四句为第三解，抒发诗人当时随遇而安的茫然心境，无所追求也无所留恋，顺风走得快一点也好，逆风阻舟留滞一下也无妨，因此对神亦无求。此诗作于《出颍口初见淮山，是日至寿州》的同一行程之中。苏轼当时外调虽非谪贬，但前此他曾屡向神宗进言，受到赏识，如果留在朝廷，可能有所作为；然而王安石当国，政见不合，在京施展抱负也很难，外调亦非坏事。因此一切在无可无不可之间。发而为诗，就是这种委时任命的心态。稍后或同时所作的《龟山》一律，有"地隔中原劳北望，潮连沧海欲东游"一联，其去留均可的心情正复相同。

　　末解四句是咏塔的历史和现状，纪昀所谓"层层波澜一齐卷尽，只就塔作结，简便之至"是也。苏轼的诗即使写景咏物，大都要伸述事理；但诗倘若全篇叙事论理，就难免枯涩板重，这正是不少宋人诗的缺点。苏诗则不但叙事论理常别出心裁，清空飞动，而且往往就题生发，给出一点余韵。如此诗末句，便是就塔伸展开去，设想登临塔上，淮甸云山在目之状，宛如杜诗《望岳》的"会当凌绝顶，一览众山小"，身不至而神驰，给读者以无穷遐想。前人所谓"眼前本无此景，胸中忽有此情"，便是指这种境界。诗人《出颍口》的末句，"波平风软望不到，故人久立烟苍茫"，其机杼亦复如此。

（何满子）

# 游金山寺

我家江水初发源，宦游直送江入海。

闻道潮头一丈高，天寒尚有沙痕在。

中泠南畔石盘陀，古来出没随涛波。

试登绝顶望乡国，江南江北青山多。

羁愁畏晚寻归楫，山僧苦留看落日。

微风万顷靴文细，断霞半空鱼尾赤。

是时江月初生魄，二更月落天深黑。

江心似有炬火明，飞焰照山栖鸟惊。

怅然归卧心莫识，非鬼非人竟何物？

江山如此不归山，江神见怪警我顽。

我谢江神岂得已，有田不归如江水！

古代自江北至杭州的官道，是由扬州至瓜洲渡江，再由镇江至苏州，然后经吴江、平望至浙江嘉兴，再循今沪杭路南下。苏轼于神宗熙宁四年（1071）赴杭州通判任，镇江是必经之地。计路程道里，到镇江是十一月初，此诗谓"是时江月初生魄"，而《礼记·乡饮酒义》云"月之三日而成魄"，可知他游金山作此诗为夏历十一月初三日。

　　苏轼当时的情况，并非十分失意，但古代有抱负的士大夫入仕之后，总希望在朝廷做官，处在政权的决策中心，施展经邦济世之才；现在因为和掌政的王安石不合，被迫请求外调，心情不能不有若干怅惘，容易萌发退隐之想；同时，古代知识分子每到山水佳胜之处，也会习惯地兴起悠游林泉的向往。这便是此诗末四句归田思想的感情根源。这时江面上正好有一个幻景，不知哪来的一道火炬般的光亮，照得山间栖鸟惊飞，于是诗人设想是江神警告他应速作归隐之计。他甚至对江神立下誓愿，说等宦囊稍丰，买下田庄，就立即退隐。古人常指水为誓，《左传·僖公二十四年》载晋文公对舅子犯起誓，就说："所不与舅氏同心者，有如白水！"《晋书·祖逖传》记祖逖中流击楫设誓："祖逖不能清中原而复济者，有如大江！"苏轼此后也确实多次在镇江、宜兴、常州等地置办田庄，作归隐之计，而且时时铭记着这次誓言。《东坡志林·买田求归》说："吾昔有诗云云（引本诗末四句），今有田矣不归，无乃食言于神也耶？"苏轼一生在政治上经历多次风波，忧惧之心无时不有，因此须臾不忘这次金山夜游的设誓。

　　末一段归田之想是全诗重心所在，所谓"卒章言志"是也。但诗一开头就露出了卒章的端倪，首两句道："我家江水初发源，宦游直送江入海。"开口就由金山下的大江，引出自己的身世：从四川宦游到江海之间，可说是"急流"；末四句申述"勇退"之意，首尾脉络贯穿。中间大段描写江上风景，使全诗的题旨含而不露地藏伏在模山范水之中，天然浑成而不显痕迹；咏景、抒情、言志，三者水乳交融。中间虽是咏景，也时而用"望乡国""寻归楫"等句，影影绰绰地逗出归隐的情思。陈衍《宋诗精华录》评此诗说"通篇遂全就望乡归山落想",实具会心。

诗题作《游金山寺》,但对山、对寺都落墨不多,描写倒是集中在江上。江边沙痕,江畔盘石,是白昼眺望所及;微风一联是傍晚江天景色,月出骤落是暮夜江景;色调层次,变化有序,可谓诗中有画。尤其值得注意的是,首两句和末尾四句,为了联结其意象,句句出一"江"字,仿佛连珠体,也极首尾呼应之妙。

"中泠南畔"两句和"羁愁畏晚寻归楫"句,现在的读者若不了解金山地貌的沿革可能要产生怀疑:金山南凭江城,山与陆连,何以中泠泉的南畔会有"涛波"?何以告别金山需要"归楫"引渡呢?须知在宋代金山和焦山一样,仍是屹立在江心的岛山,因此金山寺旧名"泽心寺"或"龙游寺",由京口(镇江)到金山必须渡江。后来泥沙淤积,明清以后金山才渐渐与陆地连成一片。金山寺梁代已有,释惠凯《金山志》引孙觌《重修金山寺上梁文》,有:"万川东注,一岛中屹。长江介吴楚之中,故刹踵梁陈之旧。"同时又引《洪道杂记》:"山在京口江心,上有龙游寺……此山大江环绕,每风四起,势欲飞动,故南朝谓之浮玉山。"此诗中"古来出没随涛波",确是写实。

(何满子)

# 戏　子　由

宛丘先生长如丘，宛丘学舍小如舟。

常时低头诵经史，忽然欠伸屋打头。

斜风吹帷雨注面，先生不愧旁人羞。

任从饱死笑方朔，肯为雨立求秦优？

眼前勃谿何足道，处置六凿须天游。

读书万卷不读律，致君尧舜知无术。

劝农冠盖闹如云，送老齑盐甘似蜜。

门前万事不挂眼，头虽长低气不屈。

余杭别驾无功劳，画堂五丈容旗旄。

重楼跨空雨声远，屋多人少风骚骚。

平生所惭今不耻，坐对疲氓更鞭箠。

道逢阳虎呼与言，心知其非口诺唯。

居高志下真何益，气节消缩今无几。

文章小伎安足程，先生别驾旧齐名。

如今衰老俱无用，付与时人分重轻。

在苏轼写作此诗的前两年里，变法与反变法的政治斗争日趋激烈，其间又夹杂着派系倾轧。当时谢景温（王安石的连襟，时任侍御史知杂事）曾罗织莫须有罪名弹劾苏轼，苏轼愈感政治形势的险恶，遂要求外任以避开党争的漩涡中心。熙宁四年（1071）苏轼外放为杭州通判，诗即作于此时。其弟苏辙（字子由），此时亦因与新党"多相忤"，离京就任陈州（今河南淮阳）学官。

诗人以戏谑的口吻勉慰乃弟，又以自嘲的笔调描画自己，故题为"戏"。全诗抒发兄弟同心而壮志不酬的深沉感慨及忧国爱民之情。

起首至"头虽长低气不屈"为第一段，描写苏辙的形象。陈州，古称宛丘，辙为陈州州学教授，故戏称为"宛丘先生"。他身高如山，可是学舍竟低矮局促得像只小船；稍不留神伸个懒腰，也会遭到"屋打头"的惩罚；连风雨亦可对他恣意侵凌，而他却甘之如饴。这里运用带有夸张色彩的比喻，对比中富有谐趣。以下则用典使事，或叙或议，进一步刻画他的人品。"方朔"，指东方朔。他曾对汉武帝说：我身高九尺余，侏儒才三尺多，俸禄却相等，侏儒饱得要死，我却饿得要死。（见《汉书·东方朔传》）"秦优"，指优旃，秦始皇时伶人，也是个矮子。他曾设计使秦始皇同意让立在大雨中执勤的卫士们轮番休息。（见《史记·滑稽列传》）"任从"两句，将这两个故事糅合在一起，展示出苏辙的高尚节操：任凭饱死的侏儒耻笑，也不肯为了避免雨淋而去求得侏儒的哀怜。《庄子·外物》："室无空虚，则妇姑勃谿（争吵）；心无天游，则六凿（指喜、怒、哀、乐、爱、恶六情）相攘。""眼前"两句，即由此化出，意谓虽居处狭仄，而不闻身畔喧嚣，概因心胸开阔，方能超然物情。新政改革科举制度，取消诗赋取士之法，并新立明法科，考试法律。"读书"两句谓苏辙不逢迎时尚，不读法律之书，故自知无术以"致君尧舜"，实际是不满新法的反语。"劝农"两句说正当推行新政的"劝农"官员涌往各地时，苏辙却自甘寂寞，过着清贫的学官生活。"送老齑（jī，切碎的酱菜）盐"，化用韩愈《送穷文》"太学四年，朝齑暮盐"语，与学官生活切合。"门前"两句应"常时低头诵经史"等句，以强调苏辙的高洁情怀和儒雅风范，为此段作一小结。

"余杭"以下十句为第二段，以自我反衬子由。前四句言己无功受禄，居处闳丽。"画堂五丈""重楼跨空"，与上述"小如舟""屋打头""雨注面"，构成反差强烈的对比。继四句，写自己非但无功受禄，而且还不得不做违心之事。口是心非的矛盾痛苦，与乃弟安贫乐道的淡泊坦然，又成鲜明对比。"平生"两句讥刺朝廷盐法太急，身为州官要推行盐法，内心十分痛苦。"疲氓"，指疲惫的百姓。"阳虎"，即阳货，是孔子不愿见而又不得不虚与周旋的人，此喻指变法派中的小人。此段结末二句"居高志下真何益"，与苏辙的"头虽长低气不屈"，再成对比。在这反复比照之中，苏辙的形象更为卓然美好，流露出珍重清高气节、感念民生疾苦的情感。

末段四句，兄弟并言。二人文章素来齐名，如今俱已"衰老"，文章再好又管什么用呢？干脆"付与时人"，任凭他们去说长道短吧！诗人自叹"衰老"，是因为兄弟俩空怀满腹锦绣，而无报国为民的用武之地，其实当时他才三十三岁，由此见出他的悲愤不平。在如此盘郁深沉的情感中结束全诗，溢不尽之意于言外，回味诗题所着"戏"字，更令读者感慨不已。

（仓阳卿）

313

# 法惠寺横翠阁

朝见吴山横，暮见吴山纵，

吴山故多态，转折为君容。

幽人起朱阁，空洞更无物，

惟有千步冈，东西作帘额。

春来故国归无期，人言秋悲春更悲。

已泛平湖思濯锦，更看横翠忆峨嵋。

雕栏能得几时好？不独凭栏人易老。

百年兴废更堪哀，悬知草莽化池台。

游人寻我旧游处，但觅吴山横处来。


任杭州通判的时期，是苏轼一生中创作旺季之一。诗人的绝世才华得江山之助，杰作佳篇，美不胜收，诗人的精神风采的各个方面都在这些诗中有所表现。若要论苏诗这一时期风格的主要特征，则是洒脱与清华。本篇可视为这一时期苏诗风格的代表作之一。

法惠寺今已废。南宋周密《武林旧事·湖山胜概》记："西林法惠院，旧名兴庆，钱王建。有雪斋，秦少游记，东坡诗。"可知此寺为五代吴越国王钱氏所建。又据《西湖游览志》："自清波门折而南，为方家峪。峪畔旧有法惠院。"清波门之东为吴山。其地与此诗所写的景状视角正相符合。横翠阁当是面对吴山而建。"横翠"之名和诗中"惟有千步冈，东西作帘额"，即是阁中所见的景貌。

诗的首四句极天真飞动之致，同一阁上的视角，吴山朝暮不同，恍若吴山真是宛转挪移，向人呈其姿色。平旦晴明时，翠微一带呈于目前；暮霭苍茫中则山色隐约，惟呈阁前一峰，"纵""横"两字，将眼中所见的静态之山化为转折作态，可谓匪夷所思。而首联分明又是化用有关黄牛峡的古谚："朝发黄牛，暮宿黄牛。"可谓点化入妙。

接着四句从吴山的全景缩小到阁中近景，点出横翠阁。阁前无物，但见千步冈为帘，横翠于前。句中用"幽人"自指，轻而易举地转入了下面要抒发的思乡之情，自然圆转，运思绵密，如无缝天衣，正如他自己所说："作文如行云流水。"似乎是不假思索，无心而得，其实已在下笔前凝神结想，达到成竹在胸，方能有此境界。眼前的景色又触发出"故国归无期"的乡思，由西湖而联想到成都的锦江，由横翠阁前的吴山而神驰于邻近故乡眉山的峨嵋，也颇顺理成章，诗意的过渡丝毫不露圭角。睹横翠而思峨嵋，又轻轻巧巧地转归到阁上来，于是有"雕栏"以下四句，叹江山之易变，遑论人物之速老，真是"树犹如此，人何以堪"！因此遥想千百年后，此寺此阁亦必化为草莽，题咏者的旧时游迹亦必不可寻求，惟有吴山千古，可觅其地望之仿佛。一种淡淡的然而是深长的哀凉从达观洒脱的口气中宣出，使读者看到杭州通判苏轼这位"幽人"九百多年前（此诗作于神宗熙宁六年，1073）凭栏作此诗时的丰姿以及他对景兴起的思乡情怀。

苏轼学识丰赡，诗中用典之多为古今诗人所少有，律诗和长篇中明典暗典尤多。而此诗则简直不用典故，也许"人言秋悲"可说是用宋玉《九辩》"悲哉秋之为气也"句意，但仅作平常语言看亦无不可。因为不用典饰，全篇就更显清丽纯真，如佳人之摒去粉黛，只呈现本来的天姿国色，真称得上"清水出芙蓉，天然去雕饰"，在苏诗中也应刮目相看。

（何满子）

# 李思训画长江绝岛图

山苍苍，水茫茫，大孤小孤江中央。
崖崩路绝猿鸟去，惟有乔木搀天长。
客舟何处来？棹歌中流声抑扬。
沙平风软望不到，孤山久与船低昂。
峨峨两烟鬟，晓镜开新妆。
舟中贾客莫漫狂，小姑前年嫁彭郎。

　　李思训是中国北宋山水画的开派人。他是唐王朝的宗室，玄宗开元间官至右武卫大将军，两《唐书》均有传。所作山水画被称为"李将军山水"，今存者尚有彩画《江帆楼阁图》绢本一轴，被评为"傅色古艳，笔墨超轶"。他曾在江都（今江苏扬州）、益州（今四川成都）做官，故长江为他宦程中所亲历目见。《长江绝岛图》倘非对景写生，也是他对江景印象的真实描摹，和向壁虚构或临摹前人成品者不同。画面内容，于此诗中可得仿佛。

　　苏轼懂画善画，一生作了大量题画、评画的诗文。此诗作于神宗元丰元年（1078）徐州知州任上。其时他与画家李公麟、王晋卿等游，所以题画诗特多。诗旨亦如差不多同时所作的《书韩幹牧马图》、《韩幹马十四匹》（李公麟曾临摹此画）等诗，是"苏子作诗如见画"，只将画中内容传达给读者，对画不加评骘，但词气之间已无形中将画肯定了。

诗中所叙的画中风景，是长江中的大孤山和小孤山。大孤山在今江西九江市东南鄱阳湖中，四周洪涛，孤峰挺峙；小孤山在今江西彭泽县北、安徽宿松县东南的大江中，屹立中流。两山遥遥相对，山壁峭拔险峻。诗中"崖崩"两句，极写画中的山势，猿鸟不到，乔木参天，当是画面最惹眼的中心。"客舟"以下四句写画中小舟。诗人冥然神驰于画境之中，忽闻棹歌抑扬，而不觉客舟之骤至。进一步，诗人俨然身入舟中，亲自体味着船在江上随波低昂的浮泛之势。在《出颍口初见淮山、是日至寿州》七律中，苏轼曾有"长淮忽连天远近，青山久与船低昂"一联和"波平风软望不到"之句，这里只将"波平"改作"沙平"，"青山"改作"孤山"，就织入此诗，他将描写舟行感受的得意之笔，移用于题画诗中，十分贴切自然。至此，画面的再现已经完毕，照一般题画诗的惯例，该是作点评价，或就画中景物发点感慨了，但苏轼却别开生面，用了一个有关画中风景的民间故事作结，以谐谑的笔调寄托对画中风景的神往，使之真幻交错，更为情致奇幻而悠长。

小孤山一侧形似青螺，宛如女子的发髻，故俗称髻山。小孤山又讹音为小姑山，山侧附近江岸有澎浪矶，其名当取义于江水冲击矶石，澎湃兴浪。民间将"澎浪"讹转为"彭郎"，并流传出彭郎是小姑夫婿的神话故事，当地还有小姑、大姑的庙祀。吴曾《能改斋漫录》中提到南唐时陈致雍曾有请改建大姑、小姑庙中女神像的奏疏，可见此事竟煞有介事地成了法定祀典了。但苏诗的末两句却是以戏谑的口吻还小姑以传说故事的本来面目，未尝以神视之。同时又将江湖水面比作"晓镜"，孤山如在对镜理妆，极为风趣。"舟中贾客"句，又与画中的"客舟"呼应，使画中的事物与民间故事融成一体，以民间故事丰富了画境，对李思训此画的赞扬，也就在不言中了。

（何满子）

# 百 步 洪

（二首选一）

长洪斗落生跳波，轻舟南下如投梭。

水师绝叫凫雁起，乱石一线争磋磨。

有如兔走鹰隼落，骏马下注千丈坡，

断弦离柱箭脱手，飞电过隙珠翻荷。

四山眩转风掠耳，但见流沫生千涡。

崄中得乐虽一快，何异水伯夸秋河。

我生乘化日夜逝，坐觉一念逾新罗。

纷纷争夺醉梦里，岂信荆棘埋铜驼。

觉来俯仰失千劫，回视此水殊委蛇。

君看岸边苍石上，古来篙眼如蜂窠。

但应此心无所住，造物虽驶如吾何。

回船上马各归去，多言诮诮师所呵。

宋神宗元丰元年（1078）苏轼知徐州时作。百步洪，又名徐州洪，为泗水流经徐州的一处地名，其悬流迅疾，乱石激涛，凡数里始静。据诗人自序，他曾与参寥师（僧道潜）放舟洪下，"作二诗，一以遗参寥，一以寄定国（王巩），且示颜长道（颜复）、舒尧文

（舒焕），邀同赋云"。这一首，就是赠参寥的。

此篇记游诗前半纪实游真感，曲尽险中得乐之致，状物写景，"语皆奇逸，亦有滩起涡旋之势"；后半为游余心得，对参寥下语，悟人生哲理，亦不乏感性描绘，或谓"诗须如此，用意方不浮泛"。（所引皆纪昀评语）

诗的开头四句写长洪之水遇礁阻遏，陡起骤落，腾跃倾泻，轻舟乘流，疾若投梭；就在训练有素的船工不禁失声惊叫，凫雁恐慌、四下飞散的瞬间，舟身几乎擦着乱石飞驰而过，仅一线之差。继而又以饱酣之笔，一口气连施七个比喻，专在流急舟飞上敷色渲染：宛似狡兔撒腿奔跑，猛鹰遽然自空而降；宛似千里骏马，从万丈高坡冲刺而下；宛似琴弦突然崩断离柱，羽箭倏地脱手飞出；宛似闪电穿越空隙，露珠从荷叶上滚落。长洪湍急、轻舟神速的特征，被描绘得形象可感，气韵生动。此时诗人情致犹浓，乘兴再添两笔："四山眩转风掠耳，但见流沫生千涡"，境界愈显丰富灵动，回荡着动魄惊心的不尽余韵。于是揭出"崄（同"险"）中得乐虽一快，何异水伯夸秋河"两句，很自然地作一浅顿小结。《庄子·秋水》说，黄河之神（水伯）看到秋水大涨，欣然自喜，以为天下之美，尽在于此；后来见到北海之大，才叹识见寡陋，贻笑大方。"崄中得乐"的感受，承接上述迭出奇势而来；"何异水伯"则是启下之笔，以个人的渺小，引出此游之感。

后半首，涉笔便见端凝气象。"我生"四句由生命随大自然的运化不停地消逝，一念之间便换了天地，进而感叹人们纷纷攘攘争名夺利，犹如醉梦一般，哪里会相信世事沧桑巨变，荣名转瞬即逝。

"乘化日夜逝",化用陶潜《归去来兮辞》"聊乘化以归尽",以及《论语·子罕》"子在川上曰:'逝者如斯夫,不舍昼夜'"句意。一念之间已过新罗(朝鲜古国名),本于《景德传灯录》卷二十三:"有僧问(从盛禅师):'如何是觌面事?'师曰:'新罗国去也。'"荆棘铜驼,见《晋书·索靖传》:"(靖)知天下将乱,指洛阳宫门铜驼,叹曰:'会见汝在荆棘中耳。'"后面"觉来"四句,感慨人生有限,宇宙无穷:俯仰之间,已失去无数光阴,唯有此水照样委蛇(从容自得)而流;岸边苍石上,蜂窠般的篙眼(用篙撑船时造成的凹穴)至今可见,但古来留下这些陈迹的人已不复存在。以下"但应"两句说只要栖心物外,大自然运化再快也奈何我不得。心无所住,语出《金刚经》:"应无所住而生其心。"末两句,则以诙谐语说:还是各自回去吧,再噜苏下去,参寥师可要呵斥了。与记游正题轻巧地相绾。

赵翼说:"以文为诗,自昌黎始,至东坡益大放厥词,别开生面,成一代大观。"(《瓯北诗话》)苏轼把散文作法融贯于诗,诗风自然豪放,尤其是长篇古诗,其俊健流畅常如散文。即以本篇而言,布局结构贯通古文起承转合的气脉,一波三折,铺写委曲详尽,议论风生,飘逸跳脱,而无论写景、抒情、言理,又都能以形象化的语言铸于一炉,饶有诗意。而写景与说理的妙合无间,是此诗的又一显著特色。哲理是诗人从景物中悟道的结果,写景则是说理的巧妙铺垫。诗人从寻常景物中悟出哲理,犹如禅家的触处悟道。方东树评此诗的说理云:"于此等闲题出之,乃见入妙。若正题实说,乃为学究伧气俗子也。"(《昭昧詹言》卷十二)即揭示了这一点。另外，驰骋非凡想象，驱使丰富巧妙的比喻，也使此诗为人所瞩目。若"有如兔走"等四句，连用比拟，其中三句更是各出两比，因此受到历代论者的激赏，并被视为苏氏的创格、诗中运用"博喻"的典范。

（仓阳卿）

## 寓居定惠院之东杂花满山
## 有海棠一株土人不知贵也

江城地瘴蕃草木，只有名花苦幽独。

嫣然一笑竹篱间，桃李漫山总粗俗。

也知造物有深意，故遣佳人在空谷。

自然富贵出天姿，不待金盘荐华屋。

朱唇得酒晕生脸，翠袖卷纱红映肉。

林深雾暗晓光迟，日暖风轻春睡足。

雨中有泪亦悽怆，月下无人更清淑。

先生食饱无一事，散步逍遥自扪腹。

不问人家与僧舍，拄杖敲门看修竹。

忽逢绝艳照衰朽，叹息无言揩病目。

陋邦何处得此花，无乃好事移西蜀？

寸根千里不易致，衔子飞来定鸿鹄。

天涯流落俱可念，为饮一樽歌此曲。

明朝酒醒还独来，雪落纷纷那忍触！

元丰三年（1080）二月，苏轼到达贬所黄州（今湖北黄冈），寓居于县城东南的定惠院，不久写了此诗。定惠院东小山柯丘上有海棠一株，苏轼情有独钟，据其《记游定惠院》文，"每岁盛开，必携客置酒"，醉于花下；另据《王直方诗话》，东坡"平生喜为人写"此诗，并称之为"吾平生最得意诗"。诗人爱花重诗如此，原因在于此花触动、此诗寄寓了他的身世之感。

诗的前半首，以佳人拟海棠，多层面地刻画她的非凡姿质和高洁品格；后半首，诗人以海棠自况，抒怀寄慨。

开篇四句运用对比反衬，展现"名花"海棠在恶劣环境里，幽然独处而不随流俗的风貌。草木之蕃盛与名花之幽独，桃李之粗俗与海棠之清雅，在此构成了鲜明的对比，凸现了海棠的高洁情操。她不因"土人不知贵"而抱怨，不为漫山争宠邀宠的桃李而动心，在竹篱间优雅从容地嫣然一笑，显示出自信、自爱而又自甘淡泊的美好襟怀。接着四句，写大自然赋予海棠以绝代佳人的姿质。杜甫《佳人》云："绝代有佳人，幽居在空谷。"诗人指海棠为"佳人"，用意出处至此坐实。以下接着揭示其高贵的仪态气质，都出天然，不必期待盛于金盘、献于富豪人家来显示身价；恰恰相反，正因为她独居空谷，才更见出清高坚贞和不同凡响。《广群芳谱》引《王禹偁诗话》："石崇见海棠，叹曰：'汝若能香，当以金屋贮汝。'"这里反其意而用之。以下四句，连出妙喻，正面描摹"佳人"的天生丽质。"朱唇得酒晕生脸，翠袖卷纱红映肉"，这是以醉美人状海棠的浓花腴叶；"林深雾暗晓光迟，日暖风轻春睡足"，则是以睡美人摹拟海棠的神采风韵。《冷斋夜话》卷一引《太真外传》："上皇登沉香亭，诏太真妃子。妃子时卯醉未醒，命力士从侍儿扶掖而至。妃子醉颜残妆，鬓乱钗横，不能再拜。上皇笑曰：'岂是妃子醉，真海棠睡未足耳。'"这里反用其意，谓海棠有雍容绰约的仪态，而无慵懒做作的情状，与"自然富贵出天姿"相扣。继以"雨中有泪亦悽怆，月下无人更清淑"两句，使人想见其不幸遭遇和坚贞操守，与开篇"苦幽独"遥应，作一小结。清淑，指容颜清丽娟秀和品性贤淑美好。苏轼对这两句尤为自得，曾对人说："此两句乃吾向造化窟中夺将来也。"（见《风月堂诗话》卷下）

以上句句写花，但只要稍稍了解作者的为人和遭遇，就会感到那简直是写他自己。因此"先生食饱"这一转，就很自然地转入了抒写怀抱。这四句自叙至贬所后的生活状况。他拄杖漫步，乘兴看竹，表面萧散悠闲，内心却蕴藏着孤苦与"幽独"。因而当他意外地发现这株艳丽耀目的空谷海棠，映照出自己的衰朽时，就如同患难逢知己，自然是又惊又喜，生出无穷感叹了。"陋邦"四句发挥奇特的想象，谓如此名花奇葩，莫不是好事者从西蜀移植于此？但转念又想：寸根千里，移植并非易事，一定是鸿雁把种子衔来的吧！西蜀盛产海棠，蜀产香海棠最为名贵，作者家乡且有"香海棠国"之称。诗人因此由海棠而联想到故乡，由寻思海棠的来历，联想到自己的身世遭遇，从而迸发出同是天涯沦落人的深沉感喟："天涯流落俱可念，为饮一樽歌此曲。""俱"字双绾"绝艳"与"衰朽"。"一樽"，为己也是为花而饮；"此曲"，写花也写己。"明朝酒醒还独来，雪落纷纷那忍触！"对花饮酒，本是赏心乐事，而诗人在此竟预拟海棠似雪片般飘飞凋零，其实也就是对自己前途命运不祥的预感和悲叹。以此终篇，怎不令人黯然伤神！

此诗之妙，全在托物寄兴，借花抒怀。其前半着力写花独处荒野，已使人联想到诗人的遭际，后半人花兼写，尤具映照绾合之妙。其关合人花，尽在"先生"一句，正如查慎行所云："读前半竟似海棠曲矣！妙在'先生食饱'一转。此种诗从少陵《乐游园歌》得来，遇（寓）其神理而化其畦畛，斯为千古绝作。"（《初白庵诗评》卷中）纪昀批："纯以海棠自寓，风姿高秀，兴象微深，后半尤烟波跌宕。"另外，诗中"朱唇"等句以人喻花，机杼别出，多处用典而不着痕迹，也向为人称道。

（仓阳卿）

# 和秦太虚梅花

西湖处士骨应槁，只有此诗君压倒。

东坡先生心已灰，为爱君诗被花恼。

多情立马待黄昏，残雪消迟月出早。

江头千树春欲暗，竹外一枝斜更好。

孤山山下醉眠处，点缀裙腰纷不扫。

万里春随逐客来，十年花送佳人老。

去年花开我已病，今年对花还草草。

不如风雨卷春归，收拾余香还畀昊。

梅花格高韵胜，向受诗家青睐。苏轼爱梅，亦喜咏梅。"苏门四学士"之一的秦观（字太虚），写了一首《和黄法曹忆建溪梅花》诗，苏轼即步其韵而成此篇，时在元丰七年（1084）。

谈到梅与梅诗，那位隐居西湖孤山、"梅妻鹤子"的宋初诗人林逋，及其"疏影横斜水清浅，暗香浮动月黄昏"的吟梅绝唱，是人们乐道不倦的话题。苏轼此诗，开篇即言西湖处士（此时林逋已去世五六十年，故有"骨应槁"之说），旋又提出秦观，说只有秦观的这一首压倒了林逋的咏梅诗。苏轼在此并非故意扬秦抑林。对于林逋的"写物之功"，苏轼是很推崇的，他尤其称赞"疏影"一联，最能传梅神韵（见《东坡题跋》卷三）。这里的"压倒"之说，实在不过只是一种即兴感想，当然这种随感也不是没来由的。此时的苏轼，已在黄州度过了整整四年的贬谪生活，虽然他积极入世的精神之炬未熄，但那抑郁失意的不平之气毕竟时时盘萦心际。唯其如此，他一读秦诗，当即产生强烈的共鸣，并因而盛赞之。"东坡先生"二句写秦诗使他灰心复苏，以致产生探梅的强烈欲望。这既是对秦诗的赞誉，同时也导入了下面的赏梅文字。"恼"，撩拨之意，语出杜甫诗："江上被花恼不彻。"（《江畔独步寻花》）"多情"二句写诗人在残雪黄昏中驻马而立，凝神赏梅。诗人对梅的多情，正是对自己的怜爱，是难以明言的自我感喟。以下两句直接写梅，其中那一枝斜倚竹外、无意争春的孤梅，就是诗人高洁个性和幽馨美质的生动写照。对于这两句，论家也从不同角度予以赞许，如纪昀说："实是名句！谓在和靖（林逋）'暗香''疏影'一联上，固无愧色。"《诗人玉屑》卷十七引范正敏《遯斋闲览》说："'竹外一枝斜更好'，语虽平易，然颇得梅之幽独闲静之趣。凡诗人咏物，虽平淡巧丽不同，要能以随意造语为工。"

　　诗的后半，忆旧慨今，继续抒写因探梅而涌起的情感波澜。熙宁四年（1071），苏轼离开党争漩涡的汴京，开始了为时八年的地方官生涯，第一站就是在杭州任通判。"孤山"两句，展现了诗人当时公余闲暇于孤山赏梅的潇洒情致。"点缀裙腰"，指梅花装点春日孤山。白居易《杭州春望》："谁开湖寺西南路，草绿裙腰一道斜。""万里"二句，笔锋陡转，由回忆跌回现实，虽仍写梅写春，而意象中不自禁地透出人生历程的苦涩。元丰三年（1080）早春二月，苏轼由汴京抵达贬所黄州，故说"万里春随逐客来"。从熙宁七年（1074）诗人离杭算起，到写此诗时，恰好十年。随着梅树的花开花落，诗人自感生命已渐凋零；展想前途，更不知何日能惬意遂心。既然无可奈何，又何必期待梅花滞留于春天，倒不如让春随着风雨快快归去，把梅花托付给苍天。末两句"不如风雨卷春归，收拾余香还畀（bì，给予）昊（hào，指天）"，是诗人胸中忧怨久郁而凝成的牢骚话，是他想在无法解脱的现实中求解脱的愤激语。这里明写惜春怜梅，实在是倾泻因探梅而勾引起的无限伤感。

古来咏梅名篇中，这是别具高格的一首。作者把充盈的主观情感，倾注于所咏的客观之物，从而使物传其情，寄慨遥深。全诗结体的自然流转，主要也在于咏物与抒情的贯通一气。元韦居安说："东坡次少游'槁'字韵，及谪罗浮时赋古诗三篇，运意琢句，造微入妙，极其形容之工，真可企嫩孤山，以此见骚人咏物，愈出而愈奇也。"（《梅硐诗话》卷下）谓此诗足与和靖咏梅诗匹敌，实不为过。

（仓阳卿）

## 登州海市

东方云海空复空，群仙出没空明中，
荡摇浮世生万象，岂有贝阙藏珠宫？
心知所见皆幻影，敢以耳目烦神工：
岁寒水冷天地闭，为我起蛰鞭鱼龙。
重楼翠阜出霜晓，异事惊倒百岁翁。
人间所得容力取，世外无物谁为雄？
率然有请不我拒，信我人厄非天穷。
潮阳太守南迁归，喜见石廪堆祝融，
自言正直动山鬼，岂知造物哀龙钟。
伸眉一笑岂易得，神之报汝亦已丰。
斜阳万里孤鸟没，但见碧海磨青铜。
新诗绮语亦安用，相与变灭随东风。


　　苏轼于元丰八年（1085）十月十五到登州（今山东蓬莱）任知州，二十日接还京任礼部郎中之诏，十一月初离登州。登州素以"海市"著称，亦即"海市蜃楼"，又称"蜃景"。据诗之小序，苏轼因在登州只作短暂逗留，故偶望见海市，"祷于海神广德王之庙"，果然如愿以偿，"明日见焉，乃作此诗"。

　　起首四句，分两层写。先述早已熟闻的海市奇观：东方云海浩渺无涯，诸路神仙在云间出没，在飘忽不定的云海中，生出浮世万象；随即又指出：海市只是幻景，哪会真有什么紫贝阙、藏珠宫。"贝阙""珠宫"，指水神居处，《九歌·河伯》："鱼鳞屋兮龙堂，紫贝阙兮朱（珠）宫。"

　　"心知"四句，承衔上文，谓诗人致意东海龙王，表达欲观海市的愿望。明知"岁寒水冷"已非海市常现的春夏，但为一饱眼福，还是要烦劳龙王施展神威，为我鞭醒唤起冬眠的鱼龙，好让我亲眼看看海市。此种口吻，正可见出诗人的性格风度。说来也奇，次日重叠的楼台，葱翠的山冈，居然在霜寒清晨浮现于大海上，如此"异事"使百岁老人也惊呆了。诗人欣然自得之状，溢于言表。

　　接着四句，由"异事"引出，转为议论：人间事物或许能以强力占取，虚无缥缈的世外谁又能逞强霸占呢？现在我的冒昧请求没有被拒绝，让我如愿以偿看到了海市，因此确信我在人间遭受的灾厄并非是上苍的旨意。议论中寄寓了复杂的人生感慨，他既无法忘却往昔遭到的迫害打击，又因眼前出现政治生命的转机而对前途作乐观的展想。于是，又自然地联想到那位南贬潮阳的韩愈。唐永贞元年（805），韩愈由阳山令移掾江陵，途经衡山，正值秋雨时节，阴气晦昧，他便"潜心默祷"山神，须臾天宇转清，遂见石廪、祝融诸峰，因而认为这是自己的正直感动了山神（见《谒衡岳庙遂宿岳寺题门楼》）。苏轼则说，这只是老天同情你这样的龙钟老人罢了。人生多艰，伸眉一笑，岂是轻易能得，老天给你这份赏赐已是够丰厚的了。这里诗人化用杜牧"尘世难逢开口笑"（《九日齐山登高》，语本《庄子》）语意，实是借韩愈自况，对上苍的眷顾表示感激。此时诗人刚结束贬谪生涯，这一议论不妨看作是他知足常乐、达观为怀的流露。

"斜阳"二句写海市消失后的景象，碧海万顷，犹似新磨的青铜镜一般澄澈。末两句谓：新成的诗篇，绮美的诗句，又有什么用呢，海市的幻影已随风散去，那么也让"新诗绮语"与海市一起付与东风吧。最后这两句转得突兀，将前面所写海市奇景与诗本身一笔抹倒。诗人由海市的倏忽幻灭，感悟到人生的虚无，人们孜孜以求的事物，包括苦吟而成的诗，不也与这海市一样虚幻不实吗？语虽消极，却也表现出诗人超脱忧患得失的旷达。

查慎行说此诗："只'重楼翠阜出霜晓'一句着题，此外全用议论，亦避实击虚法也。若将幻影写作真境，纵摹拟尽情，终属拙手。"（《初白庵诗评》卷中）纪昀批："海市只是'重楼翠阜'，此正不尽形容，亦正不能形容也。从未见之前、既见之后、与岁晚得见之实，结撰成篇，炜炜精光，欲夺人目。"这些意见，都明确地点出了本诗作法的一个显著特点，即议论入诗，以文为诗。以散文起承转合的章法，来布置这样的长篇古诗，原是苏轼擅长。全诗虽只"重楼翠阜"一句直接写海市，但诗中每一层意思皆不脱离海市，进退行止相互勾连呼应，且所发议论富于形象性，故全诗形象完整而饶有艺术感染力。

（仓阳卿）

# 书王定国所藏烟江叠嶂图

江上愁心千叠山，浮空积翠如云烟。

山耶云耶远莫知，烟空云散山依然。

但见两崖苍苍暗绝谷，中有百道飞来泉。

萦林络石隐复见，下赴谷口为奔川。

川平山开林麓断，小桥野店依山前。

行人稍度乔木外，渔舟一叶江吞天。

使君何从得此本？点缀毫末分清妍。

不知人间何处有此境，径欲往买二顷田。

君不见武昌樊口幽绝处，东坡先生留五年。

春风摇江天漠漠，暮云卷雨山娟娟，

丹枫翻鸦伴水宿，长松落雪惊醉眠。

桃花流水在人世，武陵岂必皆神仙？

江山清空我尘土，虽有去路寻无缘。

还君此画三叹息，山中故人应有招我归来篇。

这首题画诗，作于元祐三年（1088）。题下自注："王晋卿画。"王晋卿，名诜，宋英宗女蜀国长公主之夫。诜工书画，好写江上云山、幽谷寒林与平远风景，清润可爱，苏轼称他"得破墨三昧"。

王定国，名巩，素与苏轼友善，曾从轼学为文。巩有隽才，长于诗，工书能画，尤擅鉴赏，王诜绘《烟江叠嶂图》以赠，图卷现藏上海博物馆。

此诗前十二句，状画中胜景，自远而近，从上至下，由山及水，相渲相染，逐层化出。唐代张说《江上愁心赋》有句云："江上之峻山兮，郁崎岖而不极。云为峰兮烟为色，歘变态兮心不识。"苏诗凌空拈出"江上愁心"，即借以引人远眺烟江叠嶂、积翠浮空之景。"山耶"两句，写那梦幻般风光是云烟幻化出江上群山林木呢，还是葱茏叠翠的峰峦宛若云烟，从而诱人去揭烟云轻纱，继续探寻江山佼容。"但见"四句，以明暗互映、动静相生之法，写幽谷深壑静静藏于苍翠陡峭的山崖之间，绝谷中又有天外飞来的百道清泉，而淙淙泉水萦绕林莽，溜泻山石，或隐或现，终于谷口汇成奔川。以下景致愈显明朗：川流渐平，山路渐宽，山脚下有小桥、野店，大树边有蹀躞行人。随着一叶渔舟向着烟水迷蒙、云天相吞处驶去，再次把视线引往烟江叠嶂的全景，令人去玩味象外之意。诚如方东树说："起段以写为叙，写得入妙，而笔势又高，气又遒，神又王（旺）。"（《昭昧詹言》）用拟写目前风光的实笔，记叙画中奇丽的虚景，确让人有留连于大自然的亲切感受。按清人卞永誉《式古堂书画汇考》，《烟江叠嶂图》有青绿，有水墨，有绢本，有纸本。此诗题于青绿绢本，诗中积翠浮空、云岫隐约的描述，正合画家青绿重色的写法。诗人如此悉心体察、尽情记叙画境，无疑是赞颂画家的意出尘外、笔生异秀，图画布局的美妙精微。

"使君"四句，为承上启下段落。"使君"，指王诜，他曾任利州防御使，故称。"何从得此本"，意谓根据哪儿描摹到这样景致的。"点缀"，点画布置。"毫末"，形容细微。"二顷田"，《史记·苏秦列传》："使我有洛阳负郭田二顷，吾岂能佩六国相印乎？"王诜也是苏轼好友，曾坐轼累，贬南州（今四川綦江），饱览千山万水，丰富了创作素材。楼钥题其画时曾说："（诜）不有南州之行，宁能画写浩然词意耶？"故王诜和苏轼此诗中有"四时为我供画本，巧自增损媸与妍"语。这四句，点明题目，并表达了因陶醉画景而欲栖身于人间此境的心愿。不仅强调了画卷意象富有诗情和真实感，而且为下文立足现实抒情写感作了自然过渡。方东树因称："四句正锋。"（《昭昧詹言》卷十二）纪昀评曰："节奏之妙，纯乎化境。"

"君不见"句以下为末段。诗人在元丰三年（1080）二月到黄州，七年四月改迁汝州，首尾五个年头。武昌、樊口，均在黄州对岸，属今湖北鄂城。"幽绝处"，由上"不知"二句蹴起，顺势又将其具象化："春风摇江天漠漠，暮云卷雨山娟娟。丹枫翻鸦伴水宿，长松落雪惊醉眠。"诗人将这一人间"幽绝处"描绘得美妙绝伦，正与首段画境照应。写画境，按空间移动视线；写真境，则依时间转换笔锋，四句次第呈现春、夏、秋、冬，并涵盖"五年"。所写画境，如可感可触的真境；所写真境，却又若可望而不可即的画境。苏轼在黄州过的是流放生活，但他从当地淳朴美好的风土人情中获得了慰藉，从大自然中得到了补偿。结束贬谪生涯返回京师，政治地位明显提高，可是激烈的党争和复杂的内部倾轧纷至沓来，反使他的心灵并不比在黄州自在，胸中时时泛起对官场生活的厌倦，因此时时萌生归隐之志。他省悟到人间自有桃花源般的幽境可以归隐，但自己仍束缚于官场簿领，故即使有归路也无缘可寻。最后只能以还画作结，发出深沉的喟叹。这篇末"桃花流水"六句，化用陶渊明《桃花源记》《归去来兮辞》意，虽为熟典，但因用得十分流利贴切，故无熟滥之嫌。诗的收笔重新扣于画上，将实景与画境联系起来，揭示对实景的向往乃由画境而触发，这样，全诗虚实光景，各擅风流而气脉一贯，即统一于诗人皈依自然、退隐山水的心理。题画诗写得如此真情郁勃，一唱三叹，实在难为了作者。

（仓阳卿）

# 荔支叹

十里一置飞尘灰，五里一堠兵火催。

颠阬仆谷相枕藉，知是荔支龙眼来。

飞车跨山鹘横海，风枝露叶如新采。

宫中美人一破颜，惊尘溅血流千载。

永元荔支来交州，天宝岁贡取之涪。

至今欲食林甫肉，无人举觞酹伯游。

我愿天公怜赤子，莫生尤物为疮痏。

雨顺风调百谷登，民不饥寒为上瑞。

君不见武夷溪边粟粒芽，前丁后蔡相笼加，

争新买宠各出意，今年斗品充官茶。

吾君所乏岂此物，致养口体何陋耶！

洛阳相君忠孝家，可怜亦进姚黄花！

　　绍圣二年（1095），六十岁的苏轼，在流放地惠州（今广东惠阳）吃到了新鲜荔枝，即赋诗数首，叹岭南风物之美，有"日啖荔枝三百颗，不辞长作岭南人"的感慨。然而，此诗并非咏叹荔枝之美，而是揭露向皇家进贡荔枝的弊政。

　　前八句，分咏汉、唐进贡荔枝之事。荔枝娇嫩，极难保鲜，

"一日而色变，二日而香变，三日而味变，四五日外，色香味尽变矣"（白居易《荔枝图序》）。要保证千里之外的荔枝及时运抵皇都，途中不容丝毫迟顿。汉时运送荔枝的差役，经由十里一置（驿站）、五里一堠（记里土堡）的驿道，驰马日夜兼程，急如风火，胜似传递紧急军事情报。因此，人困马乏而颠仆僵毙的惨状，时时可睹。荔枝采毕，龙眼（桂圆）正熟，先后相继入贡，故诗中将二物连称。唐玄宗时，杨贵妃"嗜荔枝，必欲生（鲜）致之。乃置骑传送，走数千里，味未变，已至京师"（《新唐书·杨贵妃传》）。杜牧诗"一骑红尘妃子笑，无人知是荔枝来"（《过华清宫》），即讽此事。苏轼更以"宫中美人一破颜，惊尘溅血流千载"的尖锐对比，揭示并抨击了统治者因穷奢极欲而致使国家蒙受严重灾难的严峻事实。而"流千载"三字，还把这一沉痛的历史教训引向了对现实的思考。

　　中八句，仍关合题目，寄慨抒怀。"永元"四句下，作者自注："汉永元（汉和帝年号）中，交州（今我国广东、广西及越南的一部分）进荔支龙眼，十里一置，五里一堠，奔腾死亡，罹猛兽毒虫之害者无数。唐羌，字伯游，为临武长，上书言状，和帝罢之。唐天宝（玄宗年号）中，盖取涪州（今四川涪陵）荔支，自子午谷路进入。"《后汉书·和帝纪》注引谢承《后汉书》，记唐羌上书《陈交阯献龙眼荔枝状》，有"此二物升殿，未必延年益寿"语。这里说，对于竭尽谄媚邀宠之能事而全然不顾百姓死活的奸相李林甫，人们至今对他恨之入骨，但对于直言进谏、说服和帝免除荔枝贡的唐羌，竟没人举杯洒酒于地来祭奠怀念他。实际上也就是感叹现实中不乏李林甫之流，而缺少能够继承唐羌精神的人。"我愿"四句，祈愿上天爱惜百姓，风调雨顺，好让天下免遭饥寒；并且莫再生长荔枝一类的"尤物"（易开祸端的珍稀美物）造成祸害。这正道出了诗人内心深处对实行清明政治的渴望。

后八句，从诗题伸发开去，由叹荔枝贡，转为叹茶贡，叹花贡，径刺时弊。武夷山产叶小而嫩的茶中珍品"粟粒芽"，前有丁谓，后有蔡襄，争相搜罗，进献宫廷。丁谓，字谓之，宋真宗时任相，封晋国公。蔡襄，字君谟，官至端明殿大学士，宋代大书法家，亦精通茶事，著有《茶录》。苏轼自注："大小龙茶，始于丁晋公，而成于蔡君谟。欧阳永叔（欧阳修）闻君谟进小龙团，惊叹曰：'君谟士人也，何至作此事耶！'"蔡襄为人正派，为官也有贤名，难怪欧阳修要对他的贡茶行为惊叹不可理解了。宋代有赛茶习俗，各以名品相斗，即"茗战"。"争新"两句下，诗人自注："今年闽中监司乞进斗茶，许之。"笔锋直指活生生的现实：官僚们挖空心思，不择手段地争新买宠，把今年赛茶选出的名品，全都充官茶献给皇家。《孟子·离娄》论事亲，应当轻"养口体"，而重"养志"。"吾君"两句即用其意，斥责这些官僚："难道皇上所缺的是这些东西吗？唯知去满足皇上口体欲望的作法，是多么鄙陋！"末两句，对号称忠孝之后的钱惟演进贡名花以邀宠的行为，提出责难。钱惟演是吴越王钱俶之子，晚年以使相留守西京洛阳，故称"洛阳相君"。钱俶当年不战而降宋，宋太宗曾称赞他"以忠孝保社稷"，故谓"忠孝家"。姚黄，牡丹名种，相传为姚姓民家培育出的一种大朵黄色牡丹。诗末作者自注："洛阳贡花自钱惟演始。"

此诗前两段紧扣"荔枝叹"三字,淋漓地画出荔枝贡给人民带来的灾难,随又把由此激起的一腔义愤,化为"我愿天公怜赤子"——为民请命的呐喊。诗至此本可结题,却又宕开一笔,对题意重加拓展深化。由荔枝而茶、花,由往畴而现实,回环吟咏,一唱三叹。"可怜亦进姚黄花",似未可结却结,不尽感慨。恰因如此,方令读者举一反三,把批判的目光全方位地射向封建社会的一项弊政——进贡,而不仅仅留滞在"荔枝"上。查慎行说此诗,"耳闻目见,无不供我挥霍者。乐天讽谕诸作,不过就题还题,哪得如许开拓"(《初白庵诗评》卷中)。白氏讽谕诗自非尽如查言,然苏轼此篇确有他家同类作品所不及处。此诗既以"流千载"一语,不留情地指出封建统治者穷奢极欲而不恤民瘼的罪过,又把锋芒刺向为虎作伥的李林甫之流,以及推波助澜的"前丁后蔡""洛阳相君"等本朝官僚,使全诗更饶现实批判和讽诫意义。诚如汪师韩所说,"其胸中勃郁有不可已者,惟不可以已而言,斯至言致也"(《苏诗选评笺释》卷六)。本篇为苏轼晚年再陷困塞境中所作,他胸中勃郁不可以已者,即是他保持了一生的深沉的忧国忧民情怀。

(仓阳卿)

# 和子由渑池怀旧

人生到处知何似？应似飞鸿踏雪泥。

泥上偶然留指爪，鸿飞那复计东西。

老僧已死成新塔，坏壁无由见旧题。

往日崎岖还记否，路长人困蹇驴嘶。

宋仁宗嘉祐六年（1061），苏轼赴凤翔府签判任，其弟苏辙送他到郑州分手，自回汴京侍奉父亲苏洵，作《怀渑池寄子瞻兄》一诗。渑（miǎn）池，在今河南渑池西。本篇即是苏轼的和诗，当作于他过渑池之时。主旨是从"怀旧"抒写深沉的人生感慨。

前半首径直发大议论、大感叹。苏辙原唱开头说："相携话别郑原上，共道长途怕雪泥。"苏轼即承"雪泥"引发，变实写为虚拟，创造出"雪泥鸿爪"的著名比喻。这一名喻意蕴曲折，一方面表现了作者初入仕途时的人生迷惘，体验到人生的偶然和无常，对前途的不可把握；但另一方面，却透露出苏轼独特的人生思考：把人生看作悠悠长途，所经所历不过是鸿飞千里行程中的暂时歇脚，不是终点和目的地。苏轼对人生的思考，总是跟具体的生活感受和经验密切相联，并大都伴随着生动的形象，而不作抽象的思辨和推理，因而，他的有关诗作，就不是质木寡味的说教，而是充满情韵和理趣，启人心智，发人寻味不尽。此外，这四句在风格上也一气贯注，生动流走。三、四两句依照律诗常规应作对仗，在意义上一般要求上下相对或相反。但苏诗却一意相承，语义连贯。纪昀云："前四句单行入律，唐人旧格；而意境恣逸，则东坡本色。"（《纪批苏诗》卷三）所谓"单行入律"，即指上下句不构成意义上的对立，而是各具独立性，却又语气一贯，造成奔逸畅达的气势。

后半首即落实到题目中的"怀旧"，怀念五年前的往事。嘉祐元年（1056），苏轼兄弟在苏洵带领下第一次由蜀赴汴京应举。他们途经渑池，投宿于老僧奉闲的古寺，曾在壁上题诗；而今再过，老僧凋谢，题壁无踪。又想起他们经过东崤、西崤时，所乘之马死去，只得租赁跛足之驴来到渑池。这里所写三事皆寓对比之意："老僧"已死，犹有瘗藏骨灰的"新塔"，比之"旧题"的完全消损，略胜一筹；往日从西至东经渑池去汴京，一段"崎岖"经历，比之今日由东往西赴凤翔任职，似也包含一番辛酸和慰藉的对照。凡此种种的事过境迁，人事变幻，在在印证和加强前半首"雪泥鸿爪"的人生飘忽无定之慨。然而，苏轼对人生无常性的深刻体验的本身，往往同时蕴含着对无常性的省悟和超越，我们细细咀嚼"往日崎岖"四字，当会有所领会："崎岖"毕竟成为过去！在他的其他诗篇中，更从人生是流程的思考出发，明确表达对未来充满希望的热忱。

（王水照）

# 出颍口初见淮山是日至寿州

我行日夜向江海，枫叶芦花秋兴长。

长淮忽迷天远近，青山久与船低昂。

寿州已见白石塔，短棹未转黄茅岗。

波平风软望不到，故人久立烟苍茫。

这是一首纪行诗。据《宋史》本传和诸家年谱载，苏轼于神宗熙宁四年（1071）因与王安石政见不合，于朝政时有龃龉，请求外调，被任为杭州通判，六月出京，十月渡淮。由东京（今河南开封）东南行赴杭州，正是"日夜向江海"，首句就是纪实，概述此行的路向。此下也都是淮河舟中的所见所感，犹如信口唱出，未加裁铸似的。

首句是综述行程，次句是点时令，颔联两句写舟行景况，颈联两句叙舟行所见，以上写诗题的前半部分"出颍口初见淮山"；末联写遥望抵达之地，预想故人在埠头伫候，缴足诗题后半的"是日至寿州"。末两句其实十四字一整句分成两句七言，如改成散文，便是"波平风软中望不到久立于烟尘苍茫中的故人"。倦于舟行亟想到埠的情致宛然毕现。

诗中最精彩的当然是颔联，上句紧扣题中的"出颍口"。"颍口"，即颍水入淮河之处，颍水河床不宽，舟在颍水中行，笼罩望中的是两岸风物，绝无水天一碧之象；乍入淮河，视界顿时宏阔，所见的便是投影在宽广的河面上的碧空。远处的水际有天，近处的水中也有天，忽迷天之远近，给了读者一个清晰而奇突的淮水的印象。下句与水相对写山，句意更为神妙，不言船行水上之起伏，却化静为动，反觉青山在忽低忽昂。两句所表现的诗人视觉的迷误，又暗示了长日舟行的困眼惺忪之状。驱使山水以就人，融合物我以叙景，确系神来之笔。苏轼自己也极钟爱此句，在《李思训画长江绝岛图》一诗中，写入"沙平风软望不到，孤山久与船低昂"两句，分明是此诗四、七两句各点窜一字而成。上句"沙平"不奇，只用来作陪，诗人喜欢的是后一句，读者赏爱的也是此句。

本诗是一首拗律，好几句都是三个平声字或三个仄声字联用；"寿州"句竟用了六个仄声字，全句只有一个平声字；"波平"句也连用四个仄声字，而且全诗失粘，很有点古风的味道，在苏轼的七律中别具一格，清人方东树评之曰"奇气一片"，可谓会心之见。

（何满子）

# 有美堂暴雨

游人脚底一声雷，满座顽云拨不开。

天外黑风吹海立，浙东飞雨过江来。

十分潋滟金樽凸，千杖敲铿羯鼓催。

唤起谪仙泉洒面，倒倾鲛室泻琼瑰。

 

宋仁宗嘉祐二年（1057），梅挚出守杭州。皇帝赐诗以宠其行，诗的首章曰："地有吴山美，东南第一州。"梅挚到任后，为夸耀仁宗的赐诗，遂建堂于山上，题曰"有美"，欧阳修曾作《有美堂记》一文以记其事。可知有美堂在吴山上，吴山在杭州城南，东眺就是钱塘江。此诗最被诗评家所称颂的颔联，正是在堂中观暴雨的写实。

诗写暴雨骤至的全过程。先写一声霹雳，因堂在山上，夏季的"着地雷"如在游人脚下滚地而作，既写出了暴雨袭来的声势，也点出了诗人所处的位置是在山上。次句"满座"，交代身在堂中；顽云入座，既写乌云之密，又写地势之高。颔联首句的"吹海立"，最为人称道，谓风势之猛，海波为之耸立；但"黑风"的"黑"尤其下得有神，将乌云之色，移赋于本来无色之风，夸张而极有神理。夏日暴雨，大抵为东风，雨势也是乘风逐云而来，状既真切，气势尤豪。《御选唐宋诗醇》评此联曰："有美堂在郡城吴山，其地正与海门相望，故非率尔操觚者。唐贤名句中惟骆宾王《灵隐寺诗》'楼观沧海日，门对浙江潮'一联足相配敌。"

颈联写暴雨中的远近声势，上句写远处，写雨景；下句写近处，写雨声。上句或解为钱塘江在暴雨狂风中浪涛汹涌，如杯酒满溢凸出杯面；或以为"十分潋滟"乃指西湖，西湖圆形，方可以金樽喻之。从吴山西北下眺，西湖亦在望中；苏轼咏西湖有"水光潋滟"之句，故后一解似较近理。下句咏雨声，用唐人宋璟典。据南卓《羯鼓录》："宋开府璟虽耿介不群，亦深好声乐，尤善羯鼓。……谓上（唐玄宗）曰：'头如青山峰，手如白雨点，此即羯鼓之能事也。'山峰取不动，雨点取碎急。"句中"千杖"字、"催"字亦均有所本。《唐语林》记唐玄宗问李龟年打羯鼓数，李龟年对曰："臣打五千杖讫。"《羯鼓录》又载明皇鼓《春光好》一曲，催发内庭花柳事。一句七字，兼容三典，密丽圆熟，不露痕迹。

尾联用李白故事，两《唐书》载李白沉醉，玄宗欲其酒醒作新词，便以水洒其面，李白酒醒后顷刻成诗十余章。下句"鲛室"，取张华《博物志》鲛人滴泪成珠故事，"倒倾鲛室"，犹言倾海水以为雨，极言雨势之盛；"琼瑰"既喻鲛人之泪，又与上句李白诗的字字珠玑关合，且隐然以李白自喻，不露声色地归结到诗人自己。用事写雨，景与情一一包举，通篇无一弱笔，无怪此诗历来倍受倾赏。

（何满子）

# 儋　耳

霹雳收威暮雨开，独凭阑槛倚崔嵬。

垂天雌霓云端下，快意雄风海上来。

野老已歌丰岁语，除书欲放逐臣回。

残年饱饭东坡老，一壑能专万事灰。

　　元祐八年（1093），旧党后台高太后病逝，哲宗亲政，新党东山再起，苏轼被逐出朝，次年（绍圣元年，1094）贬惠州（今广东惠阳），绍圣四年（1097）再流放到儋州（今海南儋县）。元符三年（1100）正月，哲宗死，徽宗即位，皇太后向氏垂帘听政。五月大赦，苏轼接到琼州别驾廉州（今广西合浦）安置的诰命。长达六年的岭海生活行将结束，北还将成现实，诗人感慨系之，而赋此诗。

　　前半写景。《新唐书·吴武陵传》载吴武陵与工部侍郎孟简书曰："古称一世三十年，子厚之斥十二年，殆半世矣。霆砰电射，天怒也，不能终朝。圣人在上，安有毕世而怒人臣邪！"起句即暗用其意，以雷雨止息喻最高统治者息怒，召还逐臣。"倚崔嵬"，依旁嵯峨高山。"垂天"二句有"奇警"之誉（见方东树《昭昧詹言》卷二十）。"雌霓"，双虹并出，色彩鲜盛者谓雄虹，浅淡者称雌霓。"雄风"，语出宋玉《风赋》"大王之雄风"，引申为凉爽之风，与雌风

（温湿之风）相对而言。"快意"写雨后长虹从云端垂下，雄风从大海而来，驱散闷热，清新宜人。透过这种生理感受，正可窥见诗人在长期遭受政治迫害后遽得解脱的轻松心境。

后半抒慨。"野老"一联，进一步点明获得"快意"的心理契机。一是受到百姓丰收喜悦的感染；一是除书（指移廉州的诰命）已到，即可从天涯海角渡海北归。诗人在贬谪中时时渴望北归，以遂报国匡时的心愿。然而，在崎岖艰难的人生之旅与政治逆境中，诗人习惯于从佛老思想中寻取自我解脱的精神武器，对于陶渊明的淡泊避世，尤为向往。因此，当北归的曙光来临时，诗人在一阵快意之后，不禁又产生风烛残年但求一饭之饱、一壑隐身的冷静思考的深沉喟叹。"残年饱饭"，借用杜甫"但得残年饱吃饭"（《病后过王倚饮赠歌》）句意。"一壑能专"，指隐居山林。《汉书·叙传》："渔钓于一壑，则万物不奸其志；栖迟于一丘，则天下不易其乐。""一丘一壑"遂成隐居之代称。陆士龙《逸民赋序》云："古之逸民，轻天下，细万物，而欲专一丘之欢，擅一壑之美。"

写景四句，笔力遒劲，意象雄阔。读至后半，则感受到其衰暮无奈的苍凉心态。此时诗人已六十五岁，仅逾一年，他就走完了坎坷的人生旅程。吟诵此诗，怎能不为这位旷世奇才的遭遇而唏嘘扼腕！

（仓阳卿）

# 汲江煎茶

活水还须活火烹，自临钓石取深清；
大瓢贮月归春瓮，小杓分江入夜瓶。
雪乳已翻煎处脚，松风忽作泻时声。
枯肠未易禁三椀，坐听荒城长短更。

茶文化是中国传统文化的独特内容之一。特别自唐宋以降，品茗跟饮酒、书画、金石鉴赏等，日益成为文人学子日常生活的不可或缺的部分，对他们的思想、性格、情趣产生重要的影响。唐陆羽《茶经》、宋蔡襄《茶录》、宋徽宗赵佶《大观茶论》等专著的出现，是茶文化成熟的标志，众多的茶诗更为茶文化增添了异彩。

苏轼这首茶诗作于宋哲宗元符三年（1100），时贬居"天涯海角"的海南岛。此诗展现出作者善于从日常生活中发掘情趣和诗意的心灵，反映出宋诗题材日益走向生活化的普遍倾向。

这首律诗有两个显著的风格特点：一是细腻深婉，二是清新洒脱。开头四句写"汲江"。"活水"即指江水，活火即旺火，两"活"相配，乃茶事所"贵"：苏轼《试院煎茶》诗说："贵从活火发新泉。"这是品茗行家的经验之谈。"自临钓石取深清"一句，据写过不少茶诗的南宋诗人杨万里的分析，这句"七字而具五意：水清，一也；深处清，二也；石下之水，非有泥土，三也；石乃钓石，非寻常之石，四也；东坡自汲，非遣卒奴，五也"（《诚斋诗话》）。这样的分疏阐发，可能有失琐细、割裂，但也不能不承认抓着了本篇刻画细腻的特点。"大瓢"两句，说白了，不过是指两个动作：用大瓢把江水舀入瓮中，再用小杓把江水注入瓶内。但"贮月""分江"的天真想象，"春瓮""夜瓶"的构词色彩，把水清月白、春意夜绪的无限情趣，渲染得既清逸又饱满，使之顿成名联。唐人韩偓虽有"瓶添涧水盛将月"（《赠僧》）的句子，苏诗却有自己的创造和发展。

"雪乳"两句承前写"煎茶"。"雪乳"指茶煎沸后翻起的白沫；"脚"指茶脚。"松风"则形容沸腾声，作者《试院煎茶》诗也用"飕飕欲作松风鸣"喻煎茶声。上句视觉，下句听觉，细致而又形象地突出煎茶时沸腾的情态。

结尾两句从上"汲江""煎茶"到品茗，转而着重于就具体茶事抒情致慨。唐人卢仝有首著名的《谢孟谏议寄新茶诗》，极写新茶之美："一碗喉吻润，二碗破孤闷……七碗吃不得也，惟觉两腋习习清风生。"苏轼反用其意，谓如此佳茗却喝不了三碗，乃因身居异乡的贬谪之感所致。这样，整首安闲恬适的氛围中又平添几丝悲凉萧疏。但这种悲感又是极其适度的、克制的，不仅没有破坏全篇的基调，毋宁说是一种使基调内涵得以丰富的反衬，这种安闲恬适似乎经过悲感的过滤，升华为超旷。

（王水照）

# 六月二十日夜渡海

参横斗转欲三更，苦雨终风也解晴。

云散月明谁点缀？天容海色本澄清。

空余鲁叟乘桴意，粗识轩辕奏乐声。

九死南荒吾不恨，兹游奇绝冠平生。


此诗是元符三年（1100）苏轼北渡琼州海峡时所写。

参星横斜，北斗转向，夜深已近三更，而诗人仍处于心潮起伏的兴奋状态。因为今夜渡海后，谪居生涯将成为过去，就像久不止息的风雨，此刻也懂得收敛放晴。是啊，云散月明，清空朗朗，容谁翳蔽？青天碧海原本这般明净澄澈。政敌的横行，犹蔽月浮云，终会消散；自己一生清白，正如这天容海色，一片澄清。点缀，这里有遮蔽、玷污意。《晋书·谢重传》："月夜明净，道子叹以为佳。重率尔曰：'意谓乃不如微云点缀。'道子因戏重曰：'卿居心不净，乃复强欲滓秽太清邪？'"查慎行说："前半四句，俱用四字作叠而不觉其板滞，由于气充力厚，足以陶铸熔冶故也。"（《初白庵诗评》卷下）纪昀说："前半纯是比体，如此措辞，自无痕迹。"（《瀛奎律髓刊误》卷四十三）连用四个四三格的排句写景，前四字又皆两两对偶，似乏变化，然因诗人将丰饶的情感贯穿其间，而使气韵雄浑生动，而无堆垛滞涩之感。所谓比体即是以景拟情，情见象外，也就更显得景情相融无迹，自然天成。

"空余"两句，以典写意。"鲁叟"，指孔子。《论语·公冶长》载，孔子曾说："道（王道）不行，乘桴（筏）浮于海。"《庄子·天运》中说，轩辕黄帝在洞庭湖畔演奏《咸池》，并借音乐说了一番玄理。诗人借此抒写万顷涛声激起的感想：我既渡海北归，也就不必有孔子因道不行而浮舟于海上的感叹；碧海涛声犹似黄帝奏乐，令我粗识老庄忘得失、齐荣辱的哲理。尾联为全诗抒情重心。出句化用屈原《离骚》"亦余心之所善兮，虽九死其犹未悔"意。政敌百般迫害，致诗人"九死南荒"。然而，诗人对此非但不悔，反而更视为平生最为奇妙的游历。如此怡然坦然，无怨无怒，恰与作者艰难坎坷的遭遇形成强烈的对照。这种反差，正显示出诗人超然旷达、高尚磊落的人品修养。

（仓阳卿）

# 饮湖上初晴后雨二首

朝曦迎客宴重冈，晚雨留人入醉乡。

此意自佳君不会，一杯当属水仙王。

水光潋滟晴方好，山色空濛雨亦奇。

欲把西湖比西子，淡妆浓抹总相宜。

据王文诰《苏文忠公诗编注集成·总按》载："熙宁六年癸丑（1073）……正月二十一日，病后，陈襄邀往城外寻春。有饷官法酒者，约陈襄移厨湖上。初晴复雨，山色空濛，并记以诗。"这是这两首绝句的写作背景。陈襄字述古，是当时的杭州知州，和苏轼公私交往都较融洽，彼此诗酒唱和，苏集中留下了不少赠和之作。以前一首的末句"一杯当属水仙王"的句意推之，宴饮之地当在西湖上的孤山近处。水仙王庙在西湖孤山南麓，祠伍子胥。《越绝书》载："威凌万物，归神大海，盖子胥水仙也。"伍子胥非罪而死，投尸江中，吴越人民尊之为潮神，杭州有庙祀多处，但湖上仅此一处。此首起句"朝曦迎客宴重冈"，一本"宴"作"艳"，意即朝曦以其光艳迎客，意亦可通。

这两首绝句中，世人最熟悉的是后一首。它不仅在苏诗中是妇孺皆能成诵的一诗，即使在古今诗人的作品中，能如此遐迩皆知者也为数不多。西湖就因此诗而赢得了西子湖的美称。因之王文诰赞此诗为"前无古人，后无来者"。

此诗以水光与山色、晴天与雨景对举，因此历来评诗家论及结句"淡妆浓抹"时，或言晴天指浓抹，雨天指淡妆；或言水光指浓抹，山色指淡妆；或联系第一首，谓朝为浓抹，晚为淡妆。议论纷纷，莫衷一是。其实，诗人之意，不过是说西湖在任何时刻、任何天候下都是美的，"山色空濛"与"水光潋滟"，不过略举具体色相以概其余，其他林木、花鸟、峰峦、坡陀、堤岸以至风雪寒暖等等，都尽在不言之中。有如绝世佳人的西子，"淡妆浓抹"亦不过举其大端，不妆不抹，或嗔或喜，粗服乱头，醉里病中，都不失为国色天香。斤斤于字面解诗，反而会把诗意缩小和胶着。　（何满子）

# 和孔密州五绝

（五首选一）

## 东栏梨花

梨花淡白柳深青，柳絮飞时花满城。

惆怅东栏一株雪，人生看得几清明。

神宗熙宁九年（1076），苏轼由密州（今山东高密）知州他调，后任为孔宗翰。两人在未交接前便有诗唱和。苏轼于冬十一月离密州，次年四月抵徐州任，诗当在途中或抵徐州后作，原共五首，此为其三。纪昀认为五首中此首最有情致，泂然。

以雪喻梨花，前人已有。唐人杜牧《初冬夜饮》诗就有"砌下梨花一堆雪"之句，但苏轼此诗，用意在以梨花作代表，泛言"花满城"时的春光，慨叹春光之易老，因之见花而惆怅，引申到吾生之有涯，发抒"人生看得几清明"的愁思。诗人借具体的物象概括众多的乃至抽象的事物和情景，诗才有蕴蓄，有意境。如王维诗："君自故乡来，应知故乡事。来日绮窗前，寒梅着花未？"故乡万事万物，岂仅窗前梅花一种？以梅花这一具体的物象作寄托，则故乡万物俱已概括在内，乡思之浓便形象而可感。此诗以梨花喻春光亦复如此。

"花满城"即唐韩翃诗"春城无处不飞花"之意。韩翃的诗句

虽然可以泛指百花，但从下句"寒食东风御柳斜"，可推知其专
注于杨花。到过长安、洛阳等地的人便会切身感受到，暮春时分
确是满城飞絮，恰符韩翃诗意。苏轼此诗也讲"柳深青"，也讲
"柳絮飞时"，借柳絮之飘坠烘托梨花，更暗喻柳絮已如此，梨花
亦将随之零落，惜春与人生有限之情，遂愈益浓至，不独丽句清
辞为胜了。

（何满子）

# 题西林壁

横看成岭侧成峰，远近高低各不同。

不识庐山真面目，只缘身在此山中。

　　这也是苏诗中最为人所熟知的名作，"庐山真面目"一语，作为熟典，已成了人们日常书面和口头语汇在流布，可见其影响之深广。一首山水诗能道出一个虽然平凡但在人们日常生活中十分普遍的哲理，从而，成为人们经常运用的熟语，这就证明了此诗的强大艺术生命力。

　　苏轼于神宗元丰七年（1084）由黄州贬所迁移汝州（治所在今河南临汝），据南宋施宿《东坡先生年谱》："四月发黄州，自九江抵兴国，取高安，访子由，因游庐山。"可知此诗约作于是年五月。同时所作的咏庐山诗有《初入庐山》五言绝句三首，《瀑布亭》、《庐山二胜》二首，《赠总长老》，连这首《题西林壁》，共得八首。《庐山二胜》前有短序云："余游庐山，南北得十五六（意指游程达全山十分之五六），奇胜殆不可胜纪，而懒不作诗，独择其尤佳者作二首。"《东坡志林》卷一"记游庐山"条又记在庐山所咏诸诗，"最后与总老同游西林……仆庐山诗尽于此矣"云云。可知西林之作，是他游遍庐山之后对庐山全貌的总结性的题咏。知道了这一背景，有助于对这首诗的理解。

西林寺又称乾明寺，位于庐山七岭之西。姚宽《西溪丛语》评此诗首句云："南山宣律师《感通录》云:'庐山七岭，共会于东，合而成峰。'因知东坡'横看成岭侧成峰'之句，有自来矣。"但苏轼这句诗当然不是从道宣的《感通录》中的记载得来，而是从游山全程的综合印象的实际经历中感受到的。

次句"远近高低各不同"，追述入山途中所见，远处、低处所见，只能是《初入庐山》第一首所说:"青山若无素，偃蹇不相亲"，只是高下偃蹇的葱茏一片;愈近愈高则一地一处的景象更真切，但山景又随自身之所至而变异，所领会的是分散的局部的"真面目"，庐山全景的"真面目"反而遗落了。因而诗人叹道:"不识庐山真面目，只缘身在此山中。"

然而，只有经过近看、远看、高看、低看、横看、侧看，从各种视角把握了局部的真面目后，再来鸟瞰或远眺全山，由分析到综合，微观到宏观，具体到抽象，此时庐山真面目才能识得。于是这首游山诗便成了一首形象地表述认识论的哲理诗。诗和哲学原是相通的。

（何满子）

# 惠崇春江晓景

竹外桃花三两枝，春江水暖鸭先知。
蒌蒿满地芦芽短，正是河豚欲上时。

　　这是苏轼在宋神宗元丰八年（1085）为僧人惠崇画作所写的题画诗。这首生意盎然、饶有情趣的名作，语意显豁，通俗易懂，却招来前人的异议和争论：一是"鸭先知"问题，一是"河豚欲上时"问题。

　　清人毛奇龄《西河诗话》卷五指责说："水中之物，皆知冷暖，必先及鸭，妄矣。"由此引发一场争论，甚至引申出"鹅也先知"的笑谈。其实，诗歌中的艺术形象总是个别的、有限的，它不可能也不必要穷尽所有的生活现象。诗人总是努力捕捉那些蕴含更多内容和意义的个别的生活形象或场景，来表达他所感受或认识到的象外之旨、景外之意。"春江水暖鸭先知"，这里鸭对早春的感知，不是作为生物学对象的特点，不是论定它在同类水禽中是否最为敏感，而是诗人从鸭戏春江的欢乐场面中敏锐地感受到春天的消息。因此，他强调甚或夸张鸭对水温感知这一特点，实际上是对它与人的精神密切关联乃至相通的那一特点的强调或夸张，从而表达对春天的喜悦和礼赞，对生活的热爱和肯定。此外，苏轼此诗只能说"鸭"而不能说鹅或其他"水中之物"，还有一个简单的理由：这是一首题画诗。从诗本身来看，这显然是一幅鸭戏图。鸭正是画面的中心，自然也成了作者吟咏的中心。

南宋人胡仔《苕溪渔隐丛话》前集卷三十一说：苏轼此诗所写"正是二月景致，是时河豚已盛矣，但'欲上'之语，似乎未稳"，就是说，与时令不合。这又招来不少反驳者。其实，此诗处处服从于构筑一个冬去春来时的意境：竹外的桃花"三两枝"，是初开；春水初暖，游鸭感知最先；蒌蒿、芦芽，既是早春植物，又是做鱼羹的配料；当此春江水发、蒌蒿遍地而芦芽初生之际，正是河豚由海入河、逆流上水之时。苏轼紧紧抓住和突出自然景物在季节转换时的特征，把画面上已有的鸭、桃等物和未有的河豚，统一组成他心目中的"第二自然"，表达他对这个辞腊迎春时刻的敏感和欣喜。这首诗的全部好处就在写活了一个"初"字。从日常生活经验看，可能有所"失真"或"无理"，但在艺术领域里却是更真实、更合理。

（王水照）

# 书李世南所画秋景

## （二首选一）

野水参差落涨痕，疏林攲倒出霜根。

扁舟一棹归何处，家在江南黄叶村。

李世南，字唐臣，安肃（今河北徐水）人，善画山水，长于寒林。元祐二年（1087），苏轼在汴京为其画题诗，另一首云："人间斤斧日创夷，谁见龙蛇百尺姿。不是溪山成独往，何人解作挂猿枝。"邓椿《画继》卷四载世南之孙李皓语："此图本寒林障，分作两轴。前三幅尽寒林，坡所以有'龙蛇姿'之句，后三幅尽平远，所以有'黄叶村'之句。其实一景而坡作两意。"

全诗不着一"秋"，而处处是秋。山野溪河，盈满时几与岸平，秋水退落，始显参差高低的昔日涨痕。山间林木，夏日繁茂葱郁如烟，自然无"疏"可言，而秋叶萧萧飘零之时，便见枝条交互，歪斜倾侧，才会觉察老树露出霜根。"黄叶"与"疏林"呼应，更令人想见西风阵紧，秋意深浓。

画中诗意，每每见于象外。题画之诗，贵在味画外之味，传象外之意。此诗所写，既有见于画面，更得之于象外。"归何处""黄叶村"，虽为画面所无，却是意境当有。诗人凭借高超的理解力和感受力，由"扁舟一棹"驰骋想象，开拓出诗意盎然的悠远境界。

"扁舟"，《画继》卷四作"浩歌"，且云："'浩歌'字，雕本皆以为'扁舟'，其实画一舟子张颐鼓枻作浩歌之态。今作'扁舟'，甚无谓也。"因此竟闹出一段公案。纪昀校查注本云："如不出'扁舟'字，则'浩歌'一曲茫然无着，不见定是鼓枻。此必后来改定，不得执墨迹驳之。"高步瀛判："'扁舟'字胜，邓公寿说似泥。"（《唐宋诗举要》）或谓纪说未谛，"一棹"即见鼓枻。就画面言，"扁舟""浩歌"，义各可取。若呈坡公裁断，亦未必是此非彼。要者，循画家、诗人心目，寻象外意，味画外味，以见画中诗，诗中画。

（仓阳卿）

# 赠刘景文

荷尽已无擎雨盖，菊残犹有傲霜枝。
一年好景君须记：正是橙黄橘绿时。

元祐五年（1090）苏轼知杭州时作此诗。时刘景文（名季孙）亦在杭，任两浙兵马都监。刘为将门之后，博学能诗。轼重其才，曾予举荐，时相唱酬。

荷尽、菊残、橙黄、橘绿，这些不相关联的事物，经诗人有机的融合，便呈现出秋尽冬至的特有氛围。从这简淡天成的意境里，可感到冬日来临的先兆，似嗅到累累橙橘发出的清香，更可感受到作者洒脱乐观的情趣。

莲花凋尽，荷叶枯败，但她出污泥而不染的高洁本质，并不因此消失。菊花虽谢，而标志着她坚贞节操的枝干，依然傲霜挺立。橙、橘满枝，虽饱经风霜而终欣欣向荣。大自然的不息生命，恰包含在这枯荣的不断更替之中。诗中的这些形象，不禁使人想到被作者赞许为"慷慨奇士"、比拟为汉代孔融的刘景文；更令人想见历遭磨难挫折，始终保持着高尚襟怀的诗人自己。作此诗的次年，苏轼出知颍州，刘氏赠诗曰："二三贤守去非远，六一（欧阳修晚号"六一居士"，曾知颍州）清风今不孤。四海共知鬓霜满，重阳曾插菊花无。"（《寄苏内翰》）轼答诗则有"一篇向人写肝肺，四海知我霜鬓满”之句，可为本诗补注。

　　高步瀛说："或以此诗与韩退之《早春呈水部张员外》诗相似，徒以'最是一年春好处'句偶近耳。其意境各有胜处，殊不相同也。"（《唐宋诗举要》）
（仓阳卿）

# 澄迈驿通潮阁二首

倦客愁闻归路遥，眼明飞阁俯长桥。
贪看白鹭横秋浦，不觉青林没晚潮。

余生欲老海南村，帝遣巫阳招我魂。
杳杳天低鹘没处，青山一发是中原。

元符三年（1100）六月，苏轼赴廉州途经澄迈驿站时作。"澄迈"，隋置县，因境内有澄江、迈山，故名，今属海南。《大清一统志》："通潮阁在澄迈县西，宋苏轼尝憩其上，有诗，其后胡铨和之，李光书匾。"

诗人以老惫之躯，谪居儋州（今海南儋县），不时思归而心疲神瘁，故以"倦客"自指。眼下虽在北移途中，却因归心急切，连听人谈起归路遥远的事实，也会犯愁。登上四檐凌空欲飞的通潮阁，俯视长桥，顿觉眼睛一亮，心境一畅：那长桥正是通往北归之路的津梁啊！于是诗人尽情欣赏翱翔的白鹭横逾秋浦；不知不觉中天色渐暮，这才发现青葱的树林，已溶在晚潮的碧绿水色之中。"不觉"二字，点出诗人的心潮起伏。下一首，继续吐露这起伏的心潮。

　　《楚辞·招魂》:"帝告巫阳曰:'有人在下,我欲辅之。魂魄离散,汝筮予之。'"巫阳"乃下招曰:'魂兮归来!'"此以天帝喻朝廷,以招魂喻召还。诗人原以为北归无望,遂有在海南了却残生的打算,不意朝廷竟召还我这个飘泊天涯的老人。诗人的喜悦中含有几分伤感。如果说上一首的三、四两句,融情于眼前的实景,那么这一首的三、四句,则寓情于遐想中的虚景。在无影无声、鹘鸟隐没的天边,那一抹青山,似有若无,细如发丝,这就是中原啊! 诗人何尝不知这里无法望见中原,而他内心深处仍禁不住连连喊出:这一回可真要回到中原大地了。

　　此诗情语含景,景语融情,前后映照,一波三折,抒发出深沉复杂的羁旅感慨。施补华《岘佣说诗》更极称后一首"气韵两到,语带沉雄"。"杳杳天低鹘没处,青山一发是中原",为全诗警句,纪昀批:"神来之笔。"胡仔《苕溪渔隐丛话》指出,苏轼在《伏波将军庙碑》中也用"杳杳一发"之语,可见这是诗人的得意之笔。后人多有袭用此语的,如虞集的"青山一发是江南"(《题柯博士画》),刘因的"人间一发是中原"(《远山笔架》)。　　　　(仓阳卿)

# 杨 蟠

杨蟠,生卒年不详,字公济,章安(今浙江临海)人,一作钱塘(今浙江杭州)人。庆历六年(1046)进士。任密、和二州推官,后知温、寿二州。元祐中,苏轼知杭州,蟠通判州事,与轼唱酬颇多。诗为欧阳修所称赏。 (张国浩)

## 陪润州裴如晦学士游金山回作

试上蓬莱第几洲?长云漠漠鸟飞愁。

海山乱点当轩出,江水中分绕槛流。

天远楼台横北固,夜深灯火见扬州。

回船却望金陵月,独倚牙旗坐浪头。

此诗为作者任和州(治所在今安徽和县)推官时陪裴如晦游金山后所作。裴如晦,名煜,时为润州(治所在今江苏镇江)知州。金山,在今江苏镇江西北,原在江中,明以后江水北移,遂与南岸连成一片。此诗所记,即宋时矗立于长江之中的金山。

首联以自问自答的方式写初登金山的惊喜之感。"蓬莱",指古代传说中的海上神山。首句是设问,又是诗人踏上胜地后欣喜之情的真实流露。诗人初登金山,惊异于它的形胜楼观之美,只觉得自己仿佛到了蓬莱仙境。二句看似答问,实是写金山峰峦秀丽,白云环绕令人如同置身仙境。

二联接写金山胜景。登高远望，水面上远山点点，长江水至此一分为二，绕过楼槛向东流去。长江流至镇江以下，水面宽阔，古人多以"海"称之。"当轩出"，是说群山虽在远处，却如在长廊窗前；"绕槛流"，是说长江虽在山下，却如在楼前。

三联写入夜后所见之景。"楼台"，指镇江东北北固山甘露寺中的多景楼。诗人遥望长江南北镇江、扬州两大重镇，但见北固山与多景楼横陈天际，扬州城万家灯火照彻夜空。镇江自古多名胜，扬州繁华不夜城。此处不仅描写了金山周围诸景，而且突出了环绕金山的两座名城的不同特点。王安石《次韵平甫金山会宿寄亲友》中有"天末海门横北固，烟中沙岸似西兴"句，两者同写夜中金山景观，王诗前"横"后"似"，一实一虚；杨诗"横""见"相对，锤词炼意，略胜一筹。

尾联写乘船返回时的情景。诗人在归船中遥望金陵（今江苏南京），只见一轮明月高挂在天空；自己背倚牙旗（官船上的旌旗）独坐船上，颠簸于风浪之中。

综上所述，此诗并不以单纯摹写金山形胜见称，而是紧扣上金山、金山游、夜回船、归途行写游金山的所见所感，对金山及其周围的景观有极为概括与生动的表现。全诗气魄阔大，格调高昂，音节浏亮。纪昀《阅微草堂笔记》称之为"气象雄阔，到底不懈"，确为不虚之辞。

（陈爱平）

## 苏　辙

苏辙（1039—1112），字子由，眉州眉山（今属四川）人。仁宗嘉祐二年（1057）进士，累官至御史中丞、尚书右丞、门下侍郎。哲宗时，屡遭贬谪。晚年居颍川，自号颍滨遗老。文章与父洵、兄轼齐名，称“三苏”，均被列入“唐宋八大家”。其文汪洋淡泊，饶有情致。其诗冲和静澹，自然素朴，但有时流于质而少文，理胜于情。有《栾城集》。
（姜汉椿）

## 次韵子瞻好头赤

沿边壮士生食肉，小来骑马不骑竹。

翩然赤手挑青丝，捷下巅崖试深谷。

牵入故关榆叶赤，未惯中原暖风日。

黄金络头侬围人，俯听北风怀所历。

　　此诗是苏辙和其兄苏轼《戏书李伯时画御马好头赤》的一首诗。

　　我们不妨先看苏轼的诗：“山西战马饥无肉，夜嚼长秸如嚼竹。蹄间三丈是徐行，不信天山有坑谷。岂如厩马好头赤，立仗归来卧斜日。莫教优孟卜葬地，厚衣薪槱入铜历。”苏轼之诗，本为题画诗，但他没有正面写御马，而是以北方边疆的战马来反衬御马，故而冠以“戏书”。我们能感受到苏轼是有感而发的。

　　再看苏辙的诗。这诗同样是有感而发，但描写的却又是另一番景象了。

　　一、二两句，不写马而写人。首句表现了边地壮士的豪迈气概，但也反映了环境的艰苦。第二句，写边地小儿自小骑马，不像内地儿童以竹代马，两相比较，自然显出了边地民风的刚健豪迈，这两句活脱脱地勾勒出了边地壮士粗犷、剽悍的形象。三、四两句写他们手持马缰，乘马翻山越岭，攀登高耸入云的悬崖，探测深不见底的绝谷，逼真、传神地写出了边地壮士矫捷的身手和过人的胆量。

　　五、六两句写边疆的马，面对的是凛冽的朔风，一旦离开边地，反而不能适应关内那风和日暖的气候和没有鼓角马嘶的平静环境。这更能使人想到那些不畏风沙的边疆壮士。

　　结尾两句写边马虽然戴着黄金络头依偎在养马人的身边，但好像在低头倾听呼啸的北风，追怀昔日驰骋草原的经历。诗中的拟人手法用得十分巧妙：它让人体会到边马的生活也像边疆壮士一样豪放，追怀的是在广大天地里自由驰骋的生活。诗不事雕凿，纯用口语写成，颇能体现苏辙的诗风。

　　　　　　　　　　　　　　　　　　　　　　　　　　　（姜汉椿）

# 神水馆寄子瞻兄

### （四首选二）

夜雨从来相对眠，兹行万里隔胡天。

试依北斗看南斗，始觉吴山在目前。


谁将家集过幽都，逢见胡人问大苏。

莫把文章动蛮貊，恐妨谈笑卧江湖。


宋哲宗元祐元年（1086），苏辙奉使契丹期间，有诗二十八首，《神水馆寄子瞻兄四绝》即出使时所作。

前一首，是写对祖国的思念。诗人奉使契丹，途中遇雨，雨夜人寂，与孤灯相伴而眠。首句抒发怀念兄长的手足之情。苏氏兄弟早年读韦应物《示全真元常》诗，其诗云："宁知风雪夜，复此对床眠。"于是"相约早退为闲居之乐"（苏辙《逍遥堂会宿》诗序）。故苏氏兄弟诗词中每每咏及"对床夜语"。此诗首句谓：以前一直与兄长在风雨之夜对床而眠，如今却远隔万里了。诗人身处漠北，遥望南天，觉得祖国的壮美河山就在眼前。当时他身在契丹境内，地处北方，因借"北斗"指北方。"南斗"则指南方宋地。在短短的四句诗中，诗人那思念祖国、亲人的深情跃然纸上。

　　后一首，诗人赞扬了其兄苏轼的文名。首句乃出奇之笔。"谁将"两字，看似不经意，好像不知是谁将苏氏父子的家集带到了辽地，但从中正道出了苏氏父子在当时文坛上的影响之大。苏洵、苏轼、苏辙父子，时称三苏，而以苏轼最负盛名。次句写连辽地的人士，也都知道苏轼的文名。不时有人向作者打听苏轼的情形，就突出说明了这一点。三、四句谓千万不要因为苏轼的文章，引动辽帮觊觎中原的念头，那将打破诗人纵情江湖、高卧谈笑的闲适宁静生活。在赞扬中颇具几分幽默的情趣。

　　这两首绝句，节奏明快，感情真挚，同时，表现出诗人乐观、旷达的情怀。

（姜汉椿）

## 道　潜

道潜（1043—1102），字参寥，俗姓何，原名昙潜，杭州於潜（今浙江临安）人。自幼出家，与苏轼、秦观交好。轼贬官黄州，曾千里往访，同游庐山。轼知杭州，卜智果精舍居之，彼此酬唱甚多。轼贬窜岭南，道潜亦因坐语讥刺，命还俗。建中靖国初，诏复祝发。崇宁末，归老江湖。能文善诗，有《参寥子诗集》。

（聂世美）

## 夏日龙井书事

（四首选二）

雨过千岩爽气新，孤怀入夜与谁邻？
风蝉故故频移树，山月时时自近人。
礼乐汝其攻我短，形骸吾已付天真。
露华渐冷飞蚊息，窗里吟灯亦可亲。

　　这组诗前有小序云："呈辩才法师，兼寄吴兴苏太守，并秦少游。少游时在越。"可见是诗人写寄苏轼、秦观等朋友的。龙井，在杭州西湖西南边的山岭上。四周山石峥嵘，古木参天，十分幽雅。组诗共四首，这是其中第二首，写诗人夏夜雨后的感受。

　　诗的首联，先写气象，后写情怀。夏日炎热，雨后凉爽，自然

374

给人以快意。首句"爽气新"三字，写出了诗人的心情。但次句诗意急转，不写快意，而写孤怀，将诗的主旨点明。人之情怀孤寂本已难堪，加之"入夜"，不更惆怅吗？诗人在此发出"与谁邻"一问，写惆怅尤为含蓄。接着，第二联是写夜景，也是对"与谁邻"一问的回答。知了频频在树间飞移，鸣声越来越近；山月在天空时时移动，向人靠近。夜景中的风蝉、山月都在向人亲近；仿佛它们想与诗人作伴，宽慰诗人的孤怀。这一联可以说，诗中有景象，更有情致。以上两联，既写出了诗人的孤怀，又表现出诗人能随遇而适，安于这种生活的旷达情怀。

诗人为何安于这种孤寂的生活？第三联表达了诗人的心迹。按照传统礼教，"礼乐不可斯须去身"（《礼记·乐记》），但《庄子·渔父》却云："礼者，世俗之所为也；真者，所以受于天也，自然不可易也。故圣人法天贵真，不拘于俗。"诗中说他已决意崇尚天真，不再受礼俗的拘束。这里表现了诗人不与世俗合流的节操。这也正是他安于孤怀的思想基础所在。末联，诗笔又从议论中拉回，继续写龙井夜景：露水渐凉，飞蚊停止了活动；此刻只有室内的灯光还与我相亲相伴，照我吟诗遣怀。前面写风蝉、山月与诗人为伴，这里写吟灯可亲，景象由室外而室内，情致真切。这一联也可以说是在继续回答首联提出的"与谁邻"一问。于此可见，此诗前后呼应有法。

全诗围绕"与谁邻"三个字，把写景、抒情与议论结合在一起，并抓住诗人的"孤怀""天真"做文章，将诗人远离尘世、不拘礼俗的思想感情表现得十分真切。

自怜多病畏炎曦，长夏投踪此最宜。

青石白沙含浅濑，碧梧苍竹聒凉飔。

云中鸡犬听难辨，谷口渔樵问不知。

斑杖芒鞋随步远，归来烟火认茅茨。


这是组诗的第三首。诗中写诗人龙井消夏的愉快心情。

诗的前两联写景色宜人。首联先总写一笔，说他因为多病特别畏怕夏日的炎热，因此，夏天来到龙井消夏最感气候宜人，心情十分愉快。由于上句先写诗人多病畏暑，下句写诗人心情方有着落。但"此最宜"三个字毕竟抽象。因此，诗的次联便具体描写自然景象之宜人处：清浅的溪水从青石白沙上急流而过，凉风吹打着梧桐、苍竹，发出沙沙的声响。浅濑（lài）指浅而急的溪流。飔（sī），凉风。从色彩上讲，青石白沙、碧梧苍竹，偏重冷色调，自然给人以凉意。从环境看，有溪水，有凉风，有树荫竹林，何其幽静清凉！由于有这两句对具体景象的生动描写，加深了人们对"此最宜"的印象。

诗后两联写远离尘世，犹如桃源的环境，以及诗人居于此、乐于此的闲逸之情。第三联的上句先写远处传来鸡犬之声，点明山中有人家；再写"听难辨"，对于鸡犬之声来自何处，人家是谁等，心有疑问。下句写他为寻找答案，在谷口向渔樵之人打听，得到的回答却是"不知"二字。从渔樵人的回答至少可以说明两点：一是山大林深，二是鸡犬之声相闻，老死不相往来。这与晋朝诗人陶渊明所描述的桃源世界有何不同？末联写他信步远游，归来时已暮色苍茫，辨不清方向，只能凭借黄昏的烟火辨认出自己居住的茅屋所在。诗人于此何其闲适自在！尤其是诗中的斑杖、芒鞋、茅茨，写诗人淡泊的生活，颇有隐士风味。诗人如此渲染自己的这种生活情趣，自是他远离尘世之想的流露。

　　纵观全诗不难看出，诗人对龙井如此爱恋，不仅仅是"长夏投踪此最宜"，而且还因为在这里"远谷长山万事遗"（《夏日龙井书事》其四）。可以说，后者还是主要的。而这种思想可以看作是诗人《夏日龙井书事》这组诗的中心思想，这也正是诗人要向他朋友倾诉的衷肠所在。

（房开江）

# 临平道中

风蒲猎猎弄轻柔，欲立蜻蜓不自由。

五月临平山下路，藕花无数满汀州。


这首诗是道潜的代表作之一。据说，"东坡一见而刻诸石，宗妇曹夫人善丹青，作《临平藕花图》，人争影写"（见《续骫骳说》）。既被勒石永存，又以诗意入画，可见深为时人所推许。又据《苕溪渔隐丛话》前集卷五十六所引《冷斋夜话》："吴僧道潜有标置，常自姑苏归西湖，经临平道中，作诗云（略）。东坡赴官钱塘，过而见之，大称赏。已而相寻于西湖，一见如旧相识。"可见，此诗还是苏轼与诗人结为莫逆之交的媒介与见证。而据南宋施宿所著《东坡先生年谱》，苏轼曾先后两次赴官杭州，其首次赴任杭州通判在神宗熙宁四年（1071）十一月，是本诗当作于熙宁四年十一月苏、何相识订交之前。

诗题"临平"当指临平镇，镇处临平山下，自昔为浙西要地，距今杭州市东北约二百里之遥。此地平旷逶迤，名曰山，实际上亦只一丘而已。诗旨写江南五月之水乡景色，意思显豁，明白如话。不过，写来却十分生动活泼，历历如绘。究其原因，除了出语平易，纯用白描勾勒而绝无故实外，还与诗人细心体察生活有关。

诗的前两句写微风动处，蒲叶阵阵起伏，猎猎有声，在显示其轻姿柔态的同时，却使得欲立其上的蜻蜓忽上忽下，翻飞不定，难以自由自在地站稳脚跟。这一自然界的景象，既为人所熟见，又为人所忽略，如今为体物入微的诗人所捕捉，敏捷地摄入诗篇，就充满了勃勃生机与生活情趣，从中透露出江南五月的消息。如果说，这一动人的特写镜头所显示的是一种动态美，从一个细微的景观反映了临平一带的初夏风光，那么，诗的后两句则一反上述的盎然生意与幽默趣味，叙写了临平山下道路起伏蜿蜒、池塘水泽中荷花亭亭玉立的静态美，从一个广阔的景观概括了江南水乡初夏风光的一般特色。诗的前后两部分互映互衬，相辅相成，交织成了一幅令人称羡的图画。

　　苏轼曾称赞道潜的诗"无一点蔬笋气"。清代的四库馆臣们虽则指出其人"傲僻寡合"的性格，却又不得不承认："然其落落不俗，亦由于此。"并且说："韩子苍云：'若看参寥诗，则惠洪诗不堪看也'云云，盖当时极推重之。"从这首小诗，也可以推知其人及其作品的风貌。

（聂世美）

# 秋　江

赤叶枫林落酒旗，白沙洲渚夕阳微。
数声柔橹苍茫外，何处江村人夜归？

　　这首诗写秋江夜景，有声有色。是诗，亦似画，诗情画意铸成了幽美的意境。

　　诗从岸边景象写起：枫林在夕阳辉映下分外红艳，酒家已收起了悬挂于门前的酒旗。首句就使人强烈地感受到秋天的气息。"酒旗落"三个字，说明已到路上少行人的黄昏时分了，这里暗写了一个"暮"字。接着，诗笔转向江上：昏暗的夕阳正照着白色的水中沙洲。这一句与上一句，不仅有岸上景与水中景的对照，而且在色彩上还有红与白的对照。由于这种对照，画面虽然错综却很协调鲜明。诗的后两句，紧承"夕阳微"而写暮色苍茫中秋江朦胧之景：江面上暮霭沉沉，看不清过往船只。这时只听到从"苍茫外"转来轻柔的桨声，不知是哪里的江村有人夜里归来？上句实写橹声，这一笔，使秋江暮夜更加寂静，与"空山不见人，但闻人语响"（王维《鹿柴》）的意境颇为相似。诗人笔下的苍茫之景有如隔墙，挡住了诗人的视线，此刻他只能凭听觉感受外间景象。当他听到桨声从"苍茫外"传来，仿佛觉得似近似远，对秋江夜景顿生朦胧之感。也正是这种效果，下句虚写夜归人，而从疑问中落笔，使小诗更加蕴藉含蓄，诗味深长。

（房开江）

## 黄庭坚

黄庭坚（1045—1105），字鲁直，自号山谷道人，晚号涪翁，洪州分宁（今江西修水）人。治平进士。曾为北京国子监教授，知吉州太和县。元祐初召为校书郎，预修《神宗实录》，迁著作佐郎。后被指控修史失实，于绍圣二年（1095）贬为涪州别驾、黔州安置，又移戎州。徽宗即位，放还，崇宁元年（1102）领太平州事，仅九天即被罢免，旋以《承天院塔记》"幸灾谤国"除名，流放至宜州（今广西宜山）而卒。早年受知于苏轼，与张耒、晁补之、秦观并称"苏门四学士"。以诗名家，与苏轼并称为"苏黄"。诗宗杜甫，兼法韩愈，风格奇崛拗峭、清新瘦硬，被尊为江西诗派之祖。有《豫章黄先生文集》《山谷刀笔》《山谷琴趣外篇》。

（黄宝华）

# 和答钱穆父咏猩猩毛笔

爱酒醉魂在，能言机事疏。
平生几两屐，身后五车书。
物色看王会，勋劳在石渠。
拔毛能济世，端为谢杨朱。

　　黄庭坚的诗中有一部分咏物诗，往往通过巧妙的构思、新警的语言，造成一种奇趣，令人玩味无穷。本诗写的是一种用猩猩毛制成的笔，是钱勰（字穆父，吴越王钱氏之后）出使高丽时所得，钱以此笔赠山谷，并请他赋诗。诗作于元祐元年（1086），共有两首，另一首书赠苏轼，钱、苏二人当时俱为中书舍人。

唐代的裴炎作过一篇《猩猩铭》，其序中述及武平封谿县的猩猩数百为群，出没山间。乡里人知道猩猩爱喝酒，喜穿屐，就在路旁设酒及屐，诱使猩猩上钩。猩猩也知道其中有诈，故每每詈骂乡人，但禁不住酒的诱惑，还是来喝酒，喝则必醉，醉后取屐而着，终为乡人所擒。序中还引《水经注》语，称猩猩"学人语，若与交言，闻者无不欷歔"。此说由来已久，《礼记·曲礼》就说："猩猩能言。"此诗首联即咏猩猩的"爱酒"与"能言"二事，但却一语双关，兼写猩猩与毛笔。上句言笔中有猩猩的醉魂在，这猩猩可能是因为贪杯被擒，其毛遂被制为笔，故笔中有其醉魂。下句谓以笔书写，犹猩猩之能言，难免泄漏机事。两句上下映照，又有酒后失言之趣。"平生"句则化用猩猩着屐事，又兼用《世说新语·雅量》所载阮孚事，阮孚平生最喜欢屐，尝叹曰："未知一生当著几量（通"两"，即"双"）屐！"意谓人生短促，穿不了几双鞋子。"身后"句则用《庄子·天下》语："惠施多方，其书五车。"这一联写猩猩的生命虽然短暂，但用其笔却写出了大量的著作，兼寓文章著作能超越生命，垂之久远的哲理。颈联写在帝王朝会的众多贡品中可以见到猩猩毛笔，用它写出的大量书籍都存放在宫中的石渠阁中。石渠是汉宫中的阁名，为藏书之所，故称笔之"勋劳在石渠"。尾联归结为赞扬其无私的奉献精神。古代的杨朱有"拔一毛而利天下不为也"的话（见《孟子·尽心》），而这里则以拔毛济世来赞扬猩猩之以毛制笔而利天下，并指出应将这个道理告诉杨朱之类的自私自利者。

前人论咏物诗主张"不即不离",也就是既不能拘泥,又不能脱离所咏之物。山谷此诗的佳处正在于句句不离毛笔,却又能写出人情世态,蕴含着人生哲理。清人王士禛在《分甘余话》中指出:"咏物诗最难超脱,超脱而复精切则尤难也。"山谷此诗则是"超脱而精切,一字不可移易"。所谓"精切"即是切合于猩猩毛笔的特点,而"超脱"则是因物抒情,借物喻理,象文章不朽、拔毛济世既是关合毛笔,又传达了人生之理,二者妙合无间。此诗之所以能"不即不离",全依赖于独特的修辞手法的运用。诗人在写笔的同时,处处扣住猩猩的行为特征,又通过拟人手法使笔具有人性,人、笔、猩猩三者融而为一,遂生出无穷的妙趣,这正是韩愈《毛颖传》的笔法。此诗的拟人手法还与组织典故结合在一起,诗人将有关人事的各个典故傅会到猩猩与毛笔的身上,从而达到拟物为人的效果,更增添了俳谐之趣,故清人贺裳评曰:"全篇俳谑,使事处犹觉天趣洋溢。"(《载酒园诗话》)

(黄宝华)

## 子瞻诗句妙一世乃云效庭坚体盖退之戏
## 效孟郊樊宗师之比以文滑稽耳恐后生
## 不解故次韵道之子瞻送杨孟客诗云
## 我家峨眉阴与子同一邦即此韵

我诗如曹邻，浅陋不成邦。

公如大国楚，吞五湖三江。

赤壁风月笛，玉堂云雾窗。

句法提一律，坚城受我降。

枯松倒涧壑，波涛所舂撞。

万牛挽不前，公乃独力扛。

诸人方嗤点，渠非晁张双。

袒怀相识察，床下拜老庞。

小儿未可知，客或许敦厖。

诚堪埽阿巽，买红缠酒缸。

　　山谷的五言古诗风格雄奇拗硬，从此诗可窥豹一斑。诗作于元
祐二年（1087）。诗题交代了写作此诗的缘起，表现了山谷的谦虚，
他指出东坡作诗称"效庭坚体"，其情形有类韩愈之模拟孟郊、樊
宗师，只是笔墨游戏，为免使后生辈产生误解，故作此诗加以说

明。欧阳修《论尹师鲁墓志》云:"修见韩退之与孟郊联句,便似孟郊;与樊宗师作志,便似樊文。"欧公此语显然为山谷所本。

开头四句以两个奇特的比喻概括二人的诗作,出手不凡,妙语惊人。国家与诗歌是两类绝然不同的事物,而山谷则将它们熔铸为新鲜的比喻,确是道人所未道。《左传·襄公二十九年》记吴公子季札在鲁国观周乐,有"自《邶》以下无讥焉"的评语,意谓"邶风"以下的乐歌已不足置评,亦即不入流品,而十五国风中《邶》以下即《曹》,这是两个小国的乐歌。山谷利用"曹邶"之一语双关(既指国,又指诗),构成妙喻,称自己的诗如蕞尔小国,不成气候。相比之下,东坡之诗如楚国,有泱泱大国之风,包容了三江五湖的广大地域。此语还兼喻东坡之胸襟阔大,因司马相如《子虚赋》云:"吞若云梦者八九,于其胸中。"

以下十句具体赞颂东坡的诗境,深致服膺之意。"赤壁",指黄州的赤鼻矶,东坡元丰间谪于黄州时,将它认作三国战场赤壁,作诗赋以咏之,时有秀才李委善吹笛,常与东坡泛舟江上,以笛声侑酒。"玉堂",指翰林院,时东坡为翰林学士知制诰,常值宿玉堂,云窗雾阁正指其供职馆阁。这一联概括了东坡不同的生活境遇,也是他的诗歌所描绘的不同境界,两句纯以名词构成对仗,形象而凝炼。句法,即句律、诗律,泛指修辞、句型等诗歌的语言技巧;提一律,以治军严于纪律喻苏诗句律之精。"坚城"一句则是言山谷在东坡之前甘拜下风。《世说新语·文学》载殷浩谈玄,"忽言及《四本》,便若汤池铁城,无可攻之势"。为山谷此句所本。按以作战喻文事可追溯到王羲之的《题卫夫人笔阵图后》,其后诗人仿之者甚夥，苏、黄尤喜此法，黄之《次韵答薛乐道》竟通篇用之。这一联赞东坡之诗艺，取譬设喻之奇巧也非常人所能到。"枯松"四句写东坡诗笔之健：绝壑深涧，枯松倒插，冲波逆折，万牛难挽，而东坡却能独力扛起这棵巨松！杜甫《古柏行》云："大厦如倾要梁栋，万牛回首丘山重。"韩愈《病中赠张十八》云："龙文百斛鼎，笔力可独扛。"这里山谷虽然化用了杜甫、韩愈的诗句，但经过他的熔铸，典故、成语已构成了崭新的意象，其雄健劲挺，直可力透纸背。"诸人"二句再从反面来突出东坡诗艺的不朽。杜甫《戏为六绝句》云："庾信文章老更成，凌云健笔意纵横。今人嗤点流传赋，不觉前贤畏后生。"晁、张指"苏门四学士"中的晁补之与张耒。二句谓虽有人指摘、贬低东坡，但他们连东坡的门人都无法匹敌，更不要说企及东坡的凌云健笔了。

最后以叙交谊结束全诗。东坡当时虽为文坛领袖，但却能扶持、识拔新进。他胸怀宽厚，坦诚待人，山谷也受到了他的赏识、荐拔。早在元丰元年（1078）东坡知徐州时，山谷就寄诗与书信给东坡，盛赞其学问人品，并表达了师事之愿，东坡有报章及和诗，称山谷"超逸绝尘，独立万物之表，驭风骑气，以与造物者游"。"床下"句即是写参拜东坡，用《三国志·蜀志·庞统传》注引《襄阳记》："（庞）德公，襄阳人。孔明每至其家，独拜床下。"最后四句忽然转入写两家的交谊，极亲切有味。"小儿"，指山谷之子相，小名小德，客人们都称许他忠厚老实。山谷提出或许能与东坡的孙女阿巽（苏迈之女，东坡之孙）结亲，如获应允，他就要以红彩缠酒缸作为定亲之礼了。这样的结尾出人意料，诙谐幽默，也许就是

所谓"以文滑稽"吧。这正如山谷所说的："作诗正如作杂剧，初时布置，临了须打诨，方是出场。"(《王直方诗话》)

　　杜甫、韩愈开以诗论诗的风气，诗人以形象化的语言描摹诗境，宋人雅好此道。而山谷此诗尤以想象的奇特、比喻的巧妙独辟新境。此诗模拟韩愈的《病中赠张十八》，力盘硬语，奇崛奥峭。其用韵险窄，句式多变，笔力纵恣，堪称"庭坚体"的代表。如三、四句变易五言句的固定节奏，读来拗崛顿挫，而接下来却是一联工整的对偶，音节谐婉。诗中还参以散文句式，形成流转跌宕的古文气势，有助于传达亲切诙谐的口吻。这些都是典型的山谷作风。

(黄宝华)

# 题郑防画笶

（五首选一）

惠崇烟雨归雁，坐我潇湘洞庭。

欲唤扁舟归去，故人言是丹青！

　　惠崇是北宋画僧，擅绘水乡景色，点缀鹅鸟鹭丝，人称"惠崇小景"。王安石、苏轼都有诗题咏他的画。黄庭坚在郑防珍藏的画册中，看到惠崇的画，遂欣然为之题诗。

　　这首题画诗极力赞美惠崇画的艺术魅力。头一句说，看啊，这幅画笔墨淋漓，水气迷濛，一片烟雨，数行归雁飞向远天。第二句说，这景色给我最强烈的感觉，仿佛使我置身于潇湘洞庭之畔了。接着，诗人越看越入迷，由感觉变成了幻觉，以为画境就是潇湘真境了。所以第三句说：我正想呼唤一叶小舟，载我回到那"水碧沙明两岸苔"的地方去呢！忽听得身边画的主人郑防提醒说："老兄，不要沉浸于幻境中了，这不是真景，只不过是张画儿呀！"

　　黄山谷这首诗用的是极其夸张的手法。金人王若虚对此颇有微词。他说："诗人之语，诡谲寄意，固无不可，然至于太过，亦其病也。山谷《题惠崇画图》云：'欲放扁舟归去，主人云是丹青。'使主人不告，当遂不知？"当然，事实上黄山谷不会把画中境界误以为真实山水，乃至从此放舟而去，更不用画主人的提醒。这只不过是做诗而已。诗人形容一张画之妙，不直说这张画几乎是真的，而是写从画境的陶醉，跳到似是而非的幻境，忽然又由幻境跌入实境。诗人的感情层层翻进，起伏跌宕，从而把这幅画的艺术感染力说得神乎其神。从这里可以看到黄山谷在艺术构思上刻意翻新立奇。《围炉诗话》称"山谷专意出奇"，此是一个典型的例子。诗歌的生命就是标新立异，这种写法有什么不可呢？王若虚曾激烈抨击黄庭坚"夺胎换骨，点铁成金"是"剽窃之黠者"，现在山谷刻意创新，他又不满意，左不是，右不是，做诗人不也太难了！

（汤高才）

# 题竹石牧牛

野次小峥嵘，幽篁相倚绿。

阿童三尺棰，御此老觳觫。

石吾甚爱之，勿遣牛砺角。

牛砺角尚可，牛斗残我竹。

随着文人画在北宋的兴盛，题画诗也发达起来。本诗是黄庭坚颇负盛名的一首作品，作于元祐三年（1088），时山谷在京师任史官。这年春天，苏轼知贡举，山谷与著名画家李公麟（伯时）同为其属员，彼此诗画往还，故诗的小序云："子瞻画丛竹、怪石，伯时增前坡牧儿骑牛，甚有意态，戏咏。"

前四句以传神之笔勾勒了这样一幅画面：郊原野外，怪石峥嵘，一丛翠竹摇曳于旁。牧童执鞭，驾驭着这头老牛，在踽踽而行。诗人特意以牧童与老牛对举，且用"觳觫"（hú sù，发抖）一词来点染牛的老态，天真活泼的少年与龙钟蹒跚的老牛组合在一起，相映成趣。

前面既已逗出这种意趣，后半就进一步加以发挥。诗人这时竟对画中人讲起话来，嘱咐他不要让牛去磨那心爱的石头，转念一想，磨角尚可，牛斗起来伤了竹子可就更糟了。真是谐趣横生！这种幻觉式的抒情，一方面写出了画面的魅力，使观画者恍觉其真，竟以画境为真境；另一方面也渲染了形象所蕴含的意态情趣。竹石是文人画中的重要主题，苏轼就喜画竹石，以表现他超尘脱俗的精神境界。黄山谷也有这种情操，故他通过这种诙谐的游戏笔墨，表现对竹石的挚爱，揭示自己的清操雅韵。近代的学者陈衍在其《石遗室诗话》中评此诗云："若其石既为吾所甚爱，惟恐牛之砺角，损坏吾石矣，乃以较牛斗之伤竹，而曰砺角尚可，何其厚于竹而薄于石耶！于理似说不去。"如此说诗实在是胶柱鼓瑟。山谷此诗之妙正在于这一神来之笔，在看似矛盾的话语中表现其爱极而痴的心理状态，洋溢着一片天趣，若平平道来，哪有这样的效果？山谷本人对这几句颇为自负，说明是他的得意之笔（见《东莱吕紫微诗话》）。

此诗风格生新瘦硬，确是典型的山谷体。诗的后半发挥奇思妙想，确是出奇制胜之笔，道前人之所未道，体现出山谷诗的构思奇巧。语言上则省净洗炼，简约含蓄，而又音节拗硬，全诗押入声韵，句中也有不少入声字，读来顿挫有节，给人一种石头般的硬感。此外，他还熔铸典故成语入诗，即所谓"以俗为雅，以故为新"。如"幽篁"句用《诗经·淇奥》的"绿竹猗猗"，"觳觫"语出《孟子·梁惠王》。"峥嵘""绿"，原为状物的形容词，"觳觫"为动词，诗人在此都将它们作名词用，分别指代石、竹、牛，造语奇特生新，使寻常的事物蒙上了一层古雅色彩。后四句的句式直接化自李白的《独漉篇》："独漉水中泥，水浊不见月。不见月尚可，水深行人没。"钱锺书先生在《管锥编》（一）《毛诗正义》五三《正月》条下，追溯这种句式之源，实肇自《诗经·正月》，其后模仿者甚夥，谣谚民歌多用之，如《宋书·王玄谟传》载军士语曰："宁作五年徒，不逢王玄谟，玄谟犹自可，宗越更杀我。"这些地方都见出山谷诗的点化之功。

（黄宝华）

# 跋子瞻和陶诗

子瞻谪岭南，时宰欲杀之。

饱吃惠州饭，细和渊明诗。

彭泽千载人，东坡百世士。

出处虽不同，风味乃相似。


苏轼晚年独好陶渊明之诗，写了一百多篇和陶诗，在儋州自编成一集，并请苏辙写了《东坡和陶渊明诗引》。建中靖国元年（1101）四月，黄庭坚在荆州承天寺，观此书卷，作此诗题其后。

诗的开头两句交代《和陶诗》的写作背景。古代岭南地区多瘴疠之气，大臣贬至岭南，多难以生还。唐代李德裕和北宋寇准都是贬死在岭南的。而对于苏轼来说，情况更为严重。因为当时的宰相章惇处心积虑要置苏轼于死地。绍圣元年（1094），章惇拜相，立即贬苏轼于惠州。东坡不以迁谪为意，随遇而安，作《纵笔》诗曰："白发萧散满霜风，小阁藤床寄客容。为报先生春睡美，道人轻打五更钟。"据《艇斋诗话》记载：章惇读此诗，大怒，于是再贬苏轼至海南儋耳。处于"时宰欲杀之"的危险处境中，一般人要惶惶不可终日了，而东坡则不然，他"饱吃惠州饭"，处之泰然，轻松得很，还有闲情逸致来"细和渊明诗"呢。东坡最早的和陶诗

《和陶饮酒二十首》作于元祐七年（1092）知扬州任上，现在来到岭南，遂一一追和，有《和归园田居八十九首》，堪称"细和"了。

东坡爱陶诗，更爱陶渊明的为人，他们是异代知音，所以黄庭坚接下来以蘸满感情的笔墨热情称赞道：彭泽令是千古不朽的人物，苏东坡也是百代传名的贤士！

当然，渊明和东坡，两个人的经历是不同的，他们出仕和归隐的情况不一样。陶渊明只做了一百多天的彭泽令，就挂冠而去，归隐山林了。而东坡一生始终在宦海中浮沉。从形迹上看，两人截然不同，而他们二人同样都不以贫富荣辱萦怀，任真率性而行，品格高尚，襟怀坦荡。他们的思想、风格是多么相似啊！作者写这首诗时，东坡已于上年病逝，这首诗是对苏轼的深沉悼念。全诗没有一句景语，也没有一句情语，只是不加修饰地叙述，用平淡的语言表现深挚的感情，把东坡的身世、性情、学养、出处都概括出来。语言净洁古淡，"质而实绮，癯而实腴"，意度高远，气韵清新。这种"平淡"之境，不正是陶诗及东坡和陶诗的语言风格吗！　　（汤高才）

# 送 王 郎

酌君以蒲城桑落之酒，泛君以湘累秋菊之英，
赠君以黟川点漆之墨，送君以阳关堕泪之声。
酒浇胸次之磊隗，菊制短世之颓龄。
墨以传万古文章之印，歌以写一家兄弟之情。
江山千里俱头白，骨肉十年终眼青。
连床夜语鸡戒晓，书囊无底谈未了。
有功翰墨乃如此，何恨远别音书少。
炊沙作糜终不饱，镂冰文章费工巧。
要须心地收汗马，孔孟行世日杲杲。
有弟有弟力持家，妇能养姑供珍鲑，
儿大诗书女丝麻，公但读书煮春茶。


元丰七年（1084），山谷由知吉州太和县调监德州德平镇，夏秋间到任。王郎指山谷妹婿王纯亮，字世弼，时往见山谷于德平，此诗为山谷的送别之作。

开首揭出送别之意，一连八句写的都是送别之物，有酒，有菊，有墨，有歌，每一物都有其特殊意义。"桑落"酒乃山西蒲城出产的名酒，因在十月桑落初冻时酿造，故名，晋人刘白堕以善酿此

酒驰名，见《水经注》《洛阳伽蓝记》等书的记载。"湘累"指屈原（不以罪死曰"累"），其《离骚》曰："夕餐秋菊之落英。"此谓饮菊花酒。"黟川"即歙州黟县，以产墨著名。"阳关"指王维的《送元二使安西》诗，它常合乐在离别场合演唱，又称《渭城曲》《阳关三叠》。酒可消除烦恼，菊可延年益寿，墨可传文章不朽之盛事，歌可达兄弟手足之情谊，诗人用一连串的排比长句（除两个七言句外，余均为九言句）倾吐出惜别之情，而且妙在以物传情，表现出一片由衷的关切之意，而不是泛泛言情。前人多激赏这一段文字，并进而探本索源，揭出它来自鲍照的《行路难》："奉君金卮之美酒，瑇瑁玉匣之瑶琴，七彩芙蓉之羽帐，九华蒲萄之锦衾。"（赵与时《宾退录》卷四）其后顾况的《金珰玉佩歌》、欧阳修的《送原甫出守永兴诗》及晁补之的《行路难》都用过类似的句法（胡仔《苕溪渔隐丛话前集》卷二十九，孙奕《履斋示儿编》卷十）。然谈艺者仅指出其句式的传承关系，仍未揭出山谷的修辞之妙。钱锺书先生独具慧眼，洞幽烛微，深一层地挖掘了其中的奥秘，令人叹绝。他在《管锥编》（二）中论《莺莺传》时引崔氏报张生书："玉环一枚，是儿婴年所弄，寄充君子下体所佩，玉取其坚润不渝，环取其终始不绝……意者欲君子如玉之贞，弊志如环不解，泪痕在竹，愁绪萦丝，因物达情。"通过赠物传达情志正是崔莺莺的独特的抒情方式。钱先生还拈出鲍照之妹鲍令晖的《代葛沙门妻郭小玉诗》："君子将遥役，遗我双题锦；临当欲去时，复留相思枕。题用常著心，枕以忆同寝。"山谷此诗之妙正是在于"因物达情"，他不仅袭用鲍照之句律，且兼师鲍令晖之巧思，可谓"熔铸兄妹之作于一炉焉"。

　　中间十句乃临别赠言，寓劝勉之意。"江山"二句谓：虽千里奔波，人生易老，但骨肉之亲，情老弥笃。山谷诗中常以"头白"与"眼青"对举，加之"千里"与"十年"以时空对照，突出了人生的易变与友情的恒常。此处以律句入古诗，正好以工整的对偶表达这些对比，高度概括他们的手足情深，笔力峭健。接着以对床夜语直至天晓写他们的依依惜别。韦应物《示全真元常》诗云："宁知风雪夜，复此对床眠。"苏轼兄弟读此诗后恻然有感，在诗中每每咏及"对床夜语"，在宋代成了表达兄弟之情的熟典。"书囊"句点出王郎学识渊博，故能彻夜长谈，这就由友情过渡到下面的劝勉，起承上启下的作用。山谷向王郎指出：你文才出众，故我无需担心别后音书稀少。学问文章固然重要，但尤需着意于养心探道，加强道德思想修养，这才是处世立身的根本。山谷在诗文中反复以此教人，如《与洪甥驹父》云："然孝友忠信是此物（指学问文章）之根本，极当加意，养以敦厚醇粹，使根深蒂固，然后枝叶茂尔。"本诗这段文字即是这一人生哲学的诗化。他以"炊沙""镂冰"喻刻意于文采藻丽只能是徒费工巧，一无所获；只有从根本着手，致力于内心修养，才能获得成果，如孔孟行世，光明辉耀。"汗马"即"汗马之功"的缩略语，意指收获。山谷《答王雩子予》云："想以道义敌纷华之兵，战胜久矣。古人有言曰：'并敌一向，千里杀将。'要须心地收汗马之功，读书乃有味。"可作此诗注脚。诗中发挥这一人生哲理，而以妙喻出之，故颇具理趣。末段四句谓王郎有弟能操持家事，有妻能侍奉婆婆（鲑，xié，鱼菜；珍鲑，指佳肴），儿女皆各得其所，因而王郎尽可烹茶读书，逍遥自适。

　　山谷的七古磊落顿挫，奇崛横放。本诗首段以长句一泻而下，而八句中用了三种句式，又极跌宕腾挪之致，正适合抒发激动的离情。中段转为劝勉，句式也趋于平稳，传达出谆谆教诲之意。末段历数家事，更显亲切从容。诗中化用典故成语，尤见功力，山谷学富才赡，故能左右逢源。如"炊沙"出《楞严经》，"镂冰"出《盐铁论》，"汗马"出《史记·晋世家》，若信手拈来，贴切自然，这正是他点铁成金的拿手好戏。

（黄宝华）

# 送范德孺知庆州

乃翁知国如知兵，塞垣草木识威名。

敌人开户玩处女，掩耳不及惊雷霆。

平生端有活国计，百不一试薶九京。

阿兄两持庆州节，十年骐驎地上行。

潭潭大度如卧虎，边头耕桑长儿女。

折冲千里虽有余，论道经邦正要渠。

妙年出补父兄处，公自才力应时须。

春风旆旗拥万夫，幕下诸将思草枯。

智名勇功不入眼，可用折箠笞羌胡。

　　范德孺是范仲淹的第四子，名纯粹，在元丰八年（1085）八月被任命知庆州（治所在今甘肃庆阳），此诗则作于翌年（元祐元年）初春，时山谷被召入京不久。庆州当时为边防重镇，北宋与西夏对峙的前哨。范仲淹与其第二子范纯仁都曾知庆州，主持边防军政。故此诗先写二范的雄才大略，以衬托范德孺的陪衬，并寄寓勉励之意，最后才正面写范德孺知庆州，揭出送别之意。全诗十八句，每段六句，章法井然。

　　诗一开始就以纵论军国大事的雄健笔调，写出范仲淹的才能、业绩与威名，有高屋建瓴之势。《旧唐书·张万福传》载唐德宗对张万福说过："朕以为江淮草木亦知卿威名。"此化用之以写仲淹之名震边陲。他在主陕期间，夷夏詟服，人称"龙图老子"，"腹中有数万甲兵"，故"塞垣"一句是对他功业威名的高度概括，用翻进一层法加以突出，草木无情，尚知其名，人则更不待言。接着写其杰出的军事才能。《孙子·九地》云："是故始如处女，敌人开户；后如脱兔，敌不及拒。"此处用来形容宋军镇静自若，不露声色，随后出其不意，攻其不备。句中用"惊雷"代"脱兔"，见出山谷对典故的改造。《晋书·石勒载记》有"迅雷不及掩耳"之说，《旧唐书·李靖传》也说："兵贵神速……所谓疾雷不及掩耳。"以"惊雷"对"处女"，不仅有动静的对比，而且更为有声有色，反衬更鲜明。史载范仲淹率兵筑大顺城，就是一次神速的军事行动，可见这两句诗确是他用兵如神的真实写照。以下二句又是一转，写仲淹不仅是杰出的统帅，更是治国的能臣，惜乎未及全面施展其才，就溘然长逝，沉埋九泉（"薶"即埋的本字；"九京"即九原，晋国卿大夫之墓地，后为泛指）了。范仲淹主持的庆历新政仅一年多即告失败，"百不一试"正是指此。

　　第二段写范纯仁。"两持庆州节"，指神宗熙宁七年（1074）及元丰八年（1084）两度为庆州知州。"骐骥"是一种良马，日行千里；杜甫《骢马行》云"肯使骐骥地上行"，此袭用之，以比范纯仁。"潭潭"，深沉宽广貌，状其统帅气度，此句写他如卧虎镇边，敌人望而生畏；"边头"句则写他劝民耕桑，抚循百姓，使他们生儿育女，安居乐业。"折冲"句承上经略边事之意而来，是活用成语。《晏子春秋》有"不出尊俎之间，而折冲于千里之外"，原指在杯酒言谈之间就能御敌致胜于千里之外，此指范纯仁在边陲远地折冲御侮，应付裕如。但下句又一转折，意思仍落到经邦治国之上：范纯仁虽富有军事韬略，但治理国家正少不掉他。

　　第三段归结为送别，临别赠言，寄以厚望。"妙年"一句承上父兄而来，衔接极紧密。"春风"二句描写仪仗之盛、军容之壮，幕下诸将士气高昂，只待秋日草枯，好及锋而试。照理接着应写战绩辉煌，扬威异域，但是诗意又一转折：不要追求智名勇功，只需对羌胡略施教训即可。孙子说过："善战者，无智名，无勇功。""折箠"即折下策马之杖，语出《后汉书·邓禹传》。诗至最后宛转地揭出了诗人的期望：不要轻启战端，擅开边衅，守边之道不在于战功的多少，重要的是能安边定国。

　　至此，我们可以体会这首诗的立意与匠心了。诗中写韬略、武功只是陪衬，安邦治国才是其主旨。所以第一句"知国如知兵"就极可玩味，这样的句式就强调了"知国"为主，"知兵"为宾，绝不可前后颠倒。也因此第一、二段都是先写军事才能，然后落到治国安邦。诗人突出父兄的这一共同点，正是希望范德孺能继承他们的业绩，因而第三段在写法上也与上面两段相同，由诸将之思军功转为期望安边靖国，只是这一期望表达得很委婉曲折。

　　这首送人之作，不写依依惜别之情，不作儿女临路之叹，而是发为论道经邦的雄阔慷慨之调，送别意即寓于期望之中。诗人好似在写诗体的史传论赞，雄深雅健，气度不凡。这正表现出山谷以文为诗的特色。这种特色也体现于散文化的语言风格方面，大量运用虚词、成语，力盘硬语，戛戛独造，犹如韩愈的赠序作品，浑灏流转，古雅朴茂。此诗用韵也别具一格。它一反常见的以换韵标志段落的写法，前后八句各为一平声韵，仅中间二句为一仄声韵，这样中间一段就三换其韵，形成段落的匀称与韵脚的参差相错落。正如翁方纲所评："三段井然，而换韵之法，前偏后伍，伍承弥缝，节奏章法，天然合笋，非经营可到。"（《七言诗歌行钞·黄诗钞》）

（黄宝华）

# 戏呈孔毅父

管城子无食肉相，孔方兄有绝交书。

文书功用不经世，何异丝窠缀露珠。

校书著作频诏除，犹能上车问何如。

忽忆僧床同野饭，梦随秋雁到东湖。

诗作于元祐二年（1087），时山谷在京师任史官，正月除著作佐郎。孔毅父名平仲，临江新淦人，元祐中为秘书丞、集贤校理，同在京师，故与山谷多有唱和。

诗题标以"戏呈"，说明此诗乃以游戏笔调自抒怀抱，是一首自嘲之作。

首二句称以笔墨谋生，既不能封侯，也不能发财。韩愈《毛颖传》谓秦始皇将"笔"封于"管城"，号曰"管城子"。《后汉书·班超传》载班超微贱时，相面者说他"燕颔虎颈，飞而食肉，此万里侯相也"。"孔方兄"指钱，语出晋鲁褒《钱神论》："钱之为体，有乾坤之象，内则其方，外则其圆……亲之如兄，字曰孔方。"山谷将这些典故熔于一炉，遂铸造出这奇特生新的两句诗。"管城子"与"孔方兄"本来是两个比喻，诗人发挥奇想，将喻体坐实，遂认假作真，让它发出行为动作。"管城"既为"子"，理当"食肉封侯"，不料却命蹇数奇；"孔方"既为"兄"，自应手足情深，反而有绝交之书。以人拟物，遂使物有人的情态举动。钱锺书先生称这种集比喻与比拟于一身的修辞法为"曲喻"，所谓"雪山比象，不妨生长尾牙；满月同面，尽可妆成眉目"（《谈艺录》）。山谷诗中可以拈出不少这类例子，如"王侯须若缘坡竹，哦诗清风起空谷"，"青州从事斩关来"，"未春杨柳眼先青"等即是。

接着二句进一步发挥文才无用之意：诗赋文章不能经邦济世，与缀有露珠的蜘蛛网无异。比喻新奇，颇能化腐朽为神奇。元丰八年（1085），山谷以秘书省校书郎被召入京，作此诗时又改为著作佐郎。"校书"二句即以颜之推《颜氏家训·勉学》中记载的故事来调侃自己。梁朝盛时，贵家子弟即使空疏不学也可充任文学之臣，故时谚曰："上车不落则著作，体中何如则秘书。"

结尾归为退隐之思：回想当年与你同在僧寺食宿，正想随着秋雁重回东湖。东湖在今江西南昌，他们二人又同是江西人，故有此忆旧归隐之叹。

全诗借自嘲调侃传达牢骚不平之意，在超脱旷达中透出兀傲奇崛之气。元祐时期是山谷仕途的顶峰，位居馆阁已非沉沦下僚可比，那么他为什么还有这些牢骚呢？主要是他目睹当时政坛的党同伐异，不仅旧党排斥新党，即使旧党内部也有激烈的党争，他深感自己不合时宜，故渴望归隐的意识更有滋长。他只能以自我解嘲来宣泄与世俗格格不入的矛盾。

此诗代表典型的山谷体风格。山谷诗好出奇制胜，首先表现在化用典故成语上。他不是仅将典故堆垛在诗中，而是经过熔铸锻炼，化为意新语奇的妙句，前人称此"如李光弼将郭子仪之军，一经号令，精彩数倍"（葛立方《韵语阳秋》）。其次是语言的顿挫变化。首二句对偶工切，但其句式又非一般七言句的节奏，而是三一三"的变格，这就在齐整中显出拗崛。中间四句则为散文句法，多用虚词转折。末二句转为抒情笔调，有悠然不尽之意。故方东树评此诗："起雄整，接跌宕，俱入妙，收远韵。"（《昭昧詹言》卷十二）

（黄宝华）

# 次韵子瞻题郭熙画秋山

黄州逐客未赐环，江南江北饱看山。

玉堂卧对郭熙画，发兴已在青林间。

郭熙官画但荒远，短纸曲折开秋晚。

江村烟外雨脚明，归雁行边余叠嶂。

坐思黄柑洞庭霜，恨身不如雁随阳。

熙今头白有眼力，尚能弄笔映窗光。

画取江南好风日，慰此将老镜中发。

但熙肯画宽作程，十日五日一水石。

郭熙是北宋著名的画家，工山水寒林，神宗时为御画院艺学待诏。元祐二年（1087），时苏轼为翰林学士，黄庭坚为著作佐郎，均供职京师。苏轼为郭熙所画《秋山平远图》作七古一首，黄庭坚此诗为和作，主要通过题画发抒归隐之思。

开首四句写苏轼在翰林院观赏郭熙所作的壁画。苏轼在元丰三年（1080）被贬为黄州团练副使，八年由登州知州入京任起居舍人。"黄州逐客"正指苏轼，"未赐环"即尚未还朝。古时士大夫放于外，以待君命，国君"若与环则还，与玦便去"（《礼记·曲礼》孔颖达疏）。"环"谐"还"音，故赐环即表召还之意。在长达五年的贬谪生涯中，东坡饱览了长江南北的名山大川；而如今在玉堂（翰林院之别称），获睹郭熙之画，不禁又萌发出徜徉林泉的兴致。郭熙在玉堂所画为春景。《蔡宽夫诗话》载："今玉堂中屏，乃待诏郭熙所作《春江晓景》。禁中、官局多熙笔迹，而此屏独深妙，意若欲追配前人者。苏儋州（按即苏轼）尝赋诗云：'玉堂昼掩春日闲，中有郭熙画春山。'今遂为玉堂一佳物也。"黄诗所题乃郭熙所画秋山，却从玉堂春景落笔，一方面是应和东坡原作之意（苏诗也是从玉堂之画写起），以春景为秋山作陪衬，另一方面也是着意渲染江湖隐逸之思。"黄州"二句写东坡虽遭贬谪，却忘情于山水，一个"饱"字写出了他不以迁谪为意的达观情怀。"玉堂"二句则写他位居馆阁却仍怀想江湖，一个"已"字突现其观画时的感兴。这固然是写郭熙画艺之高超，正是画面的魅力使人顿生游兴，如李白诗所云："却顾海客扬云帆，便欲因之向溟渤。"（《同族弟金城尉叔卿烛照山水壁画歌》）但更主要的还在于表现东坡胸襟之旷逸，爵禄轩冕不能让他沉迷留恋，而一见山水却顿令其心驰神往。"黄州"与"玉堂"代表东坡两种截然不同的生活，山谷选择这二者入诗，意在说明即使境遇不同，他都着意于山水，这就展现出东坡不以升沉荣辱萦怀的情操。

以下四句始入题写秋山。此图作于小幅纸上，因郭熙有官衔，供职画院，故称其画为官画。据诗中所写，画面表现的是秋日傍晚的景色：迷濛的烟水之外是寥落的江村，近处雨丝明晰可辨，鸿雁远去，天边是层叠的山峰。苏轼又有《郭熙秋山平远》七绝二首，诗云："目尽孤鸿落照边，遥知风雨不同川。"诸家唱和甚多，从这些诗中得知画中还有疏林田舍、渡头渔家等景物，但山谷一概舍去，只突出"归雁"，这就引出下面的归思。"黄柑洞庭"由韦应物《答郑骑曹青桔绝句》中"书后欲题三百颗，洞庭更待满林霜"句化出，洞庭指太湖，《博物志》云："吴，左洞庭，右彭蠡。"又兼指太湖中之洞庭山，其地以产柑橘著名。郭熙的山水寒林激发起诗人的归思，只恨自身不能像鸿雁一样南飞。《尚书·禹贡》云："彭蠡既猪，阳鸟攸居。"孔传："随阳之鸟，鸿雁之属，冬月所居于此泽。"山谷诗句本此。他所向往的正是鸿雁所去的彭蠡——自己的桑梓之乡。

最后六句由归思转出另一层诗意。如今欲归不能，只好趁郭熙目力尚可之时，请他画出江南的风物，以慰垂老客子的乡思。只要郭熙肯作画，即使放宽一些期限也无不可。结末两句化用杜甫《戏题王宰画山水图歌》："十日画一水，五日画一石。能事不受相促迫，王宰始肯留真迹。"

清人方东树评此诗"曲折驰骤，有江海之观，神龙万里之势"（《昭昧詹言》卷十二）。作为题画诗，笔笔不离郭熙之画，但又不泥定于画，而是以画所激发出的归思贯串全篇，章法夭矫峭折，变化多姿。第一段通过苏轼观画揭出归隐之思，实为全诗之纲。第二段转为画面的意境引出自己的归思。两人都是被郭熙之画牵动情思，故于此能见出他们心灵之共鸣，气味之相投。山谷之"坐思"实与东坡之"发兴"相呼应。前后两段有映照之妙。第三段离开所题之画，转写求画自慰，则是从另一个角度深化归思。从上下文看当然是写山谷求画，但未始不可理解为东坡求画，而在原诗中东坡确曾表示要向郭熙求龙门伊川图。从和诗的写作而言，这是应和原诗之意，但也表现了他们的情感相通。三段文字相对独立，而又意脉流贯，有连山断岭之势，画的意趣与二人的情思在诗中完全融合成了一体。或许有人会有这样的疑问：元祐时期，正是苏、黄仕途的颠峰阶段，何以会有强烈的归思？笔者以为这与他们不满当时执政者的党同伐异有关。正因为此，山谷此诗在超逸旷远中流贯着一种拗峭不平之气。

（黄宝华）

# 听宋宗儒摘阮歌

翰林尚书宋公子，文采风流今尚尔。
自疑耆域是前身，囊中探丸起人死。
貌如千岁枯松枝，落魄酒中无定止。
得钱百万送酒家，一笑不问今余几。
手挥琵琶送飞鸿，促弦聒醉惊客起。
寒虫催织月笼秋，独雁叫群天拍水。
楚国羁臣放十年，汉宫佳人嫁千里。
深闺洞房语恩怨，紫燕黄鹂韵桃李。
楚狂行歌惊市人，渔父鼓舟在葭苇。
问君枯木著朱绳，何能道人意中事？
君言此物传数姓，玄璧庚庚有横理。
闭门三月传国工，身今亲见阮仲容。
我有江南一丘壑，安得与君醉其中，
曲肱听君写松风。

　　黄庭坚有深湛的艺术修养，他的一些表现艺术创作活动的诗篇借助诗的语言再现了绘画、音乐、书法的意境与风格的美。本诗就是描写宋宗儒弹奏（摘，tì，弹奏）阮咸的一首诗，作于元祐三年

（1088）。宋宗儒生平已不详，据诗的首句，他可能是宋祁的后人。阮咸是一种形似琵琶而圆的乐器，相传为晋代阮咸所造，后遂以其名名之。

诗的主题是描写音乐，但在开头却并未马上进入音乐的境界，而是先写宋宗儒的人品才华，作为下面音乐描写的前奏，起一种气氛烘托的作用。宋宗儒是一个文采风流的佳公子，且有侠气豪情，性格放旷不羁。"自疑"二句，写他医术高明，能妙手回春。"耆域"，是佛经中记载的天竺名医。"探丸"，本是《汉书·尹赏传》中记载的长安少年探取弹丸杀官吏之事，此借用以言其手到病除。他状貌奇古，纵酒放浪，得钱即付酒家，颇有陶渊明的风度。据《南史·陶潜传》载，颜延之"留二万钱与潜，潜悉送酒家"。

序曲过后，始入正篇。嵇康《赠兄秀才入军》云："目送归鸿，手挥五弦。俯仰自得，游心太玄。"山谷化用其句以表现他弹奏时的姿态神情，气度是何等的萧散闲远！一般注家皆引嵇诗以为山谷所本，殊不知嵇诗又取意于《淮南子·俶真训》："夫目视鸿鹄之飞，耳听琴瑟之声，而心在雁门之间。"接着又写音乐至促节繁声之处，竟使醉客惊起，可见其魅力之大。

以下"寒虫"八句，以八种意象展现了音乐丰富多彩、变幻多姿的意境。诗人凭借语言艺术的功力，将动听悦耳的乐声化为赏心悦目的画面，极尽铺陈描绘之能事。先是以促织鸣秋、孤雁唤群展现萧瑟悲凉的意境，接着以屈原放逐、昭君远嫁深化这种悲剧气氛。进而乐声又如深闺洞房中的窃窃私语，卿卿我我，恩怨尔汝，随后转为春风桃李，百鸟鸣啭，音乐形象由缠绵悱恻到欢快雀跃。

"楚狂"一句则显示音乐进入激越亢奋的高潮。《论语·微子》载："楚狂接舆歌而过孔子。"楚狂是楚国佯狂避世的隐者，他以歌嘲讽孔子不识时务，四处奔走，徒劳无功，后来李白也以之自比："我本楚狂人，凤歌笑孔丘。"（《庐山谣寄卢侍御虚舟》）可以想象人物内心的磊落不平正通过乐声倾吐而出，"惊市人"正写出其惊世骇俗，落落寡合的情怀。既然与世乖合，只有避世隐居一途，因而音乐最后归结为渔人撑着小舟在芦苇丛中远去的意境（桡，ráo，撑船，划船，语出《庄子·渔父》），乐曲在余音袅袅，悠然远韵中结束。这八句铺叙可谓句句用典，表现出诗人化用典故成语的功力。如"独雁叫群"用杜甫《孤雁》诗意："孤雁不饮啄，飞鸣声念群。"又崔涂《孤雁》诗云："暮雨相呼失，寒塘欲下迟。""天拍水"用韩愈《题临泷寺》："海气昏昏水拍天。""语恩怨"化用韩愈《听颖师弹琴》语："昵昵儿女语，恩怨相尔汝。"表现人物之间的亲昵之态，直以"你我"相称。这一段尽管用典繁富，却无板滞拗涩之感，而是流利畅达，一气贯注，这得力于对偶句式的运用。每一联除不以平声为韵外，词语的对仗都非常工整。诗人在古体中有意运用这样节奏齐整的对偶句，读来气势直贯而下，加上优美的词藻，使这一段音乐描写犹如乐曲中的"华采乐段"，熠熠生辉，声情并茂。

"问君"句以下抒发由乐曲引起的感慨，犹如尾声，它通过诗人心灵的共鸣，进一步表现乐曲的巨大魅力。诗人问宋宗儒：那"枯木著朱绳"的弦乐器何以能道出人心中的情思？回答是：这一有着横的纹路的黑色璧玉般的乐器，已经阅历过人世的沧桑，再加上"国工"（国中杰出的音乐家）传授技艺，自己闭门苦练三月，方能有此成绩。"身今"一句忽然来了一个大跨度的跳跃，主语换成了诗人，他感叹今日有幸见到了古代的大音乐家阮咸（字仲容）。此处"阮仲容"一语双关，既切乐器，又兼指宋宗儒。接着诗人表示希望能与他一起归隐江南的丘壑，醉卧其中，曲肱听琴。"写松风"既是听他弹奏《风入松》的乐曲，同时传达出松涛林泉的隐逸之趣。这些都是山谷诗的造语生新之处。

山谷这类诗多能通过比喻与铺陈相结合的手法，再现艺术作品的意境美。白居易的《琵琶行》已开始用此法来描写音乐，但他表现的只是曲子给人的听觉感受，而非音乐的意境。韩愈的《听颖师弹琴》已开始用它来表现音乐的意境，而山谷所用的意象更为丰富，笔力更为雄肆，而且参以用典，更能启发人的联想，较之韩诗又进了一步。不仅如此，山谷这类诗还着意于展现一种清高脱俗的精神境界，因而在表现作品的意境之外，还写出艺术家的人品才气及欣赏者的精神感受，使之与作品的意境融而为一，共同体现一种精神风貌。如本诗第一段勾勒出宋宗儒的放诞不羁、嶔崎磊落，适与下一段的音乐意境相融合，音乐正是他豪情奇气的外化。而诗人也正是从这种精神境界中获得了共鸣，最后发为高蹈遗世之愿，这与开头艺术家的人品气质正相呼应。作者、作品、欣赏者互相沟通，即艺术家的气质与其作品的形象美互相烘托，交融汇合，再注入欣赏者与之共鸣的感情，就使这类诗获得了生命，即传统"六法"所说的"气韵生动"，它不仅有再现艺术意境的"形似"，而且有展现精神境界的"神似"。

（黄宝华）

# 寄题荣州祖元大师此君轩

王师学琴二十年，响如清夜落涧泉。

满堂洗净筝琶耳，请师停手恐断弦。

神人传书道人命，死生贵贱如看镜。

晚知直语触憎嫌，深藏幽寺听钟磬。

有酒如渑客满门，不可一日无此君。

当时手栽数寸碧，声挟风雨今连云。

此君倾盖如故旧，骨相奇怪清且秀。

程婴杵臼立孤难，伯夷叔齐采薇瘦。

霜钟堂上弄秋月，微风入弦此君说。

公家周彦笔如椽，此君语意当能传。

山谷谪居戎州时，曾与王庠（字周彦）及其从兄祖元大师相过从。他在《与荣州薛使君书》中说："紫衣僧祖元亦周彦之族兄，抱琴种竹，有潇洒之趣，以星历推休咎，常得十之七八。"可以想见其为人。"此君轩"是祖元大师命名的一个厅室，周围植竹，取王徽之"何可一日无此君"（《世说新语·任诞》）之意，"此君"即竹之代称。陆游《沁园春》词引云："横溪阁者，跨于双溪之上也……其北凤鸣山，则黄鲁直所题荣州祖元大师此君轩在焉。"山谷有此诗跋云："元符二年闰月初吉书赠荣州琴师祖元。"此年是山谷在戎州的第二年。

此诗虽是一首题赠之作，但非泛泛应酬，而是生动地描绘出一个才情横溢、超凡脱俗的人物形象。诗首先从他高超的琴艺写起，将琴音喻为清夜涧泉，空谷传响，致使满堂听者，耳目一新，平常听惯筝与琵琶的耳朵，如受清流洗濯，美不可言。琴曲中早就有描写流泉的乐曲，如《三峡流泉》《幽涧泉》之类。欧阳修《听琴》诗云："空涧夜落春岩泉。"此处修辞之妙不在于其比喻的新鲜，而在于坐实"涧泉"这一喻体，让它产生"洗耳"的动作。苏轼曾与欧阳修讨论琴诗之优劣，欧阳修认为韩愈的《听颖师弹琴》"只是听琵琶耳"；后苏轼有《听惟贤琴》诗："归家且觅千斛水，洗净从来筝笛耳。"山谷点化其语，但洗耳者已非水，而是乐声，极言音乐的巨大魅力，造语更妙。诗人没有过多地从正面描写音乐，而是从接受者的审美感受出发，从侧面加以烘托。"满堂"二句就是表现听者的高度愉悦，以至发出"请师停手恐断弦"的要求。这一要求似乎有悖常理，因为只有继续演奏下去，才能充分享受其美。其实这是爱极而发出的痴情之语，是听者惟恐失去这美好瞬间的心理反应，故更能表现音乐之美。

"神人"以下六句转入正面描写祖元大师。首二句写他精于星相占卜，"道人命"即预卜人的命运，贵贱祸福，一目了然，言之多中。后来知道直言不讳容易触犯他人，招致憎嫌，遂遁入佛门，晨钟暮鼓，相伴度日。但他又像古印度的维摩诘居士，并不一味沉于灭寂空无，而是超世而不离世，故仍和世人往还，亦即"一切烦恼皆是佛种", "入无为正位者不生佛法"(《维摩诘经》)之意。"有酒"句正写他的喜酒好客,见出他的豪情。他又像王徽之一样,在居处周围遍植竹子,表现出清高脱俗的雅兴。仅用寥寥几笔就勾勒出了大师的形象,并未交代其身世遭际,宛如绘画中的简笔画,给人留下了想象的余地。不难想见,大师早先是个才具非凡、耿介磊落的人物,难免为世所忌,皈依佛门之后,才情豪兴犹存,依然散发出人格的魅力。

"当时"句以下转入写竹。最初竹子仅有数寸嫩苗,如今已参天连云,声若风雨。"此君"句写竹子像对老朋友般亲切,用古谚:"有白头如新,倾盖如故。"(《史记·邹阳传》)"倾盖"谓两车相遇,双方交谈,车盖相并而小有倾斜,显出亲切之态。"骨相"句则拟物为人,写竹子清秀奇特的姿态神韵。这其实是美感经验中的移情作用所导致的。竹的姿态引起诗人内心耿介独立的意象,于是又把这种清风亮节的气质移注到竹上,竹就俨然成为人,成为高士的化身,由物我两忘达到物我同一。"程婴"一联即承"骨相"句加以发挥,以四位坚贞高洁的历史人物来比拟竹子。据《史记·赵世家》,屠岸贾杀赵氏,程婴与公孙杵臼议救赵氏孤儿。公孙臼先死节,由程婴抚养赵氏孤儿,使之得复故位,最后程也自尽。伯夷、叔齐则是不食周粟而死的孤竹君二子。这四个历史人物赋予竹子以活的生命,刻画出竹子瘦劲挺拔的外形,崇高忠贞的气质,达到形神兼备的境界。前人激赏此联,以为巧于用比,确实,它是移情作用在艺术创作中的生动体现。"霜钟"四句作为全诗的尾声,以月下弹琴回应开头的琴声,又以其从弟王周彦作结,谓凭借他的文学才华，可以传达出此中的深意。

山谷诗中有出色的人物形象描绘，赠答诗是他塑造人物的一种主要形式。此诗在手法上又自有其特色。它不注重外形、细节的刻画，而侧重气氛形象的烘托，借以展现人物的精神气质，以收传神写照的艺术效果。如果说第一段是以音乐来烘托其才情的话，那么第三段则是以竹子的形象来表现其耿介独立的气节，写竹实是写人。同时，写竹也未始不是山谷的夫子自道，他的胸襟人品、立身操守也得到了很好表达。宋代文人对竹子有一种偏好，尤喜画墨竹，文同、苏轼等都是墨竹大师，山谷诗中咏竹篇什也很多。竹子正是他们精神境界的一种合适的载体。

（黄宝华）

# 王充道送水仙花五十枝
## 欣然会心为之作咏

凌波仙子生尘袜，水上轻盈步微月。

是谁招此断肠魂？种作寒花寄愁绝。

含香体素欲倾城，山矾是弟梅是兄。

坐对真成被花恼，出门一笑大江横。

 

此诗作于建中靖国元年（1101），时黄庭坚在荆州等待朝廷的安排。王充道为荆州人。黄庭坚观赏亭亭玉立于碧波之中的水仙花，马上想到了"凌波微步，罗袜生尘"的洛水女神。"凌波仙子"这个美妙的名字，既切花名"水仙"，又是指洛神。显然，诗人有意要把水仙花当作洛神的化身，诗的开篇就笼上了一层浪漫而神秘的色彩。

三、四两句进一步透露出诗人的这种用心。断肠魂者，洛水女神之精魂也。曹植《洛神赋》写到洛神与心爱的人欢会之后，旋即分别了："悼良会之永绝兮，哀一逝而异乡。"这真是人生最大的遗憾！于是诗人设想洛神哀伤愁绝的灵魂永存人间，而这个"断肠魂"幻化成水仙花了。所以诗人发问道：是谁招来她的"断肠魂"，种成这凌寒而开的水仙花，以寄托深深的愁恨呢？由此可见，黄庭坚心目中的水仙花，载负着洛神的千古遗恨，他写水仙花，笔端凝聚着自己的深情。

前四句纯用洛神为水仙花写照，虚处传神，接下来便用写实笔法再对水仙花作具体描述。你看她含着幽雅芳香，形体素淡洁白，简直有如倾国倾城的美女！诗人又将它与梅花、山矾相比，梅花开于隆冬，比水仙略早，所以称得上"水仙"之"兄"。而山矾（本名郑花），花白如雪，芬芳宜人，要到春天才开，比水仙迟些，自是水仙花之"弟"了。这三种花同是"含香体素"，它们的命运又何尝不同呢？自然界水仙般的花儿不少，人世间红颜薄命的人儿恐怕也不少吧。

前面诗人像一个多情公子，怜花、惜花、叹花，深情绵邈，诗句写得幽细秀美。写到后来，格调却变了，诗人忽然喷发出一种狂放的感情，以粗犷的大笔写道："坐对真成被花恼，出门一笑大江横。"诗情来了一个奇突的转折，诗人说自己对花赏玩太久，倒像真受到花的撩拨了，以致使自己很烦恼。还是摆脱一下吧，于是他拂袖而起，走出门外散散心。只见门前滔滔大江滚滚东流。"往事回头笑处，此生弹指声中"（惠洪《西江月》词，据《苕溪渔隐丛话》前集卷四十八引《冷斋夜话》，谓为寄赠山谷之作），把尘世凤缘尽付东流水吧！

这首诗为后人议论最多的是结尾两句，在同一首诗中，诗境从幽怨纤美忽然一变而为开朗壮阔，使人感到太不调和、太不统一了。诗人为什么要这样写？诗写于建中靖国元年，时庭坚遇赦后到荆南，寄寓沙市，僦屋而居，隔邻有一女子，诗人偶见之，"以谓幽闲姝美，目所未睹"。后其家以嫁里巷小民，其夫庸俗贫下，非其偶也。山谷因赋《次韵中玉水仙花》曰："淤泥解出白莲藕，粪壤能开黄玉花。可惜国香天不管，随缘流落小民家。"今人程千帆先生认为："这篇诗（指本篇）可能与这一情事有关。但诗人却似乎是要从沉溺的感情中求得解脱了。最后两句便体现了这一点。"（《古今诗选》）显然，诗人之所以"被花恼"，与前句的"断肠魂""寄愁绝"有内在的联系。为了求得感情的解脱，于是出现了结句的突破。

结尾两句上下之间也有很大的跳跃性。前句说的是"被花恼"，后句却与前句风马牛不相干。此种句法是黄山谷向杜甫学来的。杜甫《缚鸡行》结尾云："鸡虫得失无了时，注目寒江倚山阁。"转接奇突。宋人陈长方称赞这种写法"断句旁入他意，最为警策"。"警策"，正在于表面上看起来毫无关系的上下句，存在着内在的联系，能够启发读者根据诗人的感情线索去思考，而"悟"出其中的联系，从而产生意外的喜悦。文学作品一般以统一、调和为美，但也有以参差变幻出奇制胜的，山谷此诗就是一个典型的例子。

（汤高才）

# 武昌松风阁

依山筑阁见平川，夜阑箕斗插屋椽，
我来名之意适然。
老松魁梧数百年，斧斤所赦今参天。
风鸣娲皇五十弦，洗耳不须菩萨泉。
嘉二三子甚好贤，力贫买酒醉此筵。
夜雨鸣廊到晓悬，相看不归卧僧毡。
泉枯石燥复潺湲，山川光辉为我妍。
野僧早饥不能馔，晓见寒溪有炊烟。
东坡道人已沉泉，张侯何时到眼前？
钓台惊涛可昼眠，怡亭看篆蛟龙缠。
安得此身脱拘挛，舟载诸友长周旋？

　　山谷结束蜀中的贬谪生涯后，于崇宁元年（1102）赴太平州
任。不料到任九天即罢官，只得暂往鄂州流寓，此诗即写于此年九
月途经武昌（今湖北鄂城）之时。这时诗人的前途未卜，凶多吉
少，但他历经磨难，心胸已更为超然淡泊，即所谓"已忘死生，于
荣辱实无所择"（《答王云子飞》）。本诗正是反映了这样的精神
境界。

全诗可分两个部分。第一部分写夜宿山寺的所见所闻，以写景为主；第二部分抒发感情，表达渴望自由生活的心愿。

写景部分从大处落墨，创造了一个澄澈明净、生机盎然的高妙境界，表现了诗人在大自然中的适然愉悦之情。这一部分又可分为写"松风"与"夜雨"两个层次。第一层写阁夜松风，扣住题面。那依山临川的高阁，星移斗转的夜空，魁伟参天的古松，构成了一个壮丽的夜景。"斧斤"一句真是奇思奇语，"赦"字尤为新奇，写当年伐木者刀下留情，老松才有今日的雄姿。人们难道不能由此联想到劫后余生的诗人和他那峻嶒傲骨吗？接着写阵阵松涛好像在奏着女娲氏的五十弦瑟，瑟本非女娲所创，此处以"娲皇"加以点染，更增添了神奇色彩，有"如听仙乐耳暂明"的效果。"洗耳"本是古代高士许由的故事，他听到尧要将天下让给他，觉得玷污了耳朵，遂洗耳于颍水之滨，此处即指荡涤心胸，祛除尘虑。"菩萨泉"原是武昌西山寺的一眼泉水，此处关合"洗耳"，隐然有以佛理禅机净化自我之意；但又说"不须"，言外之意是山水之清音自能洗却烦恼，净化心灵。山谷此语实是体现了禅宗摒弃坐禅读经，直接从自然景物中参禅悟道的思想。第二层写夜雨的壮丽奇景，把人们引入一个空灵澄澈的清凉世界。其间除景物与音响的交融外，还穿插了人物的活动，使自然美与人情美融合在一起。诗人与二三知己，酒醉山寺，夜宿不归，人物的高风与山水的清音构成了清高脱俗的意境，引出了下面的抒情。

"东坡道人"以下为抒情部分，洋溢着对上述美好境界的向往之情，是写景部分的自然深化，点明了诗的题旨。神奇的夜景使他超脱尘世，黎明的来临又使他跌入现实，所以在炊烟四起之时，他想起了业已作古的东坡、正受贬谪的张耒。东坡在元丰间谪黄州，其地与武昌隔江相对。张耒也曾三次贬黄州，最后一次即因悼念东坡、举哀行服而遭贬，这时正要赴黄州，所以山谷渴望与他相见，一起徜徉于山水之间。钓台与怡亭都是武昌江上的胜地，孙权曾饮于钓台，怡亭在江中岛上，有唐代李阳冰篆书的铭文，"蛟龙缠"就是形容其笔势的屈曲腾挪。诗的结句以感叹兼疑问的口气出之，既表现了对自由生活的向往，又透露出疑虑与怅惘，感慨十分深沉。

山谷曾评杜甫夔州后诗"简易而大巧出焉，平淡如山高水深"（《与王观复书》）。作诗虽曾力求奇拗古硬，但毕生在追求这种"不烦绳削而自合"的化境。这种境界他晚年的一些诗是达到了的，本诗就是一篇达于炉火纯青之境的佳作。它不用僻典，不作拗语，但笔势自然老健，造语脱去凡俗，大自然的宏阔之景衬托出他博大的胸襟，这是他历经磨难，用禅学加以净化的精神境界的自然流露。

就意境、章法而言，此诗显然受韩愈《山石》诗的影响。二者都是写夜宿山寺，在记叙中写景，在时间进程中移步换形。光线的晦明变化，山雨、松林及雨后的溪流潺湲等景色也为两诗所共有，最后都是抒发向往之情。但山谷此诗将场景集中于夜阑至拂晓的一个阶段，借助深山夜景渲染超尘离世的氛围，而其他情节多用逆挽的笔法作交代。如开头先写阁夜所见，接着"我来名之"对游山作补充交代；松风之后的"嘉二三子"二句又是逆挽，读至此才知诗人是与友人同游。这样写，省去了流水账式的交代，叙写游踪有曲折掩映之致。本诗句句押韵，一韵到底，是所谓"柏梁体"诗，读来有累累若贯珠之妙。

（黄宝华）

# 书磨崖碑后

春风吹船著浯溪，扶藜上读中兴碑。
平生半世看墨本，摩挲石刻鬓成丝。
明皇不作苞桑计，颠倒四海由禄儿。
九庙不守乘舆西，百官已作鸟择栖。
抚军监国太子事，何乃趣取大物为？
事有至难天幸尔，上皇跼蹐还京师。
内间张后色可否，外间李父颐指挥。
南内凄凉几苟活，高将军去事尤危。
臣结《春秋》二三策，臣甫杜鹃再拜诗。
安知忠臣痛至骨，世上但赏琼琚词。
同来野僧六七辈，亦有文士相追随。
断崖苍藓对立久，涷雨为洗前朝悲。

　　导致唐帝国由盛转衰的安史之乱，作为一面历史的镜子，曾使后人产生无穷的感喟，骚人墨客形诸篇咏者，代不乏人。唐肃宗上元二年（761），安史之乱甫告平息，元结即作《大唐中兴颂》，代宗大历六年（771）刻于湖南祁阳的浯溪石崖上，俗称"磨崖碑"。对于此碑，自唐至宋，题咏实繁，宋人的题诗中要数黄山谷此篇最为杰出。

全诗分三层，开首四句为引子，中间十六句论述史事，最后四句为尾声。山谷在徽宗崇宁二年（1103）十一月被贬宜州（今广西宜山），次年三月途经祁阳，与当地的僧俗人士同游浯溪，观赏《中兴颂》碑，应众人之请写了这首七古。开头四句即交代此事：诗人在春风吹拂中泊舟浯溪，挂着藜杖，登山看碑。他感叹平生只看到此碑的拓本，如今两鬓斑白，才有机会亲手摩挲这珍贵的石刻。诗人此时年已六十，第二年即死于贬所，故有此深沉的感慨。

以下转入论史部分。诗人以其洞察全局的眼光，雄健跌宕的笔调，概括了这段翻天覆地的历史。"明皇"四句写安史乱起，神州板荡。所谓"苞桑计"是指安邦定国的根本大计。《周易·否卦》有"其亡其亡，系于苞桑"之语，教人以危亡自戒，就能如系于桑树的本干般牢固。这里是说唐明皇不能居安思危，以固邦本，而是恬安逸乐，宠信安禄山这样的野心家，以致天下大乱，宗庙不保，自己只能仓皇出逃，大小官员则纷纷投敌。"乌择栖"指乌鸦择木而栖，喻臣子之择主而事，此指朝臣降于叛军，亦即《中兴颂》中所云："百寮窜身，奉贼称臣。""抚军"四句转而谴责肃宗乘国难袭取帝位，平定叛乱极其艰难，其成功全是天幸；玄宗虽得以还京，但他只能谨小慎微，打发余年。"监国"指太子在皇帝外出时代理国政，这里是说太子李亨（肃宗）在国家危亡之秋理应召集军队，匡复国家，如何竟迫不及待地夺取皇位！"趣"通"趋"；"大物"指国家，此指帝位，语本《庄子·在宥》："夫有土者，有大物也。""踽踽"，弯腰屈身，小步行走，这里形容玄宗退位后的小心戒惧。

"内间"四句写安史之乱平定后的政局。此时朝政执掌于张皇后及宦官李辅国的手中，他们颐指气使，权倾朝野，而玄宗只能在宫中凄凉度日，他所倚重的宦官高力士离去后，处境就更艰危了。"南内"指兴庆宫，原为玄宗旧邸，至德二载（757）玄宗还都，先居南内，上元元年（760）迁西内太极宫，直至去世。高力士先后曾加冠军大将军、骠骑大将军等号，故玄宗直以"将军"呼之，他深得玄宗宠信。还都后，李辅国胁迫玄宗迁宫，兵刃相向，赖高力士护驾，玄宗始得无殃。上元元年高被流放巫州，玄宗更陷于孤危之境。最后"臣结"四句归结到元结的碑文，并抒写忠君忧国之思。"臣结"句谓元结的《中兴颂》如古史《春秋》，记录了一代史事。曾季狸《艇斋诗话》谓此句"言元结《颂》用《春秋》之法"，即文寓褒贬，微词见意。"二三策"语出《孟子·尽心》："吾于《武成》（《尚书》篇名）取二三策而已矣。"策指竹简。下一句以杜甫描写杜鹃的诗来比元结之《颂》。杜甫有两首七古《杜鹃行》，作于玄宗迁西内后，伤君王失位，君臣离散；又有五古《杜鹃》云："我见常再拜，重是古帝魂。"寓意相同。元颂杜诗都表现了忠君爱国之忧，而世人只欣赏其文词之优美，实是大谬。

尾声折回到开头的纪行，交代同游者的身份。诗人另有《中兴颂诗引并行纪》（载《豫章遗文》），记载了他们的身分姓名，诗人这次"风雨中来泊浯溪"，盘桓其下有三日之久，足见留恋之深。诗人在疾风骤雨之中，面对断崖苍藓上历史的见证，心潮翻涌，伫立良久，眼前的"涷雨"（暴雨）也许能将历史的悲剧冲洗干净吧！诗人的怀古实是慨今，北宋末年，蔡京专权，朝政窳败，危机四起，他不希望历史的悲剧重演，但他的忧虑也正在于此。诗的结尾寄慨遥深，启人遐思。

前人称此诗"精深有议论，严整有格律"（刘埙《隐居通义》），这两方面确是此诗的主要特点。前者在于通过对史实的概述表现了卓越的史识。诗人敢于突破种种忌讳，直接批评玄宗父子，指斥玄宗骄奢误国，养虎遗患，揭露肃宗朝政的腐败以及他的丧尽人子之道。比较此诗与元结之碑，就可见出山谷的胆识。碑文立足于"颂"，故语多褒扬，如"宗庙再安，二圣重欢"之类，而诗着眼于"刺"，故叙事中用《春秋》笔法，寓贬斥之意。在某种意义上，诗对颂是一种翻案文章。前人还将此诗与张耒的《读中兴颂碑》诗作比较，张诗只是将史事泛泛而叙，没有山谷此诗的锋芒，故前人称"张诗比山谷，真小巫见大巫"（《艇斋诗话》）。也正因为此，范成大批评山谷此诗"不复问歌颂中兴，但以诋骂肃宗为谈柄"，认为山谷开了不好的风气，"继作者靡然从之"（《骖鸾录》）。其实这正是山谷高出同时代人的地方，后来李清照也有两首题咏《中兴颂》的七古，其批判精神即与山谷一脉相承。

格律严整是此诗的又一特点。其章法井然，已如前述，首尾关合，紧扣纪行，中间是一大篇诗体的史论，每四句为一层次，严谨匀称，叙事为主，参以议论，笔调雄深雅健，音节高华爽朗，一韵到底，气势流贯中又有顿挫波澜，确有老杜七古的遗风。张戒称此诗"可谓入子美之室"（《岁寒堂诗话》），语不为过。　　　　（黄宝华）

# 次韵裴仲谋同年

交盖春风汝水边，客床相对卧僧毡。

舞阳去叶才百里，贱子与公俱少年。

白发齐生如有种，青山好去坐无钱。

烟沙篁竹江南岸，输与鸱鹆取次眠。

　　黄庭坚在英宗治平四年（1067）登进士第，被任为汝州叶县（今属河南）尉，此诗作于熙宁二年（1069），时山谷在叶县任上。裴仲谋名纶，与山谷同榜登科，故称"同年"，时为舞阳尉，其地在叶县之东。本诗是山谷与裴纶的唱和之作。

　　诗从抒写二人的友情入手。他们曾在春风骀荡的汝水之滨相逢，还在僧寺中对床夜语，共叙友情。"交盖"是说路上两车相遇，车篷（盖）相接，形容朋友相逢谈话之亲切，语出《孔丛子》："孔子与程子相遇于途，倾盖而语。"又邹阳《狱中上书》引谚曰："有白头如新，倾盖如故。"（见《汉书》本传）"客床相对"则是用韦应物《示全真元常》诗意："宁知风雪夜，复此对床眠。"白居易又改"雪"为"雨"，其《招张司业宿》云："能来同宿否，听雨对床眠。"后经东坡兄弟互用，"对床夜语"遂成表现兄弟朋友之情的熟典。次联写舞阳、叶县相去不远，二人又都是青春年少，大家可互通音问，常相聚首。

诗的后半却宕开笔墨，抒写自己踏上仕途之后的感慨。前面刚刚说过"少年"，颈联却接以"白发"，其间起伏极大，对比鲜明。诗人感叹年虽少而发已白，内心的忧思烦恼自不待言，他想归隐山林，却苦于无钱买山。《史记·陈涉世家》中有"王侯将相宁有种乎"的话，此处化用其语，谓白发不断地生出来，似有种一般。买山之说见《世说新语·排调》："支道林因人就深公买印山。深公答曰：'未闻巢由买山而隐。'"后遂以买山指归隐。顾况《送李山人还玉溪》："幽人独欠买山钱。"又《云溪友议》卷一载：符载致书于顿，乞买山钱百万，于如数与之。"坐"作"因为"解，如杜牧《山行》："停车坐爱枫林晚。"归隐不成，只能遥想故乡江南的风物，那云烟缭绕的洲渚，那婆娑摇曳的丛竹，如今都只能让给（"输与"）鸬鹚之类的水鸟去栖息了。"取次"意谓随便或草草，形容水鸟的自由闲适。

一个刚刚踏上仕途的人就渴望弃官归隐，这是很耐人寻味的。从山谷作于同时期的诗歌来看，这种心情绝非出于偶然。当时正是王安石着手进行变法的时期，熙宁二年王安石为参知政事，设制置三司条例司。山谷由于政见不合，加上位卑职微，公务琐碎，故而时时萌生归志，像"平生白眼人，今日折腰诺，可怜五斗米，夺我一溪乐"（《将归叶先寄明复季常》），"安得短船万里随江风，养鱼去作陶朱公"（《还家呈伯氏》），在他此时的诗中是屡见不鲜的。

这首七律虽作于早年，但已形成其清新瘦硬的独特风格。诗人选取"春风汝水""对卧僧毡""烟沙篁竹"等意象来表现友情与归志，自有一种清雅之趣，而其遣词用语又迥与人异，戛戛独造。此诗的中间二联最具特色。山谷有意避开对偶句俪青对白的常格，将散文式的句子组成对偶，如颔联犹如家常语句，读来不觉其为对偶，但对得却十分工整。其中出句的第六字本应用平声，现在却保留了仄声"百"字，前人称此为"换字对句法"，"其法于当下平字处以仄字易之，欲其气挺然不群"（《苕溪渔隐丛话》前集卷四十七引《禁脔》）。又"舞阳"与"叶"为专有地名，与之相对的"贱子"与"公"则为普通名词，在律诗中亦为变格。颈联明白如话，但却暗用典故成语，使人含味无穷。若用山谷自己的话来概括，颔联可谓"以俗为雅"，颈联则是"以故为新"。清新隽雅中有拗硬峭拔之致，正是此诗的佳处。

（柳丽玉）

# 过平舆怀李子先时在并州

前日幽人佐吏曹，我行堤草认青袍。

心随汝水春波动，兴与并门夜月高。

世上岂无千里马？人中难得九方皋！

酒船渔网归来是，花落故溪深一篙。

　　从熙宁元年到四年（1102—1105），黄庭坚在汝州叶县担任了三年的县尉之职。对于志大才高的诗人来说，这一职位实在不能让他展其所长，奔走杂务的生涯使他时常萌生归隐之志，"官如元亮且折腰，心似次山羞曲肘"（《还家呈伯氏》），"身随衣食叶南阳，脱身自当及康强"（《答阎求仁》），即是诗人此时心情的写照，本诗与之旨趣相同。诗作于熙宁四年。

　　诗的前半写对友人的怀念。"幽人"本指隐士，《易·履卦》云："幽人贞吉。"此指李子先。首句说他前不久在并州（治所在今山西太原）做了吏曹之类的小官。宋朝州府分曹治事，其属员即称吏曹。这时山谷正在平舆，其地属蔡州，汝河流过其境。他见到河堤上的青草，就想起了身着青袍的友人，青袍乃是低级官吏的服饰。《古诗·穆穆清风至》云："青袍似春草。"后人多仿其语，如庾信《哀江南赋》云："青袍如草，白马如练。"杜甫《渡江》诗云："汀草乱青袍。"山谷此处将堤草认作青袍，很可能受杜甫此句的影响，但他不是一般地袭用成语，而是通过颠倒本体与喻体使比喻显出新意，切合思友之意，见出他的奇思。第三句即景抒情，表现心潮逐浪，思友情切；第四句发挥想象，悬想友人在并州赏月，兴致与皓月争高。此联情景相生，但前实后虚，相互映照。"春波动"直接"堤草"，"并门"则归到友人，与首句呼应，针线极密。

诗的后半发挥知音难得的感慨，表达归隐江湖的志趣。颈联由友情宕开，转为感慨世事，使全诗的意境更增高远之势。古有善相马者曰伯乐，《楚辞·怀沙》曰："伯乐既没，骥焉程兮！"韩愈《杂说》云："世有伯乐，然后有千里马。"又《列子·说符》载善相马者九方皋，伯乐称其相马"所观天机也，得其精而忘其粗，在其内而忘其外"。山谷将上述典故熔于一炉，锻造出这一联概括了人才际遇的对偶，精警凝炼，属对工切，出句直接化用韩文，而对句若再用"伯乐"则不能成对，诗人巧妙地换成"九方皋"，遂成切对，并且丰富了诗句的意蕴。钱锺书先生称此联"善使事属对"，而史容注此诗只知引九方皋事，"大似韩卢逐块矣"。(《管锥编》二)山谷对此联也颇为自负，故他教人云此联"可为律诗之法"(史容《山谷外集诗注》引《潜夫诗话》)。这一联感慨世无知音，怀才不遇，既是自叹，也是为友人惋惜，因而尾联归结为归隐之思，既是自述其志，也是对友人的规劝。通过"酒船渔网""花落故溪"的优美画面，传达出隐逸生涯的无穷魅力，诗人的向往之情也就不言而喻了。诗以景语作结，含悠然不尽之意于言外，令人含英咀华，久久回味。

此诗通过清幽的景物抒发友情与归思，同时又流露出知音难遇的不平之慨，清新雅丽中流动着一股兀傲奇崛之气。其遣词属句也多不同凡响之处，除第二句的巧用比喻外，中二联的对偶也是精心锻炼而成的奇句。颔联以单音节的"心"与"兴"引出下文，中间五字为一个意群，结句又是单音节的"动"与"高"，这在律诗的对偶中确是少见的。颈联则采用常规的节奏，以调节上联的变格；但上下句又有变化，出句为反问句，对句用感叹句，传达出内心的自负与不平，感情起伏跌宕，使全诗更添峭拔拗健的气概。要之，山谷诗的佳处正在于情韵中有劲健的气骨。　　　　　　　　　（黄宝华）

# 池口风雨留三日

孤城三日风吹雨，小市人家只菜蔬。

水远山长双属玉，身闲心苦一春锄。

翁从旁舍来收网，我适临渊不羡鱼。

俯仰之间已陈迹，莫窗归了读残书。

 

 

元丰三年（1080）黄庭坚授知吉州太和县（今江西泰和），赴任途中因风雨而滞留池口（今安徽贵池），遂作此诗。熙宁元丰年间正值新法推行，山谷因政见不合，位卑职微，心怀抑郁。本诗通过旅途中的见闻杂感表现其不慕荣利，以读书自娱的人生态度，悠闲旷达中透出苦闷不平。

诗的前半在写景中抒情。首联从扣题入手，绘出一幅孤城风雨图，笔致淡雅素朴，似信手拈来，不假藻饰，字里行间却流露出对质朴恬静的小城生活的喜爱。颔联触物起兴，于闲适宁静中见出内心的波澜。诗人放眼眺望，浩浩长江流向远方，迤逦的山岭，看去像一对属玉鸟（一种水鸟）。近观则有春锄（白鹭）映入眼帘，这种鸟满身雪白，给人以清高闲雅的印象，但诗人却感到它身虽闲而心实苦。这个"苦"字实际是诗人触景生情，又将情感投射于外物的结果，故而象中含兴，赋而兼比，表面写白鹭，实则是诗人的夫子自道。他志大才高，但现实又使他失望，从学官到县官，无异于投闲置散；他渴望归田，但迫于生计，又不得不折腰为官。内心的矛盾苦闷都凝聚于这一"苦"字，但只是点到即止，给人以充分的想象余地。

后半在记叙中抒情。如果说颔联是以物为比兴，那么颈联则是以人起兴。渔翁适从旁舍来水边收网，这一极偶然的景象却触动了他对世事的感慨。他由网而及鱼，于是反用"临渊羡鱼，不如退而结网"的成语，表达了不求仕进、自甘淡泊的心境。这种反用典故成语的方法，古人称为翻案法，无疑受到禅宗的影响，因为禅宗推重翻却成案，更进一解的睿智。此联从生活琐事中触发思想的火花，也类似禅宗从寻常事物中获得妙悟的机锋。

尾联乃达道之言，表现出超凡脱俗的胸襟。"俯仰"句化用王羲之《兰亭集序》："向之所欣，俯仰之间，已为陈迹。"王羲之的本意是感叹人生短暂，不觉悲从中来。山谷虽用其字面，其意却相反：世事瞬息万变，面对无常的人生，还是退出争名逐利之场，到书中去寻找乐趣吧。"莫"即"暮"。

山谷诗脱弃凡近，格高调逸。但这种高格又不是借助风花雪月、丽辞藻绘体现出来的，他往往在抒写日常生活的见闻感受中，表现出超脱流俗、兀傲奇崛的精神境界。如本诗就采用随感录式的写法，触物兴怀，涉笔成趣，在寻常事物的形象中参以名理，颇具理趣。诗的语言清新奇峭，字面上没有炫目的色彩，但自有深曲奇奥之致。写景淡雅而有风致，抒情则力翻成案，将寻常典故翻出新意，以表现拔出流俗的胸襟。在格律上，将古诗的气脉运用于律诗，骈偶之中又参以散文句法。颔联不仅对偶工切，而且"水远"与"山长"，"身闲"与"心苦"构成当句相对。但颈联又故意使对偶不切，以散行句式表现上下之间的因果关系，如流水贯注。尾联多用虚词转折，给人以古雅朴茂之感。此诗清新雅健，确如方东树所评"别有风味，一洗腥腴"（《昭昧詹言》）。

（黄宝华）

# 登 快 阁

痴儿了却公家事，快阁东西倚晚晴。

落木千山天远大，澄江一道月分明。

朱弦已为佳人绝，青眼聊因美酒横。

万里归船弄长笛，此心吾与白鸥盟。

这首诗是黄山谷在吉州太和县（今江西泰和）当知县时所作。他公余常去游览赣江边上的快阁。诗中自称"痴儿"，是用《晋书·傅咸传》杨济与傅咸书中语："天下大器，非可稍了，而相观每事欲了。生子痴，了官事，官事未易了也。了事正作痴，复为快耳。"意谓只会"了官事"的是痴子，非大器。山谷在这里借用其语，颇有自我嘲笑的意味，说自己没有本领，不是办大事的料子。这里透露了他对仕途的厌倦情绪。

诗人在快阁的东西徘徊眺望，他为暮色晴空下的自然美景陶醉了，"倚晚晴"三字，写出了诗人游兴之浓和流连之久。

三、四句描写从快阁看出去的景色。"落木千山天远大"，使人想起杜甫"无边落木萧萧下，不尽长江滚滚来"的名句，而意境又不尽相同。杜诗有一种秋天的萧瑟感和时不我待的紧迫感，而黄诗则着重表现秋天的高旷，有无限广阔的天地，可以任鸟儿自由飞翔，让人们自由呼吸。放眼天际，使人感到身心舒展，飘飘然有高蹈天外之想。"澄江一道月分明"句使人想起谢朓"余霞散成绮，澄江静如练"的名句，而意境也不尽相同。谢诗表现晚霞夕照的江景，而黄诗则着重表现月映澄江的夜色，表现一种宁静、澄清、温馨的境界。总之，山谷这一联写景名句表现出两种境界，一是表现一种高远的思致，一是表现一种明净的境界，从而使人产生一种追慕闲远的清超和悠悠然屏绝尘俗的心情，是诗人胸襟怀抱的写照。这两句诗借鉴前人诗句的意境，而又别开新的境界，正是诗人所擅长的"点铁成金""夺胎换骨"的手法。

五、六两句写诗人独自登临的孤寂之感。世无知音，空自抚弄朱弦，有什么意义？还是让我像阮籍那样到美酒中讨生活吧。说起这位以白眼斜视世人的狂士，唯嵇康携酒挟琴来，以青眼相看。诗人嗟叹自己连阮籍还不如，阮籍毕竟还有一个值得他垂青的朋友嵇康，而今举世昏昏，我的青眼只好独对清樽美酒了！"青眼聊因美酒横"，一"横"字，妙极。目光顾盼流动，只是为了一杯美酒。加上"聊因"二字，写出了诗人高逸兀傲而又无可奈何的孤愤之情。"朱弦""青眼"，极富色彩，"佳人""美酒"，意境很美。"已为""聊因"虚词烘托，把诗人心底波澜极有层次地展现出来。

最后一联写诗人弃官归隐的意向。诗人说，我真想驾一叶扁舟，吹着悠扬的长笛，返回遥远的家乡，去过那优游忘机的生活，我这个心愿啊，早跟白鸥订好盟约了。"白鸥盟"出自《列子·黄帝篇》，鸥鸟只与没有机心的人作伴，而决不与心怀叵测的人交游的。当然只有自称"痴儿"的山谷，才能成为白鸥的真正盟友了！这结末二句，似乎隐隐暗示诗人的人生追求，他将永远告别尔虞我诈的现实社会，向往一种纯朴的没有猜忌的生活。这生活在人间社会哪能得到，只有驾小舟访白鸥，到江海去度余生了。

读《登快阁》，使人想起苏东坡的"大江东去"，其豪情逸兴，风骨气度非常相似。清代翁方纲评山谷诗说："坡公之外，又出此一种绝高之风骨，绝大之境界，造化元气发泄透矣！"（《七言诗歌行钞·黄诗钞》）

从写作上来说，山谷把七言歌行的手法运用到律诗中来。《登快阁》作为律诗，读来却像长篇歌行，气势流转，如长江大河，奔泻而下，而在中途，又曲折盘旋，含不尽之意。清代姚鼐称这首诗"豪而有韵，此移太白歌行于七律内者"，方东树也说"此所谓寓单行之气于排偶之中者"，可见这种写法是黄山谷的一个创造。

（汤高才）

# 寄黄几复

我居北海君南海，寄雁传书谢不能。

桃李春风一杯酒，江湖夜雨十年灯。

持家但有四立壁，治病不蕲三折肱。

想见读书头已白，隔溪猿哭瘴溪藤。

　　黄山谷诗讲究修辞造句，提倡"无一字无来处"和"夺胎换骨，点铁成金"的功夫。从此诗就可看出他的这种作风。

　　这首诗作于元丰八年。黄几复，南昌人，作者少年交游。此时几复知广东四会县，山谷在德州（今属山东）德平镇。山东、广东均滨海。故首句说："我居北海君南海。"这里用了《左传》上楚成王与齐桓公的对话："君处北海，寡人处南海，惟是风马牛不相及也。"可谓"字字有来处"。而在表情上又有丰富的含意。北海南海，相隔辽远，海天茫茫，相思之意不言而喻。从二人地理上的阻隔，自然想到鱼雁尺素，互通音问。于是诗人又信手拈来"寄雁传书"的典故（出《汉书·苏武传》）。这个典故前人诗文中用得烂熟了。山谷便变陈熟为生新，曰："寄雁传书谢不能。"相传大雁南飞不过衡阳，由此诗人生发联想说：我托雁儿捎封信给你，雁儿却谢绝说："我飞不到南海呀。"这里可以看到山谷不同一般的艺术技巧。

前人用典大都直用其事，而山谷却转了一个弯子，他与雁儿对话，把雁拟人化，写得很有情味。

"桃李春风"一联是山谷名句。桃李、春风、江湖、夜雨、一杯、十年、酒、灯……本是一个一个极普通的词儿，又都是在前人诗句中早已习见，但当作者用一条艺术彩绳把它们联结起来，就像一串光耀夺目的珍珠，构成全新的意境，引起人们无限的联想。"桃李春风"使你回想起"春风桃李花开日"、"会桃李之芳园，叙天伦之乐事"。"一杯酒"，又有多少浓情使您回味："何时一樽酒，重与细论文"，"劝君更尽一杯酒，西出阳关无故人"。"江湖"，又使你想起流浪飘泊。"夜雨"，唤起你"巴山夜雨涨秋池"的怀人之情……而"十年灯"，则意味着两个寄迹江湖的朋友各自度过多少独对孤灯的不眠之夜啊！把这一联诗句联系起来想，则酸甜苦咸，五味俱全。"桃李春风一杯酒"的欢会，何其美好，却又何其短促！而"江湖夜雨十年灯"的别离何其凄苦，又何其漫长！其中悠长韵味给人以深刻的感受。这两句诗没有僻字，不用僻典，用的都是"陈熟"的词儿，而一经"点化"，便化陈熟为生新了。

后四句表现黄几复的为人和处境。"持家"句用司马相如"家徒四壁立"的典故。"治病"句用《左传》"三折肱，知为良医"句，意思是一个人折了三次臂膀，就会成为良医，后常以喻阅历多、经验丰富的人。这两句写黄几复家境清贫，但清高自守；人情练达，富有才干，无需经过挫折的磨炼。最后两句，遥想友人垂老远宦，唯有以读书排遣郁闷，只闻对岸瘴气弥漫的山间，传来攀藤猿猴的悲鸣，与他的读书声相应和。这两句诗的意境，在唐诗中不难找到，作者点化得不着痕迹，写出了宋代士大夫的情趣志向，表现出宋诗重品节、涵养的风致美。

总起来看，这诗虽"无一字无来处"，但不觉晦涩。全篇一气涌出，流畅自然，没有斧凿痕迹。百炼钢化为绕指柔，诗人的艺术锻炼功夫可谓深矣！

（汤高才）

# 次韵柳通叟寄王文通

故人昔有凌云赋，何意陆沉黄绶间？
头白眼花行作吏，儿婚女嫁望还山。
心犹未死杯中物，春不能朱镜里颜。
寄语诸公肯湔祓，割鸡令得近乡关。

　　山谷常与一些怀才不遇之士结为莫逆之交，在一些赠答诗中展现他们的精神风貌，借以抒发抑郁不平之情。作于元祐二年（1087）的这首七律就是这一类诗。诗寄王文通，诗中所写也反映出他的自我形象。

　　首句借司马相如的故事来写老友的才华横溢。汉武帝读司马相如《大人赋》，"飘飘有凌云之气"，见《史记·司马相如传》。但接着笔锋一转：如此才士为何沉沦下僚呢？这一句以疑问形式出之，更能表现愤懑之情。它是慨叹，更是责问，是对执政者的谴责。"陆沉"一词出《庄子·则阳》，意谓虽在陆地，却如沉于水一般，比喻生活于人世间而过着避世的生活，也兼含沉晦埋没之意。"黄绶"是黄色的印绶，低级官吏的标志。这一句既写出了人才的遭受埋没，也暗写友人的亦官亦隐。此联将高才与不遇对举，由"凌云"而"陆沉"，确有转折跌宕之势，故方东树评为："起叙事往复顿

挫。"(《昭昧詹言》)

中间二联对"陆沉黄绶"加以生发。"头白眼花"本是儿孙绕膝、安度余年的时候，如今却还要奔走仕途；待到"儿婚女嫁"之后，方可望挂冠归去，终老家山。"儿婚女嫁"用《后汉书·逸民列传》中向子平的典故，写友人为官实是迫于生计，非其本愿，见出他不慕荣利的品格。颈联写饮酒的豪兴尚不减当年，但春天却不能恢复他青春的红颜。豪兴犹在，盛年不再，颈联又是一个转跌，在豪放旷达中含无限感慨。

尾联则为友人向执政诸公吁请，希望他们从中斡旋，让他能在近乡之处做一个地方官。"湔袚"一词源出《战国策·楚策》，原意是拂除旧恶，后多用作荐拔之意。"割鸡"用作治理一县的代称，出《论语·阳货》。"肯"即"肯不肯"，出语宛转，但仍包含怨愤不平之意。"割鸡"则呼应首联的才高位卑，见出诗人组织的绵密。

山谷入仕之后，强烈地不满现实政治，对被埋没的才识之士倾心相交，视为知音。此诗所写友人的贫贱自守、兀傲奇崛、放旷不羁、愤世嫉俗，何尝不是诗人的自我写照？诗人为其大鸣不平、抗议世道的不公，实是借他人之酒杯，浇自己之块垒。写作此诗时山谷正在京任史官，旧党执政，他也受到提拔，但他并未感到得意，而是对激烈的党争十分反感。本诗正是反映了他的不平之气。

本诗像一幅写意人物画，笔触简练，风格奇拗。作为律诗，本诗无论在风格还是语言上，都显出山谷的独创性。传统的七律多以景传情，追求流利圆转。山谷则着重在律诗中正面刻画人物的精神境界，因而多直抒胸臆，这一特色多表现在中间二联的组织上。他一反中二联俪青配白、装点景物的传统，以拗硬之笔写奇崛之态。如颔联在上下句相对中又当句成对，读来往复回环。颈联却奇峰突起，以不合正常七言句节奏的散文句式构成对偶，读来拗硬顿挫，生动地传达出牢骚不平之气。"朱"字由名词转化为使动词，增添了奇趣。这种奇句拗调开辟了律诗的新境界，确是山谷的独造。

（黄宝华）

# 和答元明黔南赠别

万里相看忘逆旅，三声清泪落离觞。

朝云往日攀天梦，夜雨何时对榻凉！

急雪脊令相并影，惊风鸿雁不成行。

归舟天际常回首，从此频书慰断肠。

　　黄庭坚在绍圣二年（1095）贬涪州别驾、黔州安置。黔州地当今四川彭水、黔江一带。庭坚的长兄黄大临（字元明）亲自陪同他跋山涉水，送他到达贬所。此诗就是写他们兄弟洒泪惜别的手足之情的。黄元明在六月十二日离黔州，此诗作于是年之冬，当是追和。

　　全诗感情深笃，首联即正面写离别的哀痛。在离家万里的边远之地，兄弟相对，似乎忘记了是谪居异乡，暂寓逆旅。但离别在即，兄弟将天各一方，又不禁使人潸然泪下。古乐府《巴东三峡歌》云："巴东三峡巫峡长，猿鸣三声泪沾裳。"此处化用，写猿猴的哀啼使人从幻想中清醒过来，触动了离别之痛，形成感情的强烈起伏。

　　颔联写抱负落空，但求将来能兄弟相伴，晤言一室之内，长享天伦之乐。宋玉《高唐赋序》载有巫山神女与楚王梦中幽会之事，有"旦为朝云，暮为行雨"之句，此处"朝云"句即写途经巫峡时想起这一故事，同时也隐寓自己往日的抱负如登天之梦，已经破灭。"攀天"常被黄庭坚用来指登上朝廷，施展宏图，这一比喻又来自《楚辞》，如《离骚》云："吾令帝阍开关兮，倚阊阖而望予。"《惜诵》云："昔余梦登天兮，魂中道而无杭。"黄庭坚也像屈原一样常用攀天不成喻壮志难酬，如《送少章从翰林苏公余杭》云："欲攀天关守九虎。""夜雨"句则是用韦应物与苏东坡的诗意，感叹何时能兄弟相聚，对榻话旧。韦应物《示全真元长》云："宁知风雪夜，复此对床眠。"苏轼兄弟极喜此句，常在诗中咏及"对床夜语"，抒写归隐之愿与兄弟之情，如苏轼《辛丑十一月十九日既与子由别于郑州西门之外，马上赋诗一篇寄之》云："寒灯相对记畴昔，夜雨何时听萧瑟？"苏轼此联即为黄庭坚所本。庭坚在这里是与长兄以退隐相约，表达了他在政治上遭受挫折与失望后，想在隐逸与天伦之乐中寻求慰藉的思想。

颈联既是写景，又是比兴，借风雪中脊令鸟的相依为命及鸿雁之离散失群，飞不成行，进一步申足兄弟惜别之情。前句喻患难与共，语本《诗经·小雅·常棣》："脊令在原，兄弟急难。"后句喻兄弟离散，雁行也是切兄弟之意，《礼记·王制》曰："兄之齿雁行。"诗人触景生情，由风雪交加而感慨境遇险恶，故以"急"状雪，以"惊"写风，柳宗元《登柳州城楼寄漳汀连封四州刺史》的"惊风乱飐芙蓉水，密雨斜侵薜荔墙"无疑为黄庭坚所取法。

尾联从自身宕开，翻进一层，写兄长在归舟中常翘首回望天际，盼兄弟早日归来。前句化用谢朓《之宣城出新林浦向板桥》：

"天际识归舟，云中辨江树。"而在写法上又另换角度，即不写自身之思念对方，而设想对方相思之殷切，这就更深婉蕴藉而有情致，前人已有此法，如王维的《九月九日忆山东兄弟》："遥知兄弟登高处，遍插茱萸少一人。"结句作临别时的珍重叮咛：今后可要多多来信，以慰我这天涯断肠人！在这声声嘱咐中倾注了诗人的满腔深情。

此诗用典繁复，但却浑成无迹。成语故实大大丰富了诗句的内涵，触发出层层的联想，令人回味无穷。黄庭坚诗素称瘦硬，但由于他感情真挚，宅心忠厚，故其诗拗峭中不失深婉之致。（黄宝华）

# 题胡逸老致虚庵

藏书万卷可教子，遗金满籝常作灾。

能与贫人共年谷，必有明月生蚌胎。

山随宴坐画图出，水作夜窗风雨来。

观山观水皆得妙，更将何物污灵台？

　　诗作于崇宁元年（1102）。胡逸老生平未详，但从诗中的内容看，他是一位不慕荣利、乐善好施、寄情山水的雅士。山谷为他的书斋题诗，深致敬钦之意。

　　前四句发为议论，精警凝炼，概括了人生的哲理。《汉书·韦元成传》载：韦贤与子元成皆位至丞相，"故邹鲁谚曰：'遗子黄金满籝，不如一经。'"籝（yíng），箱笼之类的竹器。所谓"经"即指儒家的经典，在汉时指《诗》《书》《礼》《易》《春秋》五经（《乐经》已亡佚），学子往往专习一经，或由通一经而逐步通五经。此处语本《老子》："金玉满堂，莫之能守；富贵而骄，自遗其咎。"首联由此化来，意思是说：家中有万卷藏书，正可借以教育子孙，使之成材，而若留给他们大笔的财产只能招来灾祸。颔联则谓积善之家必有余庆，能将粮食赈济穷人者必能得到好的子孙。《后汉书·梁商传》载："每有饥馑，辄载租谷于城门，赈与贫馁，不宣己惠。"

就是这类"能与贫人共年谷"的事例。"明月"指珍珠,因其生于蚌中,如怀胎然,故《汉书·扬雄传》云:"剖明月之珠胎。"而以明珠喻子孙之佳则出《三国志·魏志·荀彧传》裴松之注引孔融与韦端书中赞其二子之语:"不意双珠,近出老蚌,甚珍贵之。"这四句诗妙在以议论的形式含叙事的内容。既是人生经验的概括,有警世鉴戒之用;同时又是对胡逸老雅好诗书、善教后辈、轻财仗义、乐于助人的品格的赞扬。

后四句由山水生发出哲理,给人以心智的启迪。颈联写望中的山景,像山水卷轴次第展现在眼前,夜来风雨飒然而至,平添了几分萧森冥迷之趣。这一联向来受人称道,方回称为"奇句"(《瀛奎律髓》卷二十五)。其好处在清新淡雅中有峭健拗拔之气,"山"与"水"两个单音节词置于七言句首,使句子的节奏突破常格,别具拗趣,"随"与"作"二字下得别致,写出了景物的动感。这一联句法生新独造,正是山谷的特色;虽为写景之笔,但"宴坐""夜窗"二词又隐含了庵之主人,暗示景物乃其所见所闻,因而也就展示出他的高情雅趣。尾联归结为观山水以悟道识理,进一步赞扬庵主明净的心境。这一联承上"宴坐"而来。所谓"宴坐"即安坐之意,佛家又专指坐禅。"宴坐"室中,观山水之妙境,自能体悟出宇宙人生哲理,摒弃物欲之烦恼缠缚,达于心境之清虚宁静。既臻此境,又有何物能玷污这洁净的心灵呢?是即题中所谓"致虚"之意。尾联归结题意,总收全诗,十分妥帖。"灵台"指心,语出《庄子·庚桑楚》。《庄子》还标举虚静之心,如《列御寇》云:"泛若不系之舟,虚而敖游者也。"《山木》则以"虚船"为喻,指出:"人能虚己以游世，其孰能害之！"而从山水中参悟玄理则又是禅宗的一套方法，如赵州从谂禅师云："无处青山不道场。"（《五灯会元》卷四）报慈文钦禅师云："看水看山实畅情。"（同上，卷八）又陈体常颂云："山青水绿明玄旨，鹤唳猿啼显妙机。"（《苕溪渔隐丛话》后集卷三十七）结句也是暗用六祖慧能的偈意："心是菩提树，身为明镜台。明镜本清净，何处染尘埃！"（《坛经》）由此可见诗人阐发的哲理兼含道佛两家之说。

　　山谷此诗以大部分笔墨用来说理，仅有一联写景，但并不迂腐。这是因为诗人从人生经验中提炼出自己的认识，体现出高尚的情操，具有警世意义，其中既有儒家的"仁者爱人"，又有佛道的清心去欲，这正是诗人圆融三家的思想特色。全诗似一首诗体的《陋室铭》，既可作为富有哲理意蕴的格言来读，又可视为对庵主的钦敬赞美，见出诗人措意之深，手法之妙。

（柳丽玉）

# 题落星寺

落星开士深结屋，龙阁老翁来赋诗。

小雨藏山客坐久，长江接天帆到迟。

宴寝清香与世隔，画图妙绝无人知。

蜂房各自开户牖，处处煮茶藤一枝。

历来的诗论家在论及山谷清新瘦硬的诗风时，每每举出此诗作为代表。这确是一首格高韵胜、清隽雅健的佳作。落星寺在彭蠡（鄱阳）湖的北部，星子县之南，建于落星石上，该石相传为陨星坠湖而成，其地故亦名落星湾。湖光山色，晨钟暮鼓，本身已是清雅脱俗的胜境，加上诗人的妙笔题咏，更是引人入胜。山谷的《外集》中收有四首题落星寺的诗，非同时所作，这里选的是第三首，又题作《题落星寺岚漪轩》，是四首中最为传诵的一首。此诗作年难以确考。崇宁元年（1102）山谷自荆南归故乡分宁，五月又到江州（今九江）与家人相会，诗或许作于此时。

首联扣题，点明落星寺之幽深与文人为其题咏的雅兴。"开士"指僧人，佛家用"开士"称能自开悟而又能以法开导他人者，后遂成僧人之敬称。皈依佛门者在此幽僻之处结庐修行，一个"深"字实是全诗之纲，整个诗的意境都在渲染其离尘隔世的幽深意趣。"龙阁老翁”，据史容之注，是指山谷的舅父李常（公择），他在元祐三年（1088）充任龙图阁直学士。诗句是说李公择曾来落星寺赋诗题咏。但从上下文的语气来看，称自己来此赋诗似更为顺当，故高步瀛《唐宋诗举要》曾说：“疑此当属山谷自谓，诗中始有主脑。”但山谷生前未有龙图学士之衔，故“自谓”之说不能成立。其实不妨扩而大之，将它看作对文人学士的泛指，他们为落星寺的清景所吸引，欣然来此命笔赋诗，这中间当然也包括诗人自己。

中间二联叙写落星寺的清远深幽，将“深”字生发开去。颔联堪称此诗之警策。霏霏的雨帘将山包裹其中，一个“藏”字写出了云遮雾罩的烟雨蒙蒙之景。《庄子·大宗师》云：“夫藏舟于壑，藏山于泽，谓之固矣。”山谷用其字面。钱锺书先生在《谈艺录补订》中指出史容之注引《庄子》之文“仅标来历，未识手眼。胜处在雨之能藏，而不在山之可藏”。钱先生并引诸家诗句以为证，如贾岛《晚晴见终南诸峰》云：“半旬藏雨里，今日到窗中。”笔者还可补充若干例子，如白居易《杭州春望》：“柳色春藏苏小家。”《予以长庆二年冬十月到杭州……》：“云水埋藏恩德洞。”《和栉沐寄道友》：“夜色藏南山。”又晚唐来鹄《云》：“映水藏山片复重。”均同一机杼。“长江”句写水天相接，已极浩渺之至，“帆到迟”则更增添了视野的深远。极目远望，那水天之际的点点帆影好像老是不会驶近，一个“迟”字通过时间的漫长显示出空间的辽远。这里“藏”与“迟”两个常见之字，经其锤炼，则别具情趣。“帆到迟”与上句的“客坐久”对应，表现出诗人凝神远眺，浑然陶醉于山水间的神态。颈联写在寺中休憩，清香悠然，恍如超脱尘世；乘兴观看寺中的藏画。(原注云:"僧隆画甚富,而寒山拾得画最妙。")这些绝妙的画图却鲜为人知。如果说颔联是写景之深远,颈联则是写景中人物离尘出世的高情远韵。前者写景,景中有人,情由景出;后者叙事,事中含景,情景相生。要之都在渲染其境其情之"深"。

尾联则又归结到僧房,与开头呼应。"蜂房"之喻颇为新奇,谓寺中僧房甚多,如蜂巢般——打开门户,接着写拄着藤杖可到处浏览,煮茶品茗。或以为"藤一枝"为煮茶而用,其实第一首诗中已云:"不知青云梯几级,更借瘦藤寻上方。"其为藤杖无疑。又《许彦周诗话》引晦堂心禅师之诗云:"生涯三事衲,故旧一枝藤。乞食随缘过,逢山任意登。"亦可为旁证。结句恰与"龙阁老翁"呼应,谓当年公择舅父来此赋诗,而今我也步其后尘。全诗细针密线,布局严谨。

此诗景清情雅,格高韵远,将一切丽词藻绘陶洗净尽,以雅洁平淡的语言展现出诗人经过人生的历练而形成的澄澈高旷的胸襟。诗人此时已步入晚年,贬谪的磨难将他的心胸陶冶得更为超然,湖山的清幽寂寥正是他这种精神境界的反映,故前人评"此诗真所谓似不食烟火人语"(姚鼐《今体诗钞》)。但此诗平淡中却见出锻炼之功,无论化用典故,还是烹炼词语,均能巧运奇思;尤其此诗故意变易句中的平仄,造成声调的拗崛,风格的瘦硬,更是山谷的特色,故前人将它归入"拗字吴体格"(《瀛奎律髓》卷二十五)。苏轼评山谷诗"如蟠蚰、江珧柱,格韵高绝,盘飧尽废",就是以生鲜之食品喻其诗之清而不腻,耐人含味,此诗足以当之。　　(柳丽玉)

# 夜发分宁寄杜涧叟

《阳关》一曲水东流，灯火旌阳一钓舟。

我自只如常日醉，满川风月替人愁。


　　元丰六年（1083）十二月，黄庭坚由知吉州太和县移监德州德平镇，此诗系离家赴任时所作，分宁即今江西修水，是诗人的家乡，杜涧叟名槃。

　　古人送别，照例要唱《阳关三叠》，其词出于王维的《送元二使安西》，末二句云："劝君更尽一杯酒，西出阳关无故人。"宋人歌此曲之风甚盛。诗人在送别的乐声中告别亲友，顺水东下，从舟中回望，故乡的灯火已渐远去，自己置身一叶钓舟，又开始了游宦的生涯。旌阳乃山名，在分宁县东一里，山上有旌阳观。诗人在这里组合各种意象，渲染出浓重的离别氛围，其中"灯火"尤能撩起人的离愁别绪。在羁旅人的眼中，灯火的光芒往往与人间的温馨联系在一起，它在暗夜中的出现常给人以慰藉与希望。这一意境也得力于对前人或同时代人的诗境的点化，如白居易《江楼夕望招客》："灯火万家城四畔，星河一道水中央。"又杨蟠《陪润州裴如晦学士游金山回作》："天远楼台横北固，夜深灯火见扬州。"苏轼《绝句》云："鄱阳湖上都昌县，灯火楼台一万家。"这些意境无疑都为山谷所取法。

第三句的转折出人意表，诗人没有顺着上面的意思写愁思，而反说我只是像往常那样喝醉了酒，而弥漫在水天之间的风月倒在替人悲愁。古人抒写悲愁或陪衬，或反衬，前者以景物之凄凉衬托人之愁绪，后者以景物之无情反衬人之悲怀。山谷此诗却别出机杼，以景物的多情善感与自身的浑然沉醉构成对比，其实景物的情正是诗人内心情感的外移，而他的醉无疑是借酒浇愁的结果。这样的抒情更显得襞积曲折，也是此诗的不落窠臼之处。这两句诗还得力于欧阳修《别滁州》诗"花光浓烂柳轻明，酌酒花前送我行。我亦只如常日醉，莫叫弦管作离声"的句意。

山谷此诗在绝句中尚属正格，通篇以景传情，不着议论，不入理语，其风调神韵，颇得唐人遗意。但此诗又非唐绝的翻版，诗人之善于熔化前人诗句，构思琢词之追求新警奇巧，都有着山谷自己的特色。末句拟物为人，直接点明景替人愁，这与唐绝中纯以景语作结的混沌悠远也自不同，讽咏含味此诗，可以体会这仍是一首山谷体的绝句。

（柳丽玉）

# 病起荆江亭即事

翰墨场中老伏波，菩提坊里病维摩。
近人积水无鸥鹭，时有归牛浮鼻过。


　　这首诗作于宋徽宗建中靖国元年（1101）初秋。时徽宗刚即位，有意调停"元祐"与"绍圣"两派矛盾，起用了一批被放逐的"元祐党人"。黄庭坚因此得离开戎州贬所，沿江东下，至江陵，因患痈卧病二十余日。病愈后游荆江亭，作组诗十首，内容多寄慨时事。

　　首句说自己是文坛老将，人虽老，但仍像汉代伏波将军马援那样，老当益壮。诗人此时显然对朝廷出现的新形势表示感奋和希望。

　　次句说自己像佛经上讲的维摩诘，病在菩提坊中。菩提坊，相传为释迦牟尼成佛之处。维摩诘是佛经上一位有学问有文才的人。山谷颇信佛法，故用以自比。上句说自己有一颗为国效力之心；这句说，只因卧病滞留荒江，心情是苦闷的。

　　其实，黄庭坚未为朝廷所用，自非纯由于病的缘故。下面两句的写景可隐约见其端倪：居处附近，积水成池，但看不到鸥鹭一类的鸟儿，只有归牛浮渡，水面露出又黑又大的牛鼻子来。诗人描绘了一幅穷乡僻壤的荒寒景象。如此荒僻寂寥的环境，与"翰墨场中老伏波"一颗火热的心形成了多大的反差！诗中"无鸥鹭"三字更值得含味。诗人《登快阁》云："万里归船弄长笛，此心吾与白鸥盟。"诗人一直把没有机心的白鸥引为同调，而今他感到自己的生活环境中"无鸥鹭"，不正透露出他内心有一种世无知音的落寞情绪吗！诗人平日所能接触到的又是什么呢？归牛浮鼻过水，愚蠢平庸的"水牛"们陶醉在小小的死水塘中洋洋自得。此情此景，不由使人想起某种相类的社会现象，整天在污泥浊水中打滚的庸夫俗子，何尝不像一群浮鼻过河的水牛呢？宋代任渊注释山谷这两句诗时曾指出"此句当有所指"，说明前人已注意到它有寓意了。

　　这两句写景诗本是点化前人诗句而成。孙光宪《北梦琐言》说："唐前朝进士陈咏……其诗卷首有一对语云：'隔岸水牛浮鼻渡，傍溪沙鸟点头行。'此本陋句，一经妙手，神形顿异。"说实在的，陈诗的写景生动逼真，未必比黄诗差，一个最根本的问题是陈诗是单纯的写景，有景无情，没有情也就没有味了。而黄庭坚诗根据自己当时的处境和真实的情绪来点化陈诗，景中有意，妙趣横生，发人深思。所以后代评论家将他这两句诗推为"点铁成金"的范例。

（汤高才）

# 雨中登岳阳楼望君山二首

投荒万死鬓毛斑，生出瞿塘滟滪关。
未到江南先一笑，岳阳楼上对君山。

满川风雨独凭栏，绾结湘娥十二鬟。
可惜不当湖水面，银山堆里看青山。

　　黄庭坚贬于蜀中近六年，徽宗即位，始得放还。崇宁元年（1102）正月由荆州至巴陵，二月朔旦登岳阳楼，这两首七绝即是描写这次登临壮游的，抒发了虽历经患难而仍达观豪健的情怀。

　　岳阳楼在湖南岳阳城（宋时为岳州州治巴陵）西门上，始建于唐之张说，下瞰洞庭湖，景色壮丽，气象万千。但是诗人在第一首诗中并未正面描写登临所见，而是尽情抒发他被赦生还的欣喜与快感。首句概括他在蜀中的贬谪生涯：在荒远之地度过了漫长艰难的岁月，两鬓也变得斑白了。第二句是一个很大的转折，由"万死"而转为"生出"，显示出命运境遇的否极泰来，在这正反衬跌中，诗人的欣喜之情就自然地流露了出来。此处诗人不是一般地交代由蜀中生还，而是强调从"瞿塘滟滪""生出"，更令人感受到一种生还不易的激动。瞿塘峡乃长江三峡之首，素称险恶，如今能够"生

元 赵孟頫 | **苏轼像**

苏轼诗，见第 301 页

绍圣元年三月作

東坡居士

**宋 苏轼（传）** | **墨竹图**

门前两丛竹，雪节贯霜根。

苏轼《王维吴道子画》，见第 301 页

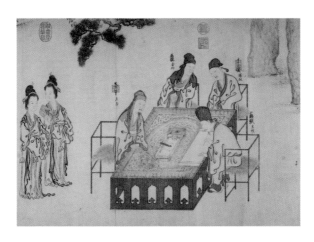

宋 李公麟（传） | **西园雅集图**（局部）
（绘苏轼、苏辙、黄庭坚、米芾、秦观等
在驸马都尉王诜府聚会场景）

唐 李思训 | **江帆楼阁图**
苏轼《李思训画长江绝岛图》，见第 317 页

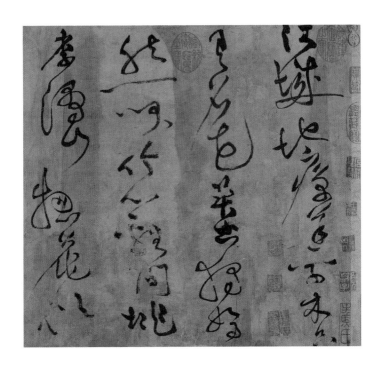

宋 黄庭坚 | **临苏轼海棠诗**（局部）

江城地瘴蕃草木，只有名花苦幽独。

嫣然一笑竹篱间，桃李漫山总粗俗。

苏轼《寓居定惠院之东杂花满山有海棠一株土人不知贵也》，

见第 324 页

宋 苏轼 | **西湖诗卷**（局部）

水光潋滟晴方好，山色空濛雨亦奇。

欲把西湖比西子，淡妆浓抹总相宜。

苏轼《饮湖上初晴后雨二首》其二，见第 354 页

清 周尚文 | **西湖全景图**（局部）

蘭茟傍
地陳谿山
谿山勳植
春摩深兵照
百餘年物
潤手桃花
茟露新宗茗北
畫圖同六
度中祥厜
憨榮青游
于秋拈
而真詮枯
又是偶扇
蘭山素一董
又工詩抄撥
溪山蒼晚
特羡誠本
束斗漆抹
敕漠一藹
溪茟更冥畫
乾隆乙
御題以寅

宋 惠崇 | **溪山春晓图**（局部）

竹外桃花三两枝，春江水暖鸭先知。

蒌蒿满地芦芽短，正是河豚欲上时。

苏轼《惠崇春江晓景》《题郑防画笑》，见第 360、388 页

**明 仇英** | **水仙图**（局部）

凌波仙子生尘袜，水上轻盈步微月。

黄庭坚《王充道送水仙花五十枝欣然会心为之作咏》，
见第 418 页

唐　韩幹｜**十六神骏图**（局部）

张耒《再和马图》，见第 521 页

清 佚名 | 岳飞像（局部）

岳飞诗，见第 660 页

出"，其幸运快意也就不言而喻了。联系山谷入川时咏三峡的诗，
更能说明这一点。他在《竹枝词》中唱道："杜鹃无血可续泪，何日
金鸡赦九州？""命轻人鲊瓮头船，日瘦鬼门关外天。"峡中的险阻
对他来说已成为艰难命运的象征，故他特为拈出，形诸篇咏。第三
句承上，正面揭出欢欣之意。诗人此行是要到江西探望家人，而目
的地"未到"却已"先一笑"，其欣喜之难以抑制，可以概见。尾
联结出欣喜之由，挽住题目。三、四两句用逆挽手法，颠倒因果，
突出了岳阳楼景色的魅力。全诗没有一句正面写景，但从诗人的胸
襟豪气中，读者感受到的正是楼阁湖山的壮美浩渺，这正是诗人之
善用侧笔烘染所致。

　　第二首始正面写景。首句以水天之间风雨弥漫衬出独立凭栏的
诗人形象，起笔就十分豪健。接着写湖中的君山，比喻新奇而巧
妙。君山以"湘君"命名，但湘君所指说法不一，一般以为是舜的
二妃娥皇与女英。由山而联想到二妃（"湘娥"），由二妃而联想到女
子的发髻，真可谓迁想妙得。但这一比喻也有其渊源。刘禹锡《望
洞庭》云："遥望洞庭山水色，白银盘里一青螺。"雍陶《题君山》
云："疑是水仙梳洗处，一螺青黛镜中心。"以上二诗仅以螺比山而
未及发髻。然而古代发型有所谓螺髻者，因其形似螺壳，故诗中也
有以螺髻拟山的，如皮日休《缥缈峰》："似将青螺髻，撒在明月
中。"山谷陶铸前人的诗句而得此妙喻，正是他所说的"灵丹一粒，
点铁成金"。三、四两句又转出新意，以想象之词代替眼前之景。
诗人感叹自己未到湖面上去看山，在那里观看雪浪银涛间的青山将
更为壮丽。前人写洞庭湖不乏名章佳句，孟浩然有"气蒸云梦泽，

波撼岳阳城"(《望洞庭湖赠张丞相》),杜甫有"吴楚东南坼,乾坤日夜浮"(《登岳阳楼》),而山谷此句之雄奇壮阔尤超逸前贤,它把洞庭湖波涛掀天抉地的气势渲染出来了。

从这两首诗中,我们感受到山谷的兀傲之气、峥峥硬骨,他并未因逆境艰危而颓唐消沉,相反始终保持着对自然与人生的热爱。此诗风格雄奇高旷,笔调爽朗健举,正来源于胸中的这股浩然之气。

(柳丽玉)

# 寄贺方回

少游醉卧古藤下，谁与愁眉唱一杯？
解作江南断肠句，只今惟有贺方回。

这是山谷寓居鄂州时写寄贺铸的一首七绝，时当崇宁二年
（1103）。贺铸字方回，豪放任侠，富有才情，诗词精绝，名重一
时。诗寄贺铸，却从秦观身上落笔，因为秦少游与山谷同为苏轼弟
子，与贺方回亦为知交。秦观于绍圣元年（1094）被贬处州，后徙
郴州、横州、雷州，愈贬愈远，竟至海角天涯。元符三年（1100）
才被赦北还，途中卒于藤州（治所在今广西藤县）。首句即写少游
逝世，但并未直言其死，而是以"醉卧古藤"的形象加以表现，切
合秦少游的浪漫才情，也抒发了山谷对挚友的深情，这一写法也有
事实的依据。据惠洪《冷斋夜话》的记载，"秦少游在处州，梦中
作长短句"，其中有"醉卧古藤阴下，杳不知南北"之句，时人以
为像是谶语。山谷此句既是化用少游之词，又切合其视死如归的宁
静坦荡的情怀。

第二句是问：谁能为少游歌一曲哀悼之词呢？此处说"唱一
杯"，而不说"唱一曲"，又是山谷的造语生新之处。晏殊有《浣溪
沙》词云："一曲新词酒一杯，去年天气旧亭台"，"无可奈何花落
去，似曾相识燕归来。"这"唱一杯"既含"一曲新词"之意，又

呼应上面的"醉卧",针线极密,还令人联想到落花流水之无情,隐寓哀悼,故以"愁眉"状之。第三句的转折使诗意从低回沉思中振起,然后一气贯注,收束全诗。三、四两句用逆挽笔法,全力托出最后一句,挽住题目,画龙点睛。山谷对贺铸的推崇、赞美都凝聚在此了:只有像贺铸这样的豪侠多才之士,才有资格为少游唱出断肠之词。贺铸有《青玉案·横塘路》云:"碧云冉冉蘅皋暮,彩笔新题断肠句。试问闲愁都几许?一川烟草,满城风絮,梅子黄时雨。""江南断肠句"正是化用贺词,少游生前很喜欢贺铸这首词,《诗人玉屑》载山谷语道:"此词少游能道之。"因而用它传达悼念之意颇为贴切。

此诗尺幅之中,蕴含深情,表现了三个朋友相互间的情谊,构思精巧。这种情谊还积淀着深厚的历史内涵。徽宗即位,被贬的"元祐党人"虽得以遇赦,但不久党祸再起。崇宁元年(1102),全国各地立所谓"元祐党人碑",并下令销毁三苏及苏门弟子的著作。苏轼、秦观、范纯仁、陈师道等纷纷谢世,在师友凋零、前途未卜的境况下,山谷视健在人世的贺铸为知己,其悲凉落寞,寄慨深沉,也就非同一般了。

(黄宝华)

# 鄂州南楼书事

（四首选一）

四顾山光接水光，凭栏十里芰荷香。
清风明月无人管，并作南楼一味凉。


崇宁二年（1103）山谷寓居鄂州（治所在今武汉武昌）时作。东晋庾亮镇守武昌（今湖北鄂城）时曾登南楼，传为雅事。后人傅会其事，在鄂州建楼，亦以南楼名之，山谷登斯楼而赋诗，本诗居四首之先。

起句即写登临纵目之所见，境界阔大。以"四顾"领起，具见豪迈气魄，"接"字写出山川相缪的壮丽景色，"光"字传达出月下景物的特殊魅力。接着写夜色中的十里风荷，其特色不在视觉形象，而是清香四溢，着一"香"字而境界全出。面对此景，诗人好像进入了一个逍遥自在的世界，人间的一切奔竞争斗似已不复存在，故而他唱出了"清风明月无人管"。"清风"近承"芰荷香"，即孟浩然所云"荷风送香气"《夏日南亭怀辛大》；"明月"遥应"山光接水光"，点明皓月朗照，山川生辉。大而言之，"清风明月"实指一切自然景物；"无人管"则是化用东坡《前赤壁赋》中的议论："惟江上之清风，与山间之明月，耳得之而为声，目遇之而成色，取之无禁，用之不竭，是造物者之无尽藏也，而吾与子之所共适。"

清风明月非人所能得而私焉，故诗人能尽情享受，陶醉其间。

末句借一"凉"字，点明了诗人在山水间逍遥自适的心境。这里巧妙地运用了通感的手法，无论是视觉之"光"，还是嗅觉之"香"，均并作一种"清凉"之感，既切合夏日"追凉"，又蕴含着玄思理趣。道、佛两家都以躁热状人之多欲，以清凉喻心之虚静。《庄子·人间世》云："今吾朝受命而夕饮冰，我其内热与?"佛家尤以"清凉"指摆脱一切缠缚而达到的无烦恼之境，如《大集经》云："有三昧，名曰清凉，能断离憎爱故。"《华严经·离世间品》云："菩萨清凉月，游于毕竟空。"智顗《童蒙止观》云："除此五盖，其心安隐清凉快乐。"唐代华严宗大师澄为德宗说法，皇帝称他"能以圣法清凉朕心"，乃赐以"清凉国师"之号。可见这一"凉"字确是意味深长。诗人此时刚结束长达六年的贬谪生涯，自然山水与佛理禅趣正可涤除其内心的烦忧而获得一种心理平衡，这就是"清凉"之感的精神内涵。

陈衍曾说过："山谷七言绝句皆学杜，少学龙标（王昌龄）、供奉（李白），有之，《岳阳楼》《鄂州南楼》近之矣。"（《宋诗精华录》）此诗确有唐绝风神摇曳、蕴藉悠远之致，但其禅趣理致，又是山谷的特色。此诗通体散行，但又参以当句相对，如"山光"对"水光"，"清风"对"明月"，往复回环，摇曳生姿，增添了声情之美。

（黄宝华）

# 秦 观

秦观（1049—1100），字太虚，后改少游，高邮（今属江苏）人。神宗元丰八年（1085）进士，先后任定海主簿、蔡州教授。官至秘书省正字、国史实录院编修官。后因与苏轼等交往获罪，先后被贬郴州（今湖南郴州）、横州（今广西横县）、雷州（今广东海康县）。元符三年受命放还，走到藤州（今广西藤县）去世，终年五十二岁。

秦观词远绍南唐，近受欧阳修、柳永等人影响，善以长调抒写柔情，表露心境，凄清妍丽，"语工而入律"（《避暑录话》），在当时的地位很高；诗也写得精致细密，王安石一见就以为"清新妩丽，鲍（照）谢（朓）似之"。其中反映农民疾苦、官吏残暴以及南方风俗民情之什，质朴清新，堪称佳作。有《淮海集》。

（曾石铃）


## 海康书事
### （十首选一）


卜居近流水，小巢依嵌岑。

终日数椽间，但闻鸟遗音。

炉香入幽梦，海月明孤斟。

鹪鹩一枝足，所恨非故林。


宋哲宗元符二年（1099），秦观自横州（今广西横县）徙雷州（今广东海康），时年五十一岁，诗即作于此时（《秦淮海年谱节要》)。诗描述了他谪居雷州的艰苦生活和苦闷心情，表达了他对境遇的不平和愤懑之情。

诗的首联写贬所环境，乍看青山、流水，清幽之极，但"小巢"二字，使人感到压抑迫促，颇有"无处堪投迹，空山寄一椽"之叹，暗示"灌园以糊口，身自杂苍头"（《海康书事十首》之一）的艰苦生活。次联写白日，所见者椽间，所闻者鸟音，四顾苍茫，"终日""但闻"写出空虚无聊之极；三联写黑夜，孤斟自饮，幽梦相伴，愈增悲感，更深入一层。次联、三联是他所说的"迁臣不惜日，恣意移寒暑"的生动写照。末联借用《庄子·逍遥游》中"鹪鹩巢于深林，不过一枝"的典故，是自嘲，也是浩叹，抒发了内心郁郁不得志，欲归又不可得的不满心情，充满了哀怨和愤慨。

这组诗共十首，这是其中的第三首。它结构细密，意境层层铺垫，步步递进，末联浩叹，感情犹如地下岩浆，喷涌而出，有极强的艺术感染力。

（曾石铃）

# 次韵太守向公登楼眺望二首

茫茫汝水抱城根，野色偷春入烧痕。

千点湘妃枝上泪，一声杜宇水边魂。

遥怜鸿隙陂穿路，尚想元和贼负恩。

粉堞朱垣都过了，恍如陶侃梦天门。

　　元祐二年（1087），秦观任蔡州（今河南汝南）教授。他与太守向宗回友善，关系密切，公暇时常在一起饮酒作诗，相互唱和。《次韵太守向公登楼眺望》二首，即是秦观与其登临州内名胜嵩楼所作。

　　蔡州为淮西古城，带以汝水，形若垂瓠，古称悬瓠城。此诗开头即写登楼眺望所见，唯春水和野色而已，十分精炼。"抱""入"极工，形象、生动，引人遐思。宋初惠崇《访杨云卿淮上别墅》诗云："河分冈势断，春入烧痕青。""野色"句即由此诗化出。时值初春，远山方显淡淡的绿色，春雨潇潇，斑竹（湘妃竹）枝叶上缀满了水珠，而杜鹃鸟则在水边树丛中啼叫。"杜鹃声似哭，湘竹斑如血。"（唐白居易《江上送客》）此情此景，不禁使人回顾历史，发思古之幽情：遥想汉代的水利工程鸿隙陂（在汝南县东南），郡以为饶，由于丞相翟方进奏罢，去陂造田，雨则水无归宿，散漫为害；

旱则稼穑无收，赤地千里，成为通途大道。而唐代元和年间，吴少阳、吴元济等盘踞蔡州，与朝廷军队对峙，淮西被兵数年，民不聊生，备受战乱之苦。末联由述古进而抒怀，蔡州城由于天灾人祸，已失去了昔年的繁华，粉堞朱垣都已不复存在，成了人们的回忆。但诗人没有直抒胸臆，而是巧用东晋陶侃梦生八翼，飞而上天，入天门八重，最终坠地的典故，抒发了心中的无限惆怅，表达了他忧国忧民的思想感情。

这首诗是秦观中年时所作，思路开阔，纵横变幻，情景兼具而不游离，感情炽烈而不浅露，连用数典而不晦涩，可强烈感受到他少年、中年时期的"强志盛气"。

（曾石铃）


庖烟起处认孤村，天色清寒不见痕。

车网湖边梅溅泪，壶公祠畔月销魂。

封疆尽是春秋国，庙食多怀将相恩。

试问李斯长叹后，谁牵黄犬出东门？


这首诗的主题和风格与前首基本相同，但意义更深一层。

诗从绘景开笔，极目所见，孤村、炊烟和清寒天色，一派悲凉凄清的初春之景。由景物而引出人事，顿觉无限"旧事"涌上心头。第二联用字极工，用意有二，一是略写蔡州历史，因为第一首已作了详写，故此处仅用"梅溅泪""月销魂"来概括其长期遭受天灾人祸的苦难历史。车网湖、壶公祠皆在汝南一带。东汉费长房为市吏，见一老翁卖药，悬壶于座。市毕入壶，长房遂从其学，是谓壶公。后人作祠祀之。其二是对秦朝名相李斯（蔡人）的凭吊，与末联相呼应。第三联笔锋一转，详写历代杰出人物。蔡州乃中州名郡，春秋时为楚、郑二国之境，战国属韩，是一个古邦。地灵人杰，历代出过不少王侯将相，如秦之丞相李斯，汉代安城侯铫期、朗陵侯臧宫、阳夏侯冯异、胶东侯贾复等，而境内所祀历代将相则更多，如汉有张良、萧何；唐有政绩卓著的狄仁杰，平定吴元济的李愬等。这些杰出的人物，为蔡州做出了不少贡献，蔡州人民立庙祭祀，以为彰扬。秦观对有些先贤是很崇敬的，他在蔡州任上，曾作《告狄梁公庙文》《告李太尉庙文》等，加以赞颂，故曰："庙食多怀将相恩。"末联是诗人的感叹，但作者不是直抒胸臆，和盘托出，而是借用李斯的身世和遭遇来表达，手法极为巧妙。李斯是蔡州人，年少时，为郡小吏，常与其子牵黄犬出东门逐兔。后为秦相，秦二世时，被腰斩咸阳市。临刑时，他悲怆地对其子说："我想和你再牵黄犬出上蔡东门逐狡兔，现在办不到了啊！"诗人用这个当地的历史典故，以寄寓怀古之思。

（曾石铃）

# 秋日三首

霜落邗沟积水清，寒星无数傍船明。
菰蒲深处疑无地，忽有人家笑语声。

这首诗是写坐船夜行邗沟（现在扬州一带的运河）的情景和秋天水乡的景色。

正是"斑斑红叶欲辞枝"（《秋词二首》）的秋宵，霜气霏霏，江水清寒，孤船在江面上滑行，夜幕朦胧，菰蒲在秋风中摇曳；无数寒星在天幕上闪烁，万籁无声，非复人世。诗人正在百无聊赖之时，忽然传来的"笑语声"，顿使萧萧的秋夜有了生气，给夜行人送来了一丝温暖，心情该是多么欣喜激动！"忽"字耐人寻味，把夜行人惊喜的神态刻画得淋漓尽致。

在表现手法上，诗人用的是先抑后扬法。通篇不直写旅人，而是借物托志，别写霜气、秋水、寒星、菰蒲，最后写菰蒲深处的"笑语声"，随即戛然而止。然言虽止而意未尽。这亲切的笑语声是伴随着夜行人度过迷蒙空寂的秋宵呢，还是瞬间消失在凄冷的夜空，留下更加难耐的寂寞和愁苦呢？这一切诗人都没有正面阐述，而是用遮掩来突出，用省略来增添，留给读者去想象，去补充。由于构思巧妙，含蓄深邃，令人浮想翩翩，收到极佳的艺术效果。

这里需要一提的是三、四两句，可能受到晋释帛道猷《陵峰采药》诗"茅茨隐不见，鸡鸣知有人"的启示，而锻炼更工，尤为精彩，后人多赞赏其隽永，有风趣（参见宋陈岩肖《庚溪诗话》）。

（曾石铃）

月团新碾瀹花瓷，饮罢呼儿课楚词。

风定小轩无落叶，青虫相对吐秋丝。

　　此诗写家居闲情和秋日静景。从诗的明快格调和反映的生活看，此时秦观的生活当是比较安定、闲适的。以此推测，诗当作于哲宗绍圣元年（1094），即秦观四十六岁被贬出京之前。

　　元丰八年（1085），三十七岁的秦观考中进士，先后任定海主簿，又调蔡州任教授。元祐三年（1088），他被召至京师应试制策，试后除太学博士，校正秘书省书籍，后升正字。在京师时，虽有"日典春衣非为酒，家贫食粥已多时"（《春日偶题呈钱尚书》）的窘迫处境，但总的是安定闲适的。诗的开头，描绘了其乐融融的家庭日常生活图景：诗人手捧有花纹图案装饰的精细茶碗在慢慢地品茶，饮后，叫来儿子，考核《楚词》功课。屋外，不是"树树秋声，山山寒色"，而是天高气爽，艳阳高照，既没有肃杀秋风，也没有纷纷落叶，只有秋虫在静静地吐丝营巢，一切显得那么从容、静谧。一、二句写人情，三、四句写秋景，粗看似不相干，实则气氛和谐，情景交融，达到物我相忘的境界。全诗语言朴素清新，画

面生动，极富生活气息，闲雅而有情致。 （曾石铃）


> 连卷雌霓挂西楼，逐雨追晴意未休。
> 安得万妆相向舞，酒酣聊把作缠头。


　　这首诗写雨后彩虹当空的绚丽景象，想象奇特，语气豪放，带有浓厚的浪漫色彩。其风格，与人们常以为的婉约纤弱有很大不同，表现了秦观风格中慷慨豪俊的一面。

　　诗的一、二句状景，雨过天晴，由于阳光的折射，西天出现长而弧曲的彩虹，变幻多姿，非常美丽，远远望去，就像挂在西楼之上，仿佛伸手就可摘下。极像一幅色彩斑斓的画。"逐"和"追"两字，以拟人化的手法，赋予彩虹以活泼甚至顽皮的性格，生动、形象，简直把彩虹写活了。此时此景，诗人也好像受了感染，神情振奋，突发奇想：如果能招来千万个美人一起歌舞，那该多好！在酒酣时，一定剪下这美丽的彩虹，赏赐给她们。缠头，指古代舞女绕缠头上作为妆饰的锦缎，后来将宴席上赏赐给歌舞者的罗锦之类的礼物称为缠头。诗人的幻想是做不到的，但却是心情愉快的真实流露。在这里，正面描摹已美不胜收，令人陶醉；又引发奇想，使美景更加可怜可爱，锦上添花。其构思之巧妙，手法之新颖，令人叹绝。

（曾石铃）

# 春　日

（五首选一）

一夕轻雷落万丝，霁光浮瓦碧参差。
有情芍药含春泪，无力蔷薇卧晓枝。

《春日》共五首，此为其二。这五首诗描绘了春天色彩斑斓、万物生机勃发的景象，表达了诗人内心的喜悦和对大自然的热爱。

此诗写的是夜雨初晴的春天庭院，虽然场景不大，却写得有声有色，绚丽多彩。首先写入夜的雷声和春雨，用"轻"字写雷声，用"万丝"状细雨，诗人对"润物细无声"的"好雨"的喜悦溢于言表。接着由远及近细写春色：高处，被雨洗过的琉璃瓦，在新晴的阳光下，浮动着一层层悦目的绿光；低处，芍药和蔷薇经过一夕雨水的滋润，如有情而含春泪，似无力而卧晓枝。它们似乎疲乏了，还陶醉在喜悦的梦里未曾醒来。诗人用拟人手法，特意刻画芍药和蔷薇"春眠不觉晓"，不但衬托出春日清晨庭院的宁静，而且巧妙地写出作者对于旖旎春光喜形于色的心境。对"有情"两句，金人元好问《论诗绝句》讥为"女郎诗"，后人认为元氏失之偏执，"诗题各有境界，各有宜称"（清袁枚《随园诗话》），不可拘以一律。

此诗情感丰富，写景细腻，炼字琢句，亦精美细密，代表了秦观诗清新婉丽的风格。

（曾石铃）

# 米 芾

米芾（1051—1107），一名黻，字元章，自号鹿门居士，又号海岳外史、襄阳漫士，世称"米襄阳""米南宫"，丹徒（今江苏镇江）人。行多违世异俗，人称"米颠"。精山水画，亦擅花卉、人物，自成一家。书法得王献之笔意，名重一时。与苏轼、黄庭坚、蔡襄并称四大家。能诗词，风致潇洒。有《宝晋英光集》。

（姜汉椿）

## 望 海 楼

云间铁瓮近青天，缥缈飞楼百尺连。
三峡江声流笔底，六朝帆影落樽前。
几番画角催红日，无事沧洲起白烟。
忽忆赏心何处是？春风秋月两茫然。

此诗为米芾晚年居镇江时所作。

首联由远及近，极写望海楼的雄伟、高峻。镇江古有"铁瓮城"之称。铁瓮城耸立云间，遥看望海楼，犹在烟雾缥缈之中，楼把城和青天连接起来。一个"飞"字，可谓神来之笔，既突现了百尺楼的高，又让人有身临仙境之感。

颔联抒发在望海楼观赏江上景色时的感受。俯瞰长江，仿佛看到江水自三峡奔涌而来，触发了诗人的诗兴。在楼上饮酒赋诗，见江面白帆点点，引起了诗人对六朝旧事的联想。

　　诗人在望海楼流连忘返，不觉日已西沉，颈联写画角阵阵，似在催促红日西沉。江面升腾起白色的雾气，眼前一片迷濛。长河落日的雄浑景象和白雾迷漫的神秘色彩，构成了一幅令人陶醉的画面。

　　但是尾联的情绪却发生了极大的变化。夕阳的余晖，茫茫的雾气，使心情变得黯然。诗人仕途蹭蹬，不肯与世俯仰，面对"逝者如斯夫，不舍昼夜"的滔滔江水和"繁华竞逐"的六朝旧事，他不由感到茫然，流露出难以言表的苦闷心情。

　　这首诗写得飘逸脱俗，颇有特色：一是从远近、上下、俯仰等多角度的描写来展现望海楼高峻伟雄的气势，和登临游览所见的壮丽景色。二是对仗工巧，韵律优美。特别是二、三两联，意蕴隽永、耐人寻味，尾联从前三联的写景急转直下，抒发心中的抑郁，收到了出奇制胜的效果。

（姜汉椿）

## 贺　铸

贺铸（1052—1125），字方回，号庆湖遗老，卫州（治所在今河南汲县）人。宋太祖贺皇后五代族孙。初于熙宁中以恩授武职，元祐中改入文资，徽宗朝通判泗州、徙太平州，晚年退居苏、常。性豪侠尚气，以词著名，因《青玉案》"梅子黄时雨"之句，被称为"贺梅子"。诗亦可观，工致修洁，时有逸气，尤工五律。有《庆湖遗老集》《东山词》。　　　　　　　　　　　　　　　（黄宝华）

## 病后登快哉亭

经雨清蝉得意鸣，征尘尽处见归程。
病来把酒不知厌，梦后倚楼无限情。
鸦带斜阳投古刹，草将野色入荒城。
故园又负黄华约，但觉秋风发上生。

快哉亭在今江苏铜山东南，唐时建，原名阳春，苏轼知徐州时，题名"快哉"。贺铸于元丰八年（1085）任徐州宝丰监钱官，六七月间病居僧寺，八月病愈，作此诗。

首联直写望中之景。雨后气清，蝉声清越，极目远望，首先引其注目的是行人车马不绝，尘土飞扬的道路，而其用心则还在尘土"尽处"的路的那一头，因为那是"归程"（回乡的路）。"归程"点出诗的内涵与基调——乡愁。此种境况，古代文人中并不少见。汉末王粲《登楼赋》"悲旧乡之壅隔兮，涕横坠而弗禁"，同时代柳永的《八声甘州》"不忍登高临远，望故乡渺邈，归思难收"，都属一类，不过写得较直率。内涵既明，再回看第一句，则知以"蝉"的"得意"反衬己之愁郁。这与骆宾王"西陆蝉声唱，南冠客思深"异曲同工。而第二句亦与欧阳修《踏莎行》"平芜尽处是春山，行人更在春山外"同一机杼。不过贺诗比二者简约、蕴藉。

领联是插叙。乡思萦绕，病来更其浓重，想借酒浇愁，故"不知厌"地把盏，终于酩酊入梦；醒后情思仍难遣释，故盼登亭览景以消忧，然"倚楼"眺望，触景兴怀，反而增生"无限"之"情"。这三、四两句次序分明地交代首联描述的前因。"无限情"与首联的"归程"一里一表，并总揽下文各景中之情。用此插叙法，让诗一开端就从望处落笔，结构紧凑，时间集中。

颈联上接首联写景。出句"鸦带斜阳"也是反衬。斜阳在西，即首联"归程"之处（贺家河南，在徐州西）。鸦尚能带着窥见归程处的斜阳光辉回飞古刹，而人只能在刹中怀想，望而不见。惆怅之深，不言自明。王昌龄诗："玉颜不及寒鸦色，犹带昭阳日影来。"（《长信怨》）似为此句所取法。对句用拟人法，说草作意将野色领送至城区，明示城区荒凉落寞，暗寓在此为官养病，凄寂难耐，乡情不禁油然而生！两句均以景寓情。

尾联转入直书感慨。开头省一介词"对"，即"对故乡负约"。原想黄花（菊花）季节，回乡探望，而今"又"一次负约了。一念及此，惟觉鬓边发际秋风频拂。"秋风"乃景物，此处兼点季节，又感叹年光的飞逝，而风生发上也显鬓丝散乱病后恹恹神色，语简而意广。"秋"亦可喻鬓发华白，如陆游《诉衷情》的"胡未灭，鬓先秋"，然贺此时年仅三十三，恐不至有此衰态。

全诗描写与叙述交叉安置，情浓而蕴藉，结构紧凑，对偶工整，各种艺术手法综合运用，语言通俗。清陈衍谓"眼前语，说来皆见心思"，所评极是。惟第六句中的"野"与"荒"用字稍嫌重复，然此仅白璧之微瑕。

（潘善祺）

# 野　步

津头微径望城斜，水落孤村格嫩沙。

黄草庵中疏雨湿，白头翁姬坐看瓜。

　　绝句作法，不拘一格。有一种是一句一事，看似不相连贯，实则构成一幅优美的画面。贺铸此诗即用此法，但又自有特色。

　　首句写伫立渡口的小径远眺，但见城郭迤逦，所谓"斜"，并非真的倾斜，而是景物由近而远给人的视觉印象。从诗题《野步》，可知诗人信步郊原，不觉行至渡头，于是驻足眺望，全诗的境界全由这"望"字生出。它使全诗有渐入佳境之妙，以下的三个画面是诗人的望中所见，从"水落孤村"到"黄草庵中"，再到"白头翁姬"，其视野由大渐小，好似由中景、近景到特写。其中心点即是末句的人，前面实际是逐层描摹、烘染，笔触由作为背景的城郭到村落，到草庵，最后才画龙点睛，完成此画。所以这首七绝虽然分写了四个不同的画面，实际构成的是一幅完整的图画。

　　此诗以白描手法描绘了恬静质朴的田园生活，较陆游、范成大、杨万里等人的同类作品更富生活情趣，也得力于上述的写法。

（柳丽玉）

## 陈师道

陈师道（1053—1101），字履常，一字无己，号后山居士。彭城（今江苏徐州）人。家贫好学，受业于曾巩。宋哲宗元祐初年由苏轼等荐为徐州州学教授。后为太学博士，因越境为被谪杭州的苏轼饯行，改颍州（今安徽阜阳）教授。绍圣元年（1094）罢归。元符三年（1100）召为秘书省正字。贫病而卒，终年四十九岁。高介有节，安贫乐道。为文精深雅奥，为诗简淡高古，是江西诗派的主要人物。《宋史》有传。有《后山居士文集》。

（张清华）

# 送　内

廌麌顾其子，燕雀各有随。

与子为夫妇，五年三别离。

儿女岂不怀？母老妹已笄。

父子各从母，可喜亦可悲。

关河万里道，子去何当归？

三岁不可道，白首以为期。

百亩未为多，数口可无饥。

吞声不敢尽，欲怨当归谁？

　　宋神宗元丰七年（1084），师道迫于生计，不得已让妻儿随提点成都府路刑狱的岳父郭概就食成都，他因故不能随行，遂作此诗送别。它是"后山体"的代表，语言朴素，感情真实，读之催人泪下。

前八句为第一段。开头二句兴起怜子爱妻之情。麀（yōu），母鹿；麌（yǔ），雌獐。二句诗说母鹿、雌獐都有悯子之心，燕雀都能相伴相随，难道我就没有顾子恋妻之情吗？当时师道与妻子结婚仅五年，已有三次离别，然前两次与这次不同。前者都是师道离家宦游，尚有团圆的机会，且相别时间短，离家距离近。这次离别纯为贫困所迫，岂不更苦？"儿女"句倒装，说我难道不惦念儿女吗？无奈因家有老母及待嫁的妹妹，无法与妻儿一同赴蜀。在前六句写极度悲伤的感情后，推出"父子各从母，可喜亦可悲"两句自慰自嘲之语。在情调上是一个适度的调节，但是在诙谐的背后也隐含着深刻的悲哀，风趣中杂有无尽的辛酸。不懂事的稚子、幼女的从母与年逾三十的父亲从母放在一起，虽似不伦不类，却给下句"可喜"二字留下了让人回味的余地和抒发感情的位置。五字之中容纳这样多的内容与丰富感情，正表现出师道诗语简意博的特点。正如金人刘壎说的：陈师道写诗如得仙人费长房缩地之法。"虽寻丈之间，固自有万里山河之势也。"（《隐居通议》卷八）

后八句为第二段。主要抒发因家庭变故产生的悲愤之情。前四句以无比关切的心情对远行的妻子倾诉了离情别绪。"关河万里道"言路途之遥远；"子去何当归"是问妻子何时（即"何当"）归来。未登程而先问归期，抒发出依依不舍，殷殷盼归的心情。"三岁不可道"是师道的话，但这句话可能是对妻子答语的反应，"三岁"可能是妻子与他相约的重逢之期。三年后能否团聚，在如此贫困的境况下是难以预料的，故言"不可道"。"白首"句谓只能期待老来相伴了，它从旧题《李少卿与苏武诗》之"努力崇明德，皓首以为期"化出。由于用事不露痕迹，故能收到"言外之致""味外之旨"（司空图语）的效果。"百亩"句用《孟子·梁惠王上》"百亩之田，勿夺其时，八口之家，可以无饥矣"意，百亩是保障一家生活最起码的产业。可师道连这最起码的生活条件也没有。所以，他这个数口之家只得在饥饿线上挣扎，不得不奔波离居。这究竟是谁造成的？"吞声不敢尽，欲怨当归谁？"在极度悲愤的情况下，只能忍气吞声，欲说又止，内心充满难言之苦，故有最后呼天抢地、不知所以的问句。是怨天地无情，还是怨自己无能？都不是。根本原因是社会现实，所以，这句诗是在前十五句逐层推进、步步升华的基础上，对残酷的社会现实提出了质问与控诉。

本诗抒发离妻别子的情怀，诗是从至性至情中流出，故诗人不假藻饰，纯用白描，语言质朴，但又极简妙淡雅之至，如"父子各从母，可喜亦可悲"把自嘲、欣慰、酸楚、痛苦等复杂的感情都浓缩在这十字之中，凝炼深厚，见出其不凡的功力。

（张清华）

# 寄外舅郭大夫

（二首选一）

巴蜀通归使，妻孥且旧居。

深知报消息，不忍问何如。

身健何妨远？情亲未肯疏。

功名欺老病，泪尽数行书。

元丰八年（1085），即师道的妻儿随岳父郭概就食成都的第二年，岳父从巴蜀托使者送来家人消息，师道回书，写了这首寄外舅诗。

巴蜀之道向称难通，今日居然能通信使，关山遥隔，如今竟能音讯相通，喜如之何！着一"通"字，刻画出获悉家人音讯后的惊喜之情。面对来使，岂不想早点知道妻儿的生活情况；然而吉凶难以料定，所以诗人心中默默祝祷：妻子儿女还是像旧时安然平居为好。一个"且"字，把欲问又止的复杂心情传达了出来。

首联以淡淡十字把诗人欲通不通、通而犹疑、欲知怕知、难耐且耐的复杂心理剖析得清清楚楚。颔联把首联所写内容具体化，把迟疑沉吟的原因挑明。明知信使是来报妻儿消息的，但为避免听到凶讯，故又不忍探问他们的生活情况。宋之问《渡汉江》："近乡情更怯，不敢问来人。"杜甫《述怀》："反畏消息来，寸心亦何有！"
都是想问怕问，欲问犹止的心理写照。颈联写诗人得知妻儿平安无
事后的心情。询问来使与来使回答的内容都以潜台词处理，简洁得
体。知妻儿生活安定，心灵得到慰藉，产生了虽忧犹喜的心理："只
要大家身体都好，虽远隔千里也不妨事"；"亲人之间的亲密感情是
不会疏远的"。前二联所写的疑惧急切的心情至此坦然平静了下来。
尾联终于压抑不住感情的潮水，让悲愤之情倾吐而出，以含泪而书
作结。他把家庭的悲欢离散与个人的身世遭遇联系了起来，充溢着
对社会不平的泣诉与抗议。

　　此诗以家常语言刻画内心微妙复杂的感情变化，诗意曲折起
伏。令人叹服的是诗人是用律诗的形式来表现的，要将散文化的寻
常语句纳入律诗的框架，就更需要深厚的功力。例如中二联的对偶
纯如口语；但律对工切，这就全靠虚词从中斡旋，如"不忍""何
妨""未肯"等词语，使诗意表达得婉转妥帖。杜诗中已有这一类
作品，后山则又加以发扬光大。

（张清华）

# 示 三 子

去远即相忘，归近不可忍。

儿女已在眼，眉目略不省。

喜极不得语，泪尽方一哂。

了知不是梦，忽忽心未稳。

　　宋神宗元丰七年（1084），陈师道因家贫让妻儿随岳父郭概入蜀，自己留在徐州侍母抚妹。哲宗元祐二年（1087），师道任徐州州学教授，方将妻儿从成都接回。《示三子》即写他与妻儿久别重逢的情景。

　　首联追昔念今。先写久别后相见无期，无可奈何的失望；后写归期将近，按捺不住的喜悦。追昔为的是念今，以昔日别离的悲伤衬托今日重逢的欣喜。中二联写重逢的情景，先写悲后写喜。悲的是家人久别，亲生骨肉已不复相识。然而，毕竟是久别重逢，苦尽甘来，故而以"喜极"二字状之；也正因为"喜极"，故纵有千言万语，却一句话也说不出来，如苏轼《赠朱寿昌》诗云："喜极无言泪如雨。"此时只有千行眼泪及泪尽后的一哂。"哂"字妙极，描摹出破涕为笑的情态。尾联写重逢后的心情。"了知"一词，肯定了相见的现实，但是，他惧怕这真实的相逢又只是一场梦境。这就进一层表现了相见之不易。按理说,既非梦境,内心应感到安定踏实,但末句却又一转折,写出了内心的恍惚忐忑,由欣慰而疑惧的感情波澜。杜甫《羌村三首》云:"夜阑更秉烛,相对如梦寐。"写他战乱生还与妻儿相见的一幕。后来晏几道《鹧鸪天》中又写到:"今宵剩把银釭照,犹恐相逢是梦中。"师道之诗与它们可谓异曲同工,表现出他学杜师其意而不摹其词的高超处。

《示三子》诗在艺术上的成功在于:以质朴浑厚的语言道出肺腑中的真挚感情,达到至情无文的艺术境界。这一艺术境界的产生,正得力于对杜诗的学习。正如师道自己讲的:"今人爱杜甫诗,一句之内,只窃取数字以仿像之,非善学者。学诗之要,在乎立格、命意、用字而已。""学者体其格,高其意,炼其字,则自然有合矣。何必规规然仿像之乎!"(宋张表臣《珊瑚钩诗话》卷二)

(张清华)

# 除夜对酒赠少章

岁晚身何托？灯前客未空。

半生忧患里，一梦有无中。

发短愁催白，颜衰酒借红。

我歌君起舞，潦倒略相同。

秦觏，字少章，秦观之弟。查《后山居士文集》，师道与少章酬答往还诗十四首、文一篇，可知少章为师道好友。宋哲宗元祐元年（1086）除夕，师道置酒会友，见众友多登仕途，惟己与少章仍困京邸，酒酣兴起，作诗抒怀。

首联紧扣除夕酒会，多年在外写出岁月蹉跎的深沉感慨：奔波求仕，却仍为白衣，无依无靠，故首句便发出"岁晚身何托"的愤激之词。满腹牢骚在除夕酒会上迸发出来，更具强烈的效果。颔联写半生忧患，一场梦境，揭示了现实与理想的矛盾。诗人少有才华，受时人的赞誉，有远大的抱负，可是"七十今已半"（《拟古》）的师道，仍生活在贫困潦倒之中。"一梦有无中"袭用王维"山色有无中"的句法，写梦境之若有若无，飘忽不定，活现出诗人迷茫若失的心境。颈联所写的发短、头白、颜衰，都是由愁产生的，而产生愁的根本原因是忧患的社会生活。此联显系从尹式《和宋之问》

489

"愁发含霜白，衰颜寄酒红"及杜甫"发短何须白，颜衰肯再红"化出（参阅明杨慎《升庵诗话》卷一）。尾联呼应诗题"赠少章"，表现他们二人同病相怜的感情共鸣，令人想见其借酒浇愁、以歌舞宣泄心中郁愤的落拓之态。

在这特定的环境、特定的时刻，师道借酒消愁，乘兴高歌，唱出了这支"神力完足，斐然高唱"（纪昀评语，载《瀛奎律髓刊误》卷十六）的强音。具有"语平意奇""辞拙意工"（参阅明谢榛《四溟诗话》卷一）的特点。

（张清华）

# 雪后黄楼寄负山居士

林庐烟不起，城郭岁将穷。

云日明松雪，溪山进晚风。

人行图画里，鸟度醉吟中。

不尽山阴兴，天留忆戴公。

　　黄楼在徐州城东门上，苏轼在元丰间任徐州知州时所筑。后山于元祐二年（1087）任徐州教授，翌年写成此诗。后山之友张仲连，别号负山居士，诗乃登楼怀友之作。

　　徐州为后山故乡，负郭有云龙、九里诸山，迤逦有林泉之胜。方回论后山诗重意轻景，不粘带景物。而此诗纯用写景，情由景出，在后山诗中别具一格。首联分写山林与城郭，烟霭扫尽，岁暮将临，一派孤寂空漠之景。颔联续写雪霁后的特有景色：云中日光照亮了松间积雪，日暮寒风吹进了溪谷山林。境界由静而动，但更显幽远深邃。颈联则由景及人，人与景融汇交流，达于物我同一之境。尾联由雪景带出怀友之意，挽结诗题。全诗写景，笔意疏淡，所写为诗人望中之景，也是友人所居之山，这种旷远的意境正表现出诗人与友人的高逸脱俗的情怀，故平淡而雅健，萧散而孤峭。后山这类诗有唐诗的神韵，无拗硬僻涩之感，故王士禛对此诗尤为推重（见《池北偶谈》）；但此诗仍有后山的健骨，故又非唐诗的翻版。

这一风格也表现在他经刻苦锻炼而复归自然的创作特色中。他作诗极重烹字炼句，而五律尤其要求凝炼，要有尺幅千里之势。此诗颔联尤见锻炼之功，方回说："'明'字、'进'字皆诗眼。"（《瀛奎律髓》卷二十一）"明"用如使动词，写出了雪后景物由昏昧转为明亮的变化，使静景而有动意。"进"字用如被动词，即溪山被吹进了晚风，不言晚风进溪山，句法夭矫。这些地方都见出他的刻意经营。颈联化用李白《清溪行》："人行明镜中，鸟度屏风里。"又李白《秋登宣城谢朓北楼》："江城如画里，山晚望晴空。"后山熔铸出"人行图画里"一句。对句将原来的景物（屏风）改为人物的情态（醉吟），化实为虚，顿觉生新独造，表现出人物的高情逸趣。这种情趣通过尾联的翻案法获得了进一步的展现。东晋王徽之雪夜访戴逵本是一个滥熟的典故，后山却说见雪而不访戴，以使兴不尽、情不断，老友长在忆念之中。相比之下，后山之情更真切自然，而王徽之反显矫情。全诗虽经锻炼而匀净妥帖，自然流畅，确为炉火纯青之作。

（黄宝华）

# 登快哉亭

城与清江曲，泉流乱石间。

夕阳初隐地，暮霭已依山。

度鸟欲何向？奔云亦自闲。

登临兴不尽，稚子故须还。

　　后山所咏为徐州快哉亭。方回在《瀛奎律髓》卷一《登览类》中特为揭出，以纠正任渊注作黄州快哉亭之误。亭在徐州东南城隅之上，熙宁末李邦直所建，苏轼命名。诗作于元符元年（1098）。

　　诗写登临所见，景物层次井然而摹写生动。笔触由近及远，首联先写城郭与清江蜿蜒曲折之势，后写负郭山间的泉流玲琮之态。杜甫《江村》云："清江一曲抱村流。"王维《青溪》云："声喧乱石中。"均为后山所本，但后山刻意陶洗，造语凝炼，气格老健。颔联则由高而下，写日之夕矣，暮色降临。"隐""依"二字见出烹炼之功，将景物写得颇具人的情态。

　　全诗之警策在颈联，展现了一幅飞鸟归栖、暮云舒卷的图景，但未始不是诗人感悟人生的真情流露、独立不倚的人格写照。飞鸟的意象在众多诗人的笔下都包含着对世事人生的感慨。晋张协《杂诗》："人生瀛海内，忽如鸟过目。"杜甫《贻华阳柳少府》："余生如过鸟。"杜牧《独酌》:"长空碧杳杳,万古一飞鸟。"至宋代而用此意象者不胜枚举,尤以黄庭坚之诗为甚,如《初至叶县》:"千年往事如飞鸟。"《乞姚花》:"青春日月鸟飞过。"后山见飞鸟而揣度其归宿,也是对人生的思考。其答案即在下句。那奔腾变化的云朵,如杜甫所云:"天上浮云如白衣,斯须改变如苍狗。"(《可叹》)正是世事无常的象征,而我自悠闲恬淡,不为物移,显示出一种崇高的节操,亦即前人推崇的安贫乐道,临大节而不可夺。纪昀评此联曰:"挺拔,此后山神力大处。"这种劲健的骨力,使全诗为之振起,它来源于后山耿介兀傲的人格力量。从修辞上看,"奔云"一词音节响亮,富于力度与动感,脱胎于司马相如《上林赋》中的"奔星",而下接"亦自闲",舒展闲雅,在强烈的对比中益加显出诗人的超迈胸襟。此联亦是扣题之笔,极写登临之快意而又托兴高远。方回说:"予选此诗,惧学者读处默、张祜诗,知工巧而不知超悟,如'度鸟''奔云'之句,有无穷之味。"所谓"超悟"正是说意象中包含有理趣。宋人喜欢从景物中体悟哲理,如他们欣赏杜甫的"水流心不竞,云在意俱迟"(《江亭》),王维的"行到水穷处,坐看云起时"(《终南别业》),认为富有理趣。后山之句更体现了入世而又超然的意趣,虽奔走于尘世而心自恬淡超然。最后以稚子候门、不能尽兴作结,亲切有味,"全篇劲健清瘦,尾句尤幽邃"(方回语)。

(柳丽玉)

# 后湖晚坐

水净偏明眼，城荒可当山。
青林无限意，白鸟有余闲。
身致江湖上，名成伯季间。
目随归雁尽，坐待暮鸦还。

从"身致江湖上"句，知该诗作于师道自颍州教授罢归徐州，至绍圣初召为秘书省正字的闲居时期。诗以后湖所见之景，抒悠闲自适之情。

首二联写后湖晚景，似未写人，然句句都有诗人在。首句写视觉所见：夕阳照在清澈的湖面上，泛起一片银花。视觉之感特别强烈，故云"偏"，也是下笔即写湖光水色的原因。二句虽写城荒实景，"可当山"三字，则是写诗人的意念。由此意念引出"青林""白鸟"两句。林、鸟本无意识，诗人的闲适之情，给它抹上了感情色彩，使之拟人化了。葱郁青林的脉脉含情，白鸟嬉戏的悠闲自得，更逗起诗人的闲情逸致。所以，颈联直书其隐逸之情。全诗隐括陶渊明《饮酒》（之五）诗意，身居城市，而心存山林，不求闻达，以清流自居，故自谓"名成伯季间"。此句用曹丕《典论·论文》："傅毅之于班固，伯仲之间耳。"又《晋书·王湛传》："湛曰：

'欲处我于季孟之间乎？'"这里诗人是以"苏门六君子"之一自居。尾联扣诗题"晚坐"，诗人虽目随归雁，但却无归意，还要坐着等待暮鸦的归来，极写其闲情逸兴，有悠远不尽之致。

以清淡之语表现丰富的内容，是该诗的突出特点。乍一读，语语平常，仔细一想，却字字含情。特别是结联，令人回味无穷。颇有王维"独坐幽篁里，弹琴复长啸"（《竹里馆》）的悠闲之态，自适之情。

（张清华）

# 九日寄秦觏

疾风回雨水明霞，沙步丛祠欲暮鸦。

九日清尊欺白发，十年为客负黄花。

登高怀远心如在，向老逢辰意有加。

淮海少年天下士，独能无地落乌纱？

 

此诗作于宋哲宗元祐二年（1087）九月九日。是年四月二十八日师道由苏轼等人推荐，以布衣授亳州司户参军充徐州教授，赴任途中遇重阳节，写下这首即景生情，抒怀寄友之作。

首联写由京师回徐途中投宿的暮景。首句描绘一阵疾风吹散秋雨，晚霞映照水面泛起粼粼的波光。沙岸埠头（步，通"埠"），草木丛生，神庙周围暮鸦聒噪。诗人显然是在这里泊船投宿了。师道诗不重写景，然此联却是写景佳句。颔联的上句写眼前。古人九月九日有登高饮酒赋诗的习俗，九日清樽写孤游独饮。他今年三十五岁，本不该发白，原来是"发短愁催白"。他被愁折磨得体衰发白，不胜酒力，故云"清樽欺白发。"虽写佳节之喜，却喜中寓愁，引出下句对往昔的追忆。黄花即菊花，重阳赏菊已成民俗，可师道为生计和前途奔走，无一日安逸，故十年来从未曾登高赏菊，遂有"负黄花"之叹。

"登高"二句，写对秦觌的怀念。诗人自谓垂暮之年，逢此佳节，更加怀念尚困京师的好友，今居两地，不能赋诗同饮，只好"登高怀远心如在"的以神相交了。尾联是对秦觌才华的盛赞，对他困顿的慨叹。秦觌是扬州高邮人，故称他"淮海少年"。"天下士"，即国士，一国中的杰出人才。末句是说像秦观这样的天下名士，岂能不登高饮酒赋诗呢？元方回认为"无地落乌纱"用典极佳。《晋书·孟嘉传》载：孟嘉为桓温参军，重九与温游龙山，帽被风吹落而不自觉，温命孙盛作文嘲嘉，嘉为文以答，二人文章俱佳，传为佳话，"九日落帽"也成了重阳登高的典故。诗巧用此典，说明自己虽发白体衰，仍饮酒赋诗，况秦觌这样的少年名士，岂能不登高吟诗？正如纪昀评此诗所说："诗不必奇，自然老健。后四句言己已老，兴尚不浅，况以秦之豪俊，岂有不结伴登高者乎？乃因此以寄相忆耳。"（《瀛奎律髓》卷十六）

此诗是重九诗，诗中登高、赏花、饮酒、赋诗，乐今悲昔等内容或实或虚，或曲或直都写了出来，表现了师道诗着语简洁、风格沉郁的特点。

（张清华）

## 次韵李节推九日登南山

平林广野骑台荒，山寺钟鸣报夕阳。

人事自生今日意，寒花只作去年香。

巾欹更觉霜侵鬓，语妙何妨石作肠。

落木无边江不尽，此身此日更须忙。

　　宋哲宗元祐四年（1089），师道任徐州州学教授，重阳节与李节推同登南山而作此诗。

　　首联以景语落笔，点明登高的时间、地点，紧扣题目"九日登南山"。平林漠漠，原野广袤，荒僻的戏马台，夕阳映照的山寺，有节奏的晚课钟声，交织成一幕活生生的山寺晚景，和谐闲雅。师道十余年奔波困顿后，有事可做，一家团聚，生活暂时安定。"骑台"即戏马台，乃项羽戏马处，在徐州城南二里许的山上。"人事自生今日意"，隐括王维"每逢佳节倍思亲"意，谓重阳登高思亲是人生常情。"寒花只作去年香"，隐括唐刘希夷《代悲白头翁》"年年岁岁花相似，岁岁年年人不同"意。"寒花"，即菊花，菊花性傲寒，故云寒花。杜甫诗有"寒花只自香"句，师道《西湖》诗亦有"小径才容足，寒花只自香"句。"只作去年香"，谓年年重阳，秋菊都绽花喷香，今年也和去年一样。花香依然，是自然规律，游人登高思乡，是人之常情。

颈联写登高吟诗。因风吹斜头巾，方觉鬓边白发增多。诗虽言发白颜衰，情调却清新爽快，无衰煞气象。下句用唐皮日休《桃花赋序》："宋广平（即广平公宋璟）之为相，贞姿劲质，刚态毅状，疑其铁肠与石心，不解吐婉媚辞，然睹其文而有《梅花赋》，清便富艳，得南朝徐庾体，殊不类其为人也。"说明他们吟诗妙语连珠，措辞婉丽，却并不妨碍表现刚毅耿介的品格节操。尾联"落木"句化用杜甫《登高》"无边落木萧萧下，不尽长江滚滚来"句，写登高所见的开阔景象，正合深秋时令，又隐含岁月流逝之叹。末句总收，言当此佳节，不应辜负这良辰美景，但眼下仍有世务缠身，不能尽兴。联系上一句所写的意境，结尾所表现的正是一种岁月蹉跎的深沉感慨。

这首诗学习杜甫的《登高》，达到他所赞赏的杜诗"语少而意广"（《后山诗话》）的艺术高度，具有杜诗沉郁顿挫的特点。

（张清华）

# 舟　中

（二首选一）

恶风横江江卷浪，黄流湍猛风用壮。

疾如万骑千里来，气压三江五湖上。

岸上空荒火夜明，舟中起坐待残更。

少年行路今头白，不尽还家去国情。


　　宋哲宗绍圣元年（1094）大兴党祸，苏轼、黄庭坚、晁补之、张耒等人被列为元祐党人而遭贬。是年春，师道也以元祐余党被罢去颍州（州治在今安徽阜阳）教授。在离颍返徐的大江舟中，写了两首七言古诗，此为第一首。

　　前五句写江上行舟时看到的景色。首二句写风疾浪高，黄流湍猛的江行险境。起势突兀，令人惊心动魄。三、四句承上，写风狂浪急，如万马脱辔，千里直下，威猛之势，直压三江五湖。"三江五湖"，虽有不同解释，但此处并非实指，而是突出风浪压倒一切的气势。"岸上"句虽仍写江景，却暗中转笔，由写风浪转到写江岸空旷荒凉的夜色。这里似亦以险风恶浪暗寓政治形势的险恶，黑夜燐火则表现诗人内心的落寞悲凉。以下由景到人，集中写诗人的遭遇和由此而产生的难堪心情。船行江中，由于环境险恶，心神不安，难以入眠，只好在舟中坐待更残，盼望长夜逝去，黎明来临"少年"句是诗人在长夜中的漫忆，他想起二十多年经历的艰辛坎坷，早先的一个风华少年如今竟至白发萧萧。漫忆往事，在放笔挥写后，推出结句，紧收一笔，写出绵绵难尽的去国还家之情。去国，指离开国都；还家，即回乡赋闲，四字概括了他蹭蹬艰难的求仕生涯。他之所以未老先衰，都是由这扯不断的去国还家之情引起的。

师道诗中像这样浓墨重笔的景诗不多，然细读全篇，这首诗是以写大江狂风惊涛入，以写两岸荒漠夜景转，以痛感世事艰辛结，以风浪的横暴喻诗人处境的险恶，情寓景中，情景交融，活画出一位才德之士为世路所困的形象。全诗气壮势盛，转笔自然，表现出沉郁悲壮的阳刚之美。

（张清华）

# 早　起

邻鸡接响作三鸣，残点连声杀五更。

寒气挟霜侵败絮，宾鸿将子度微明。

有家无食惟高枕，百巧千穷只短檠。

翰墨日疏身日远，世间安得尚虚名？

　　诗作于元符二年（1099），正是对元祐党人迫害最严重的时刻，师道困居徐州，生活贫寒。

　　下笔即以鸡三鸣、更五点点题。"邻鸡接响""残点连声"，不但点明时间，且为后面所表达的心境作铺垫。韩愈《东方半明》有"鸡三号，更五点"，虽也写此二事物，却未注入诗人的感情。此联写听觉中的晨景，此刻诗人并未起床。颔联则是通过诗人的感受，写寒气袭人与天色微明时鸿雁南飞的景象。为何单写鸿雁飞度呢？原来诗人一家饱尝饥寒交迫之苦，故鸿雁飞度尤能触发他的悲感，鸿雁尚可携子到南方避寒觅食，而自己却只能困居于家中。这就引出颈联对贫困生活的描写。

　　颈联两句都用反衬手法，把丑美、苦乐等对立的事物并列在一起，产生特殊的艺术效果。"高枕"，本指百事如意，无忧无虑；师道则是有家无食，百忧丛集，剩下的只有高枕，以此反说更显其贫寒。这令人想起东汉袁安卧雪的故事。贫居而高枕，在滑稽可笑中，岂不更让人感到诗人的贫寒，孤苦吗？"短檠"，即短灯檠，韩愈《短灯檠歌》云："吁嗟世事无不然，墙角君看短檠弃。"诗人感叹自己纵有百般巧艺，也只落得一贫如洗，犹如别人弃置不用的短灯檠，或释为家无长物，惟有短檠，以见其贫困之极，亦通。尾联自伤身世，语极沉痛。诗人曾多次表白"富贵虽非我辈事"，却愿"名成伯季间"，以跻身骚人墨客的行列自许。尔今却发出"翰墨日疏身日远，世间安得尚虚名"的伤叹。连文章诗名都已成空，可见其内心的悲凉已到极点。如果说苏轼《北台书壁》中"书生事业真堪笑，忍冻孤吟笔退尖"是以冷笑自嘲，师道这两句诗却只有无可奈何的叹息了。再有两个年头师道就结束了他年仅四十九岁的一生，这两句诗当是诗人艰辛坎坷一生的总结。

（张清华）

# 春怀示邻里

断墙着雨蜗成字，老屋无僧燕作家。

剩欲出门追语笑，却嫌归鬓着尘沙。

风翻蛛网开三面，雷动蜂窠趁两衙。

屡失南邻春事约，只今容有未开花。


陈师道家境贫寒，甚至连妻儿也养不活，只能让他们寄食于岳父家中，饱尝生离之苦，但他贫贱不移，耿介孤高。诗如其人，他的诗多描写贫困生活中的种种感受，咀嚼出其中的诗意，揭示出它的美感，本诗即是一例。

诗写春天中的情怀，但并不像一般诗人那样展现骀荡的春光、旖旎的景物、浪漫的情调，它奏出的是另一种春之旋律，它是贫贱人眼中的春天。首联写居处之破败：断垣颓壁，老屋无主（据"无僧"，可能师道是寄居于古庙僧房）。尽管如此，它却有着自己独特的魅力：墙上的雨痕与蜗迹，不正像那屈曲蟠绕的书法吗？前人对不同的书法风格曾有各种比喻："张长史折钗股，颜太师屋漏法，王右军锥画沙、印印泥，怀素飞鸟出林、惊蛇入草，索靖银钩虿尾。"（黄庭坚《论黔州时字》）蜗牛的行迹也曾用来比喻篆书，故蜗牛有"篆愁君"之称（陶毂《清异录》）。不仅如此，燕子还飞来作巢，给这破屋带来了春天的信息，更何况它还与"旧时王谢堂前燕，飞入寻常百姓家"的优美诗句联系在一起。诗人就这样展现出荒凉破败中的诗意与美感。中二联正面写春怀与春景。诗人尽管很想出门去饱览春光（"剩"，甚辞，犹"真""很""颇"），追逐欢笑一番，无奈风沙扑面，只得作罢。由于风，他的视线投向了蛛网，只见它在风中翻动，岌岌可危。接着写蜂巢中声如雷动，原来是蜂群早晚两次聚集，犹如衙门中的参拜。诗人从小处落墨来描绘春天生命的跃动，小小昆虫都在忙碌不休，春光之迷人就更不待言了。与邻人的赏春之约屡爽，如今或许还有未开的花吧。言外之意是：他再也坐不住了，要出去领略大好的春光了。

　　方回评此诗："淡中藏美丽，虚处着工夫。"纪昀批："刻意劖削，脱尽甜熟之气。"（《瀛奎律髓汇评》卷十）他们都是着眼于后山诗之避熟求新。诗人有意避开常写的春景，不用丽辞藻绘，而是选取断墙、老屋、尘沙、蛛网等景物入诗，着力表现贫寒生活中的春意，故而风格古朴老健、枯淡瘦硬，体现了诗人"宁拙毋巧，宁朴毋华，宁粗毋弱，宁僻毋俗"的作诗主张，也展现了诗人穷且益坚、安贫乐道的操守气骨。

（柳丽玉）

## 晁补之

晁补之（1053—1110），字无咎，巨野（今属山东）人。十七岁时，父晁端友官杭州新城令，随同前往，著《七述》，记钱塘山川风物之丽，为苏轼所称赏。元丰二年（1079）举进士，元祐初任太学正，后迁秘书省正字，著作佐郎，以秘阁校理通判扬州。绍圣末，贬监处、信二州酒税。后列名元祐党籍，一贬再贬。大观末，知达州，改泗州，卒。自号归来子。为"苏门四学士"之一，工诗词，雅擅丹青。其诗文"温润典缛"，为时人所称。有《鸡肋集》《晁氏琴趣外篇》。

（刘明今）

# 芳 仪 怨

金陵宫殿春霏微，江南花发鹧鸪飞。

风流国主家千口，十五吹箫粉黛稀。

满堂侍酒皆词客，拭汗争看平叔白。

后庭一曲时事新，挥泪临江悲去国。

令公献籍朝未央，敕书筑第优降王。

魏俘曾不输织室，供奉一官奔武疆。

秦淮潮水钟山树，塞北江南易怀土。

双燕清秋梦柏梁，吹落天涯犹并羽。

相随未是断肠悲，黄河应有却还时。

宁知翻手明朝事，咫尺人生不可期。

苍黄三鼓溏沱岸，良人白马今谁见？

国亡家破一身存，薄命如云信流转。

芳仪加我名字新，教歌遣舞不由人。

采珠拾翠衣裳好，深红退尽惊胡尘。

阴山射虎边风急，嘈杂琵琶酒阑泣。

无言遍数天河星，只有南箕近乡邑。

当时千指渡江来，同苦不知身独哀。

中原骨肉又零落，寄诗黄鹄何当回。

生男自有四方志，女子那知出门事？

君不见，李君椎髻泣穷年，丈夫飘泊犹堪怜。


晁补之此诗乃有感于李景之女的身世而作。《避暑漫钞》记其本事云："李芳仪，江南国主李景女也。纳土后，在京师，初嫁供奉官孙某，为武彊都监。为辽中圣宗所获，封芳仪，生公主一人。赵至忠虞部自北归明，尝仕辽为翰林学士，著《虏庭杂记》，载其事。时晁补之为北都教官，览其书而悲之，与颜复长道作芳仪曲云云。"晁补之在元丰间举进士，试礼部第一，得到神宗的称赏，授北京国子监教授。这首诗当作于其时。

这是一首长篇叙事诗。全诗四十句，前每十二句为一段，共三段，分记李景之女被俘离别家乡、嫁与孙供奉以及再度被俘、沦落辽宫等三段时期的不幸遭遇。末四句为一段，作者直接抒发其感想。

宋太祖于开宝七年（974）十月诏曹彬、潘美等帅师伐江南，八年十一月破金陵，李煜奉表纳降，次年正月俘至汴京，故李氏一门离别金陵当在冬季。此诗开头写道："金陵宫殿春霏微，江南花发鹧鸪飞。""霏微"形容春雨朦胧之状，显然这二句并非描写离别金陵渡江时的景色，而是暗喻李氏亡国前花团锦簇的生活。以下"风流国主家千口"等六句即作具体的描绘。《十国春秋》记李景云："元宗初嗣位，春秋鼎盛，留心内宠，宴私击鞠，略无虚日。常乘醉命花飞奏《水调》词进酒，花飞惟歌'南朝天子爱风流'一句。"当时南唐割地迁都，国事日蹙，但李景仍不思振奋，日与词臣冯延巳等歌舞饮宴，以清词丽句斗胜。"平叔"，是三国何晏的字，晏"美姿仪，面至白，明帝疑其傅粉，正夏月，与热汤饼，既啖，大汗出，以朱衣自拭，色转皎然"（《世说新语》），此即诗中所写的"拭汗争看平叔白"。作者以此故事影写李景君臣淫佚荒唐的生活。李景是风流国主，其子李煜嗣位，风流更甚于乃父。在宋兵压境、国势阽危的情况下，仍然苟且偷安，寻欢作乐。开宝八年春宋兵迫临城下，"煜犹不知，一日登城，见到栅干外，旌旗遍野，始大惧，知为近习所蔽"（《宋史·南唐李氏世家》），竟糊里糊涂地当了亡国的俘虏。故作者写道："后庭一曲时事新，挥泪临江悲去国。""后庭"，即南朝陈后主所作的《玉树后庭花》，陈叔宝因耽于声色而亡国，李煜与他十分相似。《雁门野记》云："亡国之音信不止《玉树后庭花》也。南唐后主精于音律，凡度曲莫非奇绝。开宝中国将除，自撰《念家山》一曲，既而广《念家山破》，其谶可知也。"陈后主的《玉树后庭花》是旧事，李后主的《念家山》遂为"时事新"了，当日李煜等被俘离别金陵，渡江北上，景象十分凄惨。李煜曾有诗写道："云笼远岫愁千片，雨打孤舟泪万行。兄弟四人三百口，不堪闲坐细思量。"（《渡中江望石头城泣下》）这时李芳仪想必也在这三百人之中。一路凄风苦雨，在开宝九年正月抵汴京。大将曹彬遣使献俘明德门，李煜幸免于死，封违命侯。李氏门中的女子也得到宽待，不曾输入宫中织室做苦工，而听其择配民间。这样李芳仪便嫁了孙供奉，后孙为武疆都监，李亦随之去了武疆。武疆在今河北省武强县西南，接近宋、辽边境；都监是执掌地方屯戍、边防的武官。

"秦淮潮水钟山树"以下十二句写李芳仪在武疆时的生活。由春色霏微的江南来到黄尘蔽日的塞下，其凄苦之意、怀乡之情不言可知。所幸虽然远去天涯，尚有良人"并羽"，日后官职升迁，总有南归之时。不料祸起咫尺，滹沱河边突然发生战争。先是南唐国破，如今良人家亡，剩下李芳仪孑然一身，萍飘蓬转，又一次地当了俘虏。"芳仪加我名字新，教歌遣舞不由人。"辽圣宗耶律隆绪俘获了她，载入后宫，封为芳仪，衣锦戴翠，强颜承欢。边地风俗迥异，阴山射虎，琵琶嘈杂，这些都增添了李芳仪悲苦的情绪。每当夜深酒阑，得以偷闲片刻，她便饮泣吞声，无言地望着湛兰深邃的天空，星河满天，南箕北斗，自己的家乡比南箕星更要远呀！当时李氏门中数百口渡江北上，如今骨肉飘零，还剩下几人呢？末四句笔锋一转，作者由李芳仪想到汉代陷身匈奴的李陵，在冰天雪地之中，把发髻挽成椎形，独自一人哀泣惨淡的身世。像李陵这样的男子沦落异域都不免令人一掬同情之泪，更何况如李芳仪这样柔弱的女子呢?

　　胡仔《苕溪渔隐丛话》评晁补之诗云:"古乐府是其所长,辞格俊逸可喜。"此《芳仪怨》诗正体现了这一特点,全首并没有铺写过多的史事,也不夸耀典故、辞藻,而是以带有感情的笔触娓娓写来,感人至深。

(刘明今)

# 自题画留春堂山水大屏

胸中正可吞云梦，盏里何妨对圣贤。

有意清秋入衡霍，为君无尽写江天。

　　徽宗崇宁四年（1105）蔡京擅权，定司马光等三〇五人为"元祐奸党"，晁补之也名列其内，由礼部郎中兼国史编修贬为河中知府，不久又徙知湖州、密州，再贬为主管鸿庆宫。反复无常的党争使他对政治产生了厌倦，于是干脆回到家乡，筑归来园，想仿效陶渊明过隐居的田园生活。但几年后出元祐党籍，他又起复知泗州（今安徽盱眙）。宦海浮沉，是那样地身不由己，这时他虽又做了官，但心仍在江湖。大观四年（1110）中秋，他在泗州官舍对月饮酒，写下了《洞仙歌》一阕与这首题画诗。晁补之是诗人、词人，也是当时著名的画家，于山水、人物、鸟兽、屋宇无所不能，陈师道曾称他为"今代王摩诘"。此留春堂山水大屏乃是他的得意之作。

　　宋代文人画重神似，作画主意。苏轼《画继》云："观士人画如阅天下马，取其意气所到。乃若画工，往往只取鞭策、毛皮、槽枥、刍秣，无一点俊发，看数尺便倦。"晁补之作诗论画亦云："画写物外形，要物形不改。诗传画外意，贵有画中态。"本此精神，这首题画诗亦着重写"画外意"。"胸中正可吞云梦，盏里何妨对圣贤。"文同画竹，先有成竹在胸，晁补之画山水大屏，其胸中亦自有云山万里。首句用司马相如《子虚赋》"吞若云梦者八九于其胸中",次句写其放情于饮酒,因古人谓"酒清者为圣人,浊者为贤人"(《三国志·徐邈传》);又此句还隐寓宦海浮沉的感慨,使人联想起唐李适之的《罢相》诗:"避贤初罢相,乐圣且衔杯。"诗人对翻云覆雨的宦海波涛虽已厌倦,但人生态度仍然是乐观、积极的。"有意清秋入衡霍,为君无尽写江天",正写出了他潇洒的胸襟、旷达的情怀。

(刘明今)

## 张 耒

张耒（1054—1114），字文潜，号柯山，楚州淮阴（今属江苏）人。熙宁进士，元祐初，仕至起居舍人，绍圣中坐元祐党籍谪官。徽宗即位，起为黄州通判，入为常太少卿。崇宁初因为苏轼举衰，再贬黄州。晚年居陈州。少以文章受知于苏轼兄弟，与黄庭坚、秦观、晁补之并称为"苏门四学士"。诗学白居易和张籍，风格自然晓畅，不尚雕琢，多反映民生疾苦之作。论文"以理为主"，兼工词，有《柯山集》（亦作《张右史文集》）。

（张来芳）

## 离 黄 州

扁舟发孤城，挥手谢送者。

山回地势卷，天豁江面泻。

中流望赤壁，石脚插水下。

昏昏烟雾岭，历历渔樵舍。

居夷十三载，邻里通假借。

别之岂无情，老泪为一洒。

篙工起鸣鼓，轻橹健于马。

聊为过江宿，寂寂樊山夜。


黄州（治所在今湖北黄冈县）与张耒的仕途生涯有着密切的关系。《宋史》本传载，绍圣四年（1097），张耒因党争遭贬，谪监黄州酒税。元符二年（1099）起为黄州通判。崇宁初在党争中再次落职，后又因他为苏轼举哀行服，被贬房州别驾，黄州安置。崇宁五年（1106），废除党禁，张耒得以居住自便。这年冬天他离开黄州，回到了故乡淮阴，不久即移居陈州。张耒前后在黄州生活了十年之久，对它产生了深厚的感情。现在一旦要离开，自然不免感慨万端。这首诗就是诗人在如此复杂的心境中写下的。

此诗描写了离别黄州时凄苦悲凉的心情，反映出仕途失意的难言之隐。诗一开头写启程情景，寥寥十字，勾画出一幅江边送别图。接下六句，描绘途中景色：山回地卷，江水滔滔，赤壁巨矶，直插水中。远望，烟雾迷蒙，飘渺空灵；近处，渔村樵舍，历历可见。随诗人的视野所及，展现出一幅具有流动美的绘画长卷。这既是船行江中的实景描摹，也是惜别之情的曲折反映。诗人对黄州的风物实在眷恋不舍。随后他的笔触又转向流逝的岁月。"夷"，此借指湖北，"居夷"用《论语·子罕》："子欲居九夷。"在黄州，作为放臣，张耒不得住官舍和佛寺，只好在柯山下租土屋而居，处境十分艰难。然而他在民间得到了精神上的慰藉。他与邻里和睦相处，相互关照，感情深厚；一旦分别，自然依依难舍，故云："别之岂无情，老泪为一洒。""篙工"二句描写水上行舟，漂流轻捷的情景。末尾，以投宿樊山权作安顿，暗示出孤寂烦乱而又无可奈何的心境。

诗人以舟行为线索，以江景作陪衬，抒发惜别之情。"别之岂无情，老泪为一洒"是一篇主眼。而更多的篇幅则用于写景叙事，以造成一种依依惜别的氛围。赤壁可见，渔舍历历，是诗人眷恋之情的反映；山回地卷，烟雾昏昏，则表现曲折、迷茫的情思。其借景抒情，移情入景，造语浅近，含蕴深厚。

此诗与杜甫的《玉华宫》有异曲同工之妙，恰如洪迈所评："文潜暮年哦老杜《玉华宫》，极力模写。其《离黄州》诗，偶同此韵，音响节奏，固似之矣。读之可默喻也。"(《容斋随笔》)　　(张来芳)

# 题中兴颂碑后

玉环妖血无人扫，渔阳马厌长安草。

潼关战骨高于山，万里君王蜀中老。

金戈铁马从西来，郭公凛凛英雄才。

举旗为风偃为雨，洒扫九庙无尘埃。

元功高名谁与纪？风雅不继骚人死。

水部胸中星斗文，太师笔下蛟龙字。

天遣二子传将来，高山十丈磨苍崖。

谁持此碑入我室，使我一见昏眸开？

百年废兴增叹慨，当时数子今安在？

君不见荒凉浯水弃不收，时有游人打碑卖。

据王象之《舆地纪胜》卷五十六："《大唐中兴颂》在祁阳（今属湖南）浯溪石崖上，元结文，颜真卿书，大历六年刻，俗谓之'磨崖碑'。"自唐以来，题咏实繁，张耒此篇是众多题诗中的佼佼者。李清照曾步其原韵作和诗两章，然宋人或以此诗为秦观作，如曾敏行《独醒杂志》卷五谓秦赋此诗，未曾刻石，后在永州书以赠人，题曰"张耒文潜作"。《舆地纪胜》亦云秦作。胡仔《苕溪渔隐丛话》后集卷三十一称："余游浯溪，观磨崖，碑之侧有此诗刻石，前云：'《读中兴颂》，张耒文潜。'后云：'秦观少游书。'当以刻石为正。"

全诗分三段。首八句为第一段，咏唐代史事，赞郭子仪中兴之功。前四句写安史叛军大败官兵，攻占长安，君臣仓皇出逃，贵妃于马嵬驿死于非命，玄宗在蜀中凄凉度日。但诗人并未按这一历史过程来叙述，而是先写贵妃之死。"玉环妖血"固然反映了女人祸国的陈旧历史观，但那血溅的画面活现出这场民族悲剧的惨烈，给人以强烈的视觉印象。前人解诗拘泥于贵妃缢死的史实，谓不当有血，以血状之，乃是语病；另有人举出杜诗有"血污游魂归不得"（《哀江头》）之语，为之辩解，指出杜诗也是写贵妃之死，张诗即本于杜诗（《苕溪渔隐丛话》后集卷三十一引《复斋漫录》）。前面那种胶柱鼓瑟式的解诗实在是不懂艺术的形象思维所致。接着以军马与战骨写长安沦陷与潼关大败，交代了马嵬惨剧的前因。天宝十五载（756），杨国忠因恐哥舒翰反己，促令翰出潼关迎战叛军，哥舒翰被迫放弃坚守困敌的战略，仓促会战，中伏大败，潼关失守，哥舒翰被俘。长安失去屏藩，叛军遂得长驱直入。诗在叙述中插入这一逆挽之笔，使句法夭矫曲折，先突出其灾难性的结果，再交代其原因。"万里"一句又以君王回应开头的贵妃，将这段史实作一挽结。诗人选取四组鲜明的意象来囊括这一历史巨变，确实笔力非凡。后四句写郭子仪领导平叛，句法又为之一变。它按历史事件的顺序，以奔腾直下的气势，概括了从起兵到中兴的全过程。这种写法正适宜表现克敌制胜，势如破竹的气概。天宝十四载，安史乱起，朔方节度使郭子仪兴兵讨叛，朔方治所在灵州（今宁夏灵武），故云：

"金戈铁马从西来。"这一句渲染出正义之师的威武雄壮，然后在这气氛中突出"郭公凛凛"的高大形象。"凛凛"，即懔懔，严正貌。《世说新语·品藻》谓"廉颇、蔺相如虽千载上死人，懔懔恒如有生气"。"郭公"句写出了郭子仪的一身正气与雄才大略。"举旗"二句则以夸张的笔法写他平定叛乱的盖世功勋，他举旗兴风，偃旗作雨，俨若神人，终于洗刷了宗庙在国难中所蒙受的尘垢，亦即为国家民族雪耻。第一大段先抑后扬，前半部分的悲怆与后半部分的激昂形成鲜明对照，唯有将这场民族悲剧写足，才更能体现郭子仪的功高。

　　"元功高名"承上功高之意，"谁与纪"引出第二段关于中兴颂碑的文字。"风雅"句说明《诗经》《楚辞》已后继乏人，意谓一时无人来为中兴之将撰文作颂。此句的句法化用杜甫《戏韦偃为双松图歌》："天下几人画古松，毕宏已老韦偃少。"又韩愈《石鼓歌》云："少陵无人谪仙死，才薄将奈石鼓何！"宋人沿袭者有欧阳修《菱溪大石》："卢仝韩愈不在世，弹压百怪无雄文。"黄庭坚《到桂州》："李成不在郭熙死，奈此百嶂千峰何！"都是强调作手已逝的缺憾。张耒在这里也是先抑后扬，在无人撰作的情况下，竟出了元结与颜真卿两位大手笔，其文其书就弥足珍贵了。"水部"指元结，因他曾任水部员外郎；"星斗文"，形容其文采灿烂如星斗，如杜牧《华清宫》诗云："星斗焕文章。""太师"指颜真卿，官至太子太师，书法端庄雄伟，人称"颜体"，"蛟龙"即形容其书法。元结撰文，颜真卿所书写的中兴颂碑堪称珠联璧合，这是天公派来他们二人来完成此作，镌刻于十丈苍崖之上，垂之久远。

最后六句为第三段，写见碑而生的感慨。"谁持"一句说明诗人所见为碑之拓本，非亲至浯溪而见原刻，但就此拓本已足使他兴奋不已了。由此而引起他对历史兴亡的感叹。显然诗人不是单纯地发思古之幽情，而是由古慨今，怀古之情植根于现实的土壤。张耒是一个关心民瘼、忧念国事的士大夫，但他历经宦海浮沉，坐元祐党籍而两次被贬，加之北宋因内忧外患而国势式微，个人的遭遇与国运的艰危都会使他怀念那些使大唐中兴的文臣武将。"当时数子今安在"这一问句实包含了他无尽的感慨，既有对扭转国运的杰出人士的呼唤，又流露出深深的幻灭之感，所以全诗以浯溪荒凉，游人打碑作结，令人如闻沉重的拓碑声在荒山弃水间回荡，这声音如同诗人的声声叹息，使人低回唏嘘。

全诗章法井然，先述唐代的中兴之史，再述传之不朽的中兴之颂，最后抒发由文引起的兴亡之感，俨若一篇诗体的史传论赞。此诗风格雄深雅健，与其颂赞的主题十分相宜。诗人不作拗硬奇险之语，而是以匀称妥帖的句法，流畅自然的韵律，说古慨今，抒发对古圣贤的高山仰止之情，充溢着一股堂堂正气。

(黄宝华)

## 再和马图

我年十五游关西，当时惟拣恶马骑。
华州城西铁骢马，勇士千人不可羁。
牵来当庭立不定，两足人立迎风嘶。
我心壮此宁复畏，抚鞍蹋镫乘以驰。
长衢大呼人四走，腰稳如植身如飞。
桥边争道挽不止，侧身逼堕濠中泥。
悬空十丈才一掷，我手失辔犹攒蹄。
回头一跃已在岸，但见满道人嗟咨。
关中平地草木短，尽日散漫游忘归。
驱驰宁复受鞭策，进止自与人心齐。
尔来十年我南走，此马嗟嗟于谁手？
楚乡水国地卑污，人尽乘船马如狗。
我身未老心已衰，梦寐时时犹见之。
想图思画忽有感，况复慷慨吟公诗。
达人遇境贵不惑，世有尤物常难得。
宁能使我即无情？搔首长歌还叹息。

　　宋神宗熙宁十年（1077），苏轼作过《书韩幹〈牧马图〉》一诗，张耒即有和作《读苏子瞻韩幹马图诗》，此诗题为《再和马图》，即承前诗而作。苏诗是一首题画诗，《再和马图》的主题却由画中之马，一跃为现实中的马，成了一首吟诗思马、怀旧述志之作。

　　张耒早有驰骋疆场、建功立业的宏大抱负，但始终怀才不遇，壮志难酬，故常在诗中借古喻今，托物喻志。本诗即是一例。诗从两个方面进行构思，从开头到"进止自与人心齐"回忆年轻时狂悍骠勇的生活。诗一开头便惊心动魄，大有凌空劈来之势。少年气盛，生性好游，专骑恶马，不同凡响，一个不畏烈马、骠勇善骑的少年形象突现眼前，显示出初生牛犊不畏虎的气概。那匹铁骢马性情暴烈，难以驯服，诗人却一跃而上，策马如飞。诗人在此集中笔力写烈马飞奔疾驰、锐不可当之势，最为惊心动魄。先是以行人的四散惊走烘托烈马之所向披靡，也反衬出诗人稳坐马鞍、飞驰而过的雄姿；复以马堕濠中却一跃上岸的惊险场面表现烈马之雄健与骑者之胆略；最后以路人的咨嗟赞叹结束了这一跃马市中的场面。诗人以正面描写与侧面烘托相结合，将这一场面写得有声有色，引人入胜。经过这一场不寻常的驯马，这匹烈马竟与诗人成了好朋友。诗人骑着它，进退疾徐，已无需鞭策，说明马已善解主人之意，心灵似能感应。一扬一抑之间突现了这匹马的雄姿，但更主要的是通过写马表现了诗人早年的意气风发、豪情侠胆。

　　从"尔来十年我南走"到结尾，叙述吟诗思画，慨叹"尤物难得"。由于仕宦调迁，张耒自北而南，已有十年之久。南方水国，人尽乘船，很少骑马，然而他对那匹宝马却念念不忘，甚至在梦中还时时见到它。诗人感叹要遇上这等好马（"尤物"，即不同一般的事物，这里指宝马），实在难得，不禁"搔首长歌"，叹息不已。表面叹马，实则自叹。感叹当年的豪情侠气已一去不返，早年的理想志向已化为乌有。

　　本诗以马为中心来进行构思，按忆马、思马、叹马三个过程进行描写，由"我"作引线贯串起来，写来跌宕有致。

　　张耒此诗的写法有别于一般的题画诗。作为和诗，它更不拘泥于原画，而是脱开原画，写自己早年驭马的经历以及后来思马的感慨。诗的前段以浓墨重彩写烈马的性情及诗人驾驭马匹的雄姿，笔酣墨畅，栩栩如生。后段写南迁之后无马可骑，思马心切，见图吟诗，感慨万千，这一段的深沉感喟与前一段的神采飞扬形成鲜明的对照。诗的立意在于通过写马来抒发强烈的今昔之感，表现壮志难酬的苦闷，但他的见图思马仍揭示出对实现理想抱负的渴望。

（张来芳）

# 劳　歌

暑天三月元无雨，云头不合惟飞土。

深堂无人午睡余，欲动身先汗如雨。

忽怜长街负重民，筋骸长毂十石弩；

半裸遮背是生涯，以力受金饱儿女。

人家牛马系高木，惟恐牛躯犯炎酷。

天工作民良久艰，谁知不如牛马福！


在"苏门四学士"中，张耒的诗最能反映民间疾苦，具有深刻的现实意义。此诗描写盛暑炎天苦力负重的情景，集中揭示了劳苦人民的悲惨遭遇。

"怜民"是诗的主旨，诗人却从自然现象入手，描绘了云头不合、烈日炎炎、尘土飞扬、挥汗成雨的盛夏景色。诗从天上、地下、室外、室内的不同角度，渲染出暑气逼人、高温可炙的氛围，为"负重民"的艰苦劳动设下了特殊的背景，起了很好的烘托作用。

"忽怜长街负重民"一句是全诗的诗眼。一个"忽"字承前启后，使诗情陡然急转，由室内而室外，由景及人，转向对"负重民"的正面描绘。"筋骸"句，写用力时身上青筋暴现，好像要把十石重的硬弓拉满，极写劳动强度之大。"半裸遮背"是说劳动者为了谋生，衣不遮体，暴晒于烈日之下。他们忍痛负重，"以力受金"，为的是"饱儿女"。诗人用简洁的语言，塑造了一个负重长街、步履艰难的苦力形象。诗人没有发半点空论，就将"怜"字融进诗歌形象之中，在诗人与劳动者之间架起一道感情的桥梁。

　　诗至此本可止笔，然而诗人却又别出心裁，再转笔锋，以牲畜与劳力相比，开掘出新的境界，使诗的内涵得到新的升华。请看：一边是负重苦力暴晒长街，无人怜悯；一边却是"人家牛马系高木"，备受照料。人畜命运绝然相反，这是何等的不平！通过这一强烈对比，诗人对黑暗现实进行了猛烈抨击，传达出劳苦大众的强烈呼声。斩钉截铁的结句则把诗情推向顶峰。这首《劳歌》，既是怜惜劳工的哀歌，亦是痛恨现实的咒歌。

　　此诗始以酷暑作背景，终借牛马作对比，而以描写"负重民"为主体，借以抒发诗人的同情。全诗构思巧妙，意境凄苦，感情愤激，风格朴素，确有白居易《新乐府》《秦中吟》等讽谕诗的遗风。

（张来芳）

# 发 长 平

归牛川上渡，去翼望中迷。
野水侵官道，春芜没断堤。
川平双桨上，天阔一帆西。
无酒消羁恨，诗成独自题。


长平，即指长平镇。据《宋史》本传载，张耒晚年定居陈州（今河南淮阳）。长平距陈州不远，在今河南西华县东北。关于长平，张耒还写过《泊长平晚望》一诗。两首诗，一为"泊"，一为"发"，当为前后不久所作。

《发长平》是一首羁旅述怀之作，首联点出傍晚景致。"去翼"与"归牛"相对，指鼓翼飞去的鸟类。"望中迷"是说放眼望去，飞鸟越飞越远，直到消失在迷茫的暮色之中。颔联写暮春景色：春潮渐涨，野水横溢，侵入了大道，春草丛生，遮没了堤岸。类似的意境也能在唐人诗中找到，如王建《原上新春》："野桑穿井长，荒竹过墙生。"姚合《游春》"晴野花侵路，春波水上桥。"都是表现春天生命的跃动，大自然生机的蓬勃。直到宋初惠崇的名句"河分冈势断，春入烧痕青"，都是同一机杼。颈联点题，言扬帆启程，双桨启动，船儿向西驶去。回望长平，不禁感慨万端。尾联抒怀，写因无酒消愁而独自赋诗，以抒发羁旅之恨。张耒仕途坎坷，流徙不定。眼前的"去翼""归牛"皆有所归，而自己归宿何处？前途一片渺茫。仕宦之忧，羁旅之恨，一齐涌上心头，自然要独自题诗了。

《发长平》抒写的是羁旅之恨，故多取动景：牛渡川上，人望去翼，水侵官道，草没断堤，桨上川平，扬帆向西；牛、鸟、水、草、桨、帆等都在活动之中；物之"动"，衬托出诗人心情的波动，从而使旅途奔忙之苦与仕宦坎坷之恨得以充分表露。

此诗语言清雅，构思精巧，意境阔远，情感深沉，风格平易舒坦，恰如晁补之《题文潜诗册后》所评："君诗容易不著意，忽似春风开百花。"

（张来芳）

# 海州道中二首

孤舟夜行秋水广，秋风满帆不摇桨。
荒田寂寂无人声，水边跳鱼翻水响。
河边守罾茅作屋，罾头月明人夜宿。
船中客觉天未明，谁家鞭牛登陇声。

秋野苍苍秋日黄，黄蒿满田苍耳长。
草虫咿咿鸣复咽，一秋雨多水满辙。
渡头鸣春村径斜，悠悠小蝶飞豆花。
逃屋无人草满家，累累秋蔓悬寒瓜。

海州，在今江苏连云港市，面临东海。张耒途经海州时，耳闻目睹，有所感触，留下了这两首诗。

前一首写夜航。开头写宽阔的河面上，一叶孤舟鼓满风帆，顺流而下。中间四句集中写夜景。"荒田"句写远处静景，"水边"句写近处动景。四野一片寂静，唯有船边鱼跳水响，似有生机。以水边鱼跳之动反衬四处无人之静，更添一层凄凉。"河边"二句写明月高悬，鱼翁守罾，意境静谧、空灵。末两句以鞭牛声点出天明，诗由入夜写到天亮，构成一个时间的流程，同时为下一首作了时间提示，使二诗成为一个整体。

后一首写日航，舟行一夜，时过境迁，诗人眼目所及仍是"秋野苍苍秋日黄"，到处一片荒凉。尤其是"逃屋无人草满家"一句，极言其田野荒凉之深，时间之久，为前诗"荒田寂寂无人声"作了注脚，使之更为具体化。放眼望去，秋野苍苍，黄蒿满田，秋蔓累累，草虫唧唧，小蝶悠悠：北宋末年苏北沿海家村的萧条展现眼前，真是目不忍睹。

这是两首舟行纪实诗，作者运用纪游笔法，以舟行为序，移步换形，逐一描绘。其中有动景，有静景，有声音，有色彩，动静结合，声色并茂，散而不乱，和谐得体，流动美与静穆美聚于一诗。

诗重在纪行，几乎无一句抒情；然而作者善于寓情感于叙述之中，诗中处处充满感情。"河边守罾茅作屋，罾头月明人夜宿"，"谁家鞭牛登陇声"，记述农家辛劳情景，充满着赞叹；"荒田寂寂无人声"，"逃屋无人草满家，累累秋蔓悬寒瓜"，描摹了田园荒芜与农家逃亡的悲惨情景，哀伤、怜悯之情充溢其间。诗人通过纪实，反映了社会的黑暗与衰败，寄托了悯农伤时的情怀。　　　　　（张来芳）

# 晚发寿春浮桥望寿阳楼怀古

烟水苍茫古岸高，危楼缥缈枕波涛。

山围粉堞青屏合，桥跨长淮百舰牢。

争战百年空故国，登临行客叹前朝。

青旗试问谁家酒，风雨蒹葭晚渡遥。

　　寿春（今安徽寿县）在淮水南岸，又当南北交通枢纽，为淮南军事重镇。公元前 241 年，楚国考烈王曾自陈迁都于寿春，晋孝武帝曾改寿春为寿阳，由此推测，寿阳楼似为东晋时所建。

　　关于寿阳楼，张耒写过多首诗篇，本诗则是援古喻今之作，旨在借古事抒发情怀。

　　首联点明地理环境。在古岸高坡上，一座城楼高耸入云，碧波浩渺，烟水苍茫，巍峨古楼犹如枕在淮水波涛之上。"古"字与"危"字，表明寿春城历史之久远，寿阳楼位置之高峻。

　　颔联写城楼四周景致。粉堞，指城上粉白色的矮墙。这是说，青翠的山岭与粉白的城墙形成一道屏障环绕在寿阳楼的四周，楼前的淮水上有一桥横架。"百舰"指架浮桥的船。此联写出了寿春城的山水形势，说明这一军事重镇防御工事的牢固。前两联诗人用扬的手法，极写寿阳楼地理位置的险峻，为后面作了有力的铺垫。

颈联点题，笔锋一转，怀古叹今。"争战百年"指在寿春进行的多次战争，如今均已成历史陈迹，空余下故国的山河，故云"空故国"。大有物是人非之慨，犹如刘禹锡所咏："千寻铁锁沉江底，一片降幡出石头。人世几回伤往事，山形依旧枕寒流。"（《西塞山怀古》）所以这位"登临行客"要感慨万端而"叹前朝"了。张耒处于北宋末世，当时内部党争激烈，外有女真入侵，内忧外患，国无宁日，故发此感慨。怀古旨在叹今，表现了一个开明志士对国家民族的责任感。

尾联借风雨中的酒旗和蒹葭，表达孤苦、凄凉的心境，隐约暗示对寿阳楼的留恋及"溯洄从之，道阻且长"（《诗经·蒹葭》）的彷徨之思。风雨中青旗飘荡、蒹葭摇曳，与开头"烟水苍茫"相应照，首尾浑然一体。

此诗语言委婉，意境清幽，感情沉挚，蕴藉深远，极有韵致。

（张来芳）

# 自海至楚途次寄马全玉

## （八首选一）

萧萧晚雨向风斜，村远荒凉三四家。

野色连云迷稼穑，秋声催晓起蒹葭。

愁如夜月长随客，身似飞鸿不记家。

极目相望何处是，海天无际落残霞。

　　马全玉是何许人，史无记载。由本诗推测，大概是维扬（今江苏扬州）人，客居海州（今江苏连云港西部），是一个在家修道的"居士"。马全玉患病后，张耒曾赋《调全玉病二首》表示慰问，而当张耒在楚州身处逆境时，马全玉也曾去探望过他。张耒在本诗中还尊马全玉为知己、恩师，二人关系之密切，感情之深厚，当可想而知。

　　张耒一生遭遇坎坷，由海州调往楚州，无疑是他仕途生涯的一大转折，他在离海州后投书挚友，倾诉衷肠，留下了这八首七言律诗。这组诗反映了诗人复杂的心境，表达了对好友的眷恋之情。同时，全诗灌注了一种深沉的愁思，表现了对黑暗现实的不满与失望。

　　这里所选是第六首，描写了极目远望、海天无际的情景，反映了诗人飘零、孤独的境遇。首联写晚景。傍晚时分，斜风细雨，淅淅沥沥，远处村野一片荒凉，三五农家，依稀可见。景物弥漫着灰暗迷蒙的气氛。颔联写晨景。清晨早起，只见云遮雾障，庄稼笼罩在一片云雾之中。颈联抒怀，以夜月照人比喻愁思缠身，以飞鸿飘零象征游宦不定。尾联远望天际，含蓄深邃。极目远望，究竟目尽何处？原来是海天茫茫、晚霞残留的天涯海角。它抒发出惆怅无望、前途渺茫的情思。怪不得作者要悔恨自己"参道"太晚，意欲仿效马氏安禅修身，归隐山林了。

此诗描写了斜风细雨、远村荒凉、野色迷蒙、海天残霞等种种昏暗、凄苦的景致，使彷徨、惆怅的感情得到充分抒发。景因情而生色，情依景而加深，情景交融、主客一体，创造了一种深邃、空蒙的艺术境界。作者善用比喻，使诗歌语言形象生动。如以月影随人喻愁思不断，用飞鸿不定象征有家难归，以海天无际比前途渺茫，都使诗歌生色不少。

（张来芳）

## 晁冲之

晁冲之，济州钜野（今山东钜野）人，字叔用，一字用道。曾受学于陈师道。晁补之从弟。绍圣间隐居具茨山（在今河南禹县）下，徽宗时屡荐不起。擅音律，工诗词，为江西诗派诗人。后人辑有《晁具茨先生诗集》。　　　（姜汉椿）


# 感梅忆王立之


王子已仙去，梅花空自新。

江山余此物，海岱失斯人。

宾客他乡老，园林几度春。

城南载酒地，生死一沾巾。


　　王立之名直方，王棫（才元）之子，著有《王直方诗话》，元祐间与苏轼、黄庭坚诸名士多有唱和。王氏卜居京城之南，其园以梅花驰名。黄庭坚有《出礼部试院，王才元惠梅花三种，皆妙绝，戏答三首》，其跋云："州南王才元舍人家有百叶黄梅妙绝。"然则晁冲之此诗所感之梅乃王氏园中之梅花，诗中见梅忆人，写出了怀念友人的深挚情意。

　　首联以梅花之常开常新反衬人生之短暂易逝。梅花的开放更使人感受到失去友人的悲痛。此处尤以"空自"二字强化了这种物是人非之感。斯人已逝，无人赏梅，梅花之开已成徒然，故云"空"；梅花之自开自落，乃自然界的常理，物之无情更衬出人之悲情，故云"自"。前人指出杜诗喜用"自"字，盖"老杜寄身于兵戈骚屑之中，感时对物，则悲伤系之"，如《遣怀》诗云："愁眼看霜露，寒城菊自花。"《日暮》诗云："风月自清夜，江山非故园。"《滕王亭子》云："古墙犹竹色，虚阁自松声。"（葛立方《韵语阳秋》卷一）颔联与颈联仍以无情之物与有情之人对举，深化悼念之情，并发抒人生感慨。大自然中梅花依旧开放，而海岱之间已痛失这样一位风流才俊之士。"宾客"乃诗人自指，当年在王氏园中作客的人后来转徙于他乡，那梅花盛开的园林却年复一年，依旧寒暑迭代。诗人在悼友的同时也发出了岁月蹉跎、人生易老的感喟。尾联点明感梅忆友之地乃昔日载酒共游之所，如今生死异域，只能一洒悼友之泪了。北宋汴京城南是达官贵人的聚居地，王氏的宅邸即位于该处，上引黄庭坚诗云："城南名士遇春来，三月乃见腊前梅。"即是证明。诗至结尾方揭出他们的共游之地，可谓善用逆挽倒插之法，读者回观前面的文字，就可以体会到深一层的含意，原来梅花园林都曾目睹过他们共同度过的美好时光，如今人去园空，花开依旧，更令人有不胜唏嘘的悲慨。

此诗通篇用对比反衬之法，以自然之恒常突出人生之无常，这本是古代诗人常用的手法。而此诗之妙还得力于其句法的自然，作为五律，其语言毫无雕琢之感，中二联的对偶极其匀称妥帖。吕居仁将晁冲之列为江西派诗人，而此诗却无江西习气，其风格直逼唐人，令人联想起李白那些自然到几如肆口而出的五律。纪昀评此诗："似平易而极深稳，斯为老笔。"（《瀛奎律髓汇评》卷二十）确是中肯之论。

（黄宝华）

# 次二十一兄季此韵

忆在长安最少年，酒酣到处一欣然。

猎回汉苑秋高夜，饮罢秦台雪作天。

不拟伊优陪殿下，相随于蒍过楼前。

如今白发山城里，宴坐观空习断缘。

这首诗，当是诗人晚年之作。

诗的前两联，追忆昔年在京城宴乐游猎的情景。首联回忆当年在京城（诗中以"长安"借指汴京）时轻财任侠的生活。他在同辈诸人中最年少，流露出意气自负、豪迈昂扬的气概。颔联写当年秋季，常在城外苑囿游猎，于深夜尽兴而归；在歌楼酒馆纵饮，亦不管室外大雪纷飞。这两句更显出了诗人当年的豪情。

接着，诗人在颈联宕开一笔。虽然时常宴饮游猎，但却不甘谄谀献媚去迎合权贵，只欲与知交相随，于街市酒楼之前唱《于蒍》之歌，表白了诗人想有一番作为的抱负。"伊优"本指小儿学语之声，用以讥讽谄媚逢迎之徒。《于蒍》之歌，乃唐代高士元德秀所作之歌。《于蒍》是表明风操、规谏帝王之诗。

尾联笔锋陡转，从忆旧回到现实中来：如今已是白发暮年，隐居山城，往昔的豪情已消磨殆尽，且整日静坐学禅，想斩断尘缘，以追求物我皆空的超尘脱俗的境界。"习断缘"三字，看似平淡、超脱，却正说明诗人对世事不能忘情，表达了内心的悲哀，反映了诗人悲凉、孤寂的心境。

这首诗前六句忆旧，生动地叙述了诗人昔年豪迈不羁的气概，后两句写当前，由年轻时的以意气自负、渴望有所作为来对照暮年的悲凉、寂寞，表达往事如烟、不堪回首的苦闷心情。刘克庄《后村诗话》云："'不拟伊优陪殿下，相随《于芳》过楼前'，于乱离中追溯承平事，未有悲哀警策于此句者"，可谓的论。　　　（姜汉椿）

## 李 彭

李彭，字商老，南康军建昌（治今江西南城）人。李公择从孙。博闻强记，诗文富赡，能书法。诗属"江西派"，精佛典，称"佛门诗史"。有《日涉园集》。

（王立翔）

## 春日怀秦髯

山雨萧萧作快晴，郊园物物近清明。

花如解语迎人笑，草不知名随意生。

晚节渐于春事懒，病躯却怕酒壶倾。

睡余苦忆旧交友，应在日边听流莺。

　　这是一首怀念友人的成功之作。题中"秦髯"可能是诗人对友人的昵称，其名和生平已不可考，从诗中"日边听流莺"句推考，仅知当时友人正寓居汴京。

　　前四句诗人以明丽而多情的笔墨，描绘了一幅清明雨后放晴的春天图景。上句以"快晴"二字捕获住春天乍雨还晴的气候变化特征，"萧萧"二字则又赋予"山雨"一段迷醉人心的情韵；下句"郊园"则指明诗人怀思的具体环境，"物物"更引导读者去展读以下的具体图景。首联中的每一句都在显示着诗人创作时的用心。颔联紧承上句诗脉，以拟人化的笔致刻画雨后春花、春草的动人姿态。"花如解语"用《开元天宝遗事》所记之典：唐玄宗与众贵戚游赏太液池中千叶白莲，左右皆称赞不已，玄宗却指着杨贵妃说："争如我解语花！"玄宗是以人喻花，诗人是以花喻人，如此一转，人与春景之间原属单一的情感生发，由此转化为双向的对流，可谓别出新意，曲尽其妙。下句以"随意生"形容春草蓬勃向上生机的同时，一种面对盎然春意的欢愉轻松感受，也在诗句中悄然流出。

颈联调转笔锋叙写自身。面对如此明媚的春光，诗人却因年老病弱而懒于游赏，怕近酒壶。诗情一变首、颔联明丽欢愉的气氛，而转为灰暗消沉，弥散着寂寞愁郁的情绪。尾联上句仍承袭颈联气氛，以"睡余"刻画在大好春光里老病不能近酒而思念旧友的情态。"苦忆"二字点题，突出诗人对友情的真挚和执着。下句"应在"意承上句而色调又为之一变，再次转向清新明丽，想象旧友在京师（古人以日边喻国都）不似自己羁于老病，仍与大多数人一样陶醉春色，倾听流莺，感受与大自然的融合。诗人于此又别创新意。前人写忆友都为想象对方与自己有相同心思、相同举止，以见其情谊默契，相思之深，如杜甫名句"今夕复何夕，共此灯烛光"（《赠卫八处士》）。而诗人却说自己甘愿被老病所困，仅企望友人能一切无恙，尽情享受美好时光，其友情可谓更深更纯，令人感动不已。

诗人先以明媚之景烘托其忧郁愁闷和相思之苦，后以自己晦涩的心境再反衬想象中友人阳光下的明丽形象，可谓波澜起伏，抑扬映衬，用尽其妙。其语言平易中透露神采，虽经推敲锻炼而无斫伤自然之痕；自出新意的用典，更使诗篇别开意境，隽永蕴藉。可见诗人虽名列江西诗派，但并不像其他江西诗人那样刻意追求"化熟为生"，以峭瘦取胜。

（王立翔）

## 邢居实

邢居实（1068—1087），字惇夫，一作敦夫，原武（今属河南）人。曾游京师十年。有异才，年十四为《明妃引》，知名于世。宗师司马光等，与苏轼、黄庭坚、陈师道游。有《呻吟集》。

（王立翔）

## 李伯时画黄知命骑驴图为赋长歌

长安城头乌欲栖，长安道上行人稀。
浮云卷尽暮天碧，但有明月流清辉。
君独骑驴向何处？头上倒著白接䍦。
长吟搔首望明月，不学山翁醉似泥。
到得城中灯火闹，小儿拍手拦街笑。
道旁观者那得知，相逢疑是商山皓。
龙眠居士画无比，摇毫弄笔长风起。
酒酣闭目望穷途，纸上轩昂无乃似。
君不学长安游侠夸年少，臂鹰挟弹章台道。
君不能提携长剑取灵武，指挥猛士驱貔虎。
胡为脚踏梁宋尘，终日飘飘无定所。
武陵桃源春欲暮，白水青山起烟雾。
竹杖芒鞋归去来，头巾好挂三花树。

邢居实尝作有长诗《明妃引》，受到苏轼的称赏，因而知名，那时年方十四岁。他还喜与比他年长的名士交往，像这首诗中所提到的李公麟（字伯时，晚号龙眠居士），当时已两鬓苍白，而邢居实时年未满二十。

李公麟是北宋著名画家，擅长人物山水，作白描甚至被推为宋画第一。今尚存有《临韦偃放牧图》《维摩演教》等作品，均极珍贵。黄知命即黄叔达，系黄庭坚之弟，有诗附《山谷集》。据《王直方诗话》载：黄叔达初到汴京，与诗人陈履常（邢居实的好友）拜访城南法云禅师，夜归路过李公麟家，"知命衣白衫骑驴，缘道摇头而歌……一市大惊，以为异人"。李公麟因作《黄知命骑驴图》，诗人为之写下了这首长诗。

诗可分成两段。"纸上轩昂无乃似"前十六句为第一段，叙述黄叔达骑驴夜过街市的场面和李公麟作画的情形。前四句以"乌欲栖""行人稀""暮天碧""明月流清辉"点明故事即将发生的环境，气氛清新而静谧。这些都为人物的出场作了有力渲染。接下四句写黄叔达头上倒戴白头巾、一路长歌啸吟而来，一派忘乎尘世的狂放情态。《世说新语·任诞》载：山简性喜豪饮，居荆州，常至席家池游，辄大醉而归，儿童为之歌云："山公时一醉，径造高阳池。日莫（暮）倒载归，茗艼无所知。复能乘骏马，倒著白接䍦。""白接䍦"，即白头巾，这里写黄叔达狂放任情而不必借助酒醉，性情更比山简豪放率真。为了更形象地说明这一点，诗人之笔随着黄知命所骑之驴转向城中闹市区，只见黄叔达依然故我，引得儿童拍手拦街嬉闹，路人惊愕不已，以为是类似汉代"商山四皓"的隐士路经此地（汉初商山有四隐士，须眉皆白，故称"四皓"）。在诗人多侧面地渲染描绘下，黄叔达放任不羁的举止神态和孤傲疏狂的性情，已得到淋漓的表现；"不学山翁""相逢疑是"二句，则将其桀骜不驯的性格和放任自然的纯真，完全区别于某些号为名士而实为沽名钓誉、佯狂造作之徒。第十三至十六句，是赞美李公麟作画之传神，以点题中所云，接下便转入了第二段。

第二段仍紧紧扣住主题，由上段的叙事转为对黄叔达狂放举止的议论。前六句指出黄之狂放既非臂戏猎鹰、腰挟弹弓、入出妓馆的豪门纨绔，不属于那种轻浮任性的少年；也不同于手提长剑、指挥猛士驱逐入寇、收复失地的骁勇之士。"胡为脚踏梁宋（"梁"，指汴梁，宋指商丘。此泛指京师）尘，终日飘飘无所定"一句承上启下，善意劝说好友，像他这样性情的人不该来到汴京，接着引出结尾四句，指出只有像陶渊明《桃花源记》中描绘的大山林泽，才是他真正放任情怀、无拘无束的所在：暮春时节，在雾气迷濛的青山绿水之间，他可以脚蹬芒鞋、手持竹杖，头巾上插着三花树（又名相思树，一年开花三次，故名）枝，尽情徜徉于大自然之中。

诗人的这一番议论虽不新鲜，但却将本诗从单一的描摹叙事，升华到寓意丰厚而意境高远的境界，也使得黄叔达的疏放形象更具血肉，而诗人自身的胸襟也在此表露无遗。故而此诗在称颂黄叔达性格和人品的同时，更倾注了诗人自己向往自然的豪情逸兴。

诗篇虽属平铺直叙，但读来平易晓畅，气脉流贯；同时，诗人又注意气氛的烘托和事物的映衬，以及恰到好处的事典穿插，故使诗篇显得风仪洒脱，意蕴丰厚，很富感染力。整首诗自然流逸，形象丰富，语言圆熟，诗格老成，出自未满二十的诗人之手，确乎令人叹服！

(王立翔)

# 寄陈履常

十年客京洛，衣袂多黄尘。
所交尽才彦，唯子情相亲。
会合能几日，欢乐何遽央。
春风东北来，飘我西南翔。
骊驹已在门，白日行且晚。
停觞不能饮，将去更复返。
把腕捋髭鬓，悲啼类儿女。
人生非鹿豕，安得常群聚。
朝别河上梁，暮涉关山道。
匹马逐飞蓬，离恨如春草。
去去日已远，行行泪横脸。
昨日同袍友，今朝离乡客。
来时城南陌，始见梅花白。
回首汉江头，黄梅已堪摘。
杖策登高城，极目迥千里。
落日下青山，但见白云起。
远望岂当归，长歌涕如雨。
归心如明月，幽梦过颍汝。

抱膝长相思，故人安可见？

忽枉数行书，仿佛如对面。

纷纷挚毂下，冠盖争驰逐。

吹嘘多贤豪，肯复念幽独。

空斋听夜雨，深竹闻子规。

此情不可道，此心君岂知？

陈履常，即陈师道。这是一首抒发别恨离愁、追忆友情的诗。从诗的内容看，邢、陈二人是在京城结识，并一起度过了十年的美好时光，结下了深厚的友情。这是他们首次，也是相见难期的一次离别，故尔诗人的情绪特别感伤。

诗可分四层。第一层以简单的笔墨交代诗人与挚友的关系和无奈的离别。首二句意为十年前诗人来到汴京，为追求功名而奔波，衣衫上尽是他乡的尘埃。后四句是说在结交的众多友人中，唯陈履常最为亲善投机，常常欢聚，以至通宵达旦，唯恐美好时光匆匆流逝，而如今果然因不可避免的原因，自己要离京而去西南，从此天各一方。

接下转入第二层，诗人换以细腻深情的笔墨叙写送别的场面，诗由引子进入了主题呈示部。诗人捕捉坐骑静候、杯停不饮、天色已暮、去又复返、把臂泣涕等几个细节，反复刻画离别的依依之态，将真挚的友情渲染得缠绵感人，大有柳永"留恋处，兰舟催发。执手相看泪眼，竟无语凝噎"所流露的忧怨凄恻之况味。"人生"二句用子高典。《孔丛子》载：战国时子高游赵，与邹文、季节相善。追欲分离，邹、季皆恋恋不舍，子高曰："始焉谓此二子丈夫尔，乃今知其妇人也。人生则有四方之志，岂麑豕也哉，而常聚乎！"这里是说诗人终于克服了感情上的脆弱，扬鞭而去。诗篇所含的凄婉之情也被强行顿住。

"朝别河上梁"以下为第三层。暂时的自我宽解，并不能抹去诗人心中的离愁别苦，反而随着马蹄下的春草，愈行愈多，弥漫到千里之外汉江之滨，伴随着他目睹梅开梅熟。杖策高楼，望中之落日、青山和白云也都令他思念同袍旧友，感受羁旅之寂寞和离愁之折磨，以致远望非但不能稍解思归之忧，反而越望越愁，所以长歌咏叹，泣涕不止，直将一片相思付与明月幽梦。诗人运用不同的笔墨，或以细节刻画，或以景物渲染，将纯真深挚的情怀、凄恻悲苦的别绪，描摹得形象感人、淋漓尽致。

"抱膝"以下为第四层。正当诗人辗转反侧，为相思所苦之时，忽然收到挚友的书信，它虽然只有短短的几行字，却足以使诗人如见其人，如闻其声，仿佛重回昔日相对促膝、言谈不倦的时刻。"纷纷辇毂下"是诗人对自己与陈履常之间友情的慨叹。想到自己日夜为离愁所苦，而友人亦复如此，诗人不禁叹息那些自称贤豪的争名逐利之士，岂能像他俩获得并如此珍惜人间真情。接下四句是结语。友人的书简给诗人带来莫大安慰，"空斋听夜雨，深竹闻子规（杜鹃鸟）"，将诗人为离愁别绪所苦之后逐渐恢复到平和宁静而欣慰的心境，表现得真切而富情趣。末二句再次回照诗之主题，但以

"不可道"和"君岂知"六字使诗篇显得更加情浓意厚，内含丰富，韵味袅袅。

诗篇情韵缠绵，感慨深沉，可以想见诗人是一位非常忧郁、极易伤感的人。《雪浪斋日记》称其"病羸早夭"，看来同他的伤感气质有很重要的联系。此诗感情真挚而叙写含蓄，描摹别绪离愁，有一咏三叹之功，令人想起苏轼《辛丑十一月十九日既与子由别于郑州西门之外马上赋诗一篇寄之》一诗，在很多地方有相似之处，但是在神韵、描状和立意等方面都尚有一定距离。

（王立翔）

## 唐 庚

唐庚（1071—1121），字子西，眉州丹棱（今属四川）人。绍圣进士。徽宗时为宗子博士，以张商英荐，为提举京畿常平。商英罢相，坐贬惠州（今属广东）安置。遇赦，复官承议郎，提举上清太平宫。归蜀，道病卒。文采风流，且与苏轼同乡，身世亦颇相似，人称"小东坡"。有《三国杂事》《唐子西集》《唐子西文录》等。

（王立翔）

## 次韵幼安留别韵

白头重踏软红尘，独立鹌行觉异伦。

往事已空谁叙旧，好诗乍见且尝新。

细思寂寂门罗雀，犹胜累累冢卧麟。

力请宫祠知意否？渐谋归老锦江滨。


　　唐庚早年受知于张商英，被荐提举京畿常平。蔡京复入相，指斥张为元祐党人，张被罢相出朝，唐庚也于政和初年贬往惠州（今属广东）安置。六年后遇赦，返京复官。强行父字幼安，宣和元年（1119）自钱塘罢官至京师，与唐庚同寓城东景德僧舍，日从之游，记其论文之语，集为《唐先生文录》。明年，唐庚请宫祠告老，道卒于凤翔。他曾次强行父诗二首，此为其一，强氏称之为唐庚的绝笔。此事备载于强氏为《文录》所作之序。

首联写诗人回京复官后的感受。"软红",指都市的繁华景象。"鹓行",是以鹓群飞行有序,喻上朝的队列。二句意为诗人六年后重回京师,繁华之景依旧,而自己却已须发皆白,一派苍老龙钟之态;他站在百官云集的上朝队列之间,内心却感到异常孤独,虽朝冠在身,却仿佛仍不属其中一员。诗人通过色彩("红尘"与"白头")、众寡("鹓行"与"独立")的强烈反差,透露出一种历尽沧桑之后的孤寂和伤感;因贬斥而留下的创伤,在其外貌和内心刻下无法抹去的痕迹。

颔联的角度,转向叙写自己的交友情况。上句以"往事已空"承上启下。虽然往事已矣,令人怅惘感慨,而叙旧之友今也无几,更使人倍感凄伤。下句气氛忽有所变化,一个"乍"字,写出了诗人在读到强行父诗后的兴奋之情。此句虽意在点"次韵"之题,但仍流露出"谁叙旧"状况下诗人对强氏的激赏之情。颈联"细思"二字将诗人自己划入一个独处静思的空间,情绪也由首三句凄黯的氛围转向旷达和自慰,似有从名利追逐和与日俱增之忧患中挣脱出来之感。诗人曾有"无计驱愁得,还推到酒边"(《春归》)之句,描摹愁绪之深可谓用力之极,非有切身感受不可得。但也有"余花犹可醉,好鸟不妨眠。世味门常掩,时光簟已便"(《醉眠》)、"棋倦收成败,书慵卷是非"(《杂诗》)之句,完全是一派放旷忘忧的情态,颈联二句仿佛是在为它们潜积的心绪作形象化的注脚。

尾联带出最近的意向打算。"锦江",是四川成都的一条河名,此代指家乡。从诗意和记载来看,诗人此时已请以祠禄致仕,次年便以提举上清太平宫归蜀。诗人曾在许多诗中幻想归乡后摒弃尘世

喧嚣纷扰、躬耕田亩、啸傲林塘的自由生活，如"翻泥逢暗笋，汲
井得飞梅"、"田间良自苦，清兴亦悠哉"（《杂诗》），均可丰富"渐
谋归老"的内在含义。这是一个饱经仕途忧患且洞穿尘世名利之后
的人才会作出的抉择。末句的一个"渐"字，令人想见其长期郁
结，而变得冷漠枯寂的心境。

　　诗篇气脉连贯，承转自如，诗情在层层过渡中显得波澜起伏；
多种形象的对比，也将诗情表现得既真挚又动人。此诗也是诗人
"悲吟累日，反复改正"、"等闲一字放过则不可"（《唐子西语录》）的
典型，诗律虽严格整饬，诗情仍蕴藉而流转，《宋诗钞》谓其"芒
焰在简淡之中，神韵寄声律之外"，当非虚言。　　　　　　（王立翔）

# 春日郊外

城中未省有春光，城外榆槐已半黄。

山好更宜余积雪，水生看欲倒垂杨。

莺边日暖如人语，草际风来作药香。

疑此江头有佳句，为君寻取却茫茫。

此诗紧扣住初春景色的自然特征勾勒画面，使作品显出不同于一般写景诗的特色。

首联以城中、城外的景色对比写初至郊外踏青的惊喜感觉。诗人常居城中，难于体察到自然界四季的微妙变化，当诗人来到城外，就对大自然最富季节特征的色调变化极为敏感。榆、槐刚刚露出嫩黄的新芽，正是初春时节万物复苏的征兆，也是春郊的典型景色。

颔、颈二联则从不同侧面描摹了春郊的景色。颔联是从视觉角度写山光水色。春寒未消，山上仍有积雪，更增山色之美；春水涨满，倒映出两岸的垂杨。

颈联则从听觉、嗅觉角度写鸟语花香。钱锺书在《宋诗选注》中认为前一句为"日边莺暖语如人"的倒装，实际上两句同为倒装，即"日暖莺边如人语，风来草际作药香"。漫步郊外，融融春日之下黄莺鼓噪，宛若人语；春风徐来之际草丛飘拂，清香袭人。莺"如人语"，草"作药香"，既写出了春日郊外之景，又巧施比喻，不落俗套。

尾联是对春郊良辰美景的礼赞。自古以来，愈是美景愈为难摹。如苏轼《腊日游孤山访惠勤、惠思二僧》："作诗火急追亡逋，清景一失后难摹"，陈与义《题酒务壁》"佳句忽堕落，追摹已难真"，均以清景难摹为憾事。唐庚曾自言作诗极为峻刻，往往"悲吟累日，反复改正"，此诗尾联，正可见出其用心良苦。

唐庚与苏轼同乡，又曾同贬岭南惠州，受苏轼影响颇深，人称"小东坡"。他对近体诗律颇多讲求，这使他的近体诗成就往往超出古体。《宋诗钞》谓其"芒焰在简淡之中，声韵寄声律之外"，此言的确不虚。《春日郊外》正是唐庚律诗中的上乘之作。　　　（周细刚）

## 惠 洪

惠洪（1071—1128?），亦作慧洪，又名德洪，字觉范，俗姓彭（此从《五灯会元》《四库全书总目》，《宋诗钞》《宋诗精华录》均作俗姓喻，似非）。筠州新昌（今江西宜丰）人。元祐四年（1089）试经于汴京天王寺，得度，先后依宣秘大师、真净禅师；后入清凉寺为僧。以医识丞相张商英，复往来郭天信之门。政和元年（1111），张、郭获罪，因累及发配崖州，后赦还，居高安大愚山。工诗擅画，曾被誉为"宋僧之冠"。有《石门文字禅》《冷斋夜话》等。 （聂世美）

# 谒狄梁公庙

九江浪粘天，气势必东下。

万山勒回之，到此竟倾泻。

如公廷诤时，一快那顾藉。

君看洗日光，正色甚闲暇。

使唐不敢周，谁复如公者？

古祠苍烟根，碧草上屋瓦。

我来春雨余，瞻叹香火罢。

一读老范碑，顿尘看奔马。

斯文如贯珠，字字光照夜。

整帆更迟留，风正不忍挂。

　　本诗为作者拜谒唐代名臣狄仁杰祠庙后所作。狄仁杰（607—700），字怀英，并州太原（今属山西省）人。武则天天授二年（691）九月曾官地官侍郎、判尚书、同凤阁鸾台平章事，因为来俊臣诬陷下狱，贬为彭泽公。后于神功元年（697）复相，拜右肃政御史大夫，兼纳言，复出任河北道行军元帅、河北道按抚大使。入朝为内史，立身正直，举贤荐能，不畏权势。死后七年，"中宗反正，追赠司空；睿宗追封梁国公"（《旧唐书》卷八九），因称"狄梁公"。

　　诗的首四句写滚滚长江，茫茫九派，汹涌澎湃地流至彭泽一带，虽遇重峦叠嶂，千岩万壑，仍以其万马奔腾、直泻千里的雄伟气势，冲决一切障碍，飞花溅浪，喧嚣而下。这是诗人泊舟谒庙时所见长江的景色，也是取譬设喻，为下文正面叙写狄仁杰正身立朝，犯颜直谏，无所畏惧，勇往直前的果敢精神蓄势铺垫。诗中"九江"虽古人解释众说纷纭，却切合狄梁公当年贬官彭泽令，清楚交代了其谒庙所在——江州彭泽县。

　　由于上文的起兴、比喻，诗的五六两句"如公廷净时，一快那顾藉"，一如春水行舟，很自然地过渡到主人公狄仁杰身上。以大江流水的雷霆万钧、一泻千里，来比喻这位净臣"逆龙鳞，忤人主"时"不惧比干之诛"的无所顾忌、风骨凛然，这是极其新颖贴切而富有想象力的。可诗人写来却随风乘势，顺理成章：由祠庙思及其人，由其人旁及大江，复由大江回衬其人，可谓就地取材，轻而易举。这不能不说是诗人卓越艺术才能的表现。

　　据载，还在高宗仪凤年间狄仁杰任大理丞时，他即以直声震动朝野，冒死直谏，挽救了武卫大将军权善才的性命。担任侍御史之后，他又主持正道，不畏权势，使兼领将作、少府二司的司农卿韦机因滥用民力、大兴土木而丢官，使"恃宠用事，朝廷慑惧"的左司郎中王本立不得不伏罪。名声所在，"繇是朝廷肃然"。武后称帝后，一度"欲以武三思为太子，以问宰相，众莫敢对"，唯仁杰公开表示反对，终使中宗继位，以复唐嗣。未几，武后"将造浮屠大像，度费百万"，仁杰谏，"后由是罢役"。（以上所引均见《旧唐书》卷八九、《新唐书》卷一一五）狄仁杰的正直无私，一心为国，在历史上赢得了良好声誉，也使得诗人对他十分景慕。"君看洗日光"下四句，便高度概括了这位政治家的丰功伟绩。这四句诗语本《新唐书》的作者欧阳修和宋祁所写的赞语："武后乘唐中衰，操杀生柄，劫持天下而攘神器。仁杰蒙耻奋忠，以权大谋，引张柬之等，卒复唐室，功盖一时，人不及知。故唐吕温颂之曰：'取日虞渊，洗光咸池。潜授王龙，夹之以飞。'世以为名言。"虞渊，传为日落之所。咸池，传为日浴之所。"取日虞渊，洗光咸池"乃喻指使日重光，即令庐陵王（中宗）李显复位，唐祚中兴，未使李唐王朝成为武氏天下。"使唐不敢周"句，造语劲炼奇崛，生新有力。

以上十句可视为此诗第一段，主要称颂所谓庙主狄仁杰的品格功绩，以明诗旨。"古祠苍烟根"下十句则为第二段，正面在"谒"字上作文章，叙其所谒之情，以补足诗意。十一至十四这四句写景而及谒庙时令，由祠庙的孤清寂寞、冷落荒凉，引发对香火久废、前贤不彰的感喟，情绪低沉。而"一读老范碑"下四句，在全诗的结构上有如异军突起，别开生面，令人精神为之一振。作者称颂

"范碑"的文采斐然，目的仍在推许庙主狄仁杰。

　　诗的结尾两句，写谒庙后的恋恋不舍之情，留连难去之意，进一步表达诗人对狄梁公的崇敬追慕之心，写得委婉蕴藉、意味深长、耐人寻思。

　　全诗在结构上层次清楚，一波三折，很有特色。先重笔叙写狄梁公的功绩，随即反跌至其祠的空寂荒凉，复以"一读老范碑"撑起，终之以景仰敬佩之情。在艺术上，此诗比喻精当，遣辞精劲有力。故近人陈衍《宋诗精华录》卷四赞其："古体雄健振踔，不肯作犹人语，而字字稳当，不落生涩，佳者不胜录。《宋诗钞》以为宋僧之冠，允矣。"

（聂世美）

# 登控鲤亭望孤山

大江自吞空，中流涌孤山。
欲取藏袖中，归置几案间。

这首五言绝句写登临远眺所见及钟爱山水之情。所望孤山是长江中的小孤山，在江西彭泽县北，安徽宿松县东一百二十里处，屹立江中，为别于彭蠡湖之大孤山，故称小孤山。

首二句大笔挥洒，描绘出山水的雄伟壮阔。万里长江奔腾而来，至此水势雄阔，几欲吞没天空。一个"自"字写出了长江旁若无人的气概。尽管水流汹涌而下，却自有迎遏洪涛的孤山耸峙于中流。一个"涌"字活现了孤山搏击洪流的不凡气势，将静态的山写得极富动感。面对此景，诗人产生了一个出人意表的想法：要将孤山带回去置于几案间把玩欣赏。后二句的轻灵奇巧与首二句形成了鲜明对照，原来首二句渲染山水的雄奇都是为跌出这后二句服务的，这一转折给人以举重若轻之感，表现出诗人超迈雄放的胸襟气度。

在欣赏景物时，或因小见大，或因大见小，都是人的审美心理的不同方面，故人们在纵览自然山水时，会觉得酷似盆景，而在观赏盆景时，又恍如置身于真山水间。此诗即形象地表现了这种审美情趣，并具有"极大同小，不见边表"的禅理。

（黄宝华）

## 徐　俯

徐俯（1075—1141），字师川，自号东湖居士，洪州分宁（今江西修水）人。七岁能诗，为舅黄庭坚所器重。以父荫授通直郎，累官司门郎。绍兴二年（1132）赐进士出身，历任翰林学士、端明殿学士、签书枢密院事、兼权参知政事。与曾几、吕本中游。诗属江西诗派，早年之作雕琢浮泛，晚年作品趋于平易。有《东湖集》（已佚）。　　　　　　　　　　　　　　　　　　　　　　　　（张国浩）

# 滕　王　阁

一日追王造，千年与客游。

云边梅岭出，坐上赣江流。

日落回飞鸟，烟深失钓舟。

蝉鸣枯柳外，天地晚风秋。

滕王阁故址在今江西南昌，系唐高祖李渊之子滕王李元婴所建。这是一座气势宏阔的建筑，更因"唐初四杰"之一王勃的《滕王阁序》而名声倍著，吸引了无数历代的文人墨客，来此吟诗作文，抒怀兴叹，留下了不少名作佳篇。徐俯的这首《滕王阁》，亦不失为有一定特色的佳构。

诗的首联以朴实凝炼的笔触，将滕王阁建成后的历史凝聚于"一日"与"千年"相对应的既短暂而又漫长的时空里，昔日豪奢的工程仿佛就是昨天刚刚竣工，而事实上它已留下了千年间游人往来的足迹。宋去唐不过三百余年，诗人指称为千年，是有意强调时光流逝之飞速，和涵盖其间的沧桑变化。简洁的开端在交代滕王阁的成因、历史的同时，已贯注进了诗人古今兴衰、景物已旧的浩叹，诗情既豪壮又苍凉。接下六句，诗人并没沿着开端两句的思路继续发展，而是调开笔墨，将读者的视线引至楼阁高处、窗轩之外，为读者展示了一幅苍茫开阔的江山秋色图卷。远处的梅岭在低压的云层缭绕下显露着妩媚的身姿，阁下滔滔涌去的赣江仿佛就在自己的襟袖之间。黄昏降临了，一轮落日低悬于天际，翻飞的鸟在盘旋归巢；迷濛的暮霭中，远处垂钓的小舟渐渐失去了身影。夜色苍茫，天地难辨，秋风吹抚着独立高楼之上的诗人，几声低哑的秋蝉嘶鸣，从已枯萎的柳树外传来。自从有了王勃"落霞与孤鹜齐飞，秋水共长天一色"的千古名句后，后人赋诗往往难以摆脱秋景与滕王阁的联系；而秋水孤鹜更成了此处的胜景。这里的第五句显然就是化用王勃的句意，不过诗人又进一步融入了自己萧散的气质和恬淡的心境，流露出退隐之思，这与王勃风华正茂渴望用世的旨意是截然不同的。这也是诗篇重复前人之景而不重复前人之意的特点所在。

　　这首诗当是徐俯后期的作品。开首气象开阔，平易而不造作。接下全是写景，色彩雅致而醇厚，意境苍茫而幽静，俨然是一幅董、巨的南派山水长卷。而其间又景随时换，情随景迁，在黄昏光线的变化中，景物与揉合于景中的情绪，都逐步过渡到极端的深幽宁静。在这些景物意象背后，到底含有多少诗人的所思所想？是诗篇开首赋予的"念天地之悠悠"的古老浩叹，还是"小舟从此逝，江海寄余生"（苏轼《临江仙·夜归临皋》），抑或"风鸣两岸叶，月照一孤舟"（孟浩然《宿桐庐寄广陵旧游》）的孤独之感？不得而知。它留给了读者无穷的回味和思索。　　　　　　　　（王立翔）

# 春日游湖上

双飞燕子几时回？夹岸桃花蘸水开。

春雨断桥人不度，小舟撑出柳荫来。


《春日游湖上》一作《春游湖》，是徐俯写景诗中最令人称道的一首。赵鼎臣《和默庵喜雨述怀》中有"鲜道春江断桥句，旧时闻说徐师川"句，足见此诗在当时影响之大。

这首诗写春日游湖的兴会观感。诗人采用中国画中的写意技法来勾勒画面，不仅写出了春雨过后一碧如洗的湖上风光，而且写出了蕴含在自然景色中的生命情致。首句以设问开端，使画面更具丰富的意蕴。成双的燕子在湖上低回盘旋，诗人不禁发出"几时回"这一问，展露出他因春回大地而生出的惊喜之情，也是他向春天的使者燕子发出的亲切问候。二句写湖上两岸桃花怒放。"蘸水开"尤为传神，写出了桃树与湖水相依相偎的姿态，那桃花的鲜灵似乎也得力于水分的滋养。"蘸"就其语义说是一种有生命意识的自觉行为，因此，这就不单是再现桃花枝条斜伸水面的景象，而且是对鲜艳欲滴的桃花的拟人描写，对桃花蕴含的生命情致的生动揭示。因而着一"蘸"字，桃花的意趣神态毕现。

三、四两句写一场春雨过后湖水陡涨，淹没了桥头，截断了人行，游人只得乘舟代步。"人不度"既突出了断桥清景的空寂和隽永，又为下句"小舟"的出现作了铺垫。正因为春雨断桥使游人难"度"，故而有小舟在湖面悠悠穿梭。"小舟撑出柳荫来"，还有构图上的独到之处。在空阔的湖面上着一小舟，更显出境界的寥廓，而袅袅的柳丝则增添了画面的情趣，小舟"撑"出又静中有动，构成了一幅十分优美的画面。后来南宋张炎有一首号称古今绝唱的《南浦》词，巧妙沿用此诗后两句的意境，以"荒桥断浦，柳荫撑出扁舟小"而饮誉词坛，驰名后世。撇开词人的创造性不谈，徐俯此诗的艺术魅力也可谓历久不衰了。

（周细刚）

## 汪 藻

汪藻（1079—1154），字彦章，饶州德兴（今属江西）人。崇宁进士，历著作佐郎。高宗时任中书舍人，擢给事中，迁兵部侍郎兼侍讲，拜翰林学士。绍兴元年除龙图阁直学士，知湖州，迁显谟阁学士。寻知徽州，复徙宣州。因曾为蔡京、王黼门客，遭弹劾，夺职居永州。一生博极群书，手不释卷，"学问博赡，为南渡后词臣冠冕"（《四库全书总目》卷一五六）。工俪语，所为制词，天下传诵。诗出"江西诗派"，渊源有本。有《浮溪集》。 （聂世美）

## 书宁川驿壁

过眼空花一饷休，坐狂犹得佐名州。

虽遭泷吏嗤韩子，却喜溪神识柳侯。

尽日野田行穄穄，有时云峤听钩辀。

会将新濯沧浪足，踏遍千岩万壑秋。

这是一首述怀言志诗，写来生动流畅，一气呵成，用以自浇胸中块垒。据《宋史》卷四四五："（徽宗时，藻）寻除《九域图志》所编修官，再迁著作佐郎。时相王黼与藻同舍，素不咸，出通判宣州，提点江州太平观，投闲凡八年，终黼之世不得用。钦宗即位，召为屯田员外郎。"对照诗中所谓"坐狂犹得佐名州"一语，可以推断，此诗大约作于徽宗重和元年（1118）至宣和七年

（1125）间。

　　诗之首联可谓快人快语，直抒胸臆，颇有视富贵名利为过眼烟云之慨。不过，既然诗曰"过眼空花"，可见这"花"当初确曾开过，只是转眼凋零，好景不长罢了。饷，同"晌"，一会儿的意思。据《宋史》本传："徽宗亲制《君臣庆会阁诗》，群臣皆赓进，唯藻和篇，众莫能及。时胡伸亦以文名，人为之语曰：'江左二宝，胡伸、汪藻。'"按理，才气横溢的诗人应该受到重用，前途正未可限量，谁知却因"坐狂"取罪。但诗句在"坐狂"二字下紧接着用了"犹得"二字，以表示不幸之幸。这既是自我宽慰，也是自我嘲讽。作为一位"通判"，虽与州府副职同知近义，但在宋代，"名为佐官，实际是共同负责，甚至还是知州知府的监视者"（说详瞿蜕园《历代职官简释》）。但无论如何，这在作者看来，除了苦涩之外，却不会再有什么味道了。

　　诗之颔联承前"休"字而来，以明自己对出为地方官吏的态度。对句"虽遭泷吏嗤韩子"，典出韩愈《泷吏》诗，诗作于昌黎贬官潮州路经韶州乐昌途中，诗旨在于"欲道贬地远恶，却设为问答，又借吴音野谚，以致其真切之意"（钱仲联《韩昌黎诗系年集释》卷十一引朱彝尊语）。诗人到了乐昌，原欲"往问泷头吏：潮州尚几里？行当何时到？土风复何似？"结果，却遭抢白嘲笑，在一一叙述了潮州的边远险恶之状后，"泷头吏"认定："官无嫌此州，固罪人所徙。"数落他："官不自谨慎，宜即引分往。"还责问他："不知官在朝，有益国家不？得无虱其间，不武亦不文，仁义饰其躬，巧奸败群伦？"使昌黎愧羞难当。第四句"却喜溪神识柳侯"，语本柳宗元"永州八记"中的《游黄溪记》，其地有黄神祠，"传者曰：黄神王姓，莽之世也。莽既死，神更号黄氏，逃来择其深峭者潜焉"。诗人以韩、柳自喻自况，意在说明：仕途虽不顺，却可尽享山水之乐。

诗的颈联续前"名州"二字，叙写其地之自然风光。穄穄，稻名。唐韦庄《稻田》诗曰："极目连云穄穄肥。"但诗中有稻禾摇动起伏之意。云峤，犹言云山。峤者，尖峭的高山。"钩辀"，指鹧鸪鸣声。韩愈《杏花》诗有云："鹧鸪钩辀猿叫歇，杳杳深谷攒青枫。"

"会将新濯沧浪足，踏遍千岩万壑秋。"诗的尾联揭出题意，意谓将从此洁身自好，徜徉山水，无复以仕途进退得失为念。"沧浪"，语本《孟子·离娄上》所引《孺子歌》："沧浪之水清兮，可以濯我缨；沧浪之水浊兮，可以濯我足。"

通观全诗，节奏明快，脉络清楚，语浅意深，典型地体现出了宋诗不同于唐诗的艺术特点。

（聂世美）

## 洪 炎

洪炎，字玉父，南昌（今属江西）人。哲宗元祐末（1094）进士，累官著作郎、秘书少监。南渡后任中书舍人。黄庭坚之甥，江西派诗人。与兄朋、刍、弟羽俱有才名，时号"四洪"。诗颇多国破家亡之叹，感情深沉。有《西渡集》。

（贾顺忠）

## 次韵公实雷雨

惊雷势欲拔三山，急雨声如倒百川。

但作奇寒侵客梦，若为一震静胡烟？

田园荆棘漫流水，河洛腥膻今几年？

拟叩九关笺帝所，人非大手笔非椽。

郑公实是洪炎的诗友，两人交往甚密。靖康之变（1127）后，洪炎避乱寄居客地，与郑屡有唱和，这首和作即写于此时。诗人由雷雨触发，从个人处境联想到国家和民族灾难，感慨万分，遂将一腔忧国深情倾注诗中。

首联扣题，以"惊雷"发端，用"拔三山""倒百川"形容雷声的威力和暴雨的气势。三山，传说中的海上仙山即蓬莱、方壶、瀛洲。三、四句写诗人身居客地，难以入眠，又逢雷雨之夜，寒气袭人。作者忽发奇想，这震天霹雳缘何不善解人意，一震而静胡烟，把金兵赶出中原？"胡烟"，意指金兵入侵的战争硝烟。五、六句回到现实之中，农家田园荆棘丛生，暴雨袭来，流水茫茫，空成汪洋一片，而北方仍为金人占领，这些大雨流水为何不能洗去胡人的腥膻之气呢？"腥膻"，即腥臊之气，常用来指代外族入侵者。这两句蕴含着作者的报国热望以及对南宋残败政局的深深忧虑。尾联诗人难抑激愤之情，抒发了报国无门的感慨。上句谓欲向最高统治者上疏献策，语出屈原《离骚》："吾令帝阍开关兮，倚阊阖而望予。"下句典出《晋书·王珣传》："珣梦人以大笔如椽与之。"后以大笔如椽指有名的文章家或其作品，如唐代张说、苏颋以文闻名，时称"燕许大手笔"。诗人自叹人微言轻，又非大手笔，故恐无力补救时世。

　　此诗以景兴起，继写感受，结以抒怀，结构紧凑，转接自然。写景时笔力雄健，气势不凡；抒情时沉痛激越，时见激愤之气，回荡着爱国激情。

（贾顺忠）

# 韩 驹

韩驹（约1086—1135），字子苍，号牟阳，仙井监（治所在今四川仁寿）人。政和二年（1112）赐进士出身，授秘书省正字、迁中书舍人，兼权直学士院。早年诗学苏辙，后又受知于黄庭坚。苏辙称其诗似储光羲（《题韩驹秀才诗卷一绝》）。晚年对苏、黄都不满意，善用典，少堆砌，讲究字字有来历，其诗"密栗以幽，意味老淡，直欲别作一家。紫微（吕本中号）引之入江西派，驹不乐也。"（《宋诗钞·陵阳诗钞》)有《陵阳先生诗》。

（张国浩）

## 夜泊宁陵

汴水日驰三百里，扁舟东下更开帆。

旦辞杞国风微北，夜泊宁陵月正南。

老树夹霜鸣窣窣，寒花垂露落毶毶。

茫然不悟身何处，水色天光共蔚蓝。


韩驹早年作诗受到苏辙、黄庭坚的影响，所以吕本中将其列入《江西诗派宗社图》，然"子苍（韩驹字）殊不乐"（刘克庄《后村诗话》)。他后来的诗极力摆脱江西派艰深雕琢的风格，虽仍喜用典，讲究炼字，但不生吞活剥，"直欲别作一家"。从这首《夜泊宁陵》即可看出韩驹晚年的诗风。

这首七律作年无考。从诗题及全诗所流露出的茫然无所适的心绪看，或是作者因元祐党人之祸，被贬出都城赴江西任所途中所作。宁陵，今属河南。

全诗围绕"夜泊"这一中心展开。诗前半篇叙述"夜泊"之由来。首联峭拔而起，诗人沿着汴水（由河南流经安徽入淮河）乘舟东下，顺风扯帆，写舟行之速，又统领下联所叙之事。颔联点明时间、地点，"旦辞""夜泊"云云，使"日驰三百里"有了着落，而"风微北"正照应上句"开帆"。此联时空变换幅度较大，节奏轻快，自然流畅，读来有一种飞动流走的快感。

诗的后半篇细致入微地描摹夜泊之景色。颈联笔锋陡转，境界也由轻快转向凝重。五句写夜泊时听觉感受，岸边大树满霜，凉风吹来，窣窣作响；六句从视觉角度落笔，月夜下耐寒花朵受夜露浸染而下垂。尾联由景入情，诗人面对着溶溶月光，粼粼汴水，老树秋霜，寒花重露，不觉沉浸其中，与篇首遥相照映，使全诗在结处翼然振起，情景皆活。

此诗构思布局精巧，起结转折，关合无垠。首句劈空而来，有笼罩全篇之势。二联补足首联之意。五、六句忽又重开一个新的境界，至尾联由景入情，回首照应。难怪前人甚为推重此诗章法，谓之"如梨园按乐，排比得伦"（《诗人玉屑》卷二引《矍翁诗评》）。

全诗字句精炼，对仗工整。尤其是中间两联，并不因受到声律和对仗的束缚而流于板滞，反而掉转自如，纵横排挈，在拿掷飞腾之中，见出精细脉络。诗的后半篇采用融情入景、情景交融写法，增强了诗的艺术魅力。贺裳《载酒园诗话》评曰："宋人极称此诗，然亦闲于情致，而减于气格。"似近于苛求。

（张国浩）

# 和李上舍冬日书事

北风吹日昼多阴，日暮拥阶黄叶深。

倦鹊绕枝翻冻影，飞鸿摩月堕孤音。

推愁不去如相觅，与老无期稍见侵。

顾藉微官少年事，病来那复一分心！

　　这是韩驹的一首传世之作。李上舍，其人不详。王安石更定学校科举之制，于熙宁四年（1071）立太学生三舍法，生员分为三等：外舍、内舍、上舍。此处"上舍"即上舍生的简称。据《宋史·韩驹传》："政和初，以献颂补假将仕郎，召试舍人院，赐进士出身，除秘书省正字。"吴曾《能改斋漫录》称："子苍有馆中诗，最为世所推，故商老有'黄叶'之句云。"商老即李彭，韩驹自馆职斥宰分宁县时，李作《建除体赠韩子苍》诗："满朝以诗鸣，何独遗大雅。平生黄叶句，摸索便知价。"然则此诗作于政和年间，抒发供职馆阁时愁闷失意，茫然惆怅的心情。

　　诗为七言律诗，前半写景，后半抒情，章法分明。诗人在一个阴沉的冬日对景抒怀，北风虽已停歇，但空中仍阴霾沉沉，日色渐暗，暮霭四合，堆积在庭阶上的黄叶越来越深了。"拥"字用得传神，描绘出黄叶狼藉、堆积深厚的景象。陆游称："韩子苍诗喜用

'拥'字，如'车骑拥西畴'，'船拥清溪尚一樽'之类，出于唐诗人钱起'城隅拥归骑'也。"（《老学庵笔记》)尽管渊源有自，还是见出诗人的烹炼之功。接写乌鹊绕枝、飞鸿远去之景。曹操《短歌行》云："月明星稀，乌鹊南飞。绕树三匝，何枝可依？"韩诗即从此化出，又进而以"倦"状鹊，以"冻"摹影，描绘出它绕树翻飞，欲择木而栖的凄寒形象。鸿雁飞向天外，好象擦着月亮而过，撒下一串哀伤的鸣声。"翻"与"堕"都是诗人着力锻炼的字眼，摹态绘声，均极生动。诗的前半虽是诗人即目所见的冬日景象，但凄清寒冽的意象无疑传达出他内心的孤独无依与悲凉落寞之感，给人以强烈的感染，颔联尤可称全诗之警策。

诗人触景生情，颈联则写愁闷迟暮之感。庾信《愁赋》云："闭门欲驱愁，愁终不肯去。深藏欲避愁，愁已知人处。"（此赋已佚，仅存残篇，见叶庭珪《海录碎事》)"推愁"句即由此化出，以拟人笔法写愁绪缠身，好象找上门来的不速之客。愁催人老，故有下句的叹老。"与老无期"谓自己和"老"并无约定相会的期限，而"老"却在不知不觉间来到了，是所谓"稍见侵"。老冉冉其将至，不由忆及少年时事，那时一意进取，还将仕宦看得较重，如今老来多病，哪还有这分心思呢！清人贺裳评此诗："词气似随句而降，渐就衰飒，然恬让之致可掬。呜呼！独不可向伏枥者言耳。"全诗以此衰飒之音作结，确非"烈士暮年，壮心不已"之志。

人们可能会产生这样一个疑问：当时韩驹位居馆阁，非沉沦下僚，仕途失意，何以会有此情绪？其实只要考察徽宗朝的朝政就可找到答案。徽宗即位之初虽标榜"建中靖国"，消弭党争，但后来蔡京专权，一再斥逐元祐党人，禁绝元祐学术，三苏、黄、秦等人的著作尽遭销毁，另一方面则通过制礼作乐、隆兴道教、广建园囿来粉饰太平，而金人则已虎视于国门之外了。所以诗人的心情如阴云斜日、孤雁寒鹊，凄凉茫然，不知何枝可依。《宋史》本传说他"寻坐为苏氏学"而贬，就透露了此中消息。在艺术上，此诗字锻句炼，有江西诗派作风，使事用典也可见出黄庭坚的影响。如黄诗喜化用庾信《愁赋》，《和范信中寓居崇宁遇雨》有句云："遣闷闷不离眼前，避愁愁已知人处。"韩诗之颈联与之造语相类。吕居仁引韩入江西派，他不悦，以为所学自有从来，尽管如此，他的诗还是不脱江西习气。

（黄宝华）

## 谢 逸

谢逸（？—1113），字无逸，自号溪堂，抚州临川（今江西抚州）人。屡举进士不第，一生未仕。博学工文辞，见赏于黄庭坚。与弟谢邁并称"二谢"。曾作蝴蝶诗三百余首，人称"谢蝴蝶"。有《溪堂集》《溪堂词》等。　　　　（张国浩）

# 送董元达

读书不作儒生酸，跃马西入金城关。
塞垣苦寒风气恶，归来面皱须眉斑。
先皇召见延和殿，议论慷慨天开颜。
谤书盈箧不复辩，脱身来看江南山。
长江滚滚蛟龙怒，扁舟此去何当还。
大梁城里定相见，玉川破屋应数间。

　　这是一首送别之作。所送者董元达，其生平现已无从考知，但诗人已为我们留下了他慷慨负气、傲骨嶙峋和潇洒脱略的动人形象。

　　全诗可分两大部分。前八句为第一部分，诗人取逆叙倒挽手法，先由其人回溯其事，复由其事牵动其人，以点明送别之由。诗的后四句则为第二部分，回扣诗题，着重叙写离别之情、送别之意。全诗格调爽朗，隽拔旷放，绝无一般离别送行之什的悲苦之状。

细看下去，诗之前半又可分作前、后两段。其中首四句为第一段，段中前二句劈空而起，突兀其来，叙述董生与一般白首穷经、困顿场屋者迥然有别，非常见味酸气腐之儒生可比，而早就志存四海，投笔从戎，西入边关。"金城关"，在今甘肃省皋兰县北，据《元和郡县图志》："周武帝置金城津，隋开皇十八年，改津为关。"又据《宋史》卷八七："金城关，绍圣四年进筑，南距兰州约二里。"可知，董生的远去边关，原亦想效班定远立功异域所惜未能如愿以偿。"塞垣苦寒风气恶"二句谓因边关生活艰辛，气候条件恶劣，董生从塞外归来后早已皱纹犁面，须眉染霜。可注意者，诗句虽隐隐间弥漫渗透着一股悲凉之气，却出以旷达俊爽之笔，用以突出董生其人之洒脱非"酸"。

"先皇召见延和殿"四句为前半的第二段，诗人继续抓住董生虽心存天下，却未遇明主而难以一展壮怀，以为下文之送别蓄势铺垫。这位"先皇"虽曾召董生廷对，亦尝为董生的满腹经纶、"议论慷慨"所折服，却终因他人的诽谤中伤，未能起用。故董生勘破名利，抹去心头的悲哀，豁达地看山江南，归隐林下。延和殿，乃宋代宫殿名称。据《宋史》卷八七："崇政殿后有景福殿，其西，有殿北向，曰延和，便坐殿也。"而"谤书盈箧"句，则典出《战国策·秦策》："魏文侯令乐羊将，攻中山，三年而拔之。乐羊反而语功，文侯示之谤书一箧。"与魏文侯的英明大度比，诗人一度寄予厚望的"先皇"便显得黯然失色。董生既无法成为乐羊，只能驾一叶扁舟南下隐遁，亦就势所难免，至此，诗旨送别之主题遂被逼出。

"长江滚滚蛟龙怒"四句是诗的下半部分，着重从正面叙写送行之离情别意。其前两句明写蛟龙出没，江水险恶，旅途维艰，实亦暗寓前程艰难未卜之意。扁舟一去，何日归还？诗人的一片深情溢于言表。诗之末二句，勉励中带有希望，意谓今日分手，后会自当有期，届时望彼此均能各守风操，不改初衷：自己仍为清正自守的布衣，对方还是慷慨自负的志士。诗中"大梁"，即宋时国都汴京，今河南开封。"玉川破屋"，用唐诗人卢仝事，语本韩愈《寄卢仝》诗："玉川先生洛城里，破屋数间而已矣。"卢仝号玉川子，一生襟抱未开。而作者虽诗文名重一时，却屡试不第，又不愿屈身事人，结果，宁愿以布衣终身。据《宋诗纪事》卷三三引《后村诗话》："且宣、政间科举之外，有岐路可进身，韩子苍诸人或自鬻其技至显贵，二谢（谢氏兄弟二人）乃老死布衣，其高节亦不可及。"可见诗人之引董生为知己，正因彼此气味相投。

《四库全书总目》卷一五五曾如此评论诗人的作品："（吕）本中尝称逸才力富赡，不减康乐；刘克庄作《江西诗派序》，则谓逸轻快有余而欠工致，颇以本中之言为失实。今观其诗，虽稍近寒瘦，然风格隽拔，时露清新，上方黄、陈则不足，下比江湖诗派则飒飒乎雅音矣。"若以此诗观之，庶几近之。

（聂世美）

# 寄隐居士

先生骨相不封侯，卜居但得林塘幽。

家藏玉唾几千卷，手校韦编三十秋。

相知四海孰青眼，高卧一庵今白头。

襄阳耆旧节独苦，只有庞公不入州。

　　诗题一作《寄饶保光》。此诗描写了一位隐士的形象，但笔墨简炼，具有传神写真之妙。唐代的韩愈、孟郊之流已喜欢用诗歌来描写人物，尤好表现与他们同调的人物，即那些奇崛放旷、特立独行之士。但他们主要是运用古体歌行来写人。黄庭坚继承了这一传统，但他在古体之外又尝试用律诗来描摹人物形象。谢逸此诗即是学山谷而得其神髓的佳作。律诗篇幅有限，不能像古体那样铺叙，故只能略去细部，以大笔勾勒与侧面烘染来传达其神韵风采。尺幅之中，神采毕现，本诗堪当此评。

　　首联从骨相写到居处。首句谓先生无封侯之相，善意的嘲弄中包含着对他绝意仕进的风骨的赞颂。据《汉书·翟方进传》，方进少时，汝南蔡父说他有封侯的骨相；又《后汉书·班超传》：相者谓超"燕颔虎颈，飞而食肉，此万里侯相也"。此反其意而用之。封侯无望，却因此而有林泉之乐，失之东隅，未始不能收之桑榆。

故次句写其居处之幽胜，语本杜甫《卜居》："浣花溪水水西头，主人为卜林塘幽。"颔联承"居处"写家中藏书之富，接写主人校读典籍之勤、沉潜学问之久。这就很有点扬雄的味道，扬子闭门校书，自甘寂寞，所谓"寂寂寥寥扬子居，岁岁年年一床书"（卢照邻《长安古意》）。"玉唾"，语出《拾遗记》；"韦编"，见于《史记·孔子世家》，均指书籍。颈联表现世人侧目，我自高卧的高蹈遗世之态，是颔联的进一步生发。写藏书与世态是侧面烘染，正是对他贫贱自守、读书自娱、孤高不群的品格的衬托。前者以藏书衬托其好学，以"几千"对"三十"，是陪衬。后者以世态衬托其高行，"四海"对"一庵"，突出其超脱流俗，是反衬。尾联以庞德公之故实总写其品行志节。皇甫谧《高士传》载汉末襄阳庞公"居岘山之南，未尝入城府，夫妻相敬如宾"，后入鹿门山不归。写庞公正是以古喻今，是对主人的一种映衬。所谓"独苦"，"只有"，与以上所写的孤高独行是一脉相承的。全诗不啻是一幅生动的林泉高逸图，但它略去了一切琐碎细节，突现人物的精神境界，故有简笔传神之妙。其实这种精神境界也正是诗人的夫子自道。他与弟谢薖俱以布衣终老，惠洪称他以"布衣而名重搢绅，于书无所不读，于文无所不能，而尤工于诗"（《石门文字禅·跋谢无逸诗》）；谢薖谓："疑君者滔滔皆是，而知君者唯我独也。"（《谢幼槃文集·溪堂先生画赞》）对照此诗所写的隐士，合若符节，不难看出诗人与隐士的声气相通。

谢逸之诗深受黄庭坚称赏，叹为晁、张之流。山谷引为同调，说明二人之诗有相通之处。事实上谢诗学黄的痕迹是很明显的，此诗即为一例。纪昀评谢诗"虽稍近寒瘦,然风格隽拔,时露清新"(《四库提要》)。这种瘦硬隽拔的风格主要来源于诗歌所表现的兀傲奇崛的精神境界,与世乖合、以气节自任的品行风貌,流而为诗中的奇气拗骨,遂与风神摇曳的唐律异趣。以诗歌所用的意象而论,谢诗之承袭黄诗也是显而易见的,诸如骨相、青眼、白头、藏书等均为黄诗所习用,如:"既无使鬼钱,又无封侯骨"(《再和答为之》);"江山千里俱头白,骨肉十年终眼青"(《送王郎》);"藏书万卷可教子,遗金满籯常作灾"(《题胡逸老致虚庵》)。尽管如此,谢诗更多清新流利之致,没有黄诗的僻涩拗硬。

(柳丽玉)

## 潘大临

潘大临，字邠老。祖籍福建长乐，因曾祖衢知黄州且移家于彼，遂得占籍湖北黄冈。家贫力学，警敏不羁，工诗擅书，与弟大观皆以诗名。曾从苏轼、黄庭坚、张耒游，雅所推重。著有《柯山集》二卷，今佚。　　　　（聂世美）

# 江 间 作

## （四首选二）

白鸟没飞烟，微风递上船。

江从樊口转，山自武昌连。

日月悬终古，乾坤别逝川。

罗浮南斗外，黔府古河边。


西山连虎穴，赤壁隐龙宫。

形胜三分国，波流万世功。

沙明拳宿鹭，天阔退飞鸿。

最羡鱼竿客，归船雨打篷。


　　此诗共四首，这里选的是第一、第三首。诗约作于哲宗绍圣二年（1095）春至绍圣四年春间，时作者隐居黄州（今湖北黄冈）。

第一首为怀人之作，所怀者乃当时文坛泰斗苏轼和被尊为江西诗派"三宗"之一的黄庭坚。据《宋诗纪事》卷三三引《后山谈丛》云："东坡、文潜先后谪黄州，皆与邠老游。"又，《苕溪渔隐丛话》前集卷五二引《潘子真诗话》云："邠老，唐太仆卿季荀之后，衢之曾孙，鲠之子，寓居齐安，得句法于东坡，顷与洪驹父、徐师川泊予友善。山谷尝称：'邠老，天下奇才也。'其为诗文，他皆称是。"复引《冷斋夜话》云："黄州潘大临工诗，有佳句，然贫甚。东坡、山谷尤喜之。"由是可知，作者与苏、黄间的情谊非同一般。绍圣元年六月苏轼被贬为宁远军节度使、惠州安置，山谷被贬为涪州别驾、黔州安置之后，这就自然而然地引起了诗人对地在边陲、身处逆境的苏、黄二人的深切怀念。

诗的起首四句为写景，主要写黄州附近的山川景色：烟雾笼江，水鸟翻飞，微风鼓浪，逆水行船，但见江流曲折，樊山绵延，一片郁郁苍苍。整个画面壮观秀丽，却亦迷濛渺茫。五、六两句则就此抒发感慨，意谓江山依旧，日月常光，然物是人非，乾坤已改，时光有如江水东流不返。细细玩味，个中不无隐含当时政治形势的陡然变化：随着哲宗亲政，新党章惇、蔡卞等的上台得势，曾经成为朝廷显要的苏轼兄弟及在馆阁供职六年之久的黄庭坚，均遭排斥。朝廷国事，已无复旧观。

"罗浮南斗外，黔府古河边。"这末两句乃全诗主旨所在。"罗浮"，指罗浮山。据《寰宇记》引《南越志》云："增城县东有罗浮山，浮水出焉，是谓浮山；与罗山并体，故曰罗浮。"山在今广东右江北岸，瑰奇灵秀，为粤中名山，曾被尊为道教第七洞天，相传晋葛洪曾得仙术于此。"黔府",指黔州,始置于北周建德三年(574),故治即今四川省彭水县。在此,诗人分别以罗浮山指代被贬谪于惠州(今属福建,距罗浮甚近)的苏轼,以黔府指代被贬为涪州别驾、黔州安置的黄庭坚。诗人曾从二人游学黄州,在这一带徜徉山水,啸傲林下。如今,师友俱贬官万里之外,这不能不使他感慨万端。

第二首怀古伤今,而出以平静达观之语。由于黄州濒临大江,地势显要,著名的赤鼻矶矗立江边,故一直被视为三国时赤壁之战的古战场。苏轼作于神宗元丰五年(1082)的《前赤壁赋》中,便有"西望夏口,东望武昌,山川相缪,郁乎苍苍,此非孟德之困于周郎者乎"的句子,而他当时游的正是黄冈赤壁。如今,诗人来到这为历史上英雄豪杰驰骋争霸的地方,抚今追昔,不免顿生思古之幽情。因此,诗的前四句继叙写黄州一带藏龙卧虎的山川险要形势后,以"形胜三分国,波流万世功"二语,表达了对周瑜、诸葛亮、曹操一类风流人物之丰功伟绩的无比敬仰之情。潘大临一生穷困,年未五十而殁,使当时归居淮阴的张耒"为之叹息出涕"(《张右史文集》卷五十一)。有志而未遇,与功悬千秋、声名显赫的历史人物比,诗人当然是不幸的。"沙明拳宿鹭,天阔退飞鸿。"在对历史人物无限憧憬企羡之后,诗人不得不回到鹭宿鸿飞的现实生活中来,以"最羡鱼竿客,归船雨一篷"的悠闲淡泊,自我欣赏,自我慰藉,但其不甘寂寞却又无可奈何之情却隐藏在貌似平淡闲静的字里行间。

在诗歌艺术上,潘大临原属江西诗派,"自云师法老杜"(《宋诗纪事》卷三三引《后村诗话》），黄庭坚又说他"蚤得诗律于东坡"（《书倦殼轩诗后》），比照《江上作》二诗，实非虚言。首先，二诗气势恢宏，笔力沉雄。尤其是"日月"及"形胜"二联，意境阔大，格调苍老沉郁，颇得老杜风神，使人会想起"吴楚东南坼，乾坤日夜浮"（《登岳阳楼》）、"功盖三分国，名成八阵图"（《八阵图》）一类诗句。故清人姚壎赞道："大气鼓荡，笔力健举。"（《宋诗略》卷九）但亦正因为过于摹拟老杜口气，时人便有微辞："邠老作诗，多犯老杜，或若邠老为之不已，老杜亦难为存活。使老杜复生，则须共潘十斯炒。"（《苕溪渔隐丛话》前集卷五二引《王直方诗话》）其次，二诗字斟句酌，刻意锻炼，颇具老杜"语不惊人死不休"的精神。特别是"沙明拳宿鹭，天阔退飞鸿"二句，"明"字熨帖生动，使白羽皎皎、栖息沙滩的情景，耀眼夺目。而一"退"字则更是匠心独运，别出机杼，极其巧妙而又形象地道出了刹那间江天寥廓、鸿飞雁举时使人容易产生的一时错觉。　　　　（聂世美）

## 江端友

江端友（？—1130），字子我，陈留（今河南开封东南）人。与弟端本不事科举，隐居于汴京（今河南开封）封丘门外。钦宗靖康初，授承务郎，赐进士出身。南渡后寓居桐庐鸩鹚源，后为太常少卿。能诗，名列江西派。其诗惯于讥讽，直率平易。存诗数首，散见于宋人笔记、诗话之中。有《七里先生自然庵集》，不传。

（张国萍）

## 牛 酥 行

有客有客官长安，牛酥百斤亲自煎。

倍道奔驰少师府，望尘且欲迎归轩。

守阍呼语不必出，已有人居第一先；

其多乃复倍于此，台颜顾视初怡然。

昨朝所献虽第二，桶以纯漆丽且坚。

今君来迟数又少，青纸题封难胜前。

持归空惭辽东豕，努力明年趁头市。


　　关于这首诗的本事，吴曾《能改斋漫录》卷十一曾有记载：宋徽宗宣和元年（1119），洛阳留守邓某向太监梁师成献上牛酥（奶油）百斤。当时梁受徽宗宠信，权倾一时，号称"隐相"，大小官吏争先向他送礼行贿。作者取以入诗，惟妙惟肖地刻画了一个谄佞之徒奴颜婢膝的丑态，无情地揭露和鞭挞了封建官场的黑暗、腐朽。

这首叙事诗形式上采用乐府歌行体，结构自然，层次清楚。开首四句，以简洁的笔法，勾勒出行贿者的丑恶形象。首句"有客有客"句式源于《诗经·周颂·有客》，语带嘲讽。"官长安"，指做洛阳留守，长安代指洛阳。二句照应题目。三、四句具体刻画献媚者的无耻行径，"倍道奔驰"写其邀宠心切；"望尘迎归轩"典出《世说新语》：西晋潘岳、石崇等人谄媚权臣贾谧，常候其出行，望其车尘而拜。诗用此典将洛阳留守献媚的丑态作了淋漓尽致的刻画。"守阍"以下八句，作者借守门人的话语，揭露出官场的腐败、官吏的鄙劣。在守门人眼中，眼前的送礼者虽风尘仆仆，远道而来，却已来迟；所送牛酥虽精心制作，但数量不及他人一半，且包装简陋，不如他人桶坚漆丽。这番议论鄙事庄说，在读者想象中浮现出一幅封建官场的百丑图。诗末二句，用辽东人献白头豕典故。汉朱浮《与彭宠书》载，有个辽东人将白头豕作为宝物，拿去进贡，半路上发现到处都有这种猪，遂怀惭而还。这里说行贿者自惭送礼不丰，且为时已晚，争取明年抢个头功。

这首诗表现方法较奇特，它不像一般讽谕诗直接抒发感慨，抨击讽刺对象，而是采用白描手法，不事藻绘、不动声色、冷静客观地将事实娓娓道来，而褒贬则自寓其中。浦起龙曾谓杜甫《丽人行》："无一刺讥语，描摹处语语刺讥；无一慨叹声，点逗处声声慨叹。"（《读杜心解》）此诗亦然。

　　运用漫画手法来塑造人物形象是此诗又一特点。它不同于一般叙事诗的平铺直叙，而是对人物神态、动作进行极富表现力的摹写，如"牛酥百斤亲自煎"，身居高位而亲执贱役，足见其谄媚权贵之苦心；"望尘且欲迎归轩"，迎候唯恐不及的心理宛然如见。另外，诗中还成功地运用了人物语言，声口毕肖，神情顿现。诗中大半是守门者的话，活画出这些人狗仗人势、趾高气昂的丑态。又其虽未写出送礼者的答语，但从结尾的描写中，可以想见他的垂头丧气之状。用笔简练传神。钱锺书谓此诗可与宗臣《报刘一丈书》、李伯元《官场现形记》合看，"分别揭露了宋、明、清三代权贵纳贿的丑态和不同方式"（《宋诗选注》）。

（张国萍）

## 吕本中

吕本中（1084—1145），宋寿州（治今安徽凤台）人。字居仁，号紫微，世称东莱先生。绍兴六年（1136）赐进士出身。官至中书舍人兼侍讲，兼权直学士院。曾上书陈恢复大计。诗学黄庭坚、陈师道，兼重李白、苏轼，诗风自然轻灵，南渡后悲慨时事之作沉痛苍凉。著有《江西诗社宗派图》《紫微诗话》《东莱先生诗集》等。

（姜汉椿）

## 雨后至城外

日日思归未就归，只今行露已沾衣。

江村过雨蓬麻乱，野水连天鹳鹤飞。

尘务却嫌经意少，故人新更得书稀。

鹿门纵隐犹多事，苦向人前说是非。

首联写诗人长期在外，思念家乡，但却一直未能如愿，如今已是道上露水沾湿衣裳的晚秋季节了。

颔联对仗工整，意境清远。一个"乱"字，形象而传神地写出了蓬麻经雨水淋打而东倒西歪的情况。抬头远眺，野外水天茫茫，只见鹳鹤之类的飞禽在空中翱翔。这一联，作者勾勒出一派江村雨后宁静、清幽的景象。

颈联又回到眼下的现实。对世间俗事，一向很少留意。时局艰险，世态炎凉，故近来与老友书信往还也日见稀少。这两句看似平淡，实则沉痛。吕本中在南宋初年官至中书舍人兼侍讲，曾上书高宗，陈恢复大计，遂忤秦桧而罢归。这两句诗正流露出诗人心中的抑郁与愤懑之情。

尾联借典故以明志。"鹿门"，是三国时司马徽、庞统等的隐居之地。诸葛亮、庞统都由于司马徽的举荐而出，为刘备所用，卷入世间是非之中。诗人以诸葛亮、庞统的故事，表明自己虽无意仕宦，但国家正值危亡之际，也就不顾一己安危，犯颜直谏，以向"人前说是非"了。

这首诗，前两联写思归之情，后两联则抒发内心的情感。诗写得雅洁、朴实，看似平淡而实深沉，蕴含着诗人心中的抑郁不平之气。诗中虽然不无失意之感，但更多的却是表现诗人不趋附权势，心系国家安危的节操。

（姜汉椿）

# 柳州开元寺夏雨

风雨潇潇似晚秋，鸦归门掩伴僧幽。

云深不见千岩秀，水涨初闻万壑流。

钟唤梦回空怅望，人传书至竟沉浮。

面如田字非吾相，莫羡班超封列侯。

南宋初期，金军仍数度南侵，高宗小朝廷被迫四处出逃。这首诗是吕本中在高宗建炎年间或绍兴初年（1127—1132）避地柳州时所作。当时诗人尚不满五十，虽官至尚书郎，然国难当头，山河破碎，自己又被迫离乡背井，前途茫茫，心境是寂寥凄凉的。

这首七律由景领起，以议论作结，是江西诗派的传统写法。诗写夏日傍晚遇到的一场雨，虽是夏天，潇潇的风雨声却在诗人心头引起无限的秋意，而这种萧瑟之感正是由于流落他乡而造成的。鸦归是黄昏时的景象，一个"幽"字把诗人佛寺、僧侣都融化在一片静谧之中，然联系上下句看，这个"幽"字却又是反衬了作者内心深处的不平静。

颔联由顾恺之"千岩竞秀，万壑争流"句化出，经作者点化便别具一番风韵。云深、水涨紧扣雨天题意。一见一闻是视觉向听觉的转换，岩秀到壑流又是由静景转向动景。江西诗派宗师黄庭坚曾说:"取古人之陈言入于翰墨,如灵丹一粒,点铁成金。"此联虽从古语化出,但更见其浑厚流转,确是成金之笔。

颈联一向为人称道。寺庙的钟声唤醒了诗人的思乡美梦,无限的惆怅就产生在欢乐梦境与冷酷现实的强烈反差之中。"空"字写出了百般无奈的心情,又与下句盼家书而竟落空相呼应。这里的"沉浮"即书信被遗失之意,用《世说新语·任诞》中的典故:殷洪乔(羡)作豫章郡,临去,都下人因附百许函书。既至石头,悉掷水中,因祝曰:"沉者自沉,浮者自浮,殷洪乔不能作致书邮!"此联真切而细腻地写出了游子思乡的强烈情感。

尾联由思乡转到对前途的忧叹,其最大特色在于借助对古人古事的议论,含蓄地抒发自己的感慨。《南齐书·李安民传》载南齐名将李安民"面方如田,封侯状也"。《后汉书·班超传》载班超"燕颔虎颈"有"万里侯相",后果然因出使西域有功,被封为定远侯。此联貌似作者自嘲,称自己没有富贵之相,不能飞黄腾达,其实却隐含了作者对国难之际沽名钓誉者的蔑视,对功名利禄的不屑一顾,表现出绝不趋炎附势的铮铮硬骨。至此,一个在开元寺夏雨中独立静思的诗人倾尽了他忧国思乡、忠正耿直的全部心怀。

居仁此诗景幽情真,流利可诵。作为江西派诗人,此诗当然也不脱宗派习气,如中二联之点化成语,有夺胎换骨手段;尾联之抒发感慨,造语峭折拗崛;但是其重借景抒情,笔调流转,又自具特色。居仁论诗主活法,尚自然,标举谢玄晖"好诗流转圆美如弹丸"之论,以救江西派粗硬权枒之病,致方回评此诗时指出:居仁在江西派中"最为流动而不滞者,故其诗多活"(《瀛奎律髓》卷十七)。 (卢晓梅)

# 辛酉立春

中原扰扰尚征尘，坚坐江南懒问津。

漫读旧诗如昨梦，却疑往事是前身。

子桑自了经时病，原宪长甘一味贫。

剌忍雪寒君莫病，土牛花胜已迎春。

　　据诗题，诗当作于宋高宗绍兴十一年（1141），诗人的晚年。南渡后他官至中书舍人，上书言恢复大计，秉公执法，触犯秦桧等主和派，中间一度引疾乞祠。据《宋史》本传："初本中与秦桧同为郎，相得甚欢。桧既相，私有引用，本中封还除目，桧勉其书行，卒不从。"又吕本中草丞相赵鼎之制词，有"尊王贱霸"之语，秦桧大怒，遂风御史劾罢之。了解这一背景才能理解诗中的感情与深层的意蕴。

　　诗为立春而作。一年一度的春天又来临了，诗人首先想到的是什么呢？中原故土沦于敌手，仍是干戈扰攘，征尘弥漫，同胞仍在受异族奴役。"尚"字道出了他深沉的忧国之心，凝聚了期望与失望交织的复杂感情。次句一转：虽心系中原，却身居江南，只能块然兀坐，懒于为世事奔走。《论语·微子》载孔子使子路向人打听渡口所在（即"问津"），受到隐者的讥讽：天下滔滔，不如从避世之士，忘情世事。次句的懒问世事与首句的忧国忧民之间有一个极大的落差。既然心忧国事，自当宵衣旰食，勤于政务，而诗人却颓然自放，大有撒手而去之意。通过这一转折正是要深一层地表现其报国无门的忧愤。他之疏懒实是出于无奈的举动，是投降派排挤的结果，但是这一切都掩盖在超然放达的外表下，需经咀嚼才能品味。

领联以感慨前尘影事恍如隔世，抒发了一种垂暮之情，它是"懒问津"的自然生发。但此处也不是泛泛的迟暮之慨，而是有深意存焉。居仁以诗文名家，在两宋之交卓然自立，但也因此而给他的生活带来了坎坷曲折。他在绍圣间因元祐党事被免官，南渡后又屡因文章得罪。往事如梦似烟，看似超脱，实则是难以忘却的。

颈联以两位古代寒士（子桑与原宪均见《庄子》）自喻，表达安贫乐道、自甘淡泊之志。"自"字与"长"字更突出了他的风骨品节。

尾联则使全诗低沉的调子有所振起。"君"乃泛指，实即劝大家不要因寒冷而懊丧，春天已经来临，未来毕竟还孕育着希望。土牛与花胜皆为迎春之物，古有立春造土牛以劝农耕之俗，自宫廷至官府均要鞭打土牛，称"鞭春"或"打春"；花胜是剪彩做成的妇女花形首饰，二物应题中之"立春"。全诗感慨深沉，却表现为超然平和之态，这和诗人的禅学修养有关，宋人陈岩肖评其诗"多浑厚平夷"，洵为的论。

吕本中论诗主"活法"，要求"好诗流转圆美如弹丸"（《夏均父集序》）。方回评："居仁在江西派中最为流动而不滞者，故其诗多活"，"吕紫微诗圆活，然必曲折有意"。（《瀛奎律髓》）全诗从感时到忆旧，再回到述怀，最后以迎春扣住题面，层层相生，气脉贯注，没有枯涩板滞之病。中二联曲折达意，颇见功力。方回曾揭出江西派偏重意联的倾向，即避开写景的对偶，直接以对联抒情写意，这就有赖于虚字的转折作用，较之以实字（名词）为对更费组织安排，如"漫""如""却""是""自""长"等都是，正如方回所说："诗家不专用实句实字，而或以虚为句，句之中以虚字为工，天下之至难也。"（同前）

（黄宝华）

# 呈甘露印老

> 水满南河月满床，市楼灯火隔秋江。
>
> 无人可会庵前事，一夜北风吹破窗。

　　宋代以诗歌表现禅境蔚然成风。此诗即是一例。甘露，甘露寺，在润州（今江苏镇江）。印老，僧人，诗人另有《同狼山印老早饭建隆遂登平山堂》一诗，当即一人。

　　诗的主题是称颂对方的人品修养，但四句中有三句写景，人物的精神境界完全是通过景物的烘托、渲染表现出来的。这正是一种"不着一字，尽得风流"的禅悟式的意境。首句写河中水满、月色朗照，不仅有景色之美，而且还启人以禅理的联想。水月为佛家常用之喻，唐代玄觉《永嘉证道歌》："一月普现一切水，一切水月一月摄。"次句写其居处之远离繁华尘嚣，烘托印老的超尘出世。第三句若破空而来，初看似扑朔迷离，不知所云，其实是正面表现其禅境的一句诗。因为禅悟是不可言说的一种境界，一般人难以借助言筌来理解，只有得道者才能意会。末句又回至写景，是对上句境界的深化，它使禅境化成了具体的景物，也可体会到印老的安贫乐道。

　　吕本中诗学山谷，从此诗也可看出其脱胎之迹。其于抒情句后不作生发，而接以写景，即与山谷《寺斋睡起》相仿，具有悠远不尽之致。

（黄宝华）

## 李清照

李清照（1084—约1151），自号易安居士，济南（今属山东）人。李格非女，赵明诚妻。自幼才华过人，工诗词，善属文，早年与丈夫致力于金石书画的搜集整理。金人入侵后流寓南方，丈夫病故后，处境孤苦。流离中金石书画散失殆尽，整理完成赵明诚所著《金石录》，表上于朝。文学成就以词最杰出，宗尚婉约，兼有豪放之致，擅于白描，语言清丽，为宋词中一大家。其诗有感时咏史之作，情辞慷慨雄健。作品多佚，后人辑有《漱玉词》。今人有《李清照集校注》。

（李　娜）

# 浯溪中兴颂诗和张文潜二首

五十年功如电扫，华清宫柳咸阳草。
五坊供奉斗鸡儿，酒肉堆中不知老。
胡兵忽自天上来，逆胡亦是奸雄才。
勤政楼前走胡马，珠翠踏尽香尘埃。
何为出战辄披靡？传置荔枝马多死。
尧功舜德本如天，安用区区纪文字！
著碑铭德真陋哉，乃令神鬼磨山崖。
子仪光弼不自猜，天心悔祸人心开。
夏商有鉴当深戒，简策汗青今具在。
君不见当时张说最多机，虽生已被姚崇卖。

君不见惊人废兴传天宝，中兴碑上今生草。

不知负国有奸雄，但说成功尊国老。

谁令妃子天上来，虢秦韩国皆天才。

花桑羯鼓玉方响，春风不敢生尘埃。

姓名谁复知安史？健儿猛将安眠死。

去天尺五抱瓮峰，峰头凿出开元字。

时移势去真可哀，奸人心丑深如崖。

西蜀万里尚能反，南内一闭何时开？

可怜孝德如天大，反使将军称好在。

呜呼，奴辈不能道辅国用事张后尊，

乃能念春荠长安作斤卖。

李清照以词名家，清人王士禛曾将她誉为婉约派之首。但是在宋人的眼中却认为她的诗也写得极好，朱弁《风月堂诗话》称她"善属文，于诗尤工，晁无咎多对士大夫称之"。王灼《碧鸡漫志》也说她"自少年便有诗名"。可惜她的诗大多散佚，现今仅存十八首和一些残句。然而管中窥豹，仍见一斑。即以此二首而言，也是宋诗中的上乘之作。

宋人周辉《清波杂志》卷八云："《浯溪中兴颂》碑，自唐至今，题咏实繁……赵明诚待制妻易安李夫人（即李清照）尝和张文潜长篇二，以妇人而厕众作，非深有思致者能之乎!"《浯溪中兴颂》碑在今湖南祁阳西南五里石崖上，碑文为唐诗人元结所作，而由大书法家颜真卿书写勒石。它记述了唐肃宗李亨平定安史之乱，使"宗庙再安，二圣重欢"的重大事件，题作《大唐中兴颂》。后人观赏此碑，类多赞赏，绝少讥评。如张耒（字文潜）诗云："金戈铁马从西来，郭公凛凛英雄才，举旗为风偃为雨，洒扫九庙无尘埃。元功高名谁与纪？风雅不继骚人死。"对唐肃宗、郭子仪的功绩称颂备至。

可是，李清照的和作却不受原唱的限制，也跳出了元结《大唐中兴颂》的框框，可谓力排众议，独抒己见。这突出地表现在以下几点：第一，她不赞成歌功颂德："尧功舜德本如天，安用区区纪文字。"像唐尧虞舜那样功德大如天地，还无须用文字记载下来；言外之意，区区唐肃宗、郭子仪，何用树碑立传？因此她斩钉截铁地说："著碑铭德真陋哉，乃令神鬼磨山崖。"对树《中兴颂》碑表示了否定态度。第二，她对唐玄宗进行了直言不讳的批评："五坊供奉斗鸡儿，酒肉堆中不知老。"据《岁时广记》卷十七引《东城父老传》："明皇乐民间清明节斗鸡戏，及即位，治鸡坊，索长安雄鸡，金尾、铁距、高冠、昂尾千数，养于鸡坊，选六军小儿五百，使教饲之。"又云："明皇以乙酉生而喜斗鸡。"李清照诗中虽未点名，实际上指的是唐明皇（玄宗）。意思当是说，他斗鸡纵酒，沉湎于纸醉金迷的生活，故而导致安史之乱。第三，昔人评价安史之乱，大多从"女人祸水"思想出发，归咎于杨贵妃，如张文潜原唱便说："玉环妖血无人扫，渔阳马厌长安草。"对于这一历史事实，李清照并未完全回避，她也说："何为出战辄披靡？传置荔枝马多死。"然而细细探究，她主要是受杜牧诗"一骑红尘妃子笑，无人知是荔枝来"的影响，故而在前一首中将这个意思一笔带过，到了后一首，便作出全新的解释："谁令妃子天上来？虢、秦、韩国皆天才。"杨贵妃原为明皇子寿王之妻，后来明皇看中了她，度为女道士，再选入宫中，据为己有。清照诗中着一"谁"字，便令人引起深思：原来是唐明皇越礼犯分把杨玉环纳为妃子，从此姊妹们（虢、秦、韩三国夫人）一起得宠，征歌逐舞，"花桑羯鼓玉方响，春风不敢生尘埃"。诗人用此曲笔，遂将导致安史之乱的罪责巧妙地从杨贵妃身上转移到唐明皇身上。第四，她认为安史之乱的平定，主要在于时运的到来和人心的向背："子仪、光弼不自猜，天心悔祸人心开。""天心"，并不全是迷信的说法，它主要是指社会发展的必然规律；"人心"，自然指的是民心，安史叛乱，祸国殃民，老百姓们是极其反对的。广大人民站在唐军一边，齐心反对安史叛军，因而取得了胜利。这里李清照语虽简约，却道出了一条真理。第五，她希望总结经验教训，以防历史惨剧的重演："夏商有鉴当深戒，简策汗青今具在。"安史之乱平定之后，唐明皇从蜀中回到长安，不久又被宦官李辅国软禁在"西内"，失去了自由。因此李清照提出："西蜀万里尚能反，南内一闭何时开？"殷鉴不远，应当引起深戒。她还举出张说和高力士两个例子：一个生张说算不过死姚崇，一个是老宦官斗不过新宦官，尽管他们足智多谋，工于心计，最后还是被人暗算了。以上五点，抒发了李清照的独特见解，同历代题咏《浯溪中兴颂》碑的诗歌相比，确是"深有思致"，不同凡响。

就艺术而言，这两首诗也很有特色。《寒夜录》评云："二诗奇气横溢，尝鼎一脔，已知为驼峰、麟脯矣。"张文潜之作格调高古，语言流利，但张戒《岁寒堂诗话》却对它评价不高。李清照的诗妙有奇气，读之聱聱逼人。第一首开头二句即以迅雷不及掩耳之势，对唐明皇的业绩加以嘲弄。作为"五十年太平天子"的唐明皇，虽然缔造了开元盛世，但经不起安史之乱的打击，一下子便如电扫云飞，归于幻灭，只落得咸阳衰草、华清枯柳在萧瑟的秋风中颤抖哀鸣。她还对"开元之治"进行激烈的讽刺："去天尺五抱瓮峰，峰头凿出开元字。"据《开天传信记》载，唐明皇曾仰望华山上的抱瓮峰（一作瓮肚峰），欲在峰头凿上"开元"二字，填以白石，令百里之内人皆望见。此事本极奇，清照讽之，尤奇。通过这一典型细节，她把封建时代至高无上的皇帝狠狠地嘲弄了一番，真是极嬉笑怒骂之能事。更有奇者，她把中兴摩崖碑这一历史古迹也揶揄了一通。张文潜原作称："水部（指元结）胸中星斗文，太师（颜真卿）笔下龙蛇字，天遣二子传将来，高山十丈磨苍崖。谁持此碑入我室，使我一见昏眸开。"对摩崖碑拓片欣赏不已。可是李清照却说："惊人废兴传天宝，中兴碑上今生草。不知负国有奸雄，但说成功尊国老。"百年古碑，蔓草丛生，空叫人怵目惊心。诗人为何对此碑羌无好感，原因是它只记载了国之大老如郭子仪、李光弼的功绩，而未触及负国的奸雄。诗人的爱憎多么分明！若胸中无奇气，是不会如此溢于字里行间的。

黄盛璋《赵明诚李清照夫妇年谱》说这两首诗作于宋徽宗元符三年（1100）前后，殊不足信。此时李清照年方十七，是不可能写出如此"深有思致""奇气横溢"的作品的。案邵祖寿《张文潜年

谱》系张诗于大观四年（1110），而《永州府志·金石略》引《湖
南通志》则云："张文潜《浯溪诗》当是监南岳庙时游题，盖在宣和
时。"张于政和四年（1114）卒，生未及宣和，且其监南岳庙，系
享受祠禄，初未至衡山也，讵至祁阳？似以邵氏系年为是，据此李
清照和诗当在其后，可能是宣和年间。此时朝廷耽于佚乐，内多奸
宄，而北部金人势力正在崛起，李清照盖有感于现实，因借安史之
乱写成此诗，旨在借鉴历史，讽喻当今。这样的分析，也许更接近
诗的本意。

（徐培均）

# 乌 江

生当作人杰，死亦为鬼雄。

至今思项羽，不肯过江东。

此诗亦题作"夏日绝句"，当作于南渡以后。诗风刚劲雄浑，气势骏发凌厉，思想深沉，境界高远，同她婉约清新的词风显然有别，呈现出一种悲壮的崇高美。在宋代诗坛上，不愧为"压倒须眉"之作。

乌江在今安徽和县。历史上曾发生一个悲壮的事件。据《史记·项羽本纪》载，西楚霸王项羽受挫于韩信的垓下之围，欲带残兵败将东渡乌江。乌江亭长停船相待，劝项王东渡，项王以无脸见江东父老加以拒绝，并拔剑自刎。李清照即借此抒发了一腔豪情。

诗的开头两句，直陈对生、死的看法。诗人认为作一个人，活着不能平庸苟且，即使去死，也要死得壮烈，死得有意义。"人杰"和"鬼雄"的对举充分表达了一种自强不息、生死如一的豪情壮志，语言铿锵，如金石掷地。

诗的后二句点出项羽的不肯过江东，表面是在为失败的英雄唱赞歌；实际上"至今"二字是其深意所在，它暗示此诗决非仅为咏史，而是针对现实的有感而发。根据历史记载，建炎元年（1127），宋高宗赵构在金兵追击之下，仓皇南逃，到了扬州南面的扬子桥，一卫士拦住马头，劝其北进，他立即拔剑刺死这位卫士，在靴筒上擦干血迹，马上由瓜洲渡至润州（今江苏镇江），在甘露寺中铺毡而卧，惊魂未定，成为名副其实的孤家寡人。看来他是活下来了，可怎么能同项羽相比呢？不言而喻，他虽活着做了皇帝，却是个懦夫；而项羽死了，却是一位真正的英雄。此点诗中虽未点破，但其寓批刺于咏史、借古事以鉴今的深意，人们还是体会得到的。特别是"至今思项羽"一句，尤耐人寻绎。

全诗虽仅二十字，却气概不凡，寓意深沉，不仅表现了女诗人李清照的豪爽性格与正义感，而且也给人以如何对待生死问题的深刻启示。

（徐培均）

# 曾 幾

曾幾（1084—1166），字吉甫。赣州（州治今江西赣县）人，徙居河南（今河南洛阳）。徽宗朝任校书郎。高宗朝历任江西、浙西提刑。绍兴八年（1138）以力排和议，忤秦桧，被罢官，寓居上饶茶山寺，自号茶山居士。桧死，复为秘书少监，权礼部侍郎，卒谥"文清"。作诗推崇杜甫、黄庭坚，陆游曾师之。论诗主活法与顿悟，属江西诗派。诗作具有爱国精神，风格清劲雅洁，但也有生硬粗率之病。原有集，已佚，清人辑有《茶山集》。 （张国浩）

## 岭 梅

蛮烟无处洗，梅蕊不胜清。
顾我已头白，见渠犹眼明。
折来知韵胜，落去得愁生。
坐入江南梦，园林雪正晴。

　　这是一首咏物抒怀的五言律诗。诗题"岭梅"，点明了创作的背景；"岭"，泛指两广与湖南交界的五岭山脉，时令是冬日或初春。据方回《瀛奎律髓》云："此茶山将诣桂林时诗，有二绝连此诗后，云'桂林梅花盛开，有怀信守程伯禹'，故知之。"诗人与卖国奸相秦桧不合，屡遭迫害外放，三入广西。观"顾我已头白"句，知是第三次左迁广西转运判官时的作品。

　　开篇二句切题而入，上句"蛮烟无处洗"切"岭"，状所处环境的险恶；下句以不胜其清的梅蕊，写其冰清玉洁、孤芳自怜、出污泥而不染的精神品格。二句状物贴切，岭梅的精神尽出。颔联承上，见梅清而老眼复明，触景生情，感慨万千。颈联自然转入感情的抒发。岭梅傲风雪、斗严寒，散发扑鼻芬芳，此所以称"韵胜"；但处"蛮烟"之地，岭梅能坚持多久？须知花开花落，出于自然，无法抗拒，此所以花谢而愁生。这里是咏物，还是写人？其实，诗的逻辑发展，至此已经人、花合一，状花的种种描绘，无意中刻画了诗人的高尚品格，和他那不与险恶环境妥协的斗争精神。诗人忧国忧民，壮志未酬而须发尽白，岭梅与诗人的命运，不就有了某种内在的联系了吗？但可贵的是，诗人虽老，却绝不颓唐。末联以梦入江南故国、见园林雪晴收束，色调明亮，情绪昂扬。南宋国都临安，也就是今天的杭州，所谓"梦"，说明并非现实，而是一种理想与追求。从岭梅自然联系到故国之思，希望朝廷与国家，能有雪晴大地、梅花盛开的时候。诗人那以澄清天下为己任的高远志向，老而不衰，令人感动。

　　诗的格调自然高雅，如纪昀所评："无一字切梅，而神味恰似，觉他花不足以当之。"状花写人，虽是采用传统的香草美人的比兴手法，但传神写意，妙在离合之间，如清许印芳所说，已得"不切而切之妙矣"。

（汤小沁）

# 癸未八月十四日至十六夜月色皆佳

年年岁岁望中秋，岁岁年年雾雨愁。

凉月风光三夜好，老夫怀抱一生休。

明时谅费银河洗，缺处应须玉斧修。

京洛胡尘满人眼，不知能似浙江不？

　　这首咏中秋月色的七言律诗，写于南宋孝宗隆兴元年（1163），也即诗题中的"癸未"年，时当中秋佳节，当时曾几已是八十岁的老翁。在癸未年的前后，金兵大举南侵，南宋朝廷震动，主战与主和二派，斗争激烈。当时曾几一度卧病在床，但他爱国热情，不减当年，奋起抗疏，坚决痛斥"增币献城"的屈辱和议，而力主抗战，收复失土。他说："为朝廷计，当尝胆枕戈，专务节俭，经武整军之外，一切置之。如是虽北取中原可也。"（见陆游《曾文清公墓志铭》）但是，诗人理想志趣之高洁，与现实生活的屈辱，形成了强烈的对比。于是诗人那忧国忧民的愤激之情，借中秋咏月之诗，尽情宣泄，喷薄而出。

　　开篇二句，"年年岁岁"与"岁岁年年"，看似同义反复，实是含义深邃，把诗人一生中，年复一年地盼望王师北定中原的急迫心情，与每年都是令人大失所望的悲哀结果，和盘托出。传统的中秋佳节，正是家人团聚、共享天伦之乐的时刻。即使是浪走他乡的游子，或是失意外放的士人，届时也会产生"但愿人长久，千里共婵娟"的良好祝愿。但曾诗一开篇，则弹奏出不同凡响的前奏曲。中秋雾雨，令人生愁，岂非大煞风景？但在现实生活中，岂有年年中秋雾雨笼罩的道理？诗题明称癸未年的中秋，"月色皆佳"，这不是自相矛盾吗？其实，诗人遵循的是感情逻辑的发展，年年岁岁的中秋雾雨，正是来自国恨家仇，怎能不愁？颔联承上而发展，凉月风光虽然好，但怎奈诗人的"怀抱一生休"，理想终成泡影，内心的悲痛可知。但难得的是，诗人虽年迈体衰，但奋激的精神永不衰老。月色如水，依靠的是银河平素的冲洗；月缺难圆，更有待吴刚高举巨斧加以修补。颔联中感情自然转折，逐渐导向高潮。末联则借景抒情，篇末点题热切，希望扫尽京洛胡尘，使它与故国临安（今杭州）的中秋之月一样光照人间。老骥伏枥，壮心未泯，一个爱国老人的鲜明形象，跃然纸上。

这首诗如纪昀所评，"纯以气胜，意境亦阔"。格调高远，笔力苍老劲健，而丝毫不见老人悲观颓唐之态。末联收结，议论沉着，妙在从容不迫，而其举重若轻的气概，令人精神一振。　　　（汤小沁）

# 三衢道中

梅子黄时日日晴，小溪泛尽却山行。

绿阴不减来时路，添得黄鹂四五声。

曾幾此诗写行于三衢道中的见闻感受。三衢，即今浙江衢县，因境内有三衢山，故有此别称。这是一首纪行诗。古人写纪行诗，多用古体，以便铺写景物，移步换形。但此诗却以绝句纪行，篇幅短小，不能放笔铺叙，这就全看诗人的熔裁组织的功夫了。诗人以其出人意表的构思，将一次普通的行程写得如此情趣盎然，使人不能不佩服他手段的高明。

在绝句中，这首诗的形式属于散起散结体，即不用对句，以散行贯串全诗，这样就可造成一种流走的气势，很适合表现纪行的内容。但诗人如果按游踪顺序依次交代景物，就会使诗成为一篇平淡无味的流水账。为避免叙事的平板散缓，诗人努力斡旋笔意，通过诗意的层层转折，将一次平凡的旅行表现得峰回路转，意趣横生。

首句交代此行的季节是"梅子黄时"，正是江南初夏的梅雨时节，因梅子黄熟时下雨，故称黄梅雨。这时节的特点是淫雨霏霏，连日不断，而诗人在此笔锋一转，竟是"日日晴"。这非同一般的气候不禁令人心情为之一振，顿觉心旷神怡。二句点题，正面写到行旅。轻舟泛溪，迤逦行来，到了小溪的尽头，该掉转船头，兴尽而返了吧？不料又一转折，诗人舍舟登岸，踏上了山间的道路。"却"字发挥了虚字斡旋的作用，透露出他的游兴高涨。第三句直承"山行"而来，但见绿树浓荫，一片清凉世界，"不减来时路"则是出乎意表的神来之笔，等于将此行的谜底骤然揭开，读者至此才明白，前面所写都只是此行的归途。末句以黄鹂的鸣声点缀行程，"添得"二字暗示这是来时所没有的景象。一般情况下，出游归来总是意兴渐阑，而诗人此行归来却兴致不减，故能注意到归途有黄鹂助兴。全诗以此作结，渲染出他舒畅乐观的情怀。此诗可谓句句顿挫，层层转折，平中出奇，故而能让人咀嚼出平凡生活中的意趣。

（黄宝华）

## 陈与义

陈与义（1090—1138），字去非，号简斋居士，洛阳（今属河南）人。政和三年（1113）登上舍甲第，授开德府教授。后迁太学博士，著作佐郎，符宝郎。因宰相王黼罢职而受牵连，贬监陈留（今河南开封）酒税。靖康年避寇逃难，辗转湖湘五年之久。绍兴年间，累官兵部员外郎、起居郎、吏部侍郎、翰林学士，至参知政事。他是江西诗派"三宗"之一，虽宗法杜甫，却不守江西陈规，自成一体。后期诗风尤为沉郁，伤时抚事，多有寄托。有《简斋集》。　（耿百鸣）

# 感　事

丧乱那堪说，干戈竟未休。

公卿危左衽，江汉故东流。

风断黄龙府，云移白鹭洲。

云何舒国步，持底副君忧？

世事非难料，吾生本自浮。

菊花纷四野，作意为谁秋！

据陈与义年谱载，此诗作于建炎元年（1127）九月。时陈与义辗转流徙，寓居邓州。作者遭遇靖康、建炎以来的剧变，十分苦恼，作此诗以抒发内心的忧愁和感慨。

"丧乱"二句写靖康之变，国家丧亡乱离，金军南侵，烽烟遍地，诗人因而百感交集。"那堪""竟未"正透出作者当时这种无比沉痛的感情。

"公卿危左衽"语出《论语·宪问》："微管仲，吾其披发左衽矣。""江汉故东流"，用《禹贡》"江汉朝宗于海"句意。两句意为面对残局，公卿士大夫人人自危，害怕为金人所虏，纷纷逃散，而诗人却表白要像江汉东流一样，忠于宋室，决不变节。

"风断"二句写徽、钦二宗被金人囚于五国城，高宗移驻扬州。五国城属黄龙府，因以指代；"风断"，指音信断绝。"云"喻天子之气，指赵构；白鹭洲，本指长江中沙洲，以洲上多白鹭得名，此借指扬州。以上几句陈述当时宋王朝所面临的严峻局势，为后六句折入抒感铺垫。

"云何"二句慨叹国家危亡，自己不知如何纾解国难，也拿不出好办法为君分忧。"云何"犹如何；"国步"指国运。《诗经·大雅·桑柔》："于乎有哀，国步斯频。"又《隋书·音乐志》："神明降嘏，国步维宁。""持底"，用什么。"世事"二句谓国事艰危，河山沦丧，是长期来积贫积弱的必然结果，并非不能预料；而在这样的时势中，自己的命运自然难以把握，飘浮不定，从中流露出诗人心中抑郁、愤懑的情绪。最后诗人以眼前景物寄寓感叹：秋日的菊花纷披四野，争奇斗艳，本该好好观赏；但在如此艰难的时局中，谁还会有观赏的情致呢！全诗由此兜结，含不尽之意于言外，读来令人恻然。

陈与义诗宗杜甫，《感事》诗写得沉郁苍凉，有杜诗风格。"那堪""竟未""断""移"等字，都用得极为贴切，而又字字千钧。

末两句以景抒情，更增添了此诗沉郁的风格。纪昀在评《瀛奎律髓》时说："此诗真有杜意，乃气味似，非面貌似也。"是相当中肯的。

（姜汉椿）

# 晚晴野望

洞庭微雨后，凉气入纶巾。

水底归云乱，芦丛返照新。

遥汀横薄暮，独鸟度长津。

兵甲无归日，江湖送老身。

悠悠只倚仗，悄悄自伤神。

天意苍茫里，村醪亦醉人。

这首诗作于建炎三年（1129）五月，时值诗人避乱入洞庭湖中。

此诗较之诗人入洞庭时所写的其他作品，风格清新，寓意亦自深沉蕴藉，极得哀而不伤、怨而不怒之旨。题为"晚晴野望"，首句即点明"雨后"，全诗的写景抒情都非常切题，层次分明，条理清晰，情景互映，感人至深。

首二句点明地点环境，是诗人的所见所感。"凉气"二字，非仅指天气，也隐指心情。这种气氛始终笼罩着全篇。"水底"二句转入具体描写，雨后天清，乱云争渡，水中观天，尤觉天动云涌之壮观。抬眼望去，水边芦苇簇簇，远处的天际，云破日出，天清地新，爽快宜人。"返照新"三字，形容雨后日照，极为妥帖。"返"字写出雨后日照重现的情形。"新"字写出雨后之日较之雨前之日清新洗丽的景观。这两句景色描写传神逼真，非是亲身体验，细致捕捉，断然臆想不出。

"遥汀"二句承上而来，进一步描绘水天之景。"遥汀""长津"，皆极写洞庭湖之阔大无涯，"薄暮"既扣黄昏之题意，又切返照之场景。水天一色，一望无际，水上烟波腾生，天空暮云低垂，给这广袤的空间添上几笔惨淡的色彩。这景观有些哀意，而"独鸟"一句，哀意中平添了几分悲凉，薄暮、长津、独鸟，三种意象的叠加无疑是诗人此时此刻的自况了，寓情于景，令人伤神。

果然，"兵甲"二句由景及事，写到了自己的身世遭遇。"兵甲"二字，非仅指入湖避寇一事，也已包括了金兵南下、中原沉沦后的一系列战乱；"无归日"当然也非仅指由洞庭回归岳阳，同时也隐指洛阳难回、北归无日的家国之思，故下句作老死江湖之慨。这"江湖"也可理解为专指湖湘一带。诗人身世惨然，所思更是激越，但却以"悠悠只倚杖，悄悄自伤神"来淡淡抒出。是的，大音希声，至乐无声，感情激越到极点，便转为深沉，深沉到极点，反趋如静水，这才是化境。其中，我们也许还能感受到一丝回天乏力的哀鸣。

此境，此景，此事，此情，天意欤？人为欤？何处问对？何处归宿？"天意苍茫里，村醪亦醉人。"苍茫的是天，苍茫的也是人，村酒几壶，立时解脱，毫无疑问，醉翁之意不在酒，酒不醉人人自醉。诗到结处，已全无雨后初晴的那种欣喜之意，代之而生的却是一片淡淡的哀愁、朦胧的伤感。深沉被隐藏了，凄厉被掩埋了，只剩下一片苍茫和苍茫中的一个醉翁。

　　全诗由雨晴至水色，由水色至天景，由天景及孤鸟，由孤鸟及身世，由身世发伤感，由伤感到醉酒，条理清晰。写景处，准确逼真，凝炼紧凑；抒情时，含蓄不发，沉郁深厚。这里面揉合着诗人的匠心和身世之感、忧国之情。

（耿百鸣）

# 居 夷 行

遭乱始知承平乐，居夷更觉中原好。

巴陵十月江不平，万里北风吹客倒。

洞庭叶稀秋声歇，黄帝乐罢春杲杲。

君山偃蹇横岁暮，天映湖南白如扫。

人世多违壮士悲，干戈未定书生老。

扬州云气郁不动，白首频回费私祷。

后胜误齐已莫追，范蠡图越当若为？

皇天岂无悔祸意，君子慎惜经纶时。

愿闻群公张王室，臣也安眠送余日。

 

 

陈与义从靖康元年（1126）起，为避金人入寇，自陈留经邓州、襄州辗转于建炎二年（1128）抵达湖南。民族危亡的乱离之世，激发起诗人的爱国热情，这首作于建炎二年的《居夷行》就是倾诉其爱国之忧的诗篇，表现出收复中原、中兴国家的强烈愿望。

所谓"居夷"，是化用《论语·子罕》篇语："子欲居九夷。"古人称东方各族为九夷，后亦泛指中原以外的地区，诗人在这里用"夷"指称他流亡的湖南。

首联开宗明义，揭示诗人渴望战乱平息、中原恢复的心意，为全诗之纲。"巴陵"以下六句铺叙夷地之萧条险恶，说明湖南非安居之地。十月的湘江波翻浪涌，劲吹的北风似要把外乡来客吹倒。《楚辞·九歌·湘夫人》云："嫋嫋兮秋风，洞庭波兮木叶下。"如今洞庭湖是一片萧条。《庄子·天运》载"（黄）帝张咸池之乐于洞庭之野"，而今乐声停歇，只剩下寂寂的波光。湖中秀丽的君山突兀横陈于岁暮时分，天光映照湖南，白茫茫如扫过一般，曾经是风光旖旎的湖湘，在诗人笔下竟显得如此惨淡。因为景物染上了诗人强烈的主观感情，无疑是时危世艰的一种象征。但是仔细玩味，此中还有深意可以发掘。建炎初年，新即帝位的高宗赵构面临着战与和、留与走的抉择，抗战派李纲、宗泽等都力主高宗还都汴京，经营两河，以图恢复之业。宗泽为请帝还京前后曾上二十余奏，极言："陛下回銮汴京，是人心之所欲，妄议巡幸是人心之所恶。""今陛下一归，王室再造，中兴之业复成。"而以黄潜善、汪伯彦为首的议和派却从中阻挠，力促高宗南迁。高宗终于在建炎元年（1127）十月迁扬州，金兵得以长驱直入，广大的北方陷于生灵涂炭之境。比起北方，当时的南方还较安定，诗人反言"居夷更觉中原好"，实是寄寓了抗战复国的爱国热望，正因为此，这段写景才能与下段的直陈国事发生内在的联系。

下段"人世"两句先作身世感怀，由时世多艰而及高宗驻跸扬州，故言扬州之上王气笼罩，岿然不动，因而频频为之祷祝。接着用战国时代后胜与范蠡的故事陈述己见。后胜为齐国相，受秦国收买，劝齐王朝秦，终使齐国灭亡，事见《战国策·齐策》。当时张邦昌被金人立为伪帝，国号"大楚"。黄潜善等百般破坏李纲、宗泽的抗战计划，杀爱国太学生陈东等，遭国人唾骂。对后胜之辈的误国已追悔莫及，重要的是考虑怎样让范蠡这样的忠臣戮力王室，图谋恢复大业。最后诗人寄希望于"皇天""群公"：时局可能有所转机，朝廷大臣应该珍惜这一时机，施展经纶之才，匡扶王室，克复中原，我也可以安度余日。末句与诗的开头正相呼应，再次抒发对和平生活的向往，但主题则获得了升华，因为他将这种向往置于抗战爱国的基础上，这就使此种向往具备了深厚的爱国主义内涵，而不仅仅是对中原繁华、承平逸乐的追慕。

简斋于乱离中流寓湖湘，忧怀国事，更能体会老杜的情怀，因而诗也似之。刘克庄《后村诗话》评简斋云："建炎以后避地湖峤，行路万里，诗益奇壮。"杨慎《词品》称其"语意超绝，笔力排奡"。"奇壮""排奡"，正可概括此诗的风格。诗人心中忧思难平，故诗多奇崛之语。如首段的写景，一改历代词人描写湖湘秀美的笔调，用笔拗硬，展现奇险之貌，后段抒怀也力盘硬语，音节奇拗顿挫，造语避俗就生，全诗押韵，由上声韵转为平声韵，又以入声韵作结，音韵错互中显出悲壮磊落的情怀。

（张家英）

# 道中寒食二首

飞絮春犹冷，离家食更寒。
能供几岁月，不办了悲欢。
刺史葡萄酒，先生苜蓿盘。
一官违壮节，百虑集征鞍。

斗粟淹吾驾，浮云笑此生。
有诗酬岁月，无梦到功名。
客里逢归雁，愁边有乱莺。
杨花不解事，更作倚风轻。

宣和二年（1120），陈与义生母卒，丁忧，居汝州。四年春末，自汝州归洛阳，途中遇寒食节，诗即作于其时。

先看第一首。

首联点明时令特点。杨柳飞絮，乍暖还寒，诗人于归洛途中，正遇寒食，远离家乡的羁旅之苦，使他备感寒意。一个"更"字，透露出离家的愁苦对诗人造成的感受，更甚于寒食的寒冷。

颔联写岁月易逝，壮志难伸。诗人自政和三年上舍释褐，其后则"四岁冷官桑濮地，三年羸马帝王州"，又以母去世丁忧汝州，三易寒暑，前后十年，其间未尝归洛。十年间，壮志未伸，无所作为，眼见岁月流逝，不觉悲从中来。

颈联上句用《后汉书·张让传》注中"孟佗以葡萄一斗遗（张）让，让即拜佗为凉州刺史"的典故，以刺史指诗人的朋友，当时判汝州的葛胜仲。诗人归洛，葛胜仲为其饯行，故有此句。十年间，陈与义先后任开德教授、辟雍录等小官，清闲无事，下句用唐薛令之故事以自嘲。薛令之为右庶子时，东宫宦况清淡，令之有诗云："朝日出团团，照见先生盘。盘中何所有？首蓿长阑干。饭涩匙难进，羹稀箸易宽。只可谋朝夕，何由保岁寒。"此诗颇能反映诗人当时的生活和心情。

尾联写自己出任一官半职，已有违本意；但即便在旅途鞍马之中，也时时被国事家愁所困扰。

第二首诗中反映的思想情感，与第一首一致。

首联上句反用陶渊明"不为五斗米折腰"之意，说自己为些微俸禄奔走，多年不能返乡，下句以浮云自比，喻自己飘泊不定的生活。"笑此生"，颇有自嘲之意。

颔联表示自己于仕途虽不顺心，但却有诗作可以告慰时光，即便在梦中，也绝不与功名利禄相干。"酬岁月"看似消极，实际由此正能见出诗人的耿介和高洁。

颈联顺此而下，倾吐内心的情愫：每见大雁北归，便不由产生思乡之情，而阵阵莺声，更引起诗人的无限愁绪，表达了诗人浓重的羁旅乡思。

末联更以杨花作陪衬点染，谓三月杨花随风曼舞，丝毫不能体察诗人此时纷乱的心绪。二句从反面衬托出了诗人恨不得早日到家的急切心情，并巧妙照应前诗首句"飞絮春犹冷"，使二首诗的意境融为一体。

这两首诗饱含感情，写得委婉动人，表现了诗人殷切的思乡之情。而诗中隐隐流露出的那种仕途不遂的嗟叹和落寞，细细读来，耐人品味。

（姜汉椿）

# 夜　赋

抱病喜清夜，形羸心独开。
不知药鼎沸，错认雨声来。
岁晚灯烛丽，天长鸿雁哀。
书生惜日月，欹枕意茫哉。

　　此诗作于绍兴元年（1131）夏。当时陈与义刚刚结束了五年的流离生涯，饱尝了逃难的艰辛，国破家亡的切肤之痛时时侵袭着他的心，也使他心力交瘁，病魔缠身。这年夏天，他抵达会稽后，授官兵部员外郎，这也许给他的报国壮志带来了一丝兴奋，故而写这首诗时心情显得较开朗。

　　首联点明健康状况、时间和心情。诗人虽然"抱病"而"形羸"，但在这清静的夜色中，却显得很有几分欣喜，与他往常时带三分忧色的诗篇显然有些不同。他喜的是什么呢？也许是终于结束了五年的漂泊流离，开始了稳定安逸的生活；也许是被朝廷重又启用，多年积郁的家国之痛有了一个宣泄的机会，多年埋藏的抗敌壮志有了一个实现的可能。颔联即形象地写出了诗人陶醉于自然之景而忘却自我的情形。这两句化用刘禹锡《试茶》"骤雨松声入鼎来"句，较之原诗不仅诗味未损，而且以"药鼎"替代茶鼎，更突出了诗人虽怀疾在身但对自然的热爱和对生活的希望仍不减半分的情怀。

尽管这是一个风清人静、灯烛妍丽的良宵，诗人的生活、仕途也出现了转机，但这就是诗人认可的归宿吗？诗的后半章显然作出了否定的回答。"岁晚灯烛丽，天长鸿雁哀"，华丽的灯烛并没有去掉长空雁唳带来的悲凉之意。为何诗人于良辰美景之夜，却独独垂怜于长空哀鸿，刚刚得到的一点喜悦又弃之不顾呢？显然，生活的安定并不意味着天下的太平，个人的升迁也不意味着光复大业的实现。会稽城中，知己有几？这长空哀鸿不也是诗人的自我写照吗？尾联将这种意绪透露得更为强烈："书生惜日月，欹枕意茫哉。"措词虽不激烈，蕴意却极深厚。"书生"显然是诗人带有激愤意味的自嘲，反指那些当道者是不知惜日月的。何为惜日月？用岳飞《满江红》也许是最好的注解："三十功名尘与土，八千里路云和月。莫等闲白了少年头，空悲切。"但是，南宋小朝廷里，看得见多少恢复中原的志气？看得见几分驱除金兵的力量？光复无日，家国难全，现实留给诗人的只能是一连串的问号和叹号。一句"欹枕意茫哉"，饱含了诗人的辛酸、无奈和失望。

诗以喜意起，以悲意终，真切地写出了诗人那无时不在、无所不在的爱国激情，尽管全篇皆为即景抒情，全无一字提及时局，触及当道。

（耿百鸣）

# 除　夜

畴昔追欢事，如今病不能。

等闲生白发，耐久是青灯。

海内春还满，江南砚不冰。

题诗饯岁月，钟鼓报晨兴。


绍兴元年（1131）夏，陈与义在经历了数年颠沛、奔波的岁月后，到达会稽（今浙江绍兴）行在，回到了朝廷的所在地，被任为兵部员外郎，迁起居郎。诗作于其年除夕之夜。

"畴昔"二句今昔对比。诗人此时历尽磨难，心力交瘁，已不能在除夕之夜像往日那样寻欢取乐了。诗一开始，就和盘托出今不如昔的深沉感叹，为全诗定下了灰色、沉闷的基调。

"等闲"二句以"白发""青灯"勾画出一个多年颠沛流离、忧国伤时者的孤寂形象。诗人于万家欢乐的除夕之夜，孤自一人苦守青灯，不免有"等闲白发"之慨。北宋末年以来的数年间，金兵屡次南侵，宋高宗一逃再逃，形势岌岌可危，给诗人极大的刺激。到绍兴元年（1131），形势虽较前几年略有好转，但仍处于艰危之中。诗人很想有一番作为，但却未能被重用。"等闲"两字，正表现出诗人这种沉重、苦闷的心情。

"海内"二句从字面看，似是写冬天即将过去，江南已洋溢着春的气息。但实际上却蕴含着诗人对春的渴望：尽管尚在残冬，但新春即将来临。这里，还有诗人新的希望，希望形势也能逐步好转。"海内春还满"，就表现了诗人的这种情感，也为此诗增添了一些亮色。

末二句写诗人研墨题诗，送去旧岁，而室外迎新的声声晨钟已经敲响，它在告诉人们新的一年已经来临。字里行间透露出涌动于诗人心中的喜悦之情，同时，似乎也在表达但愿国事在新的一年中也能好起来的热切希望。

这首诗写得朴实、平易，且略显沉闷。但联系诗人一贯的思想情感，却能从其压抑的心情中看到诗人内心激荡着深沉的忧国伤时的情怀。

（姜汉椿）

# 夜　雨

经岁柴门百事乖，此身只合卧苍苔。

蝉声未足秋风起，木叶俱鸣夜雨来。

棋局可观浮世理，灯花应为好诗开。

独无宋玉悲歌念，但喜新凉入酒杯。

政和七年（1117）春暮，陈与义由洛阳入汴京，客居京城一年有余，于次年十月除辟雍录。此诗当作于授官之前，故有首联之叹。

陈与义京城客游年余，多方交游，等待授官。其间对人事沉浮、官场奔营颇多感慨，对自己的仕途未通也甚是伤怀。此诗借夜雨秋风抒怀，情调消沉，落笔却颇为清新。"经岁"二句化用杜甫《漫兴》"呼儿日出掩柴门"和《惜游》"携子卧苍苔"，全无痕迹，说不上是点铁成金，至少是旗鼓相当。"经岁"，显指这蹉跎汴京的一年多。"百事乖"，是得不到官的抱怨，一事不遂，百事不顺。"此身"句是对上句的重复和加强，更印证了诗人对自我身世的感慨之切、失望之深。

先写情，后写景，是这首诗手法的独特之处。而唯有"百事乖""卧苍苔"的哀鸣，夜雨秋风才更具有凄厉的韵味。颔联与首联情景相融，风声压着蝉声，雨声挟着木叶声，在这一片凄厉衰颓的秋声中来写身世落寞的哀叹，更能产生令人伤感的效果；同样也只有以悲凉失落的心情来体会夜雨秋风，才会更觉声声揪心。

诗人没有进一步沉溺于哀叹之中，而是登高一层，放开胸怀来作自我解脱。窗外风雨交加，诗人为了解脱愁思，于灯下弈棋吟诗。诗人从纵横的棋枰上，悟出了大千世界的浮沉之道。那一枚枚绞尽脑筋的黑白棋子，忽围敌众，忽困愁城，激烈紧张，扣人心弦。可是棋局一终，便没了胜家，没了负家，一切心机都化为虚无，桌上只有空空如也的棋枰。此意取之老杜《秋兴》："闻道长安似弈棋，百年世事不胜悲。王侯宅第皆新主，文武衣冠异昔时。"尽管这里夹杂着诗人的牢骚，但更多的还是理智与超脱。于是，诗人应和着卜卜爆裂的灯花，发出了无尽的雅趣与诗兴，这诗是吟秋，是写怀，更是自慰与解脱。

尾联即是对此的绝好注解。宋玉悲歌，指的是宋玉《九辩》的悲秋名句："悲哉秋之为气也，萧瑟兮草木摇落而变衰。"通过观棋悟道后，诗人认为没有必要像宋玉这样来悲秋。秋的萧瑟、秋的凋零固然惹人惆怅，但秋的高朗、秋的新凉不也同样招人喜欢吗？于是，得便是失，失便是得，杯酒之间，诗人顿时产生了一种参透禅机的快意。

这首诗结构独特，以情起，以景承，以理结。这是一个不多见的构思。此外用典甚多，脱胎换骨，绝少痕迹，体现出陈与义早期诗风中的江西诗味还是相当足的。

（耿百鸣）

# 登岳阳楼

## （二首选一）

　　洞庭之东江水西，帘旌不动夕阳迟。

　　登临吴蜀横分地，徙倚湖山欲暮时。

　　万里来游还望远，三年多难更凭危。

　　白头吊古风霜里，老木苍波无限悲。


　　《登岳阳楼》原有两首，此系第一首。

　　诗写于建炎二年（1128）秋。三年来诗人饱经忧患离乱，颠沛奔波。入湖湘，到岳州，时已入秋。登岳阳楼，眺望横无际涯的洞庭湖，引发了诗人无限的感慨。

　　首联写了楼的地位和登临的时间。岳阳楼为巴陵胜景，耸立在洞庭湖之东，岳阳城西门上，气势恢宏。但诗人当时所见，只是惨淡的夕阳余晖中楼上一动不动的帘幔，景况凄迷寂寞，流露出诗人忧国伤时的忧抑心情。

　　颔联写登楼景况。前句"吴蜀横分地"指岳阳楼正当吴蜀两国分界地；后句说自己流徙万里，在苍茫的暮霭中倚楼远眺。二句向为人称道，刘克庄谓其"造次不忘忧爱，以简洁扫繁缛，以雄浑代尖巧"（《后村诗话》）。

　　如果颔联中的"吴蜀""徙倚"已微露忧国感时的深情,那么颈联则是直抒其怀,沉痛之至。"万里来游",表面看似写游兴正浓,不顾路途遥远,实际暗合"徙"字,言频年流离,以至远离故乡,万里漂泊。"三年多难",则点出其中的原因是国家蒙难、人民倍受蹂躏。"还远望"、"更凭危"为互文,"凭危"是居高之意。古人有远望可以当归之说,诗人在此说"还""更",表现出对国事、故乡深切怀念的强烈感情。

　　尾联溶情于景。据年谱,诗人当时年仅三十九岁,但已饱经忧患。他在萧瑟的秋风中凭栏吊古,入眼的"老木苍波"使其平添无限悲愁。此联含意甚深。"风霜"既指秋风严霜,又喻指国事艰危严峻;"老木苍波",既是眼前所见之物,又何尝不是诗人经历乱离后疲惫、憔悴的心绪写照?

　　陈与义诗学杜甫。这首诗被认为是陈与义学杜诗的成功之作。全诗在平实的叙写中,抒发了深沉的忧国伤时之情,沉郁顿挫,读来别有一番情致。

(姜汉椿)

# 巴丘书事

三分书里识巴丘，临老避胡初一游。

晚木声酣洞庭野，晴天影抱岳阳楼。

四年风露侵游子，十月江湖吐乱洲。

未必上流须鲁肃，腐儒空白九分头。

建炎二年（1128）十月，诗人避乱岳阳，诗即写于其时。

首联写自己早年读《三国志》时，已了解到巴丘这一地方，但临老时，才因避乱而到巴丘一游。"三分书"，指记载魏、蜀、吴三国历史的《三国志》；巴丘，在湖南岳阳，三国时为吴边地重镇，鲁肃、万彧等曾率重兵屯戍于此。

颔联是入目之景：秋冬之际，大风吹过枯干的树林，簌簌作响，回荡在洞庭的旷野上；而晴天的阳光洒满大地，簇拥着整座岳阳城楼。一个"酣"、一个"抱"，富有拟人意味。而且，前一句造成了阴冷萧瑟的色彩，后一句则令人感到融融暖意。这种冷暖色调的鲜明对比，给人以驰骋想象的阔大空间。

颈联即景抒慨。自宣和七年（1125）金兵南侵，至建炎三年（1129），恰已四个年头。四年间，诗人颠沛流离，备尝艰辛；"风露"有双重含义，既指自然界的风霜雨露，也指生活中的艰难困苦。十月已是初冬，洞庭水位下落，湖中块块沙洲露出水面。"吐"字极为形象、生动，而"洲"上着"乱"字，也暗寓了世乱之感。

尾联反用孙权使鲁肃屯巴丘事，表达内心的情感。这两句承上而来，是全诗的主旨所在：因"避胡"到巴丘，洞庭旷野的朔风，岳阳楼下的日影，令诗人想到几年来身遭乱世、辗转奔波，引发了深沉的感慨：国家危亡之际，急需人才，而自己却空有忧国之情、报国之志，无法施展才能，只能发出"空白九分头"的浩叹。

这首诗写得沉郁、蕴藉。中间两联对仗工整，"酣""抱""侵""吐"等字，用得巧妙，为诗生色不少。第二联意境阔大，尤为出色，胡应麟说它"得杜声响"（《诗薮·外编》卷五）。这首诗的另一个特点，是委婉曲折地表达了诗人的忧国之情和报国之志。

（姜汉椿）

# 次韵尹潜感怀

胡儿又看绕淮春，叹息犹为国有人。

可使翠华周宇县，谁持白羽静风尘。

五年天地无穷事，万里江湖见在身。

共说金陵龙虎气，放臣迷路感烟津。

建炎三年（1129）四月，陈与义权摄知郢州，与其友周莘（字尹潜）屡有唱和，此即其一。

首联写时事。靖康之变，北宋亡，建炎元年（1127）高宗即位。其年冬，金兵南下，高宗退守扬州，建炎二年冬三年春，金兵又大举南侵，直逼扬州，高宗仓皇渡江，逃往杭州。前句写金兵南下，连陷徐、泗、楚三州。"绕淮春"既指出三州地在淮河流域，又点明时值春季；而"又"字则道出金兵屡次南侵的事实。金兵南侵，蹂躏大好河山，诗人满怀激愤，后句即吐露了他的这种心情。"叹息"二字，体现了诗人忧国伤时之意；"犹为国有人"，用贾谊《治安策》"犹为国有人乎"成句，一腔忠愤喷薄而出。

颔联对仗工整，语句看似平实，却奔涌着诗人内心激越的忧愤之情：岂能让皇帝四处流亡奔波，而谁来指挥三军澄清宇内呢！"翠华"本指皇帝仪仗中用翠鸟羽毛装饰的旗帜，此指代皇帝。"周宇县"指周游天下，此则暗喻宋高宗几年来四处奔逃的窘境。"白羽"指白羽扇。魏晋时人常持羽扇指挥三军，此借指有杰出才能的将帅。"静风尘"指平息战乱。

颈联写自己从宣和七年（1125）金灭辽攻宋以来，疲于奔走江湖，幸得保全性命。"见"即"现"，"见在身"指自己侥幸活着。诗人对五年来国家的变故、自己饱经忧患、转徙流离的遭遇可谓刻骨铭心。这两句诗就蕴涵了诗人的这种情感。

尾联表明反对逃跑、坚持抗金的明确态度。金陵（今南京市）历来被视为有帝王之气，"龙虎气"即指此。放臣，放逐之臣，诗人自指。陈与义自宣和六年谪监陈留酒税，当时虽权摄知郢州，但仍未复官。两句说即使自己作为站在烟津迷途的放逐之臣，仍认为应定都金陵，以图恢复。因此诗系诗人与周莘唱和，故有"共说"之语。

诗写得朴实、婉曲，但在平实的叙述中，抚事感时，感慨万端，表达出对国家、民族前途的深深忧虑。他希望宋高宗能定都金陵，起用主战将帅，平静胡尘，澄清宇内，抒发了深沉的爱国情怀。

（姜汉椿）

# 伤　春

庙堂无策可平戎，坐使甘泉照夕烽。

初怪上都闻战马，岂知穷海看飞龙！

孤臣霜发三千丈，每岁烟花一万重。

稍喜长沙向延阁，疲兵敢犯犬羊锋。


南宋建炎三年（1129）十一月，金兵大举南侵，攻破建康。十二月，侵入临安。宋高宗赵构逃到明州（今浙江宁波），乘舟入海。翌年正月，金兵再破明州，高宗泛海逃至温州。此时陈与义正流寓邵阳（今属湖南），听到此讯，深为国家的前途与命运而焦灼。这首题为《伤春》的诗，抒发了作者忧虑愤慨的心情。

首联破空直入，感叹朝廷无平戎之策，致使金兵得以长驱直入。"甘泉照夕烽"典出《史记·匈奴列传》，汉以陕西淳化甘泉山为帝王行宫，文帝时，"胡骑入代句注边，烽火通于甘泉、长安"。李白《塞下曲》："烽火动沙漠，连照甘泉云。"此处侧写金兵入临安、明州事。一个"坐"字，传达出诗人内心的无限沉痛。

颔联承上意继续发挥：正惊闻敌人的战马逼近京都，却不料皇帝竟东逃入海。上都，当指建康、临安被占之事，飞龙则喻高宗避难远遁。"初怪"与"岂知"一呼一应，平易中翻出无限哀痛。

　　前四句抒发感慨，一气贯注，颈联似宕实承，既伤国事，又叹自身。李白《秋浦歌》："白发三千丈，缘愁似个长。"杜甫《伤春》："关塞三千里，烟花一万重。"诗人化用李、杜之句，得其精义。"孤臣"，道出诗人近况；"霜发"，则感情色彩更浓。杜甫的《伤春》，与诗人此时远居湖南、但心牵朝廷危难的情形正相切合，可谓旧典活用，如同己出。

　　尾联引出向子𧫝抗敌之事。向子𧫝是李纲的政友，反对秦桧卖国求和，建炎中任长沙太守。建炎三年（1129），金兵攻长沙，子𧫝率军民顽强坚守。因子𧫝曾是直秘阁学士，故借汉制称为延阁，犬羊锋指金兵。诗人借向子𧫝英勇抗敌之事，表明庙堂虽无平戎高策，但人民却决不会向强敌屈服，尽管是"疲兵"但依然"敢犯"敌锋。所以诗人虽只"稍喜"，却也为之振奋不已，暗衬首联，比照鲜明。

　　全诗抚事感时，沉痛激越，虽无紧扣题意即景抒情之句，但作者春日伤感之情历历可见。此诗与杜甫《伤春》同题，背景、主旨也有相近之处，可谓杜诗之嗣响。

　　　　　　　　　　　　　　　　　　　　　　（耿百鸣）

# 观　雨

　　山客龙钟不解耕，开轩危坐看阴晴。

　　前江后岭通云气，万壑千林送雨声。

　　海压竹枝低复举，风吹山角晦还明。

　　不嫌屋漏无干处，正要群龙洗甲兵。


　　在大自然的万千气象中，简斋似乎独与雨有缘，春雨、秋雨、雷雨、细雨、雨前、雨后无不入于诗题，而独以这首《观雨》最为人所激赏，其笔法风韵无不酷肖老杜。

　　诗作于建炎四年（1130）夏，当时作者正寓居邵阳贞牟山中。诗人借“观雨”抒发了对政治局势的深切忧患和早日能抗金北伐的希望。

　　“山客”，作者自谓。“龙钟”，疲惫衰老之态。异族入侵，生灵涂炭，诗人辗转迁徙，客居他乡，已是衰病一身。诗人特地点出“不解耕”，却偏要“看阴晴”，这就题外有话了。诗人观雨也罢，看阴晴也罢，他所关注的绝非仅仅是天象，而是含蕴其中的人事。两句紧扣“观雨”题意，微露诗旨。

　　下联着意渲染山雨乍降时的声势：阴云弥漫，通前江达后岭，风起云涌无所不在，那山林岩壑瞬息间雷鸣雨倾，传送出激烈的风雨吼啸声。"前江后岭"对"万壑千林",精妙工整;"通""送"二字,传神逼真。

颈联承上继续状写雨中情景。"海压"二字,极写雨势浩大,如翻江倒海一般;而"低复举"三字,逼真表现了竹林在疾风劲雨中摇曳起伏的形态,蓄意突出了竹枝不畏强暴、刚韧不屈的精神。次句写大雨之时,云气聚散无定,变幻无常,远处山边忽晦又明,风吹云涌,甚是壮观。两句暗寓诗人不畏强寇、力主抗战的精神,以及黑暗难久、光明必现的信念,情景交融,耐人寻味。

尾联因雨寄怀,抒发了诗人观雨的感慨:"不嫌屋漏无干处,正要群龙洗甲兵。"两句皆从杜诗化出,上句用《茅屋为秋风所破歌》"床头屋漏无干处",下句用《洗兵马》"安得壮士挽天河,净洗甲兵长不用",皆反用其意。当此国家危难,有志男儿正整顿兵马、誓与金兵血战之时,这场快雨正可为将士们洗濯兵马。这也是上天赐予的恩惠,即使自己屋漏沥沥、无处存身,也在所不惜。结尾两句,使得全诗轩畅淋漓,境界陡高。

这首诗深沉蕴藉,诗人将激越浩荡的气概注入大自然的景观之中,借景寓情,因景寄怀,化用杜诗,如同己出。纪昀评此诗,则最欣赏诗的尾联,认为"结二句自见身分"。(《纪批瀛奎律髓》卷十七)

(耿百鸣)

# 雨中再赋海山楼

百尺阑干横海立，一生襟抱与山开。

岸边天影随潮入，楼上春容带雨来。

慷慨赋诗还自恨，徘徊舒啸却生哀。

灭胡猛士今安有？非复当年单父台。

据胡穉《简斋先生年谱》，陈与义自靖康元年（1126）自陈留南奔避乱，辗转邓襄湖湘，目睹金兵入寇的惨景。在此国家的危急存亡之秋，简斋满腔的忧国爱民之忧都表现在他的诗篇中，读这首《雨中再赋海山楼》诗即可见一斑。海山楼在广州，前此还有《登海山楼》一诗，一本题下注为："广州。"

诗人由登楼览景而触景生情，故全诗分写景与抒情前后两个部分。首句写出危楼临海耸峙的壮观景象，"百尺"形容楼高，"横海立"写其壮伟，下一"横"字更突现出纵横于海天之间的气势。楼借海势，大海的壮阔更衬托出楼之雄峻。首句切"海"，次句切"山"，写山笔法又有不同。"一生襟抱与山开"，情由景生，故情景合写，有虚实相映之妙。杜牧《长安秋望》有句云："南山与秋色，气势两相高。"抽象虚泛的秋色借具体的终南山而表现其寥廓高远，此处诗人的胸襟怀抱也借助山海的壮阔而获得展现。此句字面上写

"山"，实包涵海天在内，为后半的抒情伏下一笔。

领联写登楼所见之景。此联亦用虚实相生之笔法，岸与潮、楼与雨均为实景，而天影与春容的虚景则在实景中得到展现。此联不仅雄浑壮阔，而且以"入""来"两个动词写天光云影与春日气象，使整个境界为之飞动，这种潮水奔涌、风雨齐来的危楼景象也反映了时代的动荡和诗人的不安，由此导入下半的抒情。

颈联抒写了报国无门、回天无力的悲愤。"慷慨赋诗"所赋当为抗敌报国之歌，但自己却只是一个多年流落江湖的"放臣"，空有一腔爱国热血而无用武之地，故反自生怨恨。"徘徊舒啸"亦为排遣心中愁闷，但金兵长驱直入，投降派执掌军国大计，目睹国事日非，只会更增悲哀。此联以虚词"还""却"斡旋，传达出诗人跌宕起伏的悲愤之情。

尾联以一问一答的形式，通过怀古伤今，将悲愤之情发挥至于极诣，全诗留下无穷的感喟。这两句化用杜甫《昔游》的诗意，单父原为春秋时鲁邑，即今山东单县，宓子贱尝为邑宰，其弹琴之台即为单父台。杜甫诗中描绘了国力强盛、英雄云集的盛唐时代。同是登高望远，却已今非昔比。诗人呼唤灭胡的猛士，那发自肺腑的一问是问苍天，也是问朝廷，问普天下之人，倾吐出满腔的爱国热望。但末句的自答却流露出极大的失望，包含了对朝廷执政，乃至最高统治者的怨愤。诗人为民族的命运哀叹，故具有震撼人心的悲剧力量。

此诗风格雄浑悲壮，音节宏亮顿挫，足以继响杜甫的《登高》。在情与景的安排上，既有前后的分工，又有内在的联系与渗透。前半写景，却已关及怀抱，后半抒情，却处处意含登高。江西诗派颇重景与情的配置，所谓"老杜、陈简斋诗，两句景即两句情，两句丽即两句淡"（方回《吴尚贤诗评》）。这也是简斋由黄、陈而上法老杜之所得。

（张家英）

# 怀天经智老因访之

今年二月冻初融，睡起苕溪绿向东。

客子光阴诗卷里，杏花消息雨声中。

西庵禅伯方多病，北栅儒先只固穷。

忽忆轻舟寻二子，纶巾鹤氅试春风。


此诗作于绍兴六年（1136）二月，是时陈与义为显谟阁直学士，提举江州太平观，而寓居于青镇（今属浙江桐乡）僧舍。诗是为访两位挚友而发。天经，姓叶名懋，陈与义之子陈洪曾拜他为师。智老，即大圆洪智，是位僧人。两人与陈与义交情甚笃，与义另有《与智老天经夜坐》诗云：“残年不复徙他邦，长与两禅同夜缸。坐到更深都寂寂，雪花无数落天窗。”这已不是一般的融洽和投机，而是心灵的相通和意念的契合。

诗的前两联先从己方落笔。首联因春起兴，暗寓怀人之意。二月冰融，本是常理，而诗人特别道出“今年”二字，显出诗人对今番的冰雪消融特别关注，暗示诗人趁春访友的迫切心理。“苕溪绿向东”五字，准确凝炼地写出了春水奔流、绿满苕溪的情景，而且这种春意随着春水解冻呈现出一种流动蔓延的势态，显示出春天欣欣向荣的勃勃生机。颔联是宋诗中的名联，据说宋高宗赵构对此联极为欣赏。《诗人玉屑》也将它列为"宋朝警句"。春满水绿，诗人自然也触景生情，感慨身世。"客子光阴"，三分苦涩；"诗卷里"，三分无聊；"杏花消息"，三分急迫；"雨声中"，三分无奈。这两句味淡意浓，充满了不可名状的复杂内涵。而且这两句对仗极工，行文自然，色彩平淡，于不经意处显出深厚的功力。

以下四句转写怀人。西庵，北栅，指洪智老和叶天经的住所。此处的"多病"和"固穷"，绝对不是对洪、叶二人的单纯状摹，而是紧紧应和"客子光阴"的无聊和落寞、"杏花消息"的企盼和失望，表现出诗人和朋友们失落无奈、同病相怜的情形，同时也表现出诗人与他们有共同的志向和情趣。"忽忆"两句情调一变，不再拘写困顿之状，而是轻灵地展开想象，想象自己驾轻舟踏波寻友的快意，想象自己纶巾鹤氅独立舟头的自得，想象朋友间畅叙情怀的温暖春意。尾联笔势飞动，诗趣盎然，与首句的空灵相应，形成全篇在章法和义理上的双重统一。

此诗名为"访之"，而全诗并未实写访友。从冰融春醒写到感慨光阴，从己身寂寥写到友人穷病，从怀人思故写到忆舟访友，均着虚笔而不写实行，但实访之意已深，实访之味已浓。诗的结句留有无尽的意味，让读者去充分想象那以后的一组组动人场景。这种欲擒故纵之笔法令人叫绝。

（耿百鸣）

# 雨　晴

天缺西南江面清，纤云不动小滩横。
墙头语鹊衣犹湿，楼外残雷气未平。
尽取微凉供稳睡，急搜奇句报新晴。
今宵绝胜无人共，卧看星河尽意明。

这首七言律诗写夏日阵雷过后，习习凉意带给诗人的欢欣舒畅之情。

首联描绘雨晴之景，"天缺西南"，急雨初歇，天空已露出一角湛蓝澄碧。"江面清"写雨后的江面转为清澈宁静，来映衬此时西南天际的晴明之色。下句紧承上而来，一隅蓝天里斜曳一抹微云，如同露出江面的小沙滩，静滞不动。作者采用白描手法，从天际一隅落笔写晴，刻画生动，新颖独造。

颔联继续写景，由远及近，由形及声。墙头上一只喜鹊羽毛犹湿，清脆地鸣叫着。与它相应答的却是楼外仍在沉沉作响、残余未尽的雷声。活泼精灵的喜鹊给画面带来了生意，"犹湿"的羽毛既紧扣"雨晴"，又传达出喜鹊迫不及待的报晴之意。清脆的鸟语与阴沉的残雷相对而相成，融成一曲大自然和谐的奏鸣曲。虽未着一字抒情，一缕欢悦之情已从画面溢出。

颈联由写景转为叙事,急雨后的凉意驱走了酷暑,带来了睡意,而雨后的新晴则更牵动诗人的灵感,引来诗情。这一联连用六个形容词,取为尽取,搜为急搜,凉是微凉,睡是稳睡;句则奇句,晴则新晴,形容恰到好处。而两个动词"供"与"报",则传递出了诗人与大自然之间彼供此报的水乳深情。

尾联宕开一笔,推想雨后凉爽惬意的夜晚,独自对月,卧看夏夜银河璀璨的情景。"尽意"二字,赋予星河以生命,仿佛那满天星斗也会为感激这雨后新晴而刻意大放异彩,景中融情,情景相生。

此诗题为"雨晴",句句紧扣题意而来,将急雨初歇,天刚放晴之际的情景、心境一并摹出,惟妙惟肖。无一字触及情感,但欢悦舒坦之情无处不现,读后让人回味无穷。

(耿百鸣)

# 和张规臣水墨梅五绝

巧画无盐丑不除，此花风韵更清姝。
从教变白能为黑，桃李依然是仆奴。

病见昏花已数年，只应梅蕊固依然。
谁教也作陈玄面，眼乱初逢未敢怜。

粲粲江南万玉妃，别来几度见春归。
相逢京洛浑依旧，唯恨淄尘染素衣。

含章檐下春风面，造化功成秋兔毫。
意足不求颜色似，前身相马九方皋。

自读西湖处士诗，年年临水看幽姿。
晴窗画出横斜影，绝胜前村夜雪时。

这组水墨梅诗，作于政和八年（1118）至宣和元年（1119）间，其时诗人在京任辟雍录。张规臣，一作张矩臣，是诗人的表兄，颇有诗才，居京期间两人唱和甚多。陈与义的这组墨梅诗，在当时名气很大，葛胜仲《陈去非诗集序》载："宣和中，徽宗皇帝见其所赋《墨梅》诗，善之，亟命召对，有见晚之嗟。遂登册府，擢掌符玺，向进用矣。"《容斋随笔》亦有"陈去非遂以《墨梅》绝句擢置馆阁"的记载。徽宗皇帝的品味不俗，这番见知确实成了古今诗界的美谈。此画据《独醒杂志》载乃花光仁所画，而画亦因此诗而身价倍增，名重天下。

水墨画梅，画不出色彩，难讨世人之喜。可诗人慧眼识珠，得其精髓，水墨的缺点不仅变成了优点，而且还成了贯穿五绝句的诗意之机钮。

第一首以桃李衬墨梅，极写梅花的本色，立意很高。无盐丑女，怎么妆饰描画都美不起来；梅花骨秀，抹去了色彩却更显清姝。梅花自有高贵的本质，纵然白花画成黑色，但俗艳的桃李在她面前仍只有奴仆的份。这个诗意，苏轼《梅》诗早已有过："天教桃李作舆台。"但诗人同时借用了屈原《怀沙》诗意"变白而为黑兮，倒上以为下"，以梅花的变白为黑喻指人世的贤愚不辨，同时也傲然宣称：梅花终究是梅花，桃李再艳也不会具备她那高洁修美的品格。这里的梅花和桃李，象征意义已十分明确。

第二首写诗人对梅花一往情深的思念。尽管诗人久卧病榻，但昏昏朦朦中仍不时梦到那洁白的梅花，只因为诗人一直寄志于梅花，从梅花中寻求人生的安慰，早已与梅花结下了难解难分的情缘。"陈玄面"用韩愈《毛颖传》典："与绛人陈玄、弘农陶泓、会稽褚先生友善。""绛人陈玄"，指绛州贡墨，此处代指墨梅画。诗人心中圣洁的梅花，突然变成了眼前的水墨，使他眼花意乱，竟一时不敢去赏爱。这首表达了诗人对梅花铭心刻骨的爱，同时也写出了水墨梅画给诗人带来的欣慰。

第三首以拟人笔法写人花离合，尤为人所称道。万玉妃，典出韩愈《辛卯年雪》诗："白霓先启途，从以万玉妃。"本义喻雪，此处用来喻白梅。前首极写人花情结，这首索性以人比花。江南玉妃，昔日欢好，别后思念，春梦几度；京洛重逢，丰采依旧，唯恨北尘，沾染素衣。三、四句典出陆士衡《为顾彦先赠妇》诗"京洛多风尘，素衣化为缁"和谢玄晖《酬王留安》诗"谁能久京洛，淄尘染素衣"，正切水墨梅画。这首诗以奇特的联想和深厚的寄托，创造了广阔的诗境：第一层写出了诗人对梅花玉妃的一片痴爱和思恋；第二层写出了墨梅画的精妙笔法和传神效果；第三层则于题外暗寓对污浊黑暗势力的憎恶，对美好事物被污染的愤恨。

第四首从赏画入手，着意赞美了画师的精妙技法和艺术境界。首句用寿阳公主梅花妆的典故，《杂五行书》载："宋武帝寿阳公主，人日卧含章檐下，梅花落额上，成六出花。"后称"梅花妆"。诗以美人梅花相映衬，写出了梅花令人仰慕的美，但诗人眼前的美，却来自画师的生花妙笔，来自壁上的尺幅幽境。三、四两句更进一层，写画师不仅技法超群，而且进入了极高的艺术境界。这里，九方皋相马的典故用得恰到好处。春秋时秦穆公使九方皋相马，三月后得宝马。公问其状，九方皋说是一匹黄色雌马，取来一看却是黑色雄马。穆公疑其不识马，伯乐却大为叹服，说九方皋相马是得其精而忘其粗，在其内而忘其外。诗人借此盛赞画家花光仁画出了梅花的精神和韵味，以至于对形状色彩反而并不经意。意足不求颜色似，在艺术上无疑是一种超凡的境界。

第五首以名诗作衬托，渲染出画的艺术效果。西湖处士林逋的《山园小梅》，可谓是咏梅的千古绝唱，其颔联"疏影横斜水清浅，暗香浮动月黄昏"尤属神来之笔。自读了林逋的诗后，诗人对梅花的幽姿更为倾倒了。而眼前的这幅画，疏影横斜，风味无穷，其艺术境界绝不比那些名诗来得逊色。这里诗人以齐己的咏梅名句"前村深雪里，昨夜一枝开"作衬托，在诗情画意交织的气氛中，更突出了这幅墨梅的艺术效果。

这组咏画诗，既是一个整体，也能独自成章。前三首主要写花，后两首主要写画，但每首都不拘于物象，在赋咏的同时深深融入了诗人对梅花的爱惜、相思和品鉴。诗人以梅花的格调来标榜自我，用自我的品志来赋写梅花，并运用一个个恰到好处的典故，使全诗空灵飞动，新意迭出。咏物诗进入了这种境界，可谓是上品了。

(耿百鸣)

# 春　寒

二月巴陵日日风，春寒未了怯园公。

海棠不惜胭脂色，独立蒙蒙细雨中。

　　此诗作于建炎三年（1129）二月，时值金兵屡屡南犯，陈与义辗转逃难，小居岳阳，借郡守王接后园君子亭居之，自号"园公"。靖康（1126）以来，国家民族惨遭浩劫，诗人也漂泊流离，备尝艰辛。春天来了，诗人感受到的还是寒意。这首诗即景状物，却于言外涌出无限悲怆忧思。

　　首二句写早春怯寒。巴陵，今岳阳。诗人逃难三年来，灾变频起，日惊夜怕，"日日风"三字，不仅是对自然物候的描写，也是诗人敏感心态的写照。春天虽临，但寒意料峭，诗人不但感受不到春天的温暖，而且还产生了强烈的怯意。诗人所怯当然不仅仅是天气的阴冷，山河破碎的阴影岂不比寒风更令人生怯吗？

　　后二句写海棠独开。海棠色泽鲜艳，富态大方，在寒风细雨中仍展红吐艳，傲然独立，显示出一种以生命之火向人间传送春意的丽质和高韵。本来这类赞美都被松、竹、梅、兰、菊所垄断，陈与义此诗一出，海棠的气格也因此令人刮目。诗人笔下的海棠，是诗人自我人格的缩影，它表现诗人不惜贡献自我的精神。

　　这首小诗语调低回但不消沉。诗人以情状花，以花映人，寓意深厚，极得诗家比兴之三昧。

（耿百鸣）

# 牡　丹

一自胡尘入汉关，十年伊洛路漫漫。
青墩溪畔龙钟客，独立东风看牡丹。

　　这首咏物怀乡的名篇作于绍兴六年（1136）春。此时陈与义以病告退，除显谟阁直学士，提举江州太平观，寓居浙江桐乡青墩寿圣院塔下。这年他已四十七岁，长期的流离生活使他衰病交加，难解的家国之痛又使他悲愤郁积。他有家难回，有志难遂，有恨难消，春日见溪畔牡丹，便有感而赋，写下了这篇力作。

　　诗的前两句便跌宕不凡，十年间郁积的情绪一起涌出。自靖康年诗人开始离乡背井起，至此时正好十年。伊、洛即伊水和洛水，代指家乡洛阳，同时也代指着被金人蹂躏的中原地区。此句取《古诗·涉江采芙蓉》"还顾望旧乡，长路漫浩浩"之意。诗人一方面感慨故里遥远，再难重归；另一方面又表示虽无力挽救颓势，但抗金复国的一腔热血仍在流动，"路曼曼其修远兮，吾将上下而求索"（《离骚》）。两句虽未直接写国耻家恨，但这两层意思早就争相跃出，合为一体了。

　　一、二句势足，三、四句意厚。一个"客"字，说明诗人仍不忘身处异乡的客子身份，可惜此时为客，已是衰病龙钟，看来与故里无缘了。末句一出，却给这番老态注入了充沛的活力。牡丹本是上苑花王，相传因抗武则天之旨而被贬配洛阳，因此赢得了一身傲骨。眼前的牡丹虽与诗人一样客居他乡，难返故里，但它的节操、它的傲岸并未有半丝的亏损。一个"独"字，道出了诗人的孤寂，而牡丹的出现，却使诗人找到了安慰，找到了难与人言的共同心声。同样的乡情，同样的沦落，同样的品志，同样的归宿，人就是花，花就是人。"独立东风看牡丹"，这一"看"字的含义该有多深多厚！

诗虽于末句方点出牡丹，但回溯前句，则是字字在写牡丹，细审之下，牡丹又变成了诗人自我。通过这样的咏物笔法，诗人让读者读到的，哪里仅止是物呢！

（耿百鸣）

# 朱 松

朱松（1097—1143），字乔年，号韦斋。徽州婺源（今属江西）人。朱熹之父。曾从程门弟子罗从彦学。历官秘书省正字，著作佐郎、史馆校勘，与修《哲宗实录》。后以吏部郎上章反对秦桧议和，出知饶州，未至而卒。有《韦斋集》。

(房开江)

## 送金确然归弋阳

昔我云溪居，送子云溪濆。
重来问何时，笑指溪上云。
一别四周星，坐此世故纷。
衰颜两非昔，华发粲可耘。
我缠风树悲，终日无一欣。
子乃水菽忧，南北奔走勤。
对床语未终，别意如丝棼。
归梦尚随子，何当叹离群。

　　这首五言古诗是一首情深意长的送别诗。就题材而言，并非新颖。但是，作者不仅能于诗中写出他对朋友诚挚深厚的感情，而且在构思上也有其独到处。这就是说，作者并不局限于今日送别，而是按昔日送别、别后情景、今日离情三个层次来构思谋篇、表达诗意，使这首送别诗能给人以耳目一新之感。

前四句是诗的第一个层次，写昔日云溪送别的情景。"昔我"二句是一般叙写。开头一个"昔"字，将思绪立即引向对往事的回忆。云溪，县名，治所在今湖南江华西北。濆（fén），沿河高地。诗人当年就在"云溪濆"送别金确然，今日想来情景还历历在目。"重来"二句，回忆当时一段意味深长的对话：诗人问他何时再来，他却"笑指溪上云"。这里的"溪上云"，即是"浮云游子意"，指金确然生活飘浮不定，自然也就后会难以料定了，这一描写十分传神。明明是今日送别，却从昔日送别写起，让对方与诗人一道回首往事，不仅浓化友情，而且更为今日之别增加悲苦的情味、缠绵的气氛。

中间八句，是诗的第二个层次，写云溪别后四年来的变化。"一别"二句，诗人从大处着笔，指出别后的四年，正逢世事纷乱之秋。诗人没有对金兵南侵、投降派把持朝政，排斥忠良作具体描写，而只以"世故纷"三个字概括地一提，作为背景的交代似乎也就可以了。"衰颜"二句，将诗笔拉回，写两人衰老之态，比拟尤为新奇。"粲"，明亮貌；"耘"，除草。华发之粲已然可耘，犹言白发丛丛，多如蔓草。"粲可耘"，形容华发明显地增多。以下四句分别写二人心情之不佳。"我缠"二句写诗人自己悲于亲人去世，整天都没有高兴的时候。"风树悲"，出《韩诗外传》"树欲静而风不止，子欲养而亲不待也"，用以喻父母死亡不得奉养。白居易《赠友》诗云："庶使孝子心，皆无风树悲。"诗中一个"悲"字，写出了诗人别后的情怀。"子乃"二句写金确然奔走南北，常为不能很好供养父母所苦。水菽（shū），出《礼记·檀弓》"啜菽饮水，尽其欢，斯之谓孝"，后用以指子女以粗茶淡饭供养父母。诗中一个"忧"字，写出金确然遭遇之苦，表达出诗人对他的理解。以上八句写别后情景，将世事变化与二人的遭遇结合在一起；在写二人遭际时，又将人之衰老与心情愁苦结合在一起，时而合写，时而分写，表达的感情诚挚而深厚。

最后四句，是诗的第三个层次。诗笔从往事中拉回，写今日离情。"对床"二句，从正面写依依惜别。"丝棼（fén）"，纷乱之丝。《左传·隐公四年》："犹治丝而棼之也。"此处用以比喻离情，与李煜《乌夜啼》中所写"剪不断，理还乱，是离愁"，颇为相似。"归梦"二句，是劝慰金确然的话。诗人说，我在梦中还将伴随着你，你又何必为离别而悲叹呢？其中"归梦尚随子"一句，不禁使人想起王维的诗句："惟有相思似春色，江南江北送君归。"（《送沈子福归江东》）其共同点在于，看似宽解对方，实际上是深一层地表达惜别之意。

读罢此诗给人一种感觉，仿佛是在一个离别之夜，与诗人对床谈心，静静地听他倾诉依依别情。他的话是那样质朴，他的感情是那样淳厚，他对朋友是那样真诚。一句话，诗人以质朴的语言写出了人间真情。

（房开江）

## 邓 肃

邓肃（1091—1132），字志宏，南剑州沙县（今属福建）人。早年与李纲为忘年交。入太学，作《花石诗》十一首，指斥统治者搜求刻剥，被逐出太学。钦宗朝召对，补承务郎。张邦昌僭位称帝，奔赴南京，擢右正言，罢归家居。有《栟榈集》。

（黄宝华）

# 花 石 诗

蔽江载石巧玲珑，雨过嶙峋万玉峰。

舻尾相衔贡天子，坐移蓬岛到深宫。

宋徽宗为了一己的享受，在东南一带搜括奇花异石，运至汴京，营造延福宫与万寿山。一般文人纷纷献词谄谀，而太学生邓肃却上诗十一章，予以嘲讽，这里选析的是第一首。

此首集中写石。史载"朱勔于太湖取石，高广数丈，载以大舟，挽以千夫，凿城断桥，毁堰拆牐，数月乃至"（《宋史纪事本末》卷五十）。首句即是描写当时纲运的这种盛况，堪称实录。次句则以夸张之笔对所取之石作渲染。风雨过处，它们俨然是群峰林立的山峦，突兀高峻而又玲珑如玉。第三句复为写实之笔，描写船队首尾相接，浩浩荡荡，迤逦而进，至此方点明如此盛举均是为供奉天子。结句以更为夸张之笔揭出讽刺之意，将统治者的穷奢极侈暴露无遗。"坐"，即顿，旋即之意。此句犹言倏忽之间就将蓬莱仙境移到了宫中，具有深刻的讽刺意义。

讽刺的生命在于真实。此诗的夸张之所以具有强烈的讽刺力量，在于它基于确凿的事实之上。其次，夸张与反语相结合，看似赞美，实为谴责。

另外，此诗一、三两句写实，二、四两句夸张，结构也很特别。

（黄宝华）

## 刘子翚

刘子翚（1101—1147），字彦冲，号病翁，崇安（今属福建）人。北宋末年以荫补承务郎，通判兴化军。后以病退居家乡屏山讲学，学者称"屏山先生"。他是理学家，也是诗人。其诗多感慨国事，充满忧愤之情，风格明朗豪爽，语言简练形象。有《屏山集》。 　　　　　　　　　　　　　　　　　　　　　　（房开江）

## 汴京纪事

（二十首选三）

联翩漕舸入神州，梁主经营授宋休。

一自胡儿来饮马，春波惟见断冰流。

　　《汴京纪事》二十首，作于北宋京城汴京（今河南开封）沦陷之后。作者在这组诗中，感慨国事，谴责金人南侵，讽刺权奸误国，忠愤之气、爱国之情溢于字里行间。本篇是其中第五首，诗中通过汴河的今昔对比，抒发了作者深沉的亡国之痛。

　　首句回写过去。"联翩"，接连不断；"漕舸"，运粮的大船；"神州"，此指汴京。诗一开头七个字，展现了北宋灭亡前汴河上运粮的繁忙景象。作者忆写从前之盛，正是为着抒写今非昔比的感慨作铺垫。次句概写汴京的历史变迁。"梁主"，指后梁太祖朱温，907年代唐称帝，建都汴京。经历数代，汴京成为繁华的京城。可是眼前的汴京却已沦陷，哪还有旧日京城的风貌！一个"休"字，点醒宋亡的现实，含有无穷的感慨。后两句，把诗笔转向现在的汴河。诗中说，自从金兵南侵后，昔日那"联翩漕舸"的景象没有了，而今只见春水中断冰静静飘流。作者将这两句构思成因果句，上句以形象的描写点明金兵南侵，末句则以汴河之萧条说明金兵南侵造成的后果。作者的感慨正从这因果的交代之中传达出来。

诗的首句与末句都是写汴河之景。一个是写从前，一个是写现在。从前是那样热气腾腾，现在是这般冷冷清清，今与昔形成鲜明对比，盛衰之叹极为深沉。

(房开江)

空嗟覆鼎误前朝，骨朽人间骂未销。

夜月池台王傅宅，春风杨柳太师桥。

北宋末年，权奸弄权误国，朝廷正直之士和广大人民对他们恨之入骨。如果说组诗之五将北宋灭亡的外因（金兵南侵）点明，而内因引而不发的话，那么这一首则着重揭示其内因所在。

首句揭露权奸误国的罪行。"覆鼎"，语出《周易·鼎》："鼎折足，覆公𫗧（食品）。"比喻失职误国的大臣。前朝，指北宋末年徽宗朝。全句是说，权奸们身为人臣而不能尽忠守职，反而断送了北宋的江山。国势如此，叹亦何用？"空嗟"二字写出了作者无比沉痛的心情。从诗的首句已经看到权奸误国罪不可饶，所以诗的次句写人民对他们的唾骂，自在情理之中。这七个字凝聚了作者强烈的感情。那么，权奸具体指谁？诗的后两句于写景中巧妙地点了出来。"王傅"，指太傅王黼，徽宗时为相，被称为"六贼"之一，钦宗即位，遭流放，在流放路上被杀。"太师"，指太师蔡京，徽宗宠信的奸臣，为"六贼"之首，钦宗即位，被放逐岭南，死于途中。王黼、蔡京这些奸贼，带着骂名在历史的长河中消逝了。眼前只有"夜月池台"仍旧，"春风杨柳"依然。"王傅宅""太师桥"，只不过是作为他们荒淫生活的罪证留在历史的大展厅里罢了。这两句是承前两句对权奸的鞭挞怒骂之后，接以几声冷笑，看似轻松之笔，实有深刻的讽意在。

（房开江）

　　　　輦毂繁华事可伤，师师垂老过湖湘。
　　　　缕衣檀板无颜色，一曲当时动帝王。

　　此诗以写北宋名妓李师师的遭遇，寄托了无穷的兴衰之叹。诗的首句没有让李师师出场，而是先抒写对汴京盛衰的感慨。輦毂，皇帝的车驾，也作京师的代称，此指北宋京城汴京。北宋灭亡，当年汴京的繁华而今已化为乌有。追想往事，今昔反差，怎不伤情！这不仅交代了背景，而且"事可伤"三个字，还给全诗的抒情定下了基调。以下三句便是写师师的遭遇。梅鼎祚在《青泥莲花记》卷十三写道："靖康之乱，师师南徙，有人遇之于湖、湘（洞庭湖与湘江）间，衰老憔悴，无复向时风态。"诗的次句正是她这种流落生活的写照。如果说这一句是着重于李师师容颜的变化，那么后两句则着重于演唱技艺的退减。"缕衣"，金线盘绣的舞衣；"檀板"，檀木拍板，歌时所用。想当初在京师，她歌喉婉转，声动四座，就连宋徽宗也为之倾倒，而今流落南方，华美的舞衣、珍贵的拍板，都失去了当年的光彩。这里说的是"缕衣檀板无颜色"，实际上是说她演唱的黄金时代已经过去，"一曲当时动帝王"的情景再也不会出现。从师师的遭遇中可以看出，此时之衰较之昔日之盛，不啻有天壤之别，其境可悲，其情可哀。

不难看出，作者以李师师为咏写对象，而其深沉感慨所在，却是北宋王朝的兴衰。以小写大，正是此诗的特点。　　　　（房开江）

## 岳 飞

岳飞（1103—1142），字鹏举，汤阴（今属河南）人。出身农家，早岁从军，战功卓著，为宋代抗金名将。历少保、河南北诸路招讨使、枢密副使。在北伐节节胜利之时，因主和派得势，被召还京师，终被谋害，年仅三十九。孝宗追谥武穆，后改忠武，宁宗追封鄂王。诗、词、书法皆有相当造诣。后人编有《岳忠武王文集》，载诗八首，诗风清丽劲健。　　　　　　　　　　　（潘善祺）

## 池州翠微亭

经年尘土满征衣，特特寻芳上翠微。

好水好山看不足，马蹄催趁月明归。


池州，即今安徽贵池。唐杜牧为刺史时，在其南面的齐山上构筑翠微亭供人临眺。岳飞在统兵作战的间隙，登山览胜，写下此诗。

首句先叙历年的征战生活，紧张艰苦之状可见。第二句是转。由戎马倥偬转入寻芳赏景，情调转为闲逸，显出作者文武两方面的修养。就诗来说，亦有张弛交替、跌宕起伏的艺术效果。"特特"，马蹄声，用在此处有类"鸟鸣山更幽"的情趣，更增添了诗境的幽美意趣。

"上翠微"原是为了"寻芳"（看花），但接着的第三句却没有在花草上着墨，而是放笔写大好河山。"好山好水"的叠词重语已表露出作者对祖国瑰丽山河的挚爱，再缀以"看不足"三字，更以流连忘返之态深化了这一感情。这是全诗的关键句。这种深爱之情，与首句隐隐相通：正因为对祖国山河爱得深，故绝不甘让人侵占，故"经年"征战，不顾生死，要求还我河山。这感情线索亦贯穿到末句中。因爱之深而"看不足"，故不知日之没、月之明，最后不得不催马踏月，登上归途。

热爱祖国山河之情贯穿全诗，起承转合，层层推进，骑马登亭，骑马下山，由白日至夜晚，首尾呼应。其语言朴实无华，不事雕饰，以所谓"眼前景物口头语，便是诗家绝妙辞"移评此诗，无疑是十分恰当的。

（潘善祺）

## 萧德藻

萧德藻（生卒年不详），字东夫，闵清（今属福建）人。高宗绍兴二十一年（1151）进士，官乌程令。后家居乌程屏山，自号千岩老人。曾学诗于曾幾，并为杨万里所赏识，在当时颇有诗名。有《千岩择稿》，已散佚。　　　（房开江）

## 次韵傅惟肖

竹根蟋蟀太多事，唤得秋来篱落间。

又过暑天如许久，未偿诗债若为颜。

肝肠与世苦相反，岩壑嗔人不早还。

八月放船飞样去，芦花丛外数青山。

傅惟肖，南安（今属福建）人，其原诗今已不传。这首次韵诗当作于诗人为乌程令时，诗中较为强烈地抒发了诗人的隐退之意。

诗人身为县令，为俗务所烦，在无聊中打发着时光，心情很不好。所以，诗一开头就将这情绪无端地发泄在蟋蟀身上。他责怪蟋蟀把令人生愁的秋天唤来，不免太多事了。初秋时节，蟋蟀鸣叫于篱笆间，有的人将它比作织机，并生发出如此美妙的联想："水碧衫裙透骨鲜，飘摇机杼夜凉边。"（洪咨夔《促织二首》其二）但诗人对蟋蟀叫声的感受却是厌恶、心烦，这大概是"情哀则景哀，情乐则景乐"(吴乔《围炉诗话》)的缘故吧！次联将笔锋转向自我，怨自己夏去秋来，时间过了这样久，该偿还的诗债还未还清，想来真有点难为情。（诗债，自当含有诗人对傅诗的答诗在内。）以上两联，无论是怨蟋蟀还是怨自己，都是与诗人烦闷无聊的心情关联在一起的。他身为县令，心情何以如此？诗的后两联作了回答。

第三联的上句先直吐心情："肝肠与世苦相反。"世人或施展手段，追名逐利；或奔走高门，热心仕进，与诗人心志恰恰相反。一个"苦"字，写出了诗人的精神苦闷。下句从旁落笔，写岩壑责怪他不早归山林。岩壑的责怪从侧面说明诗人欲归不得归的心情，将诗人归隐之想从内心深处引了出来。运笔巧妙，达意深婉。这一联写出了诗人归隐的思想基础，所以诗的末联凌空一笔，直写他未来归去的心情："八月放船飞样去，芦花丛外数青山。"此时诗人好不快活，好不轻松。无论是叙事，还是写景，都洋溢着诗人无比兴奋的情怀。这与前三联描写的诗人心情，形成强烈对比，从这对比之中更见出归隐乃诗人心志之所在。

全诗将抒情、写景与议论融为一体，再加上诗中巧妙地运用了拟人的手法、对比的描写，增强了诗的艺术表现效果。此诗虽是言志，却写的饶有情趣。元人方回评说道："其诗苦硬顿挫，而极其工。"（《瀛奎律髓》卷六）是有一定道理的。　　　　　　（房开江）

# 古梅二首

湘妃危立冻蛟脊，海月冷挂珊瑚枝。

丑怪惊人能妩媚，断魂只有晓寒知。

　　这首诗咏写晨光熹微中古梅的风姿神态。前两句以丰富的想象、巧妙的比喻，极力形容梅花的姿态。"湘妃"，传说中舜的二妃，死后成为湘水之神。"海月"，一种白色正圆的海中动物，其贝壳可嵌门窗。诗人看着屈曲横斜的老枝上的朵朵梅花，不禁神思飞驰，仿佛看见那美丽的湘妃玉立在冻蛟的背脊上，又仿佛看见白色的海月挂在珊瑚枝头。接着两句诗笔由描写转为议论，抒写诗人的感慨。古梅虽然"丑怪惊人"，但在凌晨的寒气里，当别的花垂萎时，它却以妩媚的风姿逗人喜爱。"梅以韵胜，以格高，故以横斜疏瘦与老枝奇怪者为贵。"（范成大《梅谱后序》）第三句正是从这传统观念上发论，赞美古梅。末句则化用林逋《山园小梅》诗句"粉蝶如知合断魂"，而将其妩媚与晓寒联系在一起，以揭示其精神品格，深化诗意，这自然比一般咏梅诗高出一着。

　　　　　　　　　　　　　　　　　　　　　　　　（房开江）

百千年藓著枯树，三两点春供老枝。

绝壁笛声那得到，只愁斜日冻蜂知。

　　此诗主要是写古梅清高拔俗的品格。前两句着意写古梅之态。南朝陆凯《赠范晔诗》云："折梅逢驿使，寄与陇头人。江南无所有，聊赠一枝春。"此处"三两点春"之"春"，正是用陆诗，意指梅花。这两句展示的画面是：枯树上附着千年苔藓，老枝上开放着稀疏的花朵。其中枯树、老枝、百千年藓、三两点春，极其形象地渲染了梅树之古老。后两句着重写古梅的处境和品格。笛曲有《梅花落》，李白诗有"黄鹤楼中吹玉笛，江城五月落梅花"（《与史郎中钦听黄鹤楼上吹笛》）句。这株古梅生长在绝壁悬崖，不必担心听到催她谢落的笛声；只怕那黄昏时冻蜂知道，会打破这宁静的生活。第三句写古梅远离尘嚣，生长在人迹罕到之地，与"梅边吹笛"（姜夔《暗香》）的境况自然不同。而诗的末句又说明，古梅所担心的是外界会破坏这种宁静淡泊、孤芳自赏的生活。不难看出，诗人咏写古梅清高拔俗的品格，正寄寓了诗人的人格。

　　宋人吕本中在《吕氏童蒙训》中说过："咏物诗不待分明说尽，只仿佛形容，便见妙处。"（见《诗话总龟后集》卷二十八）这两首咏梅诗亦是如此。作者咏写古梅，虽然是或比喻，或铺写，却无一字说破。描写、议论皆引而不发，留想象给读者，寄韵味于诗外。难怪被清人陈衍评之为："梅花诗之工，至此可叹观止，非和靖所想得到矣。"（《宋诗精华录》卷三）

（房开江）

# 古詩海

顾问：马茂元　王运熙　程千帆　程俊英　霍松林
编委：王镇远　杨明　李梦生　赵昌平　黄宝华　蒋见元

# 宋辽金诗鉴赏

本社编

3

执行编委

黄宝华

## 陆　游

陆游（1125—1210），字务观，号放翁，越州山阴（今浙江绍兴）人。家系世宦名门，胸怀救国救民大志。绍兴二十四年（1154）礼部试名列榜首，居秦桧孙子秦埙之前，且"喜论恢复"，被黜落。桧死，出任福建宁德主簿。孝宗即位，任枢密院编修官，赐进士出身。乾道八年（1172）任四川宣抚使司干办公事兼检法官，从军至南郑。范成大帅蜀，任四川制置使司参议官。嘉泰三年（1203）修孝宗、光宗两朝实录，进职宝谟阁待制，次年致仕。一生主张抗金，多次遭受排斥打击。

陆游诗词散文皆工，亦长于史学。今存诗九千余首，为我国古代罕见的高产作家。诗歌内容丰富，现实性强，爱国思想贯穿始终。诗风沉雄豪放，各体皆备，尤以七律见长。杨慎谓其词纤丽处似淮海，雄放处似东坡。有《剑南诗稿》和《渭南文集》，另著有《南唐书》《老学庵笔记》及《放翁词》等。　　（邓　南）

# 入瞿塘登白帝庙

晓入大溪口，是为瞿塘门。

长江从蜀来，日夜东南奔。

两山对崔嵬，势如塞乾坤，

峭壁空仰视，欲上不可扪。

禹功何巍巍，尚睹镌凿痕，

天不生斯人，人皆化鱼鼋。

于时仲冬月，水各归其源，

滟滪屹中流，百尺呈孤根。

参差层颠屋，邦人祀公孙，

力战死社稷，宜享庙貌尊。

丈夫贵不挠，成败何足论。

我欲伐巨石，作碑累千言：

上陈跃马壮，下斥乘骡昏。

虽惭豪伟词，尚慰雄杰魂。

君王昔玉食，何至歆鸡豚？

愿言采芳兰，舞歌荐清尊。


　　宋乾道五年（1169）十二月，陆游在家乡山阴被召以左奉议郎为通判夔州军州事。因病于次年闰五月始成行，十月抵夔州。他在《入蜀记》中说："（十月）二十六日，晚至瞿塘关。肩舆入关，谒白帝庙，气象甚古。"这首诗即作于此时。前半首写"入瞿塘"，描绘瞿塘峡滟滪堆形势的险要，怀念大禹治水的功劳。"参差层颠屋"以下为后半首，写"登白帝庙"，借歌颂公孙述而讽刺妥协降金的南宋皇帝。

　　开头两句点明入峡。瞿塘峡，又名夔峡，乃三峡之门；瞿塘门，即瞿塘峡口，故又称夔门。三、四两句写长江源流，大有"黄河之水天上来，奔流到海不复还"的气势。"两山"以下四句，惊叹雄踞江北的赤甲山和耸峙江南的白盐山两山对峙，气势雄伟，高不可攀。以上写奇山险水，既是对神奇的大自然的赞叹，也为下面歌颂大禹作了铺垫。"禹功"四句即歌颂大禹开山治水之功。《左传·昭公元年》载："美哉禹功，明德远矣！微禹，吾其鱼乎？"夏天峡中水势浩大，涛急浪高，而作者入瞿塘正值仲冬，当时水归其源，风平浪静。水落石出，故滟滪堆高耸于江心，"百尺孤根"赫然在目。以上诗人用随行状景、移步换形的手法，把瞿塘门、长江水、对峙的高山、江心的巨石一一呈现在读者面前，令人有舟行江中、目不暇接之感。在写景的同时，又带出对大禹"巍巍"之功的歌颂。"入瞿塘"到此观、感兼备。

下半首从"参差层颠屋"起，写"登白帝庙"。"白帝层峦"为瞿塘峡著名景观之一，白帝庙在白帝山顶，为供祀公孙述而建，在今四川奉节县东。公孙述于东汉建武元年（25）四月据蜀称帝，号成家，色尚白，号为白帝。左思《蜀都赋》"公孙跃马而称帝"，苏轼《白帝庙》"一方称警跸，万乘拥旌旗。远略初吞汉，雄心岂在夔"，对公孙述自立为帝、进而图谋吞汉、统一天下的远大谋略是倍加赞扬的。东汉光武帝刘秀多次以书招降，均被他拒绝。刘秀大将吴汉围攻成都，公孙述亲自率兵力战，不幸被刺洞胸，堕马而死。陆游也对"力战死社稷"的公孙述推崇备至。苏、陆二人都不以成败论英雄，是对"成则为王，败则为寇"的观念的大胆否定。不仅如此，陆游还要伐石立碑，表彰他身先士卒、为国牺牲的英雄业迹；同时痛斥昏庸无能、乘辒车投降曹魏的蜀汉后主刘禅。陆游还要"采芳兰"、陈歌舞、献清酒祭祀公孙述，以慰"雄杰"在天之灵。崇敬之情，溢于言表。

陆游如此崇敬公孙述，原因是他本人就是一个坚定的"抗战派"。乾道二年（1166）正月，陆游任隆兴府（今江西南昌）通判时，因鼓动大臣张浚出兵抗金，被革职回乡，闲居五年。现在复被起用，爱国初衷依然如故。这首诗运用褒贬、对比和借古讽今的手法，对不思恢复、主张议和投降的南宋皇帝进行了深刻的讽刺。钱仲联先生谓："放翁当南宋，以国君宜死社稷，义不降敌为言，颂公孙而实讽宋帝"（《剑南诗稿校注题解》），很有见地。　　　　（邓　南）

陆 游

# 观大散关图有感

上马击狂胡，下马草军书。

二十抱此志，五十犹癯儒。

大散陈仓间，山川郁盘纡。

劲气钟义士，可与共壮图。

坡陁咸阳城，秦汉之故都。

王气浮夕霭，宫室生春芜。

安得从王师，汛扫迎皇舆？

黄河与函谷，四海通舟车。

士马发燕赵，布帛来青徐。

先当营七庙，次第画九衢。

偏师缚可汗，倾都观受俘。

上寿大安宫，复如正观初。

丈夫毕此愿，死与蝼蚁殊，

志大浩无期，醉胆空满躯。

　　大散关，在今陕西省宝鸡市西南大散岭上，为当时宋金和议划界之处，南宋抗金的边防重镇。乾道八年（1172）宣抚使王炎辟陆

671

游为四川宣抚使司干办公事兼检法官。到了南郑（今陕西汉中）前线，陆游就向王炎献进取之策，"以为经略中原必自长安始，取长安必自陇右始。当积粟练兵，有衅则攻，无则守"（《宋史·陆游传》）。而且他自己也积极投入检阅部队，巡查边防工作和参加防秋战斗。可惜好景不长，九月王炎调走，他也被调离前线而去成都任职。次年五月，陆游以蜀州（即唐安，今四川崇庆）通判摄嘉州（今四川乐山）州事。这首诗就是这年十月在嘉州看了大散关地图后的有感之作。

陆游是一位爱国诗人，一贯主张抵御外侮、收复中原。开头四句诗，就是他爱国志向和行为的高度概括，是诗的第一部分。《魏书·傅永传》："高祖每叹曰：上马能击贼，下马作露布，惟傅修期耳。"这里陆游即以文武双全的傅永自许。诗人这年四十九岁，"五十"是举成数。"癯（qú）儒"，瘦弱书生。唐代诗人杨炯《从军行》："宁为百夫长，胜作一书生。"陆游既以身许国，却屡受打击，报国无门，致使岁月蹉跎，壮志难酬，故抑郁难平，发此感叹。

大散关和陈仓（今陕西宝鸡境）一带，山势雄奇险要，是兵家用武之地；加上勇毅刚劲之气凝聚的忠义之士，必能实现抗金救国收复失地的壮举。"大散"四句由感慨折入观图本旨，先以地形可据、义士可遣陈明抗敌复国的依靠和凭借，然后顺图所示，哀叹旧都的沦陷。秦汉故都咸阳和长安如今落入了女真贵族之手，以致王室的气象都被淹没在黄昏的一片烟雾之中，宫殿冷落，杂草丛生，一片荒凉。"坡陁"，险阻不平的样子。"陁"即"陀"。目睹大好河山、故都宫室遭受敌人铁蹄的践踏，诗人怎能不气愤填膺？他不禁大声问道：什么时候才能随宋朝大军横扫敌寇，迎接御驾回故都汴京呢？诗人由此更进一步想到：胜利以后，黄河与函谷以及全国各个地方水陆交通就会畅通，燕、赵等地（今河北、山西一带）慷慨之士就会聚集京都，青、徐等地（今山东、河北、江苏、安徽一带）的布帛商品也会源源而来，那真是人才荟萃、万商云集呢！至于城市建设，当然首先是营建天子的祖庙。《礼记·王制》："天子七庙"。然后挨次规划修筑四通八达的交通大道。"九"，虚指多数。"衢（qú）"，四通八达的道路。"可汗"（kè hán），古代回纥、突厥等族对其国君的称呼，这里指代金主。诗人还想，为了庆祝胜利，还要派一支军队把金主捆送京城，让都城人民都来观看。"上寿"，举觞对饮，表示祝贺。"大安宫"，本唐代宫名，这里借指宋宫。"正观"，即唐太宗年号"贞观"，宋人避讳改"贞"为"正"。这里是借喻。诗人想象，克敌奏捷之后，全国不久就能像唐太宗贞观之治那样，出现一个安定繁荣的太平盛世。诗人以图为线索，发挥丰富的想象，形象地表达了自己投笔从戎的爱国热情，充满了自信和胜利的喜悦，读来令人鼓舞。这是诗的第二部分。

　　第三部分最后四句收束全诗，诗人从热切的想望中跌入冷酷的现实，有一种十分沉重的失落感。诗人认为如果能够实现他的上述愿望，就是战死沙场也很值得。"蝼蚁"，指苟且偷生者。见杜甫《自京赴奉先县咏怀五百字》："顾惟蝼蚁辈，但求其穴。"陆游之志虽与蝼蚁之辈迥别，然而要想实现，却渺茫无期，醉后即使意气昂扬、浑身是胆，也徒然无益。

　　借题发挥是这首诗的一个突出特点。诗人借观看大散关地图，形象地表现出自己抗金救国的热切愿望和战略思想，抒写了自己的满腔爱国激情。诗出语自然老成，浑灏流转，工夫精到。谈理想热情奔放，写现实沉郁悲凉。理想与现实的矛盾，使诗人深深地陷入了难以排解的苦闷之中！

(邓　南)

# 农 家 叹

有山皆种麦，有水皆种秔。

牛领疮见骨，叱叱犹夜耕。

竭力事本业，所愿乐太平。

门前谁剥啄？县吏征租声。

一身入县庭，日夜穷笞搒。

人孰不惮死？自计无由生。

还家欲具说，恐伤父母情。

老人傥得食，妻子鸿毛轻。

　　陆游的晚年是在家乡山阴度过的，多年的农村生活使他体察了
农民的疾苦。这首诗作于 1195 年，宋宁宗庆元元年，通过描述一
个农民的悲惨遭遇，展示了宋代人民艰难的生活状况，揭露了朝廷
的横征暴敛。笔墨凝炼，语言质朴，而诗人对人民的关注之情则自
然地融贯其间，真挚感人。

　　典型化的概括，是《农家叹》的艺术特色之一。农民凄苦的生
活惨状触目皆是，对此，诗人没有进行泛泛描绘，而是选择了一个
典型——一户农家的遭遇，以小见大，以点见面，反映农村破产的
程度和封建"征徭"的残酷性，进而透视出整个宋代社会的面貌。

诗一开头即写农家在山坡上、水田中种满了庄稼。两个"皆"字连用，暗示了这户农家的辛劳。广种才能多收，即使再累再苦也心甘情愿。病残耕牛的形象刻画，足以诱导读者去联想到农民辛苦劳碌的程度和痛苦的生活情景，自然产生同情之感、怜悯之意。耕牛的头颈被磨损溃烂，脊骨暴露，是因为不停歇地耕作所致。但是，病牛仍被吆喝着连夜耕地。难道农民不知劳累，不知爱惜仅有的一头耕牛吗？不，为了"事本业""乐太平"而不得如此。这里，重笔写牛，实是为了写人，正像高明的画家，要表现风的凶猛，却只画波翻浪涌，而风自见。这种表现手法使诗显得格外含蓄又不失生动。

写到此处，这户农家安于本分、不辞辛劳的特点展露无遗，也够令人心酸的了。然而，作者并不就此止步，接下来又描绘了另一种更令人心酸的场景——县吏催租。诗人写了催租的场面，也写了农民交不起租税的种种心理状态。始而县吏叩门催租，继而农民因无力交租，身入县庭，日夜受拷打；而在还家后，首先想到的是，不能对家人诉说，因"恐伤父母情"；为能养活父母，只能视妻儿如鸿毛。全诗不仅描写了农家的生活，而且揭示出主人公的内心世界。通过细腻的刻画，暴露了"苛政猛于虎"的黑暗现实，给人以难忘的印象。

这首诗不堆砌典故，也不追求词藻华丽，写得平易委婉，如话家常。比如诗中"皆种麦""皆种秔""恐伤父母情"等语通俗浅近、自然流畅，可以看出诗人运用通俗语言的深厚功力。（冯海荣）

# 稽　山　行

稽山何巍巍，浙江水汤汤。
千里亘大野，勾践之所荒。
春雨桑柘绿，秋风秔稻香。
村村作蟹椴，处处起鱼梁。
陂放万头鸭，园覆千畦姜。
春碓声如雷，私债逾官仓。
禹庙争奉牲，兰亭共流觞。
空巷看竞渡，倒社观戏场。
项里杨梅熟，采摘日夜忙。
翠篮满山路，不数荔枝筐。
星驰入侯家，那惜黄金偿。
湘湖莼菜出，卖者环三乡。
何以共烹煮，鲈鱼三尺长。
芳鲜初上市，羊酪何足当。
镜湖滀众水，自汉无旱蝗。
重楼与曲槛，潋滟浮湖光。
舟行以当车，小缬遮新妆。
浅坊小陌间，深夜理丝簧。

　　　　我老述此诗，妄继古乐章。

　　　　恨无季札听，大国风泱泱。


　　这是陆游八十一岁的诗作，此时他在家乡山阴（今浙江绍兴）已连续住了十七年，深感有责任为家乡绘一幅全景画以留给后世人去观赏，于是，便写下了这篇洋洋大观的《稽山行》。稽山，指会稽山，在山阴境内；不过，它在这里是作为整个会稽（会稽，秦汉郡名，宋称越州，山阴即属越州）的代表出现的。

　　前四句歌咏会稽的山川和历史。巍巍稽山，是会稽的象征，当年越王勾践败于吴王夫差，便退栖于此，经十年生聚，终于灭吴国称雄天下。那山拥水环之间的一片横亘千里的旷野，这就是勾践开辟的土地（荒，开辟）。"浙江"，即钱塘江；"汤汤"（shāng），水盛貌。

　　"春雨"以下八句，转写物产。春雨滋绿了桑树，秋风吹来了稻米的芬芳。"蟹椴"，即蟹簖，是横插水中的竹排，蟹爬上时即可提取；"鱼梁"，是捕鱼装置，在水流处装上逆向的竹片，鱼游入即不能复出。"村村""处处"，可见捕捉鱼蟹的盛行。陂泽的鸭群、菜园覆埋的生姜，有"万头""千畦"之多。每到丰收之际，石碓舂米之声如雷，私人放债数额超过了官仓收入——这种语带夸张的铺叙，使会稽鱼米之丰足、人民之殷实，得到了充分的体现。

　　"禹庙"以下四句，写会稽的节日。每逢祀日，人们争相前往到大禹庙，向这位前圣献上祭品；上巳日，他们又去兰亭，效仿王

羲之曲水流觞，遥想这位乡梓先贤的风采。至于看龙舟竞渡、戏剧
演出，更是人涌如潮，可以用"空巷"和"倒社"（整个村社的人
全数出动）来形容了！

　　"项里"以下十二句，笔法夸张更甚：项里山的杨梅熟了，它
们被采摘下来，装上篮筐，摆满山路旁。杨梅形似荔枝，诗人在
《项里观杨梅》四首之四中也说"山中户户作梅忙，火齐骊珠入帝
乡。细织筠笼相映发，华清潭说荔枝筐"，意谓杨梅之珍美不下于
荔枝。它们被送下山路、驰入公侯人家，叫他们不惜拿黄金来买！
"那惜"二字，用黄金来衬托果品为人所珍重。果品的新鲜诱人，
于此也不难想象。湘湖（在今浙江萧山）的莼菜，也是会稽特产。
"卖者环三乡"，其富饶可知；与鲈鱼共煮，其味美又可想。西晋时
张翰曾为莼鲈而弃官还乡，早已成为千古佳话，因为莼鲈之羹的芳
鲜是羊酪根本无法比拟的！

　　还有镜湖，也就是东汉时聚蓄了三十六溪水而汇成的鉴湖，它
灌溉了良田无数，至今无旱蝗之灾；湖畔的重重楼台、曲曲长廊、
湖上的激滟浮光，还有以舟代车、用小伞遮掩新妆的美人，都一一
收入诗人的笔底。至于街坊巷陌，深夜还时时飘出调理丝竹乐器的
声音，那是丰足的会稽人，在消遣他们的闲暇时光。

　　最后四句用典。《左传》载，吴公子季札观乐于鲁，"为之歌
齐。（季札）曰：'美哉，泱泱乎，大风也哉。'"如今，家乡悠久的历
史、丰富的物产、勤劳的人民、秀丽的风光、奇异的民俗——这一
切，都使诗人充满了自信，他挥笔写下这首诗，只恨不能唱给季札
听，因为这也是泱泱大国之风呀！

爱国和爱家乡永远是孪生兄弟。从《稽山行》充溢的自豪之情、礼赞之意来看，诗人爱家乡的深情，真可与他的爱国相媲美；再从全诗淋漓的铺写、夸张的语言来看，诗人赞颂家乡的激情，也一如他颂扬祖国的激情，真是始终不衰，老而弥笃。　　　　（沈维藩）

# 岳池农家

春深农家耕未足，原头叱叱两黄犊。

泥融无块水初浑，雨细有痕秧正绿。

绿秧分时风日美，时平未有差科起。

买花西舍喜成婚，持酒东邻贺生子。

谁言农家不入时，小姑画得城中眉。

一双素手无人识，空村相唤看缫丝。

农家农家乐复乐，不比市朝争夺恶。

宦游所得真几何，我已三年废东作。

《岳池农家》作于宋孝宗乾道八年（1172），时陆游由夔州（今四川奉节）前往南郑（今陕西汉中），途经岳池（今属四川）。明丽的春光、欢乐的农家，加上诗人当时的兴奋心情——他终于得到了盼望已久的身临前线的机会，合成了这篇充满明朗色彩的诗章。

全诗分为四个层次，每四句一层。第一层写田野所见。正是晚春时分，勤劳的农夫还在地里叱喝着两头小黄牛不停地耕作；水田中泥块融进水里，细雨在初浑的水面留下了清晰的痕迹，又把秧苗滋润得分外青翠。这段描写有声有色，细致入微，水田雨天的那种浓郁的春天气息扑面而来。这不仅显示了诗人观察的细微、笔致的清新，就连他那缓步观赏的身形、对春雨田地的亲切之情，也都宛然可见。

第二层将笔从田头移至村头。细雨过后，又是风和日丽，被温风吹拂得左右分合的秧苗，绿油油地，预示着丰收的年成；加之时势太平，官府的劳役还未差遣下来，农夫们心情舒畅。只见他东邻西舍地串门，又是买花祝人新婚，又是持酒贺人生子，气氛祥和，春意盎然。诗人陶醉于这种淳朴又富有诗意的农家生活中，欢悦之情尽在不言之中。

如果说前面二层诗人对所见景物还在尽量作客观的描绘，那么到了第三层，当他看到可爱的农家少女时，终于忍不住要自己插话了。诗人先为她们辩解，说她们爱美，也像城里女子一样画眉妆饰，并且很时髦。然后笔锋一转，进而道出了农家少女胜似城里女子的所在：她们何尝没有城里女子引以自怜的纤纤玉手，但她们双手的引人爱慕，却不在娇嫩无力，而在于会灵巧地缫丝——抽茧出丝。"空村"，即满村，与"万人空巷"用法相同。能吸引满村的人相互招呼着来看自己缫丝，这自然是因为她们有着真正的美——劳动之美。相形之下，"画得城中眉"的妆饰美只是次要的了。我们又可以想象，当诗人在农夫间观赏着一双双素手在白丝间飞舞的时候，他的审美观大约也和农夫们融合无间了！

生机勃勃的田野，充满人情味的村庄，璞玉浑金一般的农家少女，这一切，怎能不令诗人连呼"农家"、连声艳羡他们的欢乐呢？尤其是与恶浊不堪的争利之市、争名之朝相比，这岳池农家的自然美、风俗美、人物美，不更显得难得可贵么？诗人不由得回想到，三年前他在故乡山阴（今浙江绍兴），也是整日置身在这种美的氛围之中；而这三年里，他混迹宦途，所获无几，却白白抛掷了美好的田园生活（东作，语出《尚书》，指春耕）。诗的结句是淡淡的客观追述，但读者自可品味出诗人深蕴其中含义沉重的自责和悔意。这是第四层。

　　全诗措词明白易晓，所绘景象人物自然亲切，这两者的完美结合，绘就了一幅风情淳美的图画。　　　　　　　　　　　　（沈维藩）

# 山 南 行

我行山南已三日，如绳大路东西出。
平川沃野望不尽，麦陇青青桑郁郁。
地近函秦气俗豪，秋千蹴鞠分朋曹。
苜蓿连云马蹄健，杨柳夹道车声高。
古来历历兴亡处，举目山川尚如故。
将军坛上冷云低，丞相祠前春日暮。
国家四纪失中原，师出江淮未易吞。
会看金鼓从天下，却用关中作本根。

宋孝宗乾道八年（1172），陆游调往南郑（今陕西汉中）任四川宣抚司干办公事兼检法官，实现了赴边抗敌的夙愿。本诗是他初抵南郑时写下的纪行之作。山南，指终南山以南地区，诗人就是取道山南来南郑的。

诗人在山南笔直犹如墨绳的大道上走了三天，但见沃野无边、麦青桑绿。这一派兴旺景象，足使诗人心情振奋。再看这里的民俗。南郑与函秦（函谷关和渭水流域秦国故地）为邻，同属关中，人民豪健。"秋千"，是锻炼身体灵活性的好器械；"蹴鞠"，是踢内充羽毛的皮球，是一项古老的游戏。山南人热衷于此，还"分朋曹"（分队）比赛，足见他们尚武之气不衰。"苜蓿"，是上好的马草，生长茂盛，无怪乎山南的马蹄飞扬、姿态雄壮。诗人还欣喜地看到，道旁杨柳成排，道上车辆如龙，车声高唱入云。

抚今之余，诗人又追念起了往昔。这一带自古就是龙蛇争斗之处，那些关系历朝兴亡的战场，如今举目依旧。"将军坛"，是刘邦拜韩信为大将所筑之坛，在南郑城南；"丞相祠"，即诸葛亮的祠堂，在沔县北。历史上这两位统帅，都是由山南进取天下的。只是如今将军坛上冷云低垂，丞相祠前也只见春日的余晖，一派冷落景象，无人去追步这两位前贤。

但山南的现实，却仍令人兴奋，压倒了怀古的悲哀。因此，诗人的情绪乍低复昂，在篇末提出了更切实的北伐线路。以往，他总是想出师江淮，收复中原。如今山南之行，使他眼界更开阔、方案更成熟了。他想到，中原沦陷已经"四纪"（一纪为十二年，自靖康之变到是时为四十六年，近于四纪），敌人的多年经营也不可小看；江淮战线漫长，不易齐头并起，一举吞没敌人。山南有丰富的军资、强健的人民，何不把它作为进取的根本呢？他似乎看到，金鼓之声从天而下，山南大军奇兵突起，先取关中，然后直下中原，这是何等壮观的场面呵！

南郑时期是诗人生活最快乐、最充实的时期，诗风也变得劲健、昂扬、豪迈了。本诗虽是初到山南之作，但所写景物壮美开阔，可以说标志着诗人的创作走上了新的起点。

（沈维藩）

# 三月十七日夜醉中作

前年脍鲸东海上，白浪如山寄豪壮。

去年射虎南山秋，夜归急雪满貂裘。

今年摧颓最堪笑，华发苍颜羞自照。

谁知得酒尚能狂，脱帽向人时大叫。

逆胡未灭心未平，孤剑床头铿有声。

破驿梦回灯欲死，打窗风雨正三更。

　　宋孝宗乾道九年（1173）春，陆游四十九岁，权理蜀州（治所在今四川崇庆）通判，因事到成都，在驿店中醉后作此诗。

　　长期以来作者对因受压抑、被排挤而报国无门的境遇极为不满，酒后思量，感愤无已，却又无处宣泄，无法细说，故在诗中先用"倒折"之笔倾吐当年的豪情壮志，一下子把读者的心紧紧攫住，将其带入自己酝酿已久的诗境。"前年脍鲸"事为虚写。陆游于宋高宗绍兴末年做福建宁德县主簿时，曾在福州泛海，但并无脍鲸事。虚拟此壮举，是为了显示其气魄非凡。自称"白浪如山寄豪壮"，那奋发的意气、喷薄的豪情，有如汹涌的大浪，挟带着人们势不由己地翻腾进发，呼啸而去。"去年射虎"事用意与上句写"脍鲸"相同，却是实写。陆游于乾道八年（1172）任四川宣抚使幕僚时，经常外出打猎，曾在终南山亲刺猛虎。所谓"夜归"，可见其胆略过人；所谓"急雪满貂裘"，又见其满不在乎的神态。四句写事有虚有实，写景则笔涉"白浪""急雪"，无一不渲染出英雄意态、壮士身姿，进而凝成了风采奕奕的非凡的雕塑美，使人神往。

昔日英雄而今安在，往日壮志而今难酬，怎不令人喟叹？写"前年""去年"事，笔挟风云；写"今年"事，则笔含悲怆，一扬一抑，跳跃跌宕，波澜翻腾，具有一种回肠荡气的感人力量。从吟咏豪情转而进为自嘲、自叹，正显示了诗人心理活动的丰富和复杂，也是内在激情达到极点而又无法发泄所造成的必然趋势，从中更能充分体会到当时作者抑郁悲愤的深度和广度。"最堪笑"，自嘲中寓有一种不平之气；"羞自照"，内疚中含有愤激之意。

"谁知"两句，跃进一层，写酒醉后的狂态，是精神苦闷激愤的反振，也是对现实迫害的藐视，更是不甘寂寞的傲兀精神的体现。"脱帽"又"大叫"，狂态如画。当然，写狂态是虚，咏自己不甘心、图振作是实。接着由酒后的"狂"引出报国的丹心，一气贯注，势不可遏。但是，有谁能理解诗人誓灭"逆胡"的壮志呢？下句的"孤剑"正隐含了抗金主张无人响应的悲痛。点明剑挂"床头"，可见身处逆境，仍时刻准备奔赴疆场，杀敌立功。说剑"铿有声"，以虚写实，以声状情，其急切的报国激情，一触即发，难以自持。

结句承上面醉中梦境，跌入凄凉的现实的实境——破旧的驿舍中，灯光黯淡，即将熄灭；风雨打窗，正值三更时分。所居处——"破驿"，冷落凄清的气氛，更烘托出诗人凄然寡欢、惨然不乐的心境；所见者——残灯，正象征着诗人年华虚掷，日暮途穷；所闻者——风雨打窗声，又暗示出诗人思绪的纷繁和杂乱。这种景物的转换，充分表现了诗人内心的复杂感情。

（冯海荣）

# 金错刀行

黄金错刀白玉装，夜穿窗扉出光芒。

丈夫五十功未立，提刀独立顾八荒。

京华结交尽奇士，意气相期共生死。

千年史策耻无名，一片丹心报天子。

尔来从军天汉滨，南山晓雪玉嶙峋。

呜呼，楚虽三户能亡秦，

岂有堂堂中国空无人！

　　多年来，陆游忠肝义胆，却不受朝廷重用，请缨无路，只能托物寄兴，借咏宝刀，抒发报国壮志和抗敌决心。

　　"金错刀"是用黄金镶嵌的宝刀，早在汉代就已著称。诗人人手擒题，刻意渲染刀的华美和名贵，及其直穿窗扉的熠熠光芒，赞美之中带出一缕惋惜之意：宝刀没有用于杀敌，岂不徒有盛名？细味其言外之意，不难看出诗人是在借物抒发英雄不得重用的抑郁无聊、愁慨怨愤之情。三、四句即由刀引出提刀人，在意脉上是前二句的拓展和具体化；就表现手法而言，则是从托物寓情转为融情于形、于景。古人云"三十而立"，诗人却"五十功未立"，于是，深广的悲愤、茫茫的愁苦便积聚起来，难以排遣，最终化为"提刀独立顾八荒"的神态,不仅逼肖其形,而且力传其神。"提刀"者,活现出渴望杀敌的意态。"独立"一词写足了寂寞的神情,隐隐透出心志不被人理解的伤感。"顾八荒"以动态形象表现内心的茫然若失,那愁思与愤情也仿佛随之弥漫于"八荒"。

然而,无情的打击没有使诗人屈服、消沉,相反,他在逆境中奋起,抱定志向,不收复失土,决不罢休。"京华"一联,一个跳跃,直抒豪情,使原来怨愤的韵调中跳出高昂的音符,显示出诗人运笔的矫健和勇往直前的锐气。诗人引"奇士"为同调,盛赞他们志向远大、富于牺牲精神,意在表明中国不乏民族精英,抗战必能取胜。再以不能垂名青史为耻自激自励,发誓要报君报国,立功扬名。这些长期盘旋在脑际中的真情实感,发而为诗,形成了铿锵嘹亮的音律与慷慨激昂的艺术风格。

写从军到汉中,正是诗人报国壮举的具体表现。陆游一贯主张:"经略中原,必自长安始;取长安,必自陇右(汉中)始。当积粟练兵,有衅则攻,无则守。"(《宋史·陆游传》)在诗人看来,汉中是收复中原的重要据地。因此,他赞美终南山积雪的洁白嶙峋,既是有感于汉中景色的优美,更主要的是因为它在地理上有着重要的战略优势。由此可见,"尔来"二句于叙事、写景中同样隐含了诗人的豪情壮志。"奇士"云集,地势有利,克敌制胜的条件、时机已成熟,还有何理由畏敌不战?最后用叹词"呜呼"振起,似感叹,又似呼唤,振聋发聩,催人奋起。战国时,楚国被秦国灭掉,楚国人民不甘沦陷,发出"楚虽三户,亡秦必楚"的豪语,而今日"堂堂中国"难道就"空无人"?不容置疑的语气中充满了必胜的信念，诗的格调也因此显得急促高亢、势不可挡。

全诗借刀立意，一气贯注，不仅形象突出，而且情辞慷慨，充分表现了中华民族不受外辱的凛然正气。　　　　　　　　（冯海荣）

# 长 歌 行

人生不作安期生，醉入东海骑长鲸。

犹当出作李西平，手枭逆贼清旧京。

金印煌煌未入手，白发种种来无情。

成都古寺卧秋晚，落日偏傍僧窗明。

岂其马上破贼手，哦诗长作寒螀鸣？

兴来买尽市桥酒，大车磊落堆长瓶。

哀丝豪竹助剧饮，如巨野受黄河倾。

平时一滴不入口，意气顿使千人惊。

国雠未报壮士老，匣中宝剑夜有声。

何当凯还宴将士，三更雪压飞狐城。

　　这首诗作于乾道十年（1174）秋。陆游用乐府旧题，来抒发他空有抱负、壮志难酬的感慨和雄心不变的豪情的。

　　全诗以豪放衬悲慨，以乐写哀，气魄雄大，意境沉郁。清人马星翼云："放翁《长歌行》最善，虽未知与李、杜何如，要已突过元（稹）、白（居易）。集中似此亦不多见。"（《东泉诗话》）

　　起首四句以突兀的笔势、铿锵的语调、逼真的形态刻画，表达自己的远大志向，读来如闻金石抛地之声，又如见风起云卷、万里横行之势。"安期生",传说中秦始皇时的仙人。这种"仙人",只知"醉入东海骑长鲸",于事无补,故在诗人看来并不足取,曰"不作",表示出自己的情趣和志向和安期生截然不同。既然不能作安期生,那么诗人一生追求的是什么呢?原来,他要仿效唐代名将李西平(李晟),亲手斩杀逆贼,光复故土。"出作"和"不作"一正一反,对照强烈,取舍分明。诗人矢志报国,壮心不已,而今功业未成却已年老,又被投闲置散,聊卧古寺,与落日为伴,怎能不感慨万分!

"金印"四句不仅暗透报国无门之恨,英雄迟暮之叹、生活孤独之悲,也揭示了诗人孤高自守、傲兀不群的性格特点。于是顺势逼出以下两句的愤然责问:难道能让一个骑马杀贼的能手,就这样永远吟诗,犹如寒蝉那样哀鸣吗?反诘句的运用,把诗人有志难展、岁月蹉跎的怨愤,表现得十分饱满,大有顿足捶胸、唏嘘慨叹之状。愤不可遏,悲痛难忍,故又乘兴沽酒,发为令"千人惊"的豪饮之举。

"兴来"六句,极写饮酒狂放之态,笔墨夸张,想象奇特,语气豪放恣肆,在豪逸酣畅的气氛中透出深深的悲愤之情。开怀豪饮是寻求摆脱精神痛苦的一种表现,是借酒浇愁,以酒抒愤;而狂饮之态又是睥睨一切、傲岸不羁的外在表现。因此,这样的描绘与以上的抒怀,在意蕴上是一脉相承的;由于着笔的角度不同,而构成了顿挫跌宕的旋律,情辞也显得摇曳生姿。

"国雠"两句,托物传情,匣中剑的"夜有声",形象生动地融入了壮志难酬的不平之鸣,给人以一种昂扬奋发、不可遏抑的热情力量。尾联一个跳跃，从今日转向未来：什么时候才能在飞狐城（今河北涞源）的雪夜里，欢宴凯旋的将士呢？诗人在此将收复故土的夙愿以设问出之，于笔势顿挫中显示出强烈的思想感情，使全诗沉雄奔放，气势飞动。

（冯海荣）

# 浣　花　女

江头女儿双髻丫，常随阿母供桑麻。

当户夜织声咿哑，地炉豆稭煎土茶。

长成嫁与东西家，柴门相对不上车。

青裙竹笥何所嗟？插髻烨烨牵牛花。

城中妖姝脸如霞，争嫁官人慕高华。

青骊一出天之涯，年年伤春抱琵琶。


　　这首诗是淳熙四年（1177）六、七月间，陆游在成都时所作。诗中把农村姑娘的劳动生活和婚嫁情况，与城市争慕高华、嫁与官人的妖艳女子的不幸结局巧妙地联系起来，形成强烈的对比，褒贬分明。

　　诗从构思到炼意，都采用了对比的手法，而在对比中又无不显示出本质的、富有特征性的东西。

　　前半部分塑造的农村姑娘的形象，朴实、动人、可爱。古代未成年女子，把头发编成两个小辫子，再总结起来，称之为"双髻丫"。不尚描画，只轻笔点出姑娘的发式，既交代了年龄特征，又形象地突出了姑娘的天真和纯朴。如此经营笔墨，看似漫不经心，其实极有概括性和特征性，足见诗人塑造人物的匠心。以下用纪实的手法，铺写姑娘常随母亲采桑织麻，通宵达旦地纺织煎茶。以农村中常见的劳动景象入诗，乡土气息十分浓烈、诱人。不用特意渲染，姑娘孝顺、勤快、吃苦耐劳的优秀品质已生动地反映了出来。有了这四句铺垫，再写姑娘的婚姻，前后互为映衬，互为补充，人物的形象也就显得更加完美。

"东西家"犹言东边、西边的邻家。由此可知，他们的家境并不富裕。也说明姑娘就近择婿，不慕富贵，注重感情和人品。因此，婚嫁也不铺张排场，一切从简，出嫁"不上车"，妆奁仅是布裙子和竹箧箱子。对如此简朴的婚嫁方式，姑娘有何想法呢？诗人未作正面说明，只用"何所嗟"三字轻轻点出，看来姑娘不仅没有怨叹，而且非常满意。接着诗人再用象征手法，把笔墨落在姑娘的发饰上，那光彩烨烨的牵牛花，正暗示出女主人公对婚姻的无限喜悦之情，流露出诗人对于劳动妇女的深情赞美。值得注意的是，尽管诗人没有写姑娘婚后的生活状况，但读者仍可从今日婚嫁的场景与人物的心情中，想象出这对男女婚后爱情生活的幸福美满。这种蕴藉含蓄的艺术效果，得力于诗人精当巧妙的剪裁，通过典型事物的刻画，来挖掘人物的内在美。

最后，诗人把笔锋移至妖艳的城市女子身上。她们浓施脂粉，珠光宝气，打扮得脸如朝霞；在爱情上，竞慕荣华，争嫁高官。然而，结局却是达官贵人婚后即时时远行，游宦天涯，她们先后被遗弃，终日与琵琶为伴，在孤寂、凄凉的环境中了此一生。

整首诗中，诗人没有用什么词汇来强调主观感情，却在平淡的描述与强烈的对比中，融入了鲜明的褒贬和爱憎。而句句用韵，也是诗的一大特点。

（冯海荣）

# 五月十一日夜且半梦从大驾
# 亲征尽复汉唐故地见城邑人物
# 繁丽云西凉府也喜甚马上作
# 长句未终篇而觉乃足成之

天宝胡兵陷两京，北庭安西无汉营。

五百年间置不问，圣主下诏初亲征。

熊罴百万从銮驾，故地不劳传檄下。

筑城绝塞进新图，排仗行宫宣大赦。

冈峦极目汉山川，文书初用淳熙年。

驾前六军错锦绣，秋风鼓角声满天。

苜蓿峰前尽亭障，平安火在交河上。

凉州女儿满高楼，梳头已学京都样。

　　这首记梦诗作于淳熙七年（1180），时陆游五十六岁，在抚州（江西临川）江南西路提举常平茶盐公事任内。

　　中原沦陷，历时七八十年，陆游时时都渴望见到祖国统一，太平昌盛。积思成梦，他于是在诗中创造出一个美妙无比、令人神往的梦境，富有浪漫主义的色彩。诗人先用倒卷笔法，以前朝的惨痛历史入梦：唐天宝年间，安史乱起，长安、洛阳陷落，北庭（府治在今新疆吉木萨尔)、安西(府治在今新疆吐鲁番)易手。这历史的噩梦,似乎与全诗的基调很不协调,其实正反衬出以下美梦的意义重大。令人痛心的噩梦,为诗人所愤恨,再不能延续下去,于是一笔兜回,由遥远的时空回到眼前的现实,勾出美梦,纵笔直书,激越奔放,读之令人起舞。

边境失地,五百年来无人过问。当今圣主亲自下诏征讨,率百万大军,挺进边陲。"熊罴百万",极写声势浩荡、场面的雄壮热烈。这支军队斗志昂扬,锐不可挡,威震敌胆,所向披靡。因此,"不劳传檄下",敌人就投降,失地被收复。夸张而洗炼的诗笔中,充盈着诗人振奋、自豪之情,扬眉吐气之感。

从"筑城"句开始,层层铺写胜利后的升平景象,纷然杂呈而又井然有序。宣布大赦,显然体现了政治的开明,这是治国安邦的根本。诗人政治目光之敏锐,捕捉事例之典型,于此可见一斑。极目远眺,四周山峦叠嶂,全是我们的领土,连文书中也改用了宋朝的"淳熙"年号。用笔忽而粗犷,忽而细腻,无一不是强调了今非昔比,宋代确实已经完成统一大业。"驾前"二句极写军容的壮盛威武,军事的强大亦意在言表。这又是国家安定的保证。以士兵衣裳的色彩和风声、鼓声、号角声来状写军威,不仅有声有色,气势磅礴,而且格外庄重、激昂,令人振奋。"苜蓿峰前尽亭障"一句,勾勒出一幅哨楼和堡垒林立的壮观图景,此种意境正强调了官军们没有陶醉于胜利,仍然常备不懈,严阵以待,随时准备歼灭来犯之敌。这既开掘了诗意,又与对句"平安火"形成因果关系。

结句从众多的情景中拈出一个情趣盎然的细节——边境女子已

经学起京都女子的发型来了。这就把边地人民逐步摆脱落后风俗、变得文明的过程概括托出，手法洗炼、准确生动，诗的格调顿由庄严转为轻松。梦境是宣泄情感的一种方式，它往往如虚似实，如真似假，予人以一种恍惚迷离之感，读来颇有韵味。

综上观之，全诗写了讨伐胜利、军容壮威、捍卫国土，以及习俗改变，意散而神聚，集中反映了作者对祖国未来的热切憧憬。但梦终究是梦，梦醒之后，诗人目睹动乱黑暗的现实，该有几多感慨、几多忧悒？这恐怕就是所谓的"诗外之旨"了吧！　　　（冯海荣）

# 九月一日夜读诗稿有感走笔作歌

我昔学诗未有得，残余未免从人乞。

力孱气馁心自知，妄取虚名有惭色。

四十从戎驻南郑，酣宴军中夜连日。

打毬筑场一千步，阅马列厩三万匹。

华灯纵博声满楼，宝钗艳舞光照席。

琵琶弦急冰雹乱，羯鼓手匀风雨疾。

诗家三昧忽见前，屈贾在眼元历历。

天机云锦用在我，剪裁妙处非刀尺。

世间才杰固不乏，秋毫未合天地隔。

放翁老死何足论，广陵散绝还堪惜！

　　陆游曾以"六十年间万首诗"（《小饮梅花下作》）自负，长期的创作实践使他积累了丰富的创作经验。这首作于绍熙三年（1192）秋天的诗，就是他在这方面的经验之谈。

　　起首四句为第一段，回顾自己早年学诗的经历。"未有得"指缺乏独创性，诗人《示子遹》"我初学诗日，但欲工藻绘"，即可为此注脚。"力孱（chán）气馁"，指少作缺乏力度气势，内容空虚，故为"妄取虚名"而自感惭愧。从诗人的自我剖析中，可见他对诗歌创作的严肃态度和不懈努力。

"四十"以下十二句为第二段，写其从军南郑（今陕西汉中）以后，从丰富多彩的现实生活中汲取创作的源泉，逐渐悟到了"诗家三昧"，形成了自己的风格，创作也步入了得心应手的境地。

从军南郑是诗人生活和创作的一大转折。"投笔书生古来有，从军乐事世间无"（《独酌有怀南郑》），他四十八岁从军南郑（此言四十，系举整数），五光十色的军营生活使他眼界大开，豪情满怀。夜以继日的军宴、筑场阅马的活动、尽情喧闹的娱乐、富有感染力的民间歌舞，都使他终生难忘。"纵博"，指尽情博塞。博塞是一种古代游戏。杜甫《今夕行》："咸阳客舍无一事，相与博塞为欢娱。""宝钗"，代指舞女。"羯鼓"，一种边地的民间乐器。"声满楼""光照席"，渲染气氛热烈精彩；"冰雹乱""风雨疾"，比喻乐声的生动形象。以上是本段的第一层，描写军旅生活，写得有声有色，如绘如画。

以下四句是本段的第二层。"三昧"，佛教用语，这里指要诀、诀窍，即作诗的奥妙。"见"，同"现"；"元"，同"原"。"历历"，分明的样子。诗人身处如此丰富多彩的生活，对于作诗的诀窍顿觉茅塞大开，被奉为诗家典范的屈原、贾谊忽然历历在目，令人豁然开朗。"天机云锦"，神话传说中天上织女织出的锦缎，这里喻指巧妙的构思和精美的诗篇。用在我，即为我所用。"刀尺"，借指作诗的成式。这两句意谓"剪裁妙处"存乎一心，而不必借助"刀尺"之类的工具。这正是诗人所说的"文章本天成，妙手偶得之"（《文章》）之意。这时创作由"从人乞"进入了"用在我"的境地，而这种重大变化，其完全得力于"从戎"的军旅生涯。

最后四句为诗的第三段，诗人流露出恐怕绝艺失传的忧虑。他深感世上不乏有才华的人，但是如果不从现实生活中去体验"诗家三昧"，创作就会失之毫厘而谬以千里，如天地之隔。"广陵散"，古代琴曲名。相传三国时嵇康善弹此曲，后来嵇康被司马昭所杀，临死，索琴弹罢此曲，深深叹道："《广陵散》从兹绝矣！"后世遂称失传的绝艺为《广陵散》。末两句点出作诗目的，表示出诗人对现实主义创作传统的珍视。

陆游以自己切身体会，写出了这首总结诗歌创作经验的诗篇，识见是卓越的，经验是宝贵的。陆游早年从江西诗派著名诗人曾几学诗，中年能突破江西诗派的藩篱，走自己的路，写出许多反映现实，既有高度的思想性，又有比较完美的艺术性的好诗，即与此有关。

（邓　南）

## 送辛幼安殿撰造朝

稼轩落笔凌鲍谢，退避声名称学稼。
十年高卧不出门，参透南宗牧牛话。
功名固是券内事，且茸园庐了婚嫁。
千篇昌谷诗满囊，万卷邺侯书插架。
忽然起冠东诸侯，黄旗皂纛从天下。
圣朝仄席意未快，尺一东来烦促驾。
大材小用古所叹，管仲萧何实流亚。
天山挂旆或少须，先挽银河洗嵩华。
中原麟凤争自奋，残虏犬羊何足吓！
但令小试出绪余，青史英豪可雄跨。
古来立事戒轻发，往往谗夫出乘衅。
深仇积愤在逆胡，不用追思灞亭夜。

宋宁宗嘉泰四年（1204）春，辛弃疾（字幼安）应召赴临安，商讨国事。闲居家乡的陆游闻讯后，作此诗为他送行。辛弃疾时以集英殿修撰知绍兴府兼浙东安抚使，故称"殿撰"。

陆游这首送别诗豪壮激扬，充满奋发向上的精神，突出赞扬友人的才学、志向，表现了对他的希望。

诗的前半部分寓赞于叙，所择典型事例令人宛见辛弃疾华彩照人的精神风貌，诗的形象和赞叹之情也因此自然显露。起句放笔赞扬辛弃疾的创作成就超过南朝宋代的著名诗人鲍照和谢灵运。一个"落"字和一个"凌"字前后连贯，紧凑有力，大有结论不容置辩之意，从而突出了辛弃疾的才气横溢，衬托出他"退避"十年中不慕名利、随遇而安的难能可贵，言语间充满了钦佩之情。"称学稼"是赞其精神境界之高尚，不以务农为耻，而反以为乐。"南宗"为佛教宗派之一，以六祖惠能为宗。"牧牛话"，佛家以牧牛喻修心之事。"参透南宗牧牛话"是称其以理遣情的旷达乐观。不恋"券内事"，却行"葺园庐于婚嫁"之举，是赞其淡薄功名。"昌谷"即唐代诗人李贺，曾居于昌谷（今河南宜阳），因以为名。传说他常骑驴出门，由一小僮背古锦囊相随，得诗句即书投囊中。"邺侯"，指唐代李泌，封邺侯，以藏书多著称。这里连用两个比拟，赞扬幼安创作丰富、刻苦好学。这类生活中的平常小事，被诗人信手拈来，熔裁组合，一下子成了传神写照的重要凭借。这种善于择取典型细节、善于寄情于事的艺术手段，正是陆游叙事诗的特色。诗中的称扬愈热烈，愈能说明诗人视辛弃疾为同调。

诗紧接以"忽然"陡转，由铺叙退避后的生活转写奉命出任浙东安抚史（冠东诸侯）。"黄旗"句顶住上句，渲染仪仗的壮观，其间融入了诗人的兴奋和期望。"仄席"即侧席，不正坐，以示尊重贤者。"意未快""烦促驾"活脱写出皇上急于召回辛弃疾的心情。这种由彼及此，从旁渲染的艺术手法，令人顿感辛弃疾受器重决非偶然，确因才华卓越，并对他受冷落，以致"十年高卧"的遭遇深表惋叹。以下全是对友人回朝后的寄语，时而赞颂，时而勖勉，时而劝诫，情感充沛，犹如促膝娓语，情深意切。"大材"句囊括古今，浓缩封建社会对人才的摧残，喟叹深沉。"管仲"句，以春秋时齐国国相管仲和汉初名相萧何比辛弃疾，放笔颂扬。这一缩一放的笔触中，隐含了极深的意蕴，既是感慨朋友长期不得重用，也是激励他应当正视现实，不必自伤，增强信心，立功报国。"洗嵩（山）华（山）""争自奋""何足吓""可雄跨"，句句说得极有把握，这反映了彼此的了解和信任。

　　结尾四句，提醒朋友处世待人应当注意的问题，完全是出自内心的关切，出于国家利益的考虑。"灞亭"即霸亭，在今陕西西安东。汉李广被削职为民时，因夜行被霸陵尉阻留于霸亭下过夜，后来李广被任命为右北平太守，即借故杀了霸陵尉以报私仇。辛弃疾曾两度因小人陷害，被劾丢官，所以陆游借此典故，劝诫他当以驱逐金人、洗雪国耻为重，过去的个人恩怨则不必计较。其实，陆游的政治遭遇比辛弃疾要不幸得多，但仍从积极方面去劝慰朋友，正表现出他关怀国家大事的胸襟。

（冯海荣）

# 江　楼

急雨洗残瘴，江边闲倚楼。

日依平野没，水带断槎流。

捣纸荒村晚，呼牛古巷秋。

腐儒忧国意，此际入搔头。

陆游自乾道八年（1172）到南郑任职后，自认为有了用武之地，抗敌报国之情高涨，但此后游宦蜀中，转徙不定，滋长了失意情绪。淳熙二年（1175）范成大帅蜀，陆游在他手下为参议官，二人以文字交。次年陆游被言官指为燕饮颓放而免职，他索性以"放翁"自号。淳熙四年范成大被召还临安，陆游送他到眉州。此诗是他自眉州回成都后的登楼临眺之作，所望当是流经成都的锦江。

这首五律展现了一个清旷寂寥、萧散荒寒的境界。急雨洗去了残存的湿热之气，诗人登上江边的楼阁，闲倚栏杆，凭高远眺。但见落日沉没于原野的尽头，江水挟带着一截截浮木，向远方流去。暮色中传来江边荒村里捣纸的声音，还有村陌古巷中农家呼牛的吆喝。读至此不禁令人吟出"日之夕矣，羊牛下来"那古老的歌谣。这种离尘隔世、古意盎然的感觉正是诗的意境所感染于我们的。首联的"闲"字不仅点明他此时投闲置散的境遇与心情，而且统摄下面两联的写景，使景物透出悠闲旷远的意趣。朱东润先生评此二联云："日依两句，写自然景色，语极单纯而意极浑朴。捣纸二句写乡村生活，语极有味。"（《陆游选集》）这正是一个"闲"人眼中所观照的景物。如果没有尾联，此诗完全可以列入晚唐体的诗作之林，我们不难在姚合、贾岛、惠崇、魏野等人的诗中发现类似的荒寒野逸的意境。但是尾联一转，却让人从闲逸中醒悟过来。诗人以"腐儒"自称，直白揭出自己的一腔报国热血、忧国之念是不合时宜的，只能被人认为迂阔无当。正因为不合时宜，所以动辄见咎，在蜀中的仕宦生涯只能以免官告终。当初抱着满腔报国之忱来西南前线效力，但岁月流逝，复国无望，最后落得个赋闲的结局，诗酒颓放，实出于无奈。这种报国无门、百无聊赖的苦闷遂化为结尾的"搔头"。尾联的这一转折遂使前面的写景显出更深一层的意蕴，它不是一般隐逸诗人的流连光景、怡情山水，而是一个爱国者在无力效国时无可奈何的心境的外化。外表的闲逸掩盖着内心的躁动，这种不安最终突破表层的宁静而表现出来，因而此诗不像一般隐逸诗那样有一种悠然远韵式的结尾。

　　放翁为诗初私淑吕本中，继师事曾几，从江西派入而不从江西派出，其诗后亦濡染晚唐，但以其阅历才具，终非晚唐体所能牢笼。最主要的是他不落纤巧琐碎，这与他宗仰杜甫有关。放翁之"以一筹莫展之身，存一饭不忘之谊"（赵翼《瓯北诗话》）实与老杜相通。此诗与杜甫飘泊西南，尤其是流寓峡江时期的五律气骨相类，故于晚唐体诗境之外，兼具老杜的沉郁感慨、雄阔悲壮。诗中的一些意象即化自杜诗，如颔联化用"星垂平野阔，月涌大江流"（《旅夜书怀》），尾联兼用"乾坤一腐儒"（《江汉》）、"白头搔更短，浑欲不胜簪"（《春望》）。

（黄宝华）

# 黄 州

局促常悲类楚囚，迁流还叹学齐优。

江声不尽英雄恨，天意无私草木秋。

万里羁愁添白发，一帆寒日过黄州。

君看赤壁终陈迹，生子何须似仲谋！

　　宋孝宗乾道五年（1169），陆游受命为四川夔州通判，次年，他沿江前往赴任，于八月间到达黄州（今湖北黄冈）。

　　黄州的赤鼻矶，后人常误为三国时的赤壁战场，而作吊古伤今之论，其中尤以苏轼的前后《赤壁赋》为著。诗人在这里也将错就错，藉以抒怀。春秋时楚人钟仪，被俘入晋，称为"楚囚"。诗人平生主战，在主和派的攻击下，政治主张得不到舒展，无异"楚囚"，焉能不悲？"齐优"也是春秋故事：孔子治鲁，齐人患之，送女乐给鲁执政，使耽于声色，孔子遂被迫去国。《史记·乐书》称孔子"不能与齐优遂容于鲁"。司马贞《索隐》云："齐人归女乐而孔子行，言不能遂容于鲁而去也。"诗人将此典信手拈来，以言自己远赴夔州（今四川奉节）的播流之苦。

　　颔联写江涛吼鸣，似前朝英雄的怨恨之声；草木临秋，荣枯皆有天意。这里自有当年曹操不获吞吴、周郎未擒老贼之恨，自然更有诗人报国无门、壮志难酬之恨；而眼前草木入秋，纷纷凋零，犹如千古英雄相继消陨，自己也终不免与草木同腐，于是不能不感叹天意无私、不遂人愿了。这二句诗在千古浩叹中，饱含了感念身世的不尽慨叹，景象开阔萧瑟，情辞悲怆沉痛，达到了情景交融的浑成境界。

颈联直写旅程，意绪仍承颔联而下：新添的白发与帆上的惨淡白日相互映衬，"万里"与"一帆"相对，于一片苍凉萧瑟中更显出羁旅的孤寂凄清。一个"过"字看似平淡，细味则不乏深意：原来诗人的满腹愁悲，已被不尽的江声所淘尽，此际已心如死灰，虽路经黄州，却只是悄然而过。

诗的结尾十分沉痛。"生子当如孙仲谋"原是曹操当年望见吴军阵营整肃时的一句叹语（见《三国志·孙权传》注引《吴历》），现在诗人面对赤壁陈迹，自然感慨万千。他把曹操的赞语改作"生子何须似仲谋"，正语反说，集中表现出对抗战前途的深深失望和悲伤，同时也包含了对主和派执政的激愤之情。

陆游抒写爱国热情的诗篇，有的高亢激昂，一泻千里，有的则悲痛低沉，哀惋悱恻。这首七律基调低沉，是后一类型的代表。

（沈维藩）

## 病起书怀

### （二首选一）

病骨支离纱帽宽，孤臣万里客江干。

位卑未敢忘忧国，事定犹须待阖棺。

天地神灵扶庙社，京华父老望和銮。

出师一表通今古，夜半挑灯更细看。

　　宋孝宗淳熙三年（1176），陆游在成都大病了一场，病后起来，正如首联所形容的：病骨支离，消瘦得头上的纱帽也嫌宽大难以戴牢；何况，他是在离家万里的成都濯锦江边，客乡卧病，更堪悲哀。另外在这一年，他的尚未上任的嘉州知州一职，被以"燕饮颓放"的罪名弹劾掉了，只落得一个领干俸无职事的祠官，这对他自然又是重大的精神打击。

　　寻常人在这般境地"书"起"怀"来，大约不是怨天尤人，就是黯然自伤，陆游却不然。首联里，他还不忘自己是国家的臣子，即使是无人看重的"孤臣"也罢。所以他在次联里所"书"的，仍然是那至诚的爱国之怀——"位卑未敢忘忧国"。他如今虽然官位卑下，无职无权，报国无门，而忧国却始终如一。这句中最可注目的是一个"敢"字：有此一字，便足见得诗人把"忘忧国"一事，是视若绝不敢弃的职责，又何分甚么位卑位尊？下句"事定犹须待阖棺"，也是毫不逊色的对句。《晋书·刘毅传》云："大丈夫盖棺事方定。"一时的卧病、免官、被劾、失意，又算得甚么？皇朝的宗庙社稷有天地神灵扶持，必能复兴，旧京的遗民还在盼望天子还驾（和、銮，天子车驾上的两种铃），不到盖棺论定那一天，就不能停止奋斗！诗人顾不得病体初愈，又夜半挑灯，把读过无数遍的《出师表》细看起来：诸葛亮"奖帅三军，北定中原"、"兴复汉室，还于旧都"的宏愿，与诗人此时的心情，是何等的合拍啊。

"位卑未敢忘忧国"，如今已成为唤起世人爱国情志的名言，而陆游在如此困境下写出如此忘我的爱国诗句，这情景，本身又该具有多强的感悟世心的力量！

（沈维藩）

# 夜泊水村

腰间羽箭久凋零，太息燕然未勒铭。

老子犹堪绝大漠，诸君何至泣新亭？

一身报国有万死，双鬓向人无再青。

记取江湖泊船处，卧闻新雁落寒汀。

写这首诗时，陆游已五十八岁，正退居家乡山阴。

这是一个宁静的夜晚，诗人的小舟孤零零地泊在水畔。四周空荡荡的，唯有腰间的羽箭触发了他的感慨。羽箭本是杀敌的武器，如今却"久凋零"，被长期闲置了。睹物生情，一股英雄无用武之地的悲感霎时充溢于胸，诗人于是发出一声深沉的"太息"。"燕然"，燕然山，汉代车骑将军窦宪曾在此大败匈奴单于，登山"刻石勒功，纪汉威德，令班固作铭"。而诗人却至今"未勒铭"，空怀报国壮志，这怎么能不令一个饱经风霜、遍尝忧患、深思国事的志士浩叹！而古人的功成名就，又把诗人这种浩叹反振得分外激越悲壮。诗一开始，便沉浸在一种沉痛的氛围之中。

难能可贵的是，诗人不甘心在这无所事事的境况中了却终生，他直陈心志，表示要效法汉代的卫青和霍去病，横渡大沙漠，歼敌复国。一腔豪情，喷薄而出，读来令人感奋。或许是因为报国心切，或许是由于对统治者庸碌无能的愤怒难以压抑，诗人突然一笔荡开，由直抒胸臆转为对某些达官贵人的责问：你们为何要学晋室南迁后的官吏，在新亭（在今南京市郊）相对而泣呢？言语中充满了对朝廷不图振作、悲观失望的愤忿和斥责。"一身"二句顺势而下，既发誓要以身许国、万死不辞，同时又喟叹鬓发已白，青春不再，于扬抑转折中倍见声情凄惋悲壮。人们从中不难体会诗人复杂的、激烈的、萦回沉郁的情怀：一面是慨叹流年虚度，抱负未展；一面是报国心切，怨恨统治者排挤主战派。

正当诗人独卧船舱，百感交集时，他忽闻北方大雁飞落于"寒汀"。这里只点出"新雁"，却不说破它与舟中人的潜在联系，确有"睹影知竿之妙"。作者《秋思》诗云："雁来不得中原信，抚剑何人识壮心。"可见诗人由"新雁"联想到了沦陷的领土和沦陷区的人民，因此倍增忆念之情。"寒汀"点染气氛，让人从中感受到一种凄冷、压抑的氛围，它既是眼前景物的渲染，同时又透露出诗人对边事的忧虑、国事的伤悼之情，其中也蕴含着民族受难的悲痛和报国不能的愤懑。这一切，也许就是诗人之所以要牢牢"记取"的吧？全诗就此悠然收住，收到了余韵无尽的效果。

（冯海荣）

# 夜　步

市人莫笑雪蒙头，北陌南阡信脚游。

风递钟声云外寺，水摇灯影酒家楼。

鹤归辽海逾千岁，枫落吴江又一秋。

却掩船扉耿无寐，半窗落月照清愁。

　　宋宁宗淳熙十二年（1185），诗人已是六旬老翁，蛰居山阴五载，有足够的时间信步闲游。一天夜里，他又外出漫步。

　　诗人向乡人自夸：不要笑我白发满头，我还能在乡间小径信步漫游。夜色朦胧中，风传钟声，悠远飘忽，是来自那白云深处的寺院；水波中摇动着的灯影，原来小河边几家酒楼正夜市兴隆，三、四两句中"递"字、"摇"字颇见生动。"递"字尤其入神，风本无形，但诗人却把它写成传"递"钟声的媒介，这样诗人就能借助它听到了云外的钟声了。试想，下句的"摇"字，机杼亦复相同。此联中，还可见诗人又一艺术匠心。诗人先写风递来钟声，循着钟声再联想到白云深处的寺庙；先看到水中摇动着的灯影，由灯影再想到临水的酒楼：这种景物的前后安置，正合于漫无目的闲步中诗人的感觉。这一联是全诗的最精彩之处。

　　此时，诗人在闲步中似乎已忘却了自我，而安于故乡了。但颈联忽然笔调一转，由夜空飞鹤，想到传说中汉代学道成仙、化鹤归还辽东家乡的丁令威。平静安宁的心情被打破了，千岁一瞬而过，何况人生不满百年？一种人生无常之感油然而生。唐代崔明信"枫落吴江冷"的名句浮上心头，枫叶落了，春去秋来，白发已蒙住了头，可报国的夙愿呢？……带着一丝清愁，诗人回到了船上，掩上了船扉。月儿西沉了，半窗的月色照着船中人满脸的清愁。

由此来看，诗人虽是"北陌南阡信脚游"，好像是悠闲自在，其实首句"雪蒙头"三个字已经含着诗人的悲慨了。这悲慨只能用"闲游"来掩饰，但诗情总是不平静的，到了尾联，诗人的愁绪还是不由自主地吐了出来。

（康　萍）

# 书 愤

早岁那知世事艰，中原北望气如山。

楼船夜雪瓜洲渡，铁马秋风大散关。

塞上长城空自许，镜中衰鬓已先斑。

出师一表真名世，千载谁堪伯仲间？

淳熙十三年（1186），陆游六十二岁，因力主抗战而遭贬黜，正退居故乡山阴（今浙江绍兴）。他追怀壮岁意气，痛惜壮志未酬，遂愤而作此诗。诗写得沉郁顿挫，声情激越，备受后人赞赏。清代李慈铭曰："全首浑成，风格高健，置之老杜集中，直无愧色。"（《越缦堂诗话》）

"愤"是此诗的精魂。全诗写"愤"，含而不露，极有韵致。起首逆笔切入，以回忆的方式突出题旨。回顾自己青年时代，壮心激越，豪气干云，渴望收复故地，拯国救民；然而，历尽沧桑，久经挫折之后，今日才认识到"世事艰"。粗读之下，似乎觉得诗人是在懊悔自责少壮时期的不谙世事，其实是正意反写，在喟然长叹中委婉地传出了"愤"之所在、"愤"之所由。不用"今日方知"，却用"早岁那知"反诘，既表现作者的认识过程，又构成了强烈的愤激语气。接着托情于物，将"愤"情加以物化。当年北望中原，失地未复，胸中愤恨之气郁结如山，一个愤世的爱国者的豪迈气概与高大形象，宛然在目。此句是对"世事艰"的抗议，也是"世事艰"的反激。上下两句，对比成文。

"楼船"两句，正面描绘当时的二大战役。"瓜洲"在今镇江对岸，"大散关"在今陕西宝鸡西南的大散岭上，均为战略要塞，宋朝将士和广大百姓曾在这两地大败金兵。回首往事，旨在说明抗战必胜，而胜利果实却被投降派葬送了。这又是"愤"之所在。二句描绘战争场面，势若泼墨，细如工笔，绘声绘色。诚如清人方东树所评："妙在三、四句，兼写景象，声色动人。"（《昭昧詹言》）在造句上，不用一个动词，六组名词织成了一幅大江两岸和西北高原敌我鏖战的历史画面，读之使人如临其境。又因名词之间毫无连缀，造成了顿挫有力的节奏感，把战场气氛渲染得格外悲壮。"塞上"二句，笔调由高昂转为深沉，叹惋自己壮志未酬，而时日匆匆，转眼志士迟暮，揽镜自照，两鬓斑白。一个"先"字深含憾意，对投降派迫害有志之士的愤慨，喷薄而出。为了遣"恨"、泄"愤"和补"空"，诗人寄意古人，把心思转向了久逝的历史。当初诸葛亮壮志凌云，在《出师表》中发誓"奖率三军，北定中原，庶竭驽钝，攘除奸凶，兴复汉室，还于旧都"。此等豪杰再也不会重现于当世，此等豪举今日也难以追寻了。弦外之音是，当今恢复中原的愿望最终化成了泡影，这正是诗人满腔激"愤"的要害。

题为"书愤"，又不着一"愤"字，却通过感叹、回顾、描绘以及吊古层层传达，尤为感人肺腑。又因诗中的各种"愤"情全由"世事艰"逼出，所以结构不散不乱，读来妙有浑含。　　（冯海荣）

# 临安春雨初霁

世味年来薄似纱，谁令骑马客京华？

小楼一夜听春雨，深巷明朝卖杏花。

矮纸斜行闲作草，晴窗细乳戏分茶。

素衣莫起风尘叹，犹及清明可到家。

　　宋孝宗淳熙十三年（1186）春，陆游被任为朝请大夫，权知严州，由山阴被召入京，居于西湖畔。诗即作于此时。

　　陆游生活在动乱黑暗的南宋时期，朝廷的昏聩、世态的炎凉、官场生涯的庸碌鄙俗，激起了他对仕宦的不满和憎恶，致使弃官归乡的念头日趋强烈。追昔抚今，诗人感慨万千，一吐胸中块垒，鲜明地表示，自己对入世为官的兴味已经薄如轻纱，出语痛快淋漓而又发人深省。一个渴望建立功业的有志之士，何以会萌生如此想法？其弦外之音，不言自明。此句与其说是自明心迹，不如说是愤激于官场的昏暗。"薄如纱"的比喻，看似平平，用在这里却极有分量。诗人厌倦了官场生活，想与之决裂，又身不由己，陷入了极度的矛盾中。"谁令"问得突兀，似在责问朝廷：既然你们排挤、迫害主战派，又为何召我入京？又似在自责、自怨、自叹。一句诘问，寓藏着多少难忍的悲愤、难诉的苦衷、难遣的烦恼！百般无奈，于是只能故作旷达，自我排遣。三、四两句略作盘旋，点染雨中雨后情事，全从听觉着笔。春天京城无迅风急雨，只有和煦的春风；夜阑人静之时，濛濛细雨随风飘洒，那轻轻的淅沥声，听来令人畅快。置身于这春夜雨景，世俗的喧嚣、政事的烦恨均荡然无存，心情显得格外幽闲恬静。无须多言，仅"一夜听"三字，即足以说明他此时已心与景会，并为之深深陶醉，整个身心都融合于大自然了。清晨，雨过天晴，深巷中频频传来卖杏花声。"深巷"二字下得绝妙，那叫卖杏花声仿佛在幽深的小巷中飘荡四散，渐远渐消，意境清幽，韵味无穷。从雨声到叫卖声，通过声音的转换，再现了京城春日的自然美，极富江南水乡的生活情韵。据南宋诗人刘克庄《后村诗话》载，这二句"传入禁中，思陵（宋高宗）称赏，由是知名"。

闲居无事，写字品茶也不失为一种消遣的方式。"矮纸"，指短纸。"细乳"，婺州出产的一种片细味甘的名茶。诗人在此以"矮纸斜行"和晴窗分茶两个日常生活小景，生动地刻画出外表安宁，而实则百无聊赖、烦闷不堪的人物神态。末联以感喟作结。当年陆机有诗云："京洛多风尘，素衣化为缁。"（《为顾彦先赠妇》）直斥官场污浊，连白衣都被染成了黑色。"素衣"句由此化出，却反其意而用之，劝慰人们"莫起风尘叹"，紧接着再强调前题，因为清明还来得及回家，道出劝慰之因，一切释然。这样的收束，更见其归念之不可动摇。

放翁于七律最为擅场，集中所载尤多，名章佳句，叠出层见。本诗即广为传诵。其佳处在圆美俊逸，而对偶流美工切，最为人称道，颔联就是历来脍炙人口的一例。但也有人嫌其七律流于熟滑，如纪昀即谓此诗"格调殊卑，人以谐俗而诵之"(《瀛奎律髓汇评》卷十七)。

（冯海荣）

# 西 村

乱山深处小桃源，往岁求浆忆叩门。

高柳簇桥初转马，数家临水自成村。

茂林风送幽禽语，坏壁苔侵醉墨痕。

一首清诗记今夕，细云新月耿黄昏。

　　这首诗是诗人晚年赋闲山阴（今浙江绍兴）时所作，写于宋宁宗嘉泰元年（1201）夏。西村，是山阴附近的一个小村庄。

　　首句先勾勒环境。这个被诗人视为"小桃源"的西村，在群山环绕中。次句回忆起往年游赏时叩门求水解渴的情景。旧地重游，平添了一分亲切之情。

　　西村何以是"小桃源"呢？下面二联，诗人用清雅的笔致作了描写。

　　颔联先写进村所见：诗人勒马驻足密柳簇拥着的桥头，看到河边散居着几户人家，组合成一个小小的村落。这幅画画面很清和，在绿荫幽幽的小桥上驻马的诗人，心情自然亦很平和。临水人家不经意地形成了一个小村庄，这"自成村"的"自"字，不仅是说小村落形成的自然，或许还是诗人此时平和心境的一种外化吧。

　　颈联述进村后的闻见：清风送来密林幽深处啾啾的鸟语，青苔侵蚀着当年醉题于断壁的诗句。这二句诗在以动衬静上颇具匠心：试想茂密树林中，忽然听到清脆的鸟语，这环境之静谧，不是臻于极致了吗？下句写得更为传神：事隔数年，重游故地，唯一的变化只是往年的墨迹爬上了苔痕，这西村的宁静和远离城市喧嚣，不正是陶渊明笔下桃花源的翻版吗？诗人写到这里，谁还能不承认这里果然是个"小桃源"呢？

有如此清幽动人之景，真该用一首清诗记下它，更何况此时黄昏天上飘着几缕纤云，挂着一弯细细的新月呢！诗人写完尾联，心境该是安宁极了。

（康　萍）

# 十一月四日风雨大作

## （二首选一）

僵卧孤村不自哀，尚思为国戍轮台。

夜阑卧听风吹雨，铁马冰河入梦来。


漆黑的寒夜，孤寂的小村，僵卧的老人。这是绍熙三年（1192）的冬天，赋闲在家的诗人已经捱过了第四个寂寞的年头。

他是很应该为自己悲哀的：无数次北伐抗金的呼号，了无反响，只有在梦境里为出师兴奋过几回；毕生的杀敌之愿，未曾实现，只有在川陕前线不足一年的日子里遥看过敌垒。他怀着为国家出力的热望步入仕途，却被东抛西掷，冷置闲官，到头来一事无成，消磨了强健的体魄，成了一个僵卧孤村的衰翁！

他是很该为自己悲哀的，然而他却说"不"！这个国家容不得他做事，他却只想报效它；这个朝廷不理会他，他却还在指望它；将我派去前线，让我戍守边塞！"轮台"，古戍名，今属新疆，这里代指抗御异族的边塞。

何等执着的报国之念，何等壮盛的爱国之情！他的强健之体消磨了，他的强健之心却依然故我，他的心中全无"我"，他的心中只有一个"国"！

夜更深了，天更寒了，然而这颗强健之心却越跳越热，连那为

　　寒夜助虐的凄风恶雨声，也被他化作了跨越冰封黄河的雄壮铁蹄声，伴着他又一次进入了乐观的梦境——北上，收复故土……

（沈维藩）

# 小舟游近村舍舟步归

### （四首选一）

斜阳古柳赵家庄，负鼓盲翁正作场。

死后是非谁管得，满村听说蔡中郎。

这是组诗的第四首。宋宁宗庆元元年（1195）冬天，蛰居山阴（今浙江绍兴）的陆游，在无聊中作了一次近村的闲游。

诗人以白描手法绘出一幅乡村风情：夕阳西落，已是农人们休息消遣的时候。老柳树下，瞎子老艺人开始敲起鼓、圈起场子，打算说唱一场人们熟悉的蔡中郎的故事——东汉蔡邕，进京考取状元，为贪富贵，抛弃了家乡挨饿的双亲和妻子，做了牛丞相的爱婿。

历史上的蔡邕哪有此事？只因他官拜中郎将，于是乎蔡二郎、仲郎、中郎，不义之名才扯到了他身上。或许，这该辩一辩吧？然而，诗人只是淡淡地道了声"谁管得"——人世的烦恼已避之惟恐不远，又何暇为古人担忧？饱历世故的老诗人，早已看穿了人间的一切毁誉，一声"谁管得"的无奈叹息，包含了多少人生的酸甜苦辣！

本诗中的盲人说唱，南宋时称为"陶真"，是一种古老的艺术形式。至于诗中的蔡中郎故事，更是后世南戏《琵琶记》的先声。因此，本诗非但有其艺术价值，也有着珍贵的史料价值，证明了优秀的文学作品是如何植根于民间文学的土壤之中。

（沈维藩）

# 沈园二首

城上斜阳画角哀，沈园非复旧池台。
伤心桥下春波绿，曾是惊鸿照影来。

梦断香消四十年，沈园柳老不吹绵。
此身行作稽山土，犹吊遗踪一泫然。

宋代向有"诗庄词媚"之说，因此在现存的宋诗中，描写爱情的作品并不多见。诗人这两首为悼念他的结发妻唐琬而作的爱情诗，在宋诗中实属凤毛麟角。诗写于庆历五年（1199）春，这时诗人已是七十五岁高龄的老人了。

陆游与唐琬的爱情悲剧，在宋人笔记陈鹄《耆旧续闻》、刘克庄《后村诗话》和周密《齐东野语》中均有记载，内容则略有异同。唐琬是陆游的表妹，婚后夫妻十分恩爱，但陆游的母亲厌恶唐琬，不得已被迫离异。后唐琬改嫁赵士程，陆游另娶王氏。数年后春游沈园，二人偶然相遇，都极为难过。陆游在园壁上题了一首《钗头凤》词，诉说内心的痛苦，唐琬也和了一首。不久，唐琬即抑郁而亡。

第一首诗写故地重游，不禁触景生情，勾起对年轻时爱情生活的回忆和对前妻唐琬的怀念。

沈园在山阴禹迹寺南，为当时私人名园。陆游只身前往不免会触景生情，感慨万千。首句一作"肠断城头画角哀"。"画角"，古代一种管乐器。一般用于报时，声音哀厉高亢。诗一开头，即为一种悲凉哀惋的气氛所笼罩。诗人所见是"城上斜阳"，所闻是画角哀鸣，怎能不令人愁绪纷起！加之眼前的沈园，尽管景物依旧，却已三易其主，早已人事全非了。"非复"，一作"无复"，不再是之意，言语间充满了无穷的哀伤与惆怅。当诗人有意无意地俯视桥下碧波时，恍惚间仿佛看见唐琬那美丽的身姿浮现在水中，可望而不可及。"曾是"点明事已过去，"惊鸿"形容唐琬轻盈飘逸的身影，语出曹植《洛神赋》。临流照影，使诗人回忆往事，情不自已。

第二首诗，写古稀老人对爱妻的一往情深。

"梦断香消"，指日夜思念的爱妻已经去世。岁月易逝，屈指算来已经四十年（此举成数）了。"吹"一作"飞"，"绵"，柳絮。此以柳喻人，言已年老力衰，来日无多。

"此身"句进一步点明此意。"行作"，犹将要变为。"稽山"，即"会稽山"，主峰在诗人家乡山阴东南。此句说自己不久将要变作稽山上的一抔黄土了。末句表示即使要死了，凭吊这些旧游的遗迹，还是洒下思念的涕泪。"犹吊"二字可见诗人态度的坚决，"泫然"形容痛苦之深沉，爱恋之久长。

此后，陆游又写了《十二月二日夜梦游沈氏园亭》等诗，表现了他对唐琬的一往情深，至死不渝，从而成为文坛千古传颂的佳话。

　　近人陈衍称陆游的爱情诗为"古今断肠之作"，又评《沈园二首》云："无此绝等伤心之事，亦无此绝等伤心之诗。就百年论，谁愿有此事？就千秋论，不可无此诗。"（《宋诗精华录》）说得极尽情理。

（邓　南）

# 梅花绝句二首

幽谷那堪更北枝，年年自分著花迟。
高标逸韵君知否？正是层冰积雪时。

闻道梅花坼晓风，雪堆遍满四山中。
何方可化身千亿，一树梅前一放翁。

古代众多的诗人当中，陆游写梅花的诗多达百余首，不但数量多，而且质量也高，堪称咏梅大家。诗人特别喜欢梅花，可谓嗜梅成癖："当年走马锦城西，曾为梅花醉似泥"，"小亭终日倚阑干，树树梅花看到残"（《梅花绝句》）。诗人回忆年轻时爱梅如此，现在人虽老而兴致不衰。这里所选二诗，都是诗人老年赋闲家乡山阴之作。前一首写于1191年，67岁时；后一首写于1202年，78岁时。

第一首入手即见取择不凡，梅生幽谷，本已不利，更况花枝朝北面阴，处境尤为艰难。一个"更"字，加深了环境的恶劣程度，但是花并不自怨自艾，而是年年照样开花，尽管时间较迟。"自分（fèn）"，自料，甘愿之意。虽然开花较晚，却无意与人争春，独自吐芳。首句是因，次句为果。先因后果，前呼后应，顺理成章。这里诗人以拟人化的手法，表现了梅花虽然身处逆境，却习以为常，安之若素；对其顽强斗争精神的赞许，自在不言之中。

后二句对梅的赞美即由隐而显:"高标逸韵君知否? 正是层冰积雪时。""层冰积雪"为"高标逸韵"作了极好的映衬。环境越是恶劣,就越能显出梅花的高尚气节和俊逸风韵。两句一问一答,自问自答,显得活泼生动,摇曳多姿。

第二首首句写梅花在清晨的寒风中开放,其顶风冒雪的风貌宛然可见。"坼",裂开。次句中的"雪堆"是形容梅花之盛,使四面群山如同堆满了白雪一般。此联由"闻道"领起,说明诗人得知梅已盛开,并未亲眼见到,因此三、四两句即在"看"字上作文章。面对满山遍野如此众多的梅花,他怎么能看得过来呢? 于是诗人萌发了"何方可化身千亿? 一树梅前一放翁"的奇想。唐人柳宗元为表思乡之情,曾有诗云:"若为化得身千亿,散上峰头望故乡。"(《与浩初上人同看山寄京华亲故》)化身千亿,本出佛家传说。诗人用以表达分身无术的苦衷,与柳宗元思归心切一样,充分显示了难以遍赏梅花风姿雅态的痴狂之情。

此诗以奇特的想象,酣畅淋漓地表现了诗人对梅花的酷爱和激赏。而其原因,诗人已在前一首中作了最好的表述。除了这二首诗之外,诗人对梅的赞誉很多,如"梅花如高人,枯槁道愈尊"(《宿龙华山中寂然无一人方丈前梅花盛开月下独观至中夜》)、"雪虐风饕愈凛然,花中气节最高坚"(《落梅》)、"无意苦争春,一任群芳妒。零落成泥碾作尘,只有香如故"(《卜算子·咏梅》)等都是。由此可见,诗人咏梅,是主要称扬具有梅花孤傲劲节的特性和品质。因此他的咏梅之作,不仅深得梅花的神韵,而且也托物寓意,表现了身处逆境而不志馁的精神风貌,从而为历代人民所热爱。 (邓 南)

# 秋夜将晓出篱门迎凉有感

（二首选一）

三万里河东入海，五千仞岳上摩天。

遗民泪尽胡尘里，南望王师又一年。

　　这首诗是陆游晚年退居故乡时所作，它唱出了爱国志士对祖国壮丽河山的无限热爱，表达了收复失地的迫切心情。

　　起首二句，诗人用如椽大笔，饱蘸激情，泼墨挥洒而又准确生动地勾勒出黄河与华山的形象，气势恢宏，景象阔大，咫尺万里。"三万里"，极言黄河之长；"五千仞"，极写华山之高。古代以八尺或七尺为一仞。诗人落笔高度概括，重点突出。黄河、华山是中华民族的象征，诗人正是出于对祖国大好河山的强烈的赤热之爱，才以如此热情加以赞颂。但是，倘若结合当时特定的时代背景来细细品味这两句诗，立即会感受到诗人复杂的情感：如此壮丽的河山，却被南宋小朝廷割弃，沦入敌手多年，无人过问，这怎能不令人扼腕长叹！

　　后二句转入对遗民痛苦心理的抒写，笔底生哀。前半首与后半首看似不相连接，其实内在的炽热感情贯注一气，有家国灭亡的哀伤，有不能收复失地的悲切，有往事不堪回首的感叹。这种辞断而意续的表现手法，使诗歌的情调变化跌宕，在哀惋悱恻中回旋着一股勃郁不平之气，读来扣人心弦，撼人心魄。两句中的一个"尽"字、一个"又"字，下得都极有分量："尽"字形象地再现了遗民倍受异族蹂躏欺凌、久盼王师不至的不尽哀痛；"又"字说明"南望王师"年年失望，今年又过，旧况依然，其间蕴含着对宋朝当权者苟且偷安、祸国殃民的行径的强烈愤恨。

此诗所以为人日久传诵，即因诗人的哀愤中包含着巨大的时代内容；抒情衬以壮阔的景色，哀伤而不颓废，显出郁勃的情怀。

（冯海荣）

# 示 儿

死去原知万事空，但悲不见九州同。
王师北定中原日，家祭无忘告乃翁。

陆游一生写了许多杰出的爱国诗篇，这首写于嘉定二年
(1210) 冬临终前的绝笔诗，即是其中最杰出的一首。它是陆游一
生政治理想的高度概括，又是他爱国精神和爱国思想的结晶。

诗的一、二句表明诗人对于生死的看法和死后唯一放心不下
的事。

陆游生当民族危亡之际，少怀救国救民大志，甘愿驰骋沙场，
誓死报国，个人生死早已置之度外。"万事空"三字凝聚了诗人一生
奋斗而无结果的无限感慨和悲愤。为了收复失地，他曾努力过，也
失败过；他曾进取过，也受挫过，这一切的一切，在将死的诗人心
中，早已成了不足挂齿的过去。然而第二句紧接的却是"但悲不见
九州同"。诗人在此表示，唯一使他深感悲痛的是看不到国家的统
一和完整了。这就与前一句的"万事空"形成了强烈的对比，看似
矛盾，其实不然。因为在诗人看来，个人的恩怨荣辱和家事，都可
以放下丢开，无须牵挂，只有国家统一的大事是始终不能忘却的，
也只有此事使他抱恨终天、死不瞑目。于是他要在弥留之际以"示
儿"为题，来交代他的"遗嘱"了。

　　"王师",指南宋军队。"北定中原",语出诸葛亮《出师表》,诗人用以表示收复北方失地。"家祭",指家中对祖先的私祭。"乃翁",你的父亲。诗人念念不忘的是听到官军收复中原的喜讯,因此殷殷叮嘱儿辈在日后的祭祀中,切莫忘了把胜利的消息告诉自己。这是诗人的心声,也是当时千万个爱国志士的心声,即使千载以下人读后,又怎能不为他的精诚所感动!

　　清人刘熙载说:"放翁诗明白如话,然浅中有深,平中有奇,故足令人咀味。"(《艺概》卷五)此诗即是一例。诗人"但悲"之"悲",既是个人的人生悲剧,同时又是国家、民族和时代的悲剧,一个"悲"字,"足令人咀味"不尽。　　　　　　　　　　　　(邓　南)

## 范成大

范成大（1126—1193），字致能，号石湖居士，平江吴郡（今江苏苏州）人。宋高宗绍兴二十四年（1154）进士，曾任徽州司户参军、秘书省正字、吏部员外郎、处州知府等。孝宗乾道六年（1170），以起居郎假资政殿大学士衔，充祈请国信使赴金，大义凛然，全节而归。历官中书舍人、四川制置使、参知政事。晚年退隐苏州石湖，卒谥文穆。范成大诗与尤袤、杨万里、陆游齐名，称"中兴四大诗人"。初学江西诗派，后摆脱束缚，取唐、宋诸名家之长，自成一家。其诗题材广泛，内容充实，田园诗能独创一格，所作爱国诗篇亦有较高成就。诗风以清新婉丽为主，兼有高峭奇逸之美，语言平淡、明快，韵味悠长。其词亦自成格调。有《石湖诗集》《石湖词》。

（张国浩）

## 后催租行

老夫田荒秋雨里，旧时高岸今江水。

佣耕犹自抱长饥，的知无力输租米。

自从乡官新上来，黄纸放尽白纸催。

卖衣得钱都纳却，病骨虽寒聊免缚。

去年衣尽到家口，大女临歧两分首。

今年次女已行媒，亦复驱将换升斗。

室中更有第三女，明年不怕催租苦。

范成大早年写有《催租行》，自谓"效王建"（唐王建有《田家

行》诗，言输租事）。此诗是其姐妹篇，约作于绍兴二十六年
（1156），时作者初入仕途，出任徽州（治所今安徽歙县）司户
参军。

范成大生活在宋金对峙、民族矛盾和阶级矛盾异常激烈的时
代。南宋统治集团为了满足荒淫奢侈的生活，为了向金朝进贡以换
取偷安，不断加紧对农民的横征暴敛，使得广大农民不得不卖儿鬻
女以纳税。《后催租行》就是反映这一悲惨现实的作品。

诗采用乐府歌行体，以代老农立言的方式，倾诉了农家的悲惨
遭遇。前四句交代灾情及恶劣的处境。因秋涝成灾，昔日防水的高
堤如今已一片汪洋，老农辛苦一年，却颗粒无收，只好替人佣耕，
还得忍饥挨饿，确实无力缴纳租税。灾荒之年农民非但没有受到救
济，反而被逼交租，可见官府聚敛之凶残。"的知"句既是灾民沉痛
的呼喊，又为下文写催租残暴埋下伏笔。以下八句，写催租和
纳租。

"自从"两句写统治集团和地方官吏演的双簧。"黄纸"指皇帝
蠲免租税的诏书，"白纸"是地方官吏颁发的交租文告。一面以
"恩免""忧民"愚弄人民，一面仍加紧催逼。这就是宋继芳《农
桑》诗所说的："淡黄竹纸说蠲道，白纸仍科不稼租。"白居易《杜
陵叟》亦云："十家租税九家毕，虚受吾君蠲免恩。"可见这是统治
者一贯玩弄的伎俩。秋冬时节，卖衣纳租已极悲惨，诗人偏用
"虽""聊"两字道来，表示寒病之苦，还比不上官府鞭笞和牢狱之
罪。这就更深刻地揭露了官府的暴虐，犹如《礼记·檀弓》所记载
的"苛政猛于虎"，在衬托映照中使控诉更进一层。"去年"以下六

句，写卖女纳税，诗进入高潮。当老农一家连御寒之衣都已卖尽时，只得转卖家中人口。去年卖了大女儿，生离死别的惨景还在目前，今年又轮到了次女，"已行媒"，说明这次是出嫁，但以"驱将"二字点出其出嫁无异于出卖牲口，无非是换取升斗之粮，以完租赋而已。但是这种惨剧并未结束，最后两句诗人故意以极冷静的口吻写道："室中更有第三女，明年不怕催租苦。""不怕"二字下得极其沉痛，表面上似乎有恃无恐，实则老农已到了山穷水尽、家破人亡的境地。此处用反语表现出老农心中的极度愤懑。

以平淡语写悲愤情是此诗的一大特点。全诗没有写景和议论，仅是"老父"的自述，叙事看似朴素平淡，其实饱含了深沉的悲愤。如卖女是人间一大惨剧，却用"两分首""已行媒"极平淡的字眼道出；末二句反以心安理得的口吻道出家庭离散的命运。这种寓热于冷、寓激愤于平淡的手法，比直抒胸臆具有更强的艺术感染力，真是欲哭无泪而尤见其悲。

（张国强）

范成大

# 春日田园杂兴十二绝

（选一）

土膏欲动雨频催，万草千花一饷开。

舍后荒畦犹绿秀，邻家鞭笋过墙来。

宋孝宗淳熙十三年（1186），范成大退居家乡石湖（在今苏州盘门西南十里处）养病时，"野外即事，辄书一绝，终岁得六十篇，号《四时田园杂兴》"（原诗序）。并分"春日""晚春""夏日""秋日""冬日"五组，每组有十二首七言绝句，分别描绘了江南农村四季的田园风光和生活、劳动情景，摆脱了传统田园诗单纯讴歌闲适静穆的情调，被誉为"中国古代田园诗的集大成"（见钱锺书《宋诗选注》）。这一首写春日农村景象。

首两句点明时节，从大处落笔。春风化雨，大地回春，"万草千花"也随之生长开放。土膏，指泥土含潮而滋润。"雨频催""一饷开"形象地概括了初春物候的鲜明特征。诗的后两句由概括描写转为具体描写，如电影的特写镜头对准农家小院，写屋后残冬留下的荒地已碧绿一清，邻家的竹鞭也顽强地从墙角下横穿过来。"犹"、"过"两字尤为传神，状写出初春的勃勃生机和诗人的欣喜之情。

全诗采用素描手法，把江南初春的活力不假雕饰地表现出来，体现出范成大田园诗"清新妩媚"的艺术风格。

（张国萍）

739

# 晚春田园杂兴十二绝

## （选一）

蝴蝶双双入菜花，日长无客到田家。

鸡飞过篱犬吠窦，知有行商来买茶。

　　这首七绝写晚春农村优美恬静的景象。诗开首点明暮春时节，田野上菜花遍开，只见蝴蝶飞舞其间，"双双"两字尤富情趣。次句写农家一片寂静，实际暗示着农民正忙于田间农事。后两句写行商的到来，打破了村落的平静。先写鸡飞犬吠之状，诗境一下由宁静转为喧嚣，然后再交代这是行商入村买茶所致。这种因果倒置的句法，诗家称为逆挽，造成了先声夺人的效果。

　　诗人选用农村常见之物、田园习见之景，表现淳朴的农村生活。以蝴蝶的追逐与金黄的菜花构成了色彩鲜艳、动静相映的图画。鸡飞、犬吠、行商买茶，更富有浓郁的乡村生活气息，所有这些景物和谐地组合，形成了优美的艺术境界。写作视角上，前两句写所见之景，后两句写所闻之声。所见主要刻画田园晚春之静，但静中有动；所闻是写农村生活动态，反而衬托出农村的宁静。唐代刘长卿有诗云："日暮苍山远，天寒白屋贫。柴门闻犬吠，风雪夜归人。"（《逢雪宿芙蓉山主人》）本篇构思与之不谋而合，读者从中可领略到诗中的悠然韵味。

（张国浩）

# 夏日田园杂兴十二绝

## （选二）

梅子金黄杏子肥，麦花雪白菜花稀。

日长篱落无人过，惟有蜻蜓蛱蝶飞。

　　此诗是原题之一。全诗深情地赞美了江南农村初夏的风光。起二句，写初夏时梅黄杏肥，麦子扬花，菜籽结实，一派丰收在望的景象。金黄、雪白，色彩鲜艳夺目。后两句写农村的闲静。村落"无人"反衬出田家辛劳。第四句又写景，化用杜甫诗句："穿花蛱蝶深深见，点水蜻蜓款款飞。"（《曲江》）亦是对《晚春》（其三）"蝴蝶双双入菜花，日长无客到田家"的扩展。所不同的是暮春时分尚有行商往来乡下，到了初夏，只剩蝴蝶、蜻蜓出入农家了。字里行间流露出诗人对淳朴农家生活的羡慕与陶醉。此诗写景优美，既有大笔勾勒，又有工笔细描，惟第三句叙事，暗示出农夫的忙碌，意在言外。

采菱辛苦废犁锄，血指流丹鬼质枯。

无力买田聊种水，近来湖面亦收租。

此诗是原题之十一。诗人用犀利的笔触反映了采菱人在统治者残酷剥削下的悲惨遭遇。历来写采莲、采菱的诗，大都抒发欢快之情，写得清新优美，如汉《铙歌》"江南可采莲"等。此诗却是一曲浸透农家血泪的悲歌。首句点明一位破产农户被迫放弃耕种而靠采菱谋生糊口。次句勾勒出采菱人的形象：双手流血，形容枯槁，形同鬼魅。采菱人既使人深切同情，又令人心生疑虑。既然采菱不易，何必要废犁锄呢？原来"无力买田"，方才去湖面种水。末句笔锋一转，又生波澜：岂料"近来湖面亦收租"，语似平常，却蕴藏着无限沉痛之情。

此诗截取一个农夫种菱谋生的片断加以描绘，锋芒直指统治者残酷剥削农民的罪恶，不发空洞议论，形象鲜明感人。　　　　（张国萍）

# 秋日田园杂兴十二绝

## （选三）

朱门巧夕沸欢声，田舍黄昏静掩扃。

男解牵牛女能织，不须徼福渡河星。

传说农历七月七日夜牛郎织女相会，民间有乞巧的风俗。据孟元老《东京梦华录》、吴自牧《梦粱录》、周密《武林旧事》记载，宋时富贵家于是夜结彩楼于庭，设香案酒果，妇女焚香列拜，望月穿针。家中则安排宴会，饾饤杯盘，饮酒为乐，欢声雷动。而此时农家却静静地掩着柴扉。他们不向牛郎、织女乞巧，但真正得到牛郎、织女勤劳的真髓的该是他们。他们男耕女织，天上的牛郎、织女神话还不是同他们的现实生活一样吗？又为什么要向遥远的河汉乞巧求福呢！"徼"，通邀，徼福，即乞求幸福之意。"渡河星"，旧传牛郎星于七夕渡天河与织女星相会，此处渡河星则泛指牛、女双星。

全诗通过一动一静的对比，歌颂了农家勤俭简朴的生活，使我们感觉到富家沸沸扬扬的乞巧活动，毫无意义，转不如月光下静静的勤劳的农家来得现实。

中秋全景属潜夫，棹入空明看太湖。

身外水天银一色，城中有此月明无？

中秋之夜，团团的月在夜空中发出万里清光，一望无垠。此时，万籁俱寂，夜空下的太湖景色多么美好！可惜凡夫俗子是难以领略这番情致的，只有一位潜夫（即隐者）在这片月色下，荡起扁舟一叶，去寻找那大自然神秘的美。万顷太湖轻风徐来，水波不兴，造物主给人们以无尽的幻想。在这水天澄澈、一无纤尘的玲珑世界里，诗人的心飘浮如飞仙，一种遗世独立、静谧纯洁的隐者心境，与寥阔的大自然融为一体，获得了永恒。这就是作者得到的中秋全景。这种情境，决非在烦嚣纷争的官场生活中所能感觉和享受的。在此，诗人把自己退隐后高洁的情操和襟怀，利用石湖中秋之夜的月光，充分表达出来，可见这时他早已把人世间的一切功名富贵，弃如敝屣。全诗超脱空灵，令人悠然神往。

新筑场泥镜面平，家家打稻趁霜晴。

笑歌声里轻雷动，一夜连枷响到明。

这首诗描绘了农家打稻劳作的场面。农民们筑好了平如明镜的打稻场地，趁着天晴，家家户户打稻忙。这是秋收的大忙季节，丰收的农民笑逐颜开，枷声和着欢歌笑语声，好一个欢腾的场面！这时天边雷声滚来，将有一场大雨，农民们加快了动作，为了抢时间，挑灯夜战，于是夜间的村野上回响着一阵阵枷声。连枷，是打稻用的农具，有长柄，以轴联枷，举而翻动转落击稻，使稻粒脱穗。机械、单调的枷声，对农民来说胜过仙乐，因为这是一曲独特的丰收乐。有辛劳才有丰收，农民以他们的汗水换来了丰年，一种真诚喜悦的心情在一夜连枷声中得到了表现。正如辛弃疾《西江月·夜行黄沙道中》所表现的："稻花香里说丰年，听取蛙声一片。"以枷声、蛙声来写稻谷丰收，可谓知音。

（朱野坪）

# 冬日田园杂兴十二绝

## （选二）

放船闲看雪山晴，风定奇寒晚更凝。

坐听一篙珠玉碎，不知湖面已成冰。

　　冬天的田园自有冬天的美。当寒凝大地、一切都在寒天下凝固时，诗人放船飘荡在一平如镜的湖面。放眼望去，晴空下连绵起伏的山峦白雪皑皑。风已定，寒更凝，晚来奇寒尤甚。诗人正兴致勃勃地领略这冰天雪地里滞涩不动的美景时，忽然听到一阵如珠玉碎裂般的清脆声音，原来这时湖面已经结成了一些薄冰。当诗人乘坐的小船下篙时，击碎了冰块。这本是一件极普通的小事，可诗人敏锐的灵感，立即抓住了这一细节，把刹那间的感受写下来，为此诗平添了无限生趣，寒天的美也由此总摄出来。全诗轻灵隽永，写寒冷，以整个静谧的寒野为背景，让人笼罩在一天寒气下；又以近处冰碎突然发出的声音，写出了动态，使人感到仿佛诗人前此对湖面冰冻，尚未察觉，直到现在才发现，这就把场景写活了。

黄纸蠲租白纸催，皂衣旁午下乡来。

长官头脑冬烘甚，乞汝青钱买酒回。

这是一首讽刺诗。诗人以寥寥数笔，勾画了衙吏的一副无赖相。皂衣，即衙门当差者，也就是钱锺书《宋诗选注》中所说的"狗"。范成大的田园诗，加入这一内容，使田园诗臻于完美，更具意义。黄纸，指皇帝的诏书，用黄麻纸书写，因而后人即以黄纸代称皇帝的诏书；白纸，指地方官府的公文命令。"蠲"，免除。首二句指皇帝布告免租，而地方官府却下令催租，于是当差的就纷纷下乡，农民宁静的生活被打乱了。旁午，纷杂的样子。后二句是当差的话：上司是头脑糊涂不清的，只要你能多给点酒钱，事情就可糊弄过去了。这样，作者就把当时官府的横征暴敛、衙役的敲诈勒索，通过当差的肆无忌惮的口气，以及从他口中老实不客气地道出来的糊涂官，生动逼真地勾勒了出来。这首诗用语平实，具有讽刺艺术的特点，特别是作者笔下那些群丑的形象让人觉得又可恨又好笑，真是一幅绝好的漫画！

（朱野坪）

# 横　塘

南浦春来绿一川，石桥朱塔两依然。
年年送客横塘路，细雨垂杨系画船。


据于北山《范成大年谱》，此诗写于绍兴二十一年（1151），时作者闲居吴县故里，尚未中进士。"横塘"，距苏州城西南十里，是唐宋间著名的游冶之地，范成大亦经常往来其间，赋诗多篇。

首句点明时地。"南浦"，出自《九歌·河伯》："送美人兮南浦。"江淹《别赋》云："春草碧色，春水绿波，送君南浦，伤如之何？"南浦后遂成为水边送人之地的代称，这里借指横塘。次句写横塘周遭的环境。横塘是水陆要道，塘上有石桥跨越，不远处的横山下又有朱塔屹立，石桥、朱塔，相映成趣，它们似也表现出依恋不舍之情。三、四句点明送客。年年送客，横塘景物依旧，那濛濛的春雨、轻轻的垂杨和华丽的小舟，似都在挽留远行之人。这里值得玩味的是，第三句并未出现主语，既可理解为诗人送客，也可看作主语承上省略，这样送客者就成了"石桥朱塔"。从上一句对桥、塔的拟人化描绘来看，后一解也未始不可，且别具情趣。

此诗佳处在于诗中所写既是实景，又化用了前人诗歌中的某些意象，这些意象都与离情别绪相关，积淀了深厚的民族文化心理，令人产生丰富的情感联想。例如"细雨垂杨"出自《诗经·小雅·

采薇》：“昔我往矣，杨柳依依；今我来思，雨雪霏霏。”王维《送元二使安西》：“渭城朝雨浥轻尘，客舍青青柳色新。”刘禹锡《柳枝词》：“长安陌上无穷树，只有垂杨绾别离。”这些意象组成一个烟水凄迷、情意缠绵的意境，无一不浸染了浓重的离情别绪，让读者受到强烈的感染，真所谓“不着一字，尽得风流”。古典诗歌的以景传情之妙，于此可见一斑。

（张国浩）

# 州　桥

州桥南北是天街，父老年年等驾回。

忍泪失声询使者："几时真有六军来？"

　　宋孝宗乾道六年（1170），范成大以起居郎假资政殿大学士的身份，奉旨使金，途经中原，处处触发故国之情，遂以沿途见闻写成日记《揽辔录》一卷和七十二首七言绝句，《州桥》即为过汴京时所作。

　　"州桥"，俗称天汉桥，在北宋故都汴京宫城南，横跨汴河。原诗题下有注："南望朱雀门（汴京城南的中门），北望宣德楼（宫城正南门楼），皆旧御路也。"点明这里是大宋的警跸之地。题目和首句即点"州桥"，看似平淡，实寓有故国之思。因为此时象征着故国的"天街"，在金人铁蹄下，早已满目疮痍。据作者《揽辔录》载："旧京自城破后，创痍不复。……四望时见楼阁峥嵘，皆旧宫观寺宇，无不颓毁。"诗人身临其境，悲愤之情不难想象。次句写沦陷区父老乡亲，年复一年盼望皇帝驾回，收复失地。但銮驾却始终未"回"，故有三、四句的"忍泪失声"之问。遗民见到故国使者，自然百感交集，但在金人统治下，又不得不强"忍"热泪，而"询"字则流露出深切的企盼之情。末句重在一"真"字，宋室南渡后，统治集团曾多次作出北伐的态势，沦陷区人民为配合北伐，亦发起了各种形式的斗争，但他们的努力和期待，都一次次落空。如今面对南宋使臣，满腔悲愤和疑惑，化作这"忍泪失声"的询问，真是悲壮凄厉，字字血泪，"沉痛不可多读"，达到了七绝诗"至高之境，超大苏而配老杜者矣"（清潘德舆《养一斋诗话》卷九）。

（张国强）

# 会 同 馆

万里孤臣致命秋，此身何止一沤浮！
提携汉节同生死，休问羝羊解乳不！

　　乾道六年（1170），范成大奉命出使金国，目的在于索还祖宗墓地并请求变更受书礼仪。此番出使，有轻则被扣、重则丧生的危险，但范成大不计安危，毅然受命。翌年九月九日，到达中都（金国都，今北京），下榻于"会同馆"（作者原注："辽人馆本朝使已，谓之'会同馆'。"）次日听到要把他扣留在金国的消息，遂挥毫写下这首正气凛然的诗篇，抒发了矢志报国的崇高民族气节。

　　首句点明此次出使离朝万里，如同身入虎穴。致命秋，犹言已到了捐躯献身的时刻。诗人在受命时，已作好了牺牲的准备，他对宋孝宗说："臣已立后，仍区处家事为不还计，心甚安之。"（周必大《资政殿大学士赠银青光禄大夫范公成大神道碑》）次句紧承上句，谓人生无常，本就像"浮沤"（浮在水面的泡沫），而今出使万里，金国又要扣留他，安危难测，此身岂是"浮沤"所能比拟！极言处境之艰危。后两句引用苏武北海牧羊的典故。《汉书·苏武传》载，苏武出使匈奴，匈奴使牧羝（公羊），羝乳乃得归。诗人俨然以苏武自比，表示既为汉（宋）使，就已视生如死，不要提什么公羊能否产奶，表现出高昂的民族气节。不久，诗人在参见金世宗时，坚贞不屈，不辱使命，博得两朝（南宋与金）文武的一致赞扬。他用自己的行动实践了诗中的报国之言。

此诗豪放激越，真切感人。时代之悲愤，献身之悲壮，融注于全诗之中。在南宋投降派势倾朝廷的情况下，此诗高扬民族气节，尤为难能可贵。

（贾顺忠）

# 尤袤

尤袤（1127—1194），字延之，自号遂初居士，无锡（今属江苏）人，绍兴十八年（1148）进士，历任泰兴县令、太常少卿、礼部侍郎等职，卒谥文简。诗与杨万里、范成大、陆游齐名，并称"南宋四大家"，具有"平淡"的风格。

（郭建勋）

## 淮民谣

东府买舟船，西府买器械。
问侬欲何为？团结山水寨。
寨长过我庐，意气甚雄粗。
青衫两承局，暮夜连勾呼。
勾呼且未已，椎剥到鸡豚。
供应稍不如，向前受笞箠。
驱东复驱西，弃却锄与犁。
无钱买刀剑，典尽浑家衣。
去年江南荒，趁熟过江北。
江北不可往，江南归来得！
父母生我时，教我学耕桑。
不识官府严，安能事戎行！
执枪不解刺，执弓不能射。

团结我何为？徒劳定无益。

流离重流离，忍冻复忍饥。

谁谓天地宽，一身无所依。

淮南丧乱后，安集亦未久。

死者积如麻，生者能几口？

荒村日西斜，破屋两三家。

抚摩力不给，将奈此扰何！


　　这首诗写于作者任泰兴县令期间。当时宋、金对峙，战火时起，南宋朝廷为了防止金兵的骚扰，在边境地区设立地方武装，亦即"乡兵"，以抗击金兵，维持地方秩序。但由于土豪与官吏狼狈为奸，乘机徇私逞欲，任意摊派劳役赋税，给人民带来了深重的灾难。尤袤目睹此弊，乃以歌谣形式赋诗，目的是为民请命。

　　"淮民"指当时淮南东路、淮南西路（长江以北淮河以南地区）的人民。泰兴县属淮南东路，作者在诗中以一个普通淮民的身份，倾诉了淮民的痛苦和愤懑。这首诗可分成三个段落。

　　第一段由开头至"向前受笞箠"，写淮民不堪差役的负担与官府的掠夺。所谓"团结山水寨"即是组成地方武装，为此，"我"（即"侬"，吴方言中的第一人称）东奔西走，去购买船只和各种器械。差役之外，还要遭受刻剥。寨长（山水寨的首领）与承局（官府公差），有时在晚上还会闯进"我"家，态度粗野，大声叫嚷，随意杀鸡宰猪，肆无忌惮，稍不如意，便动手打人，鞭箠相加。"雄粗""勾呼""椎剥"数语，将那班豪强悍吏横行不法、鱼肉人民的丑恶嘴脸揭露无余。

第二段至"一身无所依"，揭露乡兵制度给人民带来深重灾难。豪强官吏的欺凌已令人不堪忍受，而那无尽的劳役又逼得人四处奔波，以至无暇耕作，田园荒芜，为了筹钱买武器，只好典当妻子的衣服。怎奈天不悯人，偏又遇上荒年，于是扶老携幼，到收成较好的江北去逃荒。但异地他乡终非久住之所，返回江南又苛政如虎，焉能安身？徭役、捐税、荒年，犹如把把钢刀悬于头上，令百姓如处水火，苦不堪言！淮民世代务农，哪里懂得使枪射箭、行军打仗？进了"山水寨"，也不过徒具虚名，徒劳无益。结果只能落得个流离冻馁的下场。这里诗人化用孟郊"出门即有碍，谁谓天地宽"（《赠别崔纯亮》）的诗句，发出了呼天抢地的控诉！

最后一段，将淮民的苦难归结为时代的悲剧。宋、金对峙以来，江淮人民屡遭战争劫难。南宋初，金兀术率兵从淮东南下，一直打到临安；绍兴三十一年（1161），完颜亮又率军侵犯南方，兵抵长江。诗中的"淮南丧乱"，主要指这两次较大规模的战祸。战乱中人民颠沛流离，战后百姓陆续返回家园，只见尸横遍地，生者寥寥；日暮斜阳，照着荒凉的山村；满目废墟，惟余几间破败的房屋。诗人用沉痛的笔调描写了这一萧条、荒凉的景色之后，紧接着大声疾呼："抚摩力不给，将奈此扰何！""抚摩"指医治战乱的创伤，安抚、救济民众。长期战乱之后，广大人民渴望安定休养，以恢复元气，但统治者又借组织乡兵为由盘剥敲诈、派役征赋，骚扰不已。百姓只能徒呼奈何！这里诗人的笔触已由对豪强悍吏的鞭笞转向对上层统治集团的批判，曲折地指出南宋朝廷的昏庸和失误，才是导致广大人民非农非兵、生活困苦的根源。

　　作为一首为民请命之作，本诗继承了杜甫《三吏》《三别》及白居易《新乐府》的传统，据事直书，不加藻饰，以第一人称口吻，用歌谣体的形式代民言苦，故而质朴平易。诗中大量吸收方言、口语，活现农家口吻，使诗歌更显亲切自然。　　　　（郭建勋）

## 杨万里

杨万里(1127—1206),字廷秀,号诚斋,吉州吉水湴塘(今江西吉水黄桥湴塘村)人。绍兴二十四年(1154)进士,曾拜张浚为师,浚勉以"正心诚意"之学,万里终身服其教。孝宗朝累官至枢密院检详官兼太子侍读,后迁秘书少监,以力争张浚配享高宗庙祀忤孝宗,出知筠州(今江西高安)。光宗受禅,召为秘书监,后出为江东转运副使,因谏阻在江南行铁钱会子去官归里。卒谥"文节"。杨万里是南宋"中兴四大诗人"之一,一生诗风屡变屡进,所创"诚斋体"风趣隽永,通俗易懂,在诗坛别树一帜。他的爱国诗歌深沉愤郁,典雅精工,向受好评。有《诚斋集》。

(周启成)

# 烛下和雪折梅

梅兄冲雪来相见,雪片满须仍满面。

一生梅瘦今却肥,是雪是梅浑不辨。

唤来灯下细看渠,不知真个有雪无?

只见玉颜流汗珠,汗珠满面滴到须。

这首诗作于淳熙六年(1179)正月,当时杨万里正在常州知州任上。杨万里初学江西派,后又改学王安石、陈师道,但总找不到真正的出路。淳熙五年元旦,他"忽若有悟,于是辞谢唐人及王、陈、江西诸君子皆不敢学,而后欣如也"(《诚斋荆溪集序》)。从此，他走上了独立创作的道路，风格特异的"诚斋体"也可说在这时正式成熟了。这首《烛下和雪折梅》正是一首典型的"诚斋体"诗，从这首诗中可以窥见杨万里诗风的转变。

以万象为宾友是"诚斋体"认识和表现事物的一个重要特点，这首诗正表现出这一特点。诗人把梅称作"兄"，梅蕊就成了梅的"须"，而梅上融雪则成"汗珠"，这样写来倍感亲切，别开生面，活画出烛光下带雪梅枝的神态。由于把描写对象人格化，所以它对于诗人就不再是一个无生命的物体，而是与诗人之间形成一种亲密无间的关系。基于这种拟人化的手法，"和雪折梅"的举动被描写成一个"风雪夜归人"的戏剧性场面，极富人情味。"梅兄冲雪"见访，但见满面满须沾着雪花，诗人喜出望外，邀至灯下细看，俨然是久别重逢、仔细端详的况味。也许是室内灯下转暖，故而积雪融化，成了"梅兄"玉颜上的滴滴汗珠。诗人的想象匪夷所思，却又在情理之中，这就是"诚斋体"吸引人的新鲜感。此诗的语言也别具特色。由于是展现一个戏剧性的场面，故其语言高度散文化，初读几不觉其为诗，似乎是诗人冲口而出的即兴之作，唯其如此，方能显出不期而遇的欣喜激动，其中虚词与口语词如"仍""却""浑""真个""只见"等的运用，传达出人物的声口，可谓惟妙惟肖。这是"诚斋体"的又一特点。

（周启成）

# 插 秧 歌

田夫抛秧田妇接，小儿拔秧大儿插。

笠是兜鍪蓑是甲，雨从头上湿到胛。

唤渠朝餐歇半霎，低头折腰只不答。

秧根未牢莳未匝，照管鹅儿与雏鸭。

淳熙六年（1179）杨万里由常州卸任返里，四月初他行到两浙东路的西部，路经衢州看到农民插秧的场面，于是写下这一首诗。

从诗中可以看到，这一户农民几乎全部出动了：小儿在秧田拔秧，田夫负责运秧、抛秧，田妇和大儿则在大田里努力插秧。分工很清楚，一环扣住一环。春雨已使他们从头湿到肩胛，腹中也空空，然而他们不肯抬头直一直腰，去吃早餐，心中还记挂着秧还没有插完，秧还没有扎牢，别让鹅鸭来糟蹋了。劳动的紧张和辛苦使人如同目见。农民这样默默地为国家作出贡献，诗人为之赞赏和嗟叹。

杨万里一生关心农业生产，关心农民的疾苦，他曾表示："吾生十指不沾泥，毛锥便得傲蓑衣？"（《晚春行田南原》）对自己不知稼穑、不曾略事劳动而感到自愧，认为士大夫并不比农民来得高贵，这种思想在当时很为难得。这首《插秧歌》中也有所表现，诗人虽是旁观，却能体验到穿蓑戴笠的农民已经"雨从头上湿到胛"了，所以"唤"他们休息一下，流露出一种体贴关怀之情。

这首诗通俗、质朴，用了诸如"湿到胛"这样的俗语，末尾还直接引用了农民自己的话，使全诗充满生活气息，这是杨万里诗又一特色。晚清诗人陈衍称杨万里诗为"白话诗"（《宋诗精华录》卷三），也正是看到这一点。

（周启成）

# 夜宿东渚放歌

（三首选一）

天公要饱诗人眼，生愁秋山太枯淡。

旋裁蜀锦展吴霞，低低抹在秋山半。

须臾红锦作翠纱，机头织出暮归鸦。

暮鸦翠纱忽不见，只见澄江净如练。

淳熙十六年（1189）二月，宋孝宗传位给太子赵惇，是为宋光宗。这一年八月，杨万里被召入京。他曾给赵惇讲过书，很希望赵惇能按他的主张做一番振兴国家的事业，因此一路上心情很轻快，对于江山景色之美也很能领略。此诗是他在富春江舟中所作。

诗人写的是傍晚的江景，他不是质实地描摹，而是充分发挥想象力，给美丽的自然风光抹上了一层神奇的色彩。诗人请出了天公，而这天公竟又是一位织锦圣手，他即时裁下蜀锦和吴绫，低低围在秋山的半腰，呵，是那么的绚烂，秋山着起了盛装！又一会儿，天公又脱去了红锦，换上了一袭翠纱，翠纱里还点缀着点点归鸦，秋山又换上了素装。终于这一切都渐渐隐去了，只能看见眼前一道洁白如练的江水（"澄江净如练"是谢朓的名句）。这里写的是傍晚景色的变化：先是晚霞似火，接着是暮霭沉沉，最后夜幕降落，诗人发挥奇思妙想，对现实加以解释，加以形容，他的想象驰骋极远，然而又贴切于当前的景物，使得日暮秋山的美显得更加突出，更加诱人了。想象丰富、构思奇巧，这正是"诚斋体"的又一个重要特点。

（周启成）

# 过扬子江二首

只有清霜冻太空，更无半点荻花风。
天开云雾东南碧，日射波涛上下红。
千载英雄鸿去外，六朝形胜雪晴中。
携瓶自汲江心水，要试煎茶第一功。

天将天堑护吴天，不数殽函百二关。
万里银河泻琼海，一双玉塔表金山。
旌旗隔岸淮南近，鼓角吹霜塞北闲。
多谢江神风色好，沧波千顷片时间。

　　淳熙十六年（1189）秋，杨万里被任为借焕章阁学士接伴金国贺正旦使，负责陪伴和迎送金国派来祝贺绍熙元年（1190）元旦的使者。金使南来，常兼负窥探虚实的任务，盛气凌人，敲诈勒索的事件时有发生，沿途州县忙于接待，苦不堪言。杨万里率领迎使船队由运河向北进发，当渡过长江时，他观览着江山胜景，想到时下政局和自己的使命，无限感慨，于是写下这两首沉郁感人的律诗。

　　第一首从眼前江景着笔，时值岁末，雪后清寒。颔联则展现壮阔之景：云开雾散，晴空万里；日照波涛，一派红光。这是写实，但也兼有祝颂南宋政权的意味，因为当时光宗刚刚接位，杨万里希望他能大有作为。颈联表面上是怀古：前代的英雄早已随飞鸿逝去，而六朝所依恃的江山形势依然还在。其实这一联暗寓忧国之意，"千载英雄"实指南宋初年的抗金名将，他们已谢世而去，如今朝中大臣还有谁意图恢复中原呢？"六朝形胜"喻指偏安江左的南宋小朝廷，他们只知凭借天险苟延残喘，哪有进取之心？比较起来，南宋恐怕连东晋也不如。（见《舟过扬子桥远望》："六朝未可轻嘲谤，王谢诸贤不偶然。"）这一联"极雄阔"（《瀛奎律髓》纪昀批），且婉而多讽，感触极深。结句较突兀，前人早已指出"乍看似不接续"（同上），含义颇费寻思。据陆游《入蜀记》，金使南来例至金山顶上吞海亭烹茶，诗人作为接伴使，这项差使必不可免。诗句即指此事，表面是说要汲水煎茶，似乎雅兴非常，其实要卑礼以待敌国，哪有雅兴可言？"第一功"三字实为自我揶揄，包含着难言的羞愤与苦衷。

　　第二首咏长江。首联称赞长江在国防上的重要作用，它保护了江南国土，其险要不让于秦国的函谷关（函谷关向被认为二万人把守足敌百万之众）。颔联写江山胜景：长江如银河东泻，金山上玉塔高耸。颈联则抒发感慨，对岸旌旗飘舞处就是淮南，那已是边陲之地了。而昔日的塞北敌国就和我们隔淮相望，在霜风中还弄着鼓角呢。诗人故意用一"闲"字，突出了金人准备已久的优势，强调了强敌压境的严重局势，隐隐为南宋政府麻木不仁、放松警惕而感叹。尾联似与前面脱节，竟轻松地说起一路顺风渡过长江了。其实不然。他是说：今日"风色"可以助我，那么他日敌人来了，"风色"不也可以帮助他们"沧波千顷片时间"吗？所以自然形胜终究是不足恃的。那么应该依靠什么呢？此诗没有正面解答，只是让人们去思考。作者在《海鳅赋》中却作了回答："吾国其勿恃此险，而以仁政为甲兵，以人材为河山，以民心为垣墉也乎！"这是极有政治见识的！尾联化用唐施肩吾《及第后过扬子江》诗："江神也世情，为我风色好。"此言江神为他们鼓起顺风，倾刻即能渡过大江。

这两首诗堪称杨万里爱国诗歌的代表作，其最大特点就在于含义深长，耐人寻味。杨万里一向力主"诗已尽而味方永"，他举品茶为例，说一杯好茶入口虽苦，而不久就能品出甘甜之味，写诗也当如此。(见《颐庵诗稿序》及《诚斋诗话》)《扬子江》二首正是实践了他的主张，他把他那沉重如山的忧愁、精辟深刻的见解都寄寓在诗外了，我们读时要注意理解和寻索。

(周启成)

# 送丘宗卿帅蜀

（三首选一）

渝蜀宣威百万兵，不须号令自精明。

酒挥勃律天西碗，鼓卧蓬婆雪外城。

二月海棠倾国色，五更杜宇说乡情。

少陵山谷千年恨，不遇丘迟眼为青。

绍熙三年（1192）四月，丘宗出任四川安抚制置使，他素主抗金，此行又向朝廷提出要革除吴氏世将之制，以防患于未然，对于巩固南宋国防的西翼作出了重要贡献。杨万里和丘宗是好朋友，政见相同，当时正在建康（今江苏南京）任江东转运副使之职，特赋此诗为老友送行。

诗共三首，此录其第二首，全面地称扬丘宗的文才武略。这首诗历来受人赞赏，纪昀认为这是"诚斋极谨严之作"（《瀛奎律髓》卷二十四评语）。首联先写丘宗的蜀帅身份，说他到四川后将对军队晓之以理，镇之以威，所以百万之众不待号令而自精强，这是推崇丘宗的威信和韬略。从额联开始转而描绘丘宗在蜀中将表现出的豪情逸致。大小勃律是唐代西域国名，蓬婆岭在今四川茂汶羌族自治县西南，这一联是说丘宗在边陲镇守安宁，率领宾从饮酒作乐，写出他作为一方边帅的豪迈气概。颈联则是写丘宗此去所能欣赏到的物事：蜀中海棠乃国色天香，杜鹃相传为蜀帝所化，它的啼声凄清，必能牵动归思。这一联向为人称道，清贺裳说："二物正切蜀中花鸟，不惟精切，兼有风致。"（《载酒园诗话》卷五）尾联则从曾至蜀中的杜甫和黄庭坚着笔，他们在蜀中都很不得意，诗人说可惜他们未和丘迟（这里用南朝诗人丘迟代丘宗）同时，否则必定会受到丘迟的青睐（阮籍能为青白眼，常用青眼对所器重的人），这是把丘宗作为儒雅贤能的地方长官来褒扬。

这首诗结构严整，脉络分明。用典十分稳惬，处处扣住蜀中地方色彩，处处扣住丘宗地方大员的身份。诗句词采斐然，颔联虽脱胎于杜诗，却又浑然一体。此诗典雅精工，可说是宋人律诗中的上品。杨万里继承了杜甫及江西诸家传统，又有一定的创造性，《送丘宗卿帅蜀》正代表了他晚年诗作的一种重要风格。　　　　（周启成）

## 过百家渡四绝句

出得城来事事幽，涉湘半济值渔舟。
也知渔父趁鱼急，翻着春衫不裹头。

园花落尽路花开，白白红红各自媒。
莫问早行奇绝处，四方八面野香来。

柳子祠前春已残，新晴特地却春寒，
疏篱不与花为护，只为蛛丝作网竿。

一晴一雨路干湿，半淡半浓山叠重。
远草平中见牛背，新秧疏处有人踪。

　　隆兴元年（1163）春，杨万里任永州零陵县（今属湖南）县丞，一日出城郊游，兴之所至，写下这四首绝句。当时宋高宗已退位，孝宗继位，锐意抗金，任命张浚主持北伐，一时朝野上下抗战热情高涨。张浚是杨万里最崇拜的老师，已经把杨推荐给朝廷。杨万里此时任期已满，只待朝命一下，他就可以奔赴恩师身边，投入到抗金斗争中去了，因此情绪很好。从这几首绝句中可以看出他的喜悦心情。

第一首首句实际领起了组诗。诗人久处城中，乍一来到郊外，呼吸着清爽的空气，只觉得一切都是那么优美可意，以下几首就是写他所感到的"事事幽"的具体内容。零陵濒临湘江，诗人在渡江的时候遇见一艘渔船，只见那渔夫急着捕鱼，竟然反穿了衫子，却不自知，光着脑袋，头巾也不裹——那模样有多可笑啊！诗人从这个忙碌的渔夫身上体会到渔樵耕牧的辛劳。

第二首写途中的野花。先状花色，"白白红红"四字，看似平易，却很生动，采用叠字，使人感到那不是一朵两朵，而是绚烂的一片又一片。"媒"字是说野花把自己介绍给路人，更形容出野花摇曳生姿、招人喜爱的神态。下面二句写野花之香，一路行来，到处都飘来野花的清香，"四方八面"这个俗语，准确地写出了花事之盛。

第三首写柳子祠景色。柳子指唐朝的柳宗元，他被贬永州，在永州留下许多优秀的诗文，柳子祠就是为纪念他而建的。诗人来到祠前，春事已残，雨后的新晴特地为人赶走了春寒，原本护花的疏篱如今成了蜘蛛结网的竿子！暗示花已凋零，正是春残景象。语含幽默，天趣盎然。

第四首写野景。选取了四个画面：忽晴忽雨的天气使泥路半干半湿，由于日光、云气等原因远处的山色有淡有浓，这是一近一远；野草被风吹偃可见牛背，秧苗疏处还可见人的踪迹，这是一远一近。这四个画面扣住春末田野的特点，合成一幅诱人的春景图。综合以上四首，可以看出"事事幽"的"幽"实际是指一种野趣，即乡野的清新之气。

　　这几首绝句是较早的作品，杨万里当时三十七岁。他把早年模仿江西派的作品付之一炬，开始探索新的创作道路。杨万里之诗素以"活法"著称，从这几首诗中已可见端倪。他注意发掘日常生活中的诗意，捕捉瞬间的新鲜感受，渲染平凡事物中的奇情异趣，不假藻饰，不避俗语，跳脱活泼，平中见奇，犹如画中的小品，清新隽永。这一组诗中所写的渔父、野花、疏篱、村景都有这样的特色。但他作诗也非信手拈来，譬如首句"出得城来事事幽"就是源出杜甫的"长夏江村事事幽"（《江村》）；又如"远草平中见牛背"，也是取意于《敕勒歌》的"风吹草低见牛羊"，然而用得自然贴切，见出熔铸词语的功力。这些恐怕是他学习江西派留下的余习。

（周启成）

# 悯　农

稻云不雨不多黄，荞麦空花早着霜。
已分忍饥度残岁，更堪岁里闰添长？

　　这首诗作于隆兴二年（1164）秋，杨万里因父病未就临安府教授之职，闲居在家。这时宋、金之间的战事尚未完全停息，沿边州、军残破，江东、两淮、浙西都发大水，江西却遇到旱灾。杨万里在这首诗中对人民的痛苦生活表现出极度的同情。诗的前两句是描绘当地遭灾的惨状：水稻因久旱不雨而不能成熟，荞麦最不耐寒，却遇见早霜，难以结实，寥寥两句就把水田旱地都将歉收的前景写得十分清楚。下面两句则通过灾民的口吻来写，已料定要忍饥挨饿度过这个苦难的年头了，可是偏偏逢上闰年，哪里能再多熬一个月！灾民那种度日如年的心情刻画得入木三分。当时，诗人作为一个卸任的下层官员，生活也很困难，"还家浪作饱饭谋，买田三岁两无秋。一门手指百二十，万斛量不尽穷愁！"（《悯旱》)正由于生活和人民相近，才能深入地体会到人民的心情，才能在诗中表现出这样高度的人道主义精神。

　　这首诗语言朴实净炼，在四句诗中反映了广阔的社会生活面，写出了隆兴北伐失败后南宋国内民生凋敝的真实状况。诗的后二句余意深长，很耐寻味。

（周启成）

# 闲居初夏午睡起二绝句

梅子留酸软齿牙，芭蕉分绿与窗纱。

日长睡起无情思，闲看儿童捉柳花。


松阴一架半弓苔，偶欲看书又懒开。

戏掬清泉洒蕉叶，儿童误认雨声来。


　　这两首绝句作于乾道二年（1166）初夏，当时杨万里因父亲去世，居丧在家。诗写一个晴朗的下午，诗人酣眠之后，倦于看书，百无聊赖，踱到庭院中观景，表现出一种闲适的情调。表面看这两首诗一览无余，其实并非如此，当时有人读了就说："廷秀胸襟透脱矣。"（见罗大经《鹤林玉露》卷二十四）"透脱"是宋代理学家们追求的一种悟道境界，是一种不拘泥于世俗见识、不沾滞于事物形迹，活泛流转，无入而不自得的境界。此时杨万里不汲汲于富贵，也不戚戚于贫贱，恬淡自适，享受到很大的精神自由，这正是一个理学家高度修养的表现。可以说，在这两首诗中诗人的哲学思想和他的创作得到了和谐的统一。

　　这两首诗描写初夏景物十分出色。梅子成熟，咬起来酸留齿颊；芭蕉的阔叶是那么绿，似乎映到窗纱之上：这都是初夏的植物。尤其是那满天的柳絮，飘飘冉冉，更宣示着春天的结束，夏日的来临。而为什么青天白日洒一掬清泉就会误以为下雨呢？这也是由于时在梅雨季节，晴雨无常的缘故呵！

诗中描写儿童的情态很生动，所用语言很精省。"闲看儿童捉柳花"句，向为人所称道，虽然此句也有所本，但在此处用得自然妥帖。正如诗人自己所说："工夫只在一'捉'字上。"（周密《浩然斋雅谈》卷中）的确，用了一个"捉"字就把孩子那轻盈的动作、稚气的表情再现了出来，这就是所谓"句中之眼"。下一首里还写了一出生活的喜剧，淘气的诗人和天真的孩子双方的神态通过一个"戏"字、一个"误"字，被刻画得栩栩如生。

（周启成）

# 小　池

泉眼无声惜细流，树阴照水爱晴柔。

小荷才露尖尖角，早有蜻蜓立上头。

　　这首绝句作于淳熙三年（1176）初夏，杨万里正闲居在家。诗中表现出对自然美的敏感。一个不起眼的小池在他的笔下显得那么诱人，这是一个怎样的池呢？首句交代这是一个有着源头活水的小池，水从泉眼里缓缓流出，一个"惜"字写泉眼好似舍不得水的流走，颇具情趣。次句从池边着笔，写池畔的树木把一片树荫投在清澈的水上，仿佛眷恋着晴光下的柔波。三四句则写到了池中，最早的荷叶才从水中探出头来，叶面卷着，未及舒展，好像一个尖尖的角，这时一只稚嫩的蜻蜓大约在池上巡翔疲劳了，正选中了叶尖来歇脚。这两句正切初夏景物，观察极细。

　　钱锺书先生在《谈艺录》中曾精辟地指出："诚斋擅写生。"他说杨万里的诗如同摄影机能迅速攫取自然景物、人物活动的瞬间动静，准确而鲜明地表现出来。这首小诗也是如此，诗人瞅准小池的一个极美的瞬间，及时按下了摄影机的"快门"。这正是"诚斋体"的一个显著特色。

（周启成）

# 晓出净慈送林子方

（二首选一）

毕竟西湖六月中，风光不与四时同。

接天莲叶无穷碧，映日荷花别样红。

　　诗共二首，此录第二首。淳熙十四年（1187）杨万里在都城任尚书省左司郎中，六月中的一个清晨，他从净慈寺出发送朋友林枅（字子方）到福建去做转运判官，诗写送行时所见的西湖风光。净慈寺位于西湖南畔山下，十分壮丽。

　　第一、二句深情赞叹六月西湖的独特风光，以"毕竟"二字领起，具先声夺人之势，它将表赞叹之情的这一词语置于全诗之首，强烈突现出诗人对西湖的倾慕，比正常的语序更具表现力。"毕竟"本来是修饰"不与四时同"的，如今远置句首后，还造成了一气贯注的语势，传达出肆口而出的赞叹口吻。第三、四句以其精炼的语言、传神的描写，成为脍炙人口的名句。上句写荷叶在盛夏时节生长繁茂，一叶叶翠绿欲滴，满湖田田，犹如直铺到天边一般，没有尽头，这就使人有如临湖上，眼界开阔。下句是写清晓的荷花，由于带着露水，映着初日，所以娇艳迎人，红得"别样"，笔触可谓极细。诗人运用对偶的句法，把这两句合成一联，构成一幅极其明丽的图景，这就准确地写出西湖不同于他处、六月西湖不同于其他季节的绮丽景色。凡是夏日到过西湖的人，无不会钦服诗人高明的写景技巧。至今杭州曲院风荷公园的一处亭子上，还题着这首诗，供游人鉴赏。

（周启成）

# 初入淮河四绝句

船离洪泽岸头沙，人到淮河意不佳。
何必桑乾方是远，中流以北即天涯！

刘岳张韩宣国威，赵张二相筑皇基。
长淮咫尺分南北，润湿秋风却怨谁？

两岸舟船各背驰，波痕交涉亦难为。
只余鸥鹭无拘管，北去南来自在飞。

中原父老莫空谈，逢着王人诉不堪。
却是归鸿不能语，一年一度到江南。

　　淳熙十六年（1189）十二月杨万里担负了“接伴”金国使臣的使命。当时宋金以淮河为界，南宋“接伴”使即在淮河上迎接金使。当杨万里率领船队离开洪泽河进入淮河时，船队只能靠南岸行驶。隔水望去，中原故土就在眼前，中原父老随处可以望见。然而，这一切都属于敌国疆土之内了！民族的耻辱到这时体会得更深刻了，杨万里怀着沉痛的心情写下这一组著名的绝句。

第一首咏叹宋金对峙的政治形势。船一进入淮河，诗人就感到情绪抑郁，这就给整组诗定下了基调。接着说明情绪抑郁乃触景伤情所致。北宋在桑乾河（流经今山西、河北北部）一带与辽、金作战，而今天呢？淮水以北就成了敌国的疆土！此诗感慨疆域日蹙、国运衰微，语意十分沉痛。

第二首是检讨南宋的国策：建国之初，刘锜、岳飞、张俊、韩世忠（其中张俊后阿附秦桧）和赵鼎、张浚等都曾为抗金作出过贡献，造成过一个生气勃勃的大好形势，可是高宗却坐失良机，自毁长城，致使一条淮河，隔绝南北，中原土地和人民长久沦落敌手。如今局处一隅，又能怨谁呢？这是对高宗等投降派的深刻怨刺。

第三首是感叹国土分裂，南北阻隔。你看淮河中分线两边的舟船各自靠岸行驰，互不来往，诗人于是联想到淮河中重重叠叠的波浪，又怎么分得清哪是南波，哪是北波呢？这倒真有点难办了。明明是一条河，却硬要人为地分成两边，这是多么不合理呀！接着借眼前鸥鹭以抒慨：鸥鹭无人拘管，得以南来北往自在飞翔，而南北人民本是一家，却遭敌人"拘管"，再也无法团聚了！

第四首则是对沦陷区人民寄予深切的同情。他设想中原的父老遇到南宋的使者一定有诉不完的苦情，但是诗人却想劝告他们：你们不必"空谈"了，朝中那些大人物早已把你们忘了，还会有谁来解救你们的苦难呢？这两句是激愤之词。下二句则是悬拟北方人民的心理：南归的鸿雁啊，是多么值得羡慕！你一年一度飞到南方，享受故国的温暖，而我们却年复一年地受着异族压迫的痛苦！可见人不如鸟，实是凄婉之至！这四首诗汇成一曲悲歌，表现出一个灾难深重的时代里爱国士大夫和人民的共同感情和心愿。

这一组诗典型地表现了杨万里爱国诗歌的艺术风格：深沉愤郁，含蓄不露。诗人坐在淮河舟中目睹两岸景况，胸中虽是狂澜万丈，发之于诗，却故意压抑着，是那样真挚、炽烈，可又凝聚不发，使人感到宛如地壳下奔腾的熊熊岩火。

（周启成）

## 朱　熹

朱熹（1130—1200），字元晦，一字仲晦，号晦庵，婺源（今属江西）人。绍兴十八年（1148）进士，曾任秘阁修撰、湖南安抚使等职，后因得罪权贵，革职罢官，归福建建阳讲学著述而终。他一生关心现实，对金人南侵、民不聊生的现状焦虑不安。在文学观点上，强调道为文本、文道统一。其文章风格近于曾巩，诗歌则能脱去道学家气息，有很高的艺术性。　　　　　　（郭建勋）

## 拜张魏公墓下

衡山何巍巍，湘流亦汤汤。

我公独何往？剑履在此堂。

念昔中兴初，孽竖倒冠裳。

公时首建义，自此扶三纲。

精忠贯宸极，孤愤摩穹苍。

元戎二十万，一旦先启行。

西征奠梁益，南辕无江湘。

士心既豫附，国威亦张皇。

缟素哭新宫，哀声连万方。

黩房闻褫魄，经营久彷徨。

玉帛骤往来，士马且伏藏。

公谋适不用，拱手迁南荒。

白首复来归，发短丹心长。

拳拳冀感格，汲汲勤修攘。

天命竟难谌，人事亦靡常。

悠然谢台鼎，骑龙白云乡。

坐令此空山，名与日月彰。

千秋定军垒，发迹遥相望。

贱子来岁阴，烈风振高冈。

下马九顿首，抚膺泪淋浪。

山颓今几年，志士日惨伤。

中原尚腥膻，人类几豺狼！

公还浩无期，嗣德炜有光。

恭惟宋社稷，永永垂无疆！


　　这首诗是作者在湖南衡山拜谒南宋爱国宿将张浚之墓时所作。张浚（1097—1164），汉州绵竹（今属四川）人，字德远，徽宗时进士，高宗时曾任知枢密院事，一生力主抗金，功勋卓著，孝宗时封魏国公，死后葬于衡山。

　　全诗可分三个部分。

　　开头四句为第一部分。"汤汤（shāng）"，水流盛大貌。"剑履"，指剑履上殿，是封建帝王赐给亲信大臣的一种特殊待遇，受赐者可以佩剑穿履朝见皇帝。这里指张浚。作者来到巍巍衡山之畔，浩浩湘水之滨，目睹一代名将、辅国大臣的庐墓，不禁思绪连翩，感慨万千。

第二部分从"念昔中兴初"至"岌嶪遥相望"，回顾了张浚曲折而光辉的一生。

"中兴初"指南宋初年。高宗建炎三年（1129），苗傅、刘正彦叛乱，张浚会同张俊、韩世忠，率先兴兵讨伐，乱平之后，深得高宗信任，成为朝廷重臣。诗中"孽竖"指苗、刘等乱臣，"倒冠裳"喻谋反，"首建义"即首倡起兵，"扶三纲"指维护君臣大义。张浚从小就有恢复中原、精忠报国的雄心壮志，平乱之后，他出任川陕宣抚处置使，曾屡败金兵，而陕西、四川一带也因此得以暂时稳固。绍兴五年（1135），张浚又率军前往洞庭，招降并瓦解了杨幺的农民起义军，解除了朝廷的心腹大患。诗中的"宸极"是北极星，"穹苍"即天，"元戎"指大军。"西征""南辕"即指上述二事。"豫附"即心悦而归附。"张皇"即发扬光大之意。由于张浚攘外安内，故士民归顺朝廷，国威也得以张扬。

"黠虏"，指金兵。"褫（chǐ）魄"，即丧胆。褫，夺。绍兴七年（1137），徽宗皇帝、宁德皇后相继崩殂，消息传来，张浚"命诸大将率三军发哀成服，中外感动"（《宋史》本传）。诗中说，这一壮举使金军闻之丧胆，在踌躇、犹豫一段之后，金军派出使者，携带礼物与南宋朝廷议和，军事冲突暂告停息。

由于宋高宗听信并采纳以秦桧为代表的主和派的意见，极力主战的张浚受到排挤，被迫离开京都，迁于南方，一去竟达二十年之久，直至绍兴三十二年（1162）才返回建康重新统领军队，而此时已六十五岁，白发稀疏了。但他仍然丹心一片，诚恳地希望能感动新登位的宋孝宗坚定抗金的信心，并抓紧整顿部队，在与金军的战斗中又取得了一系列的胜利。

"谌"，即相信，《尚书·咸有一德》："天难谌，命靡常。""台鼎"，指官署。"白云乡"，指仙人所居之地。"定军垒"，即定军山，在陕西境内，诸葛亮死后葬于此山。"岌嶪（jí yè）"，高峻貌。天命难信，人事无常，正当张浚希望一展宏图之时，竟因病溘然长逝，径往仙乡。临死前他书告其子曰："吾尝相国，不能恢复中原，雪祖宗之耻，即死，不当葬我先人墓左，葬我衡山下足矣。"（《宋史》本传）衡山也因此而名声昭著，与日月共存，它与定军山遥遥相望，象征着张浚的功业与诸葛亮一样，也将炳耀千古、传之万代！

最后一部分是诗人对张浚的悼念和对时事的愤慨。"贱子"乃诗人自称；"山颓"，出《礼记·檀弓》，孔子将死，歌曰："泰山其颓乎，梁木其坏乎，哲人其萎乎。"此喻张浚之死。"嗣德"，指遗留的光辉品德。"恭惟"，即恭敬地祝愿。诗人于朔风凛冽的冬天前往拜谒张浚之墓，满怀崇敬地下马叩头，洒泪哀悼。想到张浚仅死去数年，主和派得势，朝廷苟安，中原大地依然由金人统治，听任豺狼横行，不禁悲从中来，因而更感到张浚主战的可贵，便再次惋惜他的逝世，赞美他光辉的品德，最后衷心祝愿宋室江山万代永存。

这首诗以真挚深沉的感情讴歌张浚的抗金业绩，同时也通过对张浚的赞颂哀悼，暴露朝政的腐败，谴责投降派的苟安，悲痛、愤激之情溢于言表。

此诗选取张浚一生中的重要事件，用写实手法勾勒出他的曲折经历，并在叙事中融入抒情与议论，抒悲悼之情，发忧国之慨，风格沉雄阔大，悲壮顿挫，颇有杜甫《北征》《八哀》等诗的堂堂正正之气，读来令人肃然振起。

(郭建勋)

# 葺 居

丈人高卧碧江头，门掩西风万木秋。

重喜青山还绕屋，却嫌黄叶渐平沟。

开轩且放浮风入，决水徐通废浦流。

便觉园林顿萧爽，不妨随境味玄幽。

　　这首七律是《次秀野杂诗韵》中的一首。南宋时刘韐的弟弟刘
韫在作了几任小官之后，归隐故里福建崇安县九曲巷，其居宅内有
"秀野堂"，朱熹常与他和诗酬唱。"葺居"，本为茅屋，这里指刘韫
隐居的住宅。

　　"丈人"，指刘韫。"碧江"，指武夷山的九曲溪。首联点出居宅
的位置和作诗的季节。"掩"字传神，将西风与秋色作"掩"字的宾
语，就化虚为实，写活了秋天。诗人将西风飒飒与万木凋零的秋天
掩于门外，颇有自成一统的意味。颔联由远而近：青山绕屋，黄叶
平沟，写出幽雅的环境和厚重的秋意。颈联境界大变：诗人开窗放
风而入，决沟任水流淌。这与前面"门掩"的动作正成鲜明的对
照，对秋天的感情也从嫌弃转为喜爱。金风清流，涤扫尽瑟索之
意，使整个画面流贯着一股生气。于是尾联就结出这种感情的变
化：萧飒的园林顿觉秋高气爽，不妨从这境界的转换中体味出深邃

悠远的人生的意趣。

朱子作诗，不仅着力于意境的创造，而且常充满着思辩性和哲理性。此诗写隐士茸居的幽静，却又不止于此。它通过意境的转换，表达了一种积极向上的人生态度，诗人就应该善于发掘自然与人生中的诗意与美感。它还昭示了某种人生哲理：无论作学问，还是治国家，决不能闭关自守、固步自封；只有开放、交流，才能充满活力、不断发展，事业才能获得成功。

（郭建勋）

# 次韵雪后书事

惆怅江村几树梅，杖藜行绕去还来。

前时雪压无寻处，昨夜月明依旧开。

折寄遥怜人似玉，相思应恨劫成灰。

沉吟日落寒鸦起，却望柴荆独自回。

这是作者与友人的唱和之作，表现雪后观梅而产生的一种惆怅、落寞的情绪。

诗从探梅起笔，"杖藜"一句从杜甫《冬至》"杖藜雪后临丹壑"句化出。江边山村里长着几树梅花，作者手扶藜杖来寻找，前几天因大雪覆盖未能遂愿，到昨夜才发现它依然傲雪绽开。首联和颔联描绘的是一幅"踏雪寻梅图"，寻梅的起因，则是心情的"惆怅"。那么，诗人为何要惆怅呢？这正是颈联所要回答的。原来，诗人在思念着远方的一位"玉人"，欲折梅寄花以表相思、怀念之情。值得注意的是"劫"字，佛经中言天地形成到毁灭为一劫，后常用以比喻无法逃脱的灾难。佛家称世界毁灭时的大火为劫火，劫火的余灰称劫灰。据此，则似乎出于某种巨大的压力，诗人并未与这位"玉人"有圆满的结局，一段因缘都化作了"劫灰"，只剩下绵绵相思中的怅恨之情，故有折梅寄意的举动。而"相思应恨劫成灰”一句则隐括李商隐《无题》中“春蚕到死丝方尽，蜡炬成灰泪始干”之意，借以表达诗人那种难与人言的复杂情愫，显得真挚、沉痛。尾联以落日寒鸦，沉吟赋诗，独归柴门，深化了这一情思。夕阳西沉，寒鸦惊飞；诗人拖着沉重的步子踽踽独回，手里或许还拿着那枝无法托寄的梅花！诗以景语作结，但透过这萧索苍凉的画面，传达出的是一种绵绵的情思，诗人的愁苦、惆怅已尽在不言之中了。这一结尾含蓄不尽，情味悠远。

　　此诗以明言惆怅始，以暗寓落寞终。语言平淡，风格含蓄，感情真挚。道学家毕竟也是人，作为诗人的朱熹，在这首诗中向我们展示了他丰富真实的情感世界。

（郭建勋）

# 春 日

> 胜日寻芳泗水滨，无边光景一时新。
> 等闲识得东风面，万紫千红总是春。

这首诗作于宋光宗绍熙五年（1194），当时作者正出任湖南安抚使，并在闻名天下的岳麓书院讲学。

泗水在山东省东部，源于东蒙山南麓，流经孔子家乡曲阜。诗中"泗水"并非实指。诗描写在一个春光明媚的日子里，诗人沿着"泗水"岸边寻芳览胜，只见大地春回，生机勃发，风光景物，焕然一新，随处都可感受到春风的和煦与温馨，那五彩缤纷的鲜花争芳斗艳，妆点出一个瑰丽灿烂的世界。这首七绝在短短的四句诗中，用极省俭的笔墨，写了春水、春光、春风和春花，从而描绘出"春日"百花盛开、蓬勃日新的美好景象。

假如我们对此诗的理解仅仅停留在"春天美景"的层面上，那就太肤浅了。它有着深刻的寓意。朱熹生活在宋、金长期对峙的南宋时期，从未去过北方的泗水，故此诗并非纪游写实，只因孔子曾讲学于泗水之滨，又《史记·孔子世家》载："孔子葬鲁城北泗上，弟子皆服三年。……弟子及鲁人往从冢而家者百有余室，因命曰'孔里'。"后人常以"泗上"指孔子之学或孔学之乡。此诗首句"寻芳泗水滨"，实喻钻研学问，探求儒家思想的内蕴精义，谓只要锐意进取，勤于思索，就能豁然贯通，领悟那博大深远的圣人之道，令人通体舒泰，心情怡悦，如同感受到那风光无限的盎然春意。作者将抽象的哲理寓于具体的形象之中，而写景与说理又结合得如此自然、紧密，确是值得我们学习的。　　　　　　　（郭建勋）

# 观书有感二首

半亩方塘一鉴开，天光云影共徘徊。

问渠哪得清如许？为有源头活水来。

昨夜江边春水生，艨艟巨舰一毛轻。

向来枉费推移力，此日中流自在行。

　　"鉴"是古代使用的铜镜。"渠"是第三人称代词，指方塘。第一首的前两句描写的是一幅赏心悦目的风景画：半亩大小的一方池塘，水清如镜，蓝天白云倒映其中，微微晃动。三、四句则用设问的方式指出：它之所以能如此明净澄澈，是因为有活水从源头不断流来。只要我们注意到了诗的标题为"观书有感"，就会明白，原来这是用诗的形式写的一篇读后感，所写景物不过是表现观感的一种比喻罢了。其中，"半亩方塘"与"天光云影"都是眼前常见之景，不言水清而清字已在其中。如仅读此二句，人们还以为诗人是在描写一般的景物。至第三句逼出"清"字，并就此发问，第四句顺势作答，道出题旨，读者才恍然大悟：诗人原来是在借景说理，意在说明只有不断读书学习，吸取前人的成果，才能使自己的知识常新、思维常清的道理，其中渗透了他自己治学的宝贵经验。

　　第二首显然是作者读书时经过苦苦思索，才豁然贯通某处疑难后的有感而作。"艨艟（méng chōng）"，古代战船，这里指大船。诗中的"江边春水"比喻在长期积累和思考之后所产生的灵感，"艨艟巨舰"比喻学习，一旦灵感迸发，疑难问题便迎刃而解，往日艰难险隘的学问之途就变得坦坦荡荡、轻松自如了。诗句清朗而流畅，表现出诗人"学有所得"的愉悦和惬意。

　　以上两首七绝，写"观书"而不谈书，却着意刻画"方塘""活水""江水""巨舰"，借以表达自己的感想，这是一种比兴，或者说是一种象征。象征的手法在艺术上本来就具有相当的张力，再加上作者是位博大精深的思想家，故其诗意已远远超出了一时、一事的感想，而具有了普遍的意义和深刻的哲理。源头活而水清，根本固而树荣，做任何事情都要从根本、源头上解决问题；江水足则船疾，基础厚则事成，打好基础是事业成功的必要条件。诗情和哲理在此达到了完美的结合，它们给人留下的启示是十分深远的。

　　　　　　　　　　　　　　　　　　　　　　　（郭建勋）

## 赵蕃

赵蕃（1143—1229），字昌义，号章泉，信州（今江西上饶）人。以曾祖荫入仕，终直秘阁。性淡泊刚介，屡诏不应，常隐居。五十岁后从朱熹问学。卒谥文节。喜作诗，率意而为，不事雕饰。刘克庄谓其诗有陶、阮意，当时诗名甚大。有《乾道稿》《淳熙稿》《章泉稿》。　　　　　　　　　　（刘斯翰）

# 菊

蔓菊伶俜不自持，细香仍着野风吹。

少年踊跃岂复梦，明日萧条休更悲。

潭水解令胡广寿，夕英何补屈原饥。

我今漫学浔阳隐，晚立寄怀空有诗。


　　赵蕃一生处于隐居状态的时间甚长，多次拒绝出仕，是一位淡泊功名的人物。这首诗以咏菊为题，抒述了他隐居生活中的一点感想。

　　诗的前四句运用白描直叙的手法，由篱菊起兴，联想到少年时代过重阳节时那种意气风发、逸兴遄飞的情态，而如今连在梦中也不复再有了！因此感叹自己上了年纪，而来日只会是愈加衰惫老迈，一种悲怆之感不期而至：对于这不可抗拒的自然规律，悲伤又有何用？

　　诗的后四句转为用典。"潭水解令胡广寿"，典出盛弘之《荆州记》：郦县有泉名菊花水，居人饮之皆得长寿，其源旁悉芳菊，水极甘馨。太尉胡广久患风羸，常汲饮此泉，疾得瘳，寿且百岁。"夕英何补屈原饥"，典出屈原《离骚》："朝饮木兰之坠露兮，夕餐秋菊之落英。苟余情其信姱以练要兮，长颇颔亦何伤。"（据王逸注："颇颔，不饱貌。"）诗人引用二典，是上承人寿短促的感喟而来，其意谓菊水、菊英据说都可以使人长寿，可惜对于真正隐居的贫士却并不现实。这真可说是有德之言，因而对世人具有一种诗人自己未必意识到的尖刻的讽刺意味。纪昀于全诗独赏此二句，亦可概见。"我今漫学"二句又用一典：陶潜不为五斗米折腰，弃官隐于浔阳，九月九日贫无酒，坐宅边丛菊中，采摘盈把，望见白衣人至，乃郡守王弘遣人送酒，即便就酌。诗人暗用此事，谓自己今日于隐居中过重阳，亦学陶潜篱边赏菊，只是没有州官送酒的福气，只有独自赋诗寄怀罢了。

　　隐居生活是贫困而且寂寞的，诗人以切身的体会，道出了其中甘苦，故觉自然动人。本诗以"菊"为题，诗人之意却不在咏物，只是借菊言志而已。

（刘斯翰）

## 叶 适

叶适（1150—1223），字正则，世称水心先生，温州永嘉（今浙江温州）人。淳熙进士。历知蕲州、权吏部侍郎、知建康府兼沿江制置使、宝文阁待制兼江淮制置使。支持韩侂胄北伐，韩败诛，被夺职奉祠十三年。提倡功利哲学，反对空谈心性，被推为永嘉学派的代表。有《水心文集》《习学记言序目》。

(黄宝华)

# 无相寺道中

傍水人家柳十余，靠山亭子菊千株。

竹鸡露啄堪幽伴，芦菔风干待岁除。

与仆抱樵趋绝涧，随僧寻磬礼精庐。

不知身外谁为主，更觉求名计转疏。

　　无相寺在温州泰顺县西北。这是叶适在往无相寺的山道中作的一首纪行诗。

　　首联写景，交代途中所见：柳荫掩映中露出屋宇，依水而筑，笼罩着田园生活恬静安详的气氛，在菊花丛中有一座小亭立于山麓。映入诗人眼帘的是一处风景秀丽的所在。这是登山访寺的第一层。颔联承首联而来，从环境清幽和生活简朴两方面描写寺旁山民的生活。竹鸡是江南的一种小鸟，形小于鹧鸪，喜居竹林。芦菔，

叶　适

植物名，其块根可供蔬食。颈联补足颔联。上句言山居生活之艰辛，下句言听磬礼佛。精庐即佛寺，常以磬声招集僧众。此二句直写诗人在途中的见闻。从诗的末句看来，诗人此行可能亦是为尘俗事务奔忙，而幽深的山寺和悠扬的磬声不禁勾起了他的世外之想，于是全诗在感慨中结束。

　　本诗基本上随诗人登山的足迹展开，从山脚、山腰到山的深处，移步换景。沿途的所见所闻依次呈现在读者面前。首联写境，末联抒怀，以景起，以理结。中四句描绘山水田园风光，用词自然简洁而饶有风致。颔联用笔稍为宕开，颈联旋复回转笔锋，仍就无相寺着笔。总的说来，本诗的结构、语言都极朴素，不故作雕镂矫饰，表现出闲淡平易的风格。诗人胸次正复如此。

（章　灿）

# 白纻词

有美一人兮表独处，陟彼南山兮伐寒纻。

挑灯细绩抽苦心，冰花织成雪为缕。

不忧绝技无人学，只愁不堪嫁时着。

郑侨吴札今悠悠，争看买笑锦缠头。


纻即苎麻，产于吴地。白纻，指用苎麻为原料织成的轻细洁白的夏布。《白纻歌》是乐府名，本为吴之舞曲，其词盛赞舞姿之美，南朝颇有作者。本诗只是借用这一乐府旧题来抒写其理想、怀抱。

本诗以夜织白纻的美人隐喻怀才不遇的君子。卓然不群、洁身自好的美人是诗人极力赞扬的冰清玉洁的人格的象征，也是诗人理想的寄托。这是对《楚辞》以香草美人喻君子的艺术手法的继承和发扬，开头二句采用的骚体句式也向读者揭示了这一层内涵。

诗人运用这种隐喻、象征的艺术手法，显得得心应手，轻松自如。全诗始终不离这位伐纻织纻的美人，却使人觉得无一处不是自抒情怀。美人之美在这里显然兼有内、外两层含义，内美亦即个人道德品格修养，更为诗人所强调。严冬勤伐，寒夜苦织，象征谦谦君子对完善自己的品德人格孜孜不倦的追求。"冰花织成雪为缕"一句，极言白纻质地之洁白，并显示了高超的技艺，象征其品德之高尚与才干之卓越。古人常以夫妻关系比拟君臣际会，"嫁时着"亦即大展雄才于受重任之时。最后二句点出题旨。郑侨字子产，春秋时郑国名臣，使弱小的郑国能立足于晋、楚二强之间，孔子称为古之遗爱。吴札即吴季札，春秋时吴公子，以博学多闻、不爱爵禄著称。"买笑""锦缠头"，指寻欢作乐的狎妓行为，是针对道德败坏的现实而言。这一古今对比，包含了诗人对世俗的极大愤慨和对无耻小人的强烈谴责。

与叶适同时稍后的翁卷作有《白纻词》，仍以描写舞女形态为主；戴复古有《白苎歌》被人赞为"最古雅，语简意深，今世难得，所谓一不为少"（《石屏诗集》卷一）。叶适此诗风格古雅，言简意赅，兴寄遥深，较戴诗有过之而无不及。史称叶适"志意慷慨，雅以经济自负"（《宋史·儒林·叶适传》），对本诗作这样的理解，当非穿凿牵强。

（章 灿）

## 徐 照

徐照（？—1211），字道晖，一字灵晖，号山民，温州永嘉（今浙江温州）人。终生布衣，身世清寒。与徐玑、翁卷、赵师秀并称"永嘉四灵"，为诗规模晚唐格调，诗风清苦幽邃，工五律，重白描。有《芳兰轩集》。　　　　（黄宝华）

# 和翁灵舒冬日书事

## （三首选一）

石缝敲冰水，凌寒自煮茶。

梅迟思闰月，枫远误春花。

贫喜苗新长，吟怜鬓已华。

城中寻小屋，岁晚欲移家。

本诗吟咏节候。徐照与翁卷（灵舒）以《冬日书事》为题唱和，翁卷原作今已不可见，徐照的和诗却是其《芳兰轩诗集》中的一篇佳作。

首联点明气候已是滴水成冰的深冬。诗人择取凌寒煮茶这一细节，表现严寒时日里的生活情趣。叶适《徐道晖墓志铭》云："（照）嗜苦茗甚于饴蜜，手烹口啜无时。上下山水，穿幽透深，弃日留夜，拾其胜会，向人铺说，无异好美色也。"可见首联乃是徐照冬日生活的真实写照。

　　颔联写诗人在冬日里的所见所思，在对客观世界的观察中表现主体的情感活动。迟发的梅花使诗人想起闰月的存在，远处的枫叶依然未落，让他误认作春天早放的红花。江南地气和暖与节候之特殊，皆可自这一观察细密的对句中得知。

　　颈联由观察客观世界转而观照主体内心，描写了衰老贫困的诗人在严冬季节里忧喜参半的微妙心理。末联诗笔一转，从严寒和贫困说到移家之计，贫寒之逼迫与无奈亦不言而喻。

　　本诗用笔跌宕起伏，善于变化。短短八句，而涵括甚广。徐玑《读徐道晖集》称照"能令句律精""生前惟瘦苦"，可以从本诗得到印证。颔联是徐照的名句之一，琢句清隽，格律精严。方回评曰："'思'字、'误'字，当是推敲不一乃得之。"纪昀亦称此联"故为寒瘦之语，然别有味"（《瀛奎律髓》卷十三冬日类），都是很有见地的。

　　叶适把徐照诗的艺术特点概括为："斫思尤奇，皆横绝欤起，冰悬雪跨，使读者变踔惝栗，肯首吟叹不自已，然无异语，皆人所知也，人不能道尔。"（《徐道晖墓志铭》）这首诗尤其颔联二句，正是徐照诗风的典型代表。四灵诗虽然其格不高，其境不广，但多词巧意新，精心锤炼，有其独到之处，本诗即是一例。　　　　　　（章　灿）

# 题翁卷山居

空山无一人，君此寄闲身。

水上花来远，风前树动频。

虫行粘壁字，茶煮落巢薪。

若有高人至，何妨不裹巾。

"永嘉四灵"之诗多写隐士生活，追求一种清瘦野逸之趣。读其诗，每每有如餐霞吸露，脱尽人间烟火之味。此诗为题翁卷山居之作，就有一种这样的萧散清远的情调。

首联扣题，总写山居。为突出主人公的隐遁避世，远离尘嚣，诗人遂以山空无人来衬托他的居处。即使是退居山中，也不作久安之计，"寄"字写出了他的旷达情怀。浮生若寄，人不过是天地间的匆匆过客，"天地者，万物之逆旅也"（李白《春夜宴从弟桃李园序》），隐居山中也不过是寄此闲身而已。经此一写，一个闲云野鹤般的隐士形象就勾勒出来了。

中间二联具体写山居。颔联写周围的环境。山间的流水载着从远方飘浮而来的花朵，风中的树木在频频摇动，姿态袅然。颈联正面写居处。昆虫在墙壁上行走，它留下的粘痕好像人写的字，主人煮茶用的是鸟巢中落下的断枝残薪。这两联诗写得细微而真切，见出诗人观察的精细。水上之花、风前之树、壁上之虫，煮茶之薪，都被诗人组织在一起，用来表现山居的幽寂冷僻。

尾联以隐士的萧散之态作结。诗人向他建议：如果有高人雅士来访，就无需束带裹巾以待来客，自可不拘礼数，忘形尔汝。"不裹巾"即不带头巾，乃隐士散发之态。东汉袁闳因"党事将作"，"遂散发绝世，欲投迹深林"（《后汉书》本传）。李白《宣州谢朓楼饯别校书叔云》曰："人生在世不称意，明朝散发弄扁舟。"均谓此。

四灵之诗重白描，忌用典，惟写眼前景、心头事。又多于中间二联用力，着意锻炼磨莹为工，故其警句皆在中四句。此诗的中二联纯为写景，并无深意，而一种萧散闲远之致，读者自能从中体味。所写景物多为荒寒清幽之境，但往往失之千篇一律，又过于纤细琐碎。由于缺少变化，中间二联往往可以移入他诗而不必切题，这也是四灵诗为人所诟病的一个重要方面。

（柳丽玉）

# 三 峡 吟

山水七百里，上有青枫林，
啼猿不自愁，愁落行人心。

古来咏三峡之诗甚多，或叹险绝，或抒旅愁，一般多从郦道元《水经注》中一段文字中生发出来。本诗的构思也是如此，但不拘泥于此，而是能自出新意，不落窠臼。首句"山水七百里"，交代三峡距离，即《水经注》文中所云："自三峡七百里中，两岸连山，略无阙处，重岩叠嶂，隐天蔽日。"两岸高山，林木葱茏，文中称"绝巘多生怪柏"，而诗人此处改用《楚辞·招魂》"湛湛江水兮上有枫，目极千里兮伤春心"句意。猿猴是三峡中的一大特色，常为诗人所咏及，一般也多是承袭郦文之意，写猿鸣之悲，而诗人此处却力翻成案，独标新意，啼猿不愁，人心自悲。这里以显豁的语句陈说了一个尽人皆知的事实，即啼猿本自无愁，而是人心自愁。末句"愁"后下一"落"字，采用拟物的修辞法，将抽象之愁化为实在之物，正着意表现人心中的愁是一个确实的存在。

在三峡诗中翻猿啼之案，非始自徐照，中唐诗人刘禹锡即有诗云："巫峡苍苍烟雨时，清猿啼在最高枝。个里愁人肠自断，由来不是此声悲。"（《杨柳枝》）两首诗的后二句虽同为感慨，但较之刘诗的咏叹，徐诗的语气更为斩截，更具有汉魏古歌的遗风。　（张家英）

# 刘 过

刘过(1154—1206),字改之,号龙洲道人。吉州太和(今江西泰和)人,长于庐陵(今江西吉安)。四次应举不第,游江湖间。曾为陆游、辛弃疾所赏识,又与周必大、姜夔、杨万里、陈亮等相过从。生平以功业自许,豪侠任气,工诗词,风格类其为人,豪放纵横,多感慨时事之作,词宗辛弃疾,诗风近陆游。有《龙洲集》《龙洲词》。

(黄宝华)

## 夜思中原

中原邈邈路何长,人物衣冠天一方。

独有孤臣挥血泪,更无奇杰叫天阍。

关河夜月冰霜重,宫殿春风草木荒。

犹耿孤忠思报主,插天剑气夜光芒。


公元1164年,隆兴和议成,标志着南宋王朝进一步放弃反侵略的正义战争,而不惜以俯首称臣、每年缴纳大量的财物,来换取所谓"时平无事"的苟安局面。自此以后数十年间,一切主张北伐收复失土的雄图大计都被束之高阁。在这个投降派执政的时期,千千万万的爱国志士被投闲置散,老死牖下。他们唯有北望中原,抱恨终身。刘过的这首诗,十分典型地抒述了志士们的共同心态。

一开头,诗人就发出了深沉的嗟叹。中原,本是中国文明的发祥和荟萃之地，而今却成了敌人的"领土"，与代表中国传统的南宋彼此天各一方。更为可悲的是，对于这样的中国人所绝对不能坦然接受的局面，朝廷竟然熟视无睹！只有被朝廷弃置的忠臣为局势椎心泣血。由于投降派大臣把持朝政，北伐的奇谋伟略再也无法上达圣听了。"天闻"，即天门，借用屈原《离骚》"吾令帝阍开关兮，倚阊阖而望予"句意。"更无"，并不是说真的没有（奇杰），而是说有而不见用，等于无。这是诗人的愤激之词。"独有"与"更无"，集中地写出了诗人的、也是主战的志士们的悲愤莫名的情绪。

诗的前四句，其实已道尽了"夜思"的内容，它以真实而高度的概括，反映了爱国志士们的共同心声。接下来的后四句，实际上可以视为属于唱叹的部分。

"关河"二句表面上看，是对中原河山故物的遥想之词，但如深加推究，又不是如此简单。"冰霜重"既是实指，同时又是虚指——比喻中原人民身处异族的残酷统治之下。"宫殿"句则化用杜甫《春望》"国破山河在，城春草木深"诗意，表示对北宋亡国的深深遗恨。由此看来，这一联虽是写景，却又是作者抒情的另一种方式——借景喻意。在激越的直抒胸臆之后，运用景语进行调剂，从艺术的角度来说，这无疑是较为合理、更具魅力的手法。

结尾处诗人在感情上略作调整，在悲愤得近乎绝望之余，在痛定思痛之后，他的心中油然生起一股与恶劣的环境抗争的意志和抗战必胜的信念。孤忠报主，在封建社会士大夫看来，原与爱国没有多大区别的，也可看作是尽忠报国的同义语，我们在今天大可不必拘泥其流露出的忠君思想。我们应该肯定的是诗人不屈不挠、乐观积极的态度。"插天剑气"一句暗用"丰城剑气"的典故（见《晋书·张华传》），比喻自己的抗战主张和方略虽暂时沉埋而终有开天见日、获得采用的一天。这一结尾形象生动，境界高华，使全诗收束于昂扬奋发之中。

（刘斯翰）

## 葛天民

葛天民（生卒年不详），字无怀，越州山阴（今浙江绍兴）人。初为僧，名义铦，字朴翁。后还俗，居西湖上，所交皆一时名士，如杨万里、姜夔等。其诗多为近体，造语平淡而寄寓深婉，叶绍翁尝称之。有《无怀小集》。　　（刘斯翰）


# 尝 北 梨


每到边头感物华，新梨尝到野人家。

甘酸尚带中原味，肠断春前不见花。


　　诗人在淮河岸边吃到由中原贩运过来的梨子。他尝着那甜中带酸、既陌生又亲切的滋味，遥望着河对岸迷茫、可望而不可即的故国土地，油然生起无限的怅惘之情。

　　爱国的抒情诗歌，固然必须有激昂慷慨、雄浑悲壮之制，如陆游、辛弃疾的那样；同时，又不妨有平易切近、细腻婉约的一路，如葛天民的这首绝句。它们同样能够唤起读者的爱国深情。

　　说这首诗平易切近，是因为诗人的感触是由眼前的一件小小物品——北梨而生起，而只要稍知北宋、南宋两朝历史的人，都不会觉得此诗艰深难解。

　　至于说它细腻婉约，则要稍费一点分析功夫。这四句诗，第一句是总领，其中"感物华"三字可以说是概括了一诗大意，起着管领全篇的作用。接下来的三句，即围绕着这三字大旨而生发展开。第二句紧承着"物华"的话头，把第一句感物的具体来历"尝梨"点明；第三句又紧紧扣住"尝梨"加以描述，其中"中原味"是点睛之笔，却又显得很自然，它透出了感物的爱国主义内容；最后一句则从"中原梨"（故国的象征）联想开去，并以梨花不可见（即故国不可往）寄托哀思。这诗妙就妙在始终紧扣"尝北梨"的题旨，使感情的抒发依托在叙事咏物之中，不作赤裸的呈露，因而产生了含蓄蕴藉、余味曲包的审美效果。令人咏其诗，悲其志，哀怨无端，低徊无限。这确是大声鞺鞳的作品所无法替代的。　（刘斯翰）

## 姜 夔

姜夔（1155—1221），字尧章，鄱阳（今属江西）人。曾隐居吴兴白石洞旁，故号白石道人。他功名未第，终身布衣，漂泊江湖，结交名流，靠接济从事创作。后移居杭州，晚年生活困顿，以鬻文卖字维持生计。死，葬于杭之西马塍。他精音律、古刻，善书法，词为南宋一大家。诗初学山谷，后受晚唐影响，高秀清雅，有人认为可与尤（袤）、杨（万里）、范（成大）、陆（游）四大家并肩。有《白石道人诗集》。

（潘善祺）

# 昔 游 诗

（十五首选一）

扬舻下大江，日日风雨雪。

留滞鳖背洲，十日不得发。

岸冰一尺厚，刀剑触舟楫；

岸雪一丈深，屹如玉城堞。

同舟二三士，颇壮不肯慑；

蒙毡闭篷卧，波里任倾侧。

晨兴视毡上，积雪何皎洁。

欲上不得梯，欲留岸频裂；

攀援始得上，幸有人见接。

荒村三两家，寒苦衣食缺。

买猪祭波神，入市路已绝。

如今得安坐，闲对妻儿说。


　　《昔游诗》共十五首，这是第七首。作者在序言里说："夔早岁孤贫，再走川陆，数年以来，始获宁处。秋日无谓，追述旧游可喜可愕者，吟为五字古句。"姜夔之父曾官汉阳，他随父宦游，十四岁时父死任上，不久，诗人到汉川山阳姊家居留，间归饶州老家。嗣后来往湘鄂间，在合肥亦曾逗留一段时间。后在长沙遇萧德藻，不久随萧移居吴兴。然因功名未就，仍东西奔波，未有宁处。庆元三年（1197）诗人已四十三岁，应张鉴、张镃兄弟之请，移居杭州，此间虽被荐诏免解与试礼部，然仍不第，于是弃绝功名，暂停行旅，故秋日无事，就回思往事，作此组诗，对生平行迹进行了阶段性的总结。据夏承焘《姜白石系年》考定，此组诗写于嘉泰元年（1201），时诗人四十七岁。

　　此诗记叙作者冬日乘船下长江遇雪受阻事。诗的主体部分是写昔游，末联写今感。

　　开首四句总叙本诗所忆事件，交代时令、地点。"舻"为有窗牖的小船，"扬舻"即扬帆意。接下四句借写景来反映所遇的困难。这里先用数量词"一尺""一丈"来具体说明冰雪的深厚，又用比喻"刀剑""玉城堞"来加深具体形象，把读者带入水上岸边冰雪堆垛的世界，令人毛骨生寒。

　　"同舟"以下十四句，写人的活动。先写"二三士"不以为意，蒙毡而卧。这里作者不作天色、感受等描写，只拈出一个小小的细节：早上起来（晨兴），一看毡上，堆满了洁白的积雪。这样，舱内、毡下寒冷难耐之况，也就可想而知了。

因"岸频裂"，危险之极，不能久留。想登陆暂避，又苦无梯架可接。在这进退无据的境况下，幸亏有人应接，总算登上岸。然村中两三家人，本身也无衣缺食，难以给这几位饥寒的旅人以周济。求人不得，转而去求神，买只猪去祭祭水神，祈求保佑吧，然冰雪严封，道路不通，难以入市。一句话：想尽办法，终无办法！诗叙述到此，戛然而止。结果如何呢？只得苦熬十来日（开头已交代），待雪霁风定然后开船，惊险艰苦，尽在不言之中！

末联写今感。虽云"安坐""闲对"，似很悠然，与前奔走道途艰苦之状形成鲜明对比，然此非真安真闲，"痛定思痛，其痛尤甚"之情溢于言表，何况此刻他仍在困顿之中。他在自序中说作此组诗目的是"自省生平，不足以为诗也"，故追昔抚今，不免心存慨然！

此诗犹如与家人的谈话记录，款款而言，毫无雕饰之迹，剪裁、构思亦颇具匠心。

（潘善祺）

# 送朝天续集归诚斋时在金陵

翰墨场中老斫轮，真能一笔扫千军。

年年花月无闲日，处处山川怕见君。

箭在的中非尔力，风行水上自成文。

先生只可三千首，回施江东日暮云。

　　白石早有诗名，淳熙间经萧德藻介绍，在杭州谒见诗坛耆宿杨万里。绍熙二年（1191）自合肥至金陵，再谒杨万里，为杨之诗集《朝天续集》题此诗。白石早年学诗从黄庭坚入手，曾言："三薰三沐师黄太史氏。"（《诗集自叙》）此诗即有山谷诗的风味。

　　首联称颂杨万里为诗坛老将，笔力雄健。黄庭坚《病起荆江亭即事》有句云："翰墨场中老伏波。"白石化用其句，"翰墨场"，犹言文坛；"老斫轮"，意谓削木作轮的老手，语本《庄子·天道》所载"轮扁斫轮"的故事，后泛指技艺高超的能手。黄庭坚谈艺也喜用此典，如《戏题小雀捕飞虫画扇》："丹青妙处不可传，轮扁斫轮如此用。""笔扫千军"则化用杜甫《醉歌行》："词源倒流三峡水，笔阵独扫千人军。"诗人以作战喻文事，由来已久，王羲之《题卫夫人笔阵图后》实肇其端，杜（甫）、韩（愈）、欧阳（修）、苏（轼）均喜此法，山谷尤甚。白石将这些典故成语熔铸成这一联诗，以盛赞杨万里的诗艺。

颔联以"花月无闲""山川怕见"进一步赞颂其诗歌创作成就。诚斋之诗多为写景之作，且数量众多，故白石说：花月由于被你不断写入诗中，故不得休闲；山川因为被你刻画得尽态极妍，故怕见君面。此联构思奇特，造语新异，但也有所本。韩愈《赠贾岛》云："孟郊死葬北邙山，从此风云得暂闲。天恐文章浑断绝，更生贾岛著人间。"又杜甫《江上值水如海势聊短述》："老去诗篇浑漫与，春来花鸟莫深愁。"以上二例均是从反面落笔，或因诗人作古，或因年老力衰，作诗漫不经意，故风云得闲，花鸟失愁。而白石则是从正面写诗艺高超的威力。韩愈《荐士》云："勃兴得李杜，万类困陵暴。"黄庭坚《和答任仲微赠别》云："任君洒墨即成诗，万物生愁困品题。"他们与白石都是用的同一个角度，可见白石此联之渊源有自。

颈联以飞箭中的与风行水上赞诚斋诗之妙手偶得，自然天成。出句语本《孟子·万章下》："由（同"犹"，犹如之意）射于百步之外也，其至，尔力也；其中，非尔力也。"此言飞箭中的不是单纯力量的问题，而是有关于射者的智巧，得心应手，才能百发百中。这里用来比喻诚斋作诗的高超技巧。对句语出《易·涣》："风行水上，涣。"苏轼父子论文崇尚自然。苏洵《仲兄字文甫说》即以《周易》此语论文，他在文中描绘了风水相激而形成的各种波纹，谓"'风行水上，涣'。此亦天下之至文也"；风水二物"无意乎相求，不期而相遭，而文生焉。……二物者非能为文，而不能不为文也，物之相使而文出于其间也，故此天下之至文也"。"文"通

"纹"，波纹、文章一语双关。老苏之论是对自然为文的绝妙形容。联系到诚斋作诗的"活法"，其通脱活泼，妙趣横生，不假雕饰，自然天成的风格，白石此联形容可谓贴切之至。

诚斋诗的才气纵横、自然天成堪与李白媲美，故尾联径以李白赞之。欧阳修《赠王介甫》云："翰林风月三千首。"又杜甫《春日怀李白》云："渭北春天树，江东日暮云。"白石意谓诚斋只需作诗三千，自可与太白匹敌。

此诗在白石诗中可称别调，因为他后来摆脱江西作风，出入晚唐，以"清空"独步。而作此诗时，年仅三十七岁，正沉潜于江西诗中。加之此诗乃论赞之体，非写景兴会之作，故更适合以江西派的风格为之。诗中用典的繁富而贴切，运思造语的奇特生新，尤其颈联运用经典中的成语（诗家称此为运用"全语"），都是江西派作诗的不二法门。但此诗流利可诵，无江西诗的拗涩之病。　（黄宝华）

# 过 垂 虹

自作新词韵最娇，小红低唱我吹箫。

曲终过尽松陵路，回首烟波十四桥。

　　垂虹桥在苏州。宋光宗绍熙二年（1191）冬，姜夔到苏州石湖去拜谒范成大，两人研乐论诗，甚为相得。一日，范向姜"授简索句，且征新声"，即要求作词谱曲，姜作了《暗香》《疏影》二词并谱上新曲。范即命家妓排练演唱，因其"音节谐婉"，范赞赏之至。除夕，姜辞范回吴兴，范即以歌妓小红为赠。姜时年三十七，功名未就，辗转江湖，曾有一恋人在合肥，此时已断绝音讯，内心落寞而凄苦。今得一色艺双绝的小红为伴，其欢愉自不待言。归舟过垂虹桥时，二人一吹一唱，再次演唱起这两首新作来。

　　首联的"自作新词"，即指《暗香》《疏影》二词。"韵"，按沈义父《乐府指迷》："词腔谓之均，均即韵也。"故此"韵"即"词腔"（曲子）。所谓"娇"也就是"音节谐婉"。这两句纯为叙事，但字里行间却透出悠扬的乐声，让人薰沐于高雅淳美的艺术氛围之中，让人洞见两位艺术家情款意洽，沉浸于艺术意境中如迷如醉的意态。

　　尾联写歌唱之后的情景。"松陵"即今苏州吴江，在苏州与吴兴之间。"路"这里指的是水道。当两人全身心沉醉于艺术意境中时，都已忘却了外部世界。曲终，情思又回到现实中来，往舷窗外一望，小舟已穿过了十几座桥孔，回顾行经之处已笼罩在一片迷茫的烟波之中了。"曲终"方觉过尽了松陵水道，反衬吹唱时的沉迷。"四首"句亦勾画出对航程之远的惊觉与对挚友情谊的眷顾。

　　姜夔作诗强调要"自然高妙"，"句中有余味，篇中有余意，善之善者也"（《白石诗说》）。这首诗的简约含蓄，清空悠远，自然妙得，如天籁之鸣，可谓实践了他的作诗主张。　　　　　　　（潘善祺）

# 除夜自石湖归苕溪

（十首选二）

细草穿沙雪半销，吴宫烟冷水迢迢。

梅花竹里无人见，一夜吹香过石桥。

　　这组诗与《过垂虹》写于同时（1191 年除夕）。"苕溪"即湖州，当时姜夔家居之所。诗写归途中的景色与观感。这是第一首。

　　首联写望中之景。大地上雪已半销，细细的草芽已穿透覆盖的黄沙冒出嫩尖。这是腊尽春回的景象。下句于自然景中触及人事：吴王的宫殿当日雕梁画栋，吴王与西施在其间寻欢作乐，而今，宫阙遗址只剩下一片凄冷的烟云与迢迢远去的流水，往昔的繁华已荡然无存！此句虽仍写景，却暗寓王朝兴替、人事沧桑之慨，此笔荡得很远，下联马上又收了回来。石桥边一片竹林，飘来阵阵梅香。诗句着意写梅，在时令上与首句细草穿沙相合，但写法却十分巧妙：将梅的身影隐去（"无人见"）而让人凭嗅觉闻到幽香，来判别竹里梅花的存在。这可能是眼前的实景，作者捕捉到这一景象熔铸成诗，意境纯净高雅。

　　元范德机《木天禁语》云："诗之气象犹字画然，长短肥瘦，清浊雅俗，皆在人性中流出。"观此诗，可知白石道人之性，亦犹竹里之梅花然！

笠泽茫茫雁影微，玉峰重叠护云衣。

长桥寂寞春寒夜，只有诗人一舸归。

　　"笠泽"之名所指不一，这里该是太湖之别称。惟太湖才有"茫茫"之势，且为苏州、吴兴水上通道。

　　这首诗，犹如一幅水墨画，画面正中是茫茫的太湖。远方，往高处看，天边有飞雁的影子渐渐远去；往平处看，白雪覆盖的重叠山峦如玉一般洁净包裹在云气之中。近处，有长桥一座，一叶扁舟正孤零零地穿桥行进。整个画面淡墨简笔，意趣高远。

　　首句之"影""微"二字，既显示湖面浩瀚、夜色苍茫，又具有飞雁愈远愈微的动态。"茫茫""重叠""寂寞""春寒"等词，创造出一种空旷、凄清、悲凉、落寞的意境。诗的意境折射出诗人孤零凄楚、归处茫茫、无所依托的难以言状的情怀。当世俗人们合家团聚、除旧迎新之夜，一个有才华的诗人，无所用世，却在江湖之上，风雪舟中，清冷行驶。这究竟是何等况味！"少年知名翰墨场，十年心事只凄凉"（《其九》），"但愿明年少行役，只裁白纻作春衫"（《其八》），此等诗句，直可作这首写景诗的注脚！此诗化实为虚，让人玩味于象外之旨，这就是白石诗的"清空"所给予人的魅力。

　　　　　　　　　　　　　　　　　　　　　　　（潘善祺）

# 韩 淲

韩淲（1160—1224），字仲止，号涧泉。信州上饶（今属江西）人。韩元吉之子，有高节，仕不久即归。有诗名，与赵蕃合称"上饶二泉"。其诗面目较多，简质、婉丽、雄肆兼而有之。有《涧泉集》。

（刘斯翰）

## 风雨中诵潘邠老诗

满城风雨近重阳，独上吴山看大江。

老眼昏花忘远近，壮心轩豁任行藏。

从来野色供吟兴，是处秋光合断肠。

今古骚人乃如许，暮潮声卷入苍茫。

　　潘邠老，名大临，北宋诗人，以"满城风雨近重阳"诗句驰名于世。关于这句诗，宋释惠洪《冷斋夜话》载：潘大临答友人书，曰："秋来景物件件是佳句……题其壁，曰'满城风雨近重阳'，忽催租人至，遂败意，止此一句奉赠。"韩氏此诗题中之"潘邠老诗"即指这诗句。韩氏在重阳节前夕一个风雨交加的日子，独自一人登吴山望钱塘江，在路上反复默诵潘氏佳句，触景生情，深会于心，遂续成这首七律。

　　诗的首联，就眼前情事"风雨登山"为内容进行描述，将天气、环境、人物主体三者紧密结合，渲染出一个悲凉慷慨的氛围，一下就抓住了读者的情绪。作者大胆采用了潘诗做出句，而自撰对句，却使人但觉其如胸臆间涌出，自然真切，无丝毫勉强拼凑痕迹。因此自来为人称叹，例如许印芳评曰："次句雄阔，足与首句相称，恰似天生此语配合潘诗者。"

诗的颔联，与首联的描述相表里，转而从内心活动方面，进一步刻画诗人风雨登山的悲慨之情。有人认为诗人时年 39 岁，作"老眼昏花"等语，未免过于做作，且"老眼"与"壮心"似乎亦不甚调协。此中是非自可争议。但我想指出，少壮而称老，这在古人并不少见。例如李贺未及三十即称"老"，欧阳修四十出头便称"翁"。其实不过是诗人叹老嗟卑的牢骚话。另外，在这一联中，作者其实是暗用曹孟德"老骥伏枥，志在千里。烈士暮年，壮心不已"诗意，力求于老气横秋之中，肆其放达任性之情。

颈联、尾联一气直下，运用夹叙夹议的方式，继续深化悲慨的内涵。其中颈联略作盘旋，用表面上较平淡的句子进行蓄势，而在平淡之中含蓄着激情的潜流：令人断肠的秋色，其实乃是对前两联最凝炼的概括。故方回评曰"第六句则入神矣"，诚不为无见。尾联借江潮澎湃为背景，衬托诗人独立苍茫、质天问地的形象，与陈子昂《登幽州台歌》可谓异曲而同工。

此诗前两联一实一虚，一外一内，配合巧妙，把诗人风雨登山这一不寻常举动之中包含的郁勃不平的心境，描写得淋漓酣畅。而各联自身的出句对句之间，又一抑一扬，起伏跌宕，悲而能壮，对比生色。至后两联，以三句议论，一句写景，结构上发生新的变化，尤其在三句字面较平淡的句子之后，以一句写景作结，振起全篇，回应开头，写来气势沉雄，笔力千钧，给人以极深的感染。方回总评此诗曰"悲壮激烈"，应该说是不错的。

（刘斯翰）

## 徐玑

徐玑（1162—1214），字文渊，一字致中，号灵渊。原籍晋江（今属福建），侨居永嘉（今浙江温州）。历官建安主簿、永州司理、龙溪丞、武当与长泰县令，为官清正。与徐照、翁卷、赵师秀并称"永嘉四灵"。精书法，晚年笔意近《兰亭》。有《二薇亭集》。 （黄宝华）

## 题李氏山亭

斗建魁星地，城隅李氏亭。

竹高随路有，山静隔江青。

人在云间语，潮生户外汀。

凭高一长望，疑欲入沧溟。

这是一首题咏诗，主要围绕着山亭展开描写，亭之主人的身份比较淡化。据首联我们大概知道山亭位于越地某城城隅的一座山上。"斗"，即北斗。斗柄指向随季节不同而异，古人据此以建月，谓之斗建。魁星指北斗七星中的第一至第四星（又一说指第一星）。在星宿分野中，斗宿属越地的分野。魁星是文运的象征，在这里有褒美亭主李氏之意。

首联从地理形势、位置上总写此亭，上句鸟瞰全局，从旷远处落笔；下句把镜头摇近，推出作为本诗主题的山亭，置于引人注目之处。这时也许有读者要问：这座位置偏僻的小亭究竟有何特征，能令诗人流连忘返呢？诗的中间四句即及时消除了这一疑窦。颔联着重渲染山亭环境之清幽。翠竹高耸，丛生路傍，似在欢迎光临此地的游人；青山隔岸，寂然无语，仿佛与宾主共有一种心灵的默契。竹林向来给人一种清隽脱俗的美感。江水恬静地流去，青山的倒影映在一片如镜的碧波中。青山翠竹，一远一近，扑入眼帘，这是一个何等静谧幽美的意境。颈联上句承颔联第一句而来，极言山亭之高。寓有山峰地势非同寻常之意。下句承颔联第二句而来，言其天然胜景与优游山水之便利，对颔联的环境渲染笔墨作进一步补充、发挥。尾联盛言山亭高耸入云，在"人在云间语"一句中已暗置伏笔。山亭挺拔于如此清幽之地，自令人产生不类尘寰，俨然仙境之感。

本诗总的结构是先总后分。中间两联写景造境用笔简省，遣词精美，可见诗人所下的推敲工夫。"人在云间语"，"疑欲入沧溟"二句极尽夸张之能事。"沧溟"与"魁星"等遥相呼应，是其章法谨严处。颔联、颈联与翁卷《冬日登富览亭》"轻烟分近郭，积雪盖遥山。渔舸汀鸿外，僧廊岛树间"笔法相近，皆以意境清瘦取胜。二者相同的艺术倾向，都表现出晚唐诗风的显著影响。　　　　（章　灿）

# 新 凉

水满田畴稻叶齐，日光穿树晓烟低。

黄莺也爱新凉好，飞过青山影里啼。

 

四灵诗为矫江西派之过，脱弃故实，纯用白描，以短小轻灵的律、绝表现田园风光、羁旅情思，宛似一幅幅山水小品。吟咏徐玑的这首《新凉》，就可体会到这一风格特色。

诗题标为《新凉》，但诗人并未死扣题面，而是宕开笔墨，描绘了两个画面。一是"水满田畴稻叶齐"，稻田中由于水量充足，稻叶吸足了水分，所以特别劲挺、齐崭，显得精神饱满。二是"日光穿树晓烟低"，清晨的阳光透过树间的空隙射到林中，雾霭在贴近地面的低处飘浮。这是一派烟水朦胧的田园风光，是光和色的交织，在近代印象派的画里我们或许可以找到这样的光色效果。

到第三句方始点题："黄莺也爱新凉好。"此处用一虚字"也"，妙在于不经意中对以上的景物描写作了补充交代，即水田、稻叶、树林、晓烟都是为表现凉意而写入诗中的。一经点明，令人豁然开朗，明白首二句所写正是一派新凉景象。读者会进一步推想，可能是一夜透雨使水满田畴，晨雾飘拂，炎热为之一洗。"也"字不仅承上点明题旨，而且开启出下面一个昂扬振奋的新境界。此处赋予黄莺以"爱"的感情，实际上是诗人移情于物的拟人手法。既然"黄莺也爱新凉好",那么人之为新凉欢欣鼓舞自不待言,而且这种欣喜通过高飞的啼鸟表现得尤为淋漓尽致。结句写黄莺鸟展翅振翮,掠过青山的影子,向高远处飞去。这一景象正象征着诗人精神的升华,炎暑过后,神清气爽,胸襟也为之舒展。情与境会,诗人借眼前之景正好表现了自己的心理感受。全诗清新明快中又具宛曲之致。

(黄宝华)

宋 佚名｜**长江万里图卷**（局部）

长江从蜀来，日夜东南奔。

陆游《入瞿塘登白帝庙》，见第 667 页

明 佚名 | **会稽山图**（局部）
　　　　　| 陆游《稽山行》，见第 677 页

清　王翚｜**观梅图**（局部）

陆游《梅花绝句二首》，见第 730 页

**明 文伯仁** | **横塘雨歇图卷**（局部）

南浦春来绿一川，石桥朱塔两依然。

范成大《横塘》，见第 748 页

明 陈洪绶 | **红荷轴**（局部）

小荷才露尖尖角，早有蜻蜓立上头。

杨万里《小池》，见第 775 页

清 王原祁　**西湖十景图**（局部）

毕竟西湖六月中，风光不与四时同。

范成大《晚出净慈送林子方》，见第776页

元 赵孟頫（传） | **垂虹秋色图**（局部）

自作新词韵最娇，小红低唱我吹箫。

曲终过尽松陵路，回首烟波十四桥。

姜夔《过垂虹》，见第816页

白襟襴衫碧玉環身住世事
不相關風情抵老如潘朗
顛倒新疆過華山唐寅
幷詩時正德改元正月

明 唐寅 | 华山图

赵秉文《游华山寄元裕之》，
见第 979 页

## 赵师秀

赵师秀（？—1219），字紫芝，号灵秀，又号天乐。温州永嘉（今浙江温州）人。赵宋宗室。绍熙进士。历任上元主簿、筠州高安推官。晚年寓居钱塘（今浙江杭州）。与徐照、徐玑、翁卷合称"永嘉四灵"，其诗为"四灵"之冠。选贾岛、姚合诗为《二妙集》，又选唐人诗成《众妙集》。有《清苑斋集》。

（黄宝华）

## 雁荡宝冠寺

行向石栏立，清寒不可云。
流来桥下水，半是洞中云。
欲住逢年尽，因吟过夜分。
荡阴当绝顶，一雁未曾闻。


这首诗描写作者游雁荡宝冠寺的见闻和感受。

首联直截了当，以特写的手法，将镜头集中到一点，突出主人公"行向石栏立"的动作。而"清寒"，则显然是其凭栏而立时，由触觉而引起的心灵感受。所谓"不可云"者，极言寒气的不可名状，因而排除了经验的重复性，赋予主人公以特定的感觉。

立于"石栏"，为何"清寒"呢？颔联对此作了交代："流来桥下水，半是洞中云。"这一联是名句，然前人亦每有不同看法。如

《瀛奎律髓汇评》卷四十七方回评云："杜荀鹤'只应松上鹤，便是洞中人'，此三、四亦相犯。"又纪昀评云："疑（按《律髓》"半"作"疑"）人化鹤有理，疑水为云却无理。此落套而又不善套，其病不止相犯也。"方氏举杜诗以溯其出处，诚然如此，但更直接的启示，似乎是于武陵的《赠王隐人》："飞来南浦水，半是华山云。"作为一种句法结构，不排除赵作向两位前辈学习的可能，但杜、于之作过于直致，缺少涵泳的余味，而经过赵师秀点化，则轻灵圆转，将小桥流水的山涧之景描写得非常传神，比较之下，显然是青胜于蓝。另外，纪氏指责此联"无理"，似乎太过拘执。抒情诗，主要是一种感情的活动。当诗人进入一定的创作状态时，"物皆著我之色彩"（王国维《人间词话》），是不能用逻辑进行解释的。此联由望水而寻源，惟见白云缭绕，岩洞隐约，加上云与水在色、质、形等方面的相似和相通，产生这样的联想，正是非常自然的。李贺《天上谣》中有一名句"银浦流云学水声"，以通感的方式，将两种不同的形象融为一体，对赵师秀显然有所影响。近代批评家陈衍盛赞此联"在四灵中最为掉臂游行"（《宋诗精华录》卷四），是能够深刻体会其妙处的。

景色如此美丽，入之于眼则动之于心，于是，颈联直接写主人公的感受："欲住逢年尽，因吟过夜分。"这是一对矛盾：一年将尽，欲住不能，舍此而去，心有未安，故不觉留连、吟咏其间而"过夜分"了。正是在这一矛盾中，景色之美和诗人的爱赏之心都得到了充分的渲染。

尾联呼应题中"雁荡"二字。雁荡山在乐清县（今属浙江）

东，绝顶有湖，四季不涸，春归之雁常留宿其间。"荡阴"，即指湖而言，因时值冬季，故"一雁未曾闻"。此固为写实，但同时也突出了环境的清寂幽静。

　　这首诗题为写寺，却无一语及寺，只是着力渲染禅林那种特有的幽寂清静，这种重神不重形的手法，正是四灵所经常使用的。

（张宏生）

# 薛氏瓜庐

不作封侯念，悠然远世纷。
惟应种瓜事，犹被读书分。
野水多于地，春山半是云。
吾生嫌已老，学圃未如君。

"薛氏"指薛师石（1178—1228），字景石，永嘉人。筑室于会昌湖上，名曰"瓜庐"，因以为号，取秦东陵侯召平于秦亡后种瓜不仕之意。"四灵"多与他唱和，其《瓜庐诗》附有《四灵留题》一卷，此诗即题咏瓜庐之作。

首联言隐士之志。古代每有以隐居为终南捷径者，此明言"不作封侯念"，则直率地展示了一个真隐士的情怀。另外，自晋代王康琚《反招隐诗》提出"大隐隐朝市，小隐隐陵薮"以来，热心功名者，多自封"大隐"。而师秀直以避世的"小隐"自居，亦即同时葛起耕《小隐》所云："小隐山林习已成，市朝声利让渠争。"

颔联言隐士之事，突出隐居生活中的两个重要内容，亦即徐照《题薛景石瓜庐》所云："自锄畦上草，不放手中书。"惟其为隐，故有种瓜之事；惟其为士，故有读书之事。倘不突出读书，则是一农夫，而非隐士了。二句写得自占身份。

颈联是名句。据《诗人玉屑》卷十九云，此联出于姚合《送宋慎言》："驿路多连水，州城半在云。"事实上，更直接的出处是白居易的仄韵古诗："人家半在船，野水多于地。"（《瀛奎律髓》）但赵师秀直用"野水"句，经过意象群的组合，却创造了一个更为完美的境界。首先，它形象地写出了春季江南的典型的地理、物候特征：一场春雨，水沼增多，大地似已成为水的世界。远处，群山苍翠，白云缭绕，半隐半露。这一幅画面，表现出一种朦胧而清新的美。其次，这一境界所传达的空灵之感、野逸之趣，与隐士的心境浑然一体，使得情与景、心与物、内与外相融无间。因此，赵师秀虽是借用前人句法（包括直用），但所创造的诗的境界仍然是富有生命力的。

尾联表赞叹之情。《论语·子路》载樊迟"请学为圃（种菜）"，孔子曰："吾不如老圃（菜农）。""学圃"，此指种瓜，喻隐居之事。赵师秀一生浮沉州县，而薛师石则以隐终老，相形之下，不免愧怍。同时，通过这种对比，更加显出薛氏的隐士情操，并呼应首联，全诗紧扣种瓜，浑然一体。

（张宏生）

# 岩 居 僧

开扉在石层，尽日少人登。

一鸟过寒木，数花摇翠藤。

茗煎冰下水，香炷佛前灯。

吾亦逃名者，何因似此僧？

　　四灵作诗，常追求"清"的美学趣味，故多写荒寒之景、凄清之情、冷寂之境，从一个方面表现了他们的艺术成就。这首诗是其中的较著者。

　　首联交代诗题，因有"开扉在石层"的描写。居于"石层"，所谓僻之又僻，本意即在避世，于是自然逗出"尽日少人登"一句，言其居处之清。

　　颔联描写鸟过藤动、藤动花落的情景，非常细腻，与其《呈蒋薛二友》中的名句"鸟飞竹叶霜初下"有异曲同工之妙，可见诗人对工笔刻画的喜好。一个"过"字，当是反复推敲所得，略同"云无心以出岫"之意。按理说，既是藤摇花落，就不当是"过"，而应是"落"或"飞起"。但在那样一个清寂的环境中，"过"字显然更能衬托僧人的悠然自得，与世无争。因此，在艺术上它更为真实。一个"寒"字，既是写实——树已深而复绕之以藤，当然清寒；又是写意——以此烘托僧人的心迹双寂。炼字炼句亦复炼意，而又出以平淡自然，反映了作者高超的艺术表现力。这是言其环境之清。

颈联承上更具体地来写僧人的生活。煎茶而取冰下水，亦略同取梅上雪，意在寄托高洁的情怀。而于饮食之中惟言煎茶一事，则突出了其生活的清苦和心性的淡泊。"香炷佛前灯"一句，呼应诗题中"僧"字，若无此交代，则可能将主人公误认为隐士，而非僧人了。这又是言其生活之清。

以上从居处、环境和生活三个方面极力描写岩居僧，题面已足，故尾联结之以向往之情："吾亦逃名者，何因似此僧？"这一联，就作品而言，是以直接抒情的方式，进一步突出主题，使全诗在结构上成为一个有机的整体。而就诗人自己而言，却并不完全说的是心里话，因为，作为一个经常怀有"亦知远役能添老，无奈高眠不救贫"（《十里》）的心灵矛盾的人，他是不可能真正"逃名"的。

（张宏生）

# 呈蒋薛二友

中夜清寒入缊袍，一杯山茗当香醪。

禽翻竹叶霜初下，人立梅花月正高。

无欲自然心似水，有营何止事如毛。

春来拟约萧闲客，同上天台看海涛。

安贫守拙，乐天知命，这是古代知识分子所追求的人格美。这首诗表现的正是这一主题。

"缊袍"，是以乱麻衬于其中的袍子，为贫者之衣。《论语·子罕》云："衣敝缊袍，与衣狐貉者立，而不耻者，其由也与。""醪"，泛指酒。中夜而着缊袍，山茗而当香醪，其清贫淡泊可知。首联仅举衣、饮二事，略加勾勒，便刻画出一个情操高尚的隐士形象。

颔联视点转向室外，集中笔力写景。月出惊鸟，禽翻竹动，叶颤霜下，这一意境显然出自王维的《鸟鸣涧》："月出惊山鸟，时鸣春涧中。"但赵作笔触更为细腻。"人立梅花"则通过直观的形态，暗示着"暗香浮动"的氛围。竹、梅、月这三个意象，既是诗人眼中所见，也是高洁情操的象征。同时，前动后静，相辅相成，创造出一个幽静的境界，从而把首联的淡泊心境形象化了。

颈联则进一步将这种人生观上升到哲理的高度来加以体认，它超越了一己的体验，而成为一种人生境界。禅宗有所谓"安心"之说：慧可向达磨求法，曰："我心未宁，乞师与安。"达磨曰："将心来，与汝安。"（《五灯会元》卷一）理学也讲"正心""养心"，此联的议论显然受到这些学说的影响。宋诗多议论说理的成分，此诗虽也谈理，但却有助于丰富全诗的内涵，正如许印芳评云："宋诗好作理语，此诗五、六亦然，好在不腐。"（《瀛奎律髓汇评》卷十五）

尾联宕开一笔，照应诗题。天台观涛，海风入怀，则心胸更加阔大明净，诗歌意蕴进一步得到深化。这种写法，颇似杜甫《缚鸡行》："鸡虫得失无了时，注目寒江倚山阁。"境界由小变大，意蕴由浅入深，而出语则非常含蓄。但杜诗是逆转，赵诗是顺接，又有不同。方回称此诗"尾句高洒"（同上），确是的评。　　　　　（张宏生）

# 秋夜偶书

此生谩与蠹鱼同，白发难收纸上功。

辅嗣易行无汉学，玄晖诗变有唐风。

夜长灯烬挑频落，秋老虫声听不穷。

多少故人天禄贵，犹将寂寞叹扬雄。


赵师秀虽然通常被认为是一位刻意苦吟、淡于世事的诗人，但事实上，他并不缺少用世之心。这首诗便表现了他由于抱负不得施展所产生的苦闷。

首联总结自己由追求到幻灭的一生。"蠹鱼"，即书蛀虫。诗人埋头书本，碌碌一生，迄无成就。犹韩愈《杂诗》所云"岂殊蠹书虫，生死文字间"，满腹辛酸而出之以平淡。

感慨过后，随之是颔联的反思。晋代王弼字辅嗣，尝注《易》，摒弃汉学章句，专言义理，开魏晋玄学的先声。南齐谢朓字玄晖，其诗风格清新秀丽，讲究声律，着唐诗之先鞭。此联是对唐以前学术思想和诗歌艺术发展流变的准确概括："盖说经至辅嗣而妙，然义理胜而训诂荒；炼句至玄晖而工，然雕琢起而浑朴散。"（《瀛奎律髓汇评》卷十五纪昀评）但联系南宋中后期经学中重义理的倾向和文学中重形式的风尚，则也可视为是以古喻今。不过，赵师秀本人虽然对经学没什么造诣，但在诗歌创作中注重形式，提倡苦吟，却是众所周知的，他显然并不是借此批判和否定他所提倡并为之身体力行的"唐诗"复兴，因此，这两句不过是借说经谈文，极言习俗日趋卑靡，自己空有壮志，而不合时宜、不受赏识，所以"难收纸上功"。

颔联的反思在对历史的评论中展开，颈联则回到具体的时空，呼应诗题"秋夜"二字，进一步将诗人的感受形象化。夜长，知其无寐；挑灯，见其无聊。秋老，承上"白发"，抒写老大无成之感；虫鸣，则抓住秋夜大自然的一个典型特征，暗示着作者纷乱的思绪和难言的悲哀。这两句，情与景完全浑然一体，传达出作者种种复杂的心理感受，内涵非常丰富。

全诗至此，感情已非常浓郁，但作者仍心有郁结，故尾联再三致意，复出之以咏叹："多少故人天禄贵，犹将寂寞叹扬雄。"天禄，汉殿阁名，藏典籍之处。扬雄字子云，成都（今属四川）人。长于辞赋。王莽时为大夫，校书天禄阁。校书天禄，本为寂寞之事，后世知识分子也常将其视为文人不得志的一种象征。但诗人用此旧典，却翻出新意：子云校书，虽然位卑，但毕竟已经入仕，又有什么值得感慨的呢？表面上是对"故人"之叹不以为然，实际上，不过是极写他本人的失意之苦而已。

宋代江西诗派继承杜甫、韩愈所开创的传统，每以议论入诗。"四灵"虽打着反对江西派的旗号走上诗坛，但在表现手法上，也不免受其影响。这首诗通过议文论史来表达作者的意向，并将这一手段与抒情、言事巧妙地结合起来，从而加强了作品和作者自己的形象，是一篇成功之作。

（张宏生）

# 玉清夜归

岩前未有桂花开，观里闲寻道士来。

微雨过时松路黑，野萤飞出照青苔。

四灵诗多流连光景之作，虽社会意义不大，却以其轻灵秀巧的风格、清远雅逸的意境给人以美的享受，不失为诗苑中秀美可人的小花。

试看赵师秀这首《玉清夜归》，据诗中所写，"玉清"当是一道观名。"岩前未有桂花开"，只是交代了一种客观情况，平平道来，无甚出奇，但平中却见出诗人的雅兴意趣。这句告诉我们，他是到山里来寻桂花的踪迹的。山中桂花与隐逸之趣有某种联系，淮南小山《招隐士》云："桂树丛生兮山之幽"，"攀援桂枝兮聊淹留"。因而这首诗一开头就流露出一种高情逸趣。欲寻桂花而不在水边篱落、庭院台榭之间，却特为步入这山岩幽僻之处，足见其寻胜探幽的兴致之高。寻而不得，是否要却步返回呢？没有。"观里闲寻道士来"，和道家羽客谈玄说妙已是雅兴不浅，再着一"闲"字，更令人想见其闲云野鹤般的疏放风神。开头两句笔调萧散闲适，信口道出，若不经意，但细看却是工整的对偶。

三、四句境界为之一变。微雨过处，松林间一片墨黑，径路不辨，这时，树丛间飘出了点点萤火，照亮了石上的青苔。这是诗人精心描绘的一幅夜归图，宛似泼墨大写意，大块的墨色中留出点点空白。这种构图是极其大胆的，光和色的交映令人感到境界的奇幻空灵。诗至第三句方始点出题意，三、四两句正是写夜归景象。何时入山寻桂，又何时到道观访道，都未作交代，而归时夜色已浓，正见出其兴致之高。全诗只是写了一来一去的两个场面，中间的过程、细节一概略去，归途之冒雨摸黑正是入山寻幽探胜而流连忘返的结果，仅此两个场面，诗人的高情雅趣就获得了生动的展现。

（黄宝华）

# 约　客

黄梅时节家家雨，青草池塘处处蛙。
有约不来过夜半，闲敲棋子落灯花。

这首小诗，入微地写出了雨夜候客不至的心理感受。"家家雨"，写江南春末夏初的典型物候，是就普遍言，然客人久候不至，分明是为雨所阻，是则"家家"又成为诗人的独特感受。"处处蛙"，写雨中水乡的基本特征，极其普通，但无聊之时，声声入耳，思绪愈加纷乱，是则"处处"也同样成为诗人的独特感受。"黄梅时节"与"家家""处处"，是一对特定的时空，"夜半"与诗人候客的小屋，又是一对特定的时空。相形之下，有大小之分，而又小中见大，增强了主体意绪的扩张性和渗透性。另外，屋外的雨声、蛙声与屋内的静寂是一层对比；屋内的静寂是由于单调的棋子敲击声（或许还有灯花的剥落声）烘托而出，这与屋外同样单调的雨声、蛙声，又是一层对比；屋内的静寂与诗人心中的不安和悬想，又是一层对比。屋外——屋内——心里，纷乱——寂静——纷乱，这种描写情景交融，富于层次，由浅入深地刻画了诗人的心理状态。

《柳溪诗话》评这首诗道："意虽腐而语新。"这就是说，作品所描写的物候和心情都是常见的，但语言却干净完整，富有表现力。这一点，也正是"四灵"取得成功的原因之一。

(张宏生)

# 数　日

数日秋风欺病夫，尽吹黄叶下庭芜。

林疏放得遥山出，又被云遮一半无。

病了几天的诗人走到院中，惊讶地发现已是满地黄叶。叶落则林疏，那多日来一直隐于树后的"遥山"突然映入眼帘，带给诗人一阵意外的欣喜。但转瞬间，不知从哪儿飘来一片白云，又将它半遮半掩。——这是个生活中颇为常见的景象，但在诗人笔下，却被写得有声有色。

这首诗，陈衍《宋诗精华录》卷四评云："似诚斋。"的确，它颇得"诚斋体"的神韵。

首先，它语带诙谐。在诗人心目中，秋风劲，寒气生，故尔生病，而秋风又趁其生病之机，"尽吹黄叶"，好像不讲信义，故曰欺。诗人对大自然的变化极端敏感，对黄叶的飘落深致惋惜，而这一切，又全都包容在调侃之中，心中的积郁遂化作淡淡的怅惘。

其次是善于描写瞬间感受。叶落林疏，突见遥山，方才注目，又被云遮。这一个瞬间景象的描绘是非常传神的。

最后是用笔峭折，出人预料。诗人病愈出屋，乍见落叶，一转；抬头忽见疏林，再一转；远山入目，又一转；云来遮山，又一转。无一平泛之笔。

我们可以拈出杨万里的《过松源晨炊漆公店》诗加以比照，诗云："莫言下岭便无难，赚得行人错喜欢。正入万山圈子里，一山放出一山拦。"诚斋诗之新鲜活泼，变化出奇，妙趣横生，正印证了陈衍之论。

"四灵"有时爱在对平凡生活的形象描写中，寄托某种理趣，赵师秀尤为突出。此诗借落叶、疏林、遥山、白云等几个意象，写出了人生的变化无常，包孕着诗人的深沉感触。落叶遍地，固然可悲，但林疏见山，亦为可喜，终于好景不长，又被云遮。虽不免颓唐，但其中的哲理意味是不难体会的。

（张宏生）

## 翁 卷

翁卷（生卒年不详），字续古，一字灵舒。温州乐清（今浙江温州）人。尝登孝宗淳熙十年（1183）乡荐，后曾在越帅与江淮边帅幕中供职，以布衣终，享年六十有余。与徐照、徐玑、赵师秀合称"永嘉四灵"。有《苇碧轩诗集》。

(黄宝华)

## 冬日登富览亭

未委海潮水，往来何不闲？

轻烟分近郭，积雪盖遥山。

渔舸汀鸿外，僧廊岛树间。

晚寒难独立，吟竟小诗还。

　　富览亭，在今浙江永嘉西北郭公山上，建于宋代，登临者可不越几席而尽览山水之胜，故而得名。一个冬天的傍晚，诗人翁卷登临这一胜地，凭栏远眺，不禁诗思泉涌，于是写下了这首诗。

　　诗以劲挺耸拔的问句发端："未委海潮水，往来何不闲？"永嘉南濒温州湾，东面乐清湾。海潮按自然规律起涨退落，年复一年，在登高远望的诗人眼里，显得太不悠闲。此句无理有情，使开篇陡增奇巧劲崛之势，而且坦露了诗人恬淡闲适的襟怀。若依《宋诗纪事》卷六十三，此联作"未委海潮水，往来不可闲"，则不会收到如此艺术效果。颔联、颈联仍是伫立富览亭所见，以刻画景物见长。炊烟袅袅，近处的城郭村落依稀可辨，厚雪覆积，远山绵亘起伏，若走银蛇。上下两句，一近一远，一动一静，相得益彰。颈联摹写景物，属对工巧，用笔精炼而富有画趣。伫望既久，浮想联翩，不觉晚寒袭人，寂寞难禁，于是意兴阑珊，乃归结为末联的赋诗归还。

全诗以登亭纵目观览起，以游观已毕下山而收结，首尾照应，章法井然。颔联格律精严，甚为前人推许，胡应麟称其"虽阴（铿）、何（逊）弗过也"（《诗薮》外编卷五）。中四句野逸寒瘦，有浓厚的晚唐诗韵味，透露出四灵诗人的艺术渊源。

徐玑《书翁卷诗集后》云："五字极难精，知君合有名。磨砻双鬓改，收拾一编成。"翁卷工五律、善锻炼字句是时人公认的；但和四灵中的其他诗人一样，他的诗创作取径不宽，因而难臻雄浑高远之境。方回云"尾句亦只说寒难独立，吟诗而还，无远味"，纪昀云"前四句不相贯"（《瀛奎律髓》卷十三冬日类），皆着眼于此，尽管这不妨碍其脍炙人口，广为流传。

（章　灿）

# 野　望

一天秋色冷晴湾，无数峰峦远近间。

闲上山来看野水，忽于水底见青山。


　　流连光景，吟咏田园生活的闲情逸致，是四灵诗创作的主要内容之一。本诗描绘出一幅秀逸瘦洁的秋野远望图，体现了他们在这类诗创作中的艺术追求和审美趣味。

　　起句从诗人的主观感觉落笔，七字之中实有三层转折。"一天秋色"为全诗布置背景，渲染气氛，"冷""晴"二字以客观气候和主观感受相对，在强烈对比中凸现诗人的主体形象。秋色遍野，秋意已深，秋寒袭人。"湾"字点明地点，暗为第三句伏笔。

　　第二句写望中所见。秋野寥廓，便于登高望远。江南地气和暖，即使秋天，依然是青峰翠峦，错落参差，或远或近，一目了然。

　　第三句交代野望缘起，用笔平直。接下来一句"忽于水底见青山"，却波澜突起。陶渊明《饮酒》之五："采菊东篱下，悠然见南山。"目光由下而上。本诗后二句则从上而下，都是由近及远，以平淡之笔写悠闲情怀。"忽"字，"见"字，不落痕迹，可谓神与物游、境与意会的佳句。《宋诗纪事》卷六十三"闲"作"自"，"忽"作"却"，犹嫌做作，相形见拙，可能是此诗的未定稿。

　　从全诗看，首句凝炼整洁，次句参以错落之美，第四句又在第三句的基础上推进一层，点到即止，令人回味无穷。整首诗回转有致，精致巧妙，一若天成。

（章　灿）

# 山 雨

一夜满林星月白，亦无云气亦无雷。
平明忽见溪流急，知是他山落雨来。


南宋四灵都有山水泉石之癖，他们不仅以林泉烟霞淘洗性情，涤除尘俗，而且将山间的风雨晦明、幽情野趣一一摄入笔底，发而为轻灵秀逸的诗章，本诗即为一例。

诗题为《山雨》，全诗却并未从正面写山中的雨景。前两句写山中的夜景，着力渲染其晴朗。"一夜"言其时间之长，"满林"状其空间之广，可以说整个夜晚，望中所及，都是星月朗照的景象。如此描写，犹嫌不足，下面又接一句"亦无云气亦无雷"，似乎排除了一切下雨的征候。三、四句却陡然一转，从清晨的溪涧湍急，推想山外之山曾经下雨。

诗的构思十分灵巧。从诗中所写来推测，这可能是夏季的景象。夏季晴雨多变，尤多阵雨，加之身居山中，峰峦障隔，他山之雨也就难以得见。如何来表现这种特殊的山间夏雨呢？诗人以"平明忽见溪流急"的眼前实景来写那无由得见的山中夜雨，实在别具情趣，颇得以实衬虚，虚实相生之妙。

此诗用笔也深具跌宕转折之致。为写山雨，诗的前半将晴明之景写足，以反跌出后半的境界，从这一转折中传达出一种惊喜之情。不仅全诗上下有此转跌，而且三、四两句也故作顿挫之笔。本来"他山落雨"是"见溪流急"的原因，现在因果倒置，符合当时先惊见溪急，后推想下雨的心理过程，同时到最后方交代下雨，确是画龙点睛之笔。

（黄宝华）

## 戴复古

戴复古（1167—?），字式之，号石屏，台州黄岩（今属浙江）人。终生不仕，浪迹江湖，卒时年八十余。尝从陆游、赵师秀学诗，为"江湖派"中大家，诗风清健轻快、警秀俊爽，间伤率直。有《石屏诗集》《石屏词》。　　（黄宝华）

## 乌盐角行

凤箫鼍鼓龙须笛，夜宴华堂醉春色。

艳歌妙舞荡人心，但有欢娱别无益。

何如村落卷桐吹，能使时人知稼穑。

村南村北声相续，青郊雨后耕黄犊。

一声催得大麦黄，一声唤得新秧绿。

人言此角只儿戏，孰识古人吹角意。

田家作劳多怨咨，故假声音召和气。

吹此角，起东作。吹此角，田家乐。

此角上与邹子之律同宫商，合钟吕，

形甚朴，声甚古，一吹寒谷生禾黍。


　　"乌盐角"是一种曲名，其本事为："始教坊家人市盐，于纸角子中得一曲谱，翻之，遂以名焉。"（江休复《邻几杂志》引梅尧臣说)《乌盐角行》则是一首歌行体的古诗,因其以音乐为主题,故以"乌盐角"名之。

全诗分上、下两段。自篇首至"一声唤得新秧绿"为第一段,以华堂宴饮的艳歌妙舞与村野音乐相对比,在抑扬褒贬中肯定民间音乐的价值。风箫、鼍鼓、龙笛等制作完善,音声妍美,艳歌妙舞亦足以荡漾人心,为长夜宴乐创造喧闹欢腾的气氛。然而除此之外,它们无甚裨益。相反,在村野中流行的乐曲,卷桐叶以吹之,简单朴素,天然去雕饰,却能提醒农人春种秋收,不误农时,合乎实用,与艳歌妙舞之玩物丧志大相径庭。

"人言此角只儿戏"以下四句为第二段,通过议论揭示乐曲的渊源与意义。此曲来源甚古,是劳动人民在劳作中的集体创作。"饥者歌其食,劳者歌其事"(何休《春秋公羊传·宣公十五年解诂》)。田家四季耕作的艰辛怨嗟在这样的乐声中得到宣泄和表达,从而获得情感的慰藉和心理的平衡。故此曲一吹,农人就起而劳作,生活中也平添了几分欢乐。最后将这种民间乐曲比为战国人邹衍所吹之曲律,它能使不毛之地长出禾黍。相传在今北京密云县西南有一山谷,地寒不生五谷,邹衍吹律而地气暖,燕人种黍其中,遂名黍谷(见《文选·宋孝宣贵妃谏》注)。又《列子·汤问》写师文善鼓琴:"当春而叩商弦","凉风忽至,草木成实";"及秋而叩角弦","温风徐回,草木发荣"。师襄赞曰:"微矣,子之弹也!虽师旷之清角,邹衍之吹律,亡以加之。"诗人将民间乐曲与古圣贤之乐相比,固然因为二者都与农事有关,但更主要的是借此对民间乐曲作出高度评价,以揭示全诗的题旨。

本诗语言古朴，不事雕镂，"形甚朴，声甚古"六字，正可以移为全诗的总评。这首诗歌颂劳动的高尚，谴责游嬉的荒唐，都表明了诗人对劳动人民的生活的关注和真挚的感情。以气运词，气势流贯，这也是本诗语言"天然不费斧凿"（《石屏诗集》姚镛跋）、结构完整的重要原因之一。戴复古《论诗十绝》其二："古今胸次浩江河，才比诸公十倍过。时把文章供戏谑，不知此体误人多。"其三："曾向吟边问古人，诗家气象贵雄浑。雕镂太过伤于巧，朴拙惟宜怕近村。"显然，这首诗是实践这一诗歌创作主张的结果。

（章　灿）

# 寄 寻 梅

寄声说与寻梅者，不在山边即水涯。

又恐好枝为雪压，或生幽处被云遮。

蜂黄涂额半含蕊，鹤膝翘空疏带花。

此是寻梅端的处，折来须付与诗家。

　　江湖派诗人的咏梅诗作甚多。刘克庄《后村先生大全集》中的咏梅诗多达百余首，戴复古《石屏诗集》中的咏梅诗亦不下十首。梅花孤傲高洁的性格正是江湖派诗人所欣赏的，在一定程度上也是他们的自我写照。

　　在戴复古之前的咏梅诗词不计其数。如何避免蹈袭前人，实非易事。诗人别出心裁，选取一个独特的视角，不直接刻画梅花，而是借寄语的形式，以行家的口吻，指点寻梅的最佳地点和方法。

　　首联开门见山，指明寻梅的最佳地点是山边水涯。野地的贫瘠、寒冷和寂寞，生就了梅花的傲骨。"人怜红艳多应俗，天与清香似有私"（林逋《山园小梅》其二），诗人对梅花情有独钟，与林逋正有同好。颔联尤见诗人对梅花的怜惜之情。积雪厚重，好枝易折，不能不使他忧虑，"恐"字用得一往情深。梅花傲雪斗寒，甘于幽静，而云遮雾罩，其英姿与美德不彰于世，又使诗人为之不平。前两联虚实兼及，既是写梅，也是对梅花一样的人格的形象描绘，还可以说是夫子自道。诗人所讴歌的与所贬斥的，在这里是不言自明的。颈联是一组反映梅花幽姿的近距离特写镜头，属对工丽。蜂黄是一种唐代宫妆。李商隐《酬崔八早梅有赠兼示之作》："何处拂胸资蝶粉，几时涂额藉蜂黄。"此处以"蜂黄涂额"的女子状梅花，黄色的花蕾半含半吐，曲尽含苞欲放之态。以"鹤膝翘空"写梅枝横斜，生动有趣，以卓然不群的鹤喻幽然不俗的梅可谓贴切，"翘"字形象，是一句的诗眼。颈联写出了梅花的精神，疏影摇曳，暗香浮动。尾联在细语叮咛中再次表露诗人的爱梅之心，照应篇首，启合自如，结构完整。

本诗语言上有口语化、散文化的特征，首尾二联尤其显著，与格律严整的中间二联相反相成。颔联"又恐""或生"云云，亦有散化倾向。这与本诗采用的寄语式的结构是相吻合的，读来平易亲切。事实上，这种句式也可能流于滑、露，但本诗作者扬长避短，其尝试是成功的。

（章　灿）

# 题 钓 台

万事无心一钓竿，三公不换此江山。
平生误识刘文叔，惹起虚名满世间。

    钓台，在今浙江桐庐南的富春山边，下瞰富春渚，传为东汉严光垂钓处。严光字子陵，会稽余姚（今属浙江）人，少与刘秀同游学，及秀称帝，光变姓名隐遁，不受征辟，于富春山耕钓度日。光曾与秀共卧，以足加秀腹上，太史奏客星犯御座，秀笑曰：“朕故人严子陵共卧耳。”（《后汉书·逸民列传》）严光粪土富贵，藐视权位的风标使钓台成为历代骚人墨客吟咏赞叹之地。戴复古一生漫游，足迹遍布瓯、闽、吴、越，题咏名胜古迹之作甚多，这是其中较为优秀的一首。

    姜太公垂竿渭滨，志在钓国，严光则无意于此。首句以一支钓竿与纷纭世事作对比，强化“无心”二字，突出严光恬然淡泊的形象。第二句由虚转实，称赞严光独爱江湖林泉而不慕廊庙功名的高风亮节，亦即“世祖功臣三十六，云台争似钓台高”（范仲淹《钓台诗》）之意，后二句深入一层，以惊人的奇语收束全篇。刘秀字文叔，严光与之早年相识，本无所谓正误，“误识”一语无理而妙，使结句显得劲健有力，出人意表，“新意可喜”（赵与虤《娱书堂诗话》卷下）。立意之新、用笔之曲是其佳处。复古另有《钓台》诗云:"赤符新领旧乾坤,多谢君王问故人。暂作客星侵帝坐,终为渔父老江滨。层台不啻峨千仞,直钓何曾挂一鳞。莫道羊裘欠图画,丹青难写子陵真。"用笔平直,语言亦不如前者简净,自然相形见绌。

(章 灿)

# 淮村兵后

小桃无主自开花，烟草茫茫带晚鸦。

几处败垣围故井，向来一一是人家。

　　春到人间，山青水绿，花木繁茂，然而，一场无情的战火给明媚的春光涂上惨淡的色彩。桃花自开自落，兵荒马乱之际，谁还有心去欣赏它的鲜艳妩媚？主人何在？若非死于战乱，就是流徙他方，其命运之不幸不言可知。暮霭中时而响过几声乌鸦的啼叫，断壁残垣，屋毁井塽，一片凄清荒凉的景象。昔日屋舍俨然的村庄，安居乐业的生活，如今都已荡然无存。诗人的追忆和叹惋，表现了他对战争、动乱的痛恨，对敌人肆虐破坏的谴责和对人民苦难的同情。

　　淮河是南宋末年南北交战的前线。诗人选择淮河岸边一个普通村庄遭遇兵燹后的场景加以描写，因小见大，具有典型意义。前三句写劫后之景况，意境凄冷。"几处"句为转，"败垣""故井"既点出上面的景物是一片废墟，又逼出末句的点睛之笔。前三句的写景都是为了烘托这一笔，而有了这一笔，读者始知以上所写乃劫后惨景，产生强烈的今昔之感。"自"字尤为有力，以桃花之无情反衬人之深情与悲痛。在安乐与危乱、繁荣与衰败、今与昔的突出对比中，透出诗人无比悲切沉痛的心情，使每读一过，不胜唏嘘之叹。

（章　灿）

# 盱眙北望

北望茫茫渺渺间，鸟飞不尽又飞还。

难禁满目中原泪，莫上都梁第一山。

　　戴复古足迹曾及淮、泗宋金对峙的前线。盱眙在淮河东南，濒临洪泽湖。诗人在此北望中原，家国之痛凝聚成这一血泪诗篇。

　　首句即写望中所见。两个叠词造成了一种浩荡渺茫的气势，大有故国神游之概，也颇能显示水乡泽国的风貌。次句写高天鸟飞，极言天之辽阔，又赋兼比兴，借眼前之景抒家国之思。此处飞鸟回环的意象所兴起的感情总离不开故国之思：北方是久被分裂的国土，同胞生息的家园；南方有宗庙社稷，是遗民属望之所在，怎能不依恋徘徊其间呢？

　　三、四两句是饱含血泪的至情至语。"难禁"热泪较之直接写涕泪纵横更见沉痛，说明此情虽百般压抑而终不能埋藏心底，必要喷薄而出。末句以否定形式出之，劝人不要登高望远，正说明北望之苦，不堪回首，更深一层地写出了内心的痛苦。从结构安排上看，两句先果后因，使强烈的感情得到突现，再在劝诫中透露原因，比之正面揭示更显含蓄委婉。都梁山在盱眙县南，曾有隋炀帝之都梁宫，以与开头"北望"呼应，用逆挽而别具跌宕宛曲之致。

　　　　　　　　　　　　　　　　　　　　　（黄宝华）

## 叶绍翁

叶绍翁（生卒年不详），字嗣宗，号靖逸，处州龙泉（今属浙江）人，祖籍浦城（今属福建）。江湖派诗人，最擅七言绝句。有《靖逸小集》，又著有《四朝闻见录》，记高宗、孝宗、光宗、宁宗四朝事。 （黄宝华）

# 游园不值

应怜屐齿印苍苔，小扣柴扉久不开。

春色满园关不住，一枝红杏出墙来。

　　南宋诗人叶绍翁，有一次去游一位友人的园林，只见园门紧闭，不得入内，上面这首诗就是记述这件事。

　　园子进不去，诗人便从园外景物着墨。头两句诗说，我轻轻敲着柴门，已经很久了，可就是没有人开门。我倒没有什么，可惜的是，这门前绿色绒毯般的青苔，却被我脚上屐齿践踏了许多印痕。诗人不写园外面的山光水色，却抓住了门前不为人注意的青苔，是别出心裁的。园门外满地平整的青苔，说明这里人迹罕至，环境极为幽静。而且，在这里，连园门外的青苔都是这样美丽可爱，更可想见园里面的美景了。

　　诗人对青苔被践踏的无限惋惜之情，正是流露了他对这座花园的无限依恋。它使人联想到当时诗人在铺满青苔的门前徘徊的情景，入不得园门，又舍不得离去，在门前来回踱步，从"小扣柴扉久不开"的"久"，正透露出诗人在门前依恋之"久"。

唐人有不少写访友不遇的诗，大都要对所访之地进行一番描绘，但如本诗写不起眼的青苔，是意想不到的。可看出此诗在构思上的力求新奇，匠心独运，表现出宋诗在写作上刻意求工的特点。

后两句也是紧紧扣题目做文章，纵使"柴扉久不开"，也不要紧，满园的春光到底是关不住的，你看，在那花园院墙的一角，不是有一枝红艳艳的杏花，越出墙头，在向人们招手致意吗？这两句诗给人以丰富的联想，它使人仿佛感受到了春天的勃勃生机，感受到了一种不可遏制的旺盛的生命力，感受到一切美好的事物，都具有颇顽强的生命力，决不是墙能围得住、门能关得住的！这两句诗，景中寓理，颇能给人以哲理的启示和精神的鼓舞。这又表现出宋诗以意胜和富有理趣的特点。

（汤高才）

## 乐雷发

乐雷发（生卒年不详），字声远，号雪矶，道州舂陵（今湖南宁远西北）人。累举不第。宝祐元年（1253），门人姚勉登科，上疏请以让乐雷发，理宗下诏亲试，赐特科第一，称"特科状元"，授翰林，后以病告归。江湖派诗人，风格较劲健。有《雪矶丛稿》。

（黄宝华）

# 乌 乌 歌

莫读书！莫读书！
惠施五车今何如？
请君为我焚却《离骚赋》，
我亦为君劈碎《太极图》。
碣来相就饮斗酒，听我仰天呼乌乌。
深衣大带讲唐虞，不如长缨系单于。
吮毫搦管赋《子虚》，不如快鞭跃的卢。
君不见前年贼兵破巴渝，今年贼兵屠成都。
风尘沔洞兮豺虎塞途，
杀人如麻兮流血成湖。
眉山书院嘶哨马，浣花草堂巢妖狐。
何人笞中行？何人缚可汗？
何人丸泥封函谷？何人三箭定天山？

大冠若箕兮高剑拄颐,

朝谭回轲兮夕讲濂伊。

绶若若兮印累累,九州博大兮君今何之?

有金须碎作仆姑,有铁须铸作蒺藜。

我当赠君以湛卢青萍之剑,

君当报我以太乙白鹊之旗。

好杀贼奴取金印,何用区区章句为?

死诸葛兮能走仲达,非孔子兮孰却莱夷?

噫! 歌乌乌兮使我不怡。

莫读书,成书痴!

　　诗作于宋理宗淳祐元年(1241)。自端平元年(1234)以来,元兵大举进攻南宋,南宋王朝岌岌可危。在这危急存亡之秋,作者感时忧国,励志发愤,写下了这篇充满爱国激情的长歌。《汉书·杨恽传》有"酒后耳热,仰天拊缶而呼乌乌"之语,因以为题。

　　此诗起手不凡,以激愤之语发唱,沉郁悲怆。"莫读书! 莫读书!"虽如惠施,学富五车,又有何益? 此时西北多虞,中原板荡,国势艰危,然而那些文人和道学家们却仍在吟诗作赋,坐而论道,死抠章句,不管国家兴亡。为此,作者痛心疾呼:要"焚却《离骚赋》","劈碎《太极图》"!《离骚赋》指代文学;《太极图》,宋周敦颐所作,代表道学。"焚却""劈碎",用语斩钉截铁,表现出深恶痛绝之感情。

以下对那些无所作为的文学家与道学家进一步予以申斥。深衣大带，是道学家的装束；吮毫搦管，指握笔写作。不论是道学家的坐而论道，高谈尧舜之德，还是文学家的提笔作赋，模拟司马相如的《子虚赋》，都不如学终军请缨杀敌，骑刘备的卢快马，驰骋沙场。"深衣"四句，是对文学道学之士的深刻讽刺，也蕴含着作者献身疆场、为国御敌的壮志豪情。

就在写作此诗前不久，西北狼烟再起。嘉熙三年（1239）八月，蒙古兵直驱巴渝，攻取重庆，仅隔两年又攻陷成都。"前年""今年"，说明敌兵入侵频繁，来势凶猛。"风尘"二句，化用李白《蜀道难》中的句子，细写"破""屠"之情状，揭露了元兵屠戮生灵，杀人如麻的凶残。眉山书院，指眉州（今四川眉山）孙家的藏书楼兼学堂，以象征道学。浣花草堂，是杜甫在成都的故居，象征文学。元兵铁蹄所及，无一幸免。这对于讲论唐虞的道学家、赋拟《子虚》的文学家，莫不是极大的讽刺。面对元兵的侵略，作者忧心如焚，而对朝廷中的投降派，更是切齿扼腕。因此他希望有能人出来为国除奸，抵御胡寇，直捣巢穴，生擒敌酋。"何人"以下四句，即反映了这种愿望。"中行"，汉文帝时宦官中行说曾为匈奴出谋扰汉，贾谊有"伏中行说而笞其背"的话。"封函谷"，用的是汉代王元要"以一丸泥东封函谷关"的典故。"三箭"，指的是薛仁贵三箭定天山。这里几个典故连用，语义相连，寄慨深远，反映出诗人的一片爱国深情。

"大冠"以下四句，笔锋一转，又对准了那些道学之士和达官贵人，给予辛辣的讽刺与强烈的谴责。回轲、濂伊，指颜回、孟轲、周敦颐（号濂溪）、程颐（号伊川）。同东晋时期的清谈误国一样，他们眼看即将"神州陆沉"，仍然"大冠若箕，修剑拄颐"（《战国策·齐策六》），大讲孔孟之道，一派威仪堂堂、超然脱俗的样子。然而一旦敌兵来临，九州虽大，又将往哪里跑呢？！

"有金"以下八句，进一步申述自己的志向。仆姑，箭名。"蒺藜"，铁蒺藜，置于路上，以阻碍敌军人马。有金碎作箭，有铁铸作兵，有才思报国，更是理所当然。"湛卢""青萍"，均古代剑名。"太乙、白鹊之旗"，象征战争胜利之旗。汉武帝伐南越，曾造"泰一锋旗"（《汉书·郊祀志》）；李白有"斩胡血变黄河水，枭首当悬白鹊旗"之句（《送外甥郑灌从军》）。投笔从戎，抵御外侮，杀敌枭首，夺取金印，这才是作者平生所愿。《三国志》中说，诸葛亮死了还能吓走司马懿；《左传》中记载，孔子曾为鲁侯斥退莱人。今天的书生，何不效法他们呢？诗至于此，作者的感情达到高潮，英迈之气，正大之情，溢于言表。

最后两句，作者感情又一跌宕，低回呜咽，再次慨叹读书成"书痴"，真是"百无一用"的废物，回应开首的愤激之语，收拢全诗。

乐雷发的诗风格雄浑，情调激昂。此诗更是忧愤深广，气势奔放，慷慨激越。诗中虽多用典，并无滞重晦涩之嫌。诗用歌行体的形式，随情所之，忧思积愤的感情得到充分的抒发。或谓乐雷发的诗"仍没有跳出江湖派的圈子"，就以此诗来说，似未为的评。

（郭　丹）

## 许棐

许棐（生卒年不详），字忱夫，号梅屋。海盐（今属浙江）人。生活于南宋后期。嘉熙中（1237—1240），隐居秦溪，于溪南植梅，自号梅屋。他是江湖派诗人，但在师法姚合、贾岛外，也受其他中晚唐及宋代诗人如白居易、苏轼的影响，其诗多反映民生疾苦、忧国情怀之作，咏物言情绝句亦有特色。有《梅屋诗稿》《融春小缀》等。　　　　　　　　　　　　　　　　　　（朱嘉耀）

# 泥孩儿

牧渎一块泥，装塑姿华侈。

所恨肌体微，金珠载不起。

双罩红沙厨，娇立瓶花底。

少妇初尝酸，一玩一心喜。

潜乞大士灵，生子愿如尔。

岂知贫家儿，呱呱瘦于鬼。

弃卧桥巷间，谁或顾生死。

人贱不如泥，三叹而已矣。

这是一首咏物诗，它借咏泥塑小儿，比照现实中的贫家儿，抨击"人贱不如泥"的社会现实。

"牧渎"点明它本是牛饮小河中的污泥，但经过精心装点后，顿显豪华。次句仅用一"恣"字，便把捏塑者刻意美饰以求售的心情意态形容出来了，"所恨"二句似乎是退了一步，但仔细体会，遗憾仅在于金珠无法佩戴，然则金珠以外的美饰都已用尽，因此从语意上看，表现其奢华则是进了一层。接着写用双层红纱把它罩起，安置在名贵的瓶花旁边，身价更增百倍。泥孩儿的娇贵又进一层。开头六句分三层推进，极写泥孩儿打扮的华奢与受到的娇宠。据吴自牧《梦粱录》记载："内庭与贵宅皆塑卖磨喝乐……悉以土木雕塑，更以造彩装襕座，用碧纱罩笼之……或以金玉珠翠装饰尤佳。"可见在宋代，玩赏泥孩儿是上层社会内眷的好尚。诗中"少妇"当指贵族妇女。她们把玩泥孩儿，原来在暗地祈求"送子观音"为她送来一个可以传宗接代的富贵荣华的孩子。

然而诗人批判的锋芒没有停留于此，而是进一步把它与下层社会的凄惨作了强烈的比照："岂知"两字以一诘问，把笔锋陡然转向"贫家儿"，"呱呱"句状声摹形，以其苟延残喘与泥孩儿的"华侈"对比；"弃卧"句更以其被弃与泥孩儿的娇贵对比；"谁或"句主要指向上层统治阶级。老百姓自身难保，无暇他顾，是贫穷所致，统治阶级则纯粹是不顾人民的死活，这与他们娇宠泥孩儿又形成对照。古诗中以贫富对比者不胜枚举，此诗则以赏玩的泥孩儿与生活中的贫家儿相对照，显现出两者的霄壤之别，具有十分强烈的震撼力量。因之，结尾的议论就能触发读者的共鸣。许棐崇尚白居易，梅屋中悬挂白居易的画像，其诗也受白氏的影响，此诗近于白居易的讽谕诗，结处也用"卒章显志"的方法。揭示了一个具有深刻社会意义的主题。

　　作为一首咏物诗，此诗没有停留在咏物上，而是进一步写人。全诗分三层，前六句为一层，中四句为一层，后六句又为一层。如以咏物而言，一、二两层即可为一首，且不乏批判精神。但诗人没有局限于对上流社会某种习俗的揭露与讽刺，而是把这些和下层社会的悲惨情景紧密地联系起来，为我们展示了一幅贫家儿惨绝人寰的图画，通过强烈的对比深化了主题，使批判的锋芒更为尖锐有力。巧妙的结构服务于题旨的表达，是此诗的鲜明特点，而朴素自然的语言则加强了它的表达效果。

　　　　　　　　　　　　　　　　　　　　　　　　（朱嘉耀）

## 林希逸

林希逸（生卒年不详），字肃翁，号竹溪、鬳斋，福州福清（今属福建）人。端平二年（1235）进士。历官翰林权直，兼崇政殿说书，直秘阁，知兴化军。景定中为司农少卿，终中书舍人。善书画。有《竹溪稿》《鬳斋续集》等。

（黄宝华）

# 题江贯道山水四言

远山丛丛，远树濛濛。
咫尺万里，江行其中。
短长何岸，高低何峰。
彼坻彼峙，彼瀑彼洪。
晴岚乍豁，烟霭葱笼。
或断或属，且淡且浓。
尔崒奚寺，尔盘奚宫。
或垣阴翳，或梁嵌空。
有吠者庬，有樵者翁。
危樯落碇，短棹掀篷。
往来异趣，寂动殊容。
幂翠其庭，岂非卢鸿？
略彴而渡，岂非龟蒙？

昔我经行，云山万重。

若淮南北，与江西东。

亦蓑而雨，亦帽而风。

乃今追维，梦境相从。

及此开卷，恍然昔同。

谁居作者，造化论功。

淹总其裔，熙成是宗。

声闻九陛，既召而终。

谓彼树白，谶其身穷。

其然岂然，讯之天公。

此名穹埌，畴日不逢。

江贯道，名参，是南宋初的著名画家，善用水墨描绘江南景色，笔墨细润，有绢本墨笔《千里江山图》传世。此诗即为江参山水画所作的题画诗，包括三层内容：一是再现画中的山水景色；二是以自身的经历来印证画中的内容；三是由赞颂江参的画进而引发对画家生平遭遇的感慨。

开篇四句，先写远景。远山丛簇，远树迷濛，江行其中，境界阔大。据《宋诗纪事》载：此画用匹绢画成，是一幅山水长卷。画面景色宏博深邃，气势浑然。诗歌开门见山，突出原画特点，使读者如亲见画作。

接着八句，由远而近，由宏观而微观，细写画中的风光景物。"短长"四句，写江岸山峰和水汀。江岸参差连属，群峰高低不同；水汀耸立江中，山头急湍飞瀑。江参画山水，既有北派的高山巨壑，又有南宗的远山水汀，融南北画风为一炉。重峦叠嶂之中，忽而晴云乍散，豁然开朗，忽而烟霭笼罩，不辨西东。"乍豁""葱笼"四字，将天光岚影、云烟动荡的气势表现得非常生动。据记载，江参用墨，好用泥里拔钉皴。诗人的描述，说明画家既有浓墨的皴抹，又有淡墨的渲染，似断似续，浓淡相宜，表现出大自然清雅深邃的迷人景色。

山水深处，又是另一番景色。作者先用两个问句发问，以引起悬念但并不作答，只是带领读者进一步往深处游览。但见高墙阴蔽，雕梁玲珑，气派非凡。寺院前后，有吠犬出没其间（《诗经·野有死麕》："无使尨也吠。"尨即龙，指狗），山林里砍柴老翁隐约可见。这里山寺掩映，樵声相闻，具有一种超尘脱俗之趣。

以下用两联工整的对仗，写江中景色。江面上舟楫稠密，征帆点点，大小船只或动或静，姿态各不相同。静者系舰停船，动者扬帆起航。"幂翠"四句，写画中之人。"幂翠"，青绿色披覆貌。卢鸿是唐代著名画家，所作《玄居十志图》有草堂、幂翠庭等十景。"略彴"，小木桥，唐陆龟蒙有"经略彴时冠暂亚"的诗句。这四句说，那盘桓于浓绿覆盖的庭院之中的，可是画家卢鸿？低垂着帽子走过那凌空横架的小木桥的，不就是那陆龟蒙？山水画中的人物本不能具体确指，诗人驰骋想象，意在用前代诗画名家作为映衬，揭示江贯道画技的出众超群。画中有诗情，诗中见画意，两相辉映，相得益彰。

然而诗人并不止于再现画境。"昔我经行"以下十句，又以亲身经历来印证画中景色。作者曾畅游江淮，亲见过不少烟水云峰，但在记忆中已恍若梦境。而今开卷观画，正与自己所见略同。这是审美对象通过诗人的阅历，在审美主体中引起的认同与共鸣。盛唐诗人景云有题画诗一绝："画松一似真松树，且待寻思记得无？曾在天台山上见，石桥南畔第三株。"(《画松》)与林氏此作，可谓同一机杼。

如此巨大的艺术魅力是谁创造的呢？诗人从画家的出身与师承，来盛赞画家笔夺造化，鬼斧神工。"淹总"，指梁代文学家江淹、江总。"熙成"，指北宋画家李成、郭熙，二人皆工山水。江参之画，深得熙成风神。据传江参平生不甚得志，后因受文学家叶梦得称道，声誉鹊起。宋高宗赵构将召之，他却忽得暴病而卒。"声闻"二句就是说的这件事情。又据《宋诗纪事》："贯道画林木如箕子，其身皆白。"因而作者慨叹江参画林木，似成其困顿坎坷、白衣终身的谶记，"谓彼"二句即指此。不幸果真如此！所以诗中说："其然岂然？讯之天公。"实在只有天晓得！诗人的愤懑之情，见诸毫端。最后两句，诗人再次回应前面诗意，谓见此画境，使人如置身于大自然之中。

诗人以画意为诗，将读者带入了画家所创造的境界之中。林希逸本人也是南宋有名的山水画家，所以对江参的画更具会心，深得画中三昧。画家置阵布势，变化多端，平远高下，错落有致；诗人由远到近，由宏到细，由浅及深，一一写来，层次分明。画家深得湖天平远清旷之趣，意境清雅宏博；诗人笔锋颖脱，妙悟笔墨丹青旨趣。又以自身的经历与画家的身世从侧面予以烘托，章法跌宕错落。作者用四言体这一已经衰微的形式，写来却毫无板滞之感。诗中或用排比，或用反问，句式灵活多变，又巧妙叠用虚字，更增强了表现力。

（郭　丹）

## 刘克庄

刘克庄（1187—1269）字潜夫，号后村居士。莆田（今属福建）人。以荫入仕，理宗淳祐年间赐同进士出身，官至工部尚书兼侍读、龙图阁学士。工诗能词，词近辛弃疾，诗属江湖派，为江湖派中成就最大的诗人。早年受"四灵"影响，并效法晚唐诗人，其后能注意反映社会现实，颇多抒写民生疾苦、爱国情怀的作品。诗风豪放雄健，挥洒自如，但有的流于冗碎，或失之生硬粗糙。有《后村大全集》。

（朱嘉耀）

## 军 中 乐

> 行营面面设刁斗，帐门深深万人守。
> 将军贵重不据鞍，夜夜发兵防隘口。
> 自言虏畏不敢犯，射麋捕鹿来行酒。
> 更阑酒醒山月落，彩缣百段支女乐。
> 谁知营中血战人，无钱合得金疮药。

　　这是一首揭露南宋军队的将领贪生怕死，淫靡腐朽，不顾士兵死活的具有极强讽刺意味的诗作。

　　诗以"军中乐"名之，显然"乐"是描写的中心。原可以直接写其荒淫佚乐，但诗人偏偏不直接入题，而是反面文章正面做起，首二句即描写出一幅壁垒森严的军营之夜图。在随军移动的指挥中心——行营的四周，遍设巡逻打更的哨位，"面面"一语足见戒备的严密；中军大帐之外，还有万人把守，"万人"虽是虚数，但"深深"一语与之搭配，足见防卫严密，一片肃杀之气。但出人意料的是，将军自以为身份"贵重"，从不披甲骑马临阵，却还要"夜夜发兵防隘口"。"夜夜"点明每晚毫无例外都要派重兵去险关要口把守，而且它与"面面""深深"呼应，入木三分地表现出将军为了保命而煞费苦心。这两句出乎意料的转折，有着强烈的讽刺效果，它揭开了将军贪生畏死的真面目。

"自言虏畏不敢犯，射麋捕鹿来行酒"，进一步用将军本人的言行来为其画像：他不只胆小怕死，还荒逸纵乐。"虏畏不敢犯"是将军对敌情的判断，对照"面面设刁斗""深深万人守"，"夜夜发兵防隘口"的重兵戒备，不难看出这是他自欺欺人的诳语。诗人以"自言"二字轻轻一点，活画出徒托大言而内心怯懦的卑劣嘴脸。更可恨的是将军又以这种诳语来掩饰其射猎纵饮的荒诞行为。虽说武将射猎不无习武扬威之意，但他既从不披甲据鞍，则其畋猎就绝非激励士气，威慑敌人，而是纵情犬马、恣意宴饮了。"更阑酒醒山月落，彩缣百段支女乐"，诗人省略了行酒宴饮的过程描写，留给读者去作想象，只捕捉宴乐结束时赏赐歌女的一个镜头，更阑月落，已是天将亮之时，酒宴时间之长自不待言。"酒醒"自然是在酣醉之后，可见酒兴之浓，除麋鹿等佐酒，尚有歌妓舞女，足见淫靡之甚，军中不得有女子是古代治兵之律，更何况是在两军对垒之际，而将军不仅携带歌姬舞女，而且通宵歌舞佚乐，对她们不惜一掷千金，可见治军无方、挥霍无度。借将军本人的言行，诗人为我们勾勒了一幅对比鲜明的漫画：从隘口到大帐之外是步步为营的肃杀景象，而大帐之内却是美酒佳肴、管弦呕哑、舞袖生风。正是在这种气氛与色彩的强烈反差中，诗人对将军贪生怕死、荒淫无耻的尖锐讽刺和有力批判才得以充分显示。

　　到此"军中乐"的命题已经完成，但诗人没有就此打住，而是笔锋一转，由将军之"乐"，转写士兵之苦："谁知营中血战人，无钱合得金疮药"。"营中血战人"的昼夜戍守，鞍马困顿之苦，给养匮乏，衣食不足之苦全未铺开描写，诗人只借"谁知"这令人痛楚的一问，不仅揭开了身罹创伤的士卒无钱配药治伤，在痛苦中呻吟的惨象，而且透过浴血战斗、伤不得治的典型事例，让读者感受到士兵生活的痛苦与内心的悲苦。而这些又与将军的淫乐形成了强烈的对比：一方面是从不据鞍披甲，另一方面则是沙场搏杀，流血牺牲；一方面是佚乐无已，一方面则是受创而呻吟无已；一方面是千金一掷买歌笑，一方面则是无钱配药疗伤。这最后两句与前面八句的强烈对比，进一步深化了全诗的主题；揭露了南宋军队官兵的苦乐不均，尖锐对立，从而也反映出这支军队战斗力的低下，国防的虚弱危险。作为一首讽刺诗，《军中乐》的思想的深度与容量都是可以称道的。

（朱嘉耀）

# 北　来　人

试说东都事，添人白发多。

寝园残石马，废殿泣铜驼。

胡运占难久，边情听易讹。

凄凉旧京女，妆髻尚宣和。

　　"北来人"是指北宋沦亡后逃离金人统治区而投奔南宋的人。此诗借北来人之口诉说了沦陷后的东京汴梁（今开封）的情况，抒发了深沉的故国之思。

　　全诗纯是北来人的自述。以"试说"开头，颇耐人寻味。可以想见，他诉说的内容正是南方同胞想急切地了解的。但北来人如同刚从噩梦中醒来，不愿也不忍再提那些令人悲痛的情景，首联即把北来人诉说时的这种心态恰当地表现出来了。诗人用愁生白发写出了故国不堪回首的悲哀与创痛。颔联由首联的感怀折入对东都的叙写。晋代索靖在天下大乱前，曾指着洛阳宫门外的铜驼说："会见汝在荆棘中耳。"后西晋果然被匈奴刘聪所灭。此即"铜驼"的出典。这一联选择了皇陵与宫殿这两个最能引起故国之思的处所；又挑选了其间历尽盛衰的石马、铜驼作为描写对象。一个"残"字不仅写出了陵寝的荒凉破败，而且也表现了石马所经历的今昔变化和凌辱摧残；而"泣"字则将无生命的铜驼拟人化，表达了在金人蹂躏下老百姓无尽的悲痛。择事典型，用词精到。颈联又由叙事折入议论，对金人的国运和军力进行评述，指出金人的统治难以长久，关于金人强大的传闻往往容易失实。这一联在低沉的感情中略微振起，其中有不愿长敌人威风、灭自己志气的心理因素，而更多的则是复国的热望和信念。尾联则通过妇女的装束反映出沦陷区人民的故国之思。"宣和"是宋徽宗的年号，一个"尚"字把遗民的爱国之情和复国心愿有力地传达出来了。以"凄凉旧京女"的妆髻，把"遗民泪尽胡尘里，南望王师又一年"的无穷痛楚以及对南宋统治者苟安一隅，不图复国的失望心情和盘托出。

此诗采用北来人自述的写法，通过诉说者的感喟，来激起读者的共鸣。其述说有叙有议，富于变化，首联发抒喟叹，二联重在叙事，三联侧重议论，尾联复又叙事。叙事、议论的巧妙转接不仅避免了自叙易于板滞的毛病，而且表达得更为自然流畅。全诗感情的基调是悲凉的，但又不是单一的，而是有变化起伏的。首联以悲愁气氛笼罩全诗，颔联借写实强化了这种气氛，但颈联通过对敌情的评论，强自宽勉，稍作振起，尾联在凄凉的述说中表露了遗民的心迹。这种复杂感情，正是诗人既有"拳拳君国之心"但又痛感"国脉微如缕"，既希冀朝廷振起、但又因国势日颓而无限失望的复杂的内心世界的表现。

（朱嘉耀）

# 冶 城

断镞遗枪不可求，西风古意满原头。

孙刘数子如春梦，王谢千年有旧游。

高塔不知何代作，暮笳似说昔人愁。

神州只在阑干北，度度来时怕上楼。

冶城故址在今南京朝天宫，相传是春秋时吴王夫差冶铸之地，历来为兵家所必争。南朝梁绍泰元年（555）陈霸先在此置栅抗拒北齐徐嗣徽的袭击，将徐打败。冶城以其历史悠久和地处要冲而成为诗人吊古伤今的所在。此诗就是把思古幽情和危亡意识结合在一起的佳作。

登临冶城，一种深沉的历史感油然升起，这是一种遗物不可求、往事已成空的悲愁，但首联没有直诉这种愁绪，而是转写飒飒西风，诗人的怀古之情——"古意"，也已外化而与西风一起充溢在冶城原上，构成一种悲凉的境界。物不可求，人复何如？颔联写昔日在冶城及其附近演出了历史壮剧的孙权、刘备等英雄人物而今已如一场春梦，归之杳杳，而极一时风流的王导、谢安之辈，也只剩下旧时的游踪。

诗人伫立冶城，眼底耳内只有"高塔不知何代作，暮笳似说昔人愁"，颈联由寻踪转入写景。虽为实景，但更多的只是一种过往成空的虚寂之感。何况从暮霭中又传来了呜咽的筚声。所谓昔人之愁，正是诗人无尽止的千古之愁。从首联到颈联，由遗物不可求之愁，到豪俊成春梦之愁，由古代人与物不可见之愁，到所见所闻亦愁，诗人徘徊在历史长河与现实世界间，愁绪逐层推开，层层加深。联系到诗人所处的时代，不难看出这种愁思正是时代的悲哀。南宋统治者在金朝与蒙古的威胁下，但求苟安一时，已无力收复失土。这种政治局面，怎能不使一切爱国志士悲愤填膺。本诗这些悲伤凝重的诗句，反映的正是中兴无望、恢复无期的时代悲哀。尾联诗人直抒胸臆：神州半壁河山就在冶城之北，每每来此却不敢登楼远望，这就揭示了怀古伤今的根本所在——金瓯残破的政治现实，从而将弥漫在前半部分的悲愁、怅惘，凝结成忧国伤时的强烈爱国之情。

（朱嘉耀）

# 落　梅

一片能教一断肠，可堪平砌更堆墙。

飘如迁客来过岭，坠似骚人去赴湘。

乱点莓苔多莫数，偶粘衣袖久犹香。

东风谬掌花权柄，却忌孤高不主张。

　　梅花以其冰肌玉骨，在众芳中独树一帜。历代文人雅好咏梅，但因咏梅而罹祸，遭贬历十年之久者，唯刘克庄。诗写在嘉定间诗人任建阳令时，因诗中有"东风谬掌花权柄，却忌孤高不主张"句，被言官参为"讪谤当国"而坐罪。刘克庄对此耿耿于怀，后来他在诗中写道："梦得因桃数左迁，长源为柳忤当权。幸然不识桃并柳，却被梅花累十年。"（《病后访梅》）这就是诗歌史上有名的"落梅诗案"。

　　《落梅》是一首寄意遥深的咏物诗。开头即抒写睹落梅而伤春的感情：凋零的梅花惹起诗人的愁绪，每一瓣飘落的花瓣似乎都让诗人愁肠百结，更怎堪零落不断的梅花如雪落纷纷，已铺平了阶砌，又堆满了墙角。南宋宁宗开禧北伐以失败告终，嘉定元年（1208）屈辱议和，国势颓唐。统治者纸醉金迷，爱国志士报国无门。首联虽未对落梅作正面描写，但透过这深沉的凄凉情怀，不难感受到时代的悲哀。

领联借比喻咏梅。"岭"指大庾岭，在今江西与广东交界处，岭上多梅，亦称梅岭。《白氏六帖》谓："大庾岭上梅，南枝落，北枝开。"迁客远贬岭南，过大庾岭往往望梅兴叹，如唐代宋之问《度大庾岭》诗云："度岭方辞国，停轺一望家，魂随南翥鸟，泪尽北枝花。""骚人"指屈原，他被楚顷襄王流放至湖南，自沉于汨罗江。其实，迁客骚人不妨看作泛指，那些遭受统治阶级迫害的志士仁人，如贾谊、李白、杜甫、韩愈、柳宗元、刘禹锡等，都可归于此列。以迁客、骚人喻梅花飘零是基于二者内在精神上的一致：是在风刀霜剑下的飘零流离，是在凋零颠沛中的雪魄冰魂。这一联也不妨看作是对一切为世所不容的忧患之士的同情与赞美。

颈联写梅花落地的形态与精神。莓苔是生于阴湿处的地衣，而今高洁的梅花却不得不与之为伍。"乱点"一语说明梅花全凭外力任意播弄，"多莫数"则写出梅花委顿遍地之状，语含惋叹，渗透着一腔悲悯之情。"偶粘"即转而写其高洁的品质。"遥知不是雪，为有暗香来。"（王安石《梅花》）揭出梅的本质是幽香。梅花虽凋零而不改其香，这是诗人对其坚贞品质的礼赞，可与陆游的"零落成泥碾作尘，只有香如故"（《卜算子·咏梅》）齐观。

尾联转入议论："东风谬掌花权柄，却忌孤高不主张。"以议论作结是古诗常格之一，但此处没有承前对落梅的叹惜与赞美作进一步的申发，而是宕开一笔，对主宰花运的东风予以申斥：东风不知护花惜花，反而妒嫉梅花的孤标高洁，曲折地表达了诗人对妒贤嫉能者的憎恶，对压制人才的悲愤。同时也点明了落梅遭际的原因，使全诗的血脉更为贯通，而且也揭出了诗的题旨，犹如画龙点睛。

诗以落梅为题，但未出现"落梅"字样，却处处传达出落梅的神韵。它把落梅与迁客骚人联系起来，含蓄地歌颂了那些怀才不遇、遭逢不测的志士。作为一首咏物诗，它处处不离梅的形态与精神，做到了咏物与展怀相融相生，讴歌与讽谕相反相成，令人回味无穷。

（朱嘉耀）

# 戊辰即事

诗人安得有青衫？今岁和戎百万缣。
从此西湖休插柳，剩栽桑树养吴蚕。

  自高宗建都临安后，为求偏安而向金朝纳币称臣，以至民穷财尽，国力衰微。宁宗开禧二年（1205）仓促北伐，结果以失败告终。至嘉定元年（1208）订"嘉定和议"，规定南宋犒劳金师银三百万两，以后每年向金人交纳银三十万两、绢三十万匹。《戊辰即事》就是针对这一历史事件而发的讽刺诗。

  前两句揭露南宋统治者的屈辱求和，但不从大处着笔去议论，而是运用小中见大、于个别中见一般的手法，以自己无青衫可着的实例，来揭露和议的严重后果。青衫乃低级官吏的服装，亦泛指士人的衣衫。而今士人已无青衫，则一般老百姓又当如何，不言而喻。"今岁和戎百万缣"，直接点出造成这种民穷财尽状况的原因：朝廷倾全力剥夺老百姓的衣食以奉金人。锋芒毕露，宣泄了诗人对统治者投降政策的强烈愤怒，同时也隐含着深沉的慨叹：百万和戎之缣仅靠压榨百姓就能凑齐吗？

  后两句承前句的慨叹，进而为统治者开了一个药方：而今而后，西湖边上再也不要种花插柳了，把土地腾出来栽桑养蚕，制成丝帛去纳贡吧！看似为南宋王朝出谋划策，实际上包含着极尖刻的嘲弄——不仅整个南宋国土所出要奉送金人，就连文恬武嬉、歌舞冶游的西湖佳丽之地，也得种桑养蚕了。屈辱求和政策的恶果也得由统治者来承受，这真是入木三分的辛辣讽刺。

作为一首即事诗，它抓住了"嘉定和议"的实质：统治者媚外以求苟安，必然给人民带来深重的灾难。但诗人没有泛泛地从大处议论，而是从切身遭际写起，反映这一政策带来的普遍社会危害；对统治者也没有直接斥责，而是幽默地藉一建议，绵里藏针地直刺南宋统治者。前两句的激愤与后两句的委曲相得益彰，增强了全诗的讽刺效果。

（朱嘉耀）

## 赵希㯬

赵希㯬（生卒年不详），字谊父，汴（今河南开封）人。宋太祖九世孙。江湖派诗人，在理宗宝庆年间颇有诗声。有《抱拙小稿》。　　　　（黄宝华）

## 诵月僧楼

百尺阑干古栎林，乱山如浪翠痕深。

冰轮飞上光犹湿，照破西来一片心。

　　本诗所写之楼，在湖北汉阳县，为宋黄清老所建。

　　首二句写登楼所见，展开一片开阔无垠的境界。诗人身居百尺楼头，视线由近而远：栏干外是一片古栎林，远处是群山起伏，如大海浪涛，峰峦有绿树覆盖，故远望如浪上复有翠痕。观察之细密、状物之生动，于此可见。

　　第三句写月出东方的景象，尤为奇警。"冰轮"形容圆月之皎洁，有冰清玉洁之姿。接着以"飞"状月出，尤见精彩。月既如轮，则可飞驰，诗人发挥丰富的联想，将比喻坐实，让喻体发出动作，这种融比喻与比拟为一体的修辞法，认假作真，妙想联珠，钱锺书先生在《谈艺录》中称为"曲喻"。李贺诗中多用此法，如"银浦流云学水声""羲和敲日玻璃声"，黄山谷亦好此道。"光犹湿"亦为曲喻，其光发自冰体，自然给人以湿的感觉，而从光的视觉通于湿的触觉而言，则是运用通感之法，犹如李贺将流云想象为流水而发出水声一样，既是曲喻，又是打通视觉与听觉的通感。从结构上看，此句承上启下，由月轮而点明前半实为日暮之景，"深"字就有了着落，同时开出下面一片冰心的境界，挽住题中的僧楼。

末句谓皎洁的月光将心地照得一片空明澄澈，而"西来"二字则点明这是一种禅悟之境。所谓"西来"，即是禅家反复讨论的"祖师西来意"，亦即达磨从古印度来到东土所弘扬的禅法的真谛。禅宗认为人心中自有真如佛性，因而直指人心，即能见性成佛，不必拘泥于读经坐禅，大千世界都能给人以禅的启示，一旦豁然开朗，即进入圆通无碍之境，达于大彻大悟。所以宋人往往从大自然中参禅悟道，并在山水诗中表现这种禅悟之境，所谓"山青水绿明玄旨，鹤唳猿啼显妙机"（《苕溪渔隐丛话》后集卷三十七引陈体常颂）即是。本诗从群山起伏、丛林覆盖写到皓月当空，人与自然冥合无间，无常与永恒、微尘与大千，一切都化入了一种无差别境界，人的自心似被明月照彻，终于能自识本性而了悟佛性。这种境界正如《坛经》所写："世人性净，犹如清天，慧如日，智如月，智慧常明……吹却迷妄，内外明彻，于自性中，万法皆见。"诗中的"照破"即照彻之意，包含破弃迷妄执着之意在内。以水月喻禅境在禅家那里颇为常见。《五灯会元》卷十五载洺潭灵彻关于"西来意"的颂诗："东庵每见西庵雪，下涧长流上涧泉。半夜白云消散后，一轮明月到窗前。"同样借助明月显示禅境，但一为僧人之颂古说法，一为诗人之以诗寓禅，造语意境都不可同日而语。

（黄宝华）

## 方 岳

方岳（1198—1262），字巨山，号秋崖，歙州祁门（今属安徽）人。绍定进士，官至吏部侍郎。才锋凌厉，不避权贵，致屡被劾罢官。其诗多牢骚愤激之词、讥时忧国之语；律多警炼，绝多佻脱，各具面目。当时与刘克庄齐名。有《秋崖集》《秋崖先生小稿词》。 （刘斯翰）

# 三 虎 行

黄茅惨惨天欲雨，老乌查查路幽阻。

田家止予且勿行，前有南山白额虎。

一母三足其名彪，两子从之力俱武。

西邻昨暮樵不归，欲觅残骸无处所。

日未昏黑深掩关，毛发为竖心悲酸。

客子岂知行路难！

打门声急谁氏子，束蕴乞火霜风寒。

劝渠且宿不敢住，袒而示我催租瘢。

呜呼！李广不生周处死，负子渡河何日是？

　　自从唐代大诗人杜甫、白居易开创新乐府运动之后，用新题乐府诗来反映民间疾苦、揭露政治弊病，便成为封建君主专制下一切正直的有良知的诗人干预现实的武器。方岳这首乐府歌行，即是一例。它通过记述诗人的一次亲身遭遇，对南宋末年广大农民蒙受的沉重的租税负担和地方官吏的残酷压迫，予以有力的暴露和控诉。较之"苛政猛于虎"的著名故事，这首诗表现得更惨酷而真切。

诗人忠实地继承了新乐府的艺术传统，叙事生动，议论警辟，语言通俗。

诗的叙事大致分为三段。首二句一段，渲染了旅途的险恶，同时描绘了猛虎出没的环境，虽然猛虎在全诗中并未露面，但读者从这两句描写中已可感受到它们的凶猛吓人的气焰。接下来八句为一段，通过诗人投宿的农家主人一番话，交代出一母二子三只虎盘踞南山，时出伤人的事。绘声绘影的叙述，把人一步步带进那未及昏黑就家家关门闭户、散布着恐怖气氛的荒村之中。再下来的四句是第三段。正在诗人听着主人的讲述，深深感到"行路难"之时，突然，大门被焦急地敲响，发生了什么事呢？主人把门打开，只见一个人，手里拿着一束乱麻（"束蕴"），他是因为火被吹灭了，来求借个火的。显然，他要连夜赶路。诗人走上前去，和主人一起劝他暂且留住一宿，不可冒险夜行。那人却执意不肯，他脱下上衣，袒露出满身的伤痕："这是因为交不起租子叫官府打的，如果不逃亡，就是个死呵！"叙述到此戛然而止，因为已经用不着多说。在这血泪控诉面前，诗人也真是无话可说了！这个人物的突然闯入，使整件事情发生了戏剧性的变化。原先还在为虎害担惊受怕的诗人，此刻却在比猛虎还厉害的苛政面前瞠目结舌，陷入了深深的忧虑之中。他的感慨顿然由自己行路的困难转向了社会的广大人民的苦难，并由此直接推出了本诗的主题:"呜呼!李广不生周处死,负子渡河何日是?"请问,能射杀猛虎、为民除害的古代英雄人物,像李广和周处;或者像刘昆,由于为政清廉,德化大行,致使管辖地区的猛虎背负虎仔渡河离去,不再作恶,这样的好官吏,如今哪儿去找呵?换句话说,就是向地方上的官吏质问:你们既不能学李广、周处,杀虎除害,以安百姓;又不肯学刘昆,躬行善政,使百姓安居乐业,使虎患自消,请问,老百姓还有什么指望呢?!

对于封建官僚社会的种种痼疾,诗人自然是无能为力的。他唯有写成这首诗歌,向冷酷的现实发出绝望的抗议。

(刘斯翰)

# 泊　歙　浦

此路难为别，丹枫似去年。

人行秋色里，雁落客愁边。

霜月欹寒渚，江声惊夜船。

孤城吹角处，独立渺风烟。

　　这首诗，作于歙州府城（今安徽歙县）江畔舟中。诗人家在祁门，陆行到歙州城，然后改由浙江水道东下。诗的前半首即记述了由祁门出发抵达歙州江边的旅程。这次旅行，当已不是初次，故诗一开头说："此路难为别，丹枫似去年。"熟悉的途中景色一下便勾起了诗人的不愉快的回忆。一个"难"字，透出不愿离家客游的心情。接下来"人行秋色里，雁落客愁边"两句，上句说从祁门至歙浦，一路行来，只见满野秋色；下句说时及黄昏，来到江畔，只见长天雁落，而愁思也愈加浓重。按说抵达歙浦后，诗人接下来便是雇船、投宿。但这些活动在诗中都被省略掉了。在律诗中这种利用颔联和颈联之间的转折进行省略的做法，原是诗家所惯用的。把琐碎的流水账式的叙述略过，使情景交融、寓情于景的审美意趣更为突出，诗人在此运用得很成功。

　　"霜月欹寒浦，江声惊夜船"两句，笔锋一转，由秋浦落雁的黄昏跳到月斜秋浦的拂晓。这是一幅绝美的风景：一片冷光潋滟的残月依倚在寒风萧瑟的沙洲之上；江水流得很急，浩荡的江声摇撼着似在沉睡的岸边船只……诗中着一"惊"字，初看有点费解，其实写出了诗人的直感，他正是被波涛的拍击惊醒，起来观看天色的。"孤城吹角处，独立渺风烟。"诗人正在观赏之际，歙州城楼上响起了报晓的号角声，唤醒人们开始一天的活动。船家该解缆放船，诗人又将开始新一天的行程。但是，他的心底仍不能消除前路茫茫、升沉难料的阴影。他呆呆地立在船头，对着江上早晨的莽莽风烟，满怀着"孤""独"之感。

此诗情景交融、淡而有味的诗风，体现出江湖派继承中晚唐的上乘境界。

（刘斯翰）

**严 羽**

严羽（生卒年不详），字仪卿，一字丹丘，自号沧浪逋客。邵武（今属福建）人。主要活动于宁宗后期至理宗前期。一生未应科举，长年隐居乡里，间出漫游。精研诗学，作《沧浪诗话》，标举"兴趣"与"妙悟"，提倡归趋盛唐。有《沧浪先生吟卷》。

(黄宝华)

## 游临江慧力寺

舟中望古刹，川上移琴樽。

隐隐林阁见，迢迢钟梵闻。

列岫不离席，惊涛常在门。

风帆与沙鸟，泛泛随朝昏。

天高一幡挂，静室众香焚。

烟起多近郭，鸦归无远村。

松际上微雪，经声来暮猿。

赏惟静者契，法对高僧论。

安得息尘驾，永怀赡独园。

明朝别此去，惆怅满松云。

临江慧力寺，在今江西清江南二里的瑞筠山上。它背靠瑞筠山，面临赣江，上有万松关、松风亭、白莲池、洗心泉等名胜，为当时有名的佛寺。严羽 1227 年前曾在庐陵（今江西吉安）一带住过，此诗就是当时游寺览胜的记游之作。

起首四句，先从舟中望寺、舍舟登岸开笔。作者沿江而行，抬头仰望，遥见巍峨古刹耸峙江边；侧耳聆听，钟声伴随着众僧的诵经声，远远传来。于是舍舟登岸，寻幽探胜，来到慧力寺。"古刹"、"林阁""钟梵"，渲染了慧力寺古穆的气氛，诱人神往。

"列岫"以下四句，极写寺前景色。据《清江县志》，瑞筠山山势崚嶒，有龙珠、雁宕、莲华、象王诸峰。慧力寺背山临江，层峦叠嶂如列席而坐，江边惊涛常叩山门。风帆片片，沙鸥翔集。寺前的晨昏景色如此秀美，一经诗人妙手点染，犹如一幅山水画卷，跃然展现在我们面前。

慧力寺处于这样的山川形胜之中，寺内也必定是个好处所了。"天高"二句，诗人将镜头推近，径写寺内景色。一面旗幡，高挂天空，禅堂幽静，香烟缭绕。"烟起"二句互文，写站在寺前所见垂暮时的景象。瑞筠山在清江县城南二里许，慧力寺离城并不远。暮色苍茫之中，只见远近的村郭炊烟四起，暮鸦回归。此时，佛殿深幽空寂，山郭氤氲飘荡，整个寺庙笼罩在清静肃穆的气氛之中。作者裁景入诗，画面清幽娴雅，意境宁静淡远，又暗逗出自己敬佛礼禅的心情。

"松际"四句，是作者由写景转入议论抒情的过渡。前两句写景，已寓诗人企佛礼禅之意。松际微雪尚存，众僧晚课诵经的声音，引得猿猴也来聆听。写慧力寺本是唐处士欧阳董的隐居之宅，时人叹为神仙中人。静者即指隐居之士。此一胜景，本为静者所赏心，今又成为高僧讲论佛法之地。

最后两句，作者直抒心中企慕隐逸礼佛而不可得的惆怅心情。"独园"，佛语中给孤独园之简称。"赡独园"，指善施佛门。作者游览至此，萌发了超脱尘寰（"息尘驾"即停止在尘世奔走之意）、敬事佛门的愿望。只是事与愿违，明早又要告别而去，天涯孤旅，不知何处是归宿。所以诗人眼望着满山的云松，心中充满了惆怅的感情。

诗的前半极写慧力寺的清幽秀丽，表现诗人对这一胜景的激赏。这样，诗的后半部分直抒对超脱尘世、隐逸山林的企慕之情，也就有了着落。前后两相映带，情景相合。严羽论诗，以禅喻诗，他对佛学曾有研究，与佛门弟子也有联系，这一首以及《访益上人兰若》等诗，都为我们透露出这个消息。

（郭　丹）

# 还山吟

日暮望寒山，怅然归思发。

如何山中客，屡看城头月？

山中月明女萝秋，石磴潺湲泻碧流。

岩猱久别应惆怅，涧鸟相呼亦共愁。

城南故人与我好，令我忘却归山道。

昨夜西窗梦到家，忽惊千嶂芝花老。

朝来舟子促辞君，回首空江语尚闻。

别后莫嗟难见面，相思只望岭头云。

　　《还山吟》，一作《还山吟留别城南诸公》，说明此诗是一首留别友人之作。城南诸公未详何人，似为严羽漫游外地时的友人。参照严羽所作《山居即事》《寄山中同志》《答李友山山中留别》诸作来看，"还山"，指还乡归山。严羽一生"隐居不仕"，在家乡过着隐居山林的生活。其家在邵武县城东乡的莒溪之上，群山合抱，风景清幽。严羽曾避地江楚、漫游吴越。在漫游各地之时，常萌发息驾思归的念头。因此，他的许多离别赠友的诗作，常常抒写的是惜别之情、行旅之慨、归隐之志。

　　此诗韵脚四句一换，按韵的转换可分为四层。

诗一开头，紧扣题目。"日暮""寒山"，点明时间。深秋日暮之时，诗人与友朋话别。可是作者并不着力描写话别的场面，而是在时间与气氛的渲染中推出思归之意。"暮"与"寒"二字，为诗着上冷色调，给人凄清萧瑟的感觉。诗人在另一首诗中曾说："年衰愁作客，秋近苦思家。"（《舟中苦热》）年衰作客，秋近思家，正是诗人此时此刻的心情。"日暮""寒山"，已勾起不绝如缕的乡愁，又是在与友人话别之际，因此心中更觉怅然。接着，作者笔锋一转，以一问句，揭示自己心中的矛盾心情。"如何山中客，屡看城头月？"自己本是山中隐居之人，为何又留恋于城阙之中？这里有对归思的引申，也包含了对城南诸公的留恋，同时，"山中客"与"城头月"对举，又暗示了作者对尘俗仕途的厌恶与对隐居山林的眷念之情。

"山中月明"以下四句，由思归还山而遥想山中景色，呼应"望寒山"之句。明月、女萝、石磴、碧流，这里有动景，有静景，山水相映，组成一幅多么迷人的山中秋色图。不但景色迷人，山中更是个远离尘嚣的清静之地。诗人在《山居即事》诗中说："稍欣入林深，已觉烦虑屏。"难怪诗人会念念不忘，急盼思归了。一旦离别日久，山中的一草一木都牵肠挂肚，惹起乡思。岩猿惆怅，涧鸟共愁，皆因久别而生。留恋乡土，物与人同。诗人移情于物，写来更觉含蓄深远，形象丰富。

然而诗人也是重友情的。"城南故人与我好，令我忘却归山道"。作为留别诗，这不单单是诗人告别朋友的应酬话，也是作者与友人感情深厚的真实流露。城南诸公对诗人热情款待，真心挽留，使诗人沉浸在真诚的朋友情谊之中。"忘却归山道"一句，概括了作者这种心情。"城南"二句是宕开一笔写友情，以应留别之题。"昨夜"二句，插入梦境的描写，又回合思归的意旨。诗人运笔，可谓开合有致。西窗梦，常用来写梦中与妻相见，此指梦中还家。"芝花"灵芝之花，乃灵异之物，作者以"芝花老"喻指睽隔日久。诗人身未起程，可梦中已魂归故里，与家人团聚。"忽惊"二字，虽是梦中感觉，却是真情。诗人借助梦境，把久别思家的心情，描述得深致感人。

此诗从日暮话别写起，继之以梦中归家，最后一层，是第二天清晨与诸友临江分手，踏上归程。"朝来舟子促辞君，回首空江语尚闻"。头一句写实，正所谓"方留恋处，兰舟催发"。诗人乘舟而去，越行越远，回首遥望，已不见友人身影，江上一片空寂。然而友人告别相送的话语声，仍在诗人耳畔回响。后一句虚拟。"语尚闻"三字，写出诗人对朋友的深深怀念。全诗的最后两句，是慰勉朋友，也是自慰。莫叹日后难相见，一片相思寄白云。以无限深情作结，余音袅袅，言尽而意无穷。

此诗写怀乡归思，情真意切而富于形象性；兼叙朋友情谊，亦深沉款至。全诗十六句，四句一转韵，又以五七言交替，写来参差错落，摇曳多姿，有腾挪变化之美，成为《沧浪吟》卷中颇具特色的一体。

（郭　丹）

# 江　行

暝色蒹葭外，苍茫旅眺情。

残雪和雁断，新月带潮生。

天到水中尽，舟随树杪行。

离家今几宿，厌听棹歌声。

严羽在宋理宗绍定三年（1230）避乱外出，虽仅三年，却写下了不少伤离思归的诗作，如《江上泊舟》："此身定何着？江汉一浮萍。"《舟中苦热》："年衰愁作客，秋近苦思家。"《闻雁》："年年洞庭浪，飘泊更无行。"这首五言律诗，写的是诗人舟行长江时的羁旅情怀。

舟行江中，暮色苍茫，两岸芦荻，绵延不断，远处近处，一片朦胧。诗人眺望江上的景色，勾起了心中的思归之情。春回地暖，本应是鸿雁返回的时刻。雁足传书能给人带来希望和慰藉。可是，残雪虽尽，仍不见鸿雁飞来！一轮新月，伴随着江潮冉冉升起。翘首望月，当是别有一番滋味在心头。远处水天相接，无涯无尽，凄迷朦胧；近处船舷划破了树梢在水中的倒影，江面上传来了船家的棹歌声。诗人离家日久，得不到家人的消息，故而听到这棹歌声也心烦生厌。

此诗首联以写景入，对句点出"旅眺情"的主旨。接下来，却不直接抒情，仍以写景续之，把旅思寄托于景物之中。诗中用几组意象的组接来寄寓情思，如"蒹葭""残雪""雁""新月"，都是令人联想到思乡怀人的意象。"蒹葭"一词，出《诗经·秦风·蒹葭》，本是怀人之作，作者摄取入诗，怀人相思之情自然蕴含其中。"天到"二句迷蒙凄寂气氛的渲染，更有力地烘托着作者的羁旅情思。尾联由写景作一转折，直抒旅怀，以呼应首联的"旅眺情"，使全诗浑融一体。最后以"厌听"收束，戛然而止，含蓄而凝炼，收到"言有尽而意无穷"的艺术效果。严羽论诗主张"透彻玲珑，不可凑泊，如空中之音，相中之色，水中之月，镜中之像，言有尽而意无穷"，从此诗来看，作者是在努力实践自己的理论主张的。

（郭　丹）

# 闻　笛

江上谁家吹笛声，月明霜白不堪听。

孤舟万里潇湘客，一夜归心满洞庭。

宋代理宗绍定三年（1230），严羽因避乱，经历了"三年走南复走北"的漂泊生活。行踪所及，包括湘、赣、江、淮。这首七言绝句，就是作者浪迹荆湖洞庭时的作品。

在一个月明霜白的秋夜，诗人乘一叶小舟漂荡在宽阔的江面上，清风徐徐，远处飘来如泣如诉的笛声，令人不忍卒听，叫人夜不能寐。联想到自己离乡漂泊，蓬山万里，乡思归心，有如那浩瀚的洞庭湖水，悠悠不尽，无边无涯。

这是一首旅怀诗。作者以"闻笛"为题，或为纪实，却使人想起汉代马融闻笛而悲的故事，后人常用此题抒发羁旅愁怀。诗题二字，已透露出作者的主旨与感情基调。诗的前两句写景，紧扣"闻笛"着笔。笛声、明月、白霜，是眼前景；后两句抒情，孤舟、客子、归心，是心中情。在淡雅的格调、清寂的气氛、静谧的意境中，抒发自己的羁旅思乡之情。"月明霜白"四字，自然使人联想到李白的《静夜思》，乡思之意已在其中。"不堪听"三字，表明作者此时情浓愁重的心境。而作者此时的处境又是孤舟一叶，离乡万里，客居潇湘。有了前面三句的铺垫，最后一句"归心满洞庭"的收结，也就水到渠成了。

在晚宋诗坛上，严羽独标一格，在江西、四灵之外，标举盛唐风格。这首绝句借助明月、笛声、潇湘、洞庭等意象，抒发乡思离愁，其风神飘渺、情思悠远，确能追步李白、王昌龄的七绝。但其意境衰飒、情调幽怨，不能和雄浑的盛唐气象同日而语，仍打有时代的印记。前人批评严羽"志在天宝以前，而格实不能超大历之上"（《四库全书总目提要》），甚至堕入"许浑境界"（王世贞《艺苑卮言》）。从此诗也可体会这一特色。

（郭　丹）

# 谢枋得

谢枋得（1226—1289），字君直，号叠山。信州弋阳（今属江西）人。宋理宗宝祐四年（1256）进士。因指摘贾似道而谪居兴国军。后官江东制置使、江西招谕使。曾率兵抗元，兵败后，变姓名，入建宁唐石山中，流徙以卖卜为生，屡拒元朝征召。至元二十六年（1289）四月，被福建行省参政魏天祐拘执至大都（今北京），绝食而死。门人私谥文节。有《叠山集》。 （邱鸣皋）

## 荆棘中杏花

墙东荒蹊抱村斜，荆棘狼藉盘根芽。
何年丹杏留此种，小红潒潒争春华。
野人惯见谩不省，独有诗客来咨嗟。
天真不到铅粉笔，富艳自是宫闱花。
曲池芳径非宿昔，苍苔浊酒同天涯。
京师惜花如惜玉，晓檐卖彻东西家。
杏花看红不看白，十日忙杀游春车。
谁家园里有此树，郑重已着重帏遮。
阿娇新宠贮金屋，明妃远嫁愁清笳。
落花萦帘拂床席，亦有飘泊沾泥沙。
天公无心物自物，得意未用相凌夸。
黄昏人归花不语，唯有落月啼栖鸦。

这首七言长诗虽然题为《荆棘中杏花》，但却不是一首咏物诗，而是借荆棘中杏花以抒发感慨，对当时社会的不公平进行抨击。

起笔四句点题，前二句勾画荆棘狼藉的客观环境，为杏花的出现先设下一个荒寂的背景；后二句写小红濈濈（聚集貌）的丹杏，以"争春华"表现其身处逆境而不甘寂寞、仍要争春的顽强生命力。"野人"二句，写"野人"和"诗客"对荆棘中杏花的不同态度。"野人"盖指与这杏花为邻的村民，因其"惯见"，所以习而不察，无动于衷。而"诗客"（作者自称）之所以"咨嗟"慨叹，是因为触景生情，有感而发。诗人用一个"独"字，排开"野人"而独写"诗客"。

"天真"以下十六句，都是诗人感慨咨嗟的内容，是全诗的主体部分。其中分为四层：第一层，"天真"以下四句，诗人先赞杏花天真自然，无须铅粉修饰，而其富艳却如同宫闱之花。接着，以"曲池"两句转入感慨。"曲池"指曲江池，其西南角有杏园，唐时为新进士游宴之地。唐刘沧《及第后宴曲江》诗有"及第新春选胜游，杏园初宴曲江头"句。那里本是红杏满园，芳径曲曲，而这株杏花却被抛在这"荒蹊"之侧的荆棘丛中，如同天涯沦落，处境迥非昔日。"苍苔浊酒"的这种境遇，既包括了荆棘中的杏花，也包括了诗客自己，皆是天涯沦落者，故用一个"同"字。"苍苔浊酒"与"曲池芳径"对出，写尽诗人的今昔之慨。第二层，"京师"四句，转写"京师"杏花之珍贵和看花人的忙碌。"惜花如惜玉"，故有不惜金钱买花者和不惜肥马轻车及时游春看花者。这种情况与荆棘中杏花"独有诗客来咨嗟"造成鲜明对照，处境不同，待遇各异。"卖花"句化用陆游的《临安春雨初霁》"小楼一夜听春雨，深巷明朝卖杏花"，

"临安"亦"京师"也。第三层"谁家"六句，对举不同环境中杏花的不同遭遇。生长在贵人之家园中的杏树，每逢开花，则"郑重"地遮上重重帏幔，护之备至，宠若金屋之贮阿娇（阿娇，汉武帝刘彻的陈皇后，刘彻幼时曾说："若得阿娇为妇，当作金屋贮之。"事见《汉武故事》），其落花也有个"萦帘拂床席"的美好归宿（羊士谔《咏州民献杏》有"却忆落花飘绮席"句）。遭遇不好者，则远弃他乡，如同明妃（王昭君）远嫁异域，凄清愁绝，而其落花也只能是"飘泊沾泥沙"。因而，诗人在第四层（"天公"两句）中便正面直抒愤慨：物之为物，处境的差异，本其自然，上帝并没有作出特意的安排；处境得意者，不必自鸣得意，夸示炫耀甚或欺凌弱者！这是诗人对当时社会的不公平所表示的愤慨，也是对当时社会所提出的警告。

最后"黄昏"两句，意境如画，是全诗的结束，结得静寂而凄迷，如果没有"栖鸦"的一声啼叫，几乎是绝无声息的。但是也正由于栖鸦的啼叫，这黄昏之夜反而显得更静寂、更凄迷了。在这个结句的画面里，深深地埋藏着诗人的悲哀。

这首诗成功地使用了对比的写作手法。如上所述，有荆棘中杏花与京师中杏花的对比，有"独有诗客来咨嗟"和"十日忙杀游春车"的对比，有宠如金屋阿娇与愁似明妃远嫁的对比，有"萦帘拂床席"与"飘泊沾泥沙"的对比等等。总之是以杏花的沦落与得宠相对比。对比之中，各自形象愈加鲜明。通过这种对比，诗人有力地抨击了人间社会的不公平，发出了"天公无心物自物，得意未用相凌夸"的愤慨与警告，从而突出了这首诗的主题思想。这种表现主题的笔法，是值得借鉴的。

（邱鸣皋）

## 文天祥

文天祥（1236—1283），字履善，又字宋瑞，号文山，吉水（今属江西）人。宝祐四年（1256）进士（一甲一名）。曾知赣州、临安及任右丞相兼枢密使等职，德祐二年（1276）出使元营被扣，至京口脱逃，继续抗元，封信国公。景炎三年（1278）兵败海丰，为元将张弘范所擒，押赴大都，囚禁三年，于柴市从容就义。作品前期较平庸，京口脱逃后，针对时事，直抒胸臆，倍见沉痛。有《文山诗集》《指南录》《指南后录》《吟啸集》。

（潘善祺）

# 金 陵 驿

草合离宫转夕晖，孤云飘泊复何依。

山河风景原无异，城郭人民半已非！

满地芦花和我老，旧家燕子傍谁飞？

从今别却江南路，化作啼鹃带血归。

　　厓山被攻破，帝昺蹈海，宋祚已终。文天祥作为俘虏，由广东押赴大都（今北京）听候处理。路上历经数月，每到一处，文天祥都有诗记事抒怀。这首诗是经过金陵（今南京）驿站时写的。

　　"离宫"，又名行宫，是帝王外出时驻跸的宫殿。高宗于建炎三年（1129）五月，曾驻金陵，并建行宫。宫殿原是王朝的象征，此刻文天祥所看到的离宫，在夕阳照射下，被野草包围着，荒凉颓废，让人伤心惨目！此句写景，然以景寓情。这与《诗经》中的"彼黍离离"、杜甫的"城春草木深"用的是同一手法。"孤云"句字面仍是写景，不过用拟人手法，将人的情感移就于孤云。孤云就是自己。忠君爱国思想从幼年读"经"时就开始确立，而今君国均已不存，此心此身再有何处可依傍呢！

中间两联仍从写景着笔。《世说新语·语言》篇记周颛在新亭聚会时曾说："风景不殊，正自有山河之异！"颔联即化用其意：山河风景还是原样，而城郭人民已被摧残得面目全非了。"山河风景"之后缀一"原无异"，"城郭人民"之后缀一"半已非"，实后缀虚，景后附情，虚实情景水乳交融，战后惨况、内心沉痛，尽在其中！

颈联亦用此种手法，"满地芦花"是眼前实景（作者到金陵时是六月，离开时是八月，正是芦花开放时节）。"和我老"是将芦花拟人，言芦花亦深怀亡国之痛，伴（和）我哀伤而白了头。"旧家燕子"句暗用刘禹锡《乌衣巷》诗"旧时王谢堂前燕，飞入寻常百姓家"句意，后接以"傍谁飞"，抒发孤苦飘零之感。诗人以"燕子"自喻，与上"孤云"相呼应。

尾联全是抒情。一离金陵，就是江北，此次被解北上，必死无疑，再也无日可以重见江南风物了。只有被杀以后，像古蜀帝杜宇那样魂魄化为杜鹃鸟，以啼血表达身死国亡之痛。这表明作者以死报国的决心和怀恋故国的深情。

全诗充满国破家亡的哀痛和无限慨叹，然正气充塞宇宙，刚挺坚强，毫无为个人生死存亡而产生的凄楚之情。 （潘善祺）

# 过零丁洋

辛苦遭逢起一经，干戈寥落四周星。

山河破碎风飘絮，身世浮沉雨打萍。

惶恐滩头说惶恐，零丁洋里叹零丁。

人生自古谁无死，留取丹心照汗青。

　　端宗景炎三年（1278），文天祥兵败海丰（今属广东），十二月二十日，于五坡岭被俘，自杀未成，元将张弘范竟以礼相待。次年正月，元军渡海攻南宋的最后据点厓山（广东新会附近海岛）。时张世杰奉幼主帝昺屯驻于此。张逼文天祥作书招降世杰，天祥即以此诗为答。张见诗，只好作罢。

　　零丁洋，在广东中山南，是海丰至厓山间的海域。

　　诗首联总叙自己的经历。诗人以明经入仕，为救国而遭逢种种辛苦危难。自起兵勤王，几经危败（干戈寥落），至今已有四个年头了。"周星"的"星"是指太阳，它在天宇日走一度，走完三百六十几度，回到原位即一"周星"也即一年。故"四周星"即四年。（一说"星"指岁星，它十二年在天循环一周，故"四周星"即四十八年。文天祥生逢乱世，连年战争，至今已四十四岁，故概言"四周星"，亦通。）诗一开始，就把自己的遭遇与国家的命运紧抱在一起。

颔联承前，将"辛苦遭逢""干戈寥落"具体化。这里用了两个比喻：以"风飘絮"喻"山河破碎"不可收拾；以"雨打萍"喻"身世浮沉"，也即个人的行藏进退，特别是喻抗战经历，屡败屡战，有如水上浮萍，被风雨硬压下沉而终又冒出水面那种不甘屈服的情景。"山河"句应"干戈寥落"；"身世"句应"辛苦遭逢"。

颈联又加以深化。景炎二年，文天祥在江西兵败，经江西万安的惶恐滩撤退往福建，心头无比惶恐。此"惶恐"不是指对个人安危的害怕，而是指对国家危亡、回天乏力的重重忧心。而今，在零丁洋里，被独禁在舟中，眼看最后据点将被攻破而无人可与言说！此处选用惶恐滩、零丁洋两处为例，是利用两地名的多义性，构成重叠复沓的句式，以慨叹自身的遭遇与国家的危亡。

尾联发出矢志不移忠于民族国家的誓言。被俘，早晚一死，但要让自己一颗忠于祖国的"丹心"，永留史册（汗青），光照千古。这是诗的中心思想，是"起一经""雨打萍""说惶恐""叹零丁"一脉相贯所结下的硕果。从这一千古名联中，我们看到了文天祥忠心爱国、正气凛然、视死如归的高大形象。《宋史》本传记考官王应麟阅文天祥殿试卷后向皇帝奏说："是卷古谊若龟鉴，忠肝如铁石。"读此两句，深感王评之不差！

（潘善祺）

# 云　端

半空夭矫起层台，传道刘安车马来。

山上白云山下雨，倚栏平立看风雷。


度宗咸淳十年（1274），文天祥为侍亲之便，获准知赣州。在赣一年，他遍游州中名胜如郁孤台、翠玉楼、望江楼、皂盖楼、石楼、马祖岩、禅关等，并作诗纪游。《云端》即其中之一。

"云端"胜迹在马祖岩中。此时，诗人尚未经历家国之痛，故留连光景，然亦不乏寓寄。

首联总写景物。"半空"状台之高。"夭矫"形容其屈曲壮观。这一构筑宏伟、形态奇美的台，实是游览胜境。刘安是汉高祖之孙，封淮南王，游马祖岩事未见史载，故此仅云"传道"，以示景物的历史久远。

下联写凭栏所见。台高，浮云在脚下飘荡，故有山上晴、山下雨的奇观。只要倚在栏干上，就可平视滚动于眼前的风雨雷电。此"风雨"既为实景，又寓喻时事。当时南宋朝廷对蒙古主战主和斗争激烈，文天祥因主战而屡遭打击。此刻湘鄂吃紧，赣州尚太平。末句即寓静观形势之意。第三句的句法本唐人，如白居易《寄韬光禅师》："东涧水流西涧水，南山云起北山云。"宋人喜用之。

贺裳《载酒园诗话续编》称赞此诗，谓"如此气魄，真有履险如夷之概"，此从诗的气魄去看诗人的气魄。故此诗虽为前期之作，却已含后期的思想根因。诗如其人，不是没有道理的。　　（潘善祺）

## 汪元量

汪元量（1241—约1317），字大有，号水云，钱塘人。宋末以善琴供奉内廷。宋亡，随三宫被掳至大都（今北京），历十二年，曾多次到狱中看望文天祥。后乞为黄冠（道士）南归，浪迹山水间，自称"江淮倦客"，隐居以终。其诗多记宋亡之事，悲愤幽忧。有《湖山类稿》《水云集》等。　　　　（邱鸣皋）

## 醉　歌
### （十首选四）

淮襄州郡尽归降，鞞鼓喧天入古杭。
国母已无心听政，书生空有泪成行。

六宫宫女泪涟涟，事主谁知不尽年。
太后传宣许降国，伯颜丞相到帘前。

乱点连声杀六更，荧荧庭燎待天明。
侍臣已写归降表，臣妾签名谢道清。

涌金门外雨晴初，多少红船上下趋。
龙管凤笙无韵调，却挝战鼓下西湖。

　　《醉歌》组诗共十首，作于宋恭帝德祐二年（1276）的春天，作者三十六岁。诗从襄樊战役宋军失败（事在咸淳九年，即公元1273年），元军"千军万马过江来"写起，以"满朝朱紫尽降臣"作结，多角度、多侧面地写了南宋灭亡的全过程。

　　所选的第三首，是写元兵入杭。淮襄的宋军"尽归降"，使临安失去了屏障，为元兵长驱入杭提供了条件。在这亡国灭族之际，宋朝廷举国无策，"国母已无心听政"，"书生"也只能"空有泪成行"而已。"国母"即宋理宗的皇后，恭帝的祖母谢氏。恭帝即位时年仅四岁，由太皇太后谢氏垂帘听政。"书生"，盖指朝廷的文职官员以及太学、宗学诸生，也包括作者自己。宋朝重文职，宋太祖有"宰相须用读书人"的祖训（见《宋季三朝政要》卷六），宋末宰执亦多文人。宋三宫北迁，太学、宗学数百人亦在其中。汪元量诗《江上》写元兵在临安搜罗太学生，有"太学诸斋拣秀才""人歌人哭水边来"之句。汪元量亦屡以书生自命。诗的前二句作鸟瞰概括，两笔写尽宋军的腐朽无能、一败涂地和元军进入临安的威武气概。"尽"字包容无余，"入"字劲捷慓悍，皆属锤炼之笔。且这两句时间节奏极快，淮襄尽降的镜头刚一闪过，紧接着便是元兵的入杭，渲染了势如骤风般的气氛。《醉歌》各首，多有这个特点。诗的后二句则具体胪列宋朝廷"国母""书生"在亡国之际束手无策、无可奈何的举止心态，"空"字之中也不无"书生"的哀怨。

　　第四首则深入一层，写太后宣布向元投降，元兵统帅伯颜帝前受降，六宫宫女哭成一团的惨象。"六宫"，泛指皇家后宫。"太后传宣许降国"是这首诗的核心句。"降国"之辱，使宋帝后成了元朝的阶下囚，且殃及六宫宫女，使她们为不能一辈子侍奉主子而"泪涟涟"。"事主不尽年"是女子"薄命"的代词，见于陈师道《妾薄命》："古来妾薄命，事主不尽年。"加"谁知"二字，见出事变突然，宫女们谁也没有思想准备。这一事变将使她们的生活境遇发生天壤之变，"伯颜丞相到帘前"不就是厄运临头了吗？——这也是使宫女们"泪涟涟"的一个重要原因。据史书记载，元兵占领临安之后，伯颜未曾入宋宫"到帘前"见谢太后，仅吕文焕、范文虎等九将入宫见太皇太后（见《宋季三朝政要》等）。但宫中元兵确实不少，汪元量《湖州歌》（其三）有"三宫共在珠帘下，万骑虬须绕殿前"句。伯颜的兵将入宫逼迫以谢太后为首的宋君臣投降，旨意皆出于伯颜，因此诗中说"伯颜丞相到帘前"亦不为诬。

　　第五首写谢太后在降表上签名。前二句实写签署降表前的景况。"乱点连声"，是指凌乱而短促的更鼓声。"杀六更"，"杀"即收煞、结束之意。宋代宫廷更漏较民间为短，故五更以后加打六更，见程大昌《演繁露》卷十五"六更"条。一说宋代宫廷里不打五更，于四更末转打六更。（宋太祖以庚申即位，闻陈希夷"只怕五更头"之语，命宫中于四更末即转六更，故终宋之世，宫中无五更。）"六更"打过，天还未晓，所以要借助宫中的"庭燎"以待天明。"庭燎"，夜间庭中为照明而点燃的火炬。六更之后，夜色向尽，而庭燎亦残，故其光荧荧。这里是写景，也显然有"情"，实属情景交融之笔。敌兵逼在国门，且明日早晨将要签署降表，使宋三百余年基业毁于一旦，这是宋王朝的最后一夜更鼓！故"乱点连声"与其说是更鼓声，倒不如说是夜谯更夫以至宋朝君臣的心声，紧张，烦乱，声声在耳，亦声声发之于心，"待"字之中，包含了极大的痛苦；而"六更"将杀，即宋朝将亡，"荧荧庭燎"亦恰似宋王朝的气息奄奄。这便是在特定背景下的特定之景所潜藏的特定之情。后二句直写天明后早朝时谢太后签署"归降表"。"谢道清"即谢太后。她本是当时朝政的主持者，宫中至高无上的人物，可是一旦沦为臣虏，在降表上签字，就不仅要直书其名，而且要在名字上冠以"臣妾"二字，旧说以为此句表现了对谢太后降元的不满。其实这句诗，更重要的是要对这种忄目刿心的事实秉笔直书，以为宋王朝志耻、志痛，并从而表现自己激愤悲悼的心情。因此，非这种写法不能表达这种目的。至于四库馆臣认为"以本朝太后，直斥其名，殊为非体"，那就确实是一种迂腐之见了。

第八首是写元兵游西湖的情景。"涌金门"是临安城西面对西湖的一座禁门，门外就是西湖。"雨晴初"即雨初晴。妩媚秀丽的西湖，经过一番春雨的洗拭和雨后阳光的映照，该是怎样的姿态？作者不容读者作什么遐想，便直接展开了一幅乱糟糟的游湖景象："多少红船上下趋"。红船依旧，但风致与昔日熟悉的"锦缆龙舟缓缓拖"（汪元量《越州歌》十八）大不相同，而是"上下趋"，而且这种东窜一头、西打一桨的"红船"不知有"多少"。显然这是北兵群趋游湖。胜利者的绝无体统、全无约束的狂态，皆包含在这句诗中。"龙管"句笔法与"红船"句略同。船上的"龙管凤笙"显然是宋朝皇家旧物，乐工亦显系旧人。如此乐器乐工，依常情而论，奏出的曲调应当是精美的。但在这些"红船"上，却是"无韵调"。从"无韵调"三字中，读者可以洞见乐工们在这亡国之际内心的悲痛，哽咽不成其声。结句正面写元军气焰的嚣张，西湖歌舞之地，俨然是他们鞞鼓喧天的战场了！这首诗，作者以冷静客观的态度写景，写物，写声，无一笔直接写人，而诗中的人物形象、情态，却表现得极为鲜明。且在物是人非、旧梦难寻的叙述中，也深刻地寄寓着作者的亡国之痛。

(邱鸣皋)

## 郑思肖

郑思肖（1241—1318），原名不详，宋亡后改名思肖，字忆翁，号所南，自称三外野人。福州连江（今属福建）人。宋太学上舍生。宋亡后，隐居吴中僧寺，念念不忘宋，所改名字，皆有寓意，思肖即思赵，坐必南向，亦示不忘宋；诗文皆有强烈的民族意识，充满故国之痛。工墨兰。有《所南翁一百二十图诗集》《郑所南先生文集》等。

（邱鸣皋）

## 德祐二年岁旦二首

力不胜于胆，逢人空泪垂。
一心中国梦，万古《下泉》诗。
日近望犹见，天高问岂知！
朝朝向南拜，愿睹汉旌旗。

有怀长不释，一语一酸辛。
此地暂胡马，终身只宋民。
读书成底事，报国是何人？
耻见干戈里，荒城梅又春。

　　这二首诗作于南宋恭宗（赵㬎）德祐二年（1276）的元旦（即"岁旦"）。当时正是南宋灭亡的前夕，政治形势极为严峻。郑思肖寓居的苏州，已被元军占领；国都临安亦岌岌可危。全诗充满着对宋王朝的忠贞和强烈的民族激情。

第一首，侧重写对宋王朝的眷恋。一、二句是说自己虽有挽救王朝危亡的胆略，但力量孤单薄弱，因而只有白白地流泪而已。一个"空"字，表达了诗人无力回天、无可奈何的情绪。"逢人"而流泪，可见其内心悲伤之重，也足见其对国家民族忠爱之深。三、四两句是说对京师（指南宋国都临安）的深切怀念。"中国"指京师。《诗·大雅·民劳》："惠此中国，以绥四方。"《笺》云："中国，京师也。"京师为诸夏之根本，京师安危，系乎国人之心。当时元军已迫近临安，京师安危使诗人魂牵梦萦，全心（即"一心"）系念，恰似《诗·曹风·下泉》中曹人在水深火热之中对于周王室的怀念。这两句的重点在于前句，"万古"句只是用作比喻。这个比喻用得贴切，文雅，含蓄。五、六两句略作转折，是说自己心在帝京，虽远犹近，似乎望犹可见，但若问及国事，可就不得而知了！这句颇得张元幹《贺新郎》词"天意从来高难问"笔意。"天""日"都喻指南宋皇帝。结尾二句，集中表现了对南宋王朝的眷恋和恢复故土的渴望，感情真挚而强烈。

第二首侧重写对宋王朝也是对国家民族的忠贞。前四句写自己处身于"胡马"践踏之地，而对宋朝却永抱忠贞。"终身只宋民"五字，字字着力，如同誓辞，特别是一个"只"字，言之决绝，无回旋余地。此志存诸内心，耿耿未曾稍释；表现于外形，则是"一语一酸辛"。"此地"，指诗人所寄居的苏州；一个"暂"字表现了对收复故土的希望。后四句表现徒有报国之志而无报国之力的惭怍之情。"读书成底事",是诗人的自怨自艾;"报国是何人"既是以"报国"激励自己,又是以"报国"号召同志。此句盖有所指。当元兵南下之际,南宋州郡守臣纷纷投降,如平江府(治苏州)的守臣潜说友就是其中之一。"报国"一句可能就是针对这种现实而发的,句中包含着报国无人的慨叹。最后两句写诗人惭愧之甚,连迎春的梅花也羞见了。既是自责,也蕴含着对国家故土的感情。"干戈"以写当时战争气氛;"荒城"以示苏州沦陷后的荒凉;以"梅又春"揭出作诗的时间,亦属篇末点题之笔。

这两首诗在艺术技巧上有其共同的特点,就是善于"蓄势"。起笔皆突兀横峥,而且感情浓重,至于为什么会有如此心态感情,在三、四句始示端倪,诵读下去,才逐渐明白。这种起笔,增强了全诗的力度,它所形成的感情氛围,也增强了全诗的感染力,容易使读者产生感情共鸣。同时,这两首诗的起笔也有总摄全诗的作用,前者写爱国的肝胆,后者写报国的情志,都是分别缘其首句的"胆""怀"而发。也就是说,前一首起句的"胆"(虽"力""胆"同出,但抑"力"而扬"胆",主要是写"胆"),后一首起句中的"怀",实为其诗全篇主脑,都有分别统摄全诗神髓的作用。诗家重起句,此一例也。

(邱鸣皋)

# 伯牙绝弦图

终不求人更赏音，只当仰面看山林。

一双闲手无聊赖，满地斜阳是此心。

伯牙与钟子期，相传都是春秋时人。伯牙善于鼓琴，钟子期精于音律。伯牙鼓琴，若志在高山，子期便以为"巍巍若太山"；若志在流水，子期便以为"汤汤若江河"。子期死，伯牙谓世无知音者，乃绝（断的意思）弦破琴，终身不复鼓琴。这一故事，《吕氏春秋》等书均有记载。

郑思肖的这首诗，是题在《伯牙绝弦图》上的，收于《所南翁一百二十图诗集》内。细审诗意，当作于宋亡之后。此诗言简而意深，有其弦外之音，字面上是写伯牙，实际上是写诗人自己，诗人是以伯牙自比，而把宋朝比作"知音"的钟子期。这是深入理解全诗的关键。宋亡，诗人如伯牙之痛失钟子期。既然世无知音，自然也就"终不求人更（"再"的意思）赏音"了。这一句表现了诗人"终身只宋民"的坚定立场和坚贞意志，也扣题中"绝弦"之意。次句是写绝弦后隐遁山林的寂静和诗人的自咏高节。诗人甘愿"仰面""看山林"，也不另去"求人""赏音"。诗人作有《无弦处士说》，极赞陶渊明的归隐，极赞无弦之琴，无声之乐。此句颇见无弦无声的高趣。其实，诗人并不这么静穆。诗的最后两句已转出诗人对"闲手"无聊的慨叹。欲报国而无国，欲鼓琴而无知音，且已断琴绝弦，百无聊赖，种种感情，由是乎生。此时心境如斜阳泻地，收拾不得，升腾不得，用《无弦处士说》中的话说，真是皇天苍苍，后土茫茫，四顾荒荒，"此意渊哉，玄哉，奇哉"，"安得不独抱此意与之同终同始同生同死邪"！所以，这首诗看似平静，实则激愤苍凉，诗人的气节及其深刻的心灵创痛，都容纳在这短短的四句中了。

（邱鸣皋）

## 林景熙

林景熙（1242—1310），熙一作曦，字德旸（或作德阳），号霁山。温州平阳（今属浙江）人。宋咸淳七年（1271）太学释褐进士，授泉州教授，仕礼部架阁，转从政郎。宋亡不仕，隐居乡里，教授生徒，学者称"霁山先生"。为宋元间重要诗人之一，其诗声情悲凉，寓有故国之思。有《林霁山集》。　（邱鸣皋）

# 冬 青 花

冬青花，花时一日肠九折。
隔江风雨清影空，五月深山护微雪。
石根云气龙所藏，寻常蝼蚁不敢穴。
移来此种非人间，曾识万年觞底月。
蜀魂飞绕百鸟臣，夜半一声山竹裂。

冬青树，一名女贞木，或称万年枝。自汉代以后，宫中多植此树，南宋宫中亦然，宁宗杨后《宫词》有"云影低涵百子池，秋声轻度万年枝"句。史载，南宋灭亡之后，元僧江南总统嘉木扬喇勒智（旧称杨琏真伽）盗发南宋诸帝后陵墓，弃骨草莽间，人莫敢收。林景熙与唐珏、郑朴翁等冒死收拾遗骨，葬于会稽兰亭山，又于宋常朝殿掘冬青树植其上，以为标记，并作诗以记其事。

这种特殊的背景，决定了此诗所咏的冬青花有其特殊的内涵。诗人借助此花抒写了心灵上的巨大创痛。"肠九折"借用司马迁《报任安书》"肠一日而九回"，极言内心痛苦。"肠九折"语意双关：既言花之痛苦，又言人之痛苦，颇耐人寻味。兰亭山陵墓与杭州故宫隔钱塘江相望，诗人的立足点为兰亭山，故云"隔江"。"风雨"则写宋亡后宫苑风雨如磐、日星隐曜之气象。"清影"是指宫中的冬青，在此风雨如晦之时，宫中的冬青连影子也看不见了，故用一"空"字状之。这是诗人的想象之笔。与此相对，兰亭的冬青花由于"深山"的保护，却应时而开（冬青五月开花），离离如雪。当然，这如雪的冬青花也保护着埋于地下的遗骨。所以，"石根"两句便写到了冬青花下的遗骨。这云气升腾的"石根"正是"龙"所潜藏的地方。"龙"，指南宋诸皇帝。诸帝埋骨深山，故用"石根"相应；且云从龙，龙之所在，必云雾缭绕，故用"云气"相应。由于这是龙蟠之地，所以寻常蝼蚁也就不敢在此打洞了。写"龙"的威严，寄托着诗人对南宋诸帝的崇敬心情。

"移来"两句，再写冬青。由于这冬青是从宋宫移来，所以说它非同人间凡种；"万年觞"句更突出它的高贵。"万年觞"是皇家祝寿、庆功用的酒杯，见《后汉书·班超传》，周邦彦《汴都赋》也有"群臣进万年之觞，上南山之寿"的话。"曾识"二字写这冬青在宋宫的非凡阅历，把冬青写活了。最后两句，开拓新境，升华一层，以"蜀魂"的裂竹之声为诸帝鸣不平。"蜀魂"，指杜鹃鸟，传说为古蜀帝杜宇所化，以喻南宋诸帝甚为贴切。宋帝与蜀帝同样遭受失国之痛，因而，从某种意义上说，"蜀魂"也就是"宋魂"。按照杜鹃的生活习性,其产卵寄于其他鸟类(即所谓"百鸟")之巢,孵雏、哺育也皆由他鸟代劳(《博物志》有"杜鹃生子,寄之他巢,群鸟为饲之"之说);而百鸟对于杜鹃,总是甘愿服其劳,故杜甫《杜鹃行》说"虽同君臣有旧礼"。显然"百鸟臣"是以百鸟喻南宋的臣民,这个比喻也是颇贴切的。"冬青之役"(即收葬南宋帝后遗骨)曾牵动了南宋无数遗民的心,不知有多少遗民诗人曾拜于这冬青之下。末句以"山竹裂"写杜鹃啼血的至惨至痛,又配以夜半空山这样的冷寂环境,愈见其声的惨痛凄厉,从而显示南宋诸帝失国以至暴尸撒骨之痛,给人以撕心裂肺之感。

此诗巧用比兴寄托。诗中的形象,如隔江的"风雨"、深山的"微雪"、"石根"、云雾中的"龙",以及蝼蚁、蜀魂、百鸟等等,皆以此比彼,有其特定的寓意,寄托着诗人特定的感情。若不明其本事,此诗几乎难以索解。选用这种笔法,主要是由当时元朝的民族高压政策和"冬青之役"的隐秘性所决定的。诗人另有《梦中作四首》,谢翱有《冬青树引》等诗,使用的都是这种笔法。其次,全诗的感情虽然悲苦,但由于诗人善用仄声韵(折、雪、穴、裂,皆入声屑韵;月,入声月韵),全诗铮铮琮琮,给人以凄壮激越之感,特别是最后一韵,直可穿云裂石,加之用词博大(如"隔江风雨""深山""云气""万年觞""百鸟臣"等),杂有英勃之气,这样就提高了全诗的基调。

(邱鸣皋)

## 谢 翱

谢翱（1249—1295），字皋羽，一字皋父，晚号晞发子。长溪（今福建霞浦）人。南宋末期重要诗人。随文天祥抗元，被任命为咨事参军。兵败漫游两浙。曾与吴渭、方凤等组织"月泉吟社""江源讲经社"，与遗民吟士相往还。现存诗近三百首，主要是宋亡之后的作品，内容多故国之思，风格颇近李贺、孟郊，凄清奇崛，幽忧险涩。散文今存十余篇，多游记之作。有《晞发集》。（邱鸣皋）

## 西台哭所思

残年哭知己，白日下荒台。

泪落吴江水，随潮到海回。

故衣犹染碧，后土不怜才。

未老山中客，唯应赋《八哀》。


　　这是诗人谢翱哭祭文天祥的一首诗。南宋"丙子之难"（1276）之后，文天祥大举勤王之师，开府南剑州（福建南平）。二十八岁的谢翱，慨于亡国之愤，尽倾家资，募乡兵数百人，投奔文天祥，署为咨事参军，随文天祥转战龙岩、梅州（今广东梅县）、会昌等地，而于赣州兵败时分手。临别，天祥以家藏端砚名"玉带生"相赠，并有嘱语，使谢翱感念终生。文天祥就义后，每遇忌日（十二月初九），谢翱必召集友人登高哭祭，并写了一些悼念文天祥的诗文。这首诗写于至元二十七年（1290）冬天，天祥就义八周年之忌日。"西台"，郎桐庐县富春江畔的钓台。当时谢翱与友人登西台哭祭天祥，写下了著名的《西台恸哭记》和这首《西台哭所思》。

一、二两句点明哭祭的对象、时间、地点。"知己"即题中的"所思"，指文天祥。"残年"，谢翱以在宋亡时未能死于"国难"，故称自己在宋亡后的岁月为"残年"。或解"残年"为一年之将尽，似亦可通。"白日"本指太阳，但据《西台恸哭记》，谢翱登台哭祭之日，午前有雨，薄暮有风雪，唯登台时雨止，全天似无太阳出现。故此处"白日"或为诗家虚拟之笔，或泛指时日、时光，"白日下荒台"言时光流逝，不仅"年"已向"残"，且"日"亦将尽（此诗是在诗人西台哭祭之后回到富春江船中写的，时已薄暮）。两句共十个字，"残""白""荒"三个形容词创造了一片衰飒悲凉的气氛，再加上一个"哭"字，益觉悲从中来。全诗基调，由此奠定。二、三两句承首句之意，写诗人哭祭时的悲痛心情。"吴江"，指富春江，这里古代为吴国之地，故称。西台下临富春江，故觉痛哭时泪洒江中。这是夸张的写法。诗人更进一步想象到他的泪水随着江涛奔腾到海，然后又随着海潮回到西台之下。涕泪滂沱，折冲于江海，泪即潮，潮即泪，夸张想象，极尽哀悼之意。

五、六两句转写文天祥就义。文天祥被囚大都（今北京），始终穿着宋朝的"故衣"，直至就义时血洒故衣。这里的碧，指碧血。传说苌弘惨遭杀害，血化为碧（青色的玉），后世遂以"碧血"称忠臣义士之血。此写文天祥的忠节。诗人怨"后土"之"不怜才"，实是抒发心中强烈的悲愤，一代忠良竟不能存活世间，愤皇天后土之不能容人。最后两句正面写悼念之情，结出题旨。宋亡后，谢翱隐匿山中，故以"山中客"自称；写这首诗时，诗人年42岁，故云"未老"；《八哀》指杜甫为悼念张九龄、李光弼等而写的《八哀》诗，这里用以自比，并从而表达其哀思。

谢翱诗向以奇险著称，此诗却写得平实无华。其感人的力量正在于它的情真意切，呕之于心，于质朴中见纯情，铅华粉饰反伤其骨。

（邱鸣皋）

# 过杭州故宫二首

禾黍何人为守阍？落花台殿黯销魂。
朝元阁下归来燕，不见前头鹦鹉言。

紫云楼阁燕流霞，今日凄凉佛子家。
残照下山花雾散，万年枝上挂袈裟。

这两首诗是谢翱在宋亡之后过南宋杭州故宫时写的，极写故宫凄凉，物是人非，表达了深沉的故国之思。

第一首侧重写故宫凄凉。首先用禾黍离离无人守卫，以见故宫的荒寂景象。"禾黍"，泛指庄稼。"阍"，宫门。《史记·宋微子世家》载："箕子朝周，过故殷墟，感宫室毁坏，生禾黍，箕子伤之，欲哭则不可，欲泣为其近妇人，乃作《麦秀》之诗，以歌咏之。"又《诗经·王风》有《黍离》篇，《诗序》称周大夫经过西周宗庙宫室，见其地尽为禾黍，悲而作此诗，诗中有"彼黍离离"之句。是所谓"黍离麦秀"之悲。谢诗首句即取义于此。次句用"台殿"、"落花"写宫内凄凉。落花在诗人笔下，常常是衰败沦落的象征。它与首句"禾黍"相搭配，再缀以"黯销魂"，展现了昔日雕栏玉砌的殿台，而今已是落花狼藉，荒凉寂寞。"黯销魂"出于江淹《别赋》"黯然销魂者，唯别而已矣"。唯谢翱之"别"，乃是与故国之别，故其"销魂"之感，自然要倍甚于江淹。三、四两句，借"归来燕"进一步写宫内的沉寂。"朝元阁"原是唐代建在骊山上的一座阁，与华清宫、长生殿一样，是唐玄宗杨贵妃游乐之处。这里是以唐喻宋，借指南宋故宫殿阁。燕子归来已见不到宫中的鹦鹉，小中见大，反映出故国的沧桑之变。《明皇杂录》等书有关于唐明皇与杨贵妃养鹦鹉的事。这里因朝元阁而连及鹦鹉，写昔日景况荡然无存，给人以"此地空余黄鹤楼"之感。"不见前头鹦鹉言"虽似借用唐朱庆馀《宫词》"鹦鹉前头不敢言"字面，其实诗人另有用意。《绿雪亭杂言》载：宋高宗宫中养鹦鹉数百，皆能言。高宗一日问鹦鹉："思乡否？"答曰："思乡。"遂遣中贵送归陇山。后数年，有使者过陇山，有鹦鹉问曰："上皇安否？"使者赋诗云："陇口山深草木荒，行人到此断肝肠。耳边不忍听鹦鹉，犹在枝头说上皇。"《蓉塘诗话》有类似记载，唯上皇指徽宗，使者作郭浩而已。这里所谓"鹦鹉言"，或意在于此。"归来燕"盖诗人以燕自比。宋亡后，谢翱流亡两浙，而今"过杭州故宫"，犹似燕子归来，但故宫唯禾黍落花而已，连问一声故宫旧主（时三宫北迁，孤儿寡母远在大都）"安否"的鹦鹉也没有！借助鹦鹉一泻痛心疾首之情，诗人用意，可谓深矣！

　　这首诗多用特写镜头组成。禾黍，落花，归来的燕子，逝去的鹦鹉，其中仅"归来燕"为唯一动景，余皆或寂寥，或空虚。诗人把这些形象统一在"杭州故宫"这个特定背景下，从而构成一个极大的反差，其中彷徨着一位寻觅故国旧迹而不可得的诗人。这就是全诗的构图。在这个构图中所含蓄的感情，是对故国深沉的悲悼，而这首诗最能给读者以感发力量的，也正在于此。

第二首侧重写杭州故宫的物是人非，内容比较显豁：昔日的宫阙，而今成了佛寺。首句"紫云楼"原是唐代建筑在长安曲江畔的名楼，杨玢有"紫云楼下曲江平"的诗句。这里是借指南宋杭州故宫中的楼阁。"燕"即"宴"；"流霞"，仙酒名，泛指美酒。这一句用最漂亮的词句写南宋皇家生活的富丽堂皇，而为下句蓄势，然后急转反跌：可是，如此宫阙，而今却成了"佛子家"。"佛子"，指佛教僧徒。据记载，宋亡后，元僧嘉木杨喇勒智以宋故宫为浮屠。皇宫易主，富贵变为凄凉，两句写尽人间沧桑。第三句用"残照下山"和"花雾散"的衰飒景象，上承次句，写凄凉之意，同时为第四句"万年枝上挂袈裟"作背景铺衬。第四句总揽全诗，最为凄凉。"万年枝"即冬青树，本宫中之物（汉宫尝植此树，后世因之。南宋宫中亦植此树，宁宗杨后《宫词》有"秋声轻度万年枝"句）。"袈裟"是僧衣，与次句"佛子家"照应。"万年枝"与"袈裟"本是不相连属的东西，而今却结合在一起了，"袈裟"挂上了"万年枝"。一句写尽南宋灭亡所带来的历史巨变，含蓄着诗人巨大的故国之痛，也把全诗凄凉悲惨的基调推到了制高点。

（邱鸣皋）

# 真山民

真山民（生卒年不详），姓名里籍均不详。宋末，埋名隐迹，自呼山民，因以称之。或云浦城（今属福建）人，真德秀后裔；或云本名桂芳，括苍（今浙江丽水）人，宋末尝登进士第。其诗多有黍离麦秀之悲。有《真山民集》。（邱鸣皋）

## 杜鹃花得红字

愁锁巴云往事空，只将遗恨寄芳丛。

归心千古终难白，啼血万山都是红。

枝带翠烟深夜月，魂飞锦水旧东风。

至今染出怀乡恨，长挂行人望眼中。


这是一首咏杜鹃花的诗。"杜鹃花"是诗的本题。"得红字"，指赋诗时诗人分得"红"字韵。旧时友朋聚会赋诗，先规定若干字为韵，各人拈得一字，即按其字所属韵部作诗，称分韵。

律诗的写作，讲究起、承、转、合。此诗首联以两笔破题。一笔是上句以"巴云往事"点破"杜鹃"。巴即巴蜀，杜鹃的故家。传说古蜀望帝杜宇使相鳖冷凿巫山治水有功，望帝自以德薄，不得不将蜀国禅让给鳖冷，"遂自亡去，化为子规（杜鹃）"（说见《十洲志》）。所谓"往事"，就是指的这段故事。句中的"愁""空"

等，只是为杜鹃感情作渲染，也是全诗感情的要领。第二笔以"芳丛"点破"花"字。"遗恨"云云，继首句而来，紧应"愁"与"空"。杜宇失国而化杜鹃，杜鹃将这种失国"遗恨"寄于杜鹃花。至此，便将"杜鹃"与"花"紧紧结合在一起了。颔联承破题之意作铺排。上句从杜鹃的叫声揣测其归心难白。杜鹃飞满天下，其叫声为"不如归去"，表现了天涯杜鹃的"归心"。但叫来叫去，年复一年，心情终于难以表达明白。其痛苦尽在这一句中，字面浅显而感情含蕴极深。下句缘此意作进一步渲染。"啼血"可见其叫声之惨痛，而那万山红遍的杜鹃花，其"红"乃杜鹃啼出的鲜血所染成。这里把杜鹃花的来历也交代清楚了。两句中"千古""万山"，一言时间之长，一言区域之广，皆为杜鹃的愁与恨作夸张渲染，是全诗着力之处。

颈联转笔，从另一角度写杜鹃花，诗情画意，空灵玄妙，极见情思，为全诗开拓出又一境界，转出了新意。两句虽以对句出之，其实意思上下一贯，颇有"流水对"的韵致，意思是说杜鹃花的花枝带着青绿色的烟霭，趁着深夜的月光和似曾相识的东风，思乡之魂又飞到了故乡的锦江之滨。身既不得归而魂归，无疑是一种深婉的思乡之情。至于这"魂"是杜鹃花的，还是杜鹃的，从字面结构上看是杜鹃花的，其实无须细分，既然杜鹃的"遗恨"寄于"芳丛"，杜鹃花又是杜鹃啼血而成，显然，杜鹃即花，花即杜鹃，两者已融为一体了。"旧东风"的"旧"字很值得体味。从这个"旧"字里，我们可以想到，"魂"借助于东风返回故乡，已不止一次了，对故国的相思之情，深乃如此！以上两联，颔联实写，颈联虚拟，

虚实相映，亦深得诗法之要诀。最后一联，回扣全诗，正面点明贯
串全诗的"怀乡恨"，末句再作强调：这样的怀乡之花，长挂在远
离故乡而眼巴巴望着故乡的"行人"的眼前，怎能不使他们更加怀
念故乡呢？因花而及人，使全诗的怀乡之情落到了实处。

　　物本无情，以有情之眼观物，则物自有情。以思国念家之情体
物，则物物皆有思国念家之情，何况是本有特定含义的杜鹃花呢？
在这首诗里，杜鹃花魂牵梦萦的"故国"，正是诗人的故国；杜鹃
的千古难白的故国之思，正是诗人所寄托的故国之思、亡国之痛；
杜鹃花的血泪，也正是诗人所抛洒。显然，诗人的"遗恨"也寄于
"芳丛"了。在这里，杜鹃与其说是杜宇的化身，不如说就是诗人
自己的形象。这首诗之所以感人，正是由于这位遗民诗人在诗中灌
注了这种对故国的深厚而纯真的感情。

（邱鸣皋）

## 赵延寿

赵延寿（？—949），相州（今河南安阳）人。本姓刘，为沧州（今属河北）节度使裨将赵德钧的养子，遂冒姓赵。少美容貌，好书史，为唐明宗驸马。为太子所忌，出镇北边，与契丹通，辽太宗重用之，曾许灭石晋后以中国帝延寿，故摧坚破敌，常以身先。官至枢密使兼政事令，封燕王，改魏王。灭晋后求为皇太子不许，被幽禁而卒。

（徐树仪）

# 失　题

黄沙风卷半空抛，云重阴山雪满郊。

探水人回移帐就，射雕箭落着弓抄。

鸟逢霜果饥还啄，马渡冰河渴自跑。

占得高原肥草地，夜深生火折林梢。


　　这首七律描写契丹贵族在北方山野进行冬猎和野营活动的场景。《太平广记》称："赵延寿本将家子，幼习武略，即戎之暇，复以篇什为意，尝在虏廷献诗，云云，南人往往传之。"即指本诗。由于作者文武全才，常从辽主征战，熟悉游牧民族的狩猎活动和生活习俗，故能写出这首生动再现塞外野营和狩猎风光的即景诗。

　　据《辽史·营卫志》称："辽国尽有大漠，侵包长城之境，因宜为治，秋冬违寒，春夏避暑，随水草畋渔，岁以为常，四时各有行在之所，谓之'捺钵'。"捺钵，契丹语，有"行在"之意。捺钵不仅是为避寒暑，狩猎娱乐，而且借此机会还可举行一些重大的政治外交活动。契丹统治者为了炫耀国力，提高威信，必然要把这些狩猎活动搞得非常隆重精彩和炫人眼目，使得观赏者，包括他所控制的一些部落酋长和邻国使节，为之倾倒慑服。我们从这个意义上来欣赏这首诗，就会增加它的内涵价值。

这是一首咏冬捺钵的诗。地点在内蒙古阴山下的草原上。前面二句写景，请看：近处沙漠上的黄沙卷空而起，阴云压着远山，大雪飞扬，郊野一片白色。为了寻觅一个适当的营地，必须派人四处探寻水源，才可扎营安帐，建立行宫。这整个复杂艰难的过程作者只用第三句的七个字就解决了。射雕是契丹民族的特技（辽东海边有一种猛雕叫海东青，曾是他们最心爱的猎物），古人射猎时为了便于把猎物回收，就在箭的尾端系上一根长丝绳，叫做缯缴。第四句中的"着弓抄"就是把射出的缯缴迅速地绕在弓上的意思。五、六二句则极写塞上荒凉寒寂之状，饥鸟啄果，渴马蹴冰，也衬托出游牧民族的慓悍强劲气质。最后二句是写夜幕降临，宿营者息马草地，折树枝以生火取暖和炊食的景象。

诗歌自始至终只是叙写景状，不带抒情感慨。诗的风格朴质健康，没有南方汉民族那种多愁善感之态。从这一点上也可以说作者是一个完全契丹化了的汉人，这首诗也可以看作是两族文化的结晶。

（徐树仪）

## 刘三嘏

刘三嘏（生卒年不详），辽兴宗（1031—1057）时在世。蓟州（今天津蓟县）人。他父亲刘慎行，曾官辽国宰相，子六人，皆进士，三嘏排行第三，尚公主为驸马都尉。辽圣宗出猎，献《一矢毙双鹿赋》，上嘉其赡丽。兴宗重熙八年（1040），以右谏议大夫知制诰，充副使往宋庆贺乾元节。后以与公主不谐，奔宋，归，杀之。

（徐树仪）

# 白 陈 诗

> 虽惭溹勺赴沧溟，仰诉丹衷不为名。
>
> 寅分星辰将降祸，兑方疆寓即交兵。
>
> 春秋大义惟观衅，王者雄师但有征。
>
> 求得燕民归旧主，免于戎虏自称兄。

这首七律是作者背辽投宋，向宋朝当局所上的一首陈情诗，情意哀怛恳恻。作者自己正处于十分危殆之境，一线生机，决定于宋朝能否收容他。他只能用民族利益和春秋大义来打动对方并勉励自己，这是一首混和着血泪的诗歌。

据田况《儒林公议》记载："庆历（宋仁宗年号）年秋，三嘏携妾偕一子投广信军（今江西上饶），自言伪主（指辽公主）凶狠，久已离异，今秋虏主逼令再合，伪主必欲杀其妾与子，故归朝廷

（指宋）。颇询其国中机事，云：虏主西伐元昊（西夏），幽蓟已空，我举必克。所谋凡七事，复为诗以自陈，云云。朝廷以誓约（指宋辽澶渊之盟）既久，三嘏伪婿，位显，恐纳之生衅，又虏方移文边郡，求索峻切，期于必得，不然，则举兵隳好矣。朝廷乃遣还三嘏，拘送虏界，比至幽州，其妻已先在矣，乃杀其妾与子，械三嘏送虏主帐前，以三嘏诸兄弟皆方委任，遂贷三嘏死，使人监锢之。议者深叹息其事。"

　　诗歌首句说：我投奔宋朝，好像一勺微小之水归于大海，虽然无补于大宋，但我自己总算庆幸得到了归宿。"涔"指涔蹄之水，即牛蹄印痕中的一点积水，出《淮南子·氾论》。第二句说：我向宋廷献上自己的赤胆忠心，只是为了民族大义，丝毫不是为个人的名利。这二句是剖白自己南归的动机。三、四句谓黎明（寅时）即将到来，天将降祸于辽；辽主正率师到西疆（"兑"为西方，"疆寓"即疆字）与西夏交兵。这二句是向宋朝通报辽国的内部情况，并引起下面五、六二句。第五句说：《春秋》（实指《左传》）中称谋国者应做的事（大义）中有"观衅"一项。（"观衅"，意即抓住敌方的空子，及时行动，事见《左传·宣公十二年》：晋卿士会说："会闻用师，观衅而动。"）他劝宋朝抓住当前辽、夏交兵的有利时机，迅速出兵伐辽。第六句仍用《春秋》尊王攘夷的观点，称颂宋方是王者之师，辽是蛮夷，因此出兵灭辽乃是行王者之征，是正义的事业。这二句是从道义上鼓动宋朝定北伐灭辽之计。最后二句说：这样，自以后晋石敬瑭把燕云十六州割让给契丹以后，北方的人民可以重归于汉族的统治，而宋朝澶渊之盟（1004）以后三十多年来一直向戎虏称兄道弟的可悲局面也可以从此结束了。

这不是一首普通文人雕章琢句的诗作，而是中国历史上民族矛盾所产生的众多悲剧之一的见证。读了之后，不禁为我们先人所走过的曲折多艰的道路而感到心头沉重。

（徐树仪）

## 耶律弘基

耶律弘基（1031—1101），契丹第八帝，即辽道宗。在位四十六年，终年七十岁。他即位后，颇以风雅好学自命，颁五经传疏，置博士助教，开科取士，积极推行汉族文化。但不久即沉湎酒色，游猎无度，以致谗巧竞进，群邪并兴，骨肉相残，诸部反侧，甲兵之用无宁岁，辽国国势由此倾颓而趋向衰亡。

（徐树仪）

## 题李俨黄菊赋

昨日得卿黄菊赋，碎剪金英填作句。

袖中犹觉有余香，冷落西风吹不去。

李俨，字若思，析津（今北京大兴）人。仕辽为相，赐姓耶律，辽史作耶律俨。《契丹国志》称："李俨，本汉地人，天祚（辽末帝，道宗子）嬖臣，少而狡桀，倜傥不群，轩然夷倨，才济其奸。初为内侍省给事，累迁至中书供奉，积官至南面宰相，封漆水郡王。在天祚朝秉国枢柄凡十五年，女真（指金）连年之乱，俨与萧奉先（天祚后兄）蒙蔽为欺，天祚不悟也。"可见他有文学之才，以文学侍从起家擅宠，先事道宗，后事天祚。陆游《老学庵笔记》云："辽相耶律俨作《黄菊赋》以献其主弘基，弘基作诗题其后以赐之，云云。"

这首七绝，确很出色。信手拈来，似不费力，却极抑扬吞吐之妙，淡淡几句，却自有帝王气象。虽汉武《秋风》、魏文《燕歌》，未可相掩。诗的上半首着墨赞赋，但后半首却看似赞美菊之香，实则通过读赋而觉余香在袖，其用意仍在赞赋。值得注意的是李俨写的是一篇赋，而道宗写的只是一首小诗。赋长而诗短，但我们可以肯定：这短诗定然胜那长赋。因此这短诗能流传至今，而那赋却无闻焉。

当然，我们不能排除这诗是那位风流暴君的别的文学侍从的代笔。

《莼鲈词话》云："辽主得其臣所献《黄菊赋》，题其后云云。元张肯基櫽括其辞，寄调《蝶恋花》云：'昨日得卿《黄菊赋》，细剪金英，题作多情句。冷落西风吹不去，袖中犹有余香度。　沧海尘生秋日暮，玉砌雕阑，木叶鸣疏雨。江总白头心更苦，素琴犹写幽兰谱。'亦颇得原作幽怨之致。

（徐树仪）

## 萧观音

萧观音（1040—1075），辽道宗耶律弘基皇后，枢密使萧永之女。工诗，能自制歌曲，尤长于弹奏琵琶。咸雍末作《回心院》诗十首，后被诬指与乐工私通，被迫自尽。今存诗十四首。

（朱嘉耀）

# 怀 古

宫中只数赵家妆，败雨残云说汉王。

惟有知情一片月，曾窥飞燕入昭阳。

　　萧观音是位北国才女，也是辽代诗人中的佼佼者。她因上疏劝阻道宗射猎而获罪，曾作《回心院》诗十首，委婉曲折地表达了宫闱妇女的苦闷哀愁，并命乐官赵惟一演奏，企望重获道宗的宠爱。枢密使耶律乙辛与萧永有宿怨，作《十香词》，设计让萧观音抄录，萧在所抄词后题了这首《怀古》，耶律乙辛以此呈道宗，诬为淫词，并指诗中暗寓"赵""惟""一"三字，作为萧、赵私通的"证据"。萧观音被迫自尽，赵惟一亦遭满门抄斩。

　　这是一首导致诗人殒命的不幸之作。诗人借赵飞燕的遭遇倾诉悲愁。

　　赵飞燕原为汉成帝宫人，能歌善舞，后被成帝立为皇后，专宠多年。平帝即位，她被废为庶人，乃自杀。所谓"赵家妆"，即赵飞燕的装束，用来指代赵飞燕。"数"乃数落，责备。"宫中"句写出了众议纷纷指责赵飞燕的情状，揭示了她孤立无援的境地。"云雨"本指男女欢爱，这里着以"败""残"，当为责难者的口吻，在他们看来这种情爱不惟不足道，而且是误国误君的祸害。这两句概写了赵飞燕在宫中孑然无助、备受诬骂的可悲境遇。接着两句没有顺着史实叙写或议论，而是以抒情的笔触，揭出汉成帝与赵飞燕的一幕动人往事。赵飞燕立为皇后之后，居于昭阳宫，备受恩宠。对这段历史，诗人巧妙地选取了一个角度，借助高悬昭阳宫上的明月来作佐证。"惟有"与"一片"相衔，与"只数"对照，不只进一步渲染了赵飞燕孤立的境地，而且也坦露出唯求明月为证的心情，用语缜密而又含蓄。以"窥"状"月"，使月人格化，生动而传神，而且也使"飞燕入昭阳"的平平五个字显得极有情致，也坐实了月之"多情"，同时也揭示了汉成帝对赵飞燕专宠厚爱的事实，与"宫中"的熙熙众议形成对照。

萧观音发思古之幽情，咏叹赵飞燕的遭际，实际上是自抒哀愁。这种感情，正是历来许多在深宫中断送了青春与生命的女子共通的情感。

（朱嘉耀）

## 萧瑟瑟

萧瑟瑟(生卒年不详),辽末渤海(今辽宁辽阳)人。幼选入宫,聪明闲雅,稳重寡言。天祚(辽末帝)登位,册为文妃,生晋王敖卢斡。文妃工文墨,善歌诗,见女真(金人)日益侵迫,而天祚畋游不厌,忠良多被疏斥,皇后之兄萧奉先擅权误国,常作歌诗以讽谏。时天祚曾有禅位之意,而诸皇子中唯晋王最贤,素有人望。丞相萧奉先深忌之,恐后子秦王不得立,因诬妃参与谋立晋王事,子母先后被诛,国人哀之。 (徐树仪)

# 咏 史

丞相来朝剑佩鸣,千官侧目寂无声。

养成外患嗟何及,祸尽忠臣罚不明。

亲戚并居藩翰位,私门潜蓄爪牙兵。

可怜昔代秦天子,犹向宫中望太平。


这首诗虽以咏史为题,但由于作者的文笔毫不含蓄掩盖,几乎是在赤裸裸地声讨和咒骂当朝宰相,所以实际上算不得是一首咏史诗。

诗虽文采不足,但一股怨气冲口而出,历数"丞相"(萧奉先)的罪行。首二句写他上朝时威势无比,百官畏之如虎,大有不把皇帝看在眼里的样子。这也许就是当年赵高擅权,指鹿为马的架势。

三、四二句指控对方对外坐使金邦强大，养虎成患，对内则忠良尽去，国无是非。五、六二句揭露对方正在纠聚私党，占据要位，潜图不轨。最后二句则索性把抨击的矛头直接指向自己的丈夫天祚帝，斥骂他昏暗得连秦朝的亡国之君二世也不如。而这首诗正是写给这位昏君看的。当然，其效果可想而知，《辽史》本传称："天祚见而衔之。"由于作者的思想感情与她的丈夫是如此背反，终于导致一场悲剧，作者为此献出了生命。但作者在写此诗时，一定充分考虑到了事情的后果，并作出了以死相谏、义无反顾的决断，所以她的指控才如此痛切、强烈、不留余地。对作者来说，这实在不只是一首诗，而是不顾一切的生命的呼喊了。

契丹耶律氏立国一百二十年，文学上的成就渺不足道。但像萧瑟瑟这样疾恶如仇、悲吟时运的诗人，也可以算得上是辽国一代的女屈原了。

（徐树仪）

# 宇文虚中

宇文虚中（1079—1146），字叔通，成都华阳（今属四川）人。大观三年（1109）进士及第，历官州县，入为起居舍人、国史编修官、同知贡举，迁中书舍人等官。靖康元年（1126）因赴金议和，贬为青州刺史，再贬为韶州刺史。后使金被留，授官累至翰林学士、知制诰、兼太常卿，封河内郡开国公，进阶光禄大夫。皇统六年（1146）因被诬谋反，全家惨遭杀害。南宋追赠开府仪同三司，谥肃愍，又加赠太保，赐姓赵。仕金，极负文名，曾被推为一代吟坛盟主，能诗、能文，亦兼擅词。元好问《中州集》卷一收录其诗五十首，多佳作，常流露愤懑的激情。

（霍旭东）

## 在金日作三首

满腹诗书漫古今，频年流落易伤心。
南冠终日囚军府，北雁何时到上林？
开口摧颓空抱朴，胁肩奔走尚腰金。
莫邪利剑今安在？不斩奸邪恨最深！

遥夜沉沉满幕霜，有时归梦到家乡。
传闻已筑西河馆，自许能肥北海羊。
回首两朝俱草莽，驰心万里绝农桑。
人生一死浑闲事，裂眦穿胸不汝忘。

不堪垂老尚蹉跎，有口无辞可奈何？

强食小儿能解事，学妆娇女最怜他。

故衾愧见沾秋雨，短褐宁忘拆海波。

倚杖循环如可待，未愁来日苦更多。

　　这三首诗《中州集》未录，而是从《金诗纪事》卷四中抄选出来的。从内容来看，这组诗似非同时所作，可能是后人辑录时所加的统名。

　　第一首似作于使金被留之后不久，沉痛表述自己政治上的不遇，愤怒斥责奸佞的误国，反映诗人困居金国的忧伤和悲愤。

　　开笔突兀，直接表达出自己怀才不遇的愤懑。"满腹诗书"，即满腹经纶，满腹才智，且包罗古今，但由于生不逢时，不遇明主，反而落得连年漂泊、穷困失意，因而"易伤心"，也就是很自然的了。北宋末年，诗人官职屡迁，南宋时使金又被扣异国，"靖康耻"及个人的种种不幸和灾难一齐涌聚心头，怎不令人"伤心"呢！所以"满腹诗书漫古今"云云，是一种激愤的"牢骚"。而"频年流落"，倒是真实的写照。颔联写使金被留，归返无期。"南冠"典出《左传·定公九年》，指囚犯。"北雁"用《汉书·苏武传》典。诗人清楚地认识到，他之留金，实际是被虏、被囚，因而决心忠贞于故国，时时翘望南宋王朝在得知他的情况后设法让他回去。诗人用这两个典故，一方面表达自己囚拘异国、气节轩昂、忠贞宋王室的处境和心情，一方面也反映盼望早日返归故国的急切心情和愿望。

颈联进而揭示造成这种惨痛局面的原因。前句从主观方面立意，谓自己坚持爱国，主张抗金，敢于发表意见，结果却使自己越发蹉跎、失意，国家也日益衰弱不振；后句则从客观方面立意，谓那些奸佞、邪恶者媚事宋主，妥协投降，蝇营狗苟，奔走谋私，却封官加爵，腰缠印绶。两者鲜明对比，概括形象，指出奸邪误国的可恶。所以诗人最后要愤怒高呼，用"莫邪利剑"去斩"奸邪"了。

第二首似作于金王朝给加官晋爵时。诗人使金被留后，金廷多次柔化拉拢、晋官加爵，但他始终以宋室为念，孤立标格，誓死不向异族统治者低头胁肩、媚事讨好。后来被杀，也是因为"上京诸房俘奉叔通为帅，夺兵仗南逃，事觉而系狱"（《中州集》诗人小传语）。陈衍《金诗纪事》所引《北窗炙輠》也说："宇文虚中在金作诗三首，所谓'人生一死浑闲事'云云，岂李陵所谓欲一效范蠡、曹沫之事？后虚中仕金为国师，遂得其柄，令南北讲和，大母获归，往往皆其力也。近传明年八月间果欲行范蠡、曹沫事，欲携渊圣（宋钦宗）南归。前五日为人告变，虚中觉有警，急发兵直至金主帐下，金主几不得脱，遂为所擒。"不管具体事实如何，却充分说明诗人不愿屈事金廷，至死眷恋故国，这一首诗就是他决不耻事金廷的思想反映。

首联先突出表达身居异乡、思恋故国的沉重心情。长夜沉沉，映衬出心情的沉重；满幕积霜，烘托出心境的凄凉。因居敌国，思乡心切，以至时时梦归故乡。当时，金统治者为了拉拢他，不惜一再封官、加爵，颔联即指这一事实。"西河馆"用春秋时晋人就执鲁国季孙意如以归，并欲进一步"除馆于西河"来表示尊礼和安抚事（《左传·昭公十三年》）。"北海羊"用汉代苏武北海牧羊的故事。诗人在此以典明意，表示任凭金廷如何安抚、优待，自己会像苏武北海牧羊一样，饮雪吞毡，节旄尽落，羝羊孳乳，绝不变节。诗写到这里，诗人的心灵世界已得到了充分的展示。

颈联用"回首""驰心"，使诗意更加深化，境界更为开阔。两朝，指徽宗、钦宗，他们皆被金兵俘虏，扣押北地，不得归还，犹如春秋时吴国攻破楚国，楚王出奔，申包胥向秦国求救时所说："寡君失守社稷，越在草莽。"诗人回想这种耻辱，再想到由于金兵的入侵，连年攻战，万里农桑遭到严重的破坏，内心的怒火更不可遏抑地燃烧起来。尾联则将满腔愤恨喷薄而出："人生一死浑闲事，裂眦穿胸不汝忘！"裂眦，眼眶裂开，极端愤怒之貌；穿胸，犹刺心，极端仇恨之态。诗人把"死"看作"浑闲"之事，而对"汝"却"裂眦穿胸"不能忘却，对比鲜明，表达了他强烈的民族仇恨和誓死不屈的坚强决心。

第三首通过对妻儿的怀念，来表达他在金的忧愤心情。《金史·宇文虚中传》中说："皇统二年，移文宋廷，理索宇文虚中家属，虚中子师瑗仕宋转运判官，携家北来。"由此可知，此诗当作于家属北来之前。

首联直陈饱尝辛酸、忧愤和痛苦。这时的诗人，大概年已花甲，长期耻居异国，虽有高官厚禄，因为违反自己的意愿，依然有一种蹉跎失意的不安和抑郁。"有口无辞"，更包涵了难以言说的无限悲苦。因此，他只有通过对妻子儿女的怀念，来曲折地表达这种情怀了。"强食"以下四句，化用杜甫《月夜》《北征》中句，表达自己对妻儿们的怀念。"强食小儿能解事，学妆娇女最怜他"，完全是异地忆想。离开时儿子还小，强吃夺喝，现在可能懂事了；娇女刚学妆装，现在如何，实在更令人思念啊！其中"解事"云云，当然是指理解国家大事，诸如金兵入侵、宋王朝危难、父亲被扣留在异国以及自己如何立志报国、营救父亲、照料母亲与妹妹等，含意深厚而令人思索。"最怜他"，即"最怜爱她"。句中"强食"是小儿，"学妆"是娇女；而"能解事"指小儿，"最怜他"却是诗人自己。"他"是"娇女"的同位词。

"故衾"两句，是诗人想象家中的苦难生活。秋雨沾湿了老年被褥，当然是指屋漏家贫，用一个"愧"字，更表现出诗人复杂的思想感情。是由于自己不在家中，无人照料，还是由于家境困苦，以至破败不堪，这只有读者自己去想象了。下句亦然。海波原指服装上绣织的一种图案，拆之用以补缀短褐，可见贫困至极，用"宁忘"二字，就表达得更为含蓄、亲切。这和杜甫《北征》："海图拆波涛……巅倒在短褐"的诗意是一样的。

最后两句承上而来，照应了"不堪垂老"句意，更强烈地表达了诗人希望早日团聚的心情。"循环"犹言徘徊、回旋，是诗人渴念家室、急不可待的状态。他因居异乡，本来愁苦，即使家室北来，依然愁苦仍多，诗人强说"未愁"，不过是他怀念妻儿、渴思梦想的一种委婉、含蓄而曲折的表现罢了。

从以上分析可以看出，这三首诗分别反映出了诗人三个不同时期的思想感情，而它的表现方法，几乎是一样的。每首的首联，都是突兀起意，直抒心怀；颔联、颈联都化用事典，把诗意表达得深刻而又委婉；尾联简直是在直接吐诉、直接呼喊。全诗音韵铿锵，对仗工整，诗意深厚，令人深思，字里行间充满了眷恋故国、慷慨留金的愤懑激切之情。

（霍旭东）

## 吴 激

吴激（1090—1142），字彦高，号东山。建州（今福建建瓯）人。父吴栻，官终于朝奉郎、苏州刺史；岳父米芾，是北宋著名的书画家。靖康元年（1126），奉命出使金国，金以名士留不遣返，命为翰林待制。皇统二年（1142），出知深州，到任三日而卒。工诗能文，书画亦能得其岳父笔意，留金后以能词著称，风格清婉，与蔡松年并称为"吴蔡体"。其诗多去国思乡之情。元好问《中州集》卷一收录其诗二十五首。有《东山集》《东山乐府》。　　　　（霍旭东）


# 秋　兴

后园杂树入云高，万里长风夜怒号。

忆向钱塘江上寺，松窗竹阁瞰秋涛。


　　所谓"秋兴"，就是秋天产生的思想感情。但诗人，既没专写秋景，也没专写秋兴，而是在北国与南国同时不同的秋天景象中，表达出自己的思想感情和写作意图。

　　前两句写北国秋景，是实写。诗人留金时的金王朝，京都在会宁（今黑龙江阿城），入秋季节，杂树已经落叶，显得特别高，故曰"入云"；北国大地的秋风，已很劲利了，故曰"怒号"。简短两句，抓住北国秋天的主要景象入诗，使人不仅感到秋意萧瑟，简直有些冬寒的凛冽了。

　　后两句写南国秋景，是虚写。诗人想象中的钱塘江是浙江的下游，是今浙江省著名江水，自杭州闸口流入杭州湾。每至秋季八月，潮汛到来，江面美不胜收，常有钱塘观潮的盛会，这时的杭州，正是南宋王朝的首都。诗人即景遥想，在北国"万里长风夜怒号"的时候，"钱塘江上寺"将是人山人海、"松窗竹阁瞰秋涛"的一片热闹景象。两下相形，该有多少感慨！

　　全诗写景一南一北，一故国一异地，一想象，一写实，都抓住了最能代表节候的特征来描写，只字不涉情字，但通过这种鲜明的对比，诗人身居异地的惆怅之情和去国之感，却宛然自在，力透纸背。

（霍旭东）

# 题宗之家初序潇湘图

江南春水碧于酒，客子往来船是家。
忽见画图疑是梦，而今鞍马老风沙。

这是一首题画诗。宗之，即杨伯渊，真定藁城人，其父原为辽中书舍人。伯渊早孤，事母以孝，疏财好施，喜收古书。诗人在他家，看到了一幅《潇湘图》，心有所感，随即题写了这首诗。

潇湘，即今湖南湘江。零陵以上称潇水，以下称湘水。沿江风光优美，名胜殊多，历来为文人墨客所题颂。

诗的前两句简述画中的湘水风光。这里江水碧绿，像美酒一样澄清晶洁，显示出大好的春光。来往不断的游客，泛舟江上，因迷恋景色而忘了故乡。这一生动的画面，使诗人触景生情，马上联想起自己身居异地的处境来。"忽见画面疑是梦"一句，即逗露出诗人观画时刹那间所产生的思想感情。一"忽"字，强调观画时间短促而感情变化急速；一"疑"字，表现出他初观画时的惊诧心情；一"梦"字，又凸现了诗人进而入情如痴的神情。这一系列的心理变化是怎样引起的呢？末句道出了个中的原因。原来诗人使金不返，被强仕北国，终日在荒漠的异国大地，鞍马不息，年复一年，以至老之将至，归乡无期。

短短四句小诗，却表达出怀恋故国的深厚感情和流落异地的沉痛感叹。它打破了一般题画诗的写作格调，别有另一番情趣。（霍旭东）

## 蔡松年

蔡松年（1107—1159），字伯坚，号萧闲老人，真定（今河北正定）人。随父靖康降金。金废伪齐，置行台尚书省于汴，松年为行台刑部郎中，随都元帅宗弼伐宋，还迁刑部员外郎。官至右丞相，封卫国公，卒谥文简。诗格清丽。兼工词，与吴激齐名，时号"吴蔡体"。有《明秀集》。 （黄宝华）

# 庚申闰月从师还自颍上对新月独酌

### （十三首选四）

大块本何事，遑遑劳一生。
所过种陈迹，岁月如流星。
贪夫甘死祸，幅纸驰虚名。
晋室有先觉，柴桑老渊明。

我家恒山阳，山光碧无赖。
月窟荫风篁，十里泻澎湃。
兹焉有乐地，不去欲谁待？
自要尘网中，低眉受机械。

我本山泽人，孤烟一轻蓑。
功名无骨相，雕琢伤元和。

未能遽免俗，尚尔同其波。

梧桐唤归梦，无奈秋声何。


出处士大节，倚伏殊茫茫。

绝交苟不作，自足存嵇康。

哲人乃知机，曲士迷其方。

愿我类社栎，匠石端相忘。


　　庚申是金熙宗完颜亶天眷三年（1140），亦即宋高宗绍兴十年，其时金以都元帅宗弼（兀术）领兵攻宋，渡河入汴，遇到刘锜、岳飞、韩世忠等的奋力抵抗。刘锜在顺昌大败金军，韩世忠收复海州，岳飞破宗弼于郾城、颍昌，两河义军纷起响应，眼看恢复有望，宋廷下令收兵，于是复地尽失。蔡松年参加了这次军事行动，"兼总军中六部事。宋称臣，师还，宗弼入为左丞相，荐松年为刑部员外郎"（《金史》本传）。宋代颍州（治所在今安徽阜阳）为顺昌府，颍上在阜阳东南。蔡松年随军北还后写下的这组诗共十三首，披露了他矛盾复杂的内心世界，从中窥见他不愿仕金的隐情以及无力自拔的痛苦。此处选析其二、三、五、十一四首。

　　第二首表露了追慕陶渊明的志向。《庄子·大宗师》云："夫大块载我以形，劳我以生。""大块"，指大自然、造物。《庄子》此语即为诗的首二句所本。人生在世奔波劳碌一生，随着岁月的流逝，一切都成为陈迹。贪图利禄者甘愿冒死的危险，舞文弄墨者则求纸上的虚名。只有东晋的陶渊明有先知先觉，在末世易代之际抽身逃世，归隐田园。人们不难味出其言外之旨：诗人随父降金，屈身以事异族，当不能与陶渊明同日而语，其内心的感慨定是十分复杂而痛苦的。

第三首揭示归隐之志与屈身为官的矛盾。诗人仕金为真定府判官，遂以真定（今河北正定）为故乡，其地在恒山之南。在他笔下，故乡的风光是十分诱人的：山光翠碧，似小儿般活泼可爱（辛弃疾《清平乐·村居》有"最喜小儿无赖"之句，"无赖"，形容调皮之态）；月色笼罩着风中的丛竹，溪水潺潺，流泻达十里之遥。如此乐地，自己却不归去，还在这里等待谁呢？一作行吏，便落于尘网，只能俯首局束，受人摆布。此处"自要"二字颇有自作自受之意。

第五首抒发悔于为官又难以自拔的矛盾心情。诗人自称本是山野之人，只合身披蓑衣，泛舟烟波。天生无封侯的骨相（汉翟方进少时，相者说他有封侯骨），故不会与功名有缘，但偏要读书求仕，好比一块璞玉，硬要加以人工的雕琢，只能斫伤其本性。自己终于不能免俗，也投身仕途，与世俗同流。秋风起、桐叶落，唤起了心中的归梦，但无奈脱身不得，归梦难成现实。

第十一首表达全身避害之愿。进亦忧，退亦难，将何以处世？韬晦苟全恐怕是唯一的出路了。进退出处是读书人的大节所系。《老子》云："祸兮福所倚，福兮祸所伏。""倚伏"即指祸福，此事向难逆料，思之令人茫然。诗人想到了魏晋时的嵇康，他与山涛同为"竹林七贤"中的名士，山涛后来出仕，并请嵇康出来替代自己的尚书吏部郎之职，嵇康作《与山巨源绝交书》，与之断绝往来。嵇康后来终于被司马昭杀害，这与他的不能深自韬晦有很大关系。诗人认为如果他能不作绝交之书，则尚能全身自足。聪明人能察知事物的细微征兆（机，通"几"），而乡曲之士则认识模糊，不能见机行事。诗人之非议嵇康是显而易见的，在他看来，嵇康之不仕适足以自贻祸患，最好的办法是像"社栎"一样，大而无用，方能苟全。《庄子·人间世》载：一位名石的木匠到了齐国，见到一棵栎树被供奉为土地神，其大无比，"观者如市，匠伯（即匠石）不顾，遂行不辍"，徒弟问他：如此好树，为何连看也不看一眼，匠石答道："是不材之木也，无所可用，故能若是之寿。"诗的最后两句正用此典。

　　类似的退隐避祸的思想在蔡松年其他的诗中也时有反映。他在金朝官至尚书右丞，地位不可谓不高，但他心中总还有那么一点未泯的故国之思、民族感情，故而时时流露出怨悔之意。他曾自序诗文集云："王夷甫（晋人王衍）神情高秀，宅心物外，为天下称首，言少无宦情。使其雅咏玄虚，不经世务，超然遂终其身，则亦何必减嵇、阮辈？而当衰世颓俗，力不可为之时，不能远引高蹈，颠危之祸，卒与晋俱，为千古名士之恨！"这段话可为本诗作注脚。

　　这组诗规模陶渊明的五古，尤其是他的《归园田居》《饮酒》《杂诗》等组诗，更上祖阮籍的《咏怀诗》，采用随感录式的写法，睹物兴怀，自由抒写，不事雕琢。写法以直抒胸臆为主，抒情议论中也参以写景，着重揭示微妙的心理活动与感情变化，剖析内心的矛盾，故时见波澜曲折。如第三首铺写家山之美，自然引出归隐之思，最后却结以尘网的羁绊；第五首先写天性自由，无功名之相，则理当隐遁，但不能免俗，终于出仕，仕后又起归思，思归而又不得，一波三折，曲尽左右为难的矛盾心态。

（黄宝华）

# 小饮邢嵓夫家因次其韵

东风初度野梅黄，醉我东山云雾窗。

只今相逢暮春月，夜床风雨翻寒江。

人生离合几春事，霜雪行侵青髯双。

大梁一官且归去，酒肠云梦吞千缸。

　　这首七古是诗人在友人家小饮，为次友人之诗韵而作的一首唱和之诗。诗中抒发了与友人相逢的欣喜之情，以及辞官归隐的愿望。

　　暮春时分，东风骀荡，野梅已经转黄，此时竟能与老友相逢，酣饮叙旧，真是人生一大快事！"东山云雾窗"点出了聚饮之处，韩愈《华山女》云："云窗雾阁事恍惚。"诗语本此。夜晚，他们对床话旧，室外风雨骤起，好像江水在翻滚。此处诗语也渊源有自。韦应物《示全真无常》诗云："宁知风雪夜，复此对床眠。"白居易又将"风雪"改为"听雨"，其《招张司业宿》诗云："能来同宿否？听雨对床眠。"这一意境经苏轼兄弟在诗中互用，遂成为表现兄弟朋友之情的熟典。如苏轼《初秋寄子由》："雪堂风雨夜，已作对床声。"《东府雨中别子由》："对床定悠悠，夜雨空萧瑟。"苏辙《舟次磁湖以风浪留二日……》："夜深魂梦先飞去，风雨对床闻晓钟。"此处虽未明写"对床"，其意自见，风雨之夜，老友晤对一室之内，温馨慰藉之意，自可从中体味。接着感叹契阔离合，别易会难，岁月流逝，两鬓染霜，更见出这次相逢的珍贵。诗人最后表示："大梁一官，无需恋栈，趁早归去，得遂夙愿，正可豪饮，以了余生。"诗人形容自己的海量，若云梦之泽，可容酒千缸。司马相如《子虚赋》有"吞若云梦者八九于其胸中，曾不蒂芥"之句，为诗之末句所本。据《金史》本传："齐国废，置行台尚书省于汴，松年为行台刑部郎中，都元帅宗弼领行台事。"金废刘豫，取消伪齐政权，是金天会十五年（1137）之事；天眷三年（1140），松年随宗弼伐宋。所谓"大梁一官"即指松年任职汴梁，诗当作于这一阶段。蔡松年虽当方面之任，颇得信赖，但他时露归隐之思，常形诸篇咏，说明他事于异姓外族，心中有难言之隐，故只能以酒浇胸中之块垒了。诗的末二句实是向老友吐露真情，也见出他们情谊之笃。

　　此诗感情真挚，语短情长，语言自然流畅。值得指出的是，此诗明显有模拟黄山谷诗的痕迹。山谷有《子瞻诗句妙一世乃云效庭坚体盖退之戏效孟郊樊宗师之比以文滑稽耳恐后生不解故次韵道之》一诗，本诗即用山谷诗之韵，所用乃为险韵，有奇健之气。黄诗又是效韩愈《病中赠张十八》诗。山谷诗中有"赤壁风月笛，玉堂云雾窗"，即为本诗所采用。又山谷《六月十七日昼寝》诗云："马龁枯萁喧午枕，梦成风雨浪翻江。"写午睡时听到马嚼草料的声音，化作梦中风雨浪翻之景，寓有江湖之思。松年此诗采黄诗字面，虽非明写梦境，但也关合下面的归隐之愿。尽管此诗夺黄诗之胎，但并无黄诗的奇崛拗硬，而有其自身的特色。但从中也可看出北国诗人颇受苏、黄的影响。

（黄宝华）

## 施宜生

施宜生（？—1160），初名施逵，字必达，后改名宜生，字明望。浦城（今属福建）人。幼年博闻强记，未冠由乡贡入太学，北宋政和四年（1114）擢上舍第，试学官，授颍州教授。金天会十五年（1137）擢太常博士，迁殿中侍御史，后改吏部员外郎、礼部员外郎，出为隰州刺史。天德二年（1150），海陵王召为翰林院直学士，正隆元年（1156）出为深州刺史，旋召为礼部侍郎，迁翰林侍讲学士，自号三住老人。正隆四年末，命为宋国正旦史，自以为罪宋，力辞不许。后坐事烹死。其诗今存十五首，元好问《中州集》卷二仅录四首。另有文集行世。

（霍旭东）

# 题　壁

> 君子道穷志不穷，人生自古有飘蓬。
>
> 文章笔下千堆锦，志气胸中万丈虹。
>
> 大抵养龙须是海，算来栖凤莫非桐。
>
> 山东宰相山西将，莫把前功论后功。

这是诗人写在墙壁上的一首七言律诗。从其表达的思想感情来看，可能是他的前期之作。

开头两句，诗人即表明自己生活上虽有失意，政治上虽有挫折，但意志不移，依然奋进不已，表现出一种壮志凌云的气概。孟子说："士穷不失义，达不离道。"(《孟子·尽心上》)自古以来，人生犹如飞蓬，时穷时达，漂泊难定，只有志意长存，小至存身立命，大至治国济民，皆可有所建树。据语意，这是出于诗人政治上多次失意以后的心情。诗人原为北宋臣子，宣和末年，金兵攻入汴京，乃走江南，在家乡参加了范汝为的农民起义。范汝为失败后，隐姓埋名，与人为佣。后又北上仕齐，上书取宋之策，但因失意于齐帝之子刘麟而遭贬，至齐灭后，又改仕于金。故不论诗人一生的是非功过，单就"道穷志不穷"这句诗来说，还是有点精神境界的。最后使宋，以所谓"隐语"罪被金烹死。

"文章"以后四句，就"志不穷"引发。这是诗人的意志、愿望，也是诗人具体困难境遇中的自宽、自慰。笔下的诗文，要像"千堆锦"那么美；胸中的志气，要像"万丈虹"那么壮。因而屡遭挫折，诗人就大为感慨，认为生非其时、用非其地了。龙需在大海中才能兴水舞浪，有所作为；凤凰非梧桐不栖，非竹实不食，否则混同凡鸟，毫无可贵之处。看来，诗人的意志是远大的，气度是伟岸的。

"山东"二句更表现出诗人建功立业的雄心壮志。《汉书·辛庆忌传赞》中说："秦汉以来，山东出相，山西出将。"诗人认为，山东相也好，山西将也好，一个时代有一个时代的英雄，都统统随着时光流逝了，他们的功业并不能代替后来人的建树，关键后人要建新功、立新业，超越前人。这种大气磅礴的思绪，确能给人以鼓舞和激励。

诗人死前，奉金廷之命使宋，在南宋临安写了一首《钱王战台》，其中也说到政治人事的兴废和英雄人物的存没，情绪却不这么豪壮，反而给人一种惆怅、低沉的感觉。或许，坎坷的政治经历和残酷的现实生活，使他"万丈虹"般的"胸中志气"减弱了。所以，单从诗篇本身来说，还是这首《题壁》能给人前进的力量。

（霍旭东）

# 钱王战台

层层楼阁捧昭回，元是钱王旧战台。

山色不随兴废去，水声长逐古今来。

年光似月生还没，世事如花落又开。

多少英雄无处问，夕阳行客自徘徊。

这是一首凭吊诗。钱王，即五代时吴越王钱镠。钱镠（852—932），字具美，唐末临安人。少任侠，以贩私盐为生。昭宗时先后为中书令，镇海、镇东节度使，越城王。唐亡，受后梁太祖朱温之封，为吴越国王，旋称帝。在位时注意兴修水利，发展商业和海上交通，对两浙经济发展起了积极作用。钱王战台，当是他的一处遗迹。从诗人的生平事迹来推测，此诗可能作于正隆四年（1159）末金廷命为宋国正旦使而使于临安（今杭州）时。

头两句开门见山，紧扣题意。"昭回"，原出于《诗经·大雅·云汉》："倬彼云汉，昭回于天。"本意是说光明的天河，它的光辉在天空旋转。后来即用昭回比喻日月光辉。当时钱王战台犹存，层层楼阁在阳光照射下金光闪烁，诗人看后不禁感慨起来。一个"元"（同"原"）字，即透露出这种心绪。

可是，诗人并没有继续去写战台的雄伟壮丽，相反却立即将自己在刹那间的感受表述出来。"山色不随兴废去，水声长逐古今来"，多少年、多少代，王朝交替、社会兴衰，但山水依旧、声色长存，并没因人间的变迁和政治的兴废而改变容貌。"年光似月生还没，世事如花落又开"，诗人深深地陷入了对人生、世事循环往复的无限惆怅、感慨。这两联是全诗的中心，也是诗人伤今怀古的思绪所在。表面上好像非常超脱、旷达，实际上，内心却充满了不尽的感伤和愤慨。

最后两句，诗人的感触由古及今，因人至己。苏轼《赤壁怀古》"大江东去，浪淘尽，千古风流人物"，诗用其意，谓多少英雄豪杰已随时光的流逝而"无处问"了，自己思绪难平，久久徘徊于台前，以至夕阳西下还不想离去。"行客"暗指自己奉金廷之命使宋，在江南不过是匆匆而过的行客；"自徘徊"，自然包含着他仕金使宋的复杂的思绪和难以言述的感慨了。

这首七律，语言简明浅近，寓意却极深厚、含蓄。钱镠是一代英雄，他的历史的遗迹所引起的政治失意者的感触，在古代却能引起某些人的共鸣，至今依然使人深思。

（霍旭东）

# 王 寂

王寂（生卒年不详），字元老。蓟州玉田（今属河北）人。出身于北宋三槐王氏大族，其父仕金四十余年。金海陵王天德三年（1151）进士，历太原祁县令、真定少尹兼河北西路兵马副都总管、通州刺史兼知军事、中都副留守等官，终中都路转运使。年六十七卒，谥文简。主要活动在大定年间。一生政绩显著，并有诗名。诗风清刻镵露，散文亦博大流畅，多有独创。有《拙轩集》。

（霍旭东）

## 挽姚仲纯

夫子人之杰，魁终道最纯。

乡闾连沛邑，族系出虞宾。

清节冰壶莹，孤标玉树新。

妙龄探桂窟，雅志傲蒲轮。

事业传衣钵，风流表缙绅。

斗南惟此老，月旦复谁人？

忍死哭亡社，偷安笑具臣。

斯文虽未丧，吾道竟难伸。

彭泽不书宋，东陵无负秦。

直从强健日，收到自由身。

把臂言犹在，回头迹已陈。

发书占贾鹏，绝笔惑商麟。

去矣骑箕尾，嗟哉厄巳辰。

终天从此别，穷壤向谁亲？

堕榔逢王果，留灯待沈彬。

彭殇俱逝水，丘跖共荒榛。

书带绿新垒，笛声起旧邻。

绝弦双堕泪，抚剑一伤神。

冢树悲长夜，山花作好看。

龟趺平木杪，谁为写光尘？

　　这首诗元好问附于《中州集》卷十姚孝锡（仲纯）小传之后，是一篇悼词。姚孝锡，字仲纯，丰县（今属江苏）人。北宋徽宗政和四年（1114）进士，后为代州（今山西代县）兵曹。金太宗天会三年（1125）举兵攻宋，陷忻州、代州，进逼太原。时州将议降，官属恐惧，姚孝锡却"投床大鼾"，"不以为意"。中年后家事尽付诸子，自己放浪山水，以诗酒自娱，自号醉轩。八十三岁寿终时，为诗而吊者数十人。元好问《中州集》卷十收录其诗三十二首，并于小传后附友朋吊诗多首，此即其中之一。

　　诗为五言排律。前半部分多方赞颂姚孝锡的品德、情操和风范，后半部分（即"把臂言犹在"以下）反复申述对他的敬仰、怀念和哀悼。全诗感情深挚，一气呵成。但由于受江西诗派的影响，全诗几乎"无一字无来处",典实比比皆是,触处可见。

开头两句总赞其人品。汉高祖刘邦曾称张良、萧何、韩信为"人之三杰"(《史记·高祖本纪》),诗人借用,以示对姚的敬佩。"魁终",犹言始终、一生。"道最纯",谓其守道不渝。"乡闾"两句赞扬他的籍贯和世系。姚氏故乡丰县,紧连沛邑(今江苏沛县),是汉高祖刘邦的故乡;他的祖先,是上古五帝中大舜的后裔。相传大舜出生于姚丘(一作姚墟),为有虞氏,因以姚为姓。舜受尧禅,对尧子丹朱待以宾礼,故《尚书·益稷》孔安国传称丹朱为虞宾。诗人本意是说姚孝锡是舜的后裔,因而他在这里用错了典故。"清节"两句用比喻,称颂其风范情操。鲍照《代白头吟》:"清如玉壶冰。"《世说新语·言语》:"譬如芝兰玉树,欲使其生于阶庭耳。""冰壶""玉树"即出于此。"妙龄"两句,写姚的才智和志趣。前句指姚早年及第,后句谓其平生不重名利,傲视王侯。晋代郤诜举贤良对策,为第一,自云"犹桂林之一枝",事具《晋书》本传,后遂以登科为折桂,又傅会为月宫事,故又云"蟾宫折桂"。"蒲轮",用蒲草捆扎车轮,使车行驶平稳。古代帝王在征召年高的贤士时常用之。"傲蒲轮"即不受征召,此指姚中年后弃官不仕。"事业"句说他事业有成,后继有人。"风流"句说他品德、情操在士大夫中被引以为仪范。对于这样一位情操高洁的"人之杰",诗人再次感慨地说:"斗南惟此老,月旦复谁人?"崇敬之心,可谓无以复加了。"斗南",犹言中国、海内。《新唐书·狄仁杰传》:"狄公之贤,北斗以南一人而已!""月旦",即"月旦评",《后汉书·许劭传》载劭与从兄每月评论乡党人物,俗称"月旦评"。

　　"忍死"句以后，诗人进一步称述姚孝锡对故国的忠诚。社，社稷，国家。"亡社"指北宋。北宋之所以覆亡，主要在于朝廷腐败、将相苟安，"偷安"即指此。"具臣"语出《论语·先进》，指尸位素餐者。"斯文"，语出《论语·子罕》，指国家的礼乐制度、文化传统。"吾道"指北宋君臣的政治理想。北方沦陷后，姚孝锡誓不事金，辞官隐退，"彭泽"二句即赞扬他对故国的忠贞。彭泽指陶渊明，刘裕灭晋，不愿出仕，所著文章，"义熙（晋安帝年号）以前，则书晋氏年号；自永初（宋武帝刘裕年号）以来，唯云甲子而已"（《宋书·陶渊明传》）。"不书宋"言此。东陵，指秦东陵侯召（邵）平。《史记·萧相国世家》言其秦破后为布衣，种瓜于长安市东，故曰"不负秦"。姚孝锡也是这样，不仕金、不负宋。他从二十九岁以后，就放浪山水，以诗酒自娱，故云"收到自由身"。

　　诗人与姚孝锡是好朋友，现在回想往事，音容笑貌，如现眼前，"把臂"二句即写其景。以下则着重表达对姚的悼念。"发书"二句用贾谊及孔子故事，表现姚对自身处境及国家命运的担忧。汉代贾谊被贬长沙王太傅，有鵩（即鹏，俗名猫头鹰）入舍，止于坐隅，谊以为不祥，发书以占吉凶，并作《鵩鸟赋》抒其忧愤。孔子作《春秋》，鲁哀公十四年鲁叔孙氏之车子鉏商西狩获麟，遂绝笔。诗人以此表现了姚在北宋末年的政治态度和复杂情绪。"去矣"二句哀叹事过境迁的不幸。为了押韵，上下两句故意颠倒出之。"厄巳辰"，困厄于巳年。天会三年乙巳（1125）十月，金太宗完颜晟进攻北宋，陷代州、忻州，进逼太原。后句即感叹此事。"骑箕尾"，典出《庄子·大宗师》："傅说（殷武丁相）……乘东维，骑箕尾

（星宿名）而比于列星。"此指姚的去世。"终天"二句谓永别后姚氏孤处偏僻（指墓地），无人亲近。"堕榔"二句祝愿死者精神长存。王果典出《事文类聚》：唐将王果谪雅州刺史，见岩腹一棺临空，旁有铭曰："欲堕不堕逢王果，五百年，重收我。"遂葬之。沈彬事见《南唐书》本传：唐末举进士不第，于是浪迹湖湘，好神仙、喜赋诗。"留灯"，佛家语，指佛祖留下来的佛法，此指姚的风范、旨趣。二句意谓即使千百年后，姚的在天之灵也是会遇到知音的。

"彭殇"句以下，转示对死者的安慰，也是诗人自己的精神解脱。"彭"指彭公，相传享年八百多岁；"殇"即殇子，未成年而亡；"丘"，孔丘，"跖"，盗跖。诗人感叹无论寿夭贤愚，终归一死。但友情难泯，思念不绝，故最后以怀念之意作结。姚孝锡的坟墓上，长满了绿绿的书带草；看到姚的旧居，更增加了对他的忆念。"笛声"句用西晋向秀之典。向秀和嵇康、吕安是好朋友，后嵇、吕为司马昭所杀，向秀有次路过嵇康的旧居，听到邻人吹笛，因作《思旧赋》。"绝弦"用伯牙事。《吕氏春秋·本味篇》："锺子期死，伯牙破琴绝弦，终身不复鼓琴。""挂剑"为季札故事。《史记·吴太伯世家》载，徐国国君喜爱吴公子季札的宝剑，季札归途经徐时，徐君已死，乃解剑挂于徐君墓边之树而去。这就是说，要生死不变，忠于友情。"冢树"在长夜中悲鸣，"山花"在展示春意，它们与逝者相伴，度过漫长的岁月。墓碑高高丛立，可又有谁去叙写逝者的品德和风范呢？"龟趺"指碑座；"木杪"，即树梢。此化用苏轼《为程筠作归真亭诗》"会看千字谏，木杪见龟趺"句意，以仰视墓碑，表达崇敬之情。诗的结尾情意无穷，令人回味。

　　这是一首有感而吐、即兴而发的凭吊诗。诗人似乎没有精心构思和安排，只是因情为诗、随感而写，因而显得拖沓，但正因为此，反而更能真实地反映出诗人复杂的情感。虽然引典太多，语意有些晦涩，但也能衬托出诗人深厚的情谊，读之仍令人感动。

（霍旭东）

# 刘 迎

刘迎（？—1180），字无党，号无诤居士。东莱（今山东莱州）人。金世宗大定三年（1173），以荐书对策，为当时第一，明年登进士第，除完颜永成幽王记室。后改太子司经，甚得太子完颜允恭亲重。大定二十年（1180）从太子驾于凉陉狩猎，以疾卒。工诗、善词，与著名文士吴激等友善，有诗文乐府集《山林长语》，今不传。元好问《中州集》卷三收录其诗三十五首，内容广泛，形式多样，多反映兵祸战乱、赋役天灾及人民疾苦。"歌行体"颇有李白遗风，为清代王士禛赏识。

（霍旭东）

## 晚到八达岭下达旦乃上

车马两山间，上下数百里。

萦纡来不断，奕奕似流水。

鲸形曲腰脊，蛇势长首尾。

我车从其间，摇兀如病齿。

推前挽复后，进寸退还咫。

息心固安分，尚气或被指。

徐趋自循辙，躁进应覆轨。

行行非我令，枙亦岂吾使。

倦仆困号嘷，疲牛苦鞭箠。

纮如五更鼓，相庆得庞止。

归来幸无恙，喘汗正如洗。

970

　　　　何以慰此劳，村醅正浮蚁。


　　这是一首描述夜登八达岭的"纪行诗"。

　　八达岭在今北京昌平西北的居庸山中。这里山势险峻，是长城居庸关的最高峰，海拔一千多米，自古就有"天险"之称。万山丛中，只有这一道险关可通，过此外出，路即可分为四，故称八达岭。诗人当年夜间驱车过此，其艰难险阻，可想而知。

　　全诗二十四句，可以分为三个层次。

　　开头六句，先写八达岭山口来往车马拥挤、行进艰难。因为关内、塞外的交往都要经此险道，所以诗人入手便以"数百里"极言山谷狭长，车马接踵，以"两山间"凸现山壁夹峙，峡谷幽深。"萦纡"二句进一步以流水来拟状山路的萦纡曲折。"奕奕"，络绎不绝的样子。众多的车马，拥挤于崎岖、迂回、狭窄的山谷之中，来往不断，长如流水，使人如临其境。"鲸形"两句写近看行人个个曲腰屈膂（脊梁骨），极力攀登，远望车马蜿蜒盘旋，绵连不绝，景象十分壮观。

　　"我车"以下十二句，集中描述自己驱车其间的艰难困苦。"摇兀如病齿"，形容车辆颠簸磕碰，摇摇晃晃，犹如坏牙一般；尽管"推前挽后"，努力向前，却还是进寸退咫，如蜗牛爬行。在这种艰难的情况下，只有"息心""安分"，心平气和地随队慢慢前进，否则则欲速而不达。如果单凭气性（尚气）强行攀登，就会搅乱次第，遭到他人的指谪，因此只能循序渐进，以免翻车。"行行非我令"，指身不由己，自己根本无法指挥车马前进；"枙亦岂吾使"，谓也不能让它停下，一切全随大流。结果弄得人疲牛乏，仆隶困乏号呼，牛马受尽"鞭箠"之苦。通过这种白描式的描述，八达岭山径行路的艰苦、诗人进退维谷之状都得到了真实形象的反映。

最后六句，写过岭后的心情。"纮如五更鼓"一句，化用《晋书·邓攸传》所载吴人歌"纮如打五鼓，鸡鸣天欲曙"之意，点明越过八达岭的时间，照应了诗题。"纮如"言鼓声响亮，"五更"指拂晓天明，即题中之"达旦"。诗人整整走了一夜，此时终于渡过难关，自然感到庆幸。只是疲惫不堪，气喘吁吁，汗如雨下。经过这番劳苦奔波，能喝上一杯烫热的村酒，那该是多大的慰藉啊！醅指佳酿醇酒，浮蚁是热酒表面浮起的细沫。诗至此，语言中又洋溢着一种登山越岭后的欣慰和喜悦。

全诗没有夸张，没有藻饰，直述其事，而情自在其中，显得质朴自然。这在追求淡远、闲雅的大定诗风中，应该说是别具一格的。

（霍旭东）

## 党怀英

党怀英（1134—1211），字世杰，号竹溪，冯翊（今陕西大荔）人。宋初名将党进的后裔。青年时与辛弃疾同师事刘瞻，时称"辛党"。金兵入侵，辛弃疾率兵起事。锐意抗金，南奔归宋，而党怀英却陷事金廷，于大定十年（1170）擢进士甲科，累官至翰林直学士、国子祭酒，翰林侍讲学士，卒谥文献。能诗文，兼工书法，为金代中期文坛盟主。赵秉文谓其"文似欧公"，"诗似陶、谢"。《中州集》录其诗六十五首。 　　　　　　　　　　　　　　　　　（霍旭东）

## 穆陵道中二首

沂山一何高，群峰郁孱颜。

我行问遗老，云此小泰山。

望秩有常祀，其神号东安。

草荒穆妃坟，雨剥汉武坛。

神仙果何在？可想不可攀。

千年等一昔，俯仰悲人寰。

东望蓬莱宫，咫尺沧波间。

重山复峻岭，溪路宛盘盘。

流水滑无声，暗泻溪石间。

岸草凄以碧，鲜葩耀红丹。

高云映朝日，流景青林端。
我行属朱夏，欲憩不得闲。
山中有佳人，风生松桂寒。

 

    从内容来看，这二首诗是诗人因公务经过穆陵山道，就其所见、所闻、所感而写的，时间大约在金章宗承安年间，诗人担任兖州泰定军节度使时期。

    穆陵在今山东省沂山南麓，金时属山东东路益都府临朐县。县治东南二里，有朐山，嵬巍磅礴，萃秀于南境者称沂山，其峰在县治东南九十里，一名小泰山。山顶有一冢，传说西周穆王葬宫嫔于此，又称穆陵。穆陵古道山高谷狭，仅容一辙，为南齐天险。诗云"我行问遗老，云此小泰山"，显然指此。

    第一首，诗人就见闻抒发"幽古之思"。头两句先写沂山高峻、群峰秀出。"一何"，叹词，犹"多么""那么"，表示惊叹。"颜"指山巅，"屠颜"，同"巉岩"，高峻貌。"郁"，林木苍郁。因诗的重点不在写景，故于山势状写后即转入抒感。"我行"二句以与遗老问答，引发出一系列古代轶事。

    "望秩"二句写沂山的神异、尊严。"望秩"，即望祭，因沂山高峰又名小泰山，故历代帝王常于此依次望祀，史不绝书。"东安"，唐贞观十年，曾封沂山为东安公，金章宗明昌年间（1190—1195），又封沂山为东安王。这里，有传说西周穆王宫妃的陵墓，有传说汉武帝"封泰山、禅梁父、至蓬莱"时在此筑的祭坛，可是年深日久，这些遗迹早已沉埋在荒草之中，被风雨吹剥得不像样了。述古叙事中饱和着诗人无限的遐想和感慨，全诗由写景、述古转向抒情。

"神仙"句以下是诗人的"幽古之思"。汉武帝多次东巡求神，结果却是"可想不可攀"。回想往事，不禁令人俯仰悲叹，感慨不已。"一昔"，犹"一夕"，千年长河人世沧桑变化，多少帝王封禅、望祀，遥望蓬莱仙岛，似乎近在咫尺，而实际沧波烟海，茫茫天际，无处寻觅。言语间蕴含着对历代帝王迷恋、追求神仙的深刻讽刺，和对人世沧桑的无限感慨。

第二首重点写穆陵道中景色，字里行间充满了诗人的喜悦、热爱和留恋之情。"崇山"句为远望仰视所见。"溪路"句为近望俯视所见，它们展示出穆陵道中雄伟而秀丽的空间美景。试想，行进在崇山峻岭、层嶂叠岩之中，曲折迂回的沿溪山径之上，那将是一种什么样的感受？下面诗人由"溪路"走来，周围景色使他留连忘返。山溪涓涓，花草繁茂，深山峡谷中一片宁静和幽雅。诗人在此用一"滑"字，表现出细流在溪石间潜然流过的状态，逼真、形象而又充满情趣，不由使人想起柳宗元笔下的小石潭来。清清溪水，时而滑溜于石面，时而暗注于石下，两岸绿草丛生，有的还开着鲜艳的红花，景致十分迷人。

按说，至此诗人已将眼前的景物写尽，可是他仍不满足，而将视线放开。"高云映朝日，流景青林端"二句，把身处峡谷中的仰视所见整个展现在读者面前。山间的浮云映着初升的太阳，灿烂的霞光在茂绿的树梢间飘动，景象更加壮丽。可惜，诗人这次冒着盛夏炎热到此，却因公务在身而"欲愒不得闲"，因此只能以"山中有佳人，风生松桂寒"来表示自己的无限遗憾了。"佳人"指超脱于世尘的隐者，与己"不得闲"相衬，语意含蓄而耐人寻味。

这两首诗或因事抒感，或依景寄情，都是诗人行进于穆陵道中所见所闻的即兴之作，风格清丽自然，技巧娴熟老到。　　（霍旭东）

# 朐山驿亭阻雨

脱叶萧萧山木稠，连樯飘泛海蓬秋。

浪回朐岛冯夷舞，云暗苍梧帝子愁。

欲往未行淹仆马，乍来还去羡鸥鹜。

景疏楼下无边水，暂濯尘缨可自由。


题中的朐山，应作朐山，指海州朐山。汉时为朐县，属东海郡；隋唐以来为朐山县，属海州，其县治在今江苏连云港。这里群山环抱，连绵起伏，峰峦丛立。朐山在其县治城南，上有双峰如削，又名马耳山、青龙山、锦屏山。从题意来看，这首诗是诗人抒写在朐山驿亭为风雨所阻时所看到的海滨景象。

首联突兀而来，不言风，而写海风吹来的状态。传说海中有蓬莱仙岛，因称海面为海蓬。海风吹来，山林萧瑟，海中帆船相连，飘荡浮动，景象壮观。句末着一"秋"字，一面表明季节，一面衬托心情。

颔联进一步描绘风威。冯夷，传说中的水神。因为传说朐山从苍梧山迁徙而来，所以诗人又联想到大舜的二妃娥皇和女英。海面上掀起大风，巨浪冲击着朐岛，朐岛在旋转、回荡，好像水神在翩翩起舞；乌云笼罩朐山，阴暗凄森、连娥皇、女英都发愁了。这里借助联想和夸张，把风威表现得格外生动形象。

诗人写风大，写浪猛，却不露题中的"雨"字。但实际上风势、风威中就暗含了"雨"字。这从尾联"景疏楼下无边水"中即可看出，不然"水"就没有了来历。诗人这种从旁烘托、暗示的手法是很高明的。

颈联突作转折，由"风"转入"阻"字，紧扣题意。"淹"，停留，滞留。诗人要去某地，走到朐山驿亭，因雨受阻，致使仆从、马匹都不得不滞留于驿亭，进退不能，只能羡慕起海上飞翔的鸧鸥来。鸧、鹜等水鸟，任凭风大、雨紧、浪急，依然在空中、山上或海面自由翱翔，诗人怎么能不生羡慕、向往之心呢！诗中不见"阻"字，而其意宛在，写来十分真切、含蓄。

尾联就"还去"生发，深化"阻雨"而自我解慰。"景疏楼下无边水"，是诗人的联想。景疏楼在朐山县治东北隅，传说是北宋真宗时石延年（字曼卿）任海州通判时修建，此时或为客舍别馆。"暂濯尘缨可自由"，诗人认为这正可暂时洗洗自己那世俗的冠带，不必为公务忙碌奔波，而去忙中偷闲了。诗的结尾写得轻松、闲适和风趣，同时也反映出诗人厌倦仕宦生活的情绪。

总观全诗，语言活脱自然，诗意闲适，富有情趣，感情的表达起伏曲折，题旨的揭示层层暗寓，充分显示了诗人成熟老到的表现技巧。

（霍旭东）

## 赵秉文

赵秉文（1159—1232），字周臣，号闲闲老人，磁州滏阳（今河北磁县）人。金世宗大定进士，累官应奉翰林文字，同知制诰。章宗时坐讥讪大臣及议论朝政免官，复历任兵部郎中、翰林直学士等。宣宗贞祐初，建言迁都、导河、封建三事，官至礼部尚书。工书画诗文，诗风豪放清新，不拘一格。著述宏富，有《滏水文集》《资暇录》等。　　　　　　　　　　　　　　　　　　　　　　（黄宝华）

## 游华山寄元裕之

我从秦川来，遍历终南游。

暮行华阴道，清快明双眸。

东风一夜横作恶，尘埃咫尺迷岩幽。

山神戏人亦薄相，一杯未尽阴霾收。

但见两岸巨壁列剑戟，流泉夹道鸣琳璆。

希夷石室绿萝合，金仙鹤驾空悠悠。

石门忽断一峰出，婆娑石上为迟留。

上方可望不可到，崖倾路绝令人愁。

十盘九折羊角上，青柯平上得少休。

三峰壁立五千仞，其下无址旁无俦。

巨灵仙掌在霄汉，银河飞下青云头，

或云奇胜最高顶，脚力未易供冥搜。

苍龙岭瘦苔藓滑，嵌空石磴谁雕锼。

每怜风自四山下，

下不见底惟闻松声万壑寒飕飕。

扪参历井上绝顶，下视尘世区中囚。

酒酣苍茫瞰无际，块视五岳芥九州。

南望汉中山，簪如碧玉抽。

况复秦宫与汉阙，飘然聚散风中沤。

上有明星玉女之洞天，二十八宿环且周。

又有千岁之玉莲，花开十丈藕如舟。

五鬣不朽之长松，流膏入地盘蛟虬。

采根食实可羽化，方瞳绿发三千秋。

时闻笙箫明月夜，芝轙羽盖来瀛洲。

乾坤不老青山色，日月万古无停辀。

君且为我挽回六龙辔，我亦为君倒却黄河流。

终期汗漫游八表，乘风更觅元丹邱。


赵秉文、杨云翼叠主文盟后，文风蒸蒸日上。但金宣宗南渡（1214）之后，往日投戈息马、经济繁荣的景象日见衰落。战乱和仕途的坎坷使赵秉文这样在人生道路上充满进取精神的诗人发生了变化，诗风也变得"沉郁顿挫"。古诗《游华山寄元裕之》是他的代表作。作品通过对华山艰险的着力描写，在赞美祖国河山壮丽雄伟的同时，亦寄托了仕途坎坷的感慨。诗人将此诗寄给他的学生元裕之（好问），其中不无劝勉、鼓励之意。近代诗人吴梅认为"《华山寄元裕之》七古一首，纵横奇恣，为集中最高之作"。赵诗受李白影响较深，这首诗豪迈奔放，富有浪漫色彩。

全诗共五十二句，可分成三部分。以空间顺序记叙华山巍峨险峻，运用神话、想象等手法，充分表达了作者的思想感情。

第一段开头至"一杯未尽阴霾收"为概述，可分二层意思。第一层是前四句，写登华山之前的游程和感受。诗人从秦川（今陕西、甘肃秦岭以北平原地带）出发，游历了地处西安南面的终南山，当来到华山脚下华阴县时，看到清致景色，心情愉快。第二层的四句写第二天登山时天气变化。昨天还是清快的天气，一夜之间尘埃迷岩幽。"一杯未尽阴霾收"，不一会儿乌云过去，天又放晴，真是瞬息万变。

第二段从"但见两岸巨壁列剑戟"至"日月万古无停辖"，共四十句，描写华山险阻高峻。又可分三层。前八句为第一层，写登山途中山路险阻，行程困难。"巨壁列剑戟""流泉夹道鸣琳璆""希夷石室绿萝合"，都是登山途中景致。山的顶峰还很远，可望不可到，"崖倾路绝令人愁"，具体写了山势高峻，行走不易。这里想象、写景和比喻交互运用，形象纷呈。

第二层是"十盘九折羊角上"以下十二句，详写沿途景物，进一步描写山势雄奇艰险。其中运用了夸张、比拟的方法，把华山的三座主峰写成五千仞，古时一仞为八尺，此极言其高，形容华山三座峰巅壁立森严，矗立云中、高不见底的险状。"巨灵仙掌在霄汉，银河飞下青云头",三座主峰巍峨入云,气势雄浑,有的像巨大神灵,有的像仙人巨掌,直入云际,银河如从云端飞泻而下。"巨灵"指华山主峰像巨大神灵一般;"仙掌"指华山东峰仙掌峰,形状如仙人手掌,因而命名。

第三层是"扪参历井上绝顶"以下二十句,写登上峰巅之后所见到的景色与感受。诗人在华山绝顶瞰视尘世,五岳成了几块山石,九州如同芥子,雄伟的秦宫汉阙,在历史长河中飘然聚散,如同风中的泡沫。作者通过敏锐的洞察,表现了对现实生活的认识,并以此为核心,写出了横绝逆折的雄奇瑰玮。前八句为俯视,"参""井"是古代天文学中的两个星座,此句由李白《蜀道难》"扪参历井仰胁息"化来,很是浪漫。"块视"句极言所见五岳九州之小,出司马相如《子虚赋》:"若吞云梦八九于胸中曾不芥蒂。""芥",芥蒂,细末。以下写仰视,诗人进行了一系列丰富的想象:从玉女仙人、千岁莲藕,直至羽化成仙的三千岁寿星,幻景叠出,扑朔迷离,神奇瑰丽,其目的是借写仙境,来表现自己对理想社会的向往和追求,从中寄托对现实的感慨。

第三段是最后四句,点题作结。其中"君且为我挽回六龙辔,我亦为君倒却黄河流"二句奔放豪迈,波澜迭起,充满了李白"我且为君捶碎黄鹤楼,君亦为吾倒却鹦鹉洲"(《江夏赠韦南陵冰》)那种非凡的气魄。"六龙",古代神话传说,替太阳驾车的羲和神,驾着六条神龙牵引车子在空中运行。

这首诗想象丰富,用笔恣肆,其借游华山的描写,展示了一幅炫幻迷惑、摄人心魄的奇幻图景,是一首不可多得的佳作。(郑方进)

# 古瓶蜡梅

石冷铜腥苦未清，瓦壶温水照轻明。

土花晕碧龙文涩，烛泪痕疏雁字横。

未许功名归鼎鼐，且收风月入瓶罌。

娇黄唤醒昭阳梦，汉苑荒凉草棘生。

这首七律作于金哀宗正大（1224—1231）初年，正是赵秉文长翰苑时的晚年之作。其时，他同陈正叔、潘仲明、雷希颜、元裕之诸人举行诗会。诗会以《野菊》《古瓶蜡梅》为题，诸人分咏之。他作的这首《古瓶蜡梅》被众人评为"句甚工"，潘仲明所作也获好评。元裕之、潘仲明等皆出其门下，在诗会中师生、友朋相互切磋，无拘无束，可见他对于识拔人才、造成风气所起的作用。这次诗会诸人的唱和之作多已散佚，而此诗被收录在《滏水文集》中。

首联谓由青铜、陶石制成的古瓶，古则古矣，但石冷铜腥，子花不宜，倒是瓦壶之类陶土制成的瓶儿轻灵透温，合乎插花之道。

颔联承上而下，描写为诗人欣赏的"瓦壶"形状：它上面刻着龙的花纹和排列成"一"字或"人"字的雁字形纹，显得陆离斑驳，古色古香。"龙文"即龙形的花纹，"雁字"指像群雁飞行时常排成"一"字或"人"字形的纹饰。

　　以上二联入题，写"古瓶"；下面二联则由瓶及花，写"蜡梅"。颈联是对蜡梅不慕功名、不图富贵，却独得风月清神、自甘淡泊的赞许。二句表面写梅，实际上暗寓了自己宦海沉浮、人生处世的感慨。诗人从大定二十五年中进士以来，至今已官居礼部尚书，且魁然为一时的文士领袖，对爵位利禄自然要看得淡泊多了，而对生活中的良辰美景、清风朗月却更为向往了。其咏物喻意，妙在两得。

　　末联"娇黄"妙传蜡梅风采；"昭阳"，汉武帝时后宫殿名，后成帝因宠爱赵飞燕姊妹而增隆之。诗人在此以"昭阳梦"喻指一切求宠干禄的功名富贵，都如梦幻一般虚幻；古瓶蜡梅的风采神韵，足以唤醒之。因为在他看来，与其追名逐利而烜赫一时，倒不如像古瓶中的蜡梅一样自甘淡泊，得风月之潇洒与脱俗。其因则全在于"汉苑荒凉草棘生"一句——功名富贵皆如过眼烟云，并不足恃。

　　这首诗词藻古朴典雅，寓意含蓄警拔。赵秉文曾说过"律诗最难工，须要工巧周圆"，观此诗即深得其中三昧。其二联写瓶，二联状梅，而身处于金末朝政风云却不羡功名的恬淡心情自寓其间。

（郑方进）

## 涌云楼雨二首

片云头上一声雷，欲到冠山风引回。

窗外忽传林叶响，坐看飞雨入楼来。

帘雨风斜不上钩，栏干吹湿怕人愁。

雷声驱雨东山去，留下斜阳恰半楼。

赵秉文曾写过一篇《涌云楼记》，文中记载他在大安二年（1210）夏曾至平定首次登涌云楼，这年他五十一岁。后来，"觞于斯，咏于斯，会宾客于斯"，与涌云楼结下了不解之缘。《涌云楼雨二首》当是他晚年之作，作者借雨景来表达他恬静旷然的思想感情，写法上轻松自由，在平淡中蕴藏着深厚的情味。

第一首前两句写山雨欲来风满楼的景象，写雨而先以风、云、雷作铺垫。出句视、听并举，对举由感觉入手，楼前一时间云起风回，雷声隆隆，其势迅猛异常。

后两句写刹那间窗外忽然传来一阵林叶沙沙的响声，随即大雨滂沱，飞溅入楼。这两句仍由听觉和视觉双下笔。"飞"字既言雨来势疾速，为前两句中的云、雷、风交汇的必然结果，同时也写出雨在风的作用下的飘洒泼溅。

　　第二首接上而言，写雨中和雨后之景。前两句谓任凭楼帘被风吹得歪歪斜斜而不搭钩，只是楼外的栏干被雨淋湿，怕让登楼人犯愁。两句全从视觉写出，又微露诗人观雨时的心境，自然散淡，不见锤炼之迹。

　　后两句写隆隆的雷声把雨驱赶到东山上去了，雨过天晴，一片斜阳恰恰照满了半座涌云楼，景色分外清朗艳丽。在此，在完整地表现了观雨全过程的同时，又展示了一幅与第一首前二句黑云压城全然不同的明丽景色，给人以美的享受。

　　一座普通的涌云楼，一场寻常的山雨，却被表现得如此富有诗意。如果不是作者有真切清新的感受、丹青高手的诗笔，那将是很难做到的。

（郑方进）

# 草 堂

几家篱落掩柴关，尽在浮岚涌翠间。

稻陇明边通白水，竹梢缺处补青山。

吴梅论金诗曾云："每能华实并茂，风骨遒上，绝胜江南之柔弱。"（《辽金元文学史》）赵秉文这首七绝，可谓代表。在短短的二十八个字里，意境优美，凝炼含蓄，内容丰富，画面清新。

首句"掩"，指掩蔽、遮盖；"柴关"，即柴门。这句说，有几家的篱落把草堂的柴门遮掩住了。这样的开头，看似不着力，平静而自然，但对于要展开的景物来说，却是极好的导入，它既显示了特定的气氛，又为下文留下了充分余地。

第二句写草堂的位置，坐落在浮岚涌翠之间。"岚"，山中的雾气，"浮"和"涌"写出景物朦胧的动感，以此渲染草堂四周漂浮的雾气和浓重的绿色。"尽"字突出草堂环境的幽静，它与几家篱落都被笼罩在浮岚涌翠之中。

三、四两句一写近景，一写远景。意谓草堂旁稻田内露出光亮的地方正与白花花的泉水相通，竹梢闪露的缝隙处则是一抹苍翠的山峦。白水青山相映，色彩鲜明，给人以明净、清澈的美感，充分展示了草堂环境的优美。

　　诗以草堂为题，却无一字正面描写，全由其周围景致烘托，而草堂取境之幽远、主人情怀之疏旷，无不宛然如见。这既是一首清丽的山水诗，同时又是一幅优美的山水画。

（郑方进）

# 过 咸 阳

（二首选一）

独立桥边望白云，摩挲古冢石麒麟。

千秋万古功名骨，尽作咸阳原上尘。

　　原诗共二首，这里选录的是第一首。

　　咸阳在今陕西省，秦国自孝公之后定都咸阳。作者经过咸阳时
见到残存的古冢和石兽，不禁联想起秦国兴起、一统天下，是建立
在累累白骨之上这一史实，从一个角度反映了战乱给人民带来的深
重灾难。

　　首句写己独自一人，站在桥边，望着悠悠而过的白云。一个
"独"字，犹如奇峰兀然突起，传递出诗人当时孤愤悲凄心境。

　　次句"摩挲"二字最见深意。它既是首句"独立"的原因，也
是看着眼前这些古冢和石麒麟久久不去、感慨万端的生动写照。"摩
挲"即抚摸，在此有用颤抖的手来回抚摸之意。这是一个最能表现
人物复杂心理、透析人物内心世界的细节描写。

　　三、四两句由古冢和石麒麟生发感慨。古冢自然使人想起掩埋
其中的白骨，作为功名象征的石麒麟又使人想到这些白骨不是一般
人的白骨，是所谓建立了千秋功名之人的。而当时这些显赫一时的
大人物，如今他们的白骨也都早已化成尘埃，飘拂于咸阳原上了。

结句宛如一声百感交集的长叹，把伤今怀古的感情推向了极致。

作者身处国家鼎革之秋，目睹咸阳残留古迹，自然不免要感慨系之、形诸笔端了。从诗中我们不但能感受到作者胸中不能抑止的激情，而且还能看到他对现实、对历史、对人生进行严肃思考的鲜明形象。

(郑方进)

# 赵 元

赵元（生卒年不详），字宜之，定襄（今属山西）人。幼年中经童科，后举进士不第，以年及调为巩西簿，未几失明。因自幼博通书传，作诗有法度，故病废后无所经营，乃致力于诗歌创作。金章宗泰和（1201—1208）之后，诗名甚重于世。宣宗贞祐二年（1214），金朝南迁，他往来于洛西山中，与当时诗人元好问等相酬唱，自号愚轩居士，亦颇受时人推崇。元好问《中州集》卷五收录其诗三十四首，多反映社会现实、感慨身世之作，常于古淡中寄寓深情。

（霍旭东）

## 修 城 去

修城去，劳复劳，途中哀叹声嗷嗷。

几年备外敌，筑城恐不高。

城高虑未固，城外重三壕。

一锹复一杵，沥尽民脂膏。

脂膏尽，犹不辞，本期有难牢护之。

一朝敌至任椎击，外无强援中不支。

倾城十万口，屠灭无移时。

敌兵出境已逾月，风吹未干城下血。

百死之余能几人，鞭背驱行补城缺。

修城去，相对泣，一身赴役家无食。

城根运土到城头，补城残缺终何益！

君不见得一李勣贤长城？莫道世间无李勣！

初读之下，此诗简直像是一首汉乐府民歌。它缘事而发，直述其事，自然流畅，诗语如话，而字里行间又处处跳动着诗人伤痛、悲愤的深情。

诗题下，原有诗人的自注："甲戌岁，忻城陷，官复完治。途中闻哀声，感而有作。"甲戌岁，即金宣宗贞祐二年（1214）。据《金史》有关史料载，自十二世纪末期起，在漠北蒙古高原逐渐兴起的蒙古族，就对金王朝北部边境构成了严重威胁。贞祐元年秋，成吉思汗亲自率兵自阴山进军，连破金朝涿、易二州，拔南京、居庸关，进逼中都，并兵分三路，大掠河东、河北、山东诸路府州县，所向披靡，残破九十余郡。次年三月，蒙古军破太原，屠忻州（今山西忻县），并结集兵力围攻中都，给金王朝造成了更大的威胁。腐败的金王朝无力抵抗，只好屈辱求和，蒙古军才暂时撤退。这年五月，金王朝为了躲避蒙古军的侵扰，只好仓忙迁都汴京（今河南开封）。这首诗，就是在这种情势下写的。忻州，北宋时定襄郡治，金朝置为忻州，是诗人的家乡。从诗中"敌兵出境已逾月"来看，诗似作于贞祐二年四五月间。

诗人在反映这一现实时，没有全面描述这次战争的经过，具体表现广大人民"修城"的劳动场景，而是抓住"敌兵出境"后"官复完治"这一事件集中表述，反复抒发，反映出忻州人民在双重迫害下的苦难生活。

　　诗开篇突兀，起笔直入题意。"嗷嗷"，哀吟声，作者于途中闻之，感慨万端。但是，诗人接着不描述如何修城，而是一笔宕开，追忆起以前的修城来。为了御敌，金代统治者一再把城墙加高，城壕加深，妄图使之"固若金汤"。但就是这样"一锹复一杵"地长年修城，耗尽了劳动人民的膏脂。即使如此，他们还是期望一旦"有难牢护之"的。但事实是，"城非不高也，池非不深也"（孟子语），而"一朝敌至任椎击"，"外无强援中不支"。由于统治者的腐败无能，"倾城十万口，屠灭无移时"还是发生了。广大人民惨遭血洗、屠杀，那又高又固的城池自然成了一堆废墟，如今又要去重修。诗人的言外之意是：以前筑城苦，这次更苦；以前筑城无用，这次更无用。如此循环往复，受迫害、遭惨杀的，始终是广大人民。诗的语言浅近、质朴，而感情却十分深沉、厚重。

　　"敌兵出境"以下四句，是由回忆到现实的过渡。城下血未干，补述了蒙古军血洗忻城的残酷；"百死之余"更见劫难之深。"鞭背驱行"，进一步照应诗篇的首句中嗷嗷举哀的人，乃九死一生者。但就是这些幸存者，统治者还不放过，要"鞭背驱行"地让他们去修城。通过这样几次转折，使诗对"修城"的正面描写显得更加凄惋动人。这些可怜的民工，"一身赴役家无食"，在"鞭背驱行"下，"城根运土到城头"。诗人写到这里，悲痛、愤恨之情已不可遏，故以"补城残缺终何益"直斥统治阶级的腐败无能。最后诗人语重意深地感叹金朝的用人不当，祸国殃民。李勣，初唐著名军事家徐世勣。因军功，赐姓李，并避唐太宗李世民讳而改名勣。他初从李密，后归唐，佐唐高祖李渊夺取天下，击破与唐为敌的各个割据势力，历事唐太宗、唐高宗（李治），并远征高丽，战功卓著。诗人在此提出他来，表示积极选用精兵良将，要比单纯消极地修城防御要好得多，这在当时是有积极意义的。

全诗叙事抒情，皆直诉不矫，率真自然，脱口而出。它以悲愤的感情叙事，又以真切的叙事饱浸激情，两者曲折跌宕，相得益彰。在金、元诗歌创作中，赵元的诗作是别有风格的。　　（霍旭东）

# 邻　妇　哭

邻妇哭，哭声苦，一家十口今存五！
我亲问之亡者谁？儿郎被杀夫遭虏。
邻妇哭，哭声哀，儿郎未埋夫未回！
烧残破屋不暇葺，田畴失锄多草莱。
邻妇哭，哭不停，应当门户无余丁！
追胥夜至星火急，并州运米云中行。

　　金朝后期，由于北方蒙古族的崛起、强大和连年不断的南侵、征战，社会混乱，国力日衰，统治集团内部矛盾百出，倾轧残杀，腐败无能。贞祐南渡，标志了金王朝的大势已去，从此一蹶不振。广大劳动人民陷入了民族、阶级矛盾日益尖锐、生活日益艰难的痛苦深渊。这首《邻妇哭》，就是反映这一现实的优秀篇章。

　　诗没有泛写当时的社会动荡和人民的疾苦，而是通过邻妇的哭诉，生动而深刻地展现了在蒙古军侵扰下广大人民的灾难和痛苦。以点及面，非常典型。从邻人妇声泪俱下的哭诉中，我们看到在这个十口之家，五人死于战乱：儿子被杀，至今没有葬埋；丈夫被虏，至今不知音讯；住房被烧破，至今无法修补；田野无人耘锄，到处长满荒草。在这"应当门户无余丁"的悲惨境遇中，统治者仍然敲诈勒索、征税催租，甚至"星火急"般地半夜登门催逼，急着要把并州一带的粮米北运云中前线。这些接连不断的横祸，怎么能不使这位邻妇"哭声苦""哭声哀"和"哭不停"呢！

诗人抓住邻妇哭这一典型事例，集中描述，以小见大，折射出整个社会的苦难和残破。诗人先直写"哭"，并有层次地写出哭得苦、哭得哀和哭不停，并同时补述原因。三层似乎平列，实际层层深入递进，充分展示了战乱带给人民的深创巨痛。

诗人的语言是通俗的，质朴的，但感情却是激愤的，强烈的。我们都熟悉老杜的"三吏""三别"，本诗所揭示的社会现实，与之十分相似，而语言更为集中、洗炼，感情也更为沉痛、激烈。在这一时期同类诗作（如辛愿的《乱后》、宋九嘉的《途中书事》、赵秉文的《庐州城下》等）中，这首诗也是很突出的。

（霍旭东）

# 王若虚

王若虚（1174—1243），字从之，号慵夫、滹南遗老，藁城（今属河北）人。金元间著名学者和文学家。自幼博学强记，喜诵古诗，善于辩论，时人莫之能抗。金章宗承安二年（1197）经义进士，释褐为鄜州录事，转管城、门山县令。后历任国史院编修官、著作佐郎，授同知泗州军州事，留为著作郎。金哀宗正大初（1224），迁平凉府判官，未几召为左司谏，转延州刺史，入为应奉翰林直学士。金亡后，居乡不仕。蒙古乃马真后二年（1243）三月，东游泰山，于黄岘峰之萃美亭谈笑而死。有《滹南遗老集》四十卷。元好问《中州集》录其诗三十三首，多抒发个人感慨，诗风清率自然。 　　　　　（霍旭东）


## 感　秋

西风撼庭柯，疏叶鸣策策。

天地一萧条，羁怀亦岑寂。

青春恍如昨，转眼年半百。

自从长大来，转觉日月迫。

功名非所慕，老大不足恤。

怛然感时心，自亦不能释。

清晨梳短发，已见数茎白。

刀镊虽可施，殆似儿子剧。

此身委蜕耳，毁弃无足惜。

况于毛发间，而乃强修饰。

青青如陆展，星星行复出。

毕竟白满头，复将何所摘。

　　春夏秋冬本是一年四季的自然变化，但是由于作家们的境遇、心情不同，于是在历代文学作品中留下了种种不同的情调和色彩。特别是春、秋两季，历代吟咏更多，这首《感秋》单从题字来看，似乎不出前人的藩篱，但它不具体写秋，而突出抒感。

　　首二句以西风疏叶先突出秋天的典型景象。接以天地萧瑟、羁怀岑寂折入抒怀，紧扣题意。"羁怀"，寄居他乡的情怀；"岑寂"，寂寞冷清。

　　"青春"以下四句，诗人就"感"字生发。"青春"云云，似乎表面上还和"深秋"有些粘连，而实际却完全由感岁时转为感人生易逝。"恍如""转眼"，突现人生易老。"年半百"如不是虚写，则此诗大约作于金哀宗正大初年。这时诗人已饱尝了二十多年宦海生活的折腾，仍被不断迁调，长期奔波。至此上言"羁怀"有了落实，下言"功名"也有了具体所指。显然，诗人所感之"秋"，并不真正是自然岁时，而是人生垂暮。按说五十左右的年龄，还是人生颇可作为的时期，但从"功名非所慕"等语来看，其中显然隐含着对仕宦生涯的厌倦和轻蔑，对金王朝政治现实的感慨。"怛然感时心，自亦不能释"，就很令人寻味。"怛然"，悲伤、忧痛的样子；"释"，排解、解脱。

　　"清晨"以下，借白发为题发挥，似乎有些突兀，但仔细体会，白发正由"感时心""不能释"而来，是人生之秋，心情之秋的具体表现。以镊摘白发，是人生常见之事，但形式上的摘除，白发依然会再生，人生之秋改变不了的。所以诗人也把镊摘白发视为儿童们游戏，表现出一种旷达的心情。"委蜕"，典出《庄子·知北游》："身非吾有……是天地委形也。生非汝有，是天地之委和也。性命非汝有，是天地委顺也。孙子非汝有，是天地委蜕也。"诗人把自身看作是一种委蜕，所以即使毁弃（指死亡）也无可惋惜，更何况强颜修饰的头发呢？这种对于人生的旷达，居然快达到庄周"齐生死"的地步了，而"感时心"却"不能释"，可见他的所感超越了自身，具有更深沉的社会历史内容。

不施镊、"无足惜"，从正面着言；"青青如陆展"以下四句，则从反面申说。"青青"句化用何长瑜："陆展染白发，将以媚侧室。青青不解久，星星行复出"语意，进一步强调镊发如剧，暗示当时的金王朝早已元气大伤、一蹶不振，无法挽救，这才是诗人"感时心""不能释"的真正含意。

由此可见，一般常用的题材经过诗人的融化、创造，表现出一种语意双关，蕴含深刻的新意。诗人由自然之秋入手，转换到人生之秋，再暗示时代之秋，起承转合，曲折变幻，大大加深了作品的内在意蕴。全诗语言简明浅近而寓意含蓄深刻，加以通篇使用入声韵，韵调急切短促，更好地表达了诗人的深沉感情。　　　（霍旭东）

## 麻九畴

麻九畴（1183—1232），字知几，初名文纯。幼颖异，有"神童"之称。后寓居郾、蔡间，读书于遂平西山。兴定末应试，以廷试失误而落第。正大初，被荐，特赐进士，迁应奉翰林文字，终以病归郾城。元兵入河南，携家走确山，被俘病死。博通五经，尤精《易》学与《春秋》，兼习算数、卜筮、射覆、医学。为文精密奇健，诗尤工致，精深峭刻，长于赋物。　　　　　　（黄宝华）

# 梁山宫图

梁山宫高高切云，秦家箫鼓空中闻。
宫殿作云王作龙，何人敢谒滈池君。
珠围翠绕穷天下，道上行人衣半赭。
不觉生灵血液枯，化为宫上鸳鸯瓦。
朝卢生，暮侯生，师事二人学羡门。
焉知以政藏其身，神仙亦死何曾神。
空能诈取六扇国，不识卢生真间客。
种成间隙卢生去，尚令道士作鬼语。
祖龙竟堕此机中，以璧见欺犹未悟。
鱼腥引得扛鼎来，梁山火灭汉旗开。
何如后世丹青手，一夫不役千楼台。
梁山之图却传世，梁山之宫安在哉！

　　梁山宫是秦始皇的离宫。《史记·秦始皇本纪》载:"乃令咸阳之旁二百里内宫观二百七十,复道甬道相连,帷帐钟鼓美人充之……始皇帝幸梁山宫,从山上见丞相车骑众,弗善也。"《正义》引《括地志》云:"俗名望宫山,在雍州好畤县(今陕西乾县东)西十二里,北去梁山九里。"此诗为题《梁山宫图》而作,但诗的内容主要是咏秦始皇的史事,借以批判专制统治的暴虐与独裁者的愚妄。

　　开头即扣题写梁山宫高耸入云,鼓乐声播于空中,秦始皇高踞宫殿之上,无人敢去谒见。据《秦始皇本纪》载:"行所幸,有言其处者,罪死。"其行踪诡秘,无人知晓,当然也就谈不上谒见了。这真是典型的独夫。史载:"使者从关东夜过华阴平舒道,有人持璧遮使者曰:'为吾遗滈池君。'因言曰:'今年祖龙死。'"(同上)此处"滈池君"与"龙"皆指秦始皇。接着写宫中妃嫔珠围翠绕,极尽侈丽,而天下的财富则被搜括一空,道上的行人大半成了囚犯。赭衣,是囚徒穿的赤褐色囚衣,这里形容秦朝的严刑峻法之酷烈。生灵涂炭,血液枯干,都化作了宫殿之上的鸳鸯瓦。以上为诗的第一段,以始皇的荒淫侈靡与百姓的灾难深重作对比,极写统治者的恣睢暴虐。

　　秦始皇笃信神仙方术,一心要求长生不老。诗的第二段就集中写他沉迷此道终于导致身死国灭。卢生与侯生都是方士,史载"始皇之碣石,使燕人卢生求羡门、高誓(均古仙人)"。诗写始皇以方士为师,鬼迷心窍,不知悔悟,其实方士是打着求仙的幌子而别有所图。诗人认为他们是借此扰乱朝政,离间始皇与群臣、百姓的关系。始皇空有并吞六国的雄才大略，而不能识破他们的用心。离间之说，史无明确的记载，不知诗人以何为据，但侯生与卢生共同商议后逃亡却是有记载的。所谓"道士作鬼语"就是上文所引华阴道上的异人所说的一番话，"祖龙"即始皇之意。使者回去后，向始皇献上璧玉，详细禀报了此事，"始皇默然良久，曰:'山鬼固不过知一岁事也。'退言曰:'祖龙者，人之先也。'使御府视璧，乃二十八年行渡江所沉璧也。于是始皇卜之，卦得游徙吉"，于是又开始远出巡行。这就是诗中所说的"以璧见欺犹未悟"。独夫民贼，迷途忘返，终至天怒人怨，身殒国亡。陈涉发难，项刘继起，终于埋葬了秦王朝。"扛鼎"指项羽，因他力大能扛鼎。梁山宫殿也毁于大火，秦朝终为汉室所代。这一段写出了导致秦朝覆亡的一个重要原因就是统治者的愚妄，揭示了深刻的历史教训。

最后四句挽结题面，扣到《梁山宫图》。诗人感慨艺术家的创造能力，靠一支画笔就能营造出千座楼台，而不用劳民伤财。梁山宫图能传之后世，而真正的梁山宫早就付之一炬了。末段以图与史相对举，寄寓了强烈的批判暴政与历史鉴诚的意义。

全诗以铺陈史事为主，在叙事中参以议论，寓批判与鉴诚之意于史事之中，因而形象丰满，言之有据，独夫民贼的暴虐恣肆、鱼肉人民，迷信神仙的愚妄可笑，都一一呈现于读者面前，启发人自己得出历史的教训。在铺陈的基础上最后才归结到画图，颇有水到渠成之妙，而最后的感慨也要言不烦，引而不发，启人深思，实胜过长篇大论。

（黄宝华）

# 雷 渊

雷渊（生卒年不详），字希颜，金末应州（今山西应县）人。少贫，入太学，好学能自树。废帝卫绍王崇庆二年（1213）进士，历官徐州观察判官，荆王府文学，监察御史，太学博士。一夕暴卒，终翰林修撰。平日疾恶如仇，但为官过于震耀酷滥。为诗文喜新奇，平生慕汉末高士田畴、陈元龙之为人，以文章为余事。

（徐树仪）

## 九日少室山

闲居爱九重，佳人重相过。

登高酬节物，少室郁嵯峨。

逶迤谢尘土，夷犹出烟萝。

歘如据鳌头，万壑俯蜂窝。

浩浩跨积风，泬泬渺长河。

日车戾红轮，天宇凝苍波。

指点数齐州，始觉氛埃多。

我无倚天剑，有泪空滂沱。

惊鳞盼奥渚，倦翼占危柯。

悔不与家来，结茅老岩阿。

归途眷老阮，广武意如何？

作者中举入仕以后，金室为蒙古侵迫，先后放弃北京（在今内蒙古巴林左旗）、中都（今北京），迁都至南京（今河南开封）。此诗乃作者在金室南迁后于重九日偕友往游嵩山之作。少室山是中岳嵩山的主峰，这在中原地区是一座奇峰独秀的名山，著名的少林古寺即在其下。

诗歌说：我平日最爱重九登高，何况今日又与好友相偕（"佳人"，根据作者同时往游嵩山的诗作，当为他的好友元好问）。我们一起登上了高高的少室山，在这里没有污浊的尘土，只有蒙着烟雾的青翠藤萝。忽然间我们登上了那鳌头似的绝顶，俯视下面的群山百谷，好像蜂窝一般。山顶上的风可大啊，远看黄河，茫茫地消失在天际。这时太阳的红轮渐渐向西方倾斜，天色也渐渐暗淡起来。我们指点着神州大地（"齐州"，即指九州中国。齐，即中。李贺《梦天》："遥望齐州九点烟。"），满怀忧心地觉得形势愈来愈危急了。啊，我手中没有一把"倚天"的宝剑（指兵权），可以杀敌报国，只是一介书生，空有涕泪而已。我好像一条受惊的鱼，急着盼望一处可以隐蔽的渚渊；我好像一只疲倦的鸟，正想寻找一枝可供栖息的树柯。诗人最后叹着说：我懊悔此行没有携家俱来，否则我可以干脆结庐终老于此。但是，这也毕竟不是我真正的意愿。我此番从少室山返回汴京，还得经过广武城（今河南荥阳），那里曾经是项羽和刘邦相持的战场。后来西晋的名士阮籍经过此地时，曾经叹息着说："时无英雄，遂使竖子（指刘、项）成名！"这番话，难道不也表达了我今番内心的悲愤和不平么！作者在哀宗正大七年（1230），曾上书当道，提出抗金的军事计划，但未被采纳，诗句可能与此有关。

　　这虽然是一首游览山水的写景诗，但作者并没有真的要"结茅老岩阿"，遁迹山林，他满怀报国无门的抑郁不平之气，在登高望远中尽情发泄出来，使整首诗充满了慷慨英爽、桀骜不驯之气，这真可与嵯峨挺秀的少室山比美了。在中国古代的山水诗中，也是一首别具一格的难得的佳作。

（徐树仪）

## 王元粹

王元粹（约1200—1243），字子正，平州（今河北卢龙）人。年十八九时作诗便有高趣。哀宗正大末，以门荫叙为南阳（在今河南）酒官，遭乱流寓襄阳（今湖北襄阳），襄阳为元兵所破，只身北归，寄食燕中（今河北北部），遂为道士。亲旧怜其孤苦，欲为之娶妻，元粹已主持太极道院，竟不还俗，年四十余，无疾而逝。　　　　　　　　　　　　　　　　　　　　　　（徐树仪）

# 西山避乱三首

苍山多回互，四望令人迷。

过午日已暖，残雪融为泥。

路滑不可进，弱葛愁攀跻。

老幼委沟壑，不如犬与鸡。

嗷嗷同行子，手中各有携。

汲涧为饮食，架木为岩栖。

夜半三四惊，翁媪禁儿啼。

念我长病母，乱离隔东西。


野宿不得晓，飞霜沾敝袍。

空山凝寒色，天边星月高。

忆昨离鄂城，数家同遁逃。

穿林恐相失，前后闻呼号。

避乱但欲远，焉知登顿劳。

俯临万仞壑，性命轻鸿毛。


青青道边麦，知是谁家田？

山田固已薄，榛石复相连。

旁有破茅屋，日入不见烟。

借问旧居者，闻乱已西迁。

平生苦沦薄，对此增慨然。

甲兵暗宇宙，谁能安一廛。

愁忧无从诉，仰面视苍天。

伐木南涧底，双鹿过我前。


    这三首《西山避乱》是连章组诗。作者于金亡后避乱襄阳，不久宋朝的襄阳守将叛降蒙古，作者又南奔湖北东南部的鄂城。鄂城又破，复往附近的西山避难。这三首诗即是纪行之作。

    第一首诗叙写第一天的行程，表现一群逃亡者奔走在寒冬的山谷涧林中的凄惨境况。看，四周都是荒山老林，不知去路何在。残雪融化后的山路一片泥泞，真是寸步难行，无可攀援。老弱与儿童有的被弃于路上，他们的性命连鸡狗都不如。同行的难友们都已饥肠辘辘，汲水煮食随身携带的一点干粮。晚上就拾些树枝铺在岩洞中睡了。夜里只要听到一点儿风吹草动，就以为元兵来了，小孩吓得啼叫起来，大人就急忙掩住他们的口。在这种境况下，作者还惦记着他身患疾病、不及相随的老母，不知她现在怎样了。

第二首诗写次日未待天晓他们都已起身，由于和衣露宿，旧棉袍上沾满了浓霜。寒冷的山谷中只有满天星月。作者又回忆起昨天由鄂城来此的经过，数家结伴而行，在深林中逶迤而进，怕互相失散，一路上边呼叫着边走。因为怕元兵追来，只想离开鄂城越远越好，再也顾不得旅途疲劳了。在深山悬崖边行走时，随时都有摔死的危险。但人到此时，还能顾得上什么呢！

第一、二首是作者写自己的经历，第三首则是写所见的山中居民。荒山中本来穷得一无所有，满是荆榛石块的山田里还长着几棵青青的麦苗，更显得荒寒凄凉。偶尔看到一两间破茅屋，可是屋主早已避乱他迁，人烟断绝了。作者想到遭世乱的不仅仅是自己这一伙人，整个社会都在战火中焚烧，人人都难得一个安身之所，不禁仰天悲呼。当他们一伙在南涧伐木准备第二天宿夜之用时，惊动了山中的一对野鹿，它们在前面飞奔而过。作者借此暗示：战乱之后良田荒芜，屋庐为墟。

这三首诗不用典饰，不作夸张，用的纯是写实之笔。但绘情绘景，使人如身临目见。这是一幅逼真的乱世山中避难图卷，是金朝亡国时中原人民苦难的历史见证。诗歌格调颇近汉魏古风，置之建安诸子集中，并无愧色，这也许是因为他们同处乱世，感受颇有相似的缘故吧。

（徐树仪）

## 辛　愿

辛愿（生卒年不详），字敬之，金末福昌（今河南宜阳）人。居县西女儿山下，自号女儿野人。他博览群书，诗律精严，性野逸，不修威仪，剧谈豪饮，旁若无人。元好问《中州集》中称其为人："杜诗韩笔，未尝一日去其手。其枯槁憔悴，流离顿踣，往往见之于诗。南渡（指金自燕京迁都汴梁）以来，诗学为盛，敬之业精而心通，敢以是非黑白自任，如老吏断狱，文峻网密，丝毫不相贷。故始者人怒之骂之，中而疑之，已而信服之。"哀帝正大末年（约1231），殁于洛下，有诗数千首。

（徐树仪）

# 乱后还三首

兵戈为客苦思乡，春暮还乡却自伤。
典籍散亡山阁冷，松筠憔悴野园荒。
莺衔晚色啼深树，燕掠春阴入短墙。
邻里也知归自远，竟将言语慰凄凉。

乱后还家春事空，树头无处觅残红。
棠梨妥雪沾新雨，杨柳飘绵飐晚风。
谈笑取官惊小子，艰难为客愧衰翁。
残年得见休兵了，收拾闲身守桂丛。

春来漂泊心情减，老去艰危气力微。

芳草际天愁思远，干戈满地故人稀。

怀金跃马何时有？问舍求田事已违。

粝食弊衣聊自足，白头甘息汉阴机。

金室将亡之时，金人与蒙古人在中原一带展开了残酷的拉锯战。辛愿所居的福昌，正是战火不断的地方。这三首七律组诗是作者在一次战乱后从流亡途中还归本乡之作。诗歌充满了凄凉憔悴的情调，反映了当时的战争给当地人民带来的深重苦难。

这是一个暮春时节，大自然正是一片生机。可是诗人的处境和心情与这节令物候迥然相异。于是二种背反的现象和感觉交织在一起，强化了诗歌的悲剧感。在第一首诗中，流莺照样在深树啼鸣，春燕依旧掠过花阴飞入短墙，可是故园在兵后已经残破不堪，作者内心的伤感和凄凉引起了邻居们深深的同情和共鸣。在第二首诗中，白雪般的棠梨花已经在细雨中洒落，绵絮般的杨花在晚风中飘扬。春天已经消逝。作者表示在经历了对尘世功名富贵的徒劳可悲的追求后一切都已绝望，现在只愿在晚年能有一处平安的栖身之地（桂丛），就心满意足了。第三首则是写在经历了苦难的战乱流亡生活之后，又不禁从春末连天的芳草想到了远方的故人。现在干戈遍地，相会已难。我既不能怀金跃马，以求官达；要像汉末名士许汜那样求田问舍，自营宅窟（事见《三国志·魏志·陈登传》），恐怕也已来不及了。现在我只愿弊衣粝食，不受冻饿就可以了。何况人到晚年，精力已衰，见到世间官场那些机巧诈伪之事，确也会心惊肉跳，只求远而避之。诗句中的"汉阴机"，是用《庄子·天地篇》中的典故。庄子借汉阴老人之口，主张人们停止使用机械巧具，回归到自然中去。

　　这三首诗一气而下，辞意流畅，声律谐宛，写景清丽。虽然作者处于困顿之境，写的是乱后悲怀，但并无寒气枯竭之态，每于诗末自作慰藉，似乎前面仍有一个光明的希望在等待着似的。于此亦可觇见作者的素养与抱负了。

（徐树仪）

# 李 汾

李汾（生卒年不详），字长源，金末太原（在今山西省）人。为人旷达不羁，好以奇节自许。喜读史，工诗，风格雄健清壮，有幽并豪侠慷慨之气。时元兵南侵，中都（今北京）沦陷，李汾家乡亦为元兵攻占，乃避乱关中（关中于金为京兆府路，治所在今西安市），京兆尹子容爱其才，招致门下，留二年。宣宗元光（1222—1223）间，南游大梁（今河南开封，为金南京）举进士不中，荐为史馆书写，郁郁不得志。后客唐邓间（今河南唐河、邓县），署尚书省讲议官，为参知政事思烈所害。年未四十。汾平生诗作甚多，不自收集，传世者十之二三而已。

（徐树仪）

## 汴梁杂诗四首

天津桥上晚凉天，郁郁皇城动紫烟。
长乐觚棱青似染，建章驰道直于弦。
犬牙盘石三千国，圣子神圣亿万年。
一策《治安》经济了，汉庭谁识贾生贤？

琪树明霞五凤楼，夷门自古帝王州。
衣冠繁会文昌府，旌戟森罗部曲侯。
美酒名讴陈广座，凝筇咽鼓送华辀。
秦川王粲何为老，憔悴嚚尘坐白头。

楼外风烟隔紫垣，楼头客子动归魂。

飘萧蓬鬓惊秋色，狼籍麻衣浣酒痕。

天堑波光摇落日，太行山色照中原。

谁知沧海横流意，独依牛车哭孝孙。

寥落关山对月明，客窗遥夜梦魂惊。

二年岐下音书绝，八月河南风露清。

苒苒暮愁生草色，迢迢秋思入虫声。

谁知广武英雄叹，老却穷途阮步兵。

这四首《汴梁杂诗》，当是作者赴举不中，为史馆书写时所作。诗歌充满了仕途失意，报国无门，无所归宿的悲哀。作者曾在他的《感寓述史杂诗五十首》的引中称："正大（哀宗年号）庚寅（1230），予行年三十有九，献赋朝廷，为有司所病，遂有不遇时之叹。皂衣斗食，从事史馆，以素非所好，愈悒悒不得志。"皂衣，即黑衣。斗食，薪俸微薄的官吏。皆指职位低贱。

第一首写作者在汴河的天津桥上，看到皇城的宏壮气象，那飞檐碧甍高耸的宫殿，那御驾专行的广阔笔直的驰道（"长乐""建章"都是汉代的宫名，这里是指汴京的宫殿），令人联想起有着这样宏伟宫殿的帝国一定可以固如磐石，得到众多诸侯属国的辅佐拱卫，它的皇位一定可以传之子孙万代。可是如今的国事竟是如此可悲，奸臣当道，国有贤才而不能用，危机日迫，亡在旦夕。我徒然怀着汉代贾谊的报国忠心，想要像他那样上《治安》之策，可谁来推荐识拔我呢？当作者前几年在关中时，也曾上书献策，惜不为当道采纳，末二句可能与此事有关。

第二首是第一首的重复咏叹。虽然大梁已处于元兵压境的危境，可是当道者仍然忙于歌舞宴饮，寻欢作乐。那高高的金雕玉饰的五凤楼岂是人间之境，那是神仙之宫啊！杜甫《秋兴》诗云："回首可怜歌舞地，秦中自古帝王州。"杜甫是悲叹唐玄宗的荒淫误国，这里，作者用"夷门"替代"秦中"，预言历史的悲剧又将重演。夷门即大梁的东门，代指汴京。文昌是天上的星宿名，主功名爵禄，唐代武后时曾改尚书省为文昌台，这里作者用"文昌府"代指金朝的宰相府和朝廷百官，他们衣冠俨然，济济一堂；部曲是汉代军队的编制，这里用"部曲侯"代指金室的军人武将，他们旌戟广陈，门卫森严。这些文武官员们终日宴饮歌舞，宾客满堂，车马华丽。作者自比东汉末年的名士王粲，他因长安遭董卓之乱，流落他乡，投靠荆州刺史刘表，却得不到刘表的赏识，憔悴于尘嚣之中。作者自己应试不中，在史馆中充当一名文书，其处境实在连王粲也比不上。这二首诗的前面部分都极写富贵豪华气象，末后却以自己的可悲处境作结，形成强烈的反差，这种写作方法与杜甫的《秋兴》八首极为相似。

第三首纯写自己的飘零失意。在这汴城的酒楼上，可以看得见远处宫禁的紫垣。但这对他又有什么意义？他早该结束这飘泊无依的客子生涯，回到自己的故乡与亲人团聚了。可是这是梦想，他的双鬓已经灰白，他的粗麻布的衣服上洒满了借酒浇愁的酒痕。北望是天堑黄河，闪动着落日的光辉；西望是太行山的秋色，那里正蔓延着中原的战火。故乡，就在黄河和太行山的那边。当年孔子用"沧海横流"比喻世乱将至（见《春秋穀梁传》范序），我只能依靠在破旧的牛车上，为自己这不能拯救世乱的不肖后代痛哭了！诗句中的"孝孙"，典出《诗经·小雅·楚茨》："孝孙有庆，报以介福，万寿无疆"，注谓"孝孙，主祭之人也"。

第四首是写作者在客舍中消度不眠之夜的感受。他常常想念两年前在长安相聚的故交，可是现在久已音信断绝；而这时已是风清露冷的八月中秋，他独自一人在黄河之南的汴梁，见草色而生悲，闻秋虫以泣下。他当年从长安东来时，亦曾登上那广武城的城楼（在今河南荥阳），观看当年楚汉交兵的战场，想起晋贤阮籍登广武城，"时无英雄，使竖子成名"的叹息，不觉抚膺自悲：我不也是当今的阮步兵么！（阮籍曾为步兵校尉，人称阮步兵，他常驾车而行，至穷途则痛哭而返，事见《晋书》本传。）当时作者还不过三十九岁，可是已经不胜迟暮之感了。他怎能知道，他的生命不久即将结束于权奸之手呢！

这四首诗一气而下，词调流转，节律婉谐，而萧疏磊落之气，动人心腑。方当明社之亡，诗人吴梅村所作"梅村体"，写其亡国之思，缠绵悲怛，诚一代哀音。今长源之作，也可以算得上是梅村的先导了。

（徐树仪）

# 李献甫

李献甫（？—1234），字钦用。河中（今山西永济）人。家本将种，兄弟四人，皆中进士，为金朝名流。博通书史，尤精《左传》及地理。为人有干略。金宣宗兴定五年（1221）进士，辟行台令史，授庆阳路总帅府经略官，寻为长安令，入为尚书省令史，充六部员外郎，迁征南军节度副使。汴京弃守，哀宗南奔蔡州（今河南上蔡），元兵破蔡州，金亡，献甫死难。其诗文名《天倪集》，已佚。

（徐树仪）

## 秋 风 怨

疏星耿耿明天河，夜凉翠幕生微波，

碧梧委叶生金井，一夕秋风将奈何！

春风令人和，秋风感人悲。

妾愁自与秋风期，秋风争管人别离！

灯炧垂红粉泥暗，龟甲屏风云影乱。

络纬吊月啼不断，莲漏压荷夜未半。

凉风萧萧入疏竹，枕底寒声碎琼玉。

敲愁撼睡睡不明，花露盈盈泫鱼目。

秋风且莫吹，念妾守空闺。

嫁狗随走鸡随飞，九死莫作荡子妻！

郎薄幸，妾薄命，花自无言絮无定。

## 碧云暮合郎未归，几度妆成掩明镜。

　　李献甫有着多方面才能，他既是将种，又是文士；是政治家，又是学者。他于诗歌也深有造诣。但他生不逢辰，这首《秋风怨》，词旨哀怨，其时金朝已濒亡国绝境，作者不过是借诗中思妇之口，预致金朝亡国的悼词罢了。由于他是朝廷命官，世食君禄，因此早已下了以身殉国的决心。我们理解了这层意思，欣赏本诗就不难了。

　　这是一个秋天的夜晚，疏星闪烁在银河左右，微风飘动着帘幕。碧梧落叶，金井生波。这一切本来都是十分美好的。唉，只是这突然吹来的一阵阵秋风，顿时使天地变得十分萧杀而凄凉。诗中的女主人公说：我心中的悲哀总是和秋风碰在一起，它带来的总是离别的不祥之感！接着诗人详细描写了女主人公在闺中独宿的情景：灯花低垂，屏风影暗，秋虫唧唧，露湿荷盖。那碎玉般的风敲竹枝的声音使得她难以入睡。那像鱼儿长夜睁开着的眼睛里滚动着泪珠。这番闺中的愁思正是极写作者对国事的忧心如焚。

　　作者接着以"嫁狗随走鸡随飞"，指天为誓，表明他对金主决然以死相许，不敢怀有贰心；又以"九死莫作荡子妻"的微词来指控朝政的腐败，并表达不能急流勇退的悔恨。最后的"郎薄幸，妾薄命""碧云暮合郎未归，几度妆成掩明镜"则隐约地指责金哀宗的昏庸无能，不听忠谏，以致坐失时机，把国事弄到不可挽救的地步。作为孤臣孽子的他，满腔的悲愤怨恨，全都写在"几度妆成掩明镜"这句诗中了。

这是一首思想性和艺术性兼具的诗，在艺术风格上颇得李贺乐府诗歌的神髓。但李贺的乐府却没有这种深度的思想内涵。辽和金都是中国的少数民族政权，辽国立国二百余年，而金国只一百二十年。但文学诗歌上的成就辽远不及金，金之亡也，汉族臣民以身殉者往往有之，献甫即其一例；遗民故老、抗节不仕者更不可计数，而辽则无闻。这两个民族立国后在民族政策和文化政策上是有所不同的，从这个角度上我们也可以对李献甫和他的作品作更深入的研究。

（徐树仪）

# 麻 革

麻革（生卒年不详），字信之。金末临晋（今山西临猗）人。金哀宗正大
（1224—1231）中与杜仁杰、张澄等避乱内乡山中（在今河南西南部），教授生
徒。金亡后，即隐居以终。与元好问、刘祁等相友善，往来酬唱之作甚多，人
称贻溪先生。有《贻溪集》，今佚。 （徐树仪）

## 置酒半山亭

怀抱久不写，兀望如絷囚。

永怀西山胜，浩荡成兹游。

寒壑互窈窕，丛萝郁深幽。

飞烟入虚无，长风跨昆邱。

楚甸散林莽，商颜亦绸缪。

雷雨天地空，景物入夜浮。

况当节律变，万物飒以秋。

云来白石惨，天淡清江流。

西望渺黄河，沉沉生暮烟。

兰苕暗幽谷，芰荷老芳洲。

一笑举酒觞，浩歌聊自酬。

幽赏欣未极，慨叹心悠悠。

　　这首五言古体当是作者隐居内乡山中所作。《四库提要》于《河汾诸老集》（当时人房祺所辑的金亡后隐居不仕的河、汾间的八位诗人的诗集，包括麻革在内）称："诸老以金源（金国的别称）遗逸，抗节林泉，均有渊明义熙之志（东晋亡于安帝义熙十四年。据说陶渊明在东晋亡后的作品，但用甲子，不称年号，以示守节）。但此说不确，人品既高，故文章亦超然拔俗，吉光片羽，弥足珍贵。"以上所述也可用作本诗的背景。诗歌写的是作者在内乡山中的半山亭上置酒独饮的一幕，情调抑郁悲恍，写景中寄寓着兴亡乱离之感。

　　诗人说：自己的怀抱一直不舒畅，抬眼望天，终日像一个被捆绑着的囚犯。为了解脱心头的烦闷，想到自己久已向往的西山胜景，于是决心摆脱一切，迈步前往，以求一快。这西山的胜景果然名不虚传，诗人用"寒壑""丛萝""飞烟""长风"点缀出了一个幽深阔大的天地。西山在内乡之西，地处豫西山区，美丽的商山逶迤于西，即所谓"商颜亦绸缪"（"绸缪"，美好的样子）；广阔的襄樊平原起伏于南，即所谓"楚甸散林莽"（襄樊于古为楚境）。人事有盛衰兴亡，天时有四季变化，诗人用"况当节律变，万物飒以秋"的写景叙时暗悼金朝的覆亡。因而在他眼里看到的，是"云清白石惨，天淡清江流"的一派悲惨暗淡景象。抬眼西北，黄河渺不可见，在河的那边就是自己的故乡，现在看到的只有沉沉的暮烟笼罩着大地。他既已誓志不事元朝，今生再也没有什么可以指望的了。他把自己比作兰苕，这兰苕只能隐没于幽谷之中；他又把自己比作芰荷，这芰荷也只能老死于芳洲之上。事情既已如此，再感伤也自徒然，还不如一切付之一笑，举杯痛饮，浩歌一曲，观赏这山中的佳景，让自己的愁怀舒畅一番吧。诗歌到此结束，而半山亭置酒的诗题也同时点明了。

　　诗歌的情调虽然有些忧悒，但诗歌的节律却流畅、沉着而洒落。这就使得作者的自我形象，在暗淡的背景上显得高大和明亮了。

（徐树仪）

## 关中行送李显卿

关中行，我持一杯酒，送君西入秦。

秦川郁相望，渭水流沄沄。

黄河中折流复东，太华倚天青壁开。

我送君兮渺何许，春风不肯吹君回。

举酒酹五陵，浩歌登高台。

终南之山何崔嵬，长安旧游安在哉。

百年繁华成劫灰，千古英雄沉草莱。

风尘颎洞豺狼墓，天地茫茫入烟雾。

我载歌，送君去，太华终南宜有深绝处，

岩扃人迹所不到，石壁苍苔老烟雨。

草堂挂女萝，充腹多薯蓣。

玉井莲开十丈花，茯苓根结千年树。

白雪青松良可老，鹿门有庞商有皓。

不然凌云学轻举，呼取安期美门语。

忆昨与君友，相逢日日酬杯酒。

酒阑起舞肝胆开，小桃唱罢歌杨柳。

晋语狎秦癯，秦谈惊晋叟。

秦晋之交那可无，胡为不作双飞凫。

碧草离离生早春，哀歌望断西南云。

求君于终南之上不可得，太华峰头会见君。

　　这是一首乐府体的送行诗。李显卿是作者的一位志同道合的朋友。他身逢乱世，绝意仕途，准备西入关中，在终南太华的深岩幽谷中寻仙问道，以终其余生。作者即环绕着这一主题反复吟唱，对朋友未来的幽居生活作了十分美好的想象和描写。对世乱的叹息和对挚友隐居生活的赞羡，以及自己的惜别之情交织在一起，使这首诗洋溢着动人的情致。

　　关中，指秦代的京畿一带，今以西安为中心的陕西南部。但诗中所指的关中，实为关中东南的华山、终南山。诗歌说，李显卿西入关中，上山访道。在那里，渭水沄沄地流入由北东折的黄河。华山在东面高耸着它倚天的峭壁。知心的朋友去了，可留不住他啊！就饮一杯送别的酒吧！你去的关中本是汉代帝王陵墓所在的皇都，它南面对着崔嵬高大的终南山，那里不是我们从前旧游之地么？可是当年的繁华早已化为劫灰，英雄与豺狼都已同归于尽了。你此去入山宜深，"玉井莲开十丈花，茯苓根结千年树"，作者用诗笔描绘出了一个多么令人向往的神仙世界！接着他又说：东汉末年隐居在襄阳鹿门山的庞德公，秦末隐居在商山中的四皓，也许就是你的榜样。不然你就干脆学习古代的安期生、羡门生一朝轻举，成仙而去吧！作者对李显卿未来的隐居生活作了以上这番描写和赞赏之后，最后说：你还记得前些日子我们天天在一起饮酒，彼此肝胆相照，无话不谈，酒阑起舞，闲谣杂讴，笑谑取乐的情景么？作者与李显卿都是秦晋间人，秦晋于古为婚姻之国，诗句用"晋语""秦谈"等语，加深了亲密之感。于是作者接着说：如果我们能成为一对双飞的鸟，彼此长为比邻，那不是更好么？但愿这一天真能到来，我将向西南（作者家在临晋，于关中为东北）哀歌盼望，相信如果不在终南之上，就一定在太华之顶，我们终将相聚在一起！

孟子有言："达则兼济天下，穷则独善其身。"中国古代知识分子每当仕途失意，便往往有高卧山林之志。可是这多半只是一种浪漫情调的空想，一旦要付之实践，那又谈何容易。陶渊明隐居浔阳，虽然躬操未耜，仍不免饥馁而死，即其一例。所以唐代的一位诗僧曾讽刺那些口头空谈归隐的失意官僚说："相逢尽道休官去，林下何曾见一人！"作者赠别他的故友归隐南山，当然也清楚这一点。他对山中神仙世界美景的描绘的背后，隐藏着的是一种无可奈何的绝望、空虚和悲哀。然而这又是他和故友道义的抉择，他们是宁死不回头的。

（徐树仪）

# 浩　浩

浩浩春风里，悠悠倦客情。

天寒花寂寞，冰泮水纵横。

念远心将折，闻兵梦亦惊。

江山憔悴久，倚杖叹余生。

　　这首诗歌取诗的开头二字"浩浩"为题，实际上是一首无题诗，古人也有称这类诗为"杂诗"的。作者在诗歌中说：春风浩荡，万物都生机勃发，而自己却是一个倦游之客，已经万念俱灰了。远方的朋友星散而不可见，往日的战乱使得他在梦中犹有余悸。乱后的江山疮痍满目，民困未苏，而他自己也已年衰齿暮，无复盛年时的雄心壮志，只能依杖而叹了。诗歌的最后意境是十分暗淡而萧索的，这与诗歌开头"浩浩春风里"的景色形成强烈的反差，加深了读者的感受。

　　作者本是一个有用世之才的志士，他并不是一开始就想当一辈子隐士的。他年轻时也颇与朝中大臣名流相酬接，声名显耀于时。如当年的宰相耶律铸死时，他作挽词云："未拜荆州面，尝蒙国士知。"意谓虽未蒙接见，但曾得到对方的称扬和重视。《河汾诸老集》房祺序称："故河汾间诸老，与天下人材，无让麻贻溪。与元老

（指元好问）诗学无谦（相当），古文出其右（更胜一筹），公言也。"当时人曹之谦为他写的祝寿诗云："中州人物一元龙，卓荦英才块磊胸。浊酒数杯遗世虑，清诗千首傲侯封。"陈元龙是汉末高士，曾得到刘备的倾赏。作者的风致可想而知。他落到这样的结局，只不过是时运不济罢了。

（徐树仪）

# 过 陕

万古茅津据上游，崤函西去接秦头。

悲风鼓角重城暮，落日关河百战秋。

形胜古来须上策，尘埃岁晚只羁愁。

豺狼满地荆榛合，目断中条是故丘。

　　这是作者路经陕县而作的一首七律即兴感怀。陕县在今河南西部，现称三门峡市。它北临黄河，与砥柱山隔河相望；南接崤山，函谷关雄踞其上。西为关中之门户，东当洛阳之屏藩。形势险要，自古为兵家必争之地。方当金元之际，此地久沦为鏖战之场。作者以亡金遗民，经游此镇，自是百感交集。茅津为砥柱山下的一个渡口，在今山西平陆境内。作者在诗中因平仄关系，把它倒称为津茅。他说：茅津据黄河之上游，占有进军中原的有利地形。而崤函之险，为西入秦中的必由之路。现在战争尚未完全结束，仍然听得到城头的鼓角悲鸣，落日斜照的旧战场上是一片荒凉的秋意。作者慨叹金朝的将帅庸碌无能，辜负了这一片形胜之地。以致大好江山，沦入蒙古人之手。现在他只能在这暮秋时节在尘埃中凭吊伤怀了。作者最后叹息道：这是一个豺狼满地，荆榛塞路的世界，我将何处安身呢？翘首北望中条山下的临晋故乡，我多么想能早日回去啊!

　　诗歌是即兴感怀,当是口吟而成,词意流畅,不加典饰。它写的虽然是陕州风光,却是那个时代烽烟遍地、疮痍满目的苦难社会的缩影。

(徐树仪)

## 元好问

元好问（1190—1257），字裕之，号遗山，忻州秀容（今山西忻州）人。幼年随叔父宦游，贞祐初，南渡流寓嵩山登封。兴定五年（1221）及进士第，正大元年（1224）中宏词科。历任儒林郎、国史院编修官，镇平、内乡、南阳县令，官至尚书省掾、左司都事。金亡不仕，搜集金源君臣事迹，立志私撰金史，不就而卒。

其诗规模李杜，诗论卓识超拔，其词熔婉约豪放于一炉，集两宋大成；其文绳尺严密，有宗有法。有《遗山先生文集》四十卷、《续夷坚志》四卷、《新乐府》四卷等，并编辑整理了金代诗总集《中州集》十一卷。 （姚乃文）

## 颍亭留别

同李冶仁卿、张肃子敬、王元亮子正，分韵得画字。

故人重分携，临流驻归驾。

乾坤展清眺，万景若相借。

北风三日雪，太素秉元化。

九山郁峥嵘，了不受陵跨。

寒波淡淡起，白鸟悠悠下。

怀归人自急，物态本闲暇。

壶觞负吟啸，尘土足悲咤。

回首亭中人，平林澹如画。

　　这首诗写于金宣宗正大二年（1225）。当时作者辞去国史院编修官，离开汴京，还居嵩山脚下的颍水河畔，暇时与友人唱酬。颍亭，地当颍水上游。诗的题目与小序交代了写作的缘由：他要告别友人而去，故作此诗以见留恋惜别之意。

　　首两句写作者和友人分别时的情谊。老朋友们在送别时，依依难分，来到颍水边的时候，我停住了将要归去的车马。"乾坤"两句从首两句的缠绵情意中摆脱出来，视野顿为宽阔。天地间开阔的景象使人眼目爽朗，"展"字下得极妙，在此处用作使动词，表现景物的魅力使人眼界大开。自然界的万物好像对人特别友好，纷纷呈现出各自的美景，"借"也用得颇为新奇，此处意为"假借"，诗人用比拟的手法赋予景物以生命。这两句承上启下，引出下面六句景物描写。《列子·天瑞》云："太素者，质之始也。"可见太素是指形成天地万物的素质。"元化"，指天地万物的发展变化。"九山"，指河南西部的辕辕、颍谷、少室、大箕、大陉、大熊、大茂、具茨九座大山。一连三天的北风大雪后到处是白皑皑的一片，大自然主宰着万物的变化。九座大山突兀峥嵘，根本无法攀登翻越。颍水的寒波淡淡而起，洁白的鸥鸟悠然而下。这几句写景格调甚高，"北风"两句气象宏阔，"九山"二句雄健苍劲，"寒波"两句尤为王国维所激赏，《人间词话》称赞其为"无我之境，以物观物，故不知何者为我，何者为物"，就是说诗人把自我的主体意识完全融进了客观景物的形象描绘中去，写得自然天成，闲淡有致，表现出作者独到的匠心和高超的艺术造诣。

　　接下去两句将归人的急切心情和景物的悠闲意态相对照，以物态反衬人的归情,韵致极浓。"壶觞"两句写前途堪悲,有不尽之意。诗人面对着饯别的酒杯,感到辜负了友人吟诗啸歌的一番心意,因为自己即将离去,在尘土飞扬的道路上奔波劳碌,然而前途却令人悲叹。最后两句写回首离亭,但见人影渐远,平林漠漠。这逐渐淡去的景物传达出诗人不尽的惜别之意,意境淡远,耐人寻味。

这首诗重在写景,却能将离别的心情与当时的景色巧妙地融合在一起,意境闲淡寥远,风格古朴清淳,情致幽深曲折。正如赵翼在《瓯北诗话》中所说的那样:"构思杳渺,十步九折,愈折而意愈深、味愈隽,虽苏(轼)、陆(游)亦不及也。"  (姚乃文)

# 雁门道中书所见

金城留旬浃，兀兀醉歌舞。

出门览民风，惨惨愁肺腑。

去年夏秋旱，七月黍穄吐。

一昔营幕来，天明但平土。

调度急星火，逋负迫捶楚。

网罗方高悬，乐国果何所？

食禾有百螣，择肉非一虎。

呼天天不闻，感讽复何补？

单衣者谁子？贩籴就南府。

倾身营一饱，岂乐远服贾？

盘盘雁门道，雪涧深以阻。

半岭逢驱车，人牛一何苦！

　　蒙古太宗十三年（1241），元好问北游应州金城县（今山西应县），归途中经过雁门关，目睹在蒙古贵族统治下人民的悲惨遭遇，创作了这首五言古诗。

　　雁门，山名，在今山西代县西北四十里。雁门关，内长城的关口，以两山对峙，峻峭险要，大雁飞度其间而得名，历来是军事要地。本诗前四句总领全篇，首先概括交代在金城县逗留十多天的感受。城中的蒙古贵族依然在宴饮歌舞，而诗人出去体察民情时，却不由愁肠百结。鲜明的对比引出了下面的内容。

从"去年夏秋旱"至"感讽复何补"十二句，具体叙述了蒙古军队为进攻南宋，调兵遣将，给人民带来的深重灾难。去年夏天旱到今年七月，才盼到禾黍吐穗。然而一夜之间，竟被开来宿营的军队踏成一片平土。这两句写蒙古太宗十二年秋命张柔等侵犯南宋，军队越雁门南下，沿途掳掠人民，践踏农田，致使农民颗粒无收。尽管如此，官府征调租税依然急如星火，拖欠不交的农民被百般拷打追索。面对这种景况，作者感慨地说：网罗高高地悬在人民头上，何处才是乐土呵？残食禾黍的害虫成百上千，吃人肉的老虎也不止一只。老百姓悲极呼天，老天爷却不闻不问，我感慨、讽咏，又于事何补！诗人感叹自己无力救民，其悲怆之情，令人痛楚。

从"单衣者谁子"至篇末，写贩粮农民在雁门道上艰难行进的景况，进一步反映农民的疾苦。他们身着单衣前往南州诸府贩籴粮食，竭尽全力，只是为了求得一饱，难道真的乐意长途经商吗？那盘旋曲折的雁门道上，涧深雪阻，道路崎岖。在半山腰中，我遇到了驱车赶路的人们，人和牛艰难地行进，是多么的辛苦呵！这一场景真实地反映了蒙古贵族统治下的北方农民，为了生存而不顾山高谷深，历尽艰辛、痛苦挣扎的苦难。

这首诗是作者晚年的作品，诗中揭露并谴责了蒙古统治者及其军队的暴虐无道，他们一方面肆意践踏农民的庄稼，另一方面又横征暴敛，盘剥百姓。作者对苦难深重的农民表现出深切的同情。在艺术上,这首诗写得精深严谨,不用典故,不事雕饰;主题明确,通俗易晓。叙述中不时发出深沉悲伤的感慨,令人回肠荡气,较之杜甫"三吏""三别"亦毫不逊色。

(姚乃文)

# 寄答溪南诗老辛愿敬之

五年不唤溪南渡，日夕心驰洛西路。
山中今日见君诗，惆怅良辰又相误。
龙蛇大泽变风景，虎豹天门郁烟雾。
丈夫不合把锄犁，青鬓无情忽衰素。
平泉漫作穷愁志，笠泽休题自怜赋。
长安正有五侯鲭，骯脏谁能作楼护？
青灯老屋深蓬蒿，蝙蝠掠面莎鸡号。
剑歌夜半激悲壮，松风万壑翻云涛。
区区墓上曹征西，我知惭愧王东皋。
人生只有一杯酒，螟蛉螺蠃安能豪？

　　这首诗大约写于作者寓居登封时期。从诗题来看，当是辛愿有诗寄作者，作者才写了这首诗作答。辛愿字敬之，号溪南诗老，嵩州福昌（今河南宜阳）人，金代著名诗人、处士，深受元好问推重，被元好问引为"三知己"之一。

　　本诗前四句表示了对友人辛愿的怀念向往之情。元好问贞祐南渡后，曾暂住福昌县的三乡镇，不久蒙古军队进攻潼关，他又到三乡附近的女儿山中避乱，大约这时与辛愿结为朋友。此后，元好问移居登封，而辛愿为河南府治中，二人暂时中断了联系。因此，诗的起句即说"五年不唤溪南渡"。他日夜都在想着跨上去洛西的道路，好与老友见面。在深山中见到老友寄来的诗，本应十分高兴，而诗人却感到惆怅，因为见面的希望又落空了。另外由于局势的动乱，良辰好景也已成泡影，因此这一句有着承上启下的作用。

从"龙蛇大泽变风景"至"肮脏谁能作楼护"，感慨时局的动乱，谴责社会的腐败现象。"龙蛇大泽"，语出《左传·襄公二十一年》："深山大泽，实生龙蛇。"这里指中原大地。"虎豹天门"，语出《楚辞·招魂》，本指虎豹守候的九重天门，此指京畿地区。"平泉"，是唐武宗时宰相李德裕在东都洛阳的庄园，这里代指李德裕，李德裕在唐宣宗时被贬为崖州司户，客愁而卒。"笠泽"，吴淞江之别称，这里代指陆龟蒙。因他隐居松江甫里，著有《笠泽丛书》。《自怜赋》是陆龟蒙的作品，收入《笠泽丛书》。"长安"二句事见《西京杂记》：汉成帝母舅五人王谭、王根、王立、王商、王逢同时封侯，号为五侯。"五侯不相能，宾客不得来往。楼护丰辩，传食五侯间，各得其欢心，竞致奇膳。"楼护于是将五侯馈赠给他的珍膳奇肴杂烩在一起，称为"五侯鲭"。这一层的大意是：中原大地昔日美好的风景，如今变得萧瑟破碎了，京畿地区笼罩在烟云迷雾之中。有志之士没有用武之地，只能锄田耕地，无情的岁月把他们的青鬓染成了白发。李德裕徒有客愁之志，陆龟蒙也不要作什么《自怜赋》。长安城里的显贵们享用珍肴美膳，极尽奢侈腐化，像楼护那样卑劣的肮脏小人是没有人羡慕的。这里作者既对有志之士的不得任用表示怨愤不平，又对金朝官吏们的腐败豪奢进行了谴责和讽刺。同时也是为辛愿等人鸣不平，因为辛愿为河南府治中时，被高廷玉引为上客，后高廷玉为府尹所诬，下狱死，辛愿与雷渊、庞铸等皆受牵连，几乎被处死。元好问寄诗为朋友鸣不平，并给予安慰，也是情理中的事。

从"青灯老屋深蓬蒿"至篇末，抒发了心中的郁闷不平。"青灯"二句写居处的荒凉偏僻，"剑歌"二句借用西晋刘琨和祖逖闻鸡舞剑的故事，抒发有志难伸的悲壮激昂之情。"区区"二句运用两个典故：曹征西，指曹操。《魏武故事》载：曹操曾自述其志："欲为国家讨贼立功，欲望封侯，作征西将军。然后，题墓道言：汉故征西将军曹侯之墓。"王东皋，即初唐诗人王绩，字无功，曾隐居东皋，自号东皋子。曹操一生功业显赫，最后也只能在墓上题"曹征西"数字，实在微不足道。和东皋子王绩相比，诗人又自愧不如。既不能有志于世，又不想终生隐居，所以心情极为复杂、苦涩。末二句说，人生一辈子有一杯酒就够了，像螟蛉、蜾蠃那样的小虫，怎能有如此的豪气！《世说新语·任诞》载张翰语云："使我有身后名，不如即时一杯酒！"又载毕卓语云："一手持蟹螯，一手持酒杯，拍浮酒池中，便足了一生。"元好问在此即用其意。螟蛉之类的小虫正是指楼护那样的依附统治者的寄生虫。这二句虽有消极思想，却隐含忧愤。金朝时，掌握军政大权的多是女真贵族，汉族人士往往不得参与国家大政，像元好问这样出身于小官僚家庭的人，自然也不能够实现雄图大志。

这首诗虽是寄友之作，然而不抒缠绵柔弱之情，也无空洞无聊的应酬话语，而是处处以国家社会的局势为怀，写得含蓄蕴藉，别具一格。

（姚乃文）

# 岐阳三首

突骑连营鸟不飞，北风浩浩发阴机。
三秦形胜无今古，千里传闻果是非？
偃蹇鲸鲵人海涸，分明蛇犬铁山围。
穷途老阮无奇策，空望岐阳泪满衣。

百二关河草不横，十年戎马暗秦京。
岐阳西望无来信，陇水东流闻哭声。
野蔓有情萦战骨，残阳何意照空城？
从谁细向苍苍问，争遣蚩尤作五兵？

眈眈九虎护秦关，懦楚孱齐机上看。
禹贡土田推陆海，汉家封徼尽天山。
北风猎猎悲笳发，渭水潇潇战骨寒。
三十六峰长剑在，倚天仙掌惜空闲。

这是元好问"丧乱诗"中最沉痛的诗篇。

金哀宗正大八年（1231）正月，蒙古按察儿军队围攻凤翔（今属陕西）。金完颜合达、移剌蒲阿屯兵于潼关，不敢增援。四月，凤翔被蒙古军攻破，关中大震，人民纷纷向东逃难，扶老携幼，餐风宿露，络绎山谷间，冻饿而死者无数。景十分凄惨。当时，元好问赴南阳（今属河南）为县令，闻此情后心情极为沉痛，写下了这组著名的七律。岐阳，凤翔之古称，隋文帝在此建岐阳宫，唐时改为凤翔府。

第一首写蒙古大军压境，精锐的骑兵一营连着一营，连鸟儿也飞不过，北风劲吹，阴云密布。以此表现形势的严酷。接着说三秦优越的地理形势，古今无异，想不到凤翔竟会沦陷，这消息是真是假？那巨大而凶暴的鲸鲵，使人海都干涸了；毒蛇和恶狗像铁山一样围困着关中（佛经中有山名铁围山，围绕咸海，此借用其意）。我好像那穷途末路的阮籍，只有徒然地西望岐阳，让泪水沾湿了衣襟。这首诗将形势的严峻、气氛的阴沉及感情的沉痛紧密交织在一起，显得无比苍凉悲怆。

第二首写号称"百二秦关"的秦国旧地，如今连野草也不生长了，十年来，戎马纵横，战尘弥漫，昔日繁华的秦京也蒙上了阴影。西望岐阳，音讯隔绝，那东流的陇水，好像也传来了呜咽的哭声。荒野的蔓草好像很有情意，将累累白骨萦绕掩盖起来，而夕阳却无动于衷，依旧照着这座空城。诗人面对国家和人民所遭受的巨大灾难，悲愤不堪，无奈只能仰问苍天：为什么要叫蚩尤兴兵作乱呢？蚩尤是上古的一个部落酋长，曾与黄帝轩辕氏作战，此喻指蒙古侵略者。古人将五种不同的兵器称为五兵，此代指战争。这首诗是组诗中最沉痛的一篇，诗中描述了战争给人民带来的深重灾难，字字见血、句句有泪，令人不忍卒读。

第三首遥想金朝立国之初，在秦关等处设置了九个守御使，像九只猛虎守护在那里，把怯懦的楚国和孱弱的齐国看成是砧板上的肉。据《尚书·禹贡》所载，丰饶之地首推关中。汉朝疆域辽阔，一直延伸到天山。作者以此表现金朝当年的盛况。接下去忽然氛围急转，写猎猎北风中传来悲壮的胡笳声，萧瑟的渭水边埋积着战死者的累累白骨，表现出战争的残酷。最后说华山的三十六峰依然像长剑似的屹立着，然而这些倚天巨掌般的屏障竟然闲置无用，真是令人痛惜呵！华岳诸峰中有峰名仙人掌，远望五指俱全，酷似手掌。这里"倚天仙掌"与"三十六峰"实为互文，两句合在一起，意谓天险屏障不足为凭，表现了对时局的严重忧虑，向统治者提出了告诫。

这组诗歌在写法上有三个特点：其一，题材重大，事关人民国家，主旨是指斥蒙古军队的侵略，却无直露叫嚣之弊，通篇无一处直写，而是大量运用比喻象征的手法。其二，通篇虽然表现同一主题，然而却各有侧重，第一首写战争严酷，第二首写灾难深重，第三首写形势危急。三首都围绕着岐阳失陷的主题，互相联系，互相补充，构成一个完整的整体，富有诗史的特点。其三，感情真挚沉郁，字字精警凝重，句句声泪俱下，字里行间充溢着悲痛忧愤之情，故赵翼在《瓯北诗话》中评元好问曰："七言律则更沉挚悲凉，自成声调。唐以来律诗之可歌可泣者，少陵十数联外，绝无嗣响，遗山则往往有之。"

（姚乃文）

# 壬辰十二月车驾东狩后即事

（五首选三）

惨淡龙蛇日斗争，干戈直欲尽生灵。
高原水出山河改，战地风来草木腥。
精卫有冤填瀚海，包胥无泪哭秦庭！
并州豪杰今谁在，莫拟分军下井陉？

郁郁围城度两年，愁肠饥火日相煎。
焦头无客知移突，曳足何人与共船？
白骨又多兵死鬼，青山元有地行仙。
西南三月音书绝，落日孤云望眼穿！

万里荆襄入战尘，汴州门外即荆榛。
蛟龙岂是池中物，蚁虱空悲地上臣！
乔木他年怀故国，野烟何处望行人？
秋风不用吹华发，沧海横流要此身。

这组诗共五首，这里选录了其中三首，也是元好问"纪乱诗"

中催人泪下的优秀作品。

天兴元年（1232）为壬辰年。这年三月，蒙古军围攻金都汴京，金哀宗把曹王讹可送往蒙古军营作人质，接着又派户部侍郎杨居仁奉金帛珍宝乞和。七月，蒙古使臣唐庆到汴京，令哀宗去帝号称臣。金朝守城飞虎军将士愤慨不已，杀死唐庆及其随从，和议遂绝，汴京再次陷入重围。十二月，城内粮尽，哀宗无奈，只好率兵出京，亲征河朔。天兴二年正月，金兵行至黄河北岸与蒙古军接战，不料大败，只好退保归德。这时的汴京城里，兵乏粮匮，人心惶惶。刘祁《归潜志》载："百姓食尽，无以自生，米升直银二两，贫民往往食人殍，死者相望，官日载数车出城，一夕皆剐食其肉净尽。"景况竟是如此惨悲。元好问时任左司都事，留守汴京，看到这种情景，极度焦灼忧伤，写下了这组律诗。

第一首写敌我双方终日在激烈残酷地争斗，阴天惨地，真要叫世上的人们死尽才肯罢休，山河为之改色，大地因之变容，战场上吹来的阴风使草木都染上了血腥味。接着说含冤的精卫鸟尚且能够衔着木石努力地去填浩瀚的大海，而申包胥的眼泪已经哭干了，再也不能到秦国的宫廷去恸哭，求得援兵。这两句实际上是自况，写得极其悲伤。接下去说，并州的豪杰们如今还有谁在呢？他们能不能像当年的汉大将韩信那样突出奇兵，分兵攻下娘子关口的井陉这个军事要塞，而赢得战事的胜利呵？表现出作者无比焦灼的心情。这首诗写得怨愤忧伤，真是肝摧肺裂，五内俱焚。

第二首写蒙古军围困汴京至天兴二年五月将近两个年头，诗人愁肠寸断，饥火日煎，心情忧郁不堪。接着说，被烧得焦头烂额的主人后悔不听客人曲突徙薪的建议，造成失火，然而金朝却连这样的客人也没有呵！东汉名将马援在进攻壶头时，虽然病倒在船上，然而每听见敌人的活动就曳足欲起身观察敌情，现在还有哪一个人能像他那样与国家风雨同舟呢？这里曲折隐晦地指出了在国家处于危机紧迫的关头，金朝内部的官僚们却腐败无能，束手无策，既缺乏有远见的谋臣，又没有勇猛的将帅，而且往往意见不一致，致使战事屡遭败绩。因此，前线的兵士只能白白冤死，留下成堆的白骨，而那些王公大臣们却仍旧醉生梦死，贪图奢侈享受。"地行仙"原是祝人长寿语，这里指不顾国计民生的苟且贪生者。这两句写得极为悲痛，表现了作者极大的怨愤。最后，诗人焦虑地写道，留在登封的亲人们，几个月来音讯全无，生死未卜，我望着西南的落日孤云，真是两眼欲穿。这一首把国事家忧紧密地联系在一起，有着感天地、泣鬼神的艺术力量。

第三首写辽阔的万里荆襄之地，如今已布满战争的烟尘，汴京城外也成了荆棘丛生的荒凉之地。蛟龙那会是水池中的游物呵，使我这个微卑的小臣徒自悲伤？看到了乔木，便回想起当年都邑的繁茂盛况，然而现今在这战火烟云的弥漫中，那里还能望见远去的征人呢？秋风呵，你不要老是吹拂我这花白的头发了，在这沧海横流的巨大动乱时势中，正需要我这个人的存在呢！这首诗主要是抒发感慨之情，作者对金哀宗仍然寄托着希望，金军虽然暂时失利，然而哀宗一定会发奋图强，扭转败局。但是，作者对处于极其不利的危机处境中的金朝局势，更多地是表现出深沉的忧伤。

沈德潜说："遗山诗佳者极多，大要笔力苍劲，声情激越，至故国故都之作，尤沉郁苍凉，令读者声泪俱下。如'白骨又多兵死鬼，青山元有地行仙'、'蛟龙岂是池中物，虮虱空悲地上臣'之类，于极工炼之中，别有肝肠迸裂之痛，此作者所独绝也。"(《宋金三家诗选》眉批）赵翼也说："……此等感时触事，声泪俱下，千载后犹使读者低徊不能置。盖事关家国，尤易动人。"(《瓯北诗话》)由此可见，这组诗的最突出的特点，是真实地反映了当时的社会现实，国家危急存亡的命运，具有"诗史"的特色，风格沉郁悲壮，苍凉遒劲，有"诗人伤周，骚人哀郢"之慨。

（姚乃文）

# 癸巳四月二十九日出京

塞外初捐宴赐金，当时南牧已骎骎。

只知灞上真儿戏，谁谓神州遂陆沉！

华表鹤来应有语，铜槃人去亦何心？

兴亡谁识天公意，留着青城阅古今。

这首诗作于金哀宗天兴二年（1233），旧历癸巳年。

此年四月，金朝汴京守将西面元帅崔立发动叛乱，以城降于蒙古。四月二十日，以两宫、皇太后、诸宗族男女五百余人送往蒙古军中，至青城全部杀害。四月二十九日，又将金朝旧官员羁管出京，暂居青城。在这场改朝换代的巨大变乱中，元好问从一个金朝的上层官员，瞬息间变成了蒙古军的阶下囚，饱尝了亡国之痛。全诗回顾了金朝衰亡的全过程，充满了悲凉凄楚的情感。

起联首先回顾当初金朝犒赏边境部族时，蒙古的势力已经迅速壮大，频频向南进犯了。金朝自海陵王正隆年间起，开始向北方边陲的各部族赐给宴用的金钱，即所谓"宴赐金"。金章宗明昌二年（1191）起，规定每五年宴赐一次，并派遣官吏前往主持其事。这一联交代了金朝对蒙古势力的扩展，早就缺乏足够的估计和重视。

颔联化用了《史记·绛侯周勃世家》中的典故。汉文帝刘恒到灞上和棘门视察驻军直驱而入，将帅都出来迎接。至周亚夫的细柳营，军队严阵以待，不得进入。文帝感慨地说："嗟乎，此真将军矣！曩者灞上、棘门军若儿戏耳，其将固可袭而虏也。"此联大意是：只知道金朝的军队像汉朝的灞上军那样不堪一击，如同儿戏，哪里会料到神州大地就这样便沦陷了呢！诗句中，渗透着作者叹惋伤悲的情绪。

颈联仍借用两个典故，写作者对汴京沦陷、金朝将亡的感慨。"华表鹤来"，典出《搜神后记》：汉辽东人丁令威学道成仙，千年后化鹤飞回故乡，落在城东门的华表柱上，作歌唱道："有鸟有鸟丁令威，去家千年今始归。城郭如故人非昔，何不学仙冢累累！"铜盘人去，见李贺《金铜仙人辞汉歌序》：汉武帝时，铸铜人于长安建章宫中，手掌捧铜盘以承天上的甘露。魏明帝时，诏宫官牵车两取捧露盘仙人，欲立置洛阳宫殿前，宫官既折铜盘，仙人临载乃潸然泪下。此联的大意是：仙鹤飞到街头的华表柱上，看到这荒废的景象，也会发出悲叹；擎着铜盘的仙人被搬走时，又该是怎样的心情呢？这里既写出了汴京沦陷后的荒凉，又表现了作者对国家兴亡的悲慨。

尾联对金朝重演北宋灭亡的悲剧发出深沉的感慨。大意是：国家兴亡的命运掌握在老天爷的手里，谁知道它的旨意呢？留着这座青城，作为古今历史的见证吧！具有讽刺意味的是：当年金灭北宋时，于靖康元年（1126）十一月辛酉，在汴京城南五里的青城，接受北宋二帝的降表，当时后妃皇族被尽俘而北去。如今，崔立又以汴京降蒙古，后妃内族复诣此处，皆罹于难。这种历史悲剧的重演，好像是在开玩笑，元好问当然有着很深的感触。

这首诗览古阅今，悲怆感慨，感情极为真挚，读来令人回肠荡气。语言凝炼，使事用典出神入化，毫不晦涩累赘。　　（姚乃文）

# 出都二首

汉宫曾动伯鸾歌，事去英雄可奈何？
但见觚稜上金爵，岂知荆棘卧铜驼？
神仙不到秋风客，富贵空悲春梦婆。
行过芦沟重回首，凤城平日五云多。

历历兴亡败局棋，登临疑梦复疑非。
断霞落日天无尽，老树遗台秋更悲。
沧海忽惊龙穴露，广寒犹想凤笙归。
从教尽划琼华了，留在西山尽泪垂！

　　蒙古乃马真后称制二年（1243）的秋天，元好问北游燕京。这里本是金朝的旧都。自海陵王完颜亮天德五年（1153）从上京迁都燕京，至金宣宗完颜珣贞祐二年（1214）在蒙古军压迫下移都汴京，其间六十余年，燕京一直是金国的政权中心。作者这次游览故都感慨很深，是年冬回到忻州后，追昔思今，写下了这两首诗歌。

　　第一首起联破空而来，落笔不凡。"伯鸾"，即东汉梁鸿。他隐居霸陵山，后曾因事过洛阳，见宫室华丽，遂作《五噫歌》，抨击朝廷的豪奢，同情人民的劳苦。汉章帝闻之心动，即命人搜求之，而他已离京归去了。此联以汉代之事咏本朝，写金朝统治者当年在燕京大营宫室，招致亡国之祸，感慨时过境迁，即使有英雄豪杰，也无可奈何了。颔联紧承起句，抨击当年金朝统治者只求豪奢，不知道亡国的惨祸将会降临到自己头上。"觚稜"，是宫阙上转角处的瓦脊。"金爵"，即金雀，是指装饰在觚稜上以铜制成的凤。"铜驼"，古时置于宫门外。《晋书·索靖传》载：靖有远见，知天下将乱，指洛阳宫门外的铜驼，叹曰："会见汝在荆棘中耳！"后人遂以"荆棘铜驼"比喻亡国后的残破景象。此联意谓：当年只看见宫殿的觚稜上装饰着金碧辉煌的金凤，哪里会想到宫殿前的铜驼会卧在荆棘丛中呢！颈联借用两个典故，比喻金朝的荣华富贵像春夜的梦幻一般短暂易逝。"秋风客"，指汉武帝刘彻，他曾作《秋风辞》，故李贺称他为"茂陵刘郎秋风客"。刘彻宠信方士，迷信神仙之说，终日求仙服药仍不免一死，故此句说成仙之事再也轮不到那位曾作《秋风辞》的汉武帝了。这里借以指金朝的故帝，有伤悼讽刺之意。"春梦婆"，化用苏轼的故事。赵德麟《侯鲭录》载：苏轼晚年被流放到海南岛，一天，他背着个大瓢在田野上行吟，忽遇七十岁的老姬对他说："内翰昔日富贵，一场春梦。"人们便称这位老姬为"春梦婆"。此处借以对金朝的没落命运表示悲伤。尾联对故都燕京的变迁表示无限的哀伤。卢沟桥，在北京西南郊区，横跨永定河，始建于金章宗大定二十九年（1189），至明昌二年（1192）建成，其时是金朝的全盛时期。"凤城"，传说秦穆公之女弄玉吹箫，凤降其城，因号丹凤城，后指帝王所居之京城。此联意谓：我经过卢沟桥时不禁屡次回首眺望燕京，这座京城当年经常缭绕着五彩缤纷的祥云！

实际上这是作者对金朝昔日繁荣的追思。

第二首起联单刀插入，直抒胸臆，作者感慨金朝之亡早像败局之棋，然而登临燕京城楼时，却有似梦非梦之感，表现出对朝代兴亡的复杂心理。景物依旧，却已改朝换代，恍如梦境，却又是现实，不甘心接受这一现实，但又不得不接受，真可谓百感交集。颔联借景抒情，断霞残阳，长天寂寥，老树凋谢，遗台残存，这萧瑟的秋景，令人无比伤感。此联景中寓情，悲慨苍凉，对仗工稳，为诗中佳句。颈联忽如疾雷破山，令人惊愕。苍茫的瀚海忽然像要干涸，神龙的宫穴也暴露出来了，广寒宫还在等待着吹奏凤笙的仙子归去呢。此联上句着意抒发亡国之悲、沧桑之慨，落笔千钧，有惊风雨泣鬼神之力。下句寄托对金哀宗的怀念。"广寒"据作者自注，即指寿宁宫之广寒殿，此处诗人移情于物，写宫室还在等待君王的归来，笔致婉曲含情。尾联抒发悲愤，情辞感人。据陶宗仪《辍耕录·宫阙制度》："万岁山在大内西北太液池之阳，金人名琼华岛，山上有广寒殿七间。"其地当在今北京市北海公园内。此联意谓：干脆让人把琼华岛削平算了，留在那里，只能让人垂泪！"西山"与"琼华"互文见意，因琼华岛实为假山，"皆叠玲珑石为之"，元时名"万岁山"，故诗人以"西山"称之。

这两首诗写得极为工炼纯熟，苍劲老成。赵翼说：元好问"盖生长云朔，其天禀多豪健英杰之气。又值金源亡国，以宗社丘墟之感，发为慷慨悲歌，有不求而自工者"（《瓯北诗话》）。　　　　（姚乃文）

# 癸巳五月三日北渡三首

道旁僵卧满累囚，过去辒车似水流。
红粉哭随回鹘马，为谁一步一回头？

随营木佛贱于柴，大乐编钟满市排。
虏掠几何君莫问，大船浑载汴京来。

白骨纵横似乱麻，几年桑梓变龙沙。
只知河朔生灵尽，破屋疏烟却数家。

公元 1233 年四月，崔立以汴京降于蒙古，不久蒙古军队即入城大肆抢劫。元好问等金朝官员被羁押出京后，又于五月三日被胁裹北渡黄河，途中他亲眼看到了敌军暴行及劫后的惨象，写下了这组纪实的诗篇。

第一首写蒙古军队掳掠人口做奴隶的暴行。道路两旁横七竖八地僵卧着被绳索捆缚的囚徒们，经过的毡车络绎不绝。年轻的女子跟随在蒙古骑兵的马后，哀哀痛哭，一步一回头，是留恋故乡还是告别亲人？第二首写蒙古军掠夺财物。被他们抢掠到军营中的木佛像，比柴草还贱；宫廷中的乐器，摆满了集市，被贱价拍卖。他们到底抢了多少财物就不必细问了，那一艘艘满载的大船，简直要把整座汴京城都运走了！第三首写黄河以北战后的荒凉景象。死者的白骨像乱麻似的纵横遍野，昔日的故乡几年间竟变得像沙漠一般荒凉了，我只以为黄河地区的生灵已被屠杀净尽了，偶然间却还看到几处破屋升起缕缕的疏烟。

这组诗以短小的篇幅，包含了丰富的意蕴。诗人善于撷取现实生活中的典型事例，加以简洁而生动的描绘。如第一首中的"红粉"二句于被掳掠的人群中，选取"红粉女子"的形象和动作加以描写，从她们"一步一回头"的步态举动中，人们感受到一种生离死别的哀痛，侵略者的野蛮暴行也得到了更深刻的揭露。第二首也很概括。蒙古军队的抢劫行为恐怕是罄竹难书的，然而作者只写了"木佛"和"编钟"两件事物，寓意极为深刻，而显示了神灵遭到亵渎，礼乐悉被毁弃，中原文化受到毁灭性的扫荡。诗人不作议论，而情感自然从这些场面中流露出来，这就得力于诗人高超的现实主义典型化手法。

（姚乃文）

# 段克己

段克己（1196—1254），字复之，号遁庵，别号菊庄。绛州稷山（今山西稷山）人。年幼时即与胞弟段成己以才学闻名，礼部尚书赵秉文目之曰"二妙"。金末以进士贡，后避地龙门山中，终身不仕，以诗鸣河汾。所作诗歌磊落不凡，形成了"陶之达、杜之忧，盖兼有之"（吴澄《二妙集·序言》）的特点。所著有与其弟段成己作品合刊的《二妙集》。

（姚乃文）

## 癸卯仲秋之夕与诸君会饮山中<br>感时怀旧情见乎辞

少年著意作中秋，手卷珠帘上玉钩。

明月欲上海波阔，瑞光万丈东南浮。

楼高一望八千里，翠色一点认瀛洲。

桂华徘徊初泛滟，冷溢杯盘河汉流。

一时宾客尽豪逸，拥鼻不作商声讴。

无何陵谷忽迁变，杀气黯惨缠九州。

生民冤血流未尽，白骨堆积如山丘。

比来几见中秋月，悲风鬼哭声啾啾。

遗黎纵复脱刀几，忧思离散谁与鸠。

回思少年事，刺促生百忧。

良辰不可再，金尊空相对。

明月恨更多，故使浮云碍。

照得古人多少愁，懒与今人照兴废。

今人古人俱可怜，百年忽忽如流川。

三军鞍马闲未得，镜中不觉摧朱颜。

我欲排云叫阊阖，再拜玉皇香案前。

不求羽化为飞仙，不愿双持将相权；

愿天早锡太平福，年年人月长团圆。

　　诗作于金亡之后（金朝亡于公元 1234 年）。题中"癸卯"（1243）一作"癸丑"（1253），二者相距十年。笔者倾向于前者。诗写中秋之夜，在山中与朋友饮酒赏月时产生的感时伤怀之情。

　　吴澄在《二妙集·序言》中指出："于时干戈未息，杀气弥漫。贤者辟世，苟得一罅隙地，聊可娱生，则恬然自适，以毕余龄，几若淡然与世相忘者；然形之于言，间亦不能自禁。若曰'冤血流未尽'，白骨如山丘……则陶之达、杜之忧，盖兼有之。"这段话指出了当时的时代背景和当时一般知识分子的思想情绪，对理解本诗有一定的帮助。

　　此诗采用今昔对比的写作手法。从开头至"拥鼻不作商声讴"，是忆昔怀旧。作者回忆少年时欢度中秋的美好情景，明月从万顷波涛的海面上升起，瑞光万丈，甚至可以望见那"翠色一点"的海上仙山瀛洲。明亮的月光徘徊摇荡，杯盘中的美酒似是从银河溢出的甘露，宾客们豪兴尽发，大家学着谢安鼻音浓重的腔调，捏着鼻子吟诗，毫无秋日的凄怆悲凉之调（"商声"即指秋声）。这里用了许多美丽的词藻来美化当时的环境气氛，愈是描绘得美好，愈能突出下文的凄惨和悲凉。

从"无何陵谷忽迁变"至"忧思离散谁与鸠"，是感时伤今。头一句有陡然变色、迅雷不及掩耳之势，极力形容时局变化之大。"杀气"句更是阴森可怖，令人毛骨悚然，刹那间阴风杀气弥漫，天地一片昏暗。"生民"两句高度概括了蒙古军队入侵中原给人民带来的巨大深重的灾难，写得极为沉痛凝炼，有一语千钧之力。"此来"两句照应诗题，进一步描绘侵略者大肆屠杀百姓，冤鬼不计其数，悲风好像他们冤死的哭泣声。"遗黎"两句是补写，老百姓纵然逃脱了被屠杀的厄运，那与亲人生离死别的痛苦仍然折磨着他们，活着的人比死去的人更悲惨。这一层写得极为沉痛，令人摧肝裂肺，声泪俱下。在修辞上运用了"杀气""黯惨""冤血""白骨""悲风""鬼哭""忧思""离散"等感情色彩强烈的词语，沉痛而逼真地刻画了金、元易代之际严酷的社会现实，与前一层形成了鲜明的对照。

从"回思少年事"至"镜中不觉摧朱颜"，是抒发古今对比的感伤。大意是：回想少年时的往事，令人顿然产生无限忧伤，过去的美好岁月彻底消失了，如今举杯忆昔只能徒然相对叹息。明月似有更多的怨恨，所以叫浮云障住了光辉，它曾照见前人多少愁恨，已经伤心透了，不愿意再照见今人的兴亡了。活着的人和死去的人都非常可怜，百年之事像流水般匆匆过去了！现今三军的鞍马仍然没有闲止，忧伤使人憔悴，镜子里照见自己竟是苍颜白发。诗人感慨今古心情极为忧伤。

从"我欲排云叫阊阖"至尾句，是作者良好的祝愿与希望。作者说我要排云扫雪上天去叫开天门，拜揖在天庭中玉皇大帝的香案前，不求自己成仙能飞，也不求自己掌握军政大权，只希望恳求老天爷快点赐给人间以太平和幸福，年年岁岁、家家户户都能永久的团圆。作者这种对于和平美好日子的追想、神往、祈愿之情，代表着受苦受难的百姓发出了心底的愿望和呼声，这同杜甫"安得广厦千万间，大庇天下寒士俱欢颜，风雨不动安如山"的高尚思想境界是一脉相承的，这正是本诗的可贵之处。

(姚乃文)